HAFFMANS' FLIEGENDES HAUSBUCH

GRAHAM CHAPMAN - JOHN CLEESE
TERRY GILLIAM - ERIC IDLE
TERRY JONES - MICHAEL PALIN

Monty Python's Flying Circus

SÄMTLICHE WORTE
Band I

AUS DEM ENGLISCHEN
VON
SVEN BÖTTCHER, EUGEN EGNER,
SUSANNE FISCHER,
RICHARD KÄHLER,
RUTH KEEN, ARND KÖSLING,
KARSTEN SINGELMANN, CHRISTIAN STORMS
UND DER ZÜRISEE-COOPERATION

HAFFMANS VERLAG

Die Originalausgabe in zwei Bänden
»Monty Python's Flying Circus: Just the Words«
erschien 1989 bei Methuen, London
nach den Originalskripten
und Videoaufzeichnungen herausgegeben
von Roger Wilmut,
mit den ersten dreiundzwanzig Folgen in
Band eins und den verbleibenden zweiundzwanzig
in Band zwei.

Die Fotos im Bildteil
erscheinen mit freundlicher Genehmigung von
Python Productions Ltd, London.

Nach- und Hinweise
im Anhang am Schluß des Bandes.

Umschlagvorderseite:
Collage von Terry Gilliam
Frontispiz:
Michael Palin als der »Jetzt«-Mann
Umschlagrückseite (v. l. n. r.):
Eric Idle, Graham Chapman, Michael Palin,
John Cleese, Terry Jones
(in Kostümen für den
»Restaurant-Sketch« aus Folge drei)
und Terry Gilliam.

Redaktion: Heiko Arntz

Satz: Fosaco AG, CH-8363 Bichelsee
Herstellung: Offizin Andersen Nexö, Leipzig
ISBN 3 251 00222 8

INHALT

Eins – Kanada, was nun?

Ein Strand. Aus weiter Ferne kämpft sich ein zerlumpter Mann durch das seichte Wasser ans Ufer. Langsam und mühevoll taumelt er über den Strand auf die Kamera zu, sinkt auf die Knie, bricht zusammen und sagt:

Mann (MICHAEL) Und jetzt. . .

Off-Sprecher (JOHN) Monty Python's Flying Circus

Der Vorspann beginnt mit den Worten »Monty Python's Flying Circus«. Diverse ausgesprochen bizarre Dinge geschehen. Nach dem Ende des Vorspanns:

Ein Ansager in unauffällig grauem Anzug tritt hinter sein Ansagepult. Souverän lächelnd zieht er sich einen Stuhl heran.

Ansager (GRAHAM) Guten Abend.

Er setzt sich. Das Quieken eines Schweines ist zu hören. Der Ansager springt auf und sieht entsetzt auf den Stuhl.

Schnitt zu einer Tafel, auf der drei Reihen mit Kreide gemalter Schweine zu sehen sind. Eine Hand kommt ins Bild und streicht eines der Schweine mit einem Stück Kreide durch.

ZWISCHENTITEL: »UND JETZT: WOLFGANG AMADEUS MOZART«

Mozart sitzt an einem Flügel und spielt. Er bemerkt die Kamera, hört auf zu klimpern und lächelt.

Mozart (JOHN) *(sehr sanft)* Hallo zusammen, und willkommen zu unserer Sendung. Heute abend wollen wir uns wieder einige berühmte Tode ansehen, und den Anfang macht diesmal Dschingis Khan, der Eroberer Indiens, mit seinem wunderbaren Tod. Legen Sie los, Dschingis.

Schnitt zu Dschingis Khans Zelt. Irgendwie indische Musik im Hintergrund. Dschingis schreitet auf und ab und sieht in die Ferne. Die Musik bricht plötzlich ab, Dschingis springt brüllend hoch und landet tot auf dem Rücken. Das alles geschieht sehr schnell.

Drei Wertungsrichter halten Tafeln mit Punkten hoch – wie beim Eiskunstlauf.

Off-Sprecher (GRAHAM) 9,1 – 9,3 – 9,7. Das macht 28,1 Punkte für Dschingis Khan.

Im Bild wieder Mozart am Klavier.

Mozart Tja, Dschingis, Pech gehabt. War aber schön, daß Sie dabei waren. Und nun ein Blick auf den Punktestand.

Schnitt zu einer Eddie Waring ähnelnden Gestalt, die neben einer Anzeigetafel steht. Die Tafel sieht ungefähr so aus:

Hl. Stephanus	29,9
Richard III.	29,3
Jeanne D'Arc	29,1
Marat	29,0
A. Lincoln (U.S. of A.)	28,2
D. Khan	28,1
König Edward VII.	3,1

Eddie (ERIC) Ja, und hier haben wir den Punktestand. Der heilige Stephanus in Führung mit seiner Steinigung, gefolgt von König Richard dem Dritten auf dem Schlachtfeld bei Bosworth – wirklich ein grandioser Tod –, dann die reizende Jeanne d'Arc, dann Marat in seiner Wanne – beim Duschen danach waren er und Charlotte natürlich wieder ein Herz und eine Seele –, dann A. Lincoln aus den Vereinigten Staaten von, auch er ein mordsmäßiger kleiner Kämpfer; auf Platz sechs Dschingis Khan, und mit der roten Laterne immer noch König Edward, der Siebente. Zurück zu Ihnen, Wolfgang.

Mozart, noch immer am Klavier.

Mozart Danke, Eddie. Und nun zum Wunschtod der Woche *(Nimmt eine Karte vom Klavier.)* Für Mr. und Mrs. Violet Stebbings aus der Wolverston Road 23 in Hull: Der Tod von Mr. Bruce Foster aus Guildford.

Ein gewöhnliches, kleinbürgerliches Wohnzimmer. Mr. Foster sitzt auf einem Sessel und liest Zeitung. Er sieht überrascht auf.

Foster (GRAHAM) Urgh! *(Er stirbt.)*

Wieder Mozart. Er sieht auf die Uhr.

Mozart Liebe Güte, wie schnell das wieder ging. Leider neigt sich unsere Sendezeit dem Ende zu, jetzt also schleunigst das Finale. Wir freuen uns, Ihnen einen der klassischen Grasbeißer und Evergreen-Abgänge präsentieren zu dürfen. Genau: den wunderbaren Tod des berühmten englischen Admirals Lord Nelson.

Schnitt zu einem sehr, sehr hohen modernen Bürogebäude. Nach einer kurzen Pause fliegt eine Nelson ziemlich ähnliche Puppe aus einem der obersten Fenster. Beim Absturz hören wir einen erstickten Schrei.

Nelson Küßt mich, Hardyyyy!

»Nelson« schlägt auf. Wir hören das laute Quieken eines Schweins.

Schnitt ins Klassenzimmer einer Volkshochschule. Der Lehrer sieht aus dem Fenster auf den Hof. Er wendet sich angewidert ab und geht zu einer Tafel, auf der die gemalten Schweinereihen zu sehen sind. Er streicht ein weiteres Schwein durch und geht an der Tafel entlang zur anderen Hälfte, auf der steht: »Abendunterricht: 19–20 Uhr«. Er schreibt »Italienisch« darunter und wendet sich der Klasse zu.

Lehrer (TERRY J.) Ah – einen guten Abend und willkommen zur zweiten Stunde unseres Italienisch-Kurses, der hoffentlich dazu beitragen wird, Ihr Italienisch ein wenig aufzufrischen. Letzte Woche haben wir ganz von vorn angefangen und das italienische Wort für »Löffel« gelernt. Na, und jetzt bin ich gespannt, ob noch irgend jemand weiß, wie es lautete?

Hektisches »Si! Si! Si!«-Rufen der Klasse, die, wie wir jetzt sehen, aus lauter dunkelhäutigen Italienern mit Nadelstreifenanzügen und schmalen Oberlippenbärtchen besteht.

Lehrer Nicht alle gleichzeitig. . . Mario, hinsetzen. Giuseppe!

Giuseppe (MICHAEL) Il cucchiaio.

Lehrer Sehr schön, Giuseppe, oder, wie der Italiener sagt: »Molto bene, Giuseppe«.

Giuseppe Grazie signor. . . grazie di tutta la sua gentilezza.

Lehrer Schön, schön. Also: diese Woche lernen wir einige Redewendungen kennen, die uns helfen, mit einem Italiener ins Gespräch zu kommen. Zuallererst wollen wir ihm sagen, woher wir kommen. Ich zum Beispiel müßte sagen: »Sono Inglese di Gerrard's Cross«; ich bin ein Engländer aus Gerrard's Cross. Wollen wir das mal alle zusammen probieren?

Alle Sono Inglese di Gerrard's Cross.

Lehrer Ja, schon ganz gut. Jetzt wollen wir es mit jemand anderem versuchen. Äh. . . Mr. – ?

Mariolini (JOHN) Mariolini.

Lehrer Ah, Mr. Mariolini. Und woher kommen Sie?

Mariolini Napoli, signor.

Lehrer Oh, dann sind Sie Italiener?

Mariolini Si, si signor!

Lehrer Schön, in diesem Fall müßten Sie sagen: »Sono Italiano di Napoli«.

Mariolini Ah, capisco, mille grazie signor. . .

Francesco (ERIC) Per favore, signor!

Lehrer Ja?

Francesco Non conosgeve parliamente, signor devo me parlo sono Italiano di Napoli quando il habitare de Milano.

Lehrer Äh. . . tut mir leid. . . das hab ich nicht verstanden.

Giuseppe Meine Freund sagen: »Warum er muß sagen. . .«

Im hinteren Teil des Klassenzimmers meldet sich jemand. Ein Schüler in Lederhosen steht auf.

Deutscher (GRAHAM) Bitte, mein Herr. Was ist das Wort für Mittelschmerz?

Lehrer Oh, Helmut ... Sie wollen bestimmt in die Deutschstunde.

Helmut Oh, ja. Dankeschön. *(Macht sich auf den Weg.)* Ah, die deutsche Stunde... Ach! *(Ab.)*

Giuseppe Meine Freund sagen: »Warum ich muß sagen, ich bin aus Neapel, wenn ich wohne in Mailand?«

Lehrer Äh, ich... gut, sag deinem Freund... wenn er in Mailand wohnt, muß er sagen: »Sono Italiano di Milano«.

Francesco *(erregt aufspringend)* Eeeeee! Milano è tanto meglio di napoli. Milano è la citta la più bella di tutti... nel mondo...

Giuseppe Er sagen: »Milano ist besser als Napoli«.

Lehrer Oh, das sollte er aber nicht, den Komparativ haben wir doch noch gar nicht durchgenommen.

Im Hintergrund redet jetzt alles erregt durcheinander – auf Italienisch. Ein in der letzten Reihe sitzender authentischer Mandolinespieler erhebt sich und stimmt »Quando Caliente Del Sol...« oder ähnliches an. Die Schüler sind inzwischen völlig außer Rand und Band. Der Lehrer versucht verzweifelt, sie zu beruhigen, gibt es jedoch schließlich auf und nimmt auf dem Stuhl hinter seinem Schreibtisch Platz. Wir hören das laute Quieken eines Schweines. Der Lehrer springt auf.

TRICKFILM: *Zuerst sehen wir eine Reproduktion der mit bunten Schweinen bemalten Tafel. Eine echte Hand kommt ins Bild und streicht das dritte Schwein durch. Anschließend beugt sich die Handlung dem Diktat von Señor Gilliams visueller Phantasie.*

Das Ende der Animation bildet ein »Whizzo-Butter«-Werbeplakat.

Off-Sprecher (MICHAEL) *(zur Animation)* Jaa, Mütter, zwischen der neuen *Whizzo*-Butter mit zehn Prozent mehr Weniger und einem toten Krebs gibt es jetzt *überhaupt keinen* Unterschied mehr. Also nicht vergessen: Wer *Whizzo*-Butter kauft, brät – im HIMMEL!

Schnitt zu einigen Frauen mittleren Alters aus der unteren Mittelschicht (nachfolgend als Schreckschrauben bezeichnet), die gerade interviewt werden.

Erste Schreckschraube (GRAHAM) Nein, ich seh wirklich keinen Unterschied zwischen Whizzo-Butter und dem toten Krebs da.

Interviewer (MICHAEL) *(in die Kamera)* Sehen Sie! Und so geht es neun von zehn britischen Hausfrauen: sie können Whizzo-Butter nicht von einem toten Krebs unterscheiden.

Schreckschrauben *(durcheinander)* Stimmt. Können wir nich. Nee. So isses. Ja.

Zweite Schreckschraube (JOHN) Sie. Sie! Sie sind im Fernsehen, näch?

Interviewer *(bescheiden)* Ja, ja.

Kurzes, anerkennendes Murmeln und Schnattern.

Zweite Schreckschraube Der macht dieses Zeuch mit den blöden Weibern, die Whizzo-Butter nich' von 'nem toten Krebs unterscheiden können.

Dritte Schreckschraube (TERRY J.) Das versuchen Sie mal mit uns, junger Mann, dann schlitzen wir Ihnen aber die Visage auf.

ZWISCHENTITEL: »ACHTUNG: KUNST«

Ein Moderator an seinem Pult.

Moderator (MICHAEL) Hallo, guten Abend und willkommen zu einer neuen Ausgabe von »Achtung: Kunst«. Heute abend legen wir los mit – Kino.

Schnitt zu Zweitem Interviewer und Ross.

Zweiter Interviewer (JOHN) Guten Abend. Einer der profiliertesten Filmproduzenten unserer Zeit, oder besser, aller Zeiten, ist Sir Edward Ross, der nach fünf Jahren erstmals wieder im Lande weilt, um eine Retrospektive seiner Werke im National Film Theatre zu eröffnen. Und wir schätzen uns glücklich, ihn heute abend hier bei uns im Studio begrüßen zu dürfen.

Ross (GRAHAM) Guten Abend.

Zweiter Interviewer Edward... – Es stört Sie doch nicht, wenn ich Sie Edward nenne?

Ross Nein, ganz und gar nicht.

Zweiter Interviewer Nur, weil es manche Leute stört... Ich weiß auch nicht, wieso... aber manche sind in der Hinsicht ein bißchen empfindlich, deswegen vergewissere ich mich vorsichtshalber immer gleich am Anfang...

Ross Nein, nein, ist schon in Ordnung.

Zweiter Interviewer Dann ist Edward Ihnen also recht. Fein. Fein. Tut mir leid, daß ich es überhaupt erwähnt habe, nur wegen der, äh...

Ross Nein, nein, Edward ist gut.

Zweiter Interviewer Gut. Vielen herzlichen Dank, daß Sie so unkompliziert reagieren... aber ich denke schon, daß man sich in meinem Beruf die Mühe... ähm...

Ross Unbedingt, ja.

Zweiter Interviewer Weil... es ist ziemlich schwer, eine persönliche Beziehung aufzubauen, wenn diese ungezwungene Atmosphäre nicht da ist.

Ross Klar.

Zweiter Interviewer Jaja, eine alberne Nebensache, aber eben doch nicht ganz unwichtig. Fein – genug davon. Ähm... Ted... als Sie damals anfingen, in... Es stört Sie doch nicht, wenn ich Sie Ted nenne?

Ross Nein. Nein, nein, alle Welt nennt mich Ted.

Zweiter Interviewer Ist ja auch kürzer, nicht?

Ross Allerdings.

Zweiter Interviewer Und längst nicht so förmlich.

Ross Ja. Ted, Edward, ganz egal.

Zweiter Interviewer Prächtig, prächtig... Ach, wo wir grad dabei sind; nennen Sie mich doch bitte Tom. Nicht, daß Sie mir jetzt noch mit irgendwelchem Thomas-Blödsinn anfangen. *(Unterdrücktes Lachen:)* Huh-huh-huh. Gut, wo waren wir? Ach ja: Eddie-Baby, als du damals anfingst, in...

Ross Verzeihung, aber ich wünsche nicht, daß Sie Eddie-Baby zu mir sagen.

Zweiter Interviewer Wie bitte?

Ross Nennen Sie mich bitte nicht Eddie-Baby.

Zweiter Interviewer Hab ich Sie Eddie-Baby genannt?

Ross Ja, haben Sie. Und jetzt machen Sie weiter.

Zweiter Interviewer Ich meine nicht, daß ich Sie Eddie-Baby genannt hätte.

Ross Sie haben mich Eddie-Baby genannt.

Zweiter Interviewer *(mit einem Blick in Richtung Kulisse)* Hab ich ihn Eddie-Baby genannt?

Stimmen Ja.
Nein.
Ja.

Zweiter Interviewer Ich hab dich doch nicht wirklich *Eddie-Baby* genannt, Süßer...

Ross Nennen Sie mich nicht Süßer!

Zweiter Interviewer Darf ich Schnucki sagen?

Ross Nein!
Zweiter Interviewer Häschen?
Ross Nein.
Zweiter Interviewer Pimpermäuschen?
Ross Nein, dürfen Sie *nicht!* Und jetzt machen Sie endlich weiter!
Zweiter Interviewer Frank.
Ross Wie bitte?
Zweiter Interviewer Darf ich Sie Frank nennen?
Ross Wieso Frank?
Zweiter Interviewer Das ist ein hübscher Name. Robin Day hat einen Igel, der Frank heißt.
Ross Was ist hier eigentlich los?
Zweiter Interviewer *(singt)* Frannie, Little Frannie, Frannie Knickers...
Ross *(steht auf)* Nein, jetzt ist gut. Ich gehe. *(Geht.)* Schluß...
Zweiter Interviewer Erzählen Sie uns etwas über Ihren neuesten Film. Sir Edward.
Ross *(aus der Kulisse)* Was?
Zweiter Interviewer Seien Sie doch so nett, uns von Ihrem neuesten Film zu erzählen, Sir Edward.
Ross *(zurückkehrend)* Schluß mit dem »Häschen«-Quatsch?
Zweiter Interviewer Versprochen. *(Tätschelt die Sitzfläche des freien Stuhls.)* Bitte, Sir Edward.
Ross *(platznehmend)* Von meinem neusten Film?
Zweiter Interviewer Ja, Sir Edward.
Ross Tjaa, wissen Sie, das Konzept zu diesem Film, so komisch das klingen mag, geht auf eine Idee zurück, die ich hatte, als ich das erste Mal mit der Filmbranche in Berührung kam, im Jahre 1919. Damals war ich natürlich noch ein einfacher Laufbursche...
Zweiter Interviewer Ach, *halt's Maul!*
Schnitt zurück zum Moderator.
Moderator Sir Edward... Ross. So. Im weiteren Verlauf der heutigen Sendung werden wir Ihnen ein in der Geschichte der modernen Kunst einmaliges Ereignis präsentieren können. Pablo Picasso wird, nur für uns, ein Gemälde malen; in dieser Sendung; live; auf einem Fahrrad. Das ist das erste Mal, daß Picasso malt, während er radfährt... Aber zunächst wollen wir uns mit einem Mann beschäftigen, dessen kometenhafter Aufstieg...

Ein Schwein quiekt. Der Moderator springt auf, reißt einen Revolver aus der Schreibtischschublade und feuert in die Kulisse.
EINBLENDUNG: «SCHWEINE – NELSON 3 : 1«

Dritter Interviewer und Arthur »Zwei Schuppen« Jackson. Im Hintergrund pathetische klassische Musik.

Dritter Interviewer (ERIC) Letzte Woche erlebte die Royal Festival Hall die Uraufführung der neuen Symphonie eines der bedeutendsten zeitgenössischen Komponisten, Arthur »Zwei Schuppen« Jackson. Mr. Jackson.

Jackson (TERRY J.) Guten Abend.

Dritter Interviewer Mr. Jackson, gestatten Sie, daß ich gleich zu Beginn kurz abschweife. Ihr, wenn Sie die Bezeichnung erlauben. . . Spitzname. . .

Jackson Ah, ja.

Dritter Interviewer »Zwei Schuppen«. Wie sind Sie zu dem gekommen?

Jackson Ach, ich selbst verwende ihn gar nicht, nur einige meiner Freunde nennen mich »Zwei Schuppen«.

Dritter Interviewer Aha. Und. . . besitzen Sie tatsächlich zwei Schuppen?

Jackson Nein. Nein, ich habe nur einen Schuppen. Allerdings schon ziemlich lange, und vor einigen Jahren hab ich mal überlegt, mir vielleicht einen zweiten zuzulegen – und seitdem nennen mich einige Leute »Zwei Schuppen«.

Dritter Interviewer Ungeachtet der Tatsache, daß Sie tatsächlich nur einen haben.

Jackson Ja.

Dritter Interviewer Aha. Und ziehen Sie den Erwerb eines zweiten Schuppens in Erwägung?

Jackson Nein.

Dritter Interviewer Um Ihrem Beinamen gerecht zu werden.

Jackson Nein.

Dritter Interviewer Aha. Aha. Na schön, zurück zu Ihrer Symphonie. Also. . . geschrieben haben Sie diese Symphonie vermutlich. . . *im* Schuppen. . .?

Jackson Nein. . .

Dritter Interviewer Haben Sie denn irgendeines Ihrer anderen jüngsten Werke in diesem Schuppen geschrieben?

Jackson Nein. Das ist doch bloß ein normaler Geräteschuppen.

Im Hintergrund erscheint das Bild eines Geräteschuppens.

Dritter Interviewer Aha. Dann erwägen Sie also den Kauf eines zweiten Schuppens, um *darin* zu schreiben.

Jackson Nein, nein. Hören Sie ... diese ganze Schuppen-Geschichte ist wirklich belanglos, diese Schuppen sind nicht wichtig. Es ist einfach so, daß mich ein paar Freunde »Zwei Schuppen« nennen, das ist alles. Sie sollten mich lieber über meine Musik befragen. Ich bin Komponist. Dauernd fragen mich irgendwelche Leute nach diesen Schuppen, das wird völlig überbewertet, ich kann es nicht mehr hören, ich hätte mir das Ding nie im Leben zulegen sollen...

Dritter Interviewer *(verständnisvoll lächelnd)* Also darf man wohl davon ausgehen, daß Sie den Verkauf eines Schuppens erwägen.

Jackson Ich *werde* ihn verkaufen, ja.

Dritter Interviewer Dann wären Sie Arthur »Kein Schuppen« Jackson.

Jackson *(erregt)* He, jetzt vergessen Sie die Schuppen, die Schuppen sind vollkommen unwichtig...

Dritter Interviewer Bei allem Respekt, Mr. Jackson, denke ich doch, daß wir jetzt über Ihre Symphonie sprechen sollten...

Jackson Was?

Dritter Interviewer Ihre Symphonie, ist – wie man hört – für Orgel und Kesselpauken geschrieben...

Jackson *(entdeckt das Schuppenbild hinter sich)* Was ist das?

Dritter Interviewer Was ist was?

Jackson Ein Schuppen. Nehmen Sie das weg.

Er deutet auf die Projektionswand. Das Bild verschwindet und wird durch ein Foto von Jackson ersetzt. Jackson betrachtet es eingehend.

Jackson Na also.

Dritter Interviewer Bitte, Mr. Jackson... zu Ihrer Symphonie.

ZWISCHENTITEL: »ARTHUR ›ZWEI SCHUPPEN‹ JACKSON«

Schnitt zurück ins Studio: Jacksons Bild wird ersetzt durch ein Foto zweier Schuppen. Über einem der beiden schwebt ein Fragezeichen.

Dritter Interviewer Man sagt, Sie hätten sich früher sehr fürs Züge-Sichten interessiert.

Jackson Wie?

Dritter Interviewer Man sagt, vor ungefähr dreißig Jahren sollen Sie ein geradezu begeisterter Streckenposten gewesen sein.

Jackson Was hat das mit meiner verdammten Musik zu tun?

Der zweite Interviewer (John) tritt hinzu.

Zweiter Interviewer Hast du Ärger mit dem?
Dritter Interviewer Ja, kann man sagen.
Zweiter Interviewer Tja, Zwei-Schuppen, Typen wie du sollten sich besser nicht mit uns Interviewern anlegen.
Dritter Interviewer Genau. Mach dich dünne, Zwei-Schuppen. In diesem Studio ist nicht genug Platz für uns drei.
Er wird aus dem Bild gestoßen, man hört es poltern und krachen.
Zweiter Interviewer Besorg dir deine eigene Kunstsendung, du Schwuchtel!
Dritter Interviewer *(in die Kamera)* Arthur »Zwei Schuppen« Jackson.
Schnitt zum Moderator. Er setzt gerade zum Sprechen an, als:
Dritter Interviewer *(im Off)* Mach dir nichts draus, Timmy.
Zweiter Interviewer *(im Off)* Ach, Michael, wenn ich dich nicht hätte.
Moderator Arthur »Zwei Schuppen« . . .
Schnitt zu einem im Studio sitzenden Wikinger.
Wikinger (JOHN) . . . Jackson.
Schnitt zurück zum Moderator.

Moderator Und jetzt zu einigen weiteren Vorberichten zu jenem monumentalen, künstlerischen Ereignis, in dessen Verlauf Pablo Picasso ein von uns in Auftrag gegebenes Gemälde anfertigen wird – und zwar beim Radfahren. Pablo Picasso – Begründer der modernen Kunst – zweifellos der bedeutendste abstrakte Maler aller Zeiten. . . hier und heute zum ersten Mal in Bewegung malend. Aber bevor es losgeht, wollen wir einen kurzen Blick auf die Strecke werfen.
Schnitt zu einem Raymond-Baxter-Typ, der vor einer großformatigen Landkarte steht. Er bewegt ein kleines, auf Pappe gezogenes Konterfei von Picasso über die Karte, um die Streckenführung zu erläutern.
Baxter (MICHAEL) Danke, David. . . Picasso wird hier unten in Chichester starten, dann auf der A29 nach Fontwell radeln und dort die A272 nehmen, die ihn hier oben, nördlich von Hindhead, auf die A3 führt. Von da aus geht's immer geradeaus auf der A3 bis hierher, zum Südring in Battersea. Ja, es handelt sich hier wirklich um ein bemerkenswertes Ereignis, da es das erste Mal sein wird, daß ein derart bedeutender zeitgenössischer Künstler die A272 nimmt, und wir dürfen gespannt sein, wie er mit dem Verkehrsaufkommen um Wisborough Green zurechtkommt. Vicky!

Schnitt zu Vicky, der ein Fahrrad hält.

Vicky (ERIC) Also, das hier ist das Fahrrad, mit dem Picasso unterwegs sein wird, ein Wiking-Super-Tourenrad mit Rennlenker und Zwillingsfelgenbremsen. Mit der Ränke-Bürzel-20-Gang-Synchron-Schaltung kann er sich schon auf Schwierigkeiten gefaßt machen, weil er es hier mit Straßenbelägen zu tun kriegt, die man im Ausland so praktisch gar nicht kennt. Mitzie!

Schnitt zum Moderator. Neben ihm sitzen ein Wikinger und ein Ritter in voller Rüstung.

Moderator Und wir schalten um zu einem ersten Bericht über Picassos Fortschritte – Reg Moss an der Umgehungsstraße in Guildford, bitte.

Reg Moss steht mit einem Mikro in der Hand am Rande einer ziemlich befahrenen Landstraße.

Reg Moss (ERIC) Danke, David. – Bisher ist von Picasso noch nichts zu sehen, aber er muß jeden Moment hier vorbeikommen. . . Bei mir ist jedenfalls Ron Geppo, britischer Meister im Radsprint und diesjähriger Gewinner des Querfeldeinrennens Derby–Doncaster.

Wir sehen Geppo in kompletter Radlermontur.

Geppo (GRAHAM) Tja, Reg, ich schätze, Pablo wird schon klarkommen, vorausgesetzt, er versucht nicht irgendwas in der Größenordnung seiner früheren Gemälde zu machen, so was wie *Guernica* oder *Die Fräulein von Avignon* oder diese Krieg-und-Frieden-Wandgemälde, die er zuletzt für die Friedenskapelle in Vallauris gemacht hat, weil, bei solch starkem Gegenwind wie heute wahrscheinlich nicht mal Doug Timpson von den Manchester Harriers was in dem Format malen könnte.

Reg Moss Vielen Dank, Ron. . . *(Sieht die Straße hinunter.)* Und da hier noch immer nichts von Picasso zu sehen ist, gebe ich zurück ins Studio.

Moderator *(mit »Knopf« im Ohr)* Ich höre gerade, daß Picasso sich dem Tolworth-Kreisel an der A3 nähert. Sam Trench in Tolworth, bitte melden.

Schnitt zu Sam Trench am Straßenrand.

Trench (JOHN) Ja, David, hier am Tolworth-Kreisel tut sich wirklich etwas. Picasso radelt energisch auf den Kreisverkehr zu. Er ist noch ungefähr 50 bis 75 Meter entfernt – und jetzt sehe ich auch sein Gemälde. . . es ist – abstrakt. . . Ja, ich kann mehrere blaue, mehrere lila und einige kleine schwarze ovale

Formen erkennen... Ja, wenn mich nicht alles täuscht, sehe ich...

Eine Schreckschraube tritt neben ihn und stupst ihn an.

Schreckschraube (MICHAEL) Das is' nich' Picasso – das is' Kandinsky.

Trench *(aufgeregt)* Herrgott, Sie haben recht! Es ist Kandinsky, aber wer ist denn da bei ihm? Das ist Braque. Georges Braque, der Kubist, er malt einen Vogel im Flug über ein Kornfeld, und er schießt talwärts auf Kingston zu, und... *(Radfahrer fahren an ihm vorbei)* Piet Mondrian – direkt hinter ihm, Piet Mondrian, der Neoplastiker, dann eine Lücke, dann das Hauptfeld, da kommen sie, Chagall, Max Ernst, Miró, Dufy, Ben Nicholson, Jackson Pollock und – Bernard Buffet mit einem Ausreißversuch auf der rechten Seite, Brancusi geht mit, außerdem Géricault, Fernand Léger, Delauney, De Kooning, Kokoschka scheint den Anschluß zu verlieren, auch Paul Klee fällt ein wenig zurück, und, ganz am Ende dieser Gruppe: unser Kurt Schwitters!

Schreckschraube Das'n Deutscher!

Trench Aber bis jetzt nicht die geringste Spur von Pablo Picasso, und deshalb vom Tolworth-Kreisel zurück ins Studio.

Toulouse-Lautrec radelt auf einem Dreirad vorbei.

Schnitt zurück ins Studio.

Moderator Nun, ich denke, die Sache hat sich aufgeklärt, Sam, gerade bekommen wir eine Meldung von der Straßenwacht, daß Picasso... daß Picasso... gestürzt ist. Und zwar auf der B2127, unmittelbar vor Ewhurst, offenbar beim Versuch, eine Abkürzung über Peaslake und Gomshall nach Dorking zu nehmen. Picasso soll unverletzt sein, aber das Schwein klagt über leichte Kopfschmerzen. *(Legt den Ohrhörer ab.)* Und mit dieser Meldung müssen wir uns für heute von Ihnen verabschieden. Picassos erster Griff nach internationalem Radsportruhm ist gescheitert. Und damit bleibt uns, allen Mitarbeitern von »Achtung: Kunst«, nur, Ihnen weiterhin einen angenehmen Abend zu wünschen. *(Ein Schweinekopf taucht am Rande des Moderatorentisches auf. Der Moderator drückt ihn sanft wieder nach unten.)* Guten Abend.

TRICKFILM: *eine aus viktorianischen Fotos zusammengesetzte Trickfilm-Sequenz, an deren Ende ein großes Schwein abstürzt und das*

Porträt eines Mannes erschlägt. Schnitt zu einem Generalstabszimmer im zweiten Weltkrieg. Zwei Offiziere schieben kleine Schweinemodelle über eine Landkarte. Ein Soldat tritt ein.

Soldat Es hat Dobson erwischt, Sir.

Offizier (GRAHAM) Mastschwein, wie? Diese Säue.

Schnitt zu einem Reihenhaus in einer ruhigen Seitenstraße. Ernste Dokumentationssendungs-Musik. Schnitt in ein kleines Zimmer. Eine gebeugte, ungepflegte Gestalt (Michael) sitzt zusammengekauert an einem Schreibtisch und schreibt. Um ihn herum liegen Papierschnipsel und zerknüllte Zettel. Die Kamera zeigt uns den schreibenden Mann von vorn; sein unrasiertes Gesicht ist gezeichnet von enormer Konzentration.

Off-Sprecher (ERIC) Dieser Mann ist Ernest Scribbler. . . Witzautor. In wenigen Sekunden wird er den lustigsten Witz der Welt geschrieben haben. . . und sich deswegen totlachen.

Der Witzautor hält inne, um zu lesen, was er geschrieben hat. . . langsam breitet sich ein Lächeln über sein Gesicht aus, das sich dann sehr, sehr langsam in hysterisches Lachen verwandelt. . . er erhebt sich unsicher, irrt, zunehmend ausgelassener prustend und kreischend, hilflos durch den Raum, bricht schließlich zusammen und stirbt.

Off-Sprecher Dieser Witz war ganz offensichtlich tödlich. . . niemand konnte ihn lesen und überleben. . .

Scribblers Mutter (Eric) betritt den Raum. Sie entdeckt ihren toten Sohn und schreit entsetzt auf. Sie beugt sich über ihn und weint. Sie bemerkt den Zettel in seiner Hand, nimmt ihn an sich (da sie ihn für einen Abschiedsbrief hält – die letzten dreizehn Jahre waren nicht leicht für ihren Sohn) und liest ihn schluchzend. Urplötzlich bricht sie in schallendes, hysterisches Gelächter aus, springt in die Höhe und sinkt tot über dem Schreibtisch zusammen.

Schnitt zu einem typischen Reporter, der typisch vor dem Haus steht.

Reporter (TERRY J.) *(andächtig)* Heute morgen um kurz nach elf wurde dieses kleine Haus in der Dibley Road von Komik erschüttert, von plötzlicher. . . heftiger. . . Komik. Die Polizei hat die gesamte Umgebung hermetisch abgeriegelt. Bei mir ist jetzt Scotland Yards Spitzeninspektor.

Inspektor (GRAHAM) Ich werde gleich das Haus betreten und versuchen, den Witz zu eliminieren.

In diesem Moment wird eines der Fenster im ersten Stock des Hauses aufgestoßen. Ein Arzt mit Stethoskop steckt hysterisch kreischend seinen Kopf heraus und sinkt tot auf das Fensterbrett. Reporter und

Inspektor werfen einen kurzen, traurigen Blick auf ihn und fahren dann fort, als seien sie derart traurige Vorkommnisse an diesem Morgen bereits gewohnt.

Inspektor Unterstützt werde ich dabei durch melancholische Musik, die von einem alten Grammophon abgespielt wird, und von einigen Männern des Q-Dezernats, die Klagelieder anstimmen werden... *(Er deutet auf ein in der Nähe stehendes Häuflein mürrisch dreinblickender Polizisten.)* Die dadurch entstehende Stimmung dient meinem Schutz, falls ich den Witz versehentlich lesen sollte.

Er gibt den Männern ein Zeichen. Die Polizisten beginnen zu seufzen und Klagelieder anzustimmen. Chopins »Trauermarsch« erklingt. Der Inspektor streckt die Brust raus, schreitet mutig auf das Haus zu und verschwindet darin.

Reporter Da geht er hin, der mutige Mann. Und ganz gleich, ob er lebend wiederkehren wird oder nicht: man wird sich seiner Tat erinnern als einer der mutigsten und tapfersten in der Polizeigeschichte...

Plötzlich taucht der Inspektor, unbändig lachend, in der Haustür auf und hält den Witz empor. Er taumelt kichernd in den Vorgarten, bricht zusammen und stirbt.

Schnitt zu einem Archivfilm: Armeelastwagen fahren auf einer nächtlichen Straße entlang.

Off-Sprecher Es dauerte nicht lange, bis sich die Armee für das militärische Potential des Killer-Witzes zu interessieren begann. Unter strengsten Sicherheitsvorkehrungen wurde der Witz auf dem schnellsten Wege zu einem Treffen der alliierten Oberbefehlshaber ins Kriegsministerium geschafft.

Schnitt zu einer Hintertür des Kriegsministeriums. Der Wachhabende nimmt Haltung an, als ein Meldefahrer mit einer gepanzerten Kiste auf die Tür zuläuft. (Schild an der Tür: Konferenz. Kein Zutritt.) Der Meldefahrer eilt hinein. Die Tür öffnet sich für ihn und wird hinter ihm geschlossen. Lautstarkes Brüllen und Lachen ist zu hören, dann die dumpfen Aufschlaggeräusche der auf dem Tisch oder dem Fußboden zusammenbrechenden Oberbefehlshaber. Der Soldat vor der Tür verzieht keine Miene.

Schnitt zu einem Bunker in der Ebene von Salisbury. Kurze Kamerafahrt zu einem Sehschlitz, durch den zwei schnauzbärtige Generäle gespannt nach draußen spähen.

Off-Sprecher Die Armeeführung war beeindruckt. Tests in der

Ebene von Salisbury bestätigten die verheerende Wirkung des Witzes auf eine Entfernung von bis zu fünfzig Metern.

Schnitt: Sicht aus dem Bunkerschlitz. Zoom durch den Schlitz zum Horizont, wo eine einsame Gestalt in der kargen Landschaft steht. Es ist ein schlaksiger, bebrillter Obergefreiter (Terry J.); er wirkt verfroren und jämmerlich.

Schwenk zu zwei Soldaten, die fünfzig Meter entfernt neben einer aufgebockten, von einem Laken verdeckten Tafel stehen.

Schnitt zum Gesicht des Obergefreiten – das gleichermaßen Unverständnis wie Dummheit signalisiert.

Ein auf dem Bunker stehender Mann schwenkt eine Fahne. Die beiden Soldaten enthüllen den Witz. Der Obergefreite liest ihn mit zusammengekniffenen Augen, stutzt, denkt darüber nach, prustet leicht, giggelt und fällt tot um. Schnitt zu den Generälen, die sich vor dem Bunker beglückwünschen.

Generäle Fantastisch!

Schnitt zum Oberst, der in die Kamera spricht.

Oberst (GRAHAM) Während des gesamten Winters '43 arbeiteten Übersetzer – unter witzgeschützten Bedingungen – an einer deutschen Version des Witzes zu erstellen. Aus Sicherheitsgründen arbeiteten sie jeweils nur an einem einzigen Wort. Einer von ihnen sah zwei Wörter und verbrachte mehrere Wochen im Lazarett. Aber trotz dieser Widrigkeiten kamen wir gut voran, und schon im Januar lag der Witz in einer Version vor, die für unsere Truppen unverständlich war – nicht aber für die Deutschen.

Schnitt zu einem Schützengraben in den Ardennen. In ihm kauern Angehörige der Witzbrigade mit Zetteln, auf denen der Witz steht.

Off-Sprecher Und so konnte der Witz am achten Juli des Jahres 1944 in den Ardennen erstmals gegen die feindlichen Truppen eingesetzt werden.

Befehlshabender Unteroffizier Erzählt deeen. . . *Witz!*

Witzbrigade *(gemeinsam)* Wenn ist das Nunstück git und Slotermeyer? Ja! . . . Beiherhund das Oder die Flipperwaldt gersput!

Schwenk aus dem Graben über eine verwüstete Waldlandschaft bis hin zu der Stelle, wo sich vermutlich die deutschen Schützengräben befinden. Nach kurzer Stille hören wir Getuschel und Geflüster aus den Büschen, dann torkelt ein Häufchen deutsche Soldaten hysterisch lachend aus dem Unterholz.

Off-Sprecher Es war ein unglaublicher Erfolg. Sechzigtausendmal so stark wie Englands berühmtester Vorkriegswitz. . .

Ein Archivfilm zeigt Chamberlain, der das unterzeichnete Münchner Abkommen hochhält.

Off-Sprecher . . .und darüberhinaus einer, dem Hitler nichts entgegenzusetzen hatte.

Ein Archivfilm zeigt Hitler bei einer Kundgebung. Hitler spricht; Untertitel werden groß eingeblendet.

UNTERTITEL: »MEIN HUND HAT KEINE NASE.«

Ein junger Soldat antwortet:

UNTERTITEL: »UND WIE RIECHT ER?«

Hitler spricht:

UNTERTITEL: »GRÄSSLICH.«

Off-Sprecher Eingesetzt, war er tödlich.

Ein Angehöriger der Witzbrigade schleicht durch den Wald. Plötzlich entdeckt er etwas und geht in Deckung. Von einem Baum geschützt, liest er den Witz vor.

Witzgefreiter (TERRY J.) Wenn ist das Nunstück git und Slotermeyer? Ja! . . .Beiherhund das Oder die Flipperwaldt gersput!

Aus einem der Bäume fällt ein lachender Heckenschütze.

Schnitt zur Witzbrigade, die in einem Waldstück zum Angriff übergeht.

Witzbrigade Wenn ist das Nunstück git und Slotermeyer? Ja! . . .Beierhund das Oder die Flipperwaldt gersput!

Sie skandieren den Witz mehrfach, während sie durchs Unterholz stürmen. Die Deutschen ergreifen lachend die Flucht, einige stürzen zu Boden.

Off-Sprecher Die Deutschen hatten entsetzliche Verluste zu beklagen.

Schnitt zu einem deutschen Feldlazarett. Vor einem Zelt liegen mehrere Opfer, die noch immer hysterisch lachen.

Schnitt zu einem Vernehmungszimmer der Nazis. Auf einem Stuhl sitzt ein Offizier der Witzbrigade, dessen Gesicht geschunden aussieht. Er wird von einem Gestapo-Offizier verhört; ein weiterer (der ein großes Schild mit der Aufschrift »Ein Gestapo-Offizier« um den Hals trägt) steht hinter dem Gefangenen.

Nazi (JOHN) Wie lautet derrr grroße Witz!?

Offizier (MICHAEL) Von mir erfahren Sie nur Namen, Rang, und warum darf man deutsche Fische nicht mit Haken kreuzen?

Nazi Das ist nicht komisch! *(Er ohrfeigt ihn; d. h., er schlägt am*

Gesicht des Gefangenen vorbei, während der zweite Gestapo-Offizier (Graham) in die Hände klatscht.) Ich will wissen, wie lautet derrr Witz!

Offizier Na schön. Warum hinkt die Nazi-Infanterie der englischen immer hinterher?

Nazi *(kurz aus der Fassung gebracht)* Ich weiß nicht... Warum hinkt die Nazi-Infanterie der englischen immer hinterher?

Offizier Weil wir nicht besonders gut zu Fuß sind. *(Er tritt dem Nazi mit voller Wucht auf den Fuß; der Getretene hüpft mit schmerzverzerrtem Gesicht auf und ab.)*

Nazi Gott in Himmel! Das ist nicht komisch! *(Er »ohrfeigt« den Gefangenen mehrmals; dann drohend:)* Und wenn du mir jetzt nicht verrätst, wie derrr Witz lautet, schlage ich rrrrichtig zu!

Offizier Körperliche Schmerzen machen mir nichts aus.

Nazi Bah... wie langweilig. Na schön! Otto!

Otto (Graham) beginnt, den Offizier mit einer Feder zu kitzeln. Dieser beginnt zu lachen.

Offizier Oh, nein – alles, nur das nicht, bitte, ist gut, ich erzähl's euch.

Sie hören auf.

Nazi Schnell, Otto. Die Schreibmaschine.

Otto setzt sich an die Schreibmaschine; die beiden Nazis sehen den Offizier erwartungsvoll an.

Offizier Wenn ist das Nunstück git und Slotermeyer? Ja! Beierhund das Oder die Flipperwaldt gersput.

Otto hört auf zu tippen, taumelt brüllend vor Lachen hinaus auf den Flur und stirbt.

Nazi Ach! Das ist nicht komisch!

Er prustet, fängt an zu lachen, knufft den Gefangenen in die Seite, springt plötzlich brüllend hoch und fällt tot um. Ein Wächter mit Maschinengewehr (Terry G.) stürmt herein. Der englische Offizier springt auf den Tisch.

Offizier *(blitzschnell)* Wenn ist das Nunstück git und Slotermeyer? Ja! ...Beierhund das Oder die Flipperwaldt gersput.

Der Wächter taumelt rückwärts und bricht lachend zusammen. Der Offizier flüchtet.

Schnitt zu einem Archivfilm: Deutsche Wissenschaftler bei der Arbeit in einem Labor.

Off-Sprecher Aber schon im Herbst des Jahres 1944 arbeiteten die Deutschen in Peenemünde an einem eigenen Witz.

Schnitt nach innen. Ein deutscher General (Terry J.) sitzt an einem imposanten Tisch. Hinter ihm steht Otto, vor dessen Brust ein Schild mit der Aufschrift »Ein anderer Gestapo-Offizier« baumelt. Ein bebrillter deutscher Wissenschaftler/Witze-Verfasser tritt ein. Er räuspert sich und liest von einer Karte ab.

Deutscher Witzwissenschaftler (ERIC) Die ist ein Kinnerhunder und zwei Mackel über der bitte schön ist den Wunderhaus sprechen sie. »Nein«, sprecht der Herren. »Ist aufern borger mit zweitdingen.«

Er sieht hoffnungsvoll von der Karte auf.

Otto Wir geben Ihnen Bescheid.

Er erschießt ihn. Der Wissenschaftler fällt tot auf einige andere weiß bekittelte Leichen.

Weitere Archivfilme mit deutschen Wissenschaftlern.

Off-Sprecher Aber im Dezember war die Arbeit abgeschlossen, und Hitler gab den Befehl, die englische Version des deutschen V-Witzes im Rundfunk auszustrahlen.

Schnitt zu einem Vierziger-Jahre-Empfänger, vor dem ein gespannt lauschendes Ehepaar sitzt (Graham & Terry J.)

Radio *(eine knisternde deutsche Stimme)* Der wör zwei pienats, woking daun der strasse, end won wos. . . essoltet! Pienat. Ho-ho-ho.

Die deutsche Nationalhymne erklingt. Die Eheleute sehen zuerst einander, dann völlig fassungslos das Radio an.

Schnitt zurück in die Gegenwart. Ein BBC-Berichterstatter steht auf einer Lichtung.

Berichterstatter (ERIC) 1945 brach der Frieden aus. Das war das Ende des Witzes. Der Einsatz von Witzen zur Kriegsführung wurde in einem besonderen Abschnitt der Genfer Konventionen verboten, und die letzte verbliebene Kopie des Witzes wurde 1950 hier, auf einem Landfriedhof in Berkshire, zur ewigen Ruhe gebettet, um nie wieder erzählt zu werden.

Die Kamera schwenkt zu einem Grabstein mit der Inschrift »Dem unbekannten Witz«. Eine langsame Fahrt zurück zeigt den Stein in idyllischer Umgebung. Die Kamera schwenkt zu den Klängen von »Rule Britannia« in den Himmel. Schnitt zu einem Fußballschiedsrichter, der abpfeift.

ZWISCHENTITEL: »ENDE«

Wieder der Strand vom Anfang. Der »Jetzt«-Mann liegt am Strand. Jemand stupst ihn mit einem langen Stock von außerhalb des Bildes an.

Mit letzter Kraft richtet er sich auf und torkelt zurück ins Meer. Dazu läuft der Abspann:

EINBLENDUNG: »›KANADA, WAS NUN?‹ WURDE ERDACHT, GESCHRIEBEN UND AUFGEFÜHRT VON. . . (ABSPANN).«

Dazu:

Off-Sprecher (JOHN) Und jetzt liegt uns auch das Endergebnis vor: Schweine – Britische Zweibeiner 9 : 4. Die Schweine treffen im Finale auf Vicki Carr.

Zwei – Sex und Gewalt

Ein Mann erscheint auf einer ziemlich weit entfernten Düne. Wir hören ihn laut keuchen. Er sieht kurz in Richtung Kamera und rennt dann auf sie zu. Er erscheint auf dem Gipfel einer näher gelegenen Düne, rennt weiter in Richtung Kamera und verschwindet wieder in einer Senke. Jetzt, wo er nicht zu sehen ist, klingt es, als laufe jemand über einen Gefängniskorridor, dann hört man das Öffnen und Schließen einer großen Tür. Der Mann taucht wieder auf, jetzt nur noch zwei Dünen entfernt. Weiter auf die Kamera zurennend, verschwindet er erneut. Diesmal hören wir eine Reihe von metallischen Geräuschen, gefolgt vom Quieken eines Schweins. Der Mann erscheint am Fuß der Düne, auf der die Kamera steht, und rennt auf sie zu.

Mann (MICHAEL) Und jetzt. . .

Off-Sprecher (JOHN) Monty Python's Flying Circus.

Anschließend folgen einige sehr seltsame Bilder, die dem fiebernden Hirn eines amerikanischen Immigranten entstammen und möglicherweise mit dem »Strecken von Eulen« zu tun haben. Nach Abschluß dieser kostspieligen Therapieveranstaltung folgt:

ZWISCHENTITEL: »TEIL 2«

ZWISCHENTITEL: »SCHAFE«

Szenenaufbau im Studio: ein ländliches Weidengatter. Ein waschechter Landmann mit schmutzigem Kittel und Schlapphut stützt sich auf die Pforte. Ein feiner Städter, offenbar in den Ferien, nähert sich dem Landmann. Man hört die ganze Zeit »Mäh«-Geräusche, ohne aber je Schafe zu sehen.

Städter (TERRY J.) Guten Tag.

Landmann (GRAHAM) Tach.

Städter Schönes Wetter heute, nicht?

Landmann Jou, jou.

Städter Machen Sie hier Urlaub, oder. . . ?

Landmann Nee, nee, ick wohn hier.

Städter Oh, auch sehr schön. *(Blickt über das vor ihnen liegende Feld; er stutzt)* Sagen Sie mal, sind das etwa *Schafe*?

Landmann Jou.

Städter Ja, ja, natürlich, das sieht man ja. . . bloß. . . äh, was machen die denn oben in den Bäumen?

Landmann Eine berechtigte Frage. Eine, die mich in den vergangenen Wochen recht häufig beschäftigt hat. Nach reiflicher Überlegung bin ich zu der Überzeugung gelangt, daß sie nisten.

Städter Nisten?

Landmann Jou.

Städter Wie Vögel?

Landmann Jou. Genau so! Vögel sind der Schlüssel zu diesem Problem. Nach meinem Dafürhalten befinden sich diese Schafe in dem Irrglauben, sie seien Vögel. Beobachten Sie ihr Verhalten: Nehmen Sie zum Beispiel ihre Neigung, auf den Hinterbeinen über die Weide zu hüpfen. *(»Gemähe« aus dem Off; die beiden folgen der unsichtbaren Geräuschquelle mit den Augen.)* Und jetzt verfolgen Sie ihre Versuche, von Baum zu Baum zu fliegen. Beachten Sie, daß sie weniger fliegen als vielmehr abstürzen. *(Geräusch eines abstürzenden Schafes.)* Sehen Sie sich beispielsweise das Mutterschaf in der Eiche dort drüben an. Es versucht ganz offensichtlich, seinem Lamm das Fliegen beizubringen. *(Määääääh. . . bumms.)* Das kommt dabei heraus, wenn Blinde Blinde führen.

Städter Aber warum halten die sich denn für Vögel?

Landmann Wieder eine berechtigte Frage. Eins steht mal fest: Ein Schaf ist zum Fliegen nicht geschaffen. Schon das vergleichsweise einfache Hocken auf einem Ast bereitet ihm unerhörte Schwierigkeiten. *(Rumms.)* Wie Sie sehen. Und was das Fliegen betrifft; ihre Körper sind den Problemen der Luftfahrt nicht im geringsten gewachsen. Nun sind leider Schafe aber ausgesprochen tumb. Wenn die sich erst mal was in den Kopf gesetzt haben, lassen sie sich so leicht nicht mehr davon abbringen.

Städter Aber wie sind sie denn überhaupt auf so was gekommen?

Landmann Durch Harold. Das ist das Schaf da drüben unter der Ulme. Er ist das gefährlichste Tier überhaupt – ein schlaues Schaf. Harold ist der Leithammel. Er hat durchschaut, daß das Leben von Schafen darin besteht, ein paar Monate in der Gegend herumzustehen und dann gegessen zu werden. Ziemlich deprimierende Aussichten für ein ehrgeiziges Schaf wie ihn. Er *mußte* praktisch auf Fluchtgedanken kommen.

Städter Aber. . . warum schaffen Sie sich diesen Harold denn nicht einfach vom Hals?

Landmann Na, wegen der enormen kommerziellen Möglichkeiten, falls er Erfolg hat.

Off-Sprecher (ERIC) Und was genau *sind* die kommerziellen Möglichkeiten, die sich durch Schaf-Luftfahrt ergeben?

Zwei Franzosen stehen vor dem Schaubild eines flugtauglichen Schafes. Sie sprechen sehr schnell französisch, größtenteils »Pseudo«.

Erster Franzose (JOHN) Bonsoir – ici nous avons les diagrammes modernes d'un mouton anglo-français... maintenant... määh-mäh... mais... mäh... nous avons, dans la tête, le cabine. Ici, on se trouve le petit capitaine anglais, Monsieur Trubshawe.

Zweiter Franzose (MICHAEL) Vive Brian, wo immer du bist.

Erster Franzose D'accord, d'accord. Maintenant, je vous présente mon collègue, le pouf célèbre, Jean-Brian Zatapathique.

Er reißt seinen Schnurrbart ab und klebt ihn seinem Kollegen ins Gesicht.

Zweiter Franzose Maintenant, le mouton... le Landung... les Räder, bon.

Klappt die Räder aus der Unterseite des Schaf-Schaubildes.

Erster Franzose Bon, les Räder, ici.

Zweiter Franzose C'est formidable, n'est ce pas... *(macht einige Flugbewegungen und redet unverständliches Zeug)* et dans la derrière de le mouton... *(zieht einen kleinen Motor aus dem Heck des Schafes)* le bon-bon-bon... le tschuk-tschuk-tschuk...

Es folgt eine kurze, geflüsterte Diskussion, dann:

Erster Franzose Ah... bon... bon.

Zweiter Franzose Mais...

Erster Franzose Mais...

Beide breiten fragend die Arme aus.

Zweiter Franzose Ou sont les bagages?

Erster Franzose Ou sont les bagages?

Zweiter Franzose Ou sont les voyageurs?

Erster Franzose Ou sont les voyageurs?

Zweiter Franzose *(den Schnurrbart wieder seinem Kollegen anklebend)* Gaspard!

Erster Franzose Merci! Les voyageurs... les bagages... ils sont... ici!

Triumphierend klappt er den Bauch des Schafes auf und enthüllt so den Rest des genialen Arrangements. Die beiden deuten auf die Sitzreihen und den Gepäckraum. Sie sind nun völlig begeistert und reden durcheinander. Schließlich zählen sie: »Sur trois... Un... deux... trois« und beginnen auf und ab flatternd »mäh-mäh, mäh-mäh« zu rufen.

Schnitt zu einigen Schreckschrauben im Supermarkt und einem Interviewer, der nicht im Bild zu sehen ist.

Erste Schreckschraube (GRAHAM) Doch ja, hier in der Gegend gibt's 'ne Menge Franzosen.

Zweite Schreckschraube (TERRY J.) Oooh, ja.

Dritte Schreckschraube (MICHAEL) Überall, ja.

Interviewer Und wie kommen Sie mit diesen Franzosen zurecht?

Erste Schreckschraube Oh, sehr gut.

Vierte Schreckschraube (JOHN) Ja, ich auch.

Dritte Schreckschraube Ich auch.

Erste Schreckschraube Doch, doch, ich mag die. Ich mein, im Denken sind die gut, nich'? Ich mein, mal ehrlich – Pascal.

Zweite Schreckschraube Blaise Pascal.

Dritte Schreckschraube Jean-Paul Sartre.

Erste Schreckschraube Ja, und Voltaire.

Zweite Schreckschraube Ooh! – René Descartes.

TRICKFILM: *René Descartes (Rodins »Denker«) sitzt da und denkt. Vor seinem Kopf hängt eine Blase, in der »Denk« steht. Plötzlich grunzt René zufrieden. In der Denkblase erscheint: »Ich denke also bin ich«. Eine große Hand mit einer Stecknadel kommt ins Bild und spießt die Blase auf, die Luft weicht aus, die Blase verschwindet. Kurz darauf verschwindet auch René.*

Schnitt ins Studio; ein elegant gekleideter, seriös wirkender Ansager sitzt an seinem Pult.

Ansager (ERIC) Und nun zu etwas völlig anderem. Ein Mann mit drei Arschbacken.

Ein Interviewer und Arthur Frampton in einem anderen Studio.

Interviewer (JOHN) Guten Abend. Bei mir zu Gast ist Mr. Arthur Frampton, bei dem . . . – Mr. Frampton, wenn ich recht informiert bin, sollen Sie. . . äh. . . sagt man. . . haben Sie. . . – Also, ich will es mal anders formulieren. . . Wenn mich nicht alles täuscht, Mr. Frampton, haben Sie dort, wo die meisten Menschen. . . äh. . . zwei. . . zwei. . . haben Sie. . . haben Sie. . .

Frampton (TERRY J.) Wie bidde?

Interviewer Ah! Ja, ja, verstehe. . . Hmh. . . Sitzen Sie bequem?

Frampton Ja, doch, danke.

Interviewer *(wirft einen kurzen Blick auf Framptons Hinterteil)* Äh, Mr. Frampton, Ihr. . . verlängerter. . . Rücken. . .

Frampton Wie bidde?

Interviewer Äh, Ihr. . . verlängerter Rücken.

Frampton Was?

Interviewer Ihr Allerwertester... Ihr Gesäß... Ihre vier Buchstaben.

Frampton Wieviel?

Interviewer *(flüsternd)* Ihr Hintern.

Frampton *(laut)* Ach, mein Arsch!

Interviewer Psst!... Also, Mr. Frampton, soweit ich weiß, sollen Sie... einen fünfzigprozentigen Bonus... in der Gegend haben, die Sie gerade erwähnten.

Frampton Ich hab drei Backen.

Interviewer Ja, ja. Fein, fein. Also... ob wir Sie wohl bitten dürften, Mr. Frampton... uns das zu...

Frampton *(entdeckt eine Kamera, die hinter ihm herumfährt)* Hey! Was macht denn die Kamera da?

Interviewer Äh, nichts, gar nichts, Sir. Ob... ob wir Sie wohl bitten dürften... uns einen kurzen... einen kurzen... einen Einblick... – Mr. Frampton, würden Sie bitte die Hose runterlassen?

Frampton Was? *(Schlägt eine Hand weg, die aus dem Off nach ihm greifen will.)* Ey, weg da. Ich laß meine Hose nicht im Fernsehen runter. Wofür halten Sie mich eigentlich?

Interviewer Bitte lassen Sie sie runter.

Frampton Nein.

Interviewer Nur ein kleines bißchen.

Frampton Nein.

Interviewer Jetzt, äh... ähm... *(Bestimmt)* Jetzt hören Sie mal zu, Mr. Frampton... es kann schließlich jeder hierher zur BBC kommen und einfach behaupten... er habe ein bißchen zuviel in der Schinkenabteilung... Der Punkt ist doch, Mr. Frampton... unsere Zuschauer wollen Beweise sehen.

Frampton Ich war im Persischen Rundfunk... Finger weg! Arthur Figgis weiß, daß ich drei Arschbacken hab.

Interviewer Woher?

Frampton Wir radeln zusammen.

Schnitt zu zwei Männern, die auf einem Tandem fahren. Der hintere (Graham) guckt nach unten, sieht auf und ruft: Schtümpt!

Wieder der seriöse Ansager an seinem Tisch.

Ansager Und nun zu etwas völlig anderem. Ein Mann mit drei Arschbacken.

Erneut das Interview-Studio.

Interviewer Guten Abend. Bei mir zu Gast ist Mr. Arthur

Frampton, bei dem ... – Mr. Frampton, wenn ich recht informiert bin, sollen Sie, sagt man... Also, ich will es mal anders formulieren... Wenn mich nicht alles täuscht, Mr. Frampton, haben Sie dort, wo die meisten Menschen ... – Hatten wir das nicht gerade eben?

Frampton Äh... doch.

Interviewer Na, und wieso *sagen* Sie mir das nicht?

Frampton Ich hab gedacht, das wär die Kontinents-Fassung.

Ansager-Pult: seriöser Ansager.

Ansager Und nun zu etwas völlig gleichem. Ein Mann mit drei Arschbacken. *(Das Telefon auf dem Tisch klingelt. Er nimmt den Hörer ab.)* Hallo?... Ach, schon? *(Legt wieder auf; in die Kamera)* Und nun zu etwas völlig anderem. Ein Mann mit drei Nasen.

Stimme aus der Kulisse (JOHN) Der ist noch nicht da!

Ansager Zwei Nasen?

Archivfilm von applaudierenden Teilnehmerinnen eines Frauenkongresses.

Ein Mann präsentiert ein Taschentuch, er führt es an die Nase: man hört lautes Schnauben. Anschließend führt er das Taschentuch in sein Hemd: erneut lautes Schnauben. Wieder der Archivfilm mit den applaudierenden Frauen.

Conférencier (MICHAEL) Aach, meine Damen und Herren, ist sie nicht großartig, war sie nicht großartig, hm? Ha, ha, ha, und sie kann genauso schnell laufen, wie sie singt, ha, ha, ha. Das kann ich Ihnen sagen – ich weiß, wovon ich rede. Nein, war nur Spaß. Ha, ha, ha. Scherz beiseite, Damen und Herren, heute abend können wir Ihnen eine weltweit einzigartige Nummer präsentieren. Ein Mann... Nein, genug der Worte, sehen Sie bitte selbst... Meine Damen und Herren, freuen Sie sich mit mir auf Arthur Ewing und seine Musik-Mäuse.

Schnitt zu Ewing.

Ewing (TERRY J.) Danke, danke, danke, danke. Meine Damen und Herren! In diesem Kasten hier habe ich dreiundzwanzig weiße Mäuse. Mäuse, die während der vergangenen Jahre gewissenhaft trainiert wurden, in einer bestimmten Tonhöhe zu piepsen. *(Er hebt eine Maus am Schwanz aus dem Kasten.)* Diese ist »Es«... und diese hier ist »G«. Sie verstehen wohl ungefähr, worauf es ankommt. Die Mäuse sind nun so auf diesem Gestell angeordnet, daß sie, wenn man sie in der richtigen Reihenfolge spielt, »The Bells of St. Mary's« piepsen werden. Meine Damen und Herren, ich gebe Ihnen auf der Mäuseorgel zum besten: »The Bells of St. Mary's«. Danke.

Er holt zwei Holzhämmer heraus und beginnt, damit auf die Mäuse einzudreschen, während er leise »The Bells of St. Mary's« summt. Jedem Schlag folgt ein gräßliches Quetschgeräusch und das letzte Piepsen der betreffenden Maus. Es wird deutlich, daß Ewing die Mäuse schlachtet. Der musikalische Effekt ist bescheiden. Nach den ersten paar Tönen rufen Zuschauer: »Haltet ihn davon ab! Den muß doch irgend jemand aufhalten, o mein Gott!« Ewing lächelt zufrieden. Er wird vom Aufnahmeleiter fortgezerrt.

Schnitt zu einem Mann, der an einem Schreibtisch sitzt und ein Schild mit der Aufschrift »Eheberater« hochhält. Er legt das Schild auf den Tisch und sagt:

Eheberater (ERIC) Der nächste!

Den Raum betreten ein kleiner Mann und eine bildschöne, dralle Blondine in der Blüte ihrer Jugend (Carol Cleveland).

Mann (MICHAEL) Sind Sie Eheberater?

Eheberater Ja. Guten Morgen.

Mann Guten Morgen, Sir.

Eheberater *(fasziniert die Frau anstarrend)* Und auch Ihnen einen guten Morgen, Madam. *(Kurze Pause; er besinnt sich mit einem kurzen Kopfschütteln. . .)* Name?

Mann Mr. und Mrs. Arthur Pewtey. . . Pewtey.

Eheberater *(Notiert es, ohne hinzusehen; starrt die Frau an.)* Und wie heißt Ihre hinreißende Gattin? *(Hebt die Hand.)* Halt! Sagen Sie nichts – es hat irgend etwas mit Mondschein zu tun – es paßt zu ihren Augen – etwas Zartes, Sanftes, warm und gefügig, voll tief empfundenen Gefühls – und doch so zart und scheu wie ein kleines weißes Häschen.

Mann Sie heißt Deirdre.

Eheberater Deirdre. Was für ein schöner Name. Was für ein wunder-wunderschöner Name. *(Er steht auf, setzt sich vor der Frau auf die Schreibtischkante und streicht ihr mit dem Handrücken über die Wange.)* Und was stimmt nicht mit Ihrer Ehe, Mr. Pewtey?

Mann *(äußerst geschwätzig)* Also, das hat alles vor fünf Jahren angefangen, als wir zum ersten Mal in Brighton Urlaub machten. Deirdre, das ist meine Frau, war mir immer eine gute Lebensgefährtin, und ich hätte nie im Leben damit gerechnet, daß wir jemals einen Ehekrach haben würden – ehrlich gesagt, schon die Vorstellung, einen Eheberater zu konsultieren, ist mir immer ausgesprochen zuwider gewesen, obwohl es mir gänzlich fern liegt, den Wert Ihres Gewerbes oder Berufsstandes in Zweifel ziehen zu wollen.

Der Eheberater und Deirdre hören überhaupt nicht zu, sind völlig fasziniert voneinander.

Eheberater *(merkt, daß Pewtey verstummt ist)* Fahren Sie fort.

Mann *(wieder in vollem Tempo)* Na ja, wie ich schon sagte; wir waren immer gute Freunde, wir hatten dieselben Interessen, die Gartenarbeit und dergleichen, Modellflugzeuge, die Kleingeldflasche für den Urlaub, und eben zweimal monatlich abends zusammenzusitzen, um die Buchhaltung zu machen, äh, Deirdre, Deirdre, das ist meine Frau, macht das immer besonders viel Spaß, weil sie noch nie ein Pfund zuviel hatte... *(Das Gesicht des Eheberaters ist jetzt unglaublich dicht vor dem Deirdres; so dicht, wie es geht, ohne sich zu küssen.)* Ich hätte vielleicht gleich zu Beginn erwähnen sollen, daß man mir keinen geringen Sinn für Humor nachsagt, ungeachtet der Tatsache, daß ich mich in den letzten zwei Jahren überwiegend mit mir selbst beschäftigt habe, beschäftigen mußte, weshalb mir auch erst vor verhältnismäßig kurzer Zeit, also vor kurzem, klargeworden ist – äh, klargeworden ist möglicherweise nicht ganz das richtige Wort, also, äh, ich mir einbilde, ja, einbilde, daß ich nicht der einzige Mann in ihrem Leben bin.

Eheberater *(der Deirdre jetzt praktisch umklammert hält)* Sie dachten, daß Ihre Frau fremdgeht?

Mann Also zuerst – ja, ehrlich gesagt, ja. *(Der Eheberater bedeutet Deirdre, hinter einen Paravent zu gehen; sie leistet der Aufforderung lächelnd Folge.)* Ihr Verhalten erschien mir damals, nun ja, soweit sich das beurteilen ließ, ein wenig seltsam.

Eheberater Seltsam?

Mann Ja, doch, ich meine, bis zu einem gewissen Grad, doch. Ich bin von Natur aus kein mißtrauischer Mensch – ganz im Gegenteil –, obwohl man mir gelegentlich nachsagt, ich sei ein ausgezeichneter Tischredner, wenn Sie wissen, was ich meine...

Ein Kleidungsstück seiner Frau flattert über den Paravent.

Eheberater Aber selbstverständlich, ja.

BH und Höschen fliegen über den Paravent.

Mann Na, wie dem auch sei, in den Kreisen, wo man mich kennt, kennt man mich jedenfalls ziemlich gut. . .

Eheberater *(sein Jackett ausziehend)* Oh, ja. Könnten Sie das mal halten?

Mann Aber gern. Ja. *(Hilft ihm aus dem Jackett; der Eheberater zieht sich weiter aus.)* Na, jedenfalls, wie ich schon sagte: Ich beschloß eines Tages, mich den Tatsachen zu stellen und nicht mehr um den heißen Brei herumzureden. Ich hätte meinen Anblick im Badezimmerspiegel sonst nicht mehr ertragen. . .

Eheberater *(bis auf die Unterhose entkleidet)* Äh, macht es Ihnen was aus, sich mal zehn Minuten die Beine zu vertreten. Sagen wir: eine halbe Stunde.

Mann Nein, nein, jawohl, gut. Ich warte dann draußen, wenn's recht ist? *(Der Eheberater ist bereits hinter dem Paravent verschwunden.)* Ja, das ist wohl das beste. Ja. Was die eine oder andere Sache angeht, haben Sie mich auch schon sehr beruhigt. Doch.

Er verläßt den Raum. Vor der Tür wird er von einem schwarz gekleideten Texaner aufgehalten, der mit tiefer, voller Stimme spricht.

Texaner (JOHN) Bleib stehen, mein Sohn. Ein Mann kann laufen und laufen, Jahr für Jahr, bis er endlich begreift: Das, wovor er wegläuft. . . ist er selbst.

Mann Gosh!

Texaner Ein Mann muß tun, was ein Mann tun muß, und es hat keinen Sinn wegzulaufen. Also wirst du dich umdrehen; und du wirst kämpfen – mit hoch erhobenem Kopf.

Mann Ja!

Texaner Geh also jetzt wieder dort hinein, mein Sohn, und sei ein Mann. Kopf hoch. *(Ab.)*

Mann Ja, das werde ich tun! Das werde ich tun! Ich habe mich lange genug herumschubsen lassen. Es reicht! Dies ist deine Stunde, Arthur Pewtey! Es reicht, Arthur Pewtey! Endlich bist du ein Mann! *(Er stößt die Tür entschlossen auf.)* Okay, Deirdre, komm da raus!

Eheberater Verschwinden Sie.

Mann Ist recht. Schon gut.

Ein Ritter in Ritterrüstung kommt auf ihn zu und schlägt ihm ein Huhn auf den Kopf.

Off-Sprecher (JOHN) und ZWISCHENTITEL: »SOVIEL ZUM THEMA PATHOS«

Filmstartband:

8. . . 7. . . 6. . . Jimmy Greaves. . . 4. . . 3. . .

Der »Queen-Victoria«-Film: die Aufnahmen erinnern an die ersten historischen Filmdokumente bzw. Fotografien aus der viktorianischen Zeit. Königin Victoria (Terry J.) und Gladstone (Graham) gehen über den Rasen vor Osborne House.

Off-Sprecher (JOHN) Diese historischen, 1880 im Garten des Osborne House aufgenommenen Bilder von Queen Victoria zeigen die Queen mit Gladstone. Dieses einzigartige Filmdokument gibt uns einen der wenigen Einblicke in das Privatleben einer Frau, die einst die halbe Welt beherrschte. Den Kommentar zu diesen Bildern, aufgenommen auf einer der ersten Wachswalzen, spricht Alfred Lord Tennyson, der Poet Laureate. *(Michael fährt im fröhlichen Slapstick-Comedy-Tonfall fort.)* He, Hallo, da ist sie ja wieder, die quirlige Queen! *(Die Königin knufft Gladstone mehrmals in die Rippen und verpaßt ihm scherzhaft einige sanfte Kinnhaken.)* Aber wer ist'n der and're Bursche? Ach, Willie Gladstone! Naaa, wenn zwei so mordsmäßig quirlige Typen wie die zusammenkommen, dann gibt's immer was zu lachen. *(Die beiden nähern sich einem Gärtner, der einen Schlauch in der Hand hält.)* Und – oh-oh! Da ist'n Schlauch! Das wird bestimmt gleich Ärger geben! *(Die Königin nimmt den Schlauch und tritt den Gärtner; er fällt kopfüber in die mit Gartenabfällen gefüllte Schiebkarre.)* Oh-oh, der alte Gärtner ist auf den uralten Trick hereingefallen. Jetzt hat er einen Haufen Ärger am Hals! *(Die Königin richtet den Schlauch auf Gladstone.)* Oh-oh, Willie, das ist ins Auge gegangen! *(Die Königin gibt Gladstone den Schlauch.)* So, jetzt darfst du auch mal! *(Sie geht zum Wasserhahn und dreht ihn zu.)* Na, Kruzitürken, wo ist denn das Wasser hin? *(Gladstone untersucht das Schlauchende; die Königin dreht den Hahn wieder auf, Gladstone wird klatschnaß.)* Oh-oh, da ist es ja wieder, mitten im Gesicht! *(Die Königin rafft die Röcke und rennt, von Gladstone verfolgt, über den Rasen; Schnitt: Die Königin streicht einen Bretterzaun; Gladstone nähert sich von der anderen Seite.)* Halli-hallo, was hat Britanniens quirlige Queen denn nun wieder vor? Mmh, schön macht sie das; wie's sich für eine echte Zaunkönigin gehört. Da kann doch eigentlich nichts schiefgehen? Oh-oh, da kommt der Premier – er hat noch nicht genug. *(Gladstone spaziert bis auf Höhe des Zauns; die Königin malt ihn an.)* Da wird er wieder angeschmiert! *(Er nimmt ihr den Eimer weg und gießt ihr* *den Inhalt über den Kopf; sie tritt ihn; er stürzt durch den Zaun.)* Tja-ja, so schafft man sich die Hausarbeit vom Hals!

Schnitt zur Königin und Gladstone, die an einem Gartentisch sitzen und Tee trinken. Die Königin drückt Gladstone ein Sahnetörtchen ins Gesicht. Als er mit seinem Törtchen ausholt, um zurückzuschlagen, wird der Film angehalten.

Die Kamera fährt zurück, wir sehen, daß es sich bei dem Standbild um ein gerahmtes Foto handelt, das auf dem Kaminsims in einem Arbeiter-Wohnzimmer steht. Das Wohnzimmer könnte direkt aus einem D.-H.-Lawrence-Roman stammen. Vater sitzt am Tisch, Mutter ist mit dem Kamin beschäftigt. Es klopft. Mutter wischt ihre Hände an einer Schürze ab und öffnet einem jungen Mann in gepflegtem Anzug die Tür.

Mutter (TERRY J.) Ach, Vatti... sieh nur, wer uns besuchen kommt... unser Ken. *(Sie umarmt ihn und führt ihn hinein.)*

Vater (GRAHAM) *(spuckt aus)* Jau, wurd auch langsam mal Zeit, wennde mich frachst.

Ken (ERIC) Freust du dich nicht, mich zu sehen, Vater?

Mutter *(drückt beruhigend seinen Unterarm)* Natürlich freut er sich, dich zu sehen, Ken, er...

Vater Is' gut, Frau, is' gut, ich hab selber 'ne Zunge im Maul – ich sach's ihm schon selber. *(Mustert Ken angewidert.)* Jau... Dolle Verkleidung, wat de da anhast. Trächt man sowat heute in Yorkshire?

Ken Das ist ein ganz normaler Anzug, Vater... mehr besitze ich nicht, außer den Blaumännern.

Der Vater wendet sich mit angewidertem Gesichtsausdruck ab.

Mutter Wie gefällt es dir denn in der Zeche, Ken?

Ken Ach, ich kann nicht klagen, Mutti... wir verwenden neue Wolframkarbidbohrer für den Streckenvortrieb in den Flözen.

Mutter Oh, das hört sich gut an, Schatz...

Vater Wolframkarbidbohrer? Wat zum Teufel is'n verdammter Wolframkarbidbohrer?

Ken Etwas, das man im Kohle-Bergbau benutzt, Vater.

Vater *(ihn nachäffend)* »Etwas, das man im Kohle-Bergbau benutzt, Vater.« Du red'st nur noch so'n geschwoll'nes Zeuch, seit de aus London wech bis'.

Ken Fang doch nicht wieder damit an.

Mutter *(zu Ken)* Er hatte einen schweren Tag, Schatz... sein neues Stück wird morgen am National Theatre uraufgeführt.

Ken Oh, wie schön.

Vater Schön! *Schön?* Was weißt du schon davon? Hast du 'ne Ahnung, wie dat is', morgens um fünf aufzustehen und nach Paris zu fliegen... um zwölf wieder hier sein, um im Old Vic einen zu trinken, sich den ganzen Tag durch Pressekonferenzen und Fernsehinterviews zu schwitzen und abends um zehn wieder nach Hause zu kommen und sich mit den Problemen von 'ner lesbischen, drogensüchtigen Nymphomanin rumzuschlagen, die in den Ritualmord an einem bekannten schottischen Fußballer verwickelt ist? *Das* ist ein richtiger Arbeitstag, Bürschchen, damit du's weißt!

Mutter Ach, Vatti, schrei den Jungen doch nicht an.

Vater Jau, Hampstead war dir nicht gut genug, wat? Du mußtest dich ja nach Barnsley verpissen, du und deine Bergarbeiterkumpels. *(Spuckt aus.)*

Ken Bergbau ist etwas Herrliches, Vater, aber das wirst du nie begreifen wirst! Sieh dich doch an!

Mutter Oh, Ken! Sei vorsichtig! Du weißt doch, wie er ist nach ein paar Romanen.

Vater Na, sach schon, Bürschchen! Los, spuck's aus! Was paßt dir nich' an dei'm Vater... du *Sack*?!

Ken Ich sag dir, was mir an dir nicht paßt! Dein Kopf ist voll mit Romanen und Gedichten; jeden Abend kommst du mit einer Château-La-Tour-Fahne nach Hause...

Mutter Nein, Ken, nicht!

Ken Und sieh nur, was du Mutter angetan hast! Sie ist am Ende ihrer Kräfte: Filmstars treffen, Premieren besuchen, Festessen geben...

Vater An Festessen is' nix falsch dran, Bürschchen! Ich hab in mei'm Leben mehr Festessen gekricht als du warme Mahlzeiten!

Mutter Oh, bitte...

Vater Aaaaaaah! *(Greift sich an den Unterarm und sinkt auf die Knie.)*

Mutter O nein!

Ken Was ist denn?

Mutter Ach, sein Schreibkrampf!

Ken Davon hast du mir nie etwas erzählt...

Mutter Nein, das wollten wir nicht, Kenny.

Vater Mir fehlt nix! Mir fehlt nix, Frau. Aber schaff ihn hier raus!

Mutter Ach, Ken! Du gehst besser...

Ken Na schön. Ich gehe.

Vater Nach allem, was wir für ihn getan haben...

Ken *(an der Tür)* Eines Tages wirst du begreifen, daß das Leben nicht nur aus Kultur besteht... daß es Schmutz gibt und Rauch und guten, ehrlichen Schweiß!

Vater Raus! Raus! RAUS! Du... Arbeiter!

Ken geht. Dramatische Stille. Vater geht zum Tisch und nimmt die Haube von der Schreibmaschine.

Vater He, weißt du was, Mutter, ich glaub, dat könnt'n Stück werden... ruf mal den Agent an.

Mutter Jau, ich glaub, du hast recht, Frank. Das könnte... das könnte einem drängenden Problem unserer Zeit Ausdruck verleihen...

Vater Jau.

Im Zimmer unter ihnen steht ein Mann auf einem Stuhl und pocht mit einem Besenstiel an die Decke.

Mann (MICHAEL) He, Ruhe! *(Poch, poch.)* Ruhe! *(Das Gespräch im Stockwerk darüber endet.)* Na also. *(Er steigt vom Stuhl herunter und wendet sich an die Kamera.)* Und nun zu etwas völlig anderem. Ein Mann mit drei Arschbacken.

Mutter und Vater *(von oben)* Das hatten wir schon!

Der Mann sieht, leicht aus der Fassung gebracht, nach oben.

Mann Ist ja gut. Ist ja gut!... Ein Mann mit neun Beinen.

Off-Stimme (JOHN) Ist weggelaufen.

Mann Oh... Ach, Scheiße. *(Überlegt lange. Dann:)* Äh... ein reitender Schotte!

Schnitt zu einem Schotten (John), der durch die Landschaft reitet. Er zügelt sein Pferd und sieht sich verwirrt um.

Schnitt: Archivfilm mit applaudierenden Frauen.

Schnitt zum Mann mit zwei Nasen (Graham); er hält sich ein Taschentuch an den Ellenbogen; wir hören das Schnauben.

Schnitt zu den applaudierenden Frauen.

Schnitt zu einem Trickfilm mit einem fliegenden Schaf.

Off-Stimme (MICHAEL) Harold! Komm zurück, Harold! Harold! Komm zurück, Harold! Ach, zum Henker!

Das Schaf wird von einer Kanone erschossen.

Schnitt: Archivfilm. Wir sehen indische Zuschauerinnen, die nicht applaudieren.

EINBLENDUNG: »DER AUSKLANG – EINE GLAUBENSFRAGE«

Interview-Studio mit Interviewer. Zu seiner Rechten ein katholischer

Prälat in vollem Ornat und mit Käppchen, diesem gegenüber ein feiner älterer Herr im Tweedanzug.

Interviewer (JOHN) Guten Abend und herzlich willkommen zu einer neuen Ausgabe von »Der Ausklang«. Zu Gast bei uns in der Sendung sind heute abend Monsignore Edward Gay, Gastprofessor an der Hochschule für Theologie in Somerset und Verfasser einer Reihe von Büchern über den Glauben, unter anderem des jüngst veröffentlichten Bestsellers »Mein Gott«. Sein Gegenüber ist Dr. Tom Jack: Humanist, Fernsehschaffender, Dozent und Autor des Buches »Hallo, Seemann«. Statt nun heute abend über die Existenz oder Nichtexistenz Gottes zu diskutieren, haben die beiden beschlossen, darum zu kämpfen. Über die Existenz oder Nicht-Existenz wird entschieden durch zwei Schulterwürfe, zwei Aufgaben oder einen Knockout. Okay, Jungs, packen wir's an. Ihr Conférencier am heutigen Abend ist – Mr. Arthur Waring.

Die Teilnehmer klettern in einen Boxring.

Ringrichter (ERIC) Guten Abend, meine Damen und Herren, ich darf Sie zu einem Dreirunden-Kampf recht herzlich im »Ausklang« begrüßen. Zu meiner Rechten, in der blauen Ecke, für Jehova antretend – der allseits beliebte Monsignore Eddie Gay. *(»Buh«-Rufe aus der Menge.)* Und zu meiner Linken, in der roten Ecke – der Autor der Bücher »Kierkegaards Probleme« und »Hallo, Seemann« und Gastprofessor für moderne theologische Philosophie an der Universität East Anglia – aus Wigan – Dr. Tom Jack! *(Applaus; ein Gong ertönt.)*

EINBLENDUNG: »RUNDE 1«

Die beiden sind echte Ringer. Sie schleudern sich gegenseitig durch den Ring.

Interviewer *(kommentierend)* Jetzt ist es Dr. Jack gelungen, einen Armdrehschwung anzusetzen. Einen schönen Armdrehschwung, ja, das wird wohl ein kompletter Ausheber. Ein kompletter Ausheber, ja, er bringt seinen Gegner zu Boden; aber da steht er schon wieder. Tja... hier wollen wir den »Ausklang« für einen Augenblick verlassen. Das Ergebnis der Diskussion werden wir Ihnen im weiteren Verlauf des Programms mitteilen... *(Wir hören eine Kugel über seinen Kopf pfeifen; er duckt sich.)* O mein Gott! *(Er zieht einen Revolver und erschießt irgend etwas in der Kulisse.)*

TRICKFILM: *Wir sehen einen Cowboy, der von einer Kugel getroffen tot umfällt. Es folgt ein Zeichentrickfilm, in dem ein fleischfressender Kinderwagen und Musik aus Rodins Statue »Der Kuß« vorkommen. Es folgt ein Demonstrationszug mit Transparenten. Nahaufnahme der Transparente, auf denen steht: Schluß mit der Diskriminierung: Mäuse sind schön; Ho, Ho, Ho, die Fallen ab ins Klo; Laßt die Mäuse zufrieden; Schafft die Anti-Maus-Gesetze ab; Jungmethodisten Kidderminster Gegen Die Unterdrückung: Faire Prozesse für Mäusemenschen.*

EINBLENDUNG: »DIE WELT UM UNS HERUM«
Fotos von Zeitungsschlagzeilen: »Popstars in Mäuseskandale verwikkelt«; »Nage-Klage gegen Adligen«.
EINBLENDUNG: »DAS MÄUSEPROBLEM«
Schnitt zu einem Polizisten, der einen als Maus kostümierten Mann in ein Polizeirevier führt. Der Inhaftierte hält sich eine Decke vor das Gesicht, um nicht erkannt zu werden.
Fotografierte Schlagzeile: Mäuseclubs immer beliebter.
Schnitt zu einigen Fotos von Nachtclubschildern: Mauswirtschaft; Jiek-Jiek Club; Zum Weißen Nager; Pieps-Show.
Schnitt ins Studio: Moderator in grauem Anzug an einem Pult.

Moderator (MICHAEL) Ja. Das Mäuseproblem. »Die Welt um uns herum« widmet sich diese Woche einem Phänomen von zunehmender sozialer Relevanz: Wir reden von Mäusen und Menschen. Aus welchem Grund möchte ein Mensch eine Maus sein?
Ein Interviewer sitzt einem Bekenner gegenüber. Der Bekenner sitzt im Halbschatten. Während er spricht, fährt die Kamera langsam um ihn herum, bis er und der Interviewer im Profil zu sehen sind.

Bekenner (JOHN) *(sehr langsam und gequält)* Also, es ist nicht so, daß man einfach eine Maus sein will... das geschieht einfach irgendwie mit einem. Man... man merkt ganz plötzlich... daß man eine sein will.

Interviewer (TERRY J.) Und wann haben Sie das zuerst bei sich bemerkt, dieses... nennen wir es mal... Bedürfnis?

Bekenner Na ja... ich war ungefähr siebzehn, und... ein paar von meinen Freunden und ich, wir sind zu einer Party gegangen, und... äh... wir hatten ziemlich viel getrunken... Und dann fing einer von den Jungs da an... Käse... rumzureichen... und, na ja, dann hab ich halt ein Stück probiert, nur aus Neugier... tja, und das... so war das.

Interviewer Und was haben diese jungen Männer sonst noch getan?

Bekenner Also, einige von denen haben angefangen, sich ein bißchen wie Mäuse anzuziehen. . . und als sie dann die Kostüme anhatten, haben sie angefangen zu. . . piepsen.

Interviewer Ja. Und war das alles?

Bekenner Das war alles.

Interviewer Und wie haben Sie darauf reagiert?

Bekenner Na, ich war schockiert. . . Aber, ähm. . . nach und nach hab ich gespürt, daß ich mich wohler fühlte. . . mit anderen Mäusen.

Schnitt zurück zum Moderator.

Moderator Ein typischer Fall. Ein junger Mann, den wir im folgenden Mr. A. nennen wollen, obwohl er in Wirklichkeit so heißt:

Off-Sprecher (JOHN) und EINBLENDUNG:

ARTHUR JACKSON
32A MILTON AVENUE,
HOUNSLOW, MIDDLESEX.

Moderator Was macht eine derartige Lebensweise für einen Menschen wie Mr. A. so anziehend? Bei uns im Studio begrüßen wir jetzt einen psychiatrischen Gutachter.

Die Kamera fährt zurück und zeigt uns den neben dem Moderator sitzenden Psychiater, der ein Schild mit der Aufschrift »Der Unglaubliche Kargol und Janet« vor sich auf den Tisch stellt.

Kargol (GRAHAM) Was wir da eben gehört haben, war ein sehr typisches Fallbeispiel. Ich selbst habe über siebenhundert ähnliche Fälle behandelt, alle komplett dokumentiert. Ob Sie wohl so nett wären, einen auszuwählen?

Janet (Carol) tritt im Glitzerkostüm auf, hält dem Moderator die Fallbeispiele wie einen Satz Spielkarten aufgefächert hin. Der Moderator zieht die Karte, die deutlich zwischen den anderen herausragt.

Kargol *(ohne hinzusehen)* Mr. Arthur Aldridge aus Leamington.

Moderator Äh. . . das ist wirklich unglaublich, unglaublich! Danke, Janet. *(Tusch; Janet verbeugt sich und geht.)* Kargol, was sagen Sie nun als Psychiater. . . nicht als Zauberkünstler. . .

Kargol *(enttäuscht)* Oh. . .

Moderator . . .zu diesem Problem. Wie kommt es, daß gewisse Menschen gern Mäuse sein möchten?

Kargol Also, uns Psychiatern ist ja bekannt, daß mehr als acht Prozent der Bevölkerung immer Mäuse sein werden. Will sagen, letztlich geht es um die Maus in uns allen. Will sagen, wie viele von uns können schon guten Gewissens von sich behaupten, sie hätten sich nicht hin und wieder von Mäusen sexuell angezogen gefühlt. *(Moderator sieht ihn verwirrt an.)* Ich spreche aus Erfahrung. Will sagen, die meisten Heranwachsenden machen eine Phase durch, in der sie zwei- bis dreimal täglich piepsen. Einige Jugendliche fühlen sich auf der anderen Seite von der Tatsache angezogen, daß das Ganze ausgesprochen illegal ist. Das ist wie mit Mord. Erklären Sie etwas für gesetzeswidrig – schon bekommt es etwas Mystisches. *(Der Moderator wird zunehmend unsicherer.)* Nehmen Sie Brandstiftung. Will sagen, wie viele von uns können denn guten Gewissens behaupten, sie hätten nicht hier und da schon mal ein größeres öffentliches Gebäude in Brand gesteckt. Ich spreche aus Erfahrung. *(Das Telefon auf dem Tisch klingelt; der Moderator nimmt den Hörer ab, legt ihn jedoch sofort vor sich hin, ohne sich zu melden.)* Der einzige Weg, die Kriminalitätsrate zu senken, ist, die Anzahl der strafbaren Handlungen zu reduzieren – nur immer raus damit. Ich spreche aus Erfahrung.

Moderator *(den Telefonhörer zurücklegend)* Der Unglaubliche Kargol und Janet. Was die meisten Menschen nicht berücksichtigen, ist, daß eine Maus, ist sie erst einmal anerkannt, eine ausgesprochen nützliche Funktion in der Gesellschaft übernehmen kann. Und tatsächlich finden wir in allen Epochen der Geschichte Beispiele für berühmte Männer, von denen heute bekannt ist, daß sie Mäuse waren.

Schnitt zu Julius Cäser (Graham) auf einer Düne. Er ruft »Veni, vidi, vici«. Anschließend läßt er ein verstohlenes Piepsen folgen. Napoleon (Terry J.) zieht eine Scheibe Käse aus seiner Jacke und beißt hinein. Schnitt zum Moderator.

Moderator Und natürlich auch Hillaire Belloc. Aber was sagt. . .

Schnitt zu einem Wikinger.

Wikinger (JOHN) . . .der Mann auf der Straße zu. . .

Moderator . . .diesem immer brisanter werdenden sozialen Problem?

»Stimmen des Volkes«-Filme.

Fensterputzer (ERIC) Muß man gegen einschreiten.

Interviewer Und wie?

Fensterputzer Ich würd sie erwürgen.

Börsenmakler (JOHN) Also, ich, als Mitglied der Börse, denke, ich würde denen das Hirn mit einem Strohhalm aussaugen, die

Witwen und Waisen verkaufen und in südamerikanischen Zink investieren.

Mann (TERRY J.) Jou, ich, nä, würd den' Spatzen in' Hals stopfen, nä, bis die Schnäbel sich da durchbohren, da durch die, äh, Bauchdecke.

Buchprüfer (GRAHAM) Ach, wissen Sie, ich bin beeidigter Buchprüfer und daher ein viel zu großer Langweiler, um von Interesse zu sein.

Pfarrer (JOHN) Ich glaube, daß man es diesen armen, unglücklichen Menschen ermöglichen sollte, selbst zu entscheiden, wie sie leben möchten. *(Rümpft die Nase wie eine Maus und winkt verstohlen.)*

Pförtner (TERRY J.) Ich würd denen die Nasenlöcher mit'm Bootshaken aufreißen, denk ich mal.

Mann (GRAHAM) Na, ich meine, die können doch nichts dafür, oder? Nur, äh, man kann natürlich auch nichts dagegen tun. Also, äh, würd ich sie umbringen.

Schnitt zum Moderator.

Moderator Man kann die Einstellung der britischen Bevölkerung wohl nur als feindselig bezeichnen.

Off-Sprecher (ERIC) und ZWISCHENTITEL: »FEINDSELIG!«

Moderator Das liegt möglicherweise daran, daß man allgemein nur sehr wenig über diese Mäusemenschen weiß. Deshalb haben wir einen Film von einer jener berüchtigten Wochenendparties gedreht, bei denen diese widerwärtigen kleinen Perversen zusammenkommen.

Schnitt zu einem Haus, Aussenansicht/Nacht. Da die Jalousien heruntergelassen sind, kann man nur die Schatten riesiger Mäuse erkennen, die Käsescheiben in den Pfoten halten und piepsen.

Stimme des Moderators Mr. A. berichtet uns, was bei diesen Mäuseparties eigentlich genau passiert.

Schnitt zu Mr. A.

Bekenner (JOHN) Also, zuerst wird man zu seinem eigenen, privaten Loch in der Scheuerleiste geführt. . . und dann zieht man sich das Mäusefell über. . . und. . . dann huscht man ins Wohnzimmer und dreht. . . wenn man mag. . . ein paar Runden im Laufrad.

Moderator Der Rest unseres Films zeigt Bilder von einer dieser Mäuseparties, Bilder, die heimlich von einem als Wühlmaus getarnten BBC-Kameramann aufgenommen wurden. Die schlechte Qualität der Aufnahmen bitten wir, wie gewöhnlich zu entschuldigen.

Sehr schlechte Filmqualität, verschwommene Konturen, komische Mäuse huschen durchs Bild.

Stimme des Bekenners Na ja, und dann, äh, dann klaut man ein bißchen Käse, Brie oder Camembert... oder Cheddar oder Gouda, wenn man auf die härteren Sachen steht. Man kann sich auch einen von diesen Schimmelkäsefilmen ansehen... und... mitten im Zimmer steht eine große Uhr, und so um zehn vor eins klettert man da rauf, und dann, wenn sie dann endlich eins schlägt... dann rennen alle wieder runter.

Eine dicke Matrone mit Kittel und Tranchiermesser stürmt ins Zimmer und attackiert die Mäuse.

Interviewer Und wer ist das?

Stimme des Bekenners Das ist die Bäuerin.

Schnitt zum Moderator an seinem Pult.

Moderator Vielleicht müssen wir noch mehr über diese Mäusemenschen erfahren, bevor wir uns wirklich ein Urteil über sie erlauben können. Vielleicht auch nicht. Wie dem auch sei, unsere dreißig Minuten sind jedenfalls um.

Das »Mähen« eines Schafes erklingt. Der Moderator sieht erschrocken nach oben, zieht einen Revolver unter dem Tisch hervor und feuert in die Luft. Ein Schaf fällt vor dem Pult auf den Boden.

Moderator Guten Abend.

Schnitt zu den Dünen vom Anfang. Der »Jetzt«-Mann wendet sich ab und läuft keuchend davon.

EINBLENDUNG: »›SEX UND GEWALT‹ WURDE ERDACHT, GESCHRIEBEN UND AUFGEFÜHRT VON... (ABSPANN)«

Dazu:

Off-Sprecher (JOHN) Und hier das Ergebnis des »Ausklangs«: Gott existiert durch zwei Schulterwürfe gegen eine Aufgabe.

Drei – Wie man verschiedene Baumarten von ziemlich weit weg erkennt

Beginn wie üblich – ein Mann in zerrissener Kleidung rennt durch einen Wald auf die Kamera zu, erreicht sie und sagt:

Mann (MICHAEL) Und jetzt...

Off-Sprecher (JOHN) Monty Python's Flying Circus

TRICKFILM: *Vorspann inklusive hübscher, blühender Blumen. Nach dem Ende des Vorspanns erscheint ein beschriftetes Diapositiv.*

Off-Sprecher (JOHN) und ZWISCHENTITEL/DIAS: »FOLGE 12B«

»WIE MAN VERSCHIEDENE BAUMARTEN VON ZIEMLICH WEIT WEG ERKENNT«

»NR. 1«

»DIE LÄRCHE«

Dia einer Lärche.

Off-Sprecher Die Lärche. Die Lär-che.

Gerichtssaal: der Richter sitzt erhöht an seinem Pult, ein Häftling auf der Anklagebank.

Richter (TERRY J.) Mr. Larch, Sie haben gehört, was die Anklage Ihnen vorwirft. Möchten Sie noch irgend etwas sagen, bevor ich das Urteil verkünde?

Häftling (ERIC) Tja... Euer Ehren, eigentlich nur, daß ich Familie habe... Frau und sechs Kinder... und ich hoffe sehr, daß Sie mich nicht meiner Freiheit berauben müssen... denn... denn Freiheit, Euer Ehren, preist man im Reiche der Zivilisation zurecht als höchstes Gut. Sie ist das Band, mit welchem es dem Wilden glücken mag, sein Herz zu feien gegen all die Totenschilde, von denen er umringt, und Linderung zu schaffen, sel'gen Frieden seiner aufgewühlten Brust zu bringen. Das Kostbarste ist sie, gleich einem heil'gen Balsam, die herrliche Erlöserin, Vorbotin aller Seligkeit, fürwahr das reine Mark und Wesen allen, was uns da lieb und teuer ist. Was feit den, der im Kerker liegt, allein, gekettet und anheimgegeben groben Mauern, so fern den Eulen Thebens? Was ist es, das die Wachtel in der Schlinge treibt, sie anspornt zu entrinnen, und das die Aprikose aus dem tiefen Schlummer reißt, was immer auch geschieht? Wie heißt die Göttin, die der sturmumtoste Seemann ruft in seinen heftigsten Gebeten? Freiheit! Freiheit! Freiheit!

Richter Herrgott, Sie haben doch bloß falsch geparkt.

Der Verteidiger eilt in den Gerichtssaal.

Verteidiger (JOHN) Entschuldigen Sie die Verspätung, Euer Ehren, ich konnt keinen regulären Parkplatz finden. Äh. . . eine Zusammenfassung ist wohl nicht nötig, Euer Ehren, ich find mich im Verlauf der Verhandlung schon zurecht. . . Ich rufe Mrs. Fiona Lewis in den Zeugenstand.

Eine Schreckschraube betritt den Gerichtssaal und stellt sich in den Zeugenstand.

Protokollführer Die Zeugin Mrs. Fiona Lewis.

Schreckschraube (GRAHAM) *(die Bibel ergreifend)* Ich schwöre, die Wahrheit zu sagen, die ganze Wahrheit und nichts als die Wahrheit – na ja, *jedenfalls,* ich hab zu ihr gesagt, ich sag, das können die sich *nie* leisten bei dem, was er verdient, ich meine, da kann man ja gar nicht anders, als seine Nase da reinzustecken, sagen Sie doch selbst, man kann doch zwei und zwei zusammenzählen, und er mit seinem Holzbein, fragen Sie mich nicht, wie sie damit zurechtkommt nach all dem Ärger, den sie mit ihrer Na-Sie-wissen-schon gehabt hat, na, jedenfalls alle waren ziemlich überrascht, weil, es *war* halt eine Hochzeit ganz in Weiß, wobei die natürlich alles auf Raten gekauft haben, ich finde doch, man sollte die wieder dahin schicken, wo sie hergekommen sind, ich mein, manchmal muß man eben auch nein sagen können, wie Mrs. Harris immer sagt, hat sie gesagt, sagt sie, hat sie gesagt, der tote Krebs, hat sie gesagt, sagt sie. Weil, ihre Schwester ist weg nach Rhodesien, mit dickem Bauch und allem, und ihr Jüngster, ihr Jüngster, dünner als ein Aktenschrank, und die Goldfische, die Goldfische, die Keuchhusten haben und sich die ganze Zeit Wasser übern Latz rotzen, na, die machen das halt, nich' wahr, ich mein, Sie können doch nicht, nich' wahr, ich mein, die sind nicht mal verheiratet oder so was, die sind nicht mal *geschieden*, und er ist beim KGB, wenn Sie mich fragen, obwohl, er sagt ja, er ist Baumchirurg, aber mir gefällt dem sein Lebenswandel nicht, jede Nacht dieses Gequieke und Gerummse bis in die Puppen, dafür geht's seiner Mutter aber viel besser, seit sie blöde geworden ist, doch, ist sie, hörn Se mir auf von wegen Harnblase, hab ich gesagt. . .

Während dieses Vortrags versucht der Verteidiger immer wieder, Fragen zu stellen. Schließlich gibt er es auf, und Mrs. Lewis wird – unbeeindruckt weiterredend – aus dem Gerichtssaal geschoben.

Richter Mr. Bartlett, die Bedeutung der Aussage Ihrer Zeugin für den hier verhandelten Fall ist mir nicht ganz klar.

Verteidiger Mein nächster Zeuge wird das erklären, wenn Euer Ehren erlauben. Ich rufe den verstorbenen Arthur Aldridge in den Zeugenstand.

Protokollführer Den verstorbenen Arthur Aldridge.

Richter Den *verstorbenen* Arthur Aldridge?

Verteidiger Ja, Euer Ehren.

Ein Sarg wird in den Gerichtssaal gebracht und quer über den Zeugenstand gelegt.

Richter Mr. Bartlett, halten Sie es für prozeßrelevant, einen Dahingeschiedenen zu befragen?

Verteidiger Wie meinen, Euer Ehren?

Richter Na, also, Ihr Zeuge ist doch tot.

Verteidiger Ja, Euer Ehren. Äh, na ja, äh, im Grunde schon, Euer Ehren.

Richter Er ist nicht völlig tot?

Verteidiger Nein, er ist nicht völlig tot, Euer Ehren. Nein. Es geht ihm aber auch nicht besonders gut.

Richter Wenn er nicht tot ist, was macht er denn in dem Sarg?

Verteidiger Nur eine Vorsichtsmaßnahme, Euer Ehren – wenn ich fortfahren dürfte? Mr. Aldridge, Sie waren. . . Sie *sind* Börsenmakler, wohnhaft Savundra Close 10 in Wimbledon. *(Aus dem Sarg ertönt ein einmaliges Klopfen.)* Mr. Aldridge. . .

Richter Was war denn das für ein Klopfen?

Verteidiger Das bedeutet »Ja«, Euer Ehren. Einmal Klopfen heißt »Ja«, zweimal Klopfen »Nein«. Sie erlauben, daß ich fortfahre? Mr. Aldridge, entspricht es der Wahrheit, daß Sie sich ganz und gar nicht wohl fühlen? *(Einmaliges Klopfen aus dem Sarg.)* Könnte man soweit gehen zu behaupten, daß Sie, Mr. Aldridge, ohne diesen Aspekt überstrapazieren zu wollen, sich der Auffassung anschließen könnten, daß Sie das sind, was man im landläufigen Sinne als »tot« bezeichnet? *(Stille; der Verteidiger lauscht.)* Mr. Aldridge, ich bezichtige Sie, tot zu sein. *(Stille)* Aaha!

Richter Worauf wollen Sie eigentlich hinaus?

Verteidiger Das wird in wenigen Augenblicken klar ersichtlich werden, Euer Ehren. *(Er geht zum Sarg.)* Mr. Aldridge, denken Sie über die Frage nach, oder sind Sie einfach tot? *(Stille.)* Ich sehe wohl besser mal kurz nach, Euer Ehren. *(Er öffnet den Sarg und sieht eine Zeitlang hinein; er schließt den Sarg wieder.)* Keine weiteren Fragen, Euer Ehren.

Richter Was heißt hier, keine weiteren Fragen? Sie können doch nicht einfach eine Leiche in meinem Gericht abladen und dann »keine weiteren Fragen« sagen. Ich verlange eine Erklärung.

Verteidiger In diesem Fall gibt es keine einfachen Erklärungen, Euer Ehren.

Richter Ich glaube, Sie haben nicht den blassesten Schimmer, worum es in dieser Verhandlung überhaupt geht.

Verteidiger Euer Ehren, die merkwürdigen, verwerflichen, fast möchte man sagen, teuflischen Zusammenhänge dieses außerordentlich verworrenen Netzes aus Intrigen werden in Kürze ein Komplott von solcher Scheußlichkeit, solcher Verderbtheit, solch infernalischer Tücke enthüllen. . .

Richter Mr. Bartlett, Ihr Klient hat sich bereits schuldig bekannt, im Parkverbot gestanden zu haben.

Verteidiger Parkverbot, Quarkverbot, Euer Ehren. Wir dürfen nichts unversucht lassen. Ich rufe Kardinal Richelieu in den Zeugenstand.

Richter Ach, Sie versuchen doch nur, den Prozeß in die Länge zu ziehen. Kardinal Richelieu?

Verteidiger Ein Leumundszeuge, Euer Ehren.

Trompetenfanfare. In prachtvollen Gewändern betritt Kardinal Richelieu den Zeugenstand. Er hält ein kleines Mikrophon in der Hand.

Richelieu (MICHAEL) ’allo zusammen. Isch finde es wirklisch toll, ’ier bei eusch zu sein, isch liebe diese Land. Zu diese Ja’reszeit ist London wirklisch ganz besaubernd.

Verteidiger Äh, Sie sind Kardinal Armand du Plessis de Richelieu, leitender Minister unter Louis XIII.?

Richelieu Oui.

Verteidiger Kardinal, entspricht es der Wahrheit, daß Sie nicht nur Begründer der zentralistischen Monarchie in Frankreich waren, sondern außerdem entscheidend zur Kirchenspaltung und zum Fortbestand der Religionsfreiheit beigetragen haben?

Kardinal *(bescheiden)* So sagt man, ja.

Verteidiger Ließen Sie die Hugenotten verfolgen?

Kardinal Oui.

Verteidiger Und sind Sie nicht sogar noch unnachgiebiger vorgegangen gegen den papistischen Klerus, der mit feindlichen Mächten konspirierte, um den Fortbestand seiner feudalen Unabhängigkeit sicherzustellen?

Kardinal Und ob isch das getan ’abe.

Verteidiger Kardinal, kennen Sie den Angeklagten Harold Larch?

Kardinal Seit isch so groß war *(deutet es mit der Hand an)*.

Verteidiger Und würden Sie – als Kardinal der Römisch-Katholischen Kirche, als leitender Minister unter König Ludwig XIII., ja, als einer der Architekten der neuzeitlichen Welt – sagen, daß Harold Larch ein ehrenwerter Mann ist?

Kardinal Isch bitte Sie. Harry ist ein ganz wunderbarer Mensch.

Verteidiger Euer Ehren. In Anbetracht des untadeligen Wesens dieses Leumundszeugen bitte ich Euch, Gnade vor Recht ergehen zu lassen.

Richter Aber es wären doch bloß dreißig Shilling.

Inspektor Dumpf tritt ein.

Dumpf Nicht so schnell!

Angeklagter Und wieso nicht?

Dumpf *(kurz aus dem Konzept gebracht)* Die klugen Sprüche kannst du dir schenken. . . du hältst dich wohl für besonders schlau, wie? Aber ich bin Dumpf.

EINBLENDUNG: »DUMPF VON SCOTLAND YARD«

Alle *(synchron)* Dumpf! Verblüffung! Tumult!

Dumpf Genau. Und ich würde dem sogenannten Kardinal Richelieu gern ein paar Fragen stellen.

Kardinal Bonjour, Monsieur Dümpf.

Dumpf Sogenannter Kardinal, ich bezichtige Sie, im Dezember des Jahres 1642 gestorben zu sein.

Kardinal Das ist rischtig.

Dumpf Aha! Er ist auf meinen kleinen Trick hereingefallen!

Alles applaudiert. Der Kardinal ist bestürzt.

Kardinal Fluch über Euch, Inspektor Dümpf. Ihr seid zu gerissen für uns unanständige Menschen!

Dumpf Außerdem sind Sie meiner Auffassung nach niemand anders als Ron Higgins, der professionelle Kardinal-Richelieu-Imitator.

Kardinal Verdammt, jetzt hat es mich erwischt.

Verteidiger Meine Güte, Sie sind clever, Dumpf. Er hatte mich doch tatsächlich eingewickelt.

Dumpf Reine Routinesache.

Richter Dumpf, bei Ihren herausragenden Fähigkeiten könnten Sie auch etwas anderes sein als Polizist!

Dumpf Stimmt.

Richter Was?

Klavier intoniert Dumpfs Lied.

Dumpf *(singt)* Wenn ich nicht bei der Kripo wär,
Ganz was andres wollt ich sein,
Wenn ich nicht bei der Kripo wär,
Fensterputzer, das wär fein!
Mit 'nem schlappen, schlapp-schlapp,
Schlappen Lappen, lapp-lapp,
Schlappen Lappen den ganzen Tag,
Und 'nem Schrubber, schrubb-schrubb,
Schubidubn, dub-dub,
Sing ich, so lang ich mag!

Er imitiert einen Fensterputzer. Alle andern imitieren begeistert mit und wiederholen die Strophe mit ihm. Im Anschluß übernimmt der Verteidiger ebenso begeistert den Sologesang, aber jetzt bleiben alle regungslos sitzen und starren ihn an, als habe er nicht alle Tassen im Schrank.

Verteidiger Wenn ich nicht im Gericht schon wär,
Ganz was andres wollt ich sein,
Wär ich nicht schon Rechtsanwalt:
Lokführer, das wär fein!
Mit 'nem Tschut-tschut-tschut
etc.

Er imitiert einen fahrenden Zug und singt weiter. Nach einigen Sekunden bemerkt er, daß alle anderen ihn entgeistert anstarren und verliert ziemlich schnell den Schwung – fast so schnell, wie ihm Würde und Selbstvertrauen abhanden kommen. Schließlich zieht er sich zurück und setzt sich. Der Ritter nimmt neben ihm Platz und haut ihm das traditionelle, gerupfte Huhn auf den Kopf.

Off-Sprecher (JOHN) und DIA: »NR. 1«

DIA: »DIE LÄRCHE«

Dia einer Lärche.

Off-Sprecher Die Lärche. Die Lär-che.

Off-Sprecher und ZWISCHENTITEL/DIAS:
»UND JETZT. . . NR. 1. . . DIE LÄRCHE. . . UND JETZT. . .«

Superman-Film: wir sehen Superman (Michael), aus der Froschperspektive gefilmt, vor einem wolkigen Himmel schweben.

Off-Sprecher (JOHN) *(mit amerikanischem Akzent)* Dieser Mann ist kein gewöhnlicher Mann. Dies ist Mr. F. G. Superman.

Nichts scheint ihn von seinen gesetzestreuen Mitbürgern zu unterscheiden.

Schnitt: wir sehen, daß F.G. sich auf einer Straße voller Supermänner befindet, die zum Einkaufen gehen, an Bushaltestellen warten o. ä. F.G. Superman steigt in einen Bus. Auch der Bus ist voller Supermänner; einige haben Einkaufskörbe auf dem Schoß. F.G. Superman setzt sich auf einen freien Platz. . . während der Off-Sprecher weiterredet, fährt die Kamera langsam an sein Gesicht heran.

Off-Sprecher Aber Mr. F. G. Superman hat eine Geheimidentität. . . und wann immer es irgendwo irgendwelche Schwierigkeiten gibt, verwandelt er sich sofort in. . . Bicycle-Repair-Man!

Mittlerweile zeigt die Kamera eine Naheinstellung. F.G. lächelt leicht. Schnitt zu einer Landstraße. Ein Supermann radelt unschuldig pfeifend ins Bild. Plötzlich schwenkt er schlingernd nach links und kracht in den Straßengraben.

Schnitt zu einem Waschsalon. Schwenk an einer Reihe von Supermännern vorbei; einige von ihnen sind vertieft in Comics wie: »Die Abenteuer eines Versicherungskaufmanns«, »Einkommenssteuer-Comics« und »Der Kaufmann an der Ecke«. Die Tür fliegt auf, und ein kleiner Superboy stürmt theatralisch herein.

Superboy *(dramatisch)* He, da ist ein Fahrrad kaputtgegangen! Die Straße rauf! *(Deutet theatralisch aus dem Fenster.)*

Allgemeine Bestürzung.

Bicycle-Repair-Man *(off)* Mmmmm. Überleg. Klingt nach einem Fall für Bicycle-Repair-Man. . . Aber wie soll ich mich verwandeln, ohne meine Geheimidentität zu verraten?

Nahaufnahme: F. G. Superman. Seine Augen verengen sich zu schmalen Schlitzen.

Erster Supermann (JOHN) *(verzweifelt)* Wenn doch nur Bicycle-Repair-Man hier wäre!

F. G. Superman Ja! Wartet! Ich glaube, ich weiß, wo er steckt! – Seht nur, *dort!*

Er deutet aus dem Fenster; die anderen drehen sich um und sehen gehorsam hinaus.

F. G. nestelt an seinem Gürtel herum.

ZWISCHENTITEL: »FLASH!«

F. G. hat sich verwandelt. Er trägt jetzt einen Overall mit der Aufschrift »Bicycle-Repair-Man«, dazu eine kleine, runde Brille und einen Werkzeugkasten. Er stürmt aus dem Waschsalon, vorbei an den Supermännern, die ihm verwundert nachsehen.

Supermänner (JOHN & GRAHAM) Bicycle-Repair-Man! Aber... wie...?!

Schnitt zu drei Bauarbeiter-Supermännern, die gerade eine Straße aufstemmen. Einer von ihnen sieht plötzlich auf.

Erster Supermann (TERRY J.) Seht nur, ist es ein Börsenmakler?

Bicycle-Repair-Man schlurft zügig vorbei.

Zweiter Supermann (GRAHAM) Ist es ein Kalkulator?

Dritter Supermann (JOHN) Ist es ein Küster?

Alle Nein! Es ist Bicycle-Repair-Man!

Landstraße. Der Radfahrer-Supermann steht vor den verbogenen Resten seines Rades und kratzt sich nachdenklich am Hinterkopf. Bicycle-Repair-Man rast auf ihn zu. Der Supermann weicht mit überrascht erhobenen Händen zurück.

Supermann (TERRY J.) Mensch! Bicycle-Repair-Man! Dem Himmel sei Dank, daß du kommst! *(Deutet theatralisch auf das Fahrrad.)* Sieh nur!

Bicycle-Repair-Man schiebt ihn beiseite und kniet sich neben das kaputte Fahrrad. Unterdreht (»Zeitraffer«): er repariert das Fahrrad mit Schraubenschlüsseln etc. Dazu erklingt dramatische Musik.

GRAPHISCHE ZWISCHENTITEL:

»KLIMPER!«

»SCHRAUB!«

»BIEG!«

»AUFPUMP!«

»SATTELJUSTIER!«

Eine kleine Schar Supermänner hat sich versammelt, um ihm zuzusehen; während er arbeitet, deuten sie ungläubig in seine Richtung.

Zweiter Supermann Da! Er flickt es mit den Händen!

Dritter Supermann Seht! Wie er den Schlüssel ansetzt, um die Mutter festzuhalten!

Schnitt zu Bicycle-Repair-Man, der dem Radler-Supermann ein glänzendes Rennrad in die Hand drückt.

Supermann *(nimmt das Fahrrad)* Oh... Oh! Bicycle-Repair-Man! Wie kann ich dir je dafür danken!

Bicycle-Repair-Man Oh, das müssen Sie nicht, guter Mann, das ist schon in Ordnung. Reine Routinesache für... Bicycle-Repair-Man! *(Er schlurft davon.)*

Supermänner Unser Held!

Wir sehen Bicycle-Repair-Man (wieder unterdreht) über die Landstraße davonschlurfen.

Off-Sprecher (JOHN) Ja! Wo immer Fahrräder kaputtgehen oder vom internationalen Kommunismus bedroht sind, ist Bicycle-Repair-Man sofort zur Stelle!

Schnitt zum Off-Sprecher, der mit Ohrhörer und Mikrophon an einem Gartentisch sitzt.

Sprecher Zur Stelle, um die Kommunisten fertigzumachen, sie aufzumischen und vom Antlitz der Erde zu fegen. . . *(Er beginnt hysterisch zu kreischen.)* Diesen ekligen roten Abschaum zu Brei zu schlagen, ihm richtig in die Fresse zu treten, dahin, wo's weh tut. *(Er erhebt sich von seinem Stuhl, fuchtelt wild mit den Armen, schlägt mit dem Skript um sich, tritt gegen den Tisch und schmeißt den Sonnenschirm um.)* Töten! Töten! Töten! O wie ich sie hasse, diese dreckigen Kommunistenschweine! Ich *hasse* sie! Ich *hasse* sie! Aaah! Aaah!

Ehefrau *(nicht im Bild)* Norman! Der Tee ist fertig.

Er zuckt zusammen, schaut ängstlich in ihre Richtung.

Sprecher Ich komme, Schatz.

Er steht auf und geht artig davon und aus dem Bild. Für einige Sekunden sehen wir den verlassenen Stuhl, dann geht der Ritter durchs Bild, das gerupfte Huhn schlagbereit erhoben, und folgt dem Sprecher.

TRICKFILM: *fünf Sekunden Gilliam-Trickfilm. Zu freundlicher Kinderprogramm-Musik sehen wir auf und ab hopsende Häschen.*

EINBLENDUNG: »MÄRCHENSTUNDE«

Schnitt zu einem Märchenonkel im Studio.

Märchenonkel (ERIC) *(sitzt mit einem großen Kinderbuch an einem Tisch)* Hallo, Kinder, hallo. Hier kommt eure Guten-Morgen-Geschichte. Seid ihr bereit? Dann wollen wir mal anfangen. *(Öffnet das Buch; liest:)* »Eines Tages ging Ricki, der Zauberkobold, Daisy Summsel in ihrer baufälligen Hütte besuchen. Er fand sie im Schlafzimmer. Grob packte er sie an ihren breiten Schultern, warf sie aufs Bett und riß ihr die. . .« *(Liest stumm weiter, blättert schnell um, lächelt.)* »Der alte Kapitän Nick war ein rauher, lustiger Seebär. Er liebte das Leben auf hoher See, und er liebte es, sich unten am Pier herumzutreiben, wo die Männer Frauenkleider trugen. . .« *(Liest stumm und entsetzt weiter; blättert; jemand, der in der Kulisse steht, stößt ihn mit einem Stock an; der Märchenonkel erschrickt und liest weiter:)* »Rumpelstilzchen führte den Schmuse-Buse-Laden im Fuße der verzauberten Eiche neben dem Wackeldiwuppel-Busch im verzauberten Tal von

Klingeling. Dort verkaufte es Verhütungsmittel und. . . *(Liest stumm weiter.)*. . . Züchtigung?. . . Nackt?. . . *(Ohne aufzusehen, liest er für sich weiter; er dreht das Buch um neunzig Grad und starrt fassungslos; dann, ungläubig, zu sich selbst:)* Mit einer Melone?

TRICKFILM: *ein Nilpferd zerquetscht die Häschen. . . und einige andere Dinge geschehen.*

Schnitt zu einem Strand. Wir sehen ein Schild mit der Aufschrift »Eselreiten«. Zwei Männer laufen mit einem Esel auf den Schultern vorbei.

Schnitt zum Conférencier; er wendet sich der Kamera zu.

Conférencier (MICHAEL) Hallo, da sind wir wieder, diesmal mit einem kleinen Sketch von zwei Jungens aus London. Die beiden schreiben schon seit drei Jahren, und die kleine Nummer, die wir jetzt sehen, heißt – Moment, ah, da – heißt: der Restaurant-Sketch.

Archivfilmschnipsel mit applaudierenden Frauen.

Schnitt zu einem Ehepaar, das an einem Restauranttisch sitzt.

Frau (CAROL) Ist schön hier, nicht?

Mann (GRAHAM) Doch, doch, ein sehr gutes Restaurant, drei Sterne.

Frau Tatsächlich?

Mann Mmm. . .

Kellner (TERRY J.) Guten Abend, Monsieur! Guten Abend, Madame! Und erlauben Sie mir zu sagen, wie sehr isch misch freue, Sie wieder 'ier begrüßen zu dürfen, Monsieur! *(Reicht ihnen die Speisekarten.)*

Mann Oh, danke. Hier, bitte, Schatz. Schau es dir in Ruhe an, laß dir Zeit. Das Bœuf en croute ist fantastisch.

Kellner Ah, wenn isch Ihnen etwas empfehlen dürfte, Monsieur. . . den Fasan à la reine; die Sauce ist eine der berühmtesten Kreationen unseres Chefkochs.

Mann Ähm. . . das klingt gut. Aber sieh dir nur alles an, laß dir ruhig Zeit. Oh, ähm, eine Bitte – meine Gabel ist ein bißchen schmutzig, ob Sie wohl so nett wären. . . ähm. . . mir eine neue zu bringen?

Kellner Wie meinen?

Mann Oh, nichts von Bedeutung. . . äh, meine Gabel ist ein bißchen schmutzig. Bringen Sie mir bitte eine neue? Danke.

Kellner Oh. . . Monsieur, isch bitte vielmals um Verzei'ung.

Mann Aber nein, ist doch nicht schlimm.

Kellner Oh, doch, doch, doch, isch muß Sie um Verzei'ung bitten. Ich werde den Oberkellner 'er'olen *immediatement*.

Mann Das ist wirklich nicht nötig...

Kellner O doch, doch... Isch bin sicher, daß der Oberkellner sisch persönlich bei Ihnen wird entschuldigen wollen. Isch werde ihn auf der Stelle 'olen... *(Ab.)*

Frau Die sind aber wirklich zuvorkommend hier.

Mann Ja, sie geben sich sehr viel Mühe... doch.

Oberkellner (MICHAEL) Entschuldigen Sie bitte, Monsieur, Madame... *(Untersucht die Gabel.)* Sie ist dreckisch, Gaston... finde 'eraus, wer sie abgewaschen 'at und setze denjenigen sofort auf die Straße.

Mann Oh, nein, nein.

Oberkellner Nein, wir wollen lieber kein Risiko eingehen. Am besten schmeißt du gleisch alle 'inaus, die 'ier abwaschen.

Mann Nein. Hören Sie, ich wollte doch keinen Ärger...

Oberkellner Oh, nein, bitte, kein Ärger. Sie 'aben völlig rescht, auf solsche Mißstände 'inzuweisen. Gaston, sag dem Geschäftsführer sofort, was 'ier gesche'en ist! *(Der Kellner rennt los.)*

Mann Ach, bitte, machen Sie sich doch nicht solche Umstände.

Oberkellner Monsieur, das sind keine Umstände. Isch wünsche lediglisch sischerzustellen, daß Sie völlisch ungetrübte Freude an Ihrer Mahlzeit 'aben werden.

Mann Natürlich werden wir das, es war doch nur eine schmutzige Gabel...

Oberkellner Ich weiß. Und es tut mir leid. Entsetzlich leid. Nur weiß isch... daß keine Entschuldigung die Tatsache aus der Welt schaffen kann, daß in unserem Restaurant Sie 'aben bekommen ein dreckiges, schmutziges, stinkendes Stück Besteck...

Mann Gestunken hat sie nicht.

Oberkellner Sie 'at gestunken, und sie war abscheulich und widerwärtisch, und ich hasse sie, ich hasse sie... eklige, schmuddlige, dreckige, matschige, schäbige kleine Gabel. Oh... oh... oh... *(Er rennt erschüttert davon. Der Geschäftsführer tritt an den Tisch.)*

Geschäftsführer (ERIC) Guten Abend, Sir, guten Abend, Madam. Ich bin der Geschäftsführer. Ich habe gerade erfahren... erlauben Sie, daß ich Platz nehme?

Mann Äh. . . bitte!

Geschäftsführer Ich bitte Sie wegen dieser Gabel um Verzeihung; von ganzem Herzen, demütig und aufrichtig um Verzeihung.

Mann Ich bitte Sie, es war doch bloß ein winziger Fleck, kaum zu erkennen.

Geschäftsführer Ach, daß Sie das sagen, zeigt, daß Sie gute, freundliche, anständige Menschen sind, aber *ich* kann ihn erkennen. . . deutlich. Für mich gleicht er einem. . . Berg, einer mächtigen Schüssel. . . *Eiter.*

Mann So schlimm ist das doch nun wirklich nicht.

Geschäftsführer Das trifft mich *hier. (Preßt sich die Faust aufs Herz.)* Und ich kann Ihnen keine Entschuldigung anbieten – denn dafür *gibt* es keine Entschuldigung. Ich wollte in den letzten Wochen eigentlich mehr Zeit hier im Restaurant verbringen, aber ich war ziemlich schwer krank. . . *(Läßt seinen Gefühlen freien Lauf.)* Und für unsere Leute ist es in letzter Zeit auch nicht besonders gut gelaufen. Der Sohn unseres armen Kochs ist wieder in die Anstalt gesteckt worden, und die arme alte Mrs. Dalrymple, die sich um den Abwasch kümmert, kann ihre Finger kaum mehr bewegen, und dazu Gilbertos Kriegsverletzung – aber es sind gute Menschen, es sind nette Menschen, und gemeinsam waren wir auf dem Weg, dieses dunkle Kapitel zu beenden. . . da war ein Silberstreif am Horizont. . . und jetzt das. . . jetzt das. . .

Mann Soll ich Ihnen ein Glas Wasser. . .?

Geschäftsführer *(schluchzend)* Das ist das Ende!!

Der Koch kommt hinzu; er ist sehr groß und hat ein Beil in der Hand.

Koch (JOHN) *(brüllend)* Ihr. . . Schweine! Ihr miesen, herzlosen Schweine! Seht euch an, was ihr gemacht habt! Er hat sich die Finger wund geschuftet, um das hier zu dem zu machen, was es ist, und ihr latscht hier einfach rein und tretet ihn mit euren abwegigen, vermessenen Haarspaltereien in den Dreck – diesen anständigen, bewundernswerten Mann, dem ihr eigentlich nicht mal die Füße küssen dürftet. Oh. . . das macht mich wahnsinnig. . . wahnsinnig! *(Er hackt das Beil in den Tisch.)*

Der Oberkellner kommt hinzu und versucht ihn zu beruhigen.

Oberkellner Ruhig, Mungo, ganz ruhig. . . Mungo. . . *(Faßt sich schmerzerfüllt mit beiden Händen an den Kopf.)* Meine Kriegsverletzung!. . . Meine Wunde. . . meine Wunde. . .

Geschäftsführer Das ist das Ende! Das Ende! Aaah! *(Er ersticht sich mit der Gabel.)*

Koch Sie haben ihn vernichtet! Er ist tot! Sie haben ihn umgebracht!!! *(Rastet völlig aus.)*

Oberkellner *(versucht, ihn zurückzuhalten)* Mungo... töte niemals einen Gast. *(Leidend)* Oh... meine Wunde! Meine Wunde! *(Er fällt tot um. Bevor der Koch die Gäste erschlagen kann, fällt ihn der Kellner von hinten an. Erbittert kämpfend stürzen die beiden über den Tisch.)*

ZWISCHENTITEL: »UND NUN DIE POINTE«

Mann Gut, daß wir nichts von dem schmutzigen Messer gesagt haben...

Angewiderte »Buh«- und »Oh-Nein«-Rufe aus dem Off.

Schnitt zurück zum Strand.

Conférencier So, da wären wir wieder; das war der Restaurant-Sketch, eine schöne kleine Nummer... teilweise ziemlich gemein, aber ganz schön lustig... nur: Wie sieht's mit der Pointe aus, hmm...? Na, Sie wissen schon, was ich meine – oh-oh... Also ehrlich.

Der Mann aus dem Sketch (Graham) leiht sich das Huhn des Ritters und haut es dem Conférencier auf den Kopf.

Einem Trickfilm, in dem für »Interessante Lebensgeschichten« geworben wird, folgt ein Film von einem Milchmann (Michael), der in einem Vorort ein Reihenhaus beliefert. Als er die Flaschen abstellt, öffnet ihm eine verführerisch gekleidete junge Dame (Carol) und lockt ihn herein. Verstohlen um sich blickend, folgt er ihr ins Haus und in den ersten Stock. Sie führt ihn zur Schlafzimmertür, öffnet sie, bugsiert ihn hinein und schließt die Tür hinter ihm ab. Entgeistert entdeckt der Milchmann, daß im Schlafzimmer bereits diverse Milchmänner sitzen, und zwar – ihren grauen Bärten nach zu urteilen – schon seit geraumer Zeit.

Schnitt zu einem BBC-Nachrichtenstudio, wo der Nachrichtensprecher gerade ein Telefongespräch beendet. Auf seinem Tisch steht ein altmodisches Mikrophon mit einem BBC-Schild. Der Nachrichtensprecher trägt einen Abendanzug und spricht absolut formvollendet.

Nachrichtensprecher (JOHN) Guten Abend. Hier sind die Sechs-Uhr-Nachrichten, am Mikrophon: Michael Queen. In den meisten Landesteilen begann die Woche sehr ruhig, da die Bevölkerung, nach dem heißesten Juliwochenende seit fast einem Jahr, wieder an ihre Arbeitsplätze zurückkehrte. Einziger Höhepunkt am Wochenende war das heutige Treffen von Vertretern des NEDC und des ODCN in Bradford.

In diesem Moment krachen Äxte durch die Studiotür hinter ihm. Durch das entstandene Loch klettern mit Strumpfhosen maskierte Männer und feuern mit Revolvern wild durch die Gegend. Der Nachrichtensprecher fährt unbeeindruckt fort.

Schnitt: die Entführer rollen den Nachrichtensprecher, der noch immer an seinem Tisch sitzt, über einen Flur des BBC-Gebäudes. Sie schieben ihn aus dem Sendezentrum und auf die Ladefläche eines Kleinlasters.

Nachrichtensprecher *(fortfahrend)* In Genf trafen Vertreter der Landeszentralbanken mit Herrn Volestadt aus Polen zusammen, um über ein nicht rückzahlbares Darlehen mit zwölfjähriger Laufzeit zu verhandeln, das für die Errichtung einer Zinkverarbeitungsanlage bei Omsk an der bulestanischen Grenze verwendet werden soll. Im Handelsministerium wurde das Handelsabkommen mit der Sowjetunion über den Kauf von 600 elektrischen Nähmaschinen mit hoher Untersetzung ratifiziert. Der Handelsminister gab der Hoffnung Ausdruck, dieser Abschluß werde eine neue Ära der weltweiten Geschäftsbeziehungen einleiten und einer verbesserten Grundhaltung in der Zusammenarbeit zwischen Ost und West Vorschub leisten. Bei den Goldreserven war in den vergangenen zwölf Monaten ein drastischer Rückgang zu beobachten. Dies folgt aus einer Bekanntgabe des Finanzministeriums, derzufolge sich die Handelsbilanz innerhalb des genannten Zeitraumes nicht einschneidend verändert hat. *(Schnitt: der Kleinlaster rast mit dem noch immer lesenden Nachrichtensprecher auf der Ladefläche durch die Londoner Innenstadt. Schnitt: der Kleinlaster rast über eine Landstraße und schießt an der Kamera vorbei.)* Der Verbleib des von Mr. Charles Griffiths aus Porthcawl bei einer im Juli letzten Jahres im Naturschutzgebiet Swansea unternommenen Forschungsreise verlorenen Sparbuchs ist noch immer ungeklärt. Nach Angaben von Mrs. Griffiths ist ihr Mann bis zur Wiederauffindung des Sparbons nicht bereit, eine offizielle Stellungnahme abzugeben. In Cornwall wurde heute der Tod des früheren Ministers ohne Geschäftsbereich, General Sir Hugh Marksby-Smith, bekanntgegeben. Sir Hugh war Vizepräsident der Rotarier. *(Wir sehen einen aus großer Entfernung aufgenommenen Bootssteg. Die Gangster schieben den Nachrichtensprecher, der noch immer an seinem Tisch sitzt, über den Steg, erreichen schließlich das Ende und schubsen ihn ins*

Meer.) In der Partie zwischen Glamorgan und Yorkshire benötigte Nicholson, der Werfer von Yorkshire, acht Wickets für drei Läufe. Nach dem sechsunddreißigsten Inning waren sämtliche Spieler von Glamorgan nicht mehr im Spiel und hatten die Partie mit einem Inning und sieben Läufen für sich entschieden. Zum Wetter: Morgen bleibt es bewölkt mit gelegentlichen Schauern. Sie hörten die Sechs-Uhr-Nachrichten.

Soundeffekt: Platsch.

Off-Sprecher (JOHN) und ZWISCHENTITEL/DIAS: »UND JETZT«

DIA: »NR. 1«

DIA: »DIE LÄRCHE«

Dia einer Lärche.

Off-Sprecher Die Lärche

Off-Sprecher und ZWISCHENTITEL/DIAS: »UND JETZT«

DIA: »NO. 3«

DIA: »DIE LÄRCHE«

EINBLENDUNG: »UND JETZT. . . «

Dia eines Kastanienbaums.

Off-Sprecher Die Roßkastanie.

Filmschnipsel: begeistert applaudierende Menschenmenge (bei einem Fußballspiel).

Schnitt zu einem Interviewer auf einem Spielplatz, der sich nach vorn beugt, um einige Kinder zu befragen.

Interviewer (JOHN) Eric. . . meinst du, du könntest eine Lärche erkennen?

Eric (ERIC) *(nach reiflichem Überlegen)* Weiß nich'.

Entzücktes, vor der Sendung aufgezeichnetes Gelächter einer unsichtbaren Zuschauermenge.

Interviewer Und wie heißt du?

Michael (MICHAEL) Michael.

Gelächter.

Interviewer Sag uns doch mal, Michael, ob du weißt, wie eine Lärche aussieht.

Michael *(in Tränen ausbrechend)* Ich will nach Hause.

Lachen des unsichtbaren Publikums.

Terry (TERRY J.) Arsch.

Lauteres Lachen.

Interviewer Was meint ihr, gibt es sonst irgendwelche Bäume, die irgendeiner von euch von ziemlich weit weg erkennen würde?

Terry Ich. . . möchte. . . einen Sketch von Eric sehen, bitte.
Interviewer Was?
Terry Ich möchte einen Sketch von Eric sehen. Knuff-knuff.
Interviewer Einen Sketch?
Terry Hat Eric geschriem. . .
Eric Ich hab'n Sketch geschriem.
Michael Knuff-knuff, hat Eric geschriem. . .
Terry Knuff-knuff. . .
Eric Knuff. . . knuff. . .

Zwei Männer in einem Pub.

Norman (ERIC) Ist Ihre Frau 'n. . . Feger. . . hä? Sie verstehen? Sie verstehen? *(Deutet konspiratives Anstupsen mit dem Ellenbogen an.)* Knuff, knuff. Knuff, knuff. Wissen Sie? Ich weiß Bescheid.
Er (TERRY J.) Wie bitte?
Norman Ich mein, Ihre Frau, ist die 'n richtiger *Feger* – hä? Hä? Hä? Wissen Sie, wissen Sie? *(Knufft ihn)* Knuff, knuff. Ich weiß Bescheid.
Er Sie fegt manchmal, ja.
Norman Das dacht ich mir. Das dacht ich mir. Das dacht ich mir. Wissen Sie? Knuff, knuff.
Er Tut mir leid, ich kann Ihnen nicht ganz folgen.
Norman Mir folgen! Mir *folgen*! Das gefällt mir. Das ist gut. Ein kleiner Wink mit dem Zaunpfahl genügt, hä? *(Winkelt den linken Arm an und reibt mit der rechten Hand am Ellenbogen.)*
Er Versuchen Sie, mir irgendwas zu verkaufen?
Norman Verkaufen, verkaufen. Sehr gut. . . *Sehr* gut. *(Läßt seine Hand sehr schnell hin und her flattern; der Mann macht es unsicher lächelnd nach.)* Oh, schlimm. Schlimm. Ein ganz schlimmer Finger sind Sie. . . Hä? Wissen Sie? Wissen Sie? Knuff, knuff. Sie verstehen? Knuff, knuff. Knuff, knuff. *(Beugt sich zu ihm hinüber, zwinkert; spricht sehr langsam)* Ich. . . weiß. . . Bescheid. *(Lehnt sich zurück, als hätte er ihm ein großes Geheimnis anvertraut.)*
Er Aber. . .
Norman *(bringt ihn zum Schweigen, indem er sich mit dem Zeigefinger an den Nasenflügel tippt)* Ihre Frau, ist die. . . äh. . . ist die so. . . aktiv? Hä?
Er Sie ist sehr aktiv, ja.
Norman Das dacht ich mir. Das dacht ich mir.

Er Tennis spielt sie besonders gern, um genau zu sein.

Norman Wer tut das nicht, hä? Wissen Sie? Sie mag Spiele, mag Spiele. Das dacht ich mir. Dacht ich mir! Dacht ich mir! Ist ganz schön rumgekommen, hmm? Schön rumgekommen?

Er Sie ist viel gereist, ja. Sie stammt aus Purley.

Norman Oh. . . oh. Ich weiß Bescheid, ich weiß Bescheid. Ich weiß Bescheid – *Purley*, ich weiß Bescheid. Purley, hm? Wissen Sie, Wissen Sie? Ich weiß Bescheid.

Er *(will etwas sagen, weiß aber nicht, was.)* . . .

Norman *(grinst anzüglich)* Interessiert sich Ihre Frau für. . . *(wakkelt mit dem Kopf, beugt sich zur Seite)* Fotos, hm? Wissen Sie? *Fotos*? »– fragte er durchtrieben«.

Er Fotografie?

Norman Ja. Knuff, knuff. Klick, klick. Grins, grins, winke, winke, ich weiß Bescheid.

Er Urlaubsfotos?

Norman *Auch* möglich. Kann man auch im Urlaub machen. Kann man, ja – Badeanzüge. Wissen Sie? Versteckte Kamera. Wissen Sie? Knuff, knuff.

Er Nein. Nein, wir haben keine Kamera.

Norman Oh. Aber trotzdem. *(Hält die rechte Hand unter den linken Ellenbogen und drückt mehrmals heftig dagegen.)* Woaah! Hä? Wooaaah! Hä?!

Er *(stellt sein Bierglas energisch ab und wendet sich Norman zu)* Hören Sie! Spielen Sie auf irgend etwas an?

Norman *(kleinlaut)* Oh. . . nein. . . nein. . . – Ja.

Er Und zwar?

Norman Tja. Ich meine. Äh, ich meine. . . Sie sind ein Mann von Welt, nicht. . . Ich meine, äh, Sie, äh. . . Sie sind doch, nicht wahr. . . so. . . rumgekommen. . . hä?

Er Was soll das heißen?

Norman Na ja, das heißt, Sie. . . äh. . . Sie haben es getan. . . ich meine so, Sie wissen schon. . . Sie. . . äh. . . Sie haben. . . mit. . . mit. . . einer Frau geschlafen.

Er Ja.

Norman Und? Wie ist das?

Unglaubliches Gelächter vom Band. Der Abspann beginnt mit einem abpfeifenden Schiedsrichter, dann folgt der »Jetzt«-Mann, der sich erschöpft abwendet und in den Wald zurückrennt. Wir hören, daß er im Unterholz von einem Löwen zerfleischt wird.

Roll-Titel (von unten nach oben): »›Wie man verschiedene Baumarten von ziemlich weit weg erkennt‹ wurde erdacht, geschrieben und aufgeführt von. . . (Abspann)«
Ein Pfeil wird eingeblendet. Er weist auf einen der Bäume am linken Bildrand.

Off-Sprecher Die Lärche.

Vier – Eulenstrecksaison

Ein Felsen. Plötzlich wird der »Jetzt«-Mann über den Felsrand geschleudert; er landet unten auf einem schiefrigen Strand. Unter Schmerzen kriecht er auf die Kamera zu und verkündet:

Mann (MICHAEL) Und jetzt...

Off-Sprecher (JOHN) und ANFANGSTITEL: »MONTY PYTHON'S FLYING CIRCUS«

ZWISCHENTITEL: »DIE ARTHUR-FOLGE«

ZWISCHENTITEL: »TEIL 7«

ZWISCHENTITEL: »ZÄHNE«

Sänger in glitzerndem Jackett sitzt, mit Gitarre, auf einem hohen Hocker.

Sänger (ERIC) *(singt zur Melodie des Liedes »Jerusalem«)* Sah man solch Zähn' in alter Zeit...

ZWISCHENTITEL: »LIVE AUS DEN CARDIFF-RÄUMEN IN LIBYEN«

Sänger ...auf Englands grünen Bergen geh'n. *(Er unterbricht sein Spiel.)* Guten Abend und herzlich willkommen, meine Damen und Herren. An diesem Punkt nun wollen wir das Tempo ein wenig anziehen, ein wenig die Stimmung wechseln. Wir möchten Ihnen ein Stück vorführen, das sich Pip, Pauline, Nigel, Tarquin und Tarquins Mutter, die gute alte Runzel, gewünscht haben, ein kleines Stück, das ganz speziell für den pubertierenden Ex-König Zog von Albanien geschrieben worden ist. Ich hoffe, es wird Ihnen gefallen.

In einer Kunstgalerie. Zwei Frauen betreten den Raum, Unterschichts-Mütter mittleren Alters. An der Hand halten sie, nicht sichtbar, jeweils ein Kleinkind, immer knapp unterhalb des Bildausschnitts.

Janet (JOHN) Tach, Marge!

Marge (GRAHAM) Oh, hallo, Janet, wie geht's dir, meine Liebe, also, daß man dich hier trifft!

Janet Und wie geht's dem kleinen Ralph?

Marge Ach, hör bloß auf, der macht den ganzen Morgen nur Ärger. Laß das, Ralph! *(Schlägt das nicht sichtbare Kind.)* Laß das!

Janet Genau wie mein Kevin.

Marge Tatsächlich?

Janet Nichts als Ärger... komm da weg! Er war eben im Florentinischen Saal und hat Raphaels Jesuskind mit Tomatenketchup vollgeschmiert. *(Ruft in scharfem Ton.)* Stell das barocke Meisterwerk wieder hin!

Marge Tja, wir kommen gerade aus der Courtauld-Galerie. Ralph hat da alle Exponate in der Ausstellung zeitgenössischer dänischer Bildhauerei zertrümmert, außer einem.

Janet Genau wie mein Kevin. Man braucht ihm nur eine Ausstellung Dresdener Töpferei aus dem frühen achtzehnten Jahrhundert zu zeigen, dann dreht er gleich durch. Nein, ich sage nein und ich meine auch nein! *(Schlägt wiederum das nicht sichtbare Kind.)* Heute morgen haben wir uns die frühen flämischen Meister aus der Renaissance und der Schule der Manieristen angeguckt, und plötzlich holt er seine schwarze Spraydose raus und bespritzt Vermeers »Frau am Fenster«!

Marge Na ja, das ist nicht so schlimm wie Spucken, näch?

Janet *(entschieden)* Nein, aber Kevin weiß ganz genau: wenn er ein Gemälde anspuckt, dann nehme ich ihn nie wieder mit in eine Ausstellung.

Marge Ralph hat früher immer gespuckt – einen van Gogh konnte er aus zwanzig Metern Entfernung treffen. Er hat aber inzwischen eingesehen, daß sich das nicht gehört – nicht wahr, Ralph? *(Sie sieht nach unten.)* Ralph! Laß das! Wirst du wohl! Hör sofort auf, an dem Turner herumzukauen! Du bist doch... *(Sie verschwindet aus dem Bild.)* Du bist ein ganz ungezogener, böser kleiner Junge. *(Klatsch! Sie erscheint wieder im Bild, in der Hand ein Exemplar mit Turners »Das Kriegsschiff Temeraire« in einem hübschen vergoldeten Rahmen, aber völlig zerfleddert.)* Ach, guck dir das an! »Das Kriegsschiff Temeraire« – völlig hinüber! Was mach ich jetzt bloß?

Janet *(hat alles unter Kontrolle)* Du machst jetzt gar nichts, meine Liebe. Wirf es einfach in den Abfallkorb da drüben.

Marge Im Ernst?

Janet Mein Wort drauf, Marge. Kevin hat die meisten von den britischen Landschaftsmalern des frühen neunzehnten Jahrhunderts aufgegessen, und ich hab längst aufgehört, mich darüber aufzuregen. Wo wir gerade dabei sind – ich hab auch'n ziemlichen Kohldampf. *(Sie bricht sich ein Stück von dem Turner ab.)* Mmh, ja...

Marge probiert auch ein Stück.

Marge Früher mochte ich Turner überhaupt nicht.

Janet *(schluckend)* Nein... Ich versteh zwar nicht viel von Kunst, aber ich weiß, was ich mag.

Schnitt in ein Arbeitszimmer voller Bücher. Am Schreibtisch vor den Regalen sitzt ein Kunstkritiker mit einem Happen Utrillo.

ZWISCHENTITEL: »EIN KUNSTKRITIKER«

Kritiker (MICHAEL) *(nimmt beim Sprechen faserige Stücke aus dem Mund)* Also, ich finde Utrillos Pinselführung großartig. . . *(Unterdrückt einen Rülpser.)* Aber sie bekommt mir nicht immer. . . *(Stößt auf.)* Jedenfalls nicht nach einem Rubens. . . diese ganzen Kirschen. . . oooh. . . *(Sieht plötzlich nach unten.)* Ääh! Ich hab mein Hemd mit Vermeer bekleckert.

Ehefrau (KATYA WYETH) *(trägt einen Wasserkrug und ein Glas auf einem Tablett herein und stellt sie auf den Schreibtisch)* Etwas Hundertwasser, Liebling?

Kritiker Was für ein fürchterlicher Kalauer.

Ehefrau Das ist mein einziger Text!

Kritiker *(erhebt sich heftig)* Ist ja gut! Ist ja gut! Du hättest ihn aber nicht zu sagen brauchen. Du hättest ja auch einmal den Mund halten können zur Abwechslung.

Ehefrau fängt an zu weinen.

Kritiker Ach, das ist typisch. Reden, reden, reden. Schnatter, schnatter, schnatter.

Schnitt zurück zum Sänger.

Sänger *(singt)* Bringt meine Pfeile von Verlangen!. . . Den Speer! Ihr Wolken, seid entwölkt!. . . Bringt mir aus Feuer meinen Wagen!

Eine sexy Frau (Katya) kommt herein und streichelt ihn.

ZWISCHENTITEL: »EINE ANGELEGENHEIT FÜR MÄNNER – DIE CARDIFF-RÄUME IN LIBYEN«

Schnitt zum Oberst: an der Wand hinter ihm hängen Anwerbungsplakate der Armee.

Oberst (GRAHAM) Genau. Kamera auf mich jetzt. Als leitender Offizier der Anwerbungsdivision des stehenden Heers protestiere ich mit größter Entschiedenheit gegen die offensichtliche Anspielung auf unseren eigenen Slogan »Eine Angelegenheit für Hunde. . . *(verbessert sich sofort)* für *Männer* – Die moderne Armee«, und ich warne diese Sendung, schlampig-langhaarige Zivilisten – Plagiate dieser Art zu wiederholen, das könnte schwerwiegende Konsequenzen haben. So! Beim Kommando »Schnitt« wird auf die zweite Kamera umgeschaltet, also Achtung, Herr Regisseur. . . *(Schnitt zu einem Mann am Schreibtisch.)* Warten Sie gefälligst! *(Schnitt zurück zum Oberst.)* Kamera –: Schnitt!

Schnitt zu einem Mann mit Wikingerhelm.

Mann (TERRY G.) Dies ist mein einziger Satz. *(Pfeift vor sich hin; entschuldigend)* Na ja, es ist halt mein einziger Satz.

Schnitt zu einem Gentleman (Terry J.) in gestreiftem Blazer. Kreissäge und Krickethose. Er ist auf dem Weg zum Strand und führt Handtuch und Badeanzug mit sich. Er legt sein Handtuch auf einem Wellenbrecher ab, wo bereits ein anderes liegt, und ist im Begriff sich umzuziehen. Plötzlich blickt er auf: man sieht, daß alle Leute sich nach ihm umgedreht haben und ihn anstarren – durchaus nicht mißbilligend – nein; das ausdruckslose englische Starren halt. Er schnappt sich das Handtuch vom Wellenbrecher und will sich darunter die Hosen ausziehen. Ein junges Mädchen im Bikini, das auf der anderen Seite des Wellenbrechers gelegen hat, erhebt sich und sucht ihr Handtuch. Sie entdeckt, daß der Mann es genommen hat und reißt es ihm weg, so daß er seine halb heruntergelassenen Hosen eilig ergreifen muß.

Erneut die Einstellung, in der alle Leute ihn anstarren. Er zieht die Hosen hoch und wendet sich, peinlich berührt, zu einer Strandhütte.

Er betritt die Strandhütte. Gerade macht er Anstalten, die Hosen abzustreifen, als er ein Paar Füße bemerkt, die auf die Hütte (sie weist am Boden seitlich eine 15 cm breite Öffnung auf) zukommen, dann anhalten, so als ob jemand durch die Ritzen späht. Der Mann wirkt nun recht empört, zieht die Hosen hoch, spitzt nach draußen und schleicht vorsichtig um die Hütte herum.

Auf der Rückseite trifft er auf einen Mann (Michael), der dicht an die Wand der Hütte gebeugt steht, die Hand ans Gesicht gelegt. Terry versetzt ihm einen kräftigen Tritt in den Hintern. Als der Mann, völlig überrascht, herumfährt, wird deutlich, daß er lediglich Schutz vor dem Wind gesucht hat, um sich eine Zigarette anzuzünden. Der umkleidewillige Gentleman tritt unter verlegenen Entschuldigungen den Rückzug an. Beim Schnitt auf die Vorderseite der Strandhütte sieht man den Mann, noch nach hinten gewandt, im selben Moment um die Ecke kommen, als eine gewichtige, matronenhafte Frau in die Hütte marschiert . . . und der Mann hinterdrein. Prompt wird er denn, am Ohr gefaßt, hinausgeworfen. Verzweifelt blickt er in die Runde. Auf der Promenade sieht er plötzlich einen Eiskremwagen. Er läuft darauf zu, schaut um sich, und schlüpft dahinter, sich umzuziehen. In diesem Moment schlendert ein Polizist (Graham) an den Eiskremwagen heran und veranlaßt ihn weiterzufahren. Der Wagen fährt an und macht die Sicht frei auf unseren Gentleman und seine auf die Knöchel herabgelassene Hose.

Nahaufnahme der Reaktion des Polizisten. Während der Mann die

Hose eilig hochzieht, nähert sich ihm der Polizist mit gezücktem Notizbuch. In äußerster Verwirrung läuft er vor dem Polizisten davon. In der Totalen sieht man ihn auf den Portier des Königlichen-Luxus-palast-Hotels zukommen. Er flüstert dem Portier etwas zu und zeigt ihm durch Gesten an, daß er sich seiner Hosen entledigen möchte. Der Portier wiederholt nachfragend die entsprechende Geste. Der Mann nickt. Der Portier läßt seine Hose herunter. Der Mann fährt, einmal mehr verwirrt, zurück – ein Mißverständnis!

Wieder zurück am Strand. Er versteckt sich hinter einem Stapel von Liegestühlen. Augenblicklich erscheint ein Haufen aufgekratzter Strandausflügler und bedient sich der Stühle. Der Stapel verschwindet im Nu, und der Gentleman steht wieder einmal entblößt da. Er sprintet hinter die nahegelegene Hütte des Liegestuhlwächters. Zwei Arbeiter treten auf und reißen sie nieder. Nunmehr völlig verzweifelt, geht unser Mann auf den Pier.

Er betritt die Vergnügungspassage und sieht sich verstohlen um. Er schlüpft hinter einen »Was der Butler gesehen hat«-Apparat. Eine Frau taucht auf, steckt einen Penny in den Apparat und schaut. Sie winkt ihren Ehemann heran. Dieser sieht seinerseits in den Apparat und erblickt den sich entkleidenden Mann. Sie jagen ihn fort. Der Mann schlüpft durch eine Tür und befindet sich in völliger Dunkelheit. Erleichterung – zu guter Letzt hat er also einen Platz zum Umkleiden gefunden. Entspannt läßt er die Hosen herunter.

Plötzlich hört er Musik und Applaus... ein Vorhang öffnet sich – er steht auf der Bühne des Strandpavillons. Das Publikum klatscht. Sich in sein Schicksal ergebend, setzt er zu einer Striptease-Nummer an.

Off-Sprecher und ZWISCHENTITEL: »EINE ANGELEGENHEIT FÜR MÄNNER – AUSZIEHEN IN DER ÖFFENTLICHKEIT«

Schnitt zum Oberst.

Oberst Ruhe. Ruhe. Jetzt aber langsam. Ich habe diese Sendung bereits einmal gewarnt, die Urheberrechte der Armee an dem Slogan »Eine Angelegenheit für Schweine... für *Männer* – Die moderne Armee« zu verletzen. Und ich warne Sie erneut: wenn das noch einmal passiert, werde ich auf diese Sendung herniederfahren wie eine Tonne Ziegelsteine... So. Übernehmen, Stabsfeldwebel!

Eine Turnhalle. Vier Männer stehen dort wartend herum, vor ihnen hat sich der typische Ex-Truppenoffizier aufgebaut.

Offizier (JOHN) Sir! *(Zu den Männern)* Kursteilnehmer! 'n Abend!

Alle 'n Abend.

Offizier Wo sind denn die anderen alle?

Alle Nicht da.

Offizier Das seh ich auch. Was ist mit denen?

Alle Keine Ahnung.

Erster Mann (GRAHAM) Vielleicht haben sie Grippe.

Offizier Grippe. . . Grippe? Die haben zu viel frisches Obst gegessen. *(Er bekommt fürchterliche Zuckungen im Gesicht.)* Also gut. Nun zur Selbstverteidigung. Heute abend mache ich da weiter, wo wir letzte Woche stehengeblieben sind, als ich Ihnen zeigte, wie Sie sich gegen Angreifer verteidigen können, die mit frischem Obst bewaffnet sind.

Alle *(enttäuscht)* Oje.

Zweiter Mann (MICHAEL) Sie haben uns doch versprochen, daß wir diese Woche kein Obst drannehmen.

Offizier Was soll das heißen?

Dritter Mann (TERRY J.) Wir haben jetzt neun Wochen lang Obst gehabt.

Offizier Na und? Gibt es irgendwas auszusetzen an Obst? Ihr glaubt wohl, ihr wißt schon alles, hä?

Zweiter Mann Aber könnten wir nicht auch mal was anderes durchnehmen, zur Abwechslung?

Vierter Mann (ERIC) Zum Beispiel Angriffe mit einem spitzen Stock?

Offizier *(verächtlich)* Spitze Stöcker! Hö, hö, hö. Wir wollen also lernen, wie man sich gegen spitze Stöcker verteidigt, wie? Wir werden wohl langsam ein bißchen übermütig, hä? Frisches Obst ist nicht mehr gut genug für uns, was? So, so. Aha. Ich will Ihnen mal was sagen, mein Junge. Wenn Sie nachher nach Hause gehen, und irgendein wahnsinniger Mordbube haut Ihnen ein Büschel Loganbeeren über den Kopf, dann kommen Sie hier nicht an und jammern mir die Ohren voll! Also. . . die Passionsfrucht. Wenn Ihr Angreifer sich mit einer Passionsfrucht auf Sie stürzt, so etwa. . . *(Macht es vor.)*

Alle Passionsfrucht hatten wir schon.

Offizier Was?

Alle Passionsfrucht hatten wir schon.

Zweiter Mann Wir hatten Apfelsinen, Äpfel, Grapefruits.

Dritter Mann Ganz und in Scheiben.

Zweiter Mann Granatäpfel, Renekloden.

Erster Mann Weintrauben, Passionsfrüchte.
Zweiter Mann Zitronen.
Dritter Mann Pflaumen.
Erster Mann Und Mangos in Sirup.
Offizier Wie steht's mit Kirschen?
Alle Haben wir gehabt.
Offizier Rote *und* schwarze?
Alle Jawohl.
Offizier Na gut, aber. . . Bananen!
Alle Oh.
Offizier Die hatten wir noch nicht, oder?
Alle Nein.
Offizier Genau, Bananen! Wie wehrt man sich gegen einen Mann, der mit einer Banane bewaffnet ist? *(Zum ersten Mann.)* Hier, Sie, nehmen Sie die. *(Wirft ihm eine Banane zu.)* Es ist eigentlich ganz einfach, das Bananenscheusal abzuwehren. Erst zwingen Sie ihn, die Banane fallenzulassen, dann essen Sie die Banane auf. Damit ist er entwaffnet, und Sie haben ihn in der Hand.
Zweiter Mann Was, wenn er eine ganze Staude hat?
Offizier Schnauze!
Vierter Mann Was, wenn er einen spitzen Stock hat?
Offizier Schnauze! Okay, jetzt zu Ihnen, Mr. Apricot.
Erster Mann Harrison.
Offizier Harrison. Mr. Harrison. Dann kommen Sie mal ran mit der Banane. Na los, greifen Sie mich an. So fest, wie Sie wollen. Na los. *(Harrison geht recht unentschlossen auf ihn zu.)* Nein, nein, nein. Mit mehr Feuer, um Gottes willen! Hier, so müssen Sie sie halten. Brüllen Sie. Na los jetzt, Angriff, marsch! Kommen Sie, kommen Sie. *(Harrison stürmt brüllend auf ihn zu; der Offizier zieht einen Revolver, schießt Harrison voll ins Gesicht. Der stürzt zu Boden und ist sofort tot. Der Offizier steckt die Waffe wieder weg und hebt die Banane auf.)* Und jetzt. . . esse ich die Banane.

Er ißt; der Rest des Kurses hat sich währenddessen um Harrisons Leiche versammelt.

Alle Sie haben ihn erschossen. Er ist tot. . . tot. Ganz und gar tot. Sie haben ihn umgebracht!
Offizier *(schluckt den letzten Happen hinunter)* Ich habe die Banane jetzt also aufgegessen. Der verstorbene Mr. Apricot ist nunmehr entwaffnet.

Zweiter Mann Umgebracht! Sie haben ihn umgebracht!

Offizier Na, er hat mich schließlich mit einer Banane angegriffen.

Dritter Mann Ja, weil Sie es ihm befohlen haben.

Offizier Hören Sie, ich mach hier nur meine Arbeit. Meine Aufgabe ist es, Ihnen zu zeigen, wie man sich gegen frisches Obst verteidigt.

Vierter Mann Und gegen spitze Stöcker.

Offizier Klappe!

Zweiter Mann Was ist, wenn ich mit einer Banane angegriffen werde, und ich hab keine Pistole?

Offizier Machen Sie sich aus dem Staub.

Dritter Mann Man könnte doch stehenbleiben und um Hilfe rufen.

Offizier Das versuchen Sie mal mit 'ner Ananas in der Luftröhre.

Dritter Mann Eine Ananas?

Offizier *(fährt vor Schreck zusammen)* Wo? Wo?

Dritter Mann Nirgendwo. Ich hab doch nur »Ananas« gesagt.

Offizier O Mann. Ich dachte schon, die wär heut dran.

Dritter Mann *(verblüfft)* Was, die Ananas?

Offizier *(schreckt wiederum zusammen)* Wo? Wo?

Dritter Mann Nein, nein, ich hab nur das Wort wiederholt.

Offizier Oh. Ach so! Gut. Soweit also die Banane. Als nächstes... die Himbeere. *(Holt eine aus der Tasche.)* Sieht so klein und harmlos aus, nicht wahr. Sie sind jetzt an der Reihe, Mr. Pfirsich in Dosen.

Dritter Mann Thompson.

Offizier Mr. Thompson. Fallen Sie mich mit der Himbeere an. Na los. So fies, wie Sie nur wollen.

Dritter Mann Nein danke.

Offizier Wieso nicht?

Dritter Mann Sie wollen mich erschießen.

Offizier Will ich nicht.

Dritter Mann Sie haben Mr. Harisson ja auch erschossen.

Offizier Das war Notwehr. Na los. Ich verspreche, daß ich Sie nicht erschieße.

Vierter Mann Sie haben versprochen, uns alles über spitze Stökker beizubringen.

Offizier Schnauze. Kommen Sie, hoch damit... Schwingen Sie die Himbeere. Na los, so richtig brutal. Nur zu!

Dritter Mann Nein. Werfen Sie die Pistole weg.

Offizier Ich hab keine Pistole.

Dritter Mann O doch, Sie haben eine.

Offizier Hab ich nicht.

Dritter Mann Haben Sie wohl. Sie haben Mr. Harrison damit erschossen.

Offizier Ach so. . . *die* Pistole.

Dritter Mann Tun Sie sie weg.

Offizier Na gut. *(Wirft sie beiseite.)* Wie verteidigt man sich gegen eine Himbeere, ohne Pistole.

Dritter Mann Sie wollten mich tatsächlich erschießen!

Offizier Wollt ich nicht.

Dritter Mann Wollten Sie doch.

Offizier Ach was. Kommen Sie, los jetzt, Sie Würstchen. . . Sie erbärmliche Witzfigur. Greifen Sie doch an. . . los doch, hau richtig rein, du Würstchen. *(Dritter Mann springt auf ihn zu; der Offizier tritt zurück und zieht einen Hebel; ein Sechzehn-Tonnen-Gewicht begräbt den Mann unter sich.)* Sollten Sie jemals von einem Mann mit einer Himbeere angegriffen werden, ziehen Sie einfach an diesem Hebel. . . und schon fällt ihm ein Sechzehn-Tonnen-Gewicht auf den Kopf. Das habe ich in Malaya gelernt.

Zweiter Mann Was ist, wenn man kein Sechzehn-Tonnen-Gewicht dabei hat?

Offizier Das nennt man Planung, Mann, vorausdenken.

Zweiter Mann Wie viele Sechzehn-Tonnen-Gewichte gibt es denn?

Offizier Passen Sie mal auf, Sie Klugscheißer, das Sechzehn-Tonnen-Gewicht ist ja nur ein Weg, eine einzige Möglichkeit, mit dem Himbeerkiller fertig zu werden. Es gibt noch eine Million andere.

Zweiter Mann Zum Beispiel?

Offizier Erschießen.

Zweiter Mann Nehmen wir aber an, Sie hätten weder eine Pistole, noch ein Sechzehn-Tonnen-Gewicht dabei.

Offizier Ist ja gut, alter Schlauberger, schon gut, Sie Schlaumeier. Ihr beiden, kommt jetzt mit den Himbeeren. Da habt ihr sie, jeder einen ganzen Korb voll. Na los, los, fallt über mich her.

Zweiter Mann Keine Pistole?

Offizier Nein.

Zweiter Mann Kein Sechzehn-Tonnen-Gewicht?

Offizier Nein.

Vierter Mann Kein spitzer Stock?

Offizier Schnauze.

Zweiter Mann Keine Felsbrocken an der Decke?

Offizier Nein.

Zweiter Mann Sie wollen uns nicht töten?

Offizier Ich will Sie nicht töten.

Zweiter Mann Versprechen Sie's.

Offizier Ich verspreche, daß ich Sie nicht töten werde. Wollen Sie mich jetzt vielleicht endlich angreifen?

Zweiter und Vierter Mann Na gut.

Offizier Okay, aber stürmt diesmal nicht einfach auf mich los. Ich werde euch den Rücken zukehren. Dann könnt ihr euch anschleichen. . . alles klar? Nähert euch so leise, wie ihr könnt, bis ihr genau hinter mir seid, und dann. . . Himbeer-Attacke. Klar? Bewegt euch. *(Sie schleichen auf ihn zu.)* Also. . . was macht man als erstes, wenn man von einer fiesen Himbeerbande bedroht wird? Man. . . läßt den Tiger los. *(Er drückt auf einen Knopf, woraufhin ein Tiger an ihm vorbeischießt in Richtung auf die Männer; Schreie und Tigergebrüll sind zu hören.)* Der große Vorteil des Tigers im waffenlosen Kampf besteht darin, daß er nicht nur den himbeerbestückten Feind frißt, sondern auch die Himbeeren selbst. Hingegen findet der Tiger keinerlei Genuß am Pfirsich. Der Pfirsich-Attentäter sollte daher mit einem Krokodil bekämpft werden. *(Er sieht sich um.)* Okay. . . ich weiß, daß ihr da seid – ihr lauert unter den Dielenbrettern mit eurer Damaszenerpflaume und eurer gemeinen Hauspflaume. . . und ihr da, hinter den Sprossenwänden mit eurem Backobst – ich weiß Bescheid! Ich bin bereit! Ich habe mich mit zweihundert Tonnen Plastiksprengstoff verkabelt, und wenn einer von euch nur eine falsche Bewegung macht, gehen wir alle zusammen hoch, klar? Ich hab euch gewarnt. . . Ich hab euch gewarnt. Also gut, das war's dann.

Große Explosion.

TRICKFILM: *er endet mit der Animation einer Sänfte in Form einer Ausschneidefigur; die Einstellung einer realen Sänfte leitet zum nächsten Film über.*

Schnitt zu einem verlassenen Strand. Eine Sänfte wird herangetragen. Ein Lakai öffnet die Tür. Ein Gentleman in prächtiger Achtzehntes-Jahrhundert-Kleidung steigt aus. Mit Hilfe der Lakaien kleidet er sich um und schlüpft in einen mit Spitze versetzten, gestreiften Badeanzug.

Anschließend besteigt er wieder die Sänfte, und ab geht's damit ins Wasser.

Schnitt zum Sänger, der gerade mit einer Frau im Bett sitzt. Er lehnt sich mit seiner Gitarre zurück und klampft ein wenig darauf herum.

Sänger Sah man solch Füß in alter Zeit, auf Englands grünen Bergen gehn... Wir möchten Sie jetzt in eine etwas andere Stimmung versetzen, wir haben da nämlich etwas für Mama und Papa, Annie und Roger, Mazarin und Ludwig und all die Leutchen in Versailles, ein kleines Stück, es heißt »Englands grüne Berge«. Ich hoffe, es gefällt Ihnen. Sah man solch Füß...

Schnitt zu einem Mann, der in einer ländlichen Gegend steht.

Mann (JOHN) *(bäuerlicher Akzent)* Ja, wissen Sie, das ist schon eine Angelegenheit für Männer – das Leben auf Englands grünen Bergen.

Der Oberst betritt blitzschnell die Szene.

Oberst Ich hab's gehört, jawohl, ich hab's gehört. Ich beende diesen Sketch auf der Stelle, und wenn noch mehr von dieser Sorte vorkommt, breche ich die ganze Sendung ab. Überhaupt, ich dachte, daß es hier eigentlich um Zähne gehen sollte. Machen Sie mal was über Zähne – also los. *(Ab.)*

Mann Was ist jetzt mit meinem ländlichen Monolog? ... Mit diesem Produzenten geh *ich* nicht wieder ins Bett.

Filmschnipsel von verschiedenen Sportveranstaltungen, Wildwest-Postkutschen-Verfolgungen etc.

Off-Sprecher (JOHN) *(erregt, mit mächtiger Musikbegleitung)* Spannung, Dramatik, Action, Gewalt, frisches Obst. Leidenschaft. Nervenkitzel. Tratsch. Liebesgeschichten. Abenteuer. Das alles finden Sie in einem guten Buch.

Schnitt in ein Buchgeschäft. Der Buchhändler steht hinter dem Ladentisch. Arthur kommt ins Bild und geht auf ihn zu. Der Buchhändler erschrickt und blickt sich verstohlen um.

Buchhändler (JOHN) Äh... ähm!

Arthur (ERIC) Guten Morgen. Ich hätte gern ein Buch.

Buchhändler Tja, ich fürchte, wir haben keine. *(Versucht irgendwie, sie zu verbergen.)*

Arthur Wie bitte?

Buchhändler Wir haben keine Bücher. Sie sind uns grad ausgegangen. Wiedersehen!

Arthur Ja, und was ist das hier überall?

Buchhändler Wo überall? Aha! *Da* überall, ah, ha, ha, ha. Sie meinen diese. . . diese Bücher.

Arthur Genau.

Buchhändler Die sind, ähm. . . die sind verkauft. Wiedersehen!

Arthur Doch nicht alle!

Buchhändler Alle ratzeputz verkauft. Nicht ein einziges, das man als noch nicht verkauft bezeichnen könnte. Wiedersehen!

Arthur An wen?

Buchhändler Was?

Arthur An wen sind sie verkauft?

Buchhändler Och. . . an verschiedene. . . Herrgott, schon so spät? Du meine Güte, ich muß Mittagspause machen.

Arthur Es ist doch erst halb elf.

Buchhändler Na ja, ich hab halt 'nen Kohldampf. . . einen *riesen* Kohldampf, genauer gesagt. Ich glaube kaum, daß ich heute noch mal aufmachen werde. Ich werd mir wohl mal eine richtig anständige Mahlzeit gönnen. Aber wer sagt's denn, sehen Sie doch den reizenden Buchladen drüben auf der anderen Straßenseite, dort gibt's eine viel größere Auswahl als bei uns, wahrscheinlich zu lächerlich niedrigen Preisen. . . nur über die Straße. *(Er hält die Tür auf.)* Wiedersehen!

Arthur Aber man hat mich hierher geschickt.

Buchhändler *(zerrt ihn wieder hinein)* Aha, ich verstehe. Äh. . . *(sehr sorgfältig)* Man hört, daß die Stachelbeeren dieses Jahr sehr gut kommen. . . und ebenso die Mangos. *(Zwinkert.)*

Arthur Wie bitte?

Buchhändler Äh. . . ähm. . . Ich meinte grad. . . wenn man das Wetter so sieht. . . also, man hört, daß die Stachelbeeren dieses Jahr sehr gut kommen. . . und ebenso die Mangos.

Arthur Meine nicht.

Buchhändler *(nickt heftig und erwartungsvoll)* Ja, weiter. . .

Arthur Was?

Buchhändler Sprechen Sie weiter – meine nicht. . . aber. . .

Arthur Was?

Buchhändler Wollten Sie nicht gerade so was sagen wie »meine nicht, aber der Große Käse bekommt seine heute abend bei Ebbe«?

Arthur Nein.

Buchhändler Oha, na ja. Auf Wiedersehen! *(Er will ihn hinauszerren, hält aber inne.)* Moment. Wer hat Sie geschickt?

Arthur Die kleine alte Dame aus dem Süßwarengeschäft.

Buchhändler Sie hatte nicht zufällig einen Schmiß genau hier... und trug einen Haken?

Arthur Nein.

Buchhändler Natürlich nicht, ich meinte auch jemand anderes. Wiedersehn!

Arthur Einen Moment mal, hier stimmt doch was nicht.

Buchhändler *(wirbelt herum)* Was, wo? Haben Sie irgendwas gesehen?

Arthur Nein, aber ich habe den Eindruck, daß hier irgend etwas nicht in Ordnung ist.

Buchhändler Doch doch, hier ist alles in Ordnung, *(ruft nach hinten)* und er hat nichts gesehen. Wiedersehn!

Arthur *(tritt wieder in den Laden)* Irgend etwas stimmt hier nicht.

Buchhändler Hören Sie, hier ist nichts. Glauben Sie mir bitte, hier ist abso... *(eine Hand erscheint hinter Arthurs Rücken, der Buchhändler veranlaßt sie, mit hektischen Bewegungen zu verschwinden)* ...lut alles in Ordnung. Stimmt hier was nicht?

Ein Mann erscheint ganz kurz; es ist Van der Berg (Dick Vosburgh).

Van der Berg Doch, alles in Ordnung.

Buchhändler Sehen Sie, alles in Ordnung.

Arthur Wer war das?

Buchhändler Das war meine Tante, hören Sie, wie heißt das Buch, das Sie kaufen wollten? Sagen Sie schnell!

Arthur Oh, ach ja. Ich hätte gern ein Exemplar von »Die Geschichte der falschen Zähne. Mit Illustrationen«.

Buchhändler Mein Gott, das nenn ich Schneid.

Arthur Was?

Buchhändler *(zieht eine Pistole)* Also: Was wissen Sie?

Arthur Worüber?

Buchhändler Sind Sie von der Britischen Zahnärztlichen Vereinigung?

Arthur Nein, ich bin Tabakwarenhändler.

Buchhändler Kommen Sie von der Tür weg.

Arthur Ich will nur rüber auf die andere...

Buchhändler Bleiben Sie, wo Sie sind. Sie würden niemals lebend hier rauskommen.

Arthur Warum nicht?

Buchhändler Sie wissen zuviel, Zahn-Freundchen.

Arthur Ich weiß gar nichts.

Buchhändler Spucken Sie's aus: Sie sind Zahnarzt!

Arthur Nein, ich bin Tabakwarenhändler.

Buchhändler Ein Tabakwarenhändler, der sich ganz zufällig ein Buch kauft über. . . Zähne?

Arthur Ja.

Buchhändler Ha, ha, ha, ha. . .

Lafarge betritt den Raum mit gezogener Pistole. Er ist Franzose, dunkelhäutig, ganz in Schwarz gekleidet und scheint zum Äußersten entschlossen.

Lafarge (MICHAEL) Laß die Kanone fallen, Stapleton.

Buchhändler Lafarge! *(Läßt die Pistole fallen.)*

Arthur Hier stimmt doch was nicht.

Buchhändler Doch, doch.

Lafarge Okay, Stapleton, jetzt sitzt du fest. Wo hat Mahoney versteckt die Füllungen?

Buchhändler Welche Füllungen?

Lafarge Du weißt, welche Füllungen, Stapleton. Oben rechts zwei und vier, unten rechts drei und zwei, unten links eins. Mach schon. *(Fuchtelt drohend mit der Pistole.)* Denk dran, was ist passiert mit Nigel.

Arthur Was ist denn mit Nigel passiert?

Buchhändler Kieferorthopäden-Jake hat ihm eine Mundspülung mit Plastiksprengstoff verpaßt.

Arthur Ich wußte doch, daß hier was nicht stimmt.

Buchhändler Es ist doch gar nichts.

Lafarge Los jetzt, Stapleton, die Füllungen!

Buchhändler Sie sind in der Wimpole Straße 22.

Lafarge Versuch nicht, mich reinzulegen. *(Haut ihm die Pistole aufs Auge.)*

Buchhändler Au, oh, Wimpole Straße 22a.

Lafarge Klingt schon besser.

Buchhändler Aber Sie müssen sich anmelden.

Lafarge In Ordnung. *(Ruft nach draußen.)* Brian! Mach mir Termin mit Sprechstundenpuppe. Keine Betäubung.

Van der Berg erscheint mit einem Maschinengewehr, in Begleitung einer Krankenschwester. Er trägt zwar Zahnarztkleidung, zusätzlich aber lauter Ringe, Ketten, Halstücher, Schnallenschuhe und einen Ohrring.

Van der Berg Nicht so eilig, Lafarge.

Lafarge Van der Berg!

Van der Berg Genau. Dann laß mal den Ballermann fallen.

Arthur Hier geht doch was vor. . .
Buchhändler Nein, gar nicht.
Van der Berg Heb die Pistolen auf.
Die Krankenschwester sammelt die Pistolen ein, legt sie auf ein Stahltablett, wie es in der Chirurgie benutzt wird, bedeckt dieses mit einem weißen Tuch und händigt es Van der Berg aus.
Arthur Wer ist das?
Buchhändler Das ist Van der Berg, er ist auf unserer Seite.
Van der Berg So, stell dich an die Wand, Lafarge, und du auch, Stapleton.
Buchhändler Ich?
Van der Berg Ja, du.
Buchhändler Du miese, falsche Ratte.
Arthur *(geht mit dem Buchhändler)* Was ist passiert?
Buchhändler Er hat mich reingelegt.
Arthur Pech gehabt.
Van der Berg Okay. . . Wo sind die Füllungen? Raus mit der Sprache, wo sind sie?
Arthur Das ist alles ziemlich aufregend.
Brian tritt ein, mit einer Panzerfaust im Arm. Seine Kleidung besteht aus Operationssaal-Requisiten: Kittel, Haube und Mundschutz, Gummihandschuhe und weiße Gummischuhe.
Brian (TERRY J.) Nicht so eilig.
Alle Brian!
Arthur Auweia, was ist das?
Die anderen Das ist eine Panzerfaust!
Brian Alles klar. Stell dich an die Wand, Van der Berg. . . und Sie auch, Schwester. Und der erste, der irgendwelche faulen Tricks versucht, der macht 'ne Praxis zwei Meter unter der Erde auf. . . das hier ist eine Panzerabwehrwaffe. . . und die ist geladen. . . Ihr habt genau fünf Sekunden, um es mir zu sagen. . . Was geschah wirklich mit Baby Jane?
Alle Was?
Brian Oh, tut mir leid. . . ich war ganz in Gedanken. . . hab einen furchtbaren Tag gehabt. . . wirklich wahr. Ihr habt fünf Sekunden, um mir zu sagen. . . Ich hab's vergessen. Ich hab's vergessen.
Buchhändler Die fünf Sekunden haben doch noch nicht angefangen, oder?
Van der Berg Wir müssen die Frage erst kennen.
Arthur Hatte es mit Vogler zu tun?

Brian Nein, nein... nein... ihr habt fünf Sekunden, um mir zu sagen...

Van der Berg Mit Nigel?

Brian Nein.

Lafarge Bronski?

Brian Nein, nein...

Arthur Die Füllungen!

Brian Ah ja, die Füllungen, natürlich! Wie dumm von mir. Genau, ihr habt fünf Sekunden... *(Räuspert sich.)* Wo sind die Füllungen? Fünf, vier, drei, zwei, eins, null! *(Es folgt eine lange Pause. Brian hat vergessen, die Panzerfaust abzufeuern, aber er kommt nicht darauf, was schiefgelaufen ist.)* Null! *(Betrachtet die Waffe.)* Oh! Ich habe vergessen abzudrücken. Tut mir leid. Verrückter Tag. Na schön *(ziemlich schnell)*: fünf, vier, drei, zwei, eins.

Ein Teil der Wandtäfelung schiebt sich zur Seite und der Große Käse erscheint im Bild, in einem Zahnarztstuhl sitzend. Der Große Käse trägt Zahnarztkleidung und eine fiese Brille mit dicken, lupenartigen Gläsern. Er streichelt ein Kaninchen in seinem Schoß.

Großer Käse (GRAHAM) Laß die Panzerfaust fallen, Brian.

Alle Der Große Käse!

Brian läßt die Panzerfaust fallen.

Großer Käse Freut mich, daß ihr es alle einrichten konntet, zu meiner kleinen... Party zu kommen. Und Flopsy freut sich auch, nicht wahr, Flopsy? *(Er hält das Kaninchen hoch, da es keine Antwort gibt.)* Nicht wahr, Flopsy? *(Wieder keine Antwort; er zieht einen großen Revolver und schießt aus kürzester Entfernung auf das Kaninchen.)* Das wird dich lehren, die Unnahbare zu spielen. Da habt ihr's, die arme Flopsy ist tot. Und hat nie Mutter zu mir gesagt. Und schon bald... werdet ihr alle tot sein, tot, tot, tot. *(Die anderen zischen ihn aus.)* Und weil ich so böse bin, werde ich euch ganz langsam töten... mit dem Bohrer.

Arthur Es ist ein Uhr.

Großer Käse Stimmt allerdings. Mittagspause, um zwei seid ihr wieder hier.

Allgemeines Entspannen und Abgehen. Arthur schleicht zum Telefon und telefoniert, nachdem er sich vergewissert hat, daß niemand zusieht.

Arthur Hallo... geben Sie mir die Britische Zahnärztliche Vereinigung... und zwar schnell.

Schnitt zu Arthur in normaler Zahnarztkleidung, über einen Patienten im Stuhl gebeugt. Er blickt auf und spricht in die Kamera.

Arthur Sehen Sie, ich wußte, daß dort etwas nicht stimmte. Der Große Käse hat dann natürlich zwei Fehler begangen. Erstens hat er mich nicht wiedererkannt: Lemming, Arthur Lemming, Sonderermittler der BZV, und zweitens... *(zum Patienten)* ausspucken... als ich vom Mittagessen zurückkam, waren auf meine Veranlassung bereits sämtliche Zahnärzte des Westends im Besenschrank versteckt, um die Schurken in Empfang zu nehmen. Ist schon komisch, daß böse Zahnärzte immer wieder diesen einen entscheidenden Fehler machen. Das wär's denn für heute... Halten Sie Ihre Zähne schön sauber.

Schnitt auf ein Foto von Arthur Lemming.

UNTERTITEL: »LEMMING VON DER BZV«

Das Bild ist mit einem Lied unterlegt, von dem der Oberst die Melodie kennt.

Lied *(vorproduziert und eingespielt)* Lemming, Lemming... Lemming von der BZV... Lemming, Lemming... Lemming von der BZ... Lemming von der BZ... BZ, BZV.

Off-Sprecher (ERIC) und ZWISCHENTITEL: »EINE ANGELEGENHEIT FÜR MÄNNER – DIE BRITISCHE ZAHNÄRZTLICHE VEREINIGUNG«

Oberst *(stößt das Foto beiseite)* Das reicht. Ich habe Sie gewarnt und nochmals gewarnt, diesen Slogan zu verwenden, nicht wahr? Jetzt ist Schluß. Beenden Sie die Sendung. Aus!

Schnitt zu abpfeifendem Schiedsrichter.

Der auf dem Strand hingestreckte »Jetzt«-Mann wird aus dem Off mit einem Stock angestoßen. Er erhebt sich und humpelt davon.

EINBLENDUNG: »›EULENSTRECKSAISON‹ WURDE ERFUNDEN, GESCHRIEBEN UND AUFGEFÜHRT VON... (ABSPANN)«

Am Ende des Abspanns hat der »Jetzt«-Mann den Gipfel des Felsens erreicht und entschwindet. Sobald er aus dem Blick ist, hört man:

Stimme des Oberst Ha, hab ich dich erwischt, Bürschchen. Immer noch am Schauspielern, wie? Runter mit dir!

Der »Jetzt«-Mann wird über den Felsrand geschleudert.

Fünf – Die Identitätskrise des Menschen in der zweiten Hälfte des 20. Jahrhunderts

Ein Fluß. Der »Jetzt«-Mann rudert auf die Kamera zu und verkündet:

Mann (MICHAEL) Und jetzt. . .

Off-Sprecher (JOHN) und TITEL: »MONTY PYTHON'S FLYING CIRCUS«

Trickfilm-Vorspann.

EINGEBLENDETER ZWISCHENTITEL: »VORSTADT-WOHNZIMMER IN DER NÄHE VON ESHER«

Ein älteres Paar, Mr. A. und Mrs. B., starren durch Flügelfenster auf eine Katze, die regungslos mitten auf ihrem Rasen sitzt und von ihnen wegsieht. Man hört ein herankommendes Auto.

Mr. A. (MICHAEL) Ach, das wird der Tierarzt sein, Schatz.

Mrs. B. (TERRY J.) Da will ich mal gehen und ihn reinlassen.

Mrs. B. geht hinaus und kommt mit dem Tierarzt ins Zimmer zurück.

Mrs. B. *(theatralisch flüsternd)* Es ist der Tierarzt, Schatz.

Mr. A. Ich bin wirklich sehr froh, daß Sie vorbeikommen konnten, Doktor.

Tierarzt (GRAHAM) Aber nicht doch. Also, wo haben wir denn das Problem? Sie können es mir ruhig sagen – ich bin nämlich Tierarzt, wissen Sie.

Mrs. B. Siehst du! Sag's ihm, Schatz.

Mr. A. Also. . .

Mrs. B. Es ist unser Kater. Er macht überhaupt nichts. Er sitzt nur da draußen auf dem Rasen.

Tierarzt Ist er. . . tot?

Mr. A. Aber nein!

Tierarzt *(dramatisch in die Kamera)* Gottseidank! Einen schrecklichen Moment lang dachte ich, es wäre. . . zu spät. Wenn doch nur mehr Leute rechtzeitig anrufen würden.

Mrs. B. Er sitzt einfach nur da, jeden Tag, und den ganzen Tag lang.

Mr. A. Und abends.

Mrs. B. Schht! Fast regungslos. Wir müssen ihm sein Futter rausbringen.

Mr. A. Und seine Milch.

Mrs. B. Schht! Er macht überhaupt nichts. Er sitzt nur da.

Tierarzt Sind Sie mit Ihrem Latein am Ende?!

Mrs. B. Ja, eindeutig.

Tierarzt Hm. Verstehe. Also, ich glaube, ich kann Ihnen vielleicht helfen. Sehen Sie... *(geht zu einem Sessel, setzt Brille auf, setzt sich hin, schlägt die Beine über- und legt die Fingerspitzen aneinander)*... Ihr Kater leidet an etwas, wofür wir Tierärzte noch keinen Ausdruck gefunden haben. Kennzeichen seines Zustands sind vollkommene physische Trägheit, der Mangel an Interesse an seiner Umgebung – die wir Tierärzte Umfeld nennen – sowie die Absenz von Reaktionen auf herkömmliche externe Reize – ein Garnknäuel, eine leckere Maus, ein Vogel. Offen gesagt, Ihr Kater sitzt fest. Es ist das alte Börsenmakler-Syndrom, die Vorortvariante des Fin-de-Siècle-Ennui, Depressivität, Sinnkrise, Weltschmerz – nennen Sie's, wie Sie wollen.

Mrs. B. Er mopst sich.

Tierarzt In gewisser, mh, ja, in gewisser Weise... mopst er sich. Muß ich mir merken. Gut, was unternehmen wir also? Sagen Sie, Mr. A., haben Sie Ihren Kater in letzter Zeit verwirrt?

Mr. A. Nun, wir...

Mrs. B. Schht! Nein.

Tierarzt Tja... also, ich glaube, ich kann mit Gewißheit sagen, daß Ihr Kater dringend verwirrt werden muß.

Mr. A. Was? Schht!

Mrs. B. Was?

Tierarzt Verwirrt. Um ihn aus seinem Zustand der Gleichgültigkeit herauszurütteln. Ich selbst bin leider für die Katzenverwirrung nicht qualifiziert, doch ich kann Ihnen eine ausgesprochen gute Firma empfehlen. Hier ist ihre Karte.

Mrs. B. *(liest Karte)* Ohhh! »Verwirr-die-Katze GmbH«.

Mr. A. »Verwirr-die-Katze GmbH«.

Mrs. B. Oh.

Schnitt: ein großer Transportwagen trifft ein. Auf der Seite sieht man die große Aufschrift: »Verwirr-die-Katze GmbH: Europas führendes Unternehmen für Katzenverwirrung. Seit 1842 Hofverwirrer von...« sowie ein Wappen. Etliche Leute in weißen Kitteln, mit Schirmmützen und Rangabzeichen steigen aus. Einer von ihnen hat Feldwebel-Streifen.

Feldwebel (MICHAEL) Abteilung... Augen geradeaus! Rührt euch! Katzenverwirrer... Achtung!

Aus einem hinzukommenden Wagen steigt ein General.

General (JOHN) Männer! Wir müssen heute eine ziemlich schwierige Katze verwirren, also frisch ans Werk. Ausgezeichnet. Danke, Feldwebel.

Feldwebel Verwirrer! Alle Mann zum Transporter und ladet... nicht so eilig... ladet die ulkigen Sachen ab! *(Die Männer entladen den Wagen.)* Hopp, hopp, hopp. Eins, zwo, eins, zwo, eins, zwo, runter mit den ulkigen Sachen!

Die Männer errichten vor der immer noch reglosen Katze eine Bühne mit Vorhängen. A. und B. sehen ehrfürchtig zu. Die Vorbereitungen werden abgeschlossen, die Männer sind in Habtachtstellung.

Feldwebel Bühne zum Verwirren fertig, Herr General!

General Ausgezeichnet. Weitermachen, Herr Feldwebel!

Feldwebel Links... um! Im Laufschritt...

General Okay, Männer. Verwirrt-diiiie... Katz!

Trommelwirbel und Becken. Die Vorhänge öffnen sich, und eine faszinierende Show wird dargeboten, bei der diverse technische Tricks zum Einsatz kommen: arretierte Kamera, Zeitraffer, Pixilation etc.

Long John Silver geht zum vorderen Bühnenrand.

Long John Silver Verehrtes Publikum, Ladies and Gedderbong!

Long John Silver verschwindet. Eine Pause. Zwei Boxer tauchen auf. Sie umkreisen sich. Auf dem Kopf des einen erscheint eine Melone und verschwindet wieder. Auf dem des anderen erscheint ein Zylinder. Auf dem Kopf des ersten ein Fes. Der Zylinder wird zu einem Hut mit Krempe. Der Fes wird zu einem Kardinals-Hut. Der Hut mit Krempe wird zu einem Nonnenschleier. Dann verschwinden Kardinals-Hut und Nonnenschleier. Einer der Boxer wird Napoleon, und der andere Boxer staunt. Napoleon boxt den Boxer mit der Hand unter seiner Jacke. Der Boxer kippt völlig überrascht um und schießt der Länge nach von der Bühne.

Schnitt auf den Kater, der unbeeindruckt zusieht.

Napoleon hüpft auf einem Bein quer über die Bühne, verschwindet auf der einen Seite, erscheint sofort auf der anderen Seite wieder und wiederholt denselben Tanz in derselben Richtung. Er erreicht die andere Seite, wird aber von einem Verkehrspolizisten angehalten. Der Polizist winkt einen Mann in Pinguinkostüm und auf einem Hüpfstock auf die Bühne. Der Pinguin schafft den halben Weg und verwandelt sich dann in eine Mülltonne. Napoleon hüpft (pixiliert) auf einem Bein von der Bühne. Der Polizist geht zur Mülltonne, öffnet sie, und heraus kommt Napoleon.

Schnitt auf den Kater: immer noch reglos.

Ein nackter Mann mit einem Handtuch um die Hüften taucht in der Mülltonne auf, springt in die Luft und verschwindet. Napoleon deutet auf eine Stelle am Boden. Wo er hinzeigt, erscheint ein Stuhl. Der nackte Mann landet aus dem Nichts auf dem Stuhl, will hinunterspringen und verschwindet. Dann zeigt Napoleon wieder auf den Boden, wo eine kleine Kanone erscheint. Die Kanone schießt, und der Polizist verschwindet. Der Mann mit dem Handtuch um die Hüften kommt aus der Mülltonne und wird von dem Pinguin auf dem Hüpfstock von der Bühne gejagt. Napoleon klatscht Beifall und läßt die Kanone verschwinden. Zwei Köche tragen eine Sänfte auf die Bühne. Der Mann mit dem Handtuch steigt heraus. Aus der Mülltonne taucht der Pinguin auf und jagt ihn weg. Napoleon deutet auf die Sänfte, die wird zu einer Mülltonne. Der Handtuch-Mann taucht in ihr auf. Der Pinguin erscheint in der anderen Mülltonne und schlägt dem Handtuch-Mann ein gerupftes Huhn über den Kopf. Der Handtuch-Mann sinkt in seiner Tonne zusammen, der Pinguin freut sich.

Schnitt zu dem weiterhin unbeeindruckten Kater.

Plötzlich stehen Napoleon, der Mann mit dem Handtuch, der Polizist, ein Boxer und ein Koch in einer Reihe nebeneinander und verbeugen sich. Einer nach dem anderen springt in die Luft und verschwindet.

Blick auf den teilnahmslosen Kater.

Schnitt zu Mr. A. und Mrs. B., die mit dem General zusammen zusehen.

General Ich bete zu Gott, daß es klappt. Na, wir werden es ja jeden Moment wissen.

Nach einer Pause erhebt sich der Kater und läuft ins Haus. Mr. A. und Mrs. B. sind vor Freude überwältigt.

Mrs. B. Ich kann es nicht fassen.

Mr. A. Ich auch nicht. Es ist wie früher.

Mrs. B. Er ist tatsächlich geheilt. Oh, ich danke Ihnen, General!

Mr. A. Wie können wir Ihnen das je vergelten?

General Keine Ursache. Reine Routinesache für... Verwirr-die-Katze.

Das Bild friert ein, und über dem Gesicht des Generals werden die Worte »Verwirr-die-Katze GmbH« eingeblendet. Dramatische Musik. Der Text fängt an, wie ein üblicher Nachspann abzurollen, und man liest:

VERWIRR-DIE-KATZE GMBH
IN ZUSAMMENARBEIT MIT
FASZINIER-DIE-WÜHLMAUS GMBH
VERBLÜFF-DAS-WIESEL GMBH
VERDUTZ-DEN-PUMA GMBH

Überrasch-die-Thompson-Gazelle GmbH
Bestienbestürzer OHG
Zerstreu-die-Biene

Trickfilm: *Mr. Gilliams Animation leitet vom Kopf des Generals über zu einem Koffer. Wir befinden uns in einer Zollabfertigung. Ein Mann legt seinen Koffer auf die Schaltertheke.*

Beamter (John) Haben Sie das gelesen, Sir? *(Hält ein Merkblatt hoch.)*

Mann (Michael) Nein. Oh, ja doch, ja.

Beamter Haben Sie irgendwas zu verzollen?

Mann Ja. . . nein! Nein, nein, nein! Nichts zu verzollen, nein, nichts in meinem Koffer, nein. . .

Beamter Keine Uhren, Kameras, Rundfunkgeräte?

Mann Ja, schon, vier Uhren, nein, nein, nein. Nein. Eine, eine Uhr. Nein, nein. Nicht mal eine Uhr. Nein, überhaupt keine Uhren. Nein, überhaupt keine Uhren. Keine Präzisionsuhren, nein.

Beamter Welches Land haben Sie besucht, Sir?

Mann Die Schweiz. . . äh. . . nein. . . nein. . . nicht die Schweiz. . . äh. . . nicht die Schweiz. Es fing mit S an, aber es war nicht die Schweiz. . . mmh, was könnte es gewesen sein? Ich hab ein elend schlechtes Namensgedächtnis. Wie heißt noch mal das Land, in dem absolut keine Uhren hergestellt werden?

Beamter Spanien?

Mann Spanien! Das war's. Spanien, ja, mmh.

Beamter Auf Ihrem Aufkleber hier steht Zürich, Sir.

Mann Ja, sehn Sie. . . dann war es Spanien.

Beamter Zürich liegt in der Schweiz, Sir.

Mann In der Schweiz, wie? Mmh. . . mmh. . . ja.

Beamter In der Schweiz – wo die Uhren gemacht werden.

Mann Einen schönen Schalter haben Sie hier!

Beamter Haben Sie. . . äh, Geld in Schweizer Währung, Sir?

Mann Nein. . . bloß die Uhren. . . äh, bloß meine Uhr, äh, mein ureigenes Interesse an Währung. . . Ich verfolge die Kurse sehr aufmerksam, mein ureigenes Interesse, nein, ich hab keins.

Beamter Das kam ein bißchen sehr fix! *(Im Koffer fängt ein Wecker an zu klingeln. Der Mann schlägt erfolglos darauf ein.)* Haben Sie da einen Wecker drin, Sir?

Mann Nein, nein, meine Güte, nein, nein. . . nur Unterhemden. *(Er schlägt auf den Koffer, und der Wecker stoppt.)*

Beamter Es klang ein bißchen, als habe da ein Wecker geklingelt.

Mann Nein, das kann gar nicht sein. . . da hat wohl ein Unterhemd, äh. . . geklingelt.

Beamter Geklingelt.

Im Koffer fangen zahlreiche Uhren an zu ticken und zu schlagen. Man hört auch Kirchenglocken. Der Mann schlägt verzweifelt auf den Koffer ein.

Mann Also gut, ich gesteh's, ich bin ein Schmuggler. Der ganze Koffer ist mit Schweizer Uhren und Weckern vollgepackt. Ich habe wissentlich versucht, den Zoll und das Finanzamt Ihrer Majestät zu hintergehen. Ich war ein verdammter Idiot.

Beamter Ich glaube Ihnen nicht, Sir.

Mann Es stimmt aber. Ich bin, äh, des Schmuggels schuldig.

Beamter Erzählen Sie mir nichts. Sie könnten ja nicht mal ein Einwickelpapier schmuggeln, geschweige denn einen Koffer voller Uhren.

Mann Was soll das heißen? Ich schmuggle schließlich schon länger Uhren. Ich habe schon Bomben geschmuggelt und Kameras und Mikrofilme und Raketenbauteile – was Sie auch wollen: Ich hab es geschmuggelt.

Beamter Also bitte weiter, ja!? Sie stehlen uns hier die Zeit. . . gehen Sie bitte weiter!

Mann Hier! *(Er öffnet seinen Koffer, der bis zum Rand mit Uhren und Weckern voll ist.)* Hier – sehn Sie sich das an!

Beamter Also, wie ich das sehe, könnten Sie die auch in London gekauft haben, bevor Sie in die Schweiz geflogen sind.

Mann Bitte? Ich würde doch keine zweitausend Uhren kaufen.

Beamter Es gibt Leute, die tun das. Also jetzt schließen Sie bitte Ihren Koffer, und gehen Sie weiter, machen Sie schon! Verschwenden Sie hier nicht unsere Zeit, wir müssen die richtigen Schmuggler kriegen. Also los.

Mann *(schreit)* Ich bin ein richtiger Schmuggler. Ich bin ein Schmuggler! Hör'n Sie nicht? Ein Schmuggler, ein Gesetzesbrecher. . . ein Schmuggler! *(Man führt ihn ab; er wehrt sich heftig.)* *Ein Vikar ist der nächste.*

Vikar (ERIC) Armer Kerl. Ich glaube, er braucht Hilfe.

Beamter So, Schluß jetzt mit Ihren Sprüchen. Ab in den Durchsuchungsraum und ausziehen!

Schnitt auf den Leiter einer Diskussionsrunde.

Diskussionsleiter (TERRY J.) Um die Bedeutung dieses Sketchs zu erörtern und um die moralischen Probleme zu beleuchten, die sich aus den damit zusammenhängenden Methoden zur Durchsetzung des Rechts ergeben, sind heute eine Ente, eine Katze und eine Eidechse bei uns im Studio. Zunächst möchte ich an Sie, Eidechse, die folgende Frage richten: Welche Wirksamkeit messen Sie den vom Gesetz vorgesehenen Waffen bei, die heutzutage bei den vom Gesetz vorgesehenen Zollbeamten Verwendung finden? *(Schnitt auf Eidechse; Stille.)* Gut, während Sie darüber nachdenken, möchte ich an dieser Stelle die Ente in die Diskussion einbeziehen und sie bitten, nach Möglichkeit den ganzen Komplex der Währungsbeschränkungen und Zollbestimmungen in der heutigen Welt zu veranschaulichen. *(Schnitt auf Ente; Stille.)* Oder möchte dazu lieber die Katze Stellung nehmen? *(Schnitt auf Katze; Stille.)* Nein? Eidechse? *(Wieder die Eidechse, dann Schnitt zurück.)* Nein. Nun gut, äh, dann wollen wir doch mal hören, was der Mann auf der Straße darüber denkt.

Schnitt zum »Stimmen-des-Volkes«-Film.

Prostituierte (CAROL) Ich bin kein Mann, du Dummerchen.

Mann auf Dach (TERRY J.) Ich bin nicht auf der Straße, du Schwuchtel.

Mann auf Straße (JOHN) Also, äh, als Mann *auf* der Straße muß ich sagen . . . *(Ein Wagen überfährt ihn.)* Aaaauh!

Mann (MICHAEL) Wie war die Frage noch mal?

Interviewer *(im Off)* (JOHN) Welche Bedeutung haben die derzeitigen Zollbestimmungen und Währungsbeschränkungen in einer modernen expandierenden Industriewirtschaft? *(Keine Antwort.)* Ach, schon gut.

Schreckschraube (ERIC) Also, ich finde, die Männer vom Zoll sollten bewaffnet sein, damit sie Leute umlegen können, die über zweihundert Zigaretten dabeihaben.

Mann (JOHN) *(steht aus einem Liegestuhl auf und kreischt vor Entrüstung und Wut. Er trägt ein an den Ecken geknotetes Taschentuch auf dem Kopf und hat die Hosen bis an die Knie hochgekrempelt.)* Also ich, ich find, daß, äh, daß keiner, der ins Ausland fährt, wieder ins Land gelassen werden sollte. Ich mein, äh, verdammt, wenn sie verdammt noch mal nicht clever genug sind hierzubleiben, wenn sie hier sind, wieso sollten wir sie dann wieder reinlassen, äh, auf Kosten des Steuerzahlers? Ich mein, also ehrlich, ich mein, ich eß ja schließlich auch keine Eichhörnchen, oder? Ich mein, also vielleicht mal eins oder zwei, aber da gibt's ja auch kein Gesetz gegen, oder? Das ist ein freies Land. *(Ein Ritter in Ritterrüstung tritt auf.)* Ich mein, wenn ich ab und zu mal 'n Eichhörnchen essen will, dann ist das meine Sache, find ich. Ich mein, ich bin kein Rassist. Ich – oh, oh. . .

Der Ritter hat ein gerupftes Huhn in der Hand. Der Mann verbirgt ängstlich seinen Kopf, und der Ritter schlägt ihm das Huhn in den Bauch.

Frau (CAROL) Ich finde, es ist sowieso Schwachsinn, eine Eidechse nach ihrer Meinung zu fragen.

Diskussionsleiter *(im Off)* Wieso?

Frau Ich meine, man hätte besser Margaret Drabble fragen sollen.

Junger Mann (ERIC) *(sehr gewissenhaft)* Nun, ich denke, äh, die Zollbeamten sind wirklich notwendig, und ich glaube, daß sie ihre Sache ganz ausgezeichnet machen. Schach.

Man sieht jetzt, daß er mit einem anderen jungen Mann Schach spielt. Sie befinden sich in einer ganz normalen Wohnung. Von der Tür her hört man ein ungeheures Hämmern, Schlagen, Rumsen und Scheppern.

Junger Mann Die Tür ist offen.

Polizist (GRAHAM) Oh. Ja. *(Er tritt ein.)* Okay, okay, okay, okay. Ich heiße Polizeiwachtmeister Henry Thatcher, und dies ist eine Razzia. Ich habe Grund zu der Annahme, daß sich hier vor Ort gewisse Substanzen befinden.

Junger Mann Aha, und was für Substanzen?

Polizist Äh. . . gewisse Substanzen.

Junger Mann Ah ja, und was für gewisse Substanzen?

Polizist Äh, gewisse Substanzen illegaler Natur.

Junger Mann Ähm, könnten Sie sich etwas präziser äußern?

Polizist Wie bitte?

Junger Mann Geht es etwas deut-li-cher?

Polizist Oh, oh. . . ja, äh. . . gewisse Substanzen hier vor Ort. Zu entfernen zwecks gerichtsmedizinischer Untersuchung.

Junger Mann Denken Sie da an irgendwas Spezielles?

Polizist Was haben Sie denn so?

Junger Mann Nichts, Wachtmeister.

Polizist Sie sind Sandy Camp, der Schauspieler?

Junger Mann Ja.

Polizist Ich weise Sie darauf hin, Sir, daß ich den Polizeihund

Josephine draußen habe, der nicht nur bewaffnet ist und ausgebildet, gewisse Substanzen zu erschnüffeln, sondern auch ein Junkie ist.

Junger Mann Nach was suchen Sie. . .?

Polizist *(zieht ungeschickt und unübersehbar ein braunes Papierpäckchen aus seiner Tasche)* Ooh! Oh, oh, oh, oh, oh, oh, oh, oh, oh, oh! Hier ist eine braune Papiertüte, die ich hier vor Ort gefunden habe. Die muß ich beschlagnahmen, Sir, und zur gerichtsmedizinischen Untersuchung mitnehmen.

Junger Mann Moment mal! Sie haben das da gerade aus Ihrer Tasche geholt.

Polizist Was?

Junger Mann *(nimmt das Päckchen)* Was ist denn überhaupt drin? *(Öffnet es.)* Butterbrote.

Polizist Butterbrote? Verflucht, was hab ich denn dann meiner Frau gegeben?

Schnitt auf handgeschriebene Zuschauerzuschrift.

Off-Sprecherin (CAROL) Liebe BBC, East Grinstead, Freitag. Ich denke, ich muß Ihnen wirklich schreiben und mich über diesen Sketch beschweren. Mein Mann – und das hat er mit vielen Leuten seines Alters gemeinsam – ist fünfzig. Wie lange müssen wir solche Sachen noch hinnehmen? Hochachtungsvoll, E. B. Debenham (Mrs).

Schnitt auf anderen Brief.

Off-Sprecher (JOHN) Lieber Freddy Grisewood, Bagshot, Surrey. Als produktiver Briefschreiber empfinde ich das Bedürfnis, gegen den vorigen Brief Protest einzulegen. Ich bin fast sechzig und ziemlich verrückt, doch es macht mir Freude, dem BBC Home Service zuzuhören. Wenn das unvermindert so weitergeht. . . Dünkirchen. . . finstere Kriegszeiten. . . mit dem Rücken an der Wand. . . Alvar Liddell. . . Berliner Luftbrücke. . . moralischer Umbruch durch die Profumo-Affäre. . . junge Hippies, die durch die Straßen ziehen, vergewaltigen, plündern und morden.

Ihr etc. Brigadekommandeur Arthur Gormanstrop (Mrs).

Schnitt zu »Stimmen des Volkes«.

Schreckschraube (ERIC) Also, ich finde, man sollte gegen so Sachen angehen – mit Satire. Ich denke da an Ned Sherrin. Gerecht ist gerecht. Ich finde, die Leute sollten sich meine eigene Meinung bilden können.

Journalistin (TERRY J.) Also, ich finde, man sollte gegen die verstaubten Einstellungen der unteren Mittelklasse angehen, die es dem Establishment ermöglichen, fortzubestehen und die Mehrheit im ganzen Land in dem Zustand zu halten, in dem sie sich im neunzehnten Jahrhundert und in den schrecklichen Tagen vor der sexuellen Revolution befand.

Ein Boxer (Eric) kommt gelaufen und schlägt sie nieder.

Schotte (MICHAEL) Also, das ist, äh, sehr interessant, denn ich bestehe, äh, in der Tat völlig aus Holz.

Börsenmakler (JOHN) Also, ich finde, man sollte gegen die Unterschicht angehen, äh, zuerst mit Bomben und Raketen ihre Häuser zerstören, und wenn sie dann hilflos auf die Straße rennen, äh, mit Maschinengewehren niedermähen. Äh, und dann natürlich die Geier loslassen. Ich weiß, diese Ansichten sind nicht besonders populär, aber nach Popularität habe ich nie getrachtet.

Ein kniender Pfadfinderjunge. Neben ihm sein Gruppenführer, den man nur von den Knien an abwärts sieht.

Junge (MICHAEL) Ich finde, es sollte mehr Rassenvorurteile geben.

Er wird angestupst.

Stimme im Off Weniger.

Junge Weniger Rassenvorurteile.

Schnitt in ein Nachrichtenstudio mit einem großen Bildschirm hinter dem Sprecher.

Nachrichtensprecher (ERIC) *(als sei es die vierte Meldung)* . . .und mehrere Metzgerschürzen. In Fulham fand heute früh ein Einbruch in ein Juweliergeschäft statt. Dabei wurde Schmuck im Wert von 2000 Pfund entwendet. Die Polizei veröffentlichte dieses Bild von einem Mann, der verdächtigt wird, mit der Tat in Zusammenhang zu stehen. *(Auf dem Bildschirm hinter dem Sprecher erscheint sein Bild, wie er die Nachrichten verliest.)* Der Mann ist vermutlich zwischen fünfundzwanzig und dreißig Jahre alt und war zuletzt mit einem grauen Anzug, einem weißen Hemd sowie einer geblümten Krawatte bekleidet. *(Auf dem hinteren Bildschirm taucht Polizei auf und führt den Nachrichtensprecher ab.)* Wer diesen Mann sieht oder Informationen über seinen Aufenthaltsort geben kann, wird gebeten, sich mit der nächsten Polizeidienststelle in Verbindung zu setzen. *(Ein Zettel* *wird angereicht.)* Ah! Oh. Soeben erreicht uns die Nachricht, daß der Mann, der der Beteiligung an dem Juwelenraub verdächtigt wird, von der Polizei festgenommen werden konnte. Ah, da eingehende Befragungen den Tatverdacht allerdings nicht erhärteten, wurde er wieder auf freien Fuß gesetzt. *(Der andere Nachrichtensprecher erscheint wieder auf dem hinteren Bildschirm und setzt sich.)* Zum Sport. *(Ein weiterer Zettel wird ihm gereicht.)* Ah, hier heißt es jedoch, daß sich aufgrund seiner Aussagen der Verdacht nun auf einen Nachrichtensprecher in London-Mitte erstreckt. Ah, die Polizei konzentriert ihre Ermittlungen auf die British Broadcasting Corp. . . *(Ein Polizist kommt und führt den Nachrichtensprecher im Vordergrund ab.)* Verzeihen Sie einen Moment. . .

Der Nachrichtensprecher auf dem hinteren Bildschirm macht weiter.

Anderer Nachrichtensprecher Unseren Informationen zufolge wird die Polizei nun von einem Mann bei ihren Ermittlungen unterstützt. Und damit sind wir am Ende der Nachrichten. *(Er befestigt ein Schmuckstück an seinem Ohr.)* Und nun das »Spiel des Tages«.

Titelmusik von »Spiel des Tages«. Man sieht ein Pärchen am Fußende eines ziemlich großen Betts. Sie ist in BH und Slip, er trägt Unterhosen Typ Y. Sie küssen sich leidenschaftlich. Nach ein paar Sekunden hört man einen Wagen kommen, dann Schritte auf Kies und das Öffnen einer Tür.

Der Nachrichtensprecher kommt herein.

Nachrichtensprecher Oh, ich. . . das tut mir furchtbar leid, das hier ist natürlich nicht das »Spiel des Tages«, sondern ausgesuchte Höhepunkte unseres Liebesfilms von heute abend. Äh, tut mir leid. *(Er geht wieder aus dem Bild; die beiden wieder in den Clinch. Einen Moment später platzt er erneut rein.)* Ach, Verzeihung, aber auf BBC 2 unterhält sich jetzt Joan Bakewell mit Michael Dean darüber, wie man ein mitreißendes Fernsehprogramm gestaltet. *(Verschwindet aus dem Bild; kommt wieder rein.)* Also, ich bitte vielmals um Entschuldigung für all das. Und jetzt: zurück zum Film! *(Er geht ab.)*

Das Pärchen schmust weiter.

Sie (CAROL) *(errötend)* O, o, o Bevis, sollen wir?

Bevis (TERRY J.) O Dora. Warum nicht?

Sie Sei sanft mit mir.

Schnitt zu einer Filmmontage: zusammenstürzender Fabrikschornstein rückwärts; Aufwärtsschwenk über steil aufragende Pappeln im Wind; Brandung; Fische in flachem Wasser; Springbrunnen; Feuerwerk; Vulkanausbruch; startende Rakete; Schnellzug fährt in Tunnel; brechender Damm; Schlachtschiff feuert Breitseite; Löwe springt durch brennenden Reifen; Richard Nixon lächelt; eine Kuh wird gemolken; Flugzeugbetankung in der Luft; Frauenkongress applaudiert; schottisches Baumstammwerfen; brennendes Flugzeug stürzt ab; Baum wird gefällt; der Fabrikschornstein vom Anfang stürzt zusammen (vorwärts).

Schnitt zurück zu dem Mädchen im Bett.

Sie Ach Bevis, *machst* du auch mal was, oder zeigst du mir jetzt den ganzen Abend nur Filme?

Man sieht Bevis bei einem kleinen Projektor.

Bevis Nur noch einen, Liebling.

Sie Och.

Er läßt den Film laufen: eine Zwei-Minuten-Burleske, zusammengestellt von Mr. Terry Gilliam aus Amerika, Sie wissen schon.

Schnitt in ein Personalbüro.

Personalchef (JOHN) Wissen Sie, es macht mir richtig Freude, mit den Bewerbern für diesen Trainingskurs für Manager zu sprechen. *(Es klopft an der Tür.)* Herein. *(Stig tritt ein.)* Ah, treten Sie näher, setzen Sie sich.

Stig (GRAHAM) Vielen Dank. *(Er setzt sich.)*

Personalchef *(starrt ihn an und fängt an zu schreiben)* Würde es Ihnen etwas ausmachen, noch mal für einen Moment aufzustehen? *(Stig steht auf.)* Nehmen Sie Platz.

Stig Verzeihung?

Personalchef Nehmen Sie Platz. *(Stig setzt sich.)* Aha! *(Er schreibt wieder.)* Guten Morgen.

Stig Guten Morgen.

Personalchef Guten Morgen.

Stig Guten Morgen.

Personalchef *(schreibt)* Sagen Sie, warum sagen Sie »Guten Morgen«, wenn Sie doch genau wissen, daß jetzt Nachmittag ist?

Stig Also, na ja, *Sie* haben »Guten Morgen« gesagt, ha, ha.

Personalchef *(schüttelt den Kopf)* Guten Tag.

Stig Ah, guten Tag.

Personalchef Meine Güte. *(Er schreibt wieder.)* Guten Abend.

Stig *(verlegen grinsend)* . . .auf Wiedersehen?

Personalchef Haha, nein. *(Er läutet eine kleine Handglocke.)* . . .Wollen Sie mich nicht fragen, warum ich geläutet habe? *(Er läutet wieder.)*

Stig Ähm, warum haben Sie geläutet?

Personalchef Was vermuten Sie denn, warum? *(laut)* Fünf, vier, drei, zwei, eins, null!

Stig Na ja, ich. . . ich. . .

Personalchef Zu spät! *(Singt)* Gut' Nacht, ding, ding, ding, ding, ding. Gut' Nacht, ding, ding, ding, ding, ding, ding.

Stig Ähm, äh, ich, hier werden doch die Plätze für den Trainingskurs für Manager vergeben, oder?

Personalchef *(läutet)* Ja. Ja, ganz recht. Gut' Nacht. Ding, ding, ding, ding, ding, ding, ding, ding.

Stig O mein Gott, ich glaube, ich seh ziemlich alt aus.

Personalchef Warum sagen Sie das?

Stig Ach, ich weiß nicht.

Personalchef Sagen Sie das, weil Sie es nicht wissen?

Stig Also, ich, ich, ich, ich weiß nicht.

Personalchef *(laut)* Fünf, vier, drei, zwei, eins, null! *(Er schreibt.)* Na gut. *(Er schneidet eine Grimasse und macht ein komisches Geräusch.)*

Stig Verzeihen Sie, ich bin ganz durcheinander.

Personalchef Na, was glauben Sie, warum habe ich das wohl gemacht?

Stig Also, ich weiß nicht. . .

Personalchef Wollen Sie es nicht wissen?

Stig Ja, schon.

Personalchef Und warum fragen Sie mich dann nicht?

Stig Na ja. . . ich. . . äh. . .

Personalchef Name?

Stig Wie?

Personalchef Ihr Name, Mann, Ihr Name!

Stig Ähm, äh David.

Personalchef David. Sicher?

Stig Aber ja.

Personalchef *(schreibt)* David Sichler.

Stig Nein, nein. Walter.

Personalchef Walter Sichler?

Stig Nein, nein. David Walter.

Personalchef *(blickt ihn lange an, läutet die Glocke)* Gut' Nacht. Ding, ding, ding, ding, ding, ding, ding, ding. Gut' Nacht. Ding, ding, ding, ding, ding, ding, ding, ding, ding.

Stig O Himmel, das schon wieder. Ich weiß nicht, was ich machen soll, wenn Sie das machen.

Personalchef Machen Sie halt irgendwas. Gut' Nacht. Ding, ding, ding, ding, ding, fünf, vier, drei, zwei, eins. . . *(Stig verzieht sein Gesicht und macht ein Geräusch.)* Gut!

Stig Gut?

Personalchef Sehr gut – noch mal. *(Stig verzieht sein Gesicht und macht ein Geräusch.)* Sehr gut, wirklich. Ganz außergewöhnlich. *(Er ruft in Richtung Tür.)* Okay, fertig. *(Vier Leute kommen rein und stellen sich bei dem Schreibtisch nebeneinander auf.)* Also noch mal. *(Er läutet die Glocke.)* Gut' Nacht, ding, ding, ding, ding, ding, ding.

Stig verzieht zögernd das Gesicht und macht sein komisches Geräusch. Die vier halten plötzlich Wertungstäfelchen hoch wie Punktrichter beim Turmspringen oder Eiskunstlaufen.

Stig Was soll das? Was soll das?

Personalchef Sie haben sehr gute Wertungen.

Stig *(hysterisch)* Das ist mir egal, ich will wissen, was das hier soll! Ich glaube, Sie wollen hier absichtlich Leute demütigen. Ich werde jetzt auf der Stelle gehen und der Polizei genau erzählen, was Sie hier mit Leuten anstellen, und verdammt noch mal dafür sorgen, daß Sie ein für allemal damit aufhören. Na, wie gefällt Ihnen das? Wie gefällt Ihnen das?

Die Punktrichter geben ihm sehr hohe Wertungen.

Personalchef *Sehr* gute Wertungen.

Stig Oh, äh, ich bin angenommen?

Personalchef Nun, äh, leider nicht. Die freien Stellen sind leider schon vor einigen Wochen vergeben worden.

Sie torkeln vor Lachen.

Schnitt zu einem Mann am Schreibtisch.

Mann (MICHAEL) Na, das war ja wirklich lustig, und wir haben uns alle sehr amüsiert, aber ich versichere Ihnen, daß wir mit Ihnen so etwas natürlich nie anstellen würden, wenn Sie sich hier bei uns im Institut für Karriereplanung vorstellen würden. Doch vielleicht sollte ich mich zunächst einmal vorstellen: Ich bin der Leiter des Instituts für Karriereplanung. Eigentlich wollte ich Arzt werden, aber wie's halt so läuft – jetzt leite ich das Institut für Karriereplanung. *(Sentimental)* Oder Bildhauer, irgendwas Künstlerisches, oder Ingenieur, die ganzen Staudämme. . . Aber so läuft's eben, jammern hilft nicht, wenn die Milch erst verschüttet ist, die Dinge sind nun mal, wie sie sind, und damit hat sich's. Ich bin der Leiter dieses elenden Instituts. *(Er weint, fängt sich wieder.)* Schon gut, also ich frage mich, ob Sie sich je vor Augen geführt haben, wie lukrativ die Beschäftigung *dieses* Mannes ist.

Schnitt auf eine Wohnungstür. Ein Mann kommt und klingelt. Er ist sehr gut gekleidet.

Mann (ERIC) Einbrecher! *(Längere Pause, er wartet; dann klingelt er wieder.)* Einbrecher! *(Die Tür öffnet sich einen Spaltbreit, dahinter erscheint eine Frau.)*

Frau (JOHN) Ja?

Mann Einbrecher, Madam.

Frau Was wollen Sie?

Mann Ich würde gern hereinkommen und ein paar Gegenstände entwenden, Madam.

Frau Sind Sie ein Lexikon-Vertreter?

Mann Nein, Madam, ich bin Einbrecher, ich bestehle Leute.

Frau Für mich sind Sie ein Lexikon-Vertreter.

Mann Aber nein, machen Sie bitte auf und lassen Sie mich hinein.

Frau Wenn ich Sie reinlasse, dann verkaufen Sie mir bloß Lexikons.

Mann Das tue ich bestimmt nicht, Madam. Ich möchte nur reinkommen und die Wohnung plündern. Ehrlich.

Frau Versprochen? Keine Lexikons?

Mann Nicht ein einziges.

Frau Na gut. *(Sie macht die Tür auf.)* Dann kommen Sie mal rein.

Mann betritt die Wohnung.

Mann Wissen Sie, ich frage mich, ob Sie je bedacht haben, welche Vorteile es mit sich bringt, wenn man im Besitz einiger wirklich guter, moderner Nachschlagewerke ist. . . Glauben Sie mir, Lexika können wirklich Wunder wirken.

Schnitt zurück zum Mann am Schreibtisch.

Mann Das war ein erfolgreicher Lexikon-Vertreter. Allerdings sind nicht alle Lexikon-Vertreter erfolgreich. Hier sehen Sie einen erfolglosen Lexikon-Vertreter.

Schnitt auf ein sehr hohes Gebäude. Ein Körper fliegt aus einem der oberen Fenster und stürzt hinab.

Schnitt zurück zum Mann am Schreibtisch.

Mann Und hier sehen Sie *zwei* erfolglose Lexikon-Vertreter.

Schnitt auf ein anderes hohes Gebäude. Zwei Körper fliegen aus einem oberen Fenster.

Schnitt zurück zum Mann am Schreibtisch.

Mann Ich glaube, daraus können wir alle etwas lernen.

ROLL-TITEL: »›DIE IDENTITÄTSKRISE DES MENSCHEN IN DER ZWEITEN HÄLFTE DES 20. JAHRHUNDERTS‹ – ERDACHT, GESCHRIEBEN UND AUFGEFÜHRT VON. . . (ABSPANN)«

Sechs – Der BBC-Beitrag für den Zink-Hermelin von Budapest

Im Vordergrund sehen wir ein Telefon. Sehr weit im Hintergrund sehen wir den »Jetzt«-Mann. Das Telefon beginnt zu läuten. Der »Jetzt«-Mann läuft (im Zeitraffer) auf die Kamera und das Telefon zu. Er kommt beim Telefon an, nimmt den Hörer ab, ist gerade im Begriff, in die Muschel zu sprechen, als ihm die Kamera einfällt. Er hält die Hand über die Sprechmuschel und sagt in die Kamera:

Mann Und jetzt. . .

Er wendet sich wieder zum Hörer.

Trickfilm-Vorspann

ZWISCHENTITEL: »NÄCHSTE WOCHE«

ZWISCHENTITEL: »WIE MAN OTTER SCHMEISST«

ZWISCHENTITEL: »DIESE WOCHE«

ZWISCHENTITEL: »DER BBC-BEITRAG FÜR DEN ZINK-HERMELIN VON BUDAPEST (TAGESGESCHEHEN)«

ZWISCHENTITEL: »DIESE TITEL KOSTEN PRO STÜCK 12 SHILLING, 6 PENCE«

Schnitt zum Moderator im Studio.

EINBLENDUNG: »ARTHUR FIGGIS«

Die Einblendung verschwindet. Pause.

ZWISCHENTITEL: »DERSELBE, EINIGE SEKUNDEN SPÄTER«

EINBLENDUNG: »DAS MACHT BISHER 4 PFUND, 7 SHILLING, 6 PENCE ALLEIN FÜR DIE TITEL«

EINBLENDUNG: »DEN LETZTEN NICHT MITGERECHNET«

Mann (MICHAEL) *(stürzt herein)* Ich finde, Sie haben das so toll gemacht, Mr. Figgis, würden Sie mir wohl ein Autogramm geben?

Figgis (GRAHAM) Aber sicher doch.

Der Moderator schreibt ein Autogramm. Ein Teil seiner Unterschrift verselbständigt sich (Zeichentrick) und führt uns schließlich zur Sendung: »Achtung: Kunst«. Man hört klassische Musik.

Figgis Beethoven, Mozart, Chopin, Liszt, Brahms, Strauß, Straps . . .oh, Verzeihung. . . Schumann, Schubert, Mendelssohn und Bach: unsterbliche Namen. Doch der Name *eines* Komponisten wird nie zusammen mit diesen Großen genannt. Warum verschweigt man der Welt den Namen von Johann Gambolputty de von Ausfern-schplenden-schlitter-crasscrenbon-fried-digger-dingel-dangel-dongel-dungel-burstein-von

-knacker-thrasher-apple-banger-horowitz-ticolensic-grander - knotty - spelltinkle - grandlich - grumbelmeyer - spelterwasser - kurstlich - himbeleisen - bahnwagen - gutenabend - bitte - ein - nürnburger - bratwurstl - gerspurten - mitz - weimache - luber - hundsfut-gumberaber-schönendanker-kalbsfleisch-mittler-aucher von Hautkopf von Ulm? Um diesem Mann, den viele für den bedeutendsten Namen des deutschen Barock halten, Gerechtigkeit widerfahren zu lassen, zeigen wir Ihnen ein Porträt von Johann Gambolputty de von Ausfern-schplenden-schlitter - crasscrenbon - fried - digger - dingel - dangel - dongel - dungel - burstein - von - knacker - thrasher - apple - banger - horowitz - ticolensic - grander - knotty - spelltinkle - grandlich - grumbelmeyer - spelterwasser - kurstlich - himbeleisen - bahnwagen - gutenabend - bitte - ein - nürnburger - bratwurstl - gerspurten - mitz - weimache - luber - hundsfut - gumberaber - schönendanker - kalbsfleisch - mittler - aucher von Hautkopf von Ulm. Zu Beginn haben wir ein Interview mit seinem einzigen lebenden Verwandten, Karl Gambolputty de von Ausfern. . . *(Ton wird ausgeblendet.)*

Schnitt auf einen alten Mann, der in Decken gehüllt in einem Rollstuhl sitzt. Während er spricht, geht die Kamera ab und zu auf den Interviewer, der nickt und interessiert blickt.

Karl (TERRY J.) O ja, als ich Johann Gambolputty de von Ausfern - schplenden - schlitter - crasscrenbon - fried - digger - dingel - dangel - dongel - dungel - burstein - von - knacker - thrasher - apple - banger - horowitz - ticolensic - grander - knotty - spelltinkle - grandlich - grumbelmeyer - spelterwasser - kurstlich - himbeleisen - bahnwagen - gutenabend - bitte - ein - nürnburger - bratwurstl - gerspurten - mitz - weimache - luber - hundsfut - gumberaber - schönendanker - kalbsfleisch - mittler - aucher von Hautkopf von Ulm zum ersten Mal begegnete, da war seine Frau dabei, Sarah Gambolputty de von. . .

Interviewer (JOHN) *(Während er spricht, geht die Kamera ab und zu auf Karl, der nickt und sich bemüht, interessiert auszusehen)* Ja, wenn ich an dieser Stelle mal einhaken darf, Herr Gambolputty de von Ausfern - schplenden - schlitter - crasscrenbon - fried - digger - dingel - dangel - dongel - dungel - burstein - von - knacker - thrasher - apple - banger - horowitz - ticolensic - grander - knotty - spelltinkle - grandlich - grumbelmeyer - spelterwasser - kurstlich - himbeleisen - bahnwagen - gutenabend - bitte - ein - nürnburger - bratwurstl - gerspurten - mitz - weimache - luber - hundsfut - gumberaber -

schönendanker-kalbsfleisch-mittler-aucher von Hautkopf von Ulm, dann möchte ich Sie ganz schnell zwischendurch fragen, ob Sie sich an irgend etwas Besonderes in bezug auf Johann Gambolputty de von Ausfern-schplenden-schlitter-crasscrenbon-fried-digger-dingel-dangel-dongel-dungel-burstein-von-knacker-thrasher-apple-banger-horowitz-ticolensic-grander-knotty-spelltinkle-grandlich-grumbelmeyer-spelterwasser-kurstlich-himbeleisen-bahnwagen-gutenabend-bitte-ein-nürnburger-bratwurstl-gerspurten-mitz-weimache-luber-hundsfut-gumberaber-schönendanker-kalbsfleisch-mittler-aucher von Hautkopf von Ulm erinnern.

Keine Reaktion. Er schüttelt den alten Mann, steht dann auf und horcht nach seinem Herzschlag. Als er verärgert feststellt, daß sein Interviewpartner gestorben ist, beginnt er ein Grab zu schaufeln.

Schnitt zurück zum Moderator.

Figgis Zum Gedenken an Johann Gambolputty. . .

Schnitt zum Wikinger.

Wikinger (JOHN) . . .de von Ausfern-schplenden-schlitter. . .

Schnitt zu einem schmächtigen Mann im Pullover mit Kassenbrille.

Mann (MICHAEL) . . .crassencrenbon-fried-digger-dingel-dangel-dongel. . .

Schnitt zum Ritter in Ritterrüstung.

Ritter . . .dungel-burstein-von-knacker-thrasher. . .

Schnitt: Sequenz von Trickfilm-Figuren.

Mona Lisa . . .apple-banger-horowitz-ticolensic. . .

Lon Chaney . . .grander-knotty-spelltinkle. . .

Polizist . . .grandlich. . .

Schwein . . .grumbelmeyer. . .

Polizist . . .spelterwasser. . .

Keiler . . .kurstlich-himbeleisen. . .

Liebender von Botticelli . . .bahnwagen-gutenabend. . .

Mittelalterliches Paar . . .bitte-ein-nürnburger. . .

Familie . . .bratwurstl. . .

Arzt . . .gerspurten. . .

Bischof und Heiliger . . .mitz-weimache-luber-hundsfut. . .

Zwei Steptänzer . . .gumberaber-schönendanker. . .

Drei nackte Frauen . . .kalbsfleisch. . .

Kricket-Mannschaft . . .mittler-aucher. . .

Gruppe von Polizisten . . .von Hautkopf. . .

Figgis . . .von Ulm.

Ein Trickfilm führt uns in eine Dachkammer mit einem Tisch, um den vier verwegene Verbrecher versammelt sind. Der Boß hat vor sich auf dem Tisch einen großen Lageplan ausgebreitet. Einer von der Bande, der Fünfte, schaut aus dem Fenster.

Boß (MICHAEL) Alles klar?

Fünfter (JOHN) Alles klar, Boß.

Boß *(spricht eindringlich)* Gut... der Plan funktioniert also so. Um 10 Uhr 45... holst du, Reg, mich und Ken mit dem Lieferwagen ab und fährst uns in die High Street zum Britischen Schmuck Center. Um 10 Uhr 50 kommen wir vor dem Britischen Schmuck Center an. Ich steige dann aus dem Wagen, und du, Reg, fährst ihn hierher in die Denver Street zurück und stellst ihn hier ab, okay? Um 10 Uhr 51 betrete ich das Britische Schmuck Center, wo du, Vic, als Kunde verkleidet zu mir stößt und mir 5 Pfund, 18 Shilling, 3 Pence übergibst. Um 10 Uhr 52 nähere ich mich der Kasse und erwerbe eine Uhr für 5 Pfund, 18 Shilling, 3 Pence. Anschließend übergebe ich die Uhr an dich, Vic. Du begibst dich dann direkt zu Normans Autowerkstatt in der East Street. Um 10 Uhr 56 bleibt ihr andern hier oben, und wir treffen uns dann alle um 11 Uhr 15 im Hinterzimmer vom »Cow and Sickle«. Okay, irgendwelche Fragen?

Larry (TERRY J.) Wir machen doch irgendwie überhaupt nichts Illegales.

Boß Was meinst du damit?

Larry Na ja... wir bezahlen die Uhr doch.

Boß *(geduldig)* Jaa...?

Larry *(stockend)* Also... warum *bezahlen* wir die Uhr?

Boß *(gewichtig)* Weil man sie uns nicht geben würde, wenn wir sie nicht *bezahlen* würden, oder?

Larry Eben! Mir gefällt die Geschichte nicht.

Boß Warum nicht?

Larry *(läßt endlich raus, was ihn bedrückt)* Na ja, wir brechen verdammtnochmal nie das Gesetz.

Allgemeine Bestürzung.

Boß Wie soll ich das verstehen?

Larry Na ja, zum Beispiel letzte Woche diese Sache mit der Bank.

Boß Was stimmte denn dabei nicht?

Larry Daß ich maskiert da reingehen und 15 Pfund von meinem Konto abheben mußte, *das* stimmte dabei nicht.

Boß Moment mal! Worauf willst du hinaus, Larry?

Larry Könnten wir die Uhr nicht einfach *klauen*, Boß?

Boß Du dumme Nuß, du! Da hängen wir Wochen dran, um diese Sache auszutüfteln, Reg mietet ein Zimmer auf der anderen Straßenseite und filmt Tag für Tag die Leute, die da rein- und rausgehen, Vic studiert drei Wochen lang Uhrenkataloge, bis er die Preise rückwärts auswendig kann, da werd ich doch jetzt nicht den ganzen Überfall aufs Spiel setzen, nur um das Gesetz zu brechen.

Larry Pfff. . . könnten wir nicht wenigstens im Halteverbot parken?

Boß Nein!

Larry Oder einen Hund mitnehmen, der die Fuß. . .?

Boß Nein!

Reg (ERIC) *(plötzlich blaß werdend)* Ey, Boß!

Boß Was hast du?

Reg Mir fällt grad ein. . . ich hab den Wagen an 'ner Parkuhr. . . und die is'. . .

Boß Abgelaufen?

Reg Ja, Boß.

Boß Wie lange?

Reg *(bibbernd)* Weiß nich', Boß. . . vielleicht zwei. . . vielleicht fünf Minuten. . .

Boß Fünf Minuten überzogen. Du Idiot! Du Idiot! Na schön, wir dürfen keine Sekunde verlieren. Ken: Du schneidest dir den Kopf kahl, nimmst deinen Paß und wartest Dienstag abend bei dieser Adresse in Rio auf mich. Vic: Du fährst nach Ostafrika, machst eine Schönheitsoperation und wartest, bis ich komme. Reg: Mach dich nach Kanada auf und schlag dich bis Juli nach Nicaragua durch. Larry: Du bleibst hier und hältst die Stellung. Gib uns fünfzehn Minuten, dann jagst du das Haus in die Luft. Okay, beeilt euch!

Larry Ich kann das Haus nicht in die Luft jagen.

Boß Warum nicht?

Larry Das ist gesetzwidrig.

Boß O verdammter Mist! Dann müssen wir uns wohl stellen.

Reg Geht nicht, Boß.

Boß Warum nicht?

Reg Wir haben nix Illegales gemacht.

Schnitt zu Film: vor einer Bank. Drei Gangster stürzen mit Beute nach draußen etc. Einer von ihnen stoppt, um in die Kamera zu sprechen, dabei zieht er seine Maske ab.

Gangster (MICHAEL) Nein, ich finde es viel spannender, wenn man illegal arbeitet.

Zweiter Gangster (ERIC) Ja, genau. Ich mein, wenn man legal bleibt, kann man ja gleich Pfarrer werden oder so was.

Schnitt zu einem Vikar mit dem Rücken zur Kamera. Er wirbelt herum, und man sieht, daß er sich an einer Spendenbox mit der Aufschrift »Für die Restaurierung der Kirche« zu schaffen gemacht hatte.

Vikar (TERRY J.) Was?

Schnitt zu Buchprüfer.

Buchprüfer (JOHN) Ich stimme dem zu. Wenn es weniger Gangster gäbe, dann wären es nicht so viele, mal statistisch gesehen.

Schnitt zu einer Schreckschraube.

Schreckschraube (MICHAEL) Also, ich finde, das mit dem Orgasmus wird völlig überbewertet.

Schnitt zu einem Schotten.

Schotte (MICHAEL) Doch, das ist wirklich sehr interessant, denn ich bestehe inzwischen völlig aus Blech.

Schnitt zu Polizeiinspektor Praline.

Praline (JOHN) Noch einige dieser Bemerkungen, dann trete ich in einem Sketch auf. Also bleiben Sie auf dem Sender.

Schnitt zu Polizisten.

Polizist (GRAHAM) Es ist die Uniform, die sie abschreckt. Die und mein Mundgeruch.

Schnitt: ein Richter und ein Staatsanwalt, beide in Robe und Perücke.

Richter (TERRY J.) *(bestätigend)* Doch, ja, wir putzen uns gerne heraus. . .

Schnitt zu Inspektor Praline.

Praline Noch mal hallo! Im Moment bin ich noch auf Film, aber in ein paar Augenblicken komme ich ins Studio. Ich danke Ihnen.

Schnitt: Studio. Eine Tür wird geöffnet, und Inspektor Praline steckt den Kopf herein.

Praline *(in die Kamera)* Hallo. *(Er tritt ein und geht zu einem Schreibtisch, an dem Mr. Milton sitzt, gefolgt von Oberinspektor Parrot.)* Mr. Milton? Sie sind alleiniger Anteilseigner und Besitzer der Whizzo Schokoladen AG?

Milton (TERRY J.) Das ist richtig.

Praline Oberinspektor Parrot und ich gehören zum Einsatzkommando für Hygieneangelegenheiten. Wir möchten uns gern mit Ihnen über Ihr Produkt mit der Bezeichnung »Die Whizzo-Qualitätsmischung« unterhalten.

Milton Ich verstehe.

Praline *(öffnet eine Konfektschachtel)* Lassen Sie mich am Anfang anfangen. Zunächst haben wir hier »Kirsch-Fondue«. Es ist äußerst widerwärtig, aber dafür können wir Sie nicht belangen.

Milton Genau.

Praline Dann wäre da die Nummer vier: »Knusper-Frosch«.

Milton Ah, ja.

Praline Gehe ich recht in der Annahme, daß hier ein richtiger Frosch drin ist?

Milton Ja, ein kleiner.

Praline Was für eine Art Frosch?

Milton Ein toter Frosch.

Praline Ist er gekocht?

Milton Nein.

Praline Was? Ein roher Frosch?

Oberinspektor Parrot scheint zunehmend unwohler zu werden.

Milton Wir verwenden ausschließlich ausgesuchteste Jungfrösche, die taufrisch aus dem Irak eingeflogen werden. Sie werden in glasklarem Quellwasser gereinigt, schmerzlos getötet, mit einem üppigen Überzug aus fünffach zarter, dreifach sahniger Schweizer Milchschokolade umhüllt und liebevoll mit Glukose glasiert.

Praline Das mag alles so sein, aber es ist immer noch ein Frosch.

Milton Was sonst?

Praline Nehmen Sie denn noch nicht mal die Knochen raus?

Milton Wenn wir die Knochen entfernten, wär er ja nicht mehr knusprig, oder?

Praline Oberinspektor Parrot hat einen davon gegessen.

Parrot (GRAHAM) Entschuldigen Sie mich für einen Moment.

Er entfernt sich hastig.

Milton Es steht ganz eindeutig »Knusper-Frosch« drauf.

Praline Na ja, der Oberinspektor dachte, es sei Mandelkrokant. Die Leute rechnen nicht damit, daß wirklich ein Frosch da drin ist. Sie werden eher zu der Annahme verleitet, es handle sich um so etwas wie Froschimitat.

Milton *(beleidigt)* Froschimitat? Wir verwenden keinerlei chemische Konservierungsstoffe oder sonstige Zusätze!

Praline Trotzdem, ich weise Sie darauf hin, daß Sie in Zukunft das Wort »Knusper-Frosch« durch die Bezeichnung »Knuspriger, roher, toter, echter Frosch mit Knochen« ersetzen müssen, wenn Sie eine Strafanzeige vermeiden wollen.

Milton Und unser Umsatz?

Praline Ihr Umsatz interessiert mich nicht, ich habe die Öffentlichkeit zu schützen. So, und jetzt zu diesem hier. *(Der Oberinspektor kommt zurück.)* Nummer fünf: »Schafsblasen-Hütchen«. *(Der Oberinspektor stürzt hinaus.)* Was für ein Konfekt soll das sein?

Milton Wir verwenden erlesenste Saftstücke aus den Blasen von Cornwall-Schafböcken. Sie werden geleert, gedünstet, mit Sesamkörnern gewürzt, in Fondue getaucht und abgeschmeckt mit Lerchenkotze.

Praline Lerchenkotze?

Milton Ganz recht.

Praline Also, davon steht hier aber nichts.

Milton O doch, auf dem Schachtelboden, nach Monosodiumglutamat.

Praline *(sieht nach)* Also, ich glaube kaum, daß das ausreicht. Ich würde es für angebrachter halten, wenn ein großer roter Aufkleber auf der Schachtel wäre, der auf Lerchenkotze hinweist.

Milton Unsere Umsätze würden einbrechen.

Praline Na ja, warum verlegen Sie Ihre Produktion denn auch nicht in die eher üblichen Bereiche der Süßwaren, wie Pralinen oder Limonencreme – eine sehr beliebte Geschmacksrichtung, wenn ich recht informiert bin. *(Der Oberinspektor kommt zurück.)* Ich meine, nehmen Sie nur das hier: »Kakerlaken-Klümpchen« *(der Oberinspektor flüchtet)* oder »Milzbrand-Locke«. Was ist das hier: »Federzauber«?

Milton Ah, ja, das ist unsere Spezialität, umhüllt mit zartester Bitterschokolade. Wenn man es in den Mund steckt, springen Stahlfedern heraus und bohren sich durch beide Backen.

Praline Ach, und wo ist der Genuß dabei? Wenn jemand sich ein leckeres Stück Schokolade in den Mund schiebt, dann will er nicht, daß ihm die Backen durchlöchert werden. Die Bezeichnung für diese Süßigkeit ist auf jeden Fall unangemessen. Ich muß Sie bitten, mich auf die Wache zu begleiten.

Milton *(steht von seinem Schreibtisch auf und wird abgeführt. In die Kamera:)* Jetzt hat's mich erwischt.

Praline Nicht in die Kamera sprechen!

Milton Entschuldigung.

Als Inspektor Praline und Milton den Raum verlassen, tritt Oberinspektor Parrot ein und wendet sich der Kamera zu.

Parrot Wenn die breite Öffentlichkeit beim Kauf ihrer Süßigkeiten doch nur besser aufpassen würde, dann gingen der Nation nicht so viele Arbeitsstunden verloren, und sie würde weniger Zeit damit verbringen, sich den Magen auspumpen zu lassen und in öffentlichen Toiletten herumzusitzen.

Ansager (JOHN) Die BBC würde sich gern für die äußerst geringe Qualität der nächsten Ansage entschuldigen, aber sie fühlt sich gerade gar nicht gut.

Parrot Wir bringen Ihnen: »Das öde Leben eines Londoner Börsenmaklers«.

Schnitt auf eine hübsche Vorortstraße. Im Haus beendet ein Börsenmakler (Michael) sein Frühstück. Seine attraktive Frau sieht ihm zu. Er nimmt seinen Hut, steht auf, gibt ihr einen Abschiedskuß und geht. Sie läßt ihren Morgenmantel von den Schultern gleiten, und zwei Männer (Graham und Terry J.), nur in Unterhosen, kommen aus dem Küchenschrank. Im Vorgarten wünscht der Börsenmakler seinem Nachbarn (Graham) einen guten Morgen; als er sich abwendet, wirft ein großer Neger mit Lendenschurz einen Speer und tötet den Nachbarn. Der Börsenmakler bemerkt nichts davon und geht weiter. Auf einer Hauptstraße betritt er einen Zeitungsladen. Eine nackte junge Frau hinter der Theke reicht ihm seine Zeitung. Ohne sie wahrzunehmen, nimmt er sein Wechselgeld und verläßt den Laden. Eine Schlange an einer Bushaltestelle: Der Börsenmakler steht ganz vorne; hinter ihm sind vier Leute. Während sie warten, taucht von hinten das Frankenstein-Monster auf und arbeitet sich durch die Schlange: Es bringt einen nach dem anderen um. Gerade als es den Börsenmakler erreicht – der es nicht bemerkt hat –, kommt der Bus, und der Börsenmakler steigt ein. Im Bus: Alle übrigen Fahrgäste sind Soldaten in Uniform. Der Bus fährt durch eine Straße voller Explosionen und Gewehrfeuer. Eine Handgranate fliegt durch ein Busfenster und landet auf dem Sitz neben dem Börsenmakler. Die Soldaten verlassen den Bus hastig; der Börsenmakler steigt gelassen aus und geht die Straße entlang, auf der die Soldaten ein regelrechtes Gefecht austragen. Der Börsenmakler winkt einem Taxi; es hält. Ein Fahrer ist nicht zu sehen. Der Börsenmakler steigt ein, und das Taxi fährt los. Im Büro des Börsenmaklers: Eine Sekretärin liegt tot mit einem Messer im Rücken über ihrer Schreibmaschine; im Hintergrund des Büros baumelt ein Paar Beine von der Decke; ein Pärchen schmust heftig auf seinem Schreibtisch. Der Börsenmakler setzt sich ungerührt. Verstohlen blickt er um sich, dann nimmt er aus seiner Schreibtischschublade ein Comic-Heft mit dem Titel »Spannung und Abenteuer«. Man sieht die einzelnen Bilder des Comics. Ein supermanartiger Typ und ein Mädchen weichen vor einer Explosion zurück. Sie sagt: »Mein Gott, seine Nase ist mit so viel Wucht explodiert, daß sein Tempotuch vernichtet wurde.« Im nächsten Bild sagt der Supermanartige: »Hätte ich nur ein Tempotuch, das ich ihm leihen könnte – oder wenigstens ein Stofftaschentuch –, aber diese Hosen . . .! Ohne Gesäßtaschen!!« Im Bild darunter fliegt er zwischen den Bildumrahmungen hin und her, um zu entkommen. Schließlich bricht er durch, wobei die Umrandungen der beiden oberen Bilder auf ihn herabstürzen.

Schnitt: ein Bühnenvorhang; davor ein Zeichentrick-Mann.

Mann Und nun folgt – der Theater-Sketch – also: Niemand rührt sich weg!

Die vorderen Sitzreihen eines Theaters. Es ist ein Premierenabend: viele Leute sind in Abendanzügen etc. Etwa in der dritten Reihe ist ein Platz frei. Überall Geraschel von Programmheften und Schokoladenpapier sowie Gemurmel. Plötzlich kommt ein Sioux-Indianer herein, nur mit einem Lendenschurz bekleidet, in Kriegsbemalung, mit Zöpfen und einer Feder im Haar. Er hat einen Bogen und einen Köcher mit Pfeilen. Er setzt sich auf den leeren Platz. Der Mann neben ihm blickt krampfhaft nach vorn. Der Indianer betrachtet seinen Nachbarn von oben bis unten.

Indianer (ERIC) *(spricht immer von ausholenden Gesten begleitet)* Ich viel wollen sehen Stück. Ich wollen Stück fangen an viel bald.

Der Mann neben ihm nickt.

Mann (GRAHAM) Ja, genau. Ich schätze, es. . . fängt gleich an.

Indianer Ich viel groß Fan von Cicely Courtneidge.

Mann *(peinlichst berührt)* Ja. . . sie ist sehr gut.

Indianer Sie *toll* Schauspieler. . . sie machen Darstellung viel subtil. . . sie viel gut Vortrag und Timing. . . sie machen Rolle richtig lebendig für tapferer Indianer.

Mann Ja. . . ja. . . sie ist großartig. . .

Indianer Meine Vater – Häuptling Rennendes Hirsch – Führer von mächtiges Rotfuß-Stamm – er viel scharf auf Michael Denison und Dulcie Gray.

Mann *(unfreiwillig ins Gespräch gezogen)* Gehen Sie viel ins Theater?

Indianer Wenn Mond hoch über Prärie. . . wenn Wolf heulen auf Berg, wenn machtvoll Wind brüllen in Gelbes Tal, gehen wir Leatherhead Theater – Sammelkarte, zweite Rang – ganz Stamm bezahlen 3 Shilling, 6 Pence jeder.

Mann Das ist sehr preiswert.

Indianer Regisseur Stan Wilson viel gut Freund mit Rotfuß-Stamm. Nach Vorstellung wir gehen Palaver mit Direktor Sandy Camp in gemütlich Kneipe »Bell and Compasses«. Er mächtig toll Direktor. Er viel berühmt.

Mann Oh, ich. . . kenne ihn selbst nicht.

Indianer Er sagen, Leatherhead Theater wollen spielen mit Rotfuß-Stamm.

Mann Oh, das klingt gut. . .

Indianer Wir spielen »Bei Anruf Mord«. Häuptling Rennendes Elch – er töt Büffel mit bloße Hand, rennen tausend schnell, wenn Sonne sein hoch – er spielen Chefinspektor Hardy – viel gut toll Schauspieler.

Mann Sie betreiben wohl ziemlich viel Schauspielerei, ja?

Indianer Ja. Rotfuß-Stamm leben von Schauspielen und Jagen.

Mann Kämpfen Sie gar nicht mehr?

Indianer Ja! Rotfuß machen Krieg! Wenn Häuptling Gelbe Schlange war Führer und Machtvoller Adler war in Land von Vorfahren, wir kämpfen mit Pawnee bei Oxbow Crossing. Wenn Pawnee stehlen unser Probentexte von »Debütantin wider Willen«, wir töten fünfzig Pawnee – Vorstellung viel voll jede Abend. Viel gut Publicity.

Die Lichter gehen langsam aus, das Gemurmel im Publikum verebbt.

Mann *(sichtlich erleichtert)* Ich glaube, jetzt fangen sie an. . . Gottseidank.

Beide blicken zur Bühne. Die Ouvertüre setzt ein.

Indianer *(beugt sich zu dem Mann)* Bleichgesicht will essen Schokolade? *(Hält eine Schachtel hin.)*

Mann Nein, vielen Dank.

Indianer *(bedient sich selbst)* Mmmh – Knusper-Frosch – viel gut.

Schnitt zur Bühne. Der Theaterdirektor steht vor dem Vorhang. Er ist ein sehr netter junger Mann.

Theaterdirektor (MICHAEL) Meine Damen und Herren, bevor das Stück beginnt, möchte ich Sie alle um Nachsicht bitten, denn bedauerlicherweise ist Miss Cicely Courtneidge nicht in der Lage aufzutreten, da. . .

Er wird erst von einem, dann von einem zweiten Pfeil in die Brust getroffen. Er bricht zusammen: dabei zeigt sich, daß ein weiteres halbes Dutzend in seinem Rücken steckt. Überall hört man Kriegsgeheule, Trommeln und Schreie.

Schnitt in die Küche einer Arbeiterwohnung.

Mutti (TERRY J.) *(Zeitung lesend)* Hast du das gelesen, Edgar?

Vati (IAN DAVIDSON) Was denn, Schatz?

Mutti In Dorking im Stadttheater war auch so ein Indianermassaker.

Vati War auch höchste Zeit, Schatz.

Mutti »Nach der Vorstellung erhielten die Überlebenden ihr Geld zurück.«

Vati Genau das braucht lebendiges Theater: mehr Massaker.

Mutti »Die Polizei sucht dringend Zeugen des Verbrechens, Damen mit großem Busen oder allgemein jeden, der Polizisten mag.«

Plötzlich tritt ein Polizist zwischen das Paar und die Kamera.

Polizist (JOHN) *(in die Kamera)* Genau! Polizisten sind wunderbare Freunde. Wenn Sie also über einsachzig groß sind und sich einen Freund wünschen, einen Brieffreund bei der Polizei, dann schreiben Sie an diese Adresse: »Mrs. Ena Frog, Masonic Apron Street 8, Cowdenbeath«. Nicht vergessen: Polizisten sind wunderbare Freunde. Schreiben Sie darum noch heute, und nutzen Sie die Chance, einen kostenlosen Hauptkommissar zu gewinnen. Ich danke Ihnen für Ihre Aufmerksamkeit. Und nun der nächste Sketch.

Der Polizist nimmt seinen Helm ab, schüttelt ihn und hält ihn Mutti hin. Sie zieht ein kleines, zusammengefaltetes Stück Papier heraus, entfaltet es und liest:

Mutti Ein reitender Schotte.

Polizist Für Mrs. Emma Hamilton aus Nelson: Ein reitender Schotte.

Ein Schotte (John) reitet auf die Kamera zu und blickt sich suchend um. In einer Totalen sieht man ihn fortreiten. In einer kleinen schottischen Kirche wartet ein anderer Schotte (Michael) vor dem Altar darauf, getraut zu werden. Schuß/Gegenschuß von dem ersten Schotten, der durch die Landschaft galoppiert, und der Kirche. Die Braut wird durch den

Mittelgang zum Altar geführt. Die Eheschließung findet statt; als sie gerade vollzogen ist, erreicht der erste Schotte die Kirche und stürzt hinein. Die versammelte Gemeinde blickt ihn bestürzt an, während er alle mustert: dann packt er Michael und trägt ihn hinaus.
Schnitt: Film von applaudierenden Teilnehmerinnen eines Frauenkongresses.

TRICKFILM, *der mit dem Emblem der »20th Century Vole« endet. Schnitt in das Büro eines Filmproduzenten. Sechs Drehbuchautoren sitzen an einem Tisch, an dessen Kopf sich ein äußerst imposanter, leerer Sessel befindet. Sie warten ehrfurchtsvoll. Plötzlich fliegt die Tür auf, und Larry Saltzberg, der Filmproduzent, kommt rein. Die Drehbuchautoren springen auf.*

Larry (GRAHAM) Guten Morgen, Jungs. *(Larry setzt sich.)*

Drehbuchautoren Guten Morgen, Mr. Saltzberg.

Larry Setzt euch! Setzt euch! Setzt euch! Setzt euch! Also, Jungs, ich möchte euch mitteilen, daß ich euch für die sechs besten lebenden Drehbuchautoren im Filmgeschäft halte. *(Die Drehbuchautoren sind überwältigt.)* Ich möchte euch mitteilen, daß ich eine Idee für den nächsten Film hatte, den ich produzieren werde, und ich will, daß ihr, Jungs, das Buch dazu schreibt.
Die Drehbuchautoren eilen zu ihm und küssen ihn ab.

Drehbuchautoren Danke, danke.

Larry Ach, setzt euch! Setzt euch! Setzt euch! Für so was ist später noch genug Zeit. Also, Jungs, dies ist meine Idee. . .

Dritter Drehbuchautor (ERIC) Toll!

Larry Sie gefällt euch, mh? *(Er schaut in die Runde.)*

Drehbuchautoren *(schnell kapierend)* Ja, ja, toll! Wirklich toll! Großartig! *(Der erste Drehbuchautor bekommt als einziger keinen Orgasmus bei der Idee.)*

Larry *(zum ersten Drehbuchautor)* Gefällt sie dir auch?

Erster Drehbuchautor (MICHAEL) *(gedämpft)* Doch. Äh. . . ja.

Larry *(weiter zum ersten Drehbuchautor)* Was gefällt dir daran am besten?

Erster Drehbuchautor Äh, na ja, Sie haben uns noch gar nicht. . . gesagt, worum es geht. . .

Larry Was!?

Erster Drehbuchautor *(zeigt auf zweiten Drehbuchautor)* Mir gefällt, was ihm gefällt.

Larry *(zu zweitem Drehbuchautor)* Und was gefällt *dir*?

Zweiter Drehbuchautor (TERRY J.) *(zeigt auf dritten Drehbuchautor)* Mir gefällt, was ihm gefällt.

Dritter Drehbuchautor *(zeigt auf vierten Drehbuchautor)* Mir gefällt, was ihm gefällt.

Vierter Drehbuchautor (JOHN) Mir gefällt, was ihm gefällt. *(Zeigt auf fünften Drehbuchautor.)*

Fünfter Drehbuchautor (TERRY G.) Was ihm gefällt, finde ich einfach hinreißend. *(Zeigt auf sechsten Drehbuchautor.)*

Larry *(zu sechstem Drehbuchautor)* Und was gefällt *dir*?

Sechster Drehbuchautor (IAN DAVIDSON) Ich... ich... ich... bin mit den anderen völlig einer Meinung.

Larry Gut! Jetzt kommen wir endlich voran. Also, so fängt der Film an: Ich sehe Schnee! *(Die Drehbuchautoren applaudieren.)* Weißen Schnee!

Vierter Drehbuchautor Stellt euch die Farben vor!

Larry Und in dem Schnee, da sehe ich... einen Baum!

Drehbuchautoren *(Beifall klatschend)* Ja! Ja!

Larry Langsam, langsam. Ich bin noch nicht fertig.

Dritter Drehbuchautor Was, noch *mehr*?

Larry Und neben diesem Baum, Herrschaften, da sehe ich... einen Hund!

Drehbuchautoren Olé!

Larry Und, Herrschaften, dieser Hund läuft zu dem Baum hin und pinkelt dran!

Drehbuchautoren Halleluja!

Sechster Drehbuchautor Wird das ein Film!

Fünfter Drehbuchautor Er sagt, wie es wirklich ist!

Vierter Drehbuchautor Das bringt's auf den Punkt!

Dritter Drehbuchautor Das ist mal was anderes!

Zweiter Drehbuchautor Einfach irre!

Erster Drehbuchautor *(bemerkt, daß Larry ihn beäugt)* Das gefällt mir. Das gefällt mir.

Larry *(argwöhnisch)* Ach ja?

Erster Drehbuchautor Doch, doch, ich *schwöre*, es gefällt mir!

Fünfter Drehbuchautor Sir, ich weiß nicht recht, wie ich es ausdrücken soll, doch ich muß einfach offen sein. Ich bin wirklich und wahrhaftig der Überzeugung, daß diese Ihre Story die größte Story in der Geschichte des Kinofilms ist.

Larry Raus!

Fünfter Drehbuchautor Was?

Larry Wenn ich eins nicht ausstehen kann, dann sind das Jasager. Raus! *(Der fünfte Drehbuchautor verschwindet sehr eilig; die anderen werden sehr still.)* Ich werde dafür sorgen, daß du nie wieder einen Job kriegst. *(Zum sechsten Drehbuchautor)* Wie ist deine Ansicht?

Sechster Drehbuchautor Also. . . ich. . .

Larry Nur weil ich eine Idee habe, muß das ja nicht heißen, daß sie gut ist. Sie könnte auch miserabel sein.

Sechster Drehbuchautor Tatsächlich?

Larry Natürlich! Was denkst du denn?

Sechster Drehbuchautor Sie ist miserabel.

Larry Na bitte, seht ihr, er hat seine Meinung gesagt. Er findet, meine Idee sei miserabel. Nur ist es zufällig so, daß meine Idee *nicht* miserabel ist, also verschwinde, du verdammte rote Ratte, raus hier! *(Sechster Drehbuchautor ab.)* Du. . . *(Er blickt genau auf John.)*

Vierter Drehbuchautor Nun ja. . . ich finde, die Idee ist ausgezeichnet.

Larry Bist du ein Jasager?

Vierter Drehbuchautor Neinneinnein, ich meine, es könnte vielleicht ein paar Einwände geben.

Larry Du findest sie miserabel, hä?

Vierter Drehbuchautor Nein, nein, ich finde nur, das braucht Zeit.

Larry *(wirklich bedrohlich)* Bist du vielleicht entscheidungsschwach?

Vierter Drehbuchautor Nein! Ja. Vielleicht. . . *(Er rennt raus.)*

Larry Ich hoffe, ihr drei Herrschaften erweist euch nicht als entscheidungsschwach! *(Sie versuchen, sich unter dem Tisch zu verstecken.)* Was, zum Teufel, macht ihr da unter dem Tisch?

Erster Drehbuchautor Unsere Stifte sind runtergefallen.

Larry Stiftfallenlasser, wie?

Drehbuchautoren Nein, nein, nein, nein, nein.

Larry Also: Ich will jetzt eure Meinung über meine Idee hören. . . *(Zeigt auf ersten Drehbuchautor)* Du. . .

Erster Drehbuchautor *(bebend)* Oh. . .

Der erste Drehbuchautor blickt in die Runde und wird ohnmächtig.

Larry Hat er einen Herzinfarkt?

Zweiter und dritter Drehbuchautor Ähm. . .

Larry Wenn es eins gibt, was ich nicht ausstehen kann, dann sind das Leute, die Herzinfarkte kriegen.

Erster Drehbuchautor *(erholt sich auf der Stelle)* Mir geht's schon wieder gut.

Larry Also, was meint ihr?

Drehbuchautoren Oh! Äh! Sie haben nicht mich gefragt, Sie haben ihn gefragt.
Er hat nicht mich gefragt, er hat ihn gefragt.
Nein, ihn.

Larry Ich hab's mir anders überlegt, ich frage dich da, den in der Mitte.

Zweiter Drehbuchautor Den in der Mitte?

Larry Ja, den in der Mitte. *(Das Telefon klingelt.)* Hallo, ja, ja, ja, ja, ja, ja, Dimitri. . . *(Alle kämpfen verzweifelt um die Plätze, indem sie versuchen, die anderen in die Mitte zu bugsieren. Schließlich sitzen alle auf einem Stuhl.)* Was zum Kuckuck soll das?

Zweiter Drehbuchautor Ich überlege.

Larry Geht sofort auf eure Plätze zurück. *(Wieder ins Telefon)* Ja. . . *(Der zweite Drehbuchautor wird von den anderen beiden gepackt und auf dem mittleren Stuhl festgehalten; Larry beendet das Telefonat.)* Genau, du da in der Mitte, was meinst du?

Zweiter Drehbuchautor *(panisch)* Äh. . . äh. . .

Larry Also los!

Zweiter Drehbuchautor Pensch.

Larry Hat er pensch gesagt?

Erster und dritter Drehbuchautor Ja.

Larry Was heißt das, pensch?

Zweiter Drehbuchautor Es heißt. . . das ist eine tolle-Idee-aber-vielleicht-auch-nicht-und-ich-bin-nicht-entscheidungsschwach!

Larry In Ordnung. Gut. . . *(zum dritten Drehbuchautor)* und was meinst du?

Dritter Drehbuchautor Ähm. . . pensch?

Larry Okay. . .

Erster Drehbuchautor Genau. Ich bin auch für pensch.

Larry Also, ihr meint alle drei pensch, wie?

Drehbuchautoren Ja!

Larry Also, jetzt kommen wir endlich weiter. Nein, halt! Ein neuer Aspekt! Anstelle des Baums sehe ich im Schnee Rock Hudson, und anstelle des Hunds sehe ich Goldie Hawn, und, Herrschaften, Goldie Hawn geht auf Rock Hudson zu und küßt ihn. Eine Liebesgeschichte. Geschlechtsakt auf italienisch. David Hemmings als Hippie-Gestapo-Offizier. Nackte Tatsachen. Ein Familiendrama. Eine Komödie. Und dann, wenn Goldie Hawn Rock Hudson geküßt hat, sagt sie was Komisches, etwa. . . *(Er sieht den dritten Drehbuchautor an.)*

Dritter Drehbuchautor Äh. . . guten Abend.

Larry Goldie Hawn ist eine Komödiantin und keine Nachrichtensprecherin. Raus! *(Dritter Drehbuchautor rennt raus.)* Sie sagt etwas Komisches, wie. . . *(Blickt den zweiten Drehbuchautor an.)*

Zweiter Drehbuchautor Pensch?

Larry Das ist der dämlichste Einfall, den ich je gehört habe. Raus! *(Zweiter Drehbuchautor ab.)* Goldie Hund küßt Rock Baum, und sie sagt. . . *(Blickt den ersten Drehbuchautor an.)*

Erster Drehbuchautor Äh. . . ähm. . . äh. . . ich halte das nicht mehr aus. *(Er rennt raus.)*

Larry Das find ich gut! Das find ich gut, ich halte das nicht mehr aus, und dann sagt Rock Hudson: »Ich bin ein sehr reicher Filmproduzent und muß mein Gehirn operieren lassen«, und dann sagt Goldie Hund: »Ich finde dich sehr attraktiv, und jetzt ziehe ich meine ganzen Kleider aus«, und dann verwandelt sich Goldie Hund in einen Yak und geht auf David Lemming ins Badezimmer. Nein, halt, halt! *(Er nimmt den Hörer ab.)* Hallo! *(Schnitt zum »Jetzt«-Mann-Film vom Anfang; Larry redet im Off weiter.)* Hallo, hallo, wer sind Sie? Sie sind arbeitsloser Drehbuchautor? Gut, Sie sind entlassen. Fahrt den Abspann ab. *(Der Abspann beginnt durchzurollen; man hört Larrys Stimme weiter im Off.)* Produziert von Irving C. Saltzberg Junior von der Irving C. Saltzberg Produktions GmbH und der Saltzberg Kunstfilm, Öl, Immobilien, Banken und Prostitution oHG.

Im Abspann liest man:

PRODUZIERT VON IRVING C. SALTZBERG JR.
UND DER
IRVING C. SALTZBERG PRODUKTIONS GMBH
UND DER
SALTZBERG KUNSTFILM, ÖL, IMMOBILIEN, BANKEN UND
PROSITUTIONS OHG CO-PRODUKTION
NACH EINER ORIGINAL-IDEE VON IRVING C. SALTZBERG JR.
BUCH VON IRVING C. SALTZBERG UND IRVING C. SALTZBERG
ZUSÄTZLICHES MATERIAL VON IRVING C. SALTZBERG
SOWIE

GRAHAM C. CHAPMANBERG JOHN C. CLEESEBERG
TERRY C. JONESBERG MICHAEL C. PALINBERG
TERRY C. GILLIAMBERG ERIC C. IDLEBERG
ALS GAST TRAT AUF: IAN C. DAVIDSONBERG
ABSPANN VON IRVING C. SALTZBERG

Der technische Abspann folgt demselben Schema bis:

ENDEBERG

Sieben – Ich find das überhaupt nicht mehr witzig!

Hügeliges Land erstreckt sich in die Weite; rechts und links sind Bäume. Der Weg läuft gerade vom Horizont herab zur Kamera ins Tal. Vom Hügel oben hört man Laufen und heftiges Atmen. Der »Jetzt«-Mann taucht auf. Er läuft ins Tal auf die Kamera zu, schafft es aber nicht, seinen Text zu sprechen:

Stimmen im Off *(soufflierend)* Und jetzt... Nein... nein... Und jetzt... Und jetzt... Und jetzt...

Mann *(schließlich)* Und jetzt...

Durch die wunderbare Macht des Geldes landen wir in einem atemberaubend teuren Eröffnungstrickfilm, hergestellt von einem jener typisch amerikanischen Landflüchtigen. Dann: Auf dem Land. Ein Interviewer mit Mikrophon. Hinter ihm sitzt ein Mann mit Klemmbrett, Fernglas und Späher-Ausrüstung auf einer Mauer.

Interviewer (JOHN) Guten Abend. Heute wollen wir einen harten, bohrenden, sengenden Blick auf den Beruf des Kamelpostens werfen. Hallo.

Posten (ERIC) Hallo, Peter.

Interviewer Nun erzählen Sie uns doch mal, was genau Sie eigentlich tun.

Posten Äh, also, ich sichte Kamele. Ich halte Ausschau, um zu sehen, ob irgendwelche Kamele da sind, die ich sichten kann, und dann notiere ich sie in meinem Kamelposten-Buch.

Interviewer Fein. Und wie viele Kamele haben Sie bisher erspäht?

Posten Also, bisher, Peter, bis zu diesem Moment jetzt habe ich annähernd, ähm, also fast eins erspäht.

Interviewer Fast eins?

Posten Ähm, nja, sagen wir keins.

Interviewer Schön. Und, äh, wie lange sind Sie schon hier?

Posten Drei Jahre.

Interviewer Das heißt, in, äh, drei Jahren haben Sie null Kamele gesichtet?

Posten Ja, in nur drei Jahren. Äh, ich hab geflunkert, vier, also gut, fünf. Ich sichte erst seit sieben Jahren Kamele. Davor war ich natürlich Yeti-Posten.

Interviewer Yeti-Posten, das muß ungeheuer interessant gewesen sein.

Posten O ja, es war ungeheuer interessant, sehr, sehr. . . es war recht. . . Es war öde. Öde, öde, öde, Gott, war das öde. Immer in der Waterloo-Station im Wartesaal rumsitzen. Und wenn man einen Yeti gesehen hat, hat man sie natürlich alle gesehen.

Interviewer Und – haben Sie alle gesehen?

Posten Na ja, einen hab ich gesehen. Also, einen kleinen. . . ein Bild von einem. . . ich hab von ihnen gehört.

Interviewer Nun erzählen Sie doch mal, was machen Sie denn eigentlich, wenn Sie ein Kamel sichten?

Posten Äh, ich notiere seine Nummer.

Interviewer Kamele haben keine Nummern.

Posten Doch, aber man muß wissen, wo man sie suchen muß. Äh, sie sind an der Seite der Lok über den Kolben.

Interviewer Was?

Posten Na ja, und natürlich muß man sich vergewissern, daß es sich nicht um ein Dromedar handelt. Weil, wenn's ein Dromedar ist, kommt's in das Dromedar-Buch.

Interviewer Und wie erkennen Sie, ob es ein Dromedar ist?

Posten Ja, also, ein Dromedar hat *einen* Höcker. Und ein Kamel hat einen Imbißwagen, ein Bord-Restaurant und einen Schaffner.

Interviewer Mr. Sopwith, sind Sie nicht vielmehr ein Strecken-Posten?

Posten Was?

Interviewer Halten Sie nicht in Wirklichkeit nach Zügen Ausschau?

Posten Ach, das find ich überhaupt nicht mehr witzig.

TRICKFILM. *Danach: eine junge Frau im Bett. Graf Dracula (Graham) kommt herein. Die Frau macht ihren Hals frei. Der Blutsauger will sie küssen, aber sein Vampirgebiß fällt ihm raus.*

Mädchen (DONNA READING) Also, ich find das überhaupt nicht mehr witzig.

Ein Mann wird am Rahnock ausgepeitscht.

Peitschender (TERRY J.) . . .neununddreißig . . .vierzig. In Ordnung, schneiden Sie ihn los, Mr. Fuller.

Gepeitschter (ERIC) Also, ich find das überhaupt nicht mehr witzig.

Zurück zum Kamelposten.

Posten Also, wenn hier irgendwer meinen Satz klaut, dann werfe ich ihn vors nächste Kamel.

Interviewer *(kichernd)* Wenn Sie eins sichten.

Der Posten wirft ihm einen bitterbösen Blick zu. Neben ihm taucht ein Ritter auf. Er schlägt den Interviewer mit einem Huhn.

Schnitt in eine Vorstandssitzung. Ein Buchhalter erhebt sich und liest vom Blatt.

Buchhalter (MICHAEL) Sehr verehrte Frau Vorsitzende, Herr Vorsitzender, verehrte Anteilseigner, meine Damen und Herren! Ich habe das große Vergnügen, Ihnen mitteilen zu können, daß diese Firma aufgrund einer Beschneidung der Mehrertragsausgaben im Umfang von zwölf Millionen kanadischen Dollar sowie einer Rückvergütung über siebeneinhalb Millionen deutsche Mark von unserer Schweizer Niederlassung plus der Zuschlagung der Vorzugsaktien erster Klasse von dreidreiviertel Millionen zu den siebeneinhalb Millionen Reservekapital des Direktoriums samt einer Aufwandssteigerungsmarge von elfeinhalbtausend Lire aufgrund einer Investitionssteigerung von zehn Millionen Pfund im letzten Jahr einen Gesamtgewinn von einem Schilling gemacht hat.

Vorsitzender (GRAHAM) Ein Schilling, Wilkins?

Buchhalter Äh, ja, in etwa, Sir.

Vorsitzender Wilkins, ich bin Vorsitzender eines Multi-Millionen-Pfund-Konzerns, und Sie sind noch nicht besonders lange Buchhalter. Könnte es sein, daß da irgend etwas nicht ganz stimmt?

Buchhalter Sehr nett von Ihnen, Sir, aber ich glaube nicht, daß ich schon erfahren genug bin, um Vorsitzender sein zu können.

Vorstandsmitglied (JOHN) Wilkins, Wilkins! Dieser Schilling, ist der netto oder brutto?

Buchhalter Er ist britisch, Sir.

Vorsitzender Ja, aber sind auf ihn Steuern abgeführt worden?

Buchhalter Ja, das ist nach Steuern. Aufgrund des unerbittlichen Zugriffs der Einkommenssteuer wurden fünf von weiteren sechs Pence vom Finanzamt geschluckt.

Vorstandsmitglied Fünf von *weiteren* sechs Pence?

Buchhalter *(eifrig)* Ja, Sir.

Vorsitzender *Fünf* von weiteren *sechs* Pence?

Buchhalter Korrekt, Sir.

Vorsitzender Und wo ist dann der fehlende Penny?

Buchhalter ... Äh.

Vorstandsmitglied Somit fehlt ein Penny in Ihrer Bilanz, Wilkins. Wo ist der?

Buchhalter ... Ähm.

Vorsitzender Wilkins?

Buchhalter *(den Tränen nahe)* Ich habe ihn unterschlagen, Sir.

Vorsitzender Was, den ganzen?

Buchhalter Ja, den ganzen.

Vorstandsmitglied Sie schlimme Person!

Buchhalter Es war das erste Mal. Bitte, seien Sie gnädig mit mir!

Vorsitzender Ich fürchte, es ist meine unerfreuliche Pflicht, Sie davon in Kenntnis zu setzen, daß Sie entlassen sind.

Buchhalter O bitte, bitte...

Vorsitzender Nichts da, hinaus!

Buchhalter *(weinend)* Oh... *(Er geht.)*

Vorsitzender Tja, im Big Business ist kein Platz für Gefühle.

Er geht zu einer Wandtafel mit der Aufschrift: »Im Big Business ist kein Platz für Gefühle.« Er dreht sie herum. Auf der Rückseite steht: »Da hat er wirklich recht.«

Bischof (TERRY J.) *(zum Vorsitzenden)* Also, ich find das überhaupt nicht mehr witzig.

Der Kamel-Mann kommt reingerannt und brüllt:

Posten Ich hab's gehört. Wer hat das gesagt?

Alle *(auf den Bischof zeigend)* Er war's! Er war's!

Bischof Nein, war ich nicht.

Alle Buuhh!

Posten In Ordnung.

Schnitt zum Bischof, wie er gefesselt und geknebelt quer auf einem Eisenbahngleis festgebunden ist.

Off-Sprecher (ERIC) Es folgt die Adresse, bei der Sie sich beschweren können...

EINBLENDUNG: »MR. ALBERT SPIM, LONDON ROAD, 1.000.008, OXFORD«

Er liest jedoch:

Off-Sprecher Königliches Frosch-Zertrampel-Institut, Rayners Lane 16, London, W.C. Fields. Ich wiederhole...

EINBLENDUNG: »LUFTWAFFENLEUTNANT & PRÄBENDAR ETHEL MORRIS, THE DIMPLES, THAXTED, NR. BUENOS AIRES«

Er liest währenddessen:

Off-Sprecher Tristan und Isolde Phillips, Covent Garden Samstag halbacht (Nähe Sonntag) und anschließend auf dem Inigo-Jones-Fischmarkt.

Schnitt: eine jüdische Gestalt.

Jüdische Gestalt (MICHAEL) *(verächtlich)* Und die wollen die Rundfunk-Gebühren erhöhen?

Schnitt: Foto von einem alten Mann mit Pfeife.

Off-Sprecher *(macht weiter)* Und nun folgt noch ein Hinweis, damit Sie nicht vergessen, Ihr Radio über Nacht anzulassen: Lassen Sie über Nacht Ihr Radio an!

Schnitt zu Conférencier in einem Theater

Conférencier (MICHAEL) Ein kleiner Scherz, ein kleiner Spaß. Nichts, was Sie bekümmern muß, meine Damen und Herren. Und nun bringen wir Ihnen ein bißchen Science-fiction, ein bißchen Sci-fi, etwas, das Ihnen eine richtig schöne Gänsehaut verschafft, bei dem Ihnen die Schauer über den Rücken und bis in den Keller jagen. Die Jungs haben alle mitgemacht; es ist eine kleine Nummer mit dem Titel »Science-fiction-Sketch«. . .

Zoom durch die Galaxis zum Sonnensystem.

Amerikanische Stimme (JOHN) *(sehr sonor)* Das Universum besteht aus einer Milliarde Milliarden Galaxien. . . 77.000.000.000 Meilen im Durchmesser, und jede Galaxis enthält Milliarden Trilliarden Sterne, und um diese Sterne kreist eine Milliarde Planeten, und von all diesen Planeten der grünste und schönste, das ist der Planet Erde im System Sol in der Galaxis, die Milchstraße genannt wird. . . Und auf diese Welt kamen eines Tages Geschöpfe von einem anderen Planeten. . . und sie kamen, um die Zivilisation in ihrem Herzen zu treffen und zu vernichten. . .

Wir blenden über zu einer Großaufnahme von einem Bahnhofsschild: »New Pudsey«. Die Kamera fährt zurück und zeigt eine Nahaufnahme von einem Paar, das auf das Bild zuläuft. Die beiden sind in mittlerem Alter. Er (Graham) trägt eine Kricket-Jacke und graue Flanellhosen sowie eine Tragetasche. Sie (Eric) hat ein Kleid aus bedrucktem Stoff an.

Amerikanische Stimme *(sanft)* Es war ein Tag wie jeder andere, und Mr. und Mrs. Samuel Brainsample waren ein vollkommen gewöhnliches Paar, und sie führten ein vollkommen gewöhnliches Leben. . . Sie gehörten zu den Leuten, denen nie etwas Außergewöhnliches passiert, und so waren sie auch nicht dafür geschaffen, im Mittelpunkt der erstaunlichsten Ereignisse in der Geschichte der Menschheit zu stehen... Verlassen wir sie daher, und verfolgen wir lieber das Schicksal *dieses* Mannes... *(Die Kamera schwenkt von ihnen weg; beide gucken enttäuscht; im Bild erscheint statt dessen ein smarter kleiner Geschäftsmann mit Melone, Aktenkoffer und Nadelstreifenanzug.)* Harold Potter, Hobbygärtner und Steuerbeamter, das erste Opfer der Kreaturen von einem anderen Planeten.

Sonderbare elektronische Musik, bedrohliche Atmosphäre. Kamera folgt Potter aus dem Bahnhof. Schnitt: Fliegende Untertasse über der Skyline der Stadt. Wieder Potter, der eine Vorstadtstraße entlangläuft. Wieder die Untertasse. Sie piepst, als hätte sie ihre Beute ausgemacht, und ändert die Richtung. Schnitt zurück zu Potter, der im Begriff ist, sein Gartentor aufzusperren. Einstellung von Potter von der anderen Straßenseite aus. Schnitt auf Fliegende Untertasse, die einen Lichtstrahl abschießt. Potter erstarrt... zittert und verwandelt sich in einen Schotten mit Kilt und rotem Bart. Seine Hand schnellt nach vorne, er dreht sich und entschwindet im Zeitraffer die Straße hinunter – begleitet von Dudelsackmusik.

Großaufnahme einer Zeitung mit der fetten Schlagzeile: »Mann verwandelt sich in Schotten«.

Stimme des Zeitungsverkäufers Das Neuste vom Neuen! Das Neuste vom Neuen! Mann verwandelt sich in Schotten!

Überblendung zu einer Gartenpforte. Eine Frau wird von jemandem befragt, der ganz offensichtlich ein Polizist in Zivil ist.

Inspektor (TERRY J.) Mrs. Potter... Sie kannten Harold Potter recht gut, vermute ich?

Mrs. Potter (ERIC) O ja, recht gut.

Inspektor Verstehe.

Mrs. Potter Er war mein Mann.

Inspektor Verstehe. Und, äh, bevor das jetzt passierte, hat er nie irgendwie dazu geneigt, Schotte zu werden?

Mrs. Potter *(schockiert)* Nein, nein, ganz und gar nicht. Er war nicht die Art von Mann...

Inspektor Er trug keinen Kilt oder spielte Dudelsack?

Mrs. Potter Nein, nein.

Inspektor Er betrank sich abends nicht oder brachte Blackpuddings mit nach Hause?

Mrs. Potter Nein, nein. Ganz und gar nicht.

Inspektor Er besaß auch nicht eine unzureichende Hirnkapazität?

Mrs. Potter Nein, nein, ganz und gar nicht.

Inspektor Ah ja. Das heißt, Ihrer Einschätzung nach war Harold Potter ein völlig normaler Engländer, ohne jede wie auch immer geartete Tendenz, Schotte zu werden?

Mrs. Potter Absolut, ja. *(Plötzlich erinnert sie sich)* Das heißt, er hat im Fernsehen immer Dr. Finlay gesehen.

Inspektor Aha! Tja, da hätten wir's ja wohl? So fängt es an.

Mrs. Potter Wie bitte?

Inspektor Ja, wissen Sie, das Schottischsein fängt mit solch kleinen Dingen an und steigert sich dann. Sehen Sie, Leute verwandeln sich nicht völlig ohne Grund in Schotten... *(Er erstarrt; dann, mit schottischem Akzent)* Keine weiteren Fragen!

Die Worte sind kaum aus seinem Mund, da verwandelt er sich in einen Schotten. Er dreht sich und verschwindet im Zeitraffer am Ende der Straße. Die Kamera schwenkt mit ihm mit.

Schnitt zu Warteschlange an Haltestelle: Mann mit Geschäftsanzug und Melone wird plötzlich zum Schotten, wirbelt herum und aus dem Bild.

Schnitt auf eine Straße: ein Polizist zeigt einer Frau mit Kinderwagen den Weg. Plötzlich wird er Schotte und entschwindet aus dem Bild. Die Frau blickt einen Augenblick lang entsetzt, dann verwandelt auch sie sich in einen Schotten und wirbelt ihm nach. Das Baby bekommt plötzlich einen Bart, und der Kinderwagen folgt der Frau. Ein farbiger Jazzmusiker spielt in einem Keller ein trauriges Saxophon-Solo. Er verwandelt sich und rauscht ab.

Eine Gruppe exerzierender Soldaten. Plötzlich werden alle zu bärtigen Schotten und sausen gemeinsam davon. Die Kamera verfolgt sie; dabei kommt ein Schild ins Bild: »Waliser Garde«.

Schnelle Tricksequenz einer Fliegenden Untertasse, die hinter einer Skyline verschwindet.

Schnitt: Großaufnahme eines leidenschaftlichen Kusses. Er dauert ein bißchen. Weichzeichner, romantische Musik. Die Kamera bleibt nah dran, wenn die beiden reden. »Sie« *ist nicht allzu helle.*

Sie (DONNA) Charles...

Charles (GRAHAM) Liebling...

Sie Charles...

Charles Liebling, Liebling...

Sie Charles... ich muß dir etwas sagen...

Charles Was denn, Liebling?

Sie Es ist wegen Daddy. Er hat sich in einen Schotten verwandelt...

Charles Was! Mr. Llewellyn?

Sie Ja, Charles. Hilf mir, bitte, hilf mir.

Charles Aber was kann ich denn tun?

Sie Aber Charles. Du bist doch der Chefwissenschaftler vom Anthropologischen Forschungsinstitut in Butley Down. . . und ein Fachmann für »Was Leute dazu bringt von einer Nationalität in die andere zu wechseln«.

Charles Allerdings! *(Die Kamera fährt zurück, und man sieht, daß die beiden sich in einem Labor befinden. Er hat einen weißen Kittel an, sie ist übertrieben sexy aufgemacht.)* Das liegt genau auf meiner Linie!

Sie Ach, schön.

Charles Also zunächst mal, warum sollte sich irgendwer in einen Schotten verwandeln?

Sie *(zögernd)* Hm, aus geschäftlichen Gründen?

Charles Nein, nein! Lediglich, weil er keine Kontrolle über sein Schicksal hat! Schau, ich zeig's dir. . .

Er drückt einen Knopf auf einer Schalttafel, und auf einem Bildschirm erscheinen die Worte: »Lediglich, weil sie keine Kontrolle über ihr Schicksal haben«.

Sie Ich verstehe.

Charles Eben! Und das bedeutet, daß irgendeine oder mehrere unbekannte Personen all diese Leute in Schotten verwandeln.

Sie Oh, welcher herzlose Schuft könnte einem Menschen so etwas antun?

Charles Keine Ahnung. . . keine Ahnung. . . Das einzige, was ich weiß, ist, daß stündlich Tausende dieser Leute über die Grenze nach Norden strömen. Wenn wir nicht schnell etwas unternehmen, wird Schottland an Schotten ersticken. . .

Sie O weh!

Zoom auf ihr Gesicht.

Schnitt zu so vielen bärtigen Schotten wie möglich, die im Zeitraffer durch einen Wald sausen. Die Kamera folgt ihnen; am Schluß hat man einen Blick auf den Horizont wie im »Siebten Siegel«. Alle Schotten haben noch ihren Arm nach vorne gestreckt, und wie gehabt werden sie von Dudelsackmusik begleitet. Schnitt auf die Grenze mit einem großen Schild: »Schottland heißt Sie willkommen«.

Amerikanische Stimme Bald war Schottland voller Schotten. Das Gedränge war erschütternd.

Alle stürmen über die Grenze, doch sobald sie drüben sind, stoppen sie unvermittelt. Sie stehen herum und wirken verloren.

Amerikanische Stimme Drei Mann kamen auf einen Baumstamm.

Schnitt zu drei Schotten, die zusammen einen *Baumstamm werfen.*

Schnitt zur Schottengattin, die mit ihrem bärtigen Mann im Bett liegt. Als die Kamera zurückgeht, sieht man weitere fünf Schotten in dem Bett.

Kurze, aber brillante Collage von T. Gilliam, die darstellt, wie England sich von Menschen leert und Schottland sich füllt. Am Schluß ertönt das Geräusch einer Registrierkasse, und aus England kommt ein entsprechendes Schild: »Leer«.

In England. Film einer verödeten Straße. Wind, ein Hund stöbert herum, Zeitungspapier weht die Straße hinab. Großaufnahme von Schild an einer Ladentür: »Bin ~~zu Mittag~~ in Schottland«. Großaufnahme von anderem Schild an anderer Ladentür: »McClosed«. Ladenschild: »McWoolworth & Co«.

Amerikanische Stimme Für die wenigen, die zurückblieben, wurde das Leben immer schwieriger.

Ein Mann faltet plötzlich seine Zeitung zusammen und rennt um die Ecke. Taucht busfahrend wieder auf. Fährt halb bis zur Haltestelle, springt ab, der Bus rollt noch. Rennt zur Haltestelle, streckt Hand raus. Bus hält. Er springt auf, läutet, läuft nach vorne und fährt den Bus weiter. Während der Bus aus dem Bild fährt, sieht man gerade noch ein paar Schotten, die mit ausgestreckten Armen hinterherlaufen.

Langsamer Schwenk in leerem Fußballstadion. Schließlich findet die Kamera einen einzelnen Zuschauer in halber Höhe und halb in dem Block, der gegenüber dem Spielertunnel liegt. Plötzlich springt er jubelnd auf. Schnitt zum Spielertunnel: ein Spieler und ein Schiedsrichter samt Ball erscheinen. Anstoß. Der Spieler läuft direkt in Richtung Tor und erzielt einen Treffer. Der Zuschauer ist enttäuscht.

Noch ein kurzer Schnitt zur Fliegenden Untertasse.

Studio: wieder das Labor. Charles blickt gerade durch ein Mikroskop, da fliegt die Tür auf und »sie« stürmt rein.

Sie Mein Gott, Charles! Ich bin's. Deine Mutter. . .

Charles Hallo, Mami.

Sie Nein, nein, deine Mutter. . . sie ist auch Schotte geworden. . .

Charles Nein, wie grauenhaft. . . schrecken die denn vor nichts zurück?

Sie Ich weiß nicht – was glaubst *du?*

Charles Das war nur eine rhetorische Frage.

Sie Was heißt rhetorisch?

Charles Es heißt, daß ich keine Antwort erwartet habe.

Sie Ach, ich verstehe. O du bist so klug, Charles.

Charles Hat Mami irgend etwas gesagt, als sie sich verwandelte?

Sie *(mit dem Ausdruck schrecklicher Erkenntnis)* Natürlich, jetzt, wo du mich drauf bringst...

Lange Pause. Er wartet gespannt.

Charles Also, was war es?

Sie Oh, sie sagte... »Sie!« *(Spannungsgeladener, schriller Akkord und schneller Zoom auf ihr Gesicht.)* Ist da jemand an der Tür?

Charles Nein... Das ist nur die Begleitmusik zu dieser Szene.

Sie Oh, ich verstehe...

Charles »Sie« ...Warte mal 'ne Minute!

Sie Eine ganze Minute?

Charles Nein, das war metaphorisch gemeint... »Sie«... »sie«... Offensichtlich bezog sie sich auf die Leute, die sie in den Schotten verwandelten. Wenn ich nur wüßte, wer »sie« sind... Und warum »sie« das gemacht haben... Wer sind »sie«?

Krachender Akkord. Schnitt auf ein Standbild: die Kate eines schottischen Kleinbauern im einsamen Hochmoor. Langsamer Zoom auf die Kate.

Amerikanische Stimme Und dann tauchte in Schottland plötzlich ein Hinweis auf. Mr. Angus Podgorny, der Besitzer eines Herrenbekleidungsgeschäfts in Dunbar, erhielt eine Bestellung über 48.000.000 Kilts vom Planeten Skyron in der Galaxis Andromeda.

Wir blenden über in ein Herrenbekleidungsgeschäft im Hochland. Ein älteres schottisches Paar ist in einen Brief vertieft, der auf der Ladentheke liegt. Öllampen usw.

Mrs. Podgorny (TERRY J.) Angus, wie willste denn 48.000.000 Kilts in den Wagen kriegen?

Angus (MICHAEL) Da werd ich dann man zwei Fuhren machen.

Mrs. Podgorny Ist dir klar, daß die Andromeda-Galaxis 2.200.000 Lichtjahre entfernt ist?

Angus Stimmt das?

Mrs. Podgorny Jou... Und du bist nie weiter gekommen als bis Berwick-on-Tweed...

Angus Jou... aber denk an das Geld, Schatz... 18 Pfund 10 Schilling pro Kilt... das sind... *(er rechnet mit einem Abakus)* 9.000.000 Pfund – und das ohne Felltaschen!

Mrs. Podgorny Jou... Ich find trotzdem, du solltest hierbleiben, Angus.

Angus *(mit visionärem Blick)* Tja... Wir könnten uns Briefpapier mit unseren Namen drauf leisten... Wir könnten den Toilettenausbau bezahlen...

Mrs. Podgorny Joujou, aber er hat den Auftrag noch nicht unterschrieben, oder?

Angus Wer?

Mrs. Podgorny Ach, dieser... Mensch von Andromeda.

Angus Och... also... er war nicht richtig ein Mensch, weißte Bescheid...?

Gruselmusik wird eingespielt.

Mrs. Podgorny *(kneift ihre Augen)* Nicht richtig ein Mensch?

Angus *(in Schweiß ausbrechend; die Musik wird intensiver)* Er war so was Fremdes, wie ich es noch nie gesehen habe oder je wieder sehen werde, so Gott will. Er war eine seltsame unirdische Kreatur, eine pulsierende, glänzende Masse...

Mrs. Podgorny Angus Podgorny, wovon redest du?

Angus Er war eigentlich gar kein Mensch, sondern ein... Blancmanger.

Kreischender Akkord.

Auf einer Polizeiwache: ein Wachtmeister spricht über den Tresen hinweg mit einem Mädchen in einem kurzen, gerüschten Tenniskleid. Sie hat einen Tennisschläger und -bälle.

Wachtmeister (JOHN) Ein Blancmanger, mh?

Mädchen (ERIC) Ja, genau. Ich spielte gerade ein Doppel mit Sandra und Jocasta und Alec und David...

Wachtmeister Moment!

Mädchen Was denn?

Wachtmeister Das sind fünf.

Mädchen Was?

Wachtmeister Fünf Leute... Wie spielt man ein Doppel mit *fünf* Leuten?

Mädchen Ach so... Wir haben...

Wachtmeister Kommt mir doch ein bißchen komisch vor... Doppel mit fünf Leuten spielen...

Mädchen Also, wir machen das oft... Jocasta spielt am Rand und nimmt den Aufschlag an...

Wachtmeister Ach ja?

Mädchen Ja. Es beschleunigt das Ganze, und das Spiel wird erheblich schneller dadurch, und außerdem muß Jocasta dann nicht zuschauen.

Wachtmeister Moment mal, Sie wollen, daß ich Ihnen abnehme, daß Sie zu fünft ein Doppel gespielt haben, und auf dem Platz gleich daneben war ein Blancmanger und hat gegen sich selbst gespielt?

Mädchen Doch, genau.

Wachtmeister Dann erklären Sie mir doch mal eins: Warum hat Jocasta nicht mit dem Blancmanger ein Einzel gespielt und Sie und Sandra und Alec und David ein *richtiges* Doppel zu viert?

Mädchen Weil Jocasta *immer* mit uns spielt. Sie ist *unsere* Freundin.

Wachtmeister Das nennen Sie Freundschaft? Ein korrektes, schönes Doppel kaputtmachen?

Mädchen Das macht es nicht kaputt. Wir spielen gerne zu fünft.

Wachtmeister Also, es ist *Ihre* Sache, wenn Sie mit fünf Leuten spielen wollen. . . aber dann kommen Sie nicht und nennen es Doppel. Stellen Sie sich mal Wimbledon vor, na? Wenn Fred Stolle und Tony Roche gegen Charlie Pasarell und Cliff Drysdale *und* Peaches Bartcowitz spielen würden. . . kein Mensch käme auf die Idee, Doppel dazu zu sagen.

Mädchen Aber was ist mit dem Blancmanger?

Wachtmeister Der könnte gegen Ann Haydon-Jones und ihren Mann Pip spielen.

Schnitt zurück in Podgornys Laden. Das Bild ist eingefroren; wir sehen beide, wie wir sie verlassen haben. Sie nehmen ihr Gespräch wieder auf, als sei nichts geschehen.

Mrs. Podgorny Was? Ein Blancmanger hat dir einen Auftrag über 48.000.000 Kilts gegeben?

Angus Jou.

Mrs. Podgorny Und du hast das *ernst* genommen?

Angus Jou, hab ich.

Mrs. Podgorny Och, du bist ein dummer Mensch, Angus Podgorny.

Angus *(wird ein bißchen sauer)* Also jetzt kuck mal, Frau, wie viele Kilts haben wir letztes Jahr verkauft? Neun und einen halben, das war's schon. Und wenn ich dann eine Bestellung über 48.000.000 kriege, dann nehme ich sie ernst. Dadrauf kannst du Gift nehmen, daß ich die ernst nehme!

Mrs. Podgorny Selbst wenn die von einem Blancmanger kommt?

Angus Och Frau, wenn ein Blancmanger 2.200.000 Lichtjahre fährt, um einen Kilt zu kaufen, dann muß er schon mächtig scharf auf Kilts sein. Also hör mit dem Geschwätz auf, Frau, und geh nähen. Das könnte der größte Durchbruch für Kilts werden, seit der Profos von Edinburgh sich auf einen Stachel gesetzt hat. Mary, wir werden reich! Wir werden reich!

Mrs. Podgorny Oh, Angus... Er hat dir noch nicht mal'n Beweis für seine Vertrauenswürdigkeit gegeben!

Angus Das vielleicht nich', aber dafür das hier... *(Er holt ein zusammengefaltetes Papier aus seiner Felltasche.)*

Mrs. Podgorny Was ist das denn jetzt?

Angus Eine Teilnahmebestätigung für die British Open in Wimbledon... gezeichnet und gegengezeichnet.

Mrs. Podgorny Ach, Angus! Du weißt doch ganz genau, daß ein Schotte ums Verrecken nicht kapiert, wie man Tennis spielt.

Angus Jou, aber ich muß trotzdem hin, Schatz. Ich will nich' undankbar erscheinen.

Mrs. Podgorny Ach, Angus! Ich laß nicht zu, daß du einen Narren aus dir machst!

Angus Aber ich muß.

Mrs. Podgorny Nein, mußt du nicht...

Großaufnahme von Angus.

Angus Ach, Mary... *(Plötzlich hört man ein eigenartiges Knarren und Schlurfen; Entsetzen tritt in seine Augen.)* Oh, oh, Mary! Vorsicht! Vorsicht!

Detailaufnahme: man sieht Mrs. Podgornys Augen aus dem Kopf treten.

Mrs. Podgorny Aaaahhh! Das Blancmanger!

Das Bild verschwimmt.

Schnitt zum Pult eines Polizeisprechers. Hinter ihm sitzt ein Polizist mit spitzer Mütze und liest »Aufstieg und Fall des Römischen Reiches« von Googie Withers. Er läßt das Buch sinken und redet geschwätzig in die Kamera.

Polizist (GRAHAM) Tja, also an dieser Stelle hätte Mr. Podgorny seiner Frau das Leben retten können. Wäre er zur Polizei gegangen und hätte da gesagt, daß er von außerirdischen Wesen aus der Andromeda-Galaxis heimgesucht wird, dann hätten wir einen Mann losgeschickt, um den Fall zu untersuchen. Statt dessen hat er einen Handel mit einem Blancmanger abgeschlossen, und dieses Blancmanger hat seine Frau gefressen. Daher, wenn *Sie* ausgehen oder in Urlaub fahren, oder wenn Ihnen sonst irgendwas Eigenartiges passiert, was mit anderen Galaxien zu tun hat, dann schauen Sie einfach mal bei Ihrer zuständigen Polizeiwache vorbei, und erzählen Sie dem Beamten, der gerade Wachdienst hat – oder seiner Frau – von Ihrem Verdacht. Dasselbe gilt auch für Hunde. So, tut mir leid, daß ich diese spannende Science-fiction-Geschichte unterbrochen habe... aber andererseits: Verbrechen sind unser Job, nicht wahr? Also, dann schauen Sie jetzt mal weiter die Sendung. Ich bedanke mich bei der BBC, daß sie mir diesen kleinen Plausch mit Ihnen ermöglicht hat. Schönen Abend noch, Gott schütze Sie, und passen Sie auf sich auf.

Er wird von einem Ritter mit einem gerupften Huhn auf den Kopf geschlagen.

Schnitt in ein Büro der Kriminalpolizei: ein Polizist in Zivil und ein schluchzender Podgorny.

Kriminalpolizist (ERIC) *(sanft und verständnisvoll)* Nun setzen Sie sich mal, Mr. Podgorny... Ich... ich... finde, was da passiert ist, ist... fürchterlich... fürchterlich... komisch – *tragisch.* Aber Sie müssen verstehen, daß wir diese Kreatur, die Ihre Frau gefressen hat, einfangen wollen, und wenn Sie uns da ein paar Fragen beantworten könnten, dann werden wir vielleicht das Leben anderer retten können. Ich bin ganz sicher, daß Ihre Frau es auch so gewollt hätte.

Er sitzt auf dem Schreibtisch neben Podgorny. Podgorny macht mit übermenschlicher Anstrengung den Versuch, zu schluchzen aufzuhören.

Angus Ja... ich... werd... mein Bestes tun, Wachtmeister.

Kriminalpolizist *(haut Podgorny)* Kriminalinspektor!

Angus Äh, Kriminalinspektor.

Kriminalpolizist *(steht auf und redet schnell und scharf)* Also gut. Dies sind die Fakten: Sie erhielten von einem Blancmanger vom Planeten Skyron in der Galaxis Andromeda eine Bestellung über 48.000.000 Kilts... Sie hatten Ihrer Frau gerade eine Teilnahmebestätigung für Wimbledon gezeigt, welches Sie ausgefüllt hatten... als Sie sich umdrehten und sahen, wie die Beine Ihrer Frau in einem Blancmanger verschwanden. Ist das richtig?

Angus Ja, Sir.

Kriminalpolizist Sind Sie verrückt?

Angus Nein, Sir.

Kriminalpolizist Na, das erleichtert die Sache. Weil, wenn Sie's wären, dann wäre Ihre Geschichte weniger plausibel. *(Er holt ein Foto hervor.)* Also gut. Erkennen Sie das hier?

Angus *(mit einem Angstquietscher)* O ja, das ist das Ding, das meine Mary gefressen hat!

Kriminalpolizist Prima, sein Name ist Riley... Jack Riley... Er ist ein äußerst seltener Typus eines Kriminellen... ein Blancmanger-Imitator und Kannibale.

Angus Aber was ist mit den 48.000.000 Kilts und der Andromeda-Galaxis?

Kriminalpolizist Ich fürchte, das ist nur eine seiner Erfindungen. Sie können sich sicher vorstellen, daß ein Blancmanger-Imitator und Kannibale sich ganz schön pfiffige Geschichten ausdenken muß, um keinen Verdacht zu erregen.

Angus Dann meinen Sie...

Kriminalpolizist Ja.

Angus Aber...

Kriminalpolizist Wie?

Angus Tja...

Kriminalpolizist Also...

Angus Nicht?

Kriminalpolizist Ich fürchte es.

Angus Warum?

Kriminalpolizist Wer weiß?

Angus Meinen Sie?

Kriminalpolizist Schon möglich.

Angus Aber...

Kriminalpolizist Ich weiß.

Angus Sie war...

Kriminalpolizist Natürlich.

Plötzlich ist ein seltsames Geräusch zu hören. Angus blickt ängstlich. Der Kriminalpolizist kneift seine Augen zusammen und geht zur Tür hinüber.

Kriminalpolizist Himmel, was war das? *(Er öffnet die Tür; Großaufnahme seiner starrenden Augen.)* Ah, Riley! Na, bist du hier, um dich zu stellen, Riley? *(Plötzlich voller Angst)* Hey, Riley? Riley! Riley! Das ist nicht Riley!

Freßgeräusche. Er wird aus dem Bild gezogen. Schnitt auf Angus. Er wendet den Blick ab. Man hört noch den Kriminalpolizisten.

Kriminalpolizist *(im Off)* Es ist ein außerirdisches Wesen! Aaaah!

Dissonanter Akkord: Angus schließt die Augen.

Schnitt zurück ins Labor: sie sitzt einladend auf einem Stuhl. Er marschiert hin und her und blickt angespannt.

Charles Also, jeder in England ist in einen Schotten verwandelt worden. Korrekt?

Sie Ja.

Charles Jetzt: Welches ist die *schlechteste* Tennis-Nation der Welt?

Sie Äh. . . Australien.

Charles Nein. Probier's noch mal.

Sie Australien?

Charles *(gereizt)* Nein. . . Probier's noch mal, aber sag ein anderes Land.

Sie Ach so. Ich dachte, du meinst, ich spreche es nicht richtig aus.

Charles Nein, natürlich hast du es nicht falsch ausgesprochen. Also los jetzt.

Sie Äh, Tschechoslowakei.

Charles Nein! Schottland!

Sie Ach, natürlich.

Charles Also. . . also diese Blancmangers – bis auf das, was Mrs. Podgorny umgebracht hat – sind alle in *welchem* Londoner Vorort aufgetaucht?

Sie Finchley?

Charles Nein. *Wimbledon*. . . Na, erkennst du das Schema jetzt? Mit *welcher* Sportart wird *Wimbledon* üblicherweise in Verbindung gebracht?

Sie denkt ganz heftig nach.

Norman Hackforth (TERRY J.) *(im Off)* Für die Zuschauer zu Hause blenden wir die richtige Antwort auf dem Bildschirm ein. Wer von Ihnen es sich nicht gar so einfach machen möchte, der mache bitte Kopfstand über einem Eimer Wasser voller Piranhas. Hier kommt die Frage noch einmal.

Charles Mit welcher *Sportart* wird *Wimbledon* üblicherweise in Verbindung gebracht?

EINBLENDUNG: »TENNIS«

Sie Kricket.

Charles Nein.

Sie Pelota?

Charles Nein. Wimbledon wird allerüblichsterweise mit *Tennis* in Verbindung gebracht.

Sie Ja, natürlich! Jetzt verstehe ich!

Charles Ja, alles paßt zusammen.

Sie Die Blancmangers sind in Wirklichkeit Australier, die versuchen, die Rechte an den Pelota-Regeln von den tschechischen Verlegern zu kriegen!

Charles *(mühsam beherrscht)* Nein. . . nicht ganz. . . aber, äh, sieh doch mal hier rein.

Er deutet auf das Mikroskop. Während Sie sich eifrig vorbeugt, um hindurchzublicken, ergreift er eine mit Sand gefüllte Socke und schlägt ihr damit kurzerhand und ohne hinzusehen über den Kopf. Sie bricht zusammen und verschwindet unter dem Tisch aus dem Bild. Er denkt laut weiter.

Charles Ja. Diese Blancmangers, diese blancmangerförmigen Kreaturen kommen also vom Planeten Skyron in der Andromeda-Galaxis. Sie bestellen 48.000.000 Kilts bei einem schottischen Herrenschneider. . . verwandeln die englische Bevölkerung in Schotten (die dafür bekannt sind, die schlechteste Tennisnation der Welt zu sein) und machen England damit menschenleer – *während der 14 Tage von Wimbledon!* Leer während Wimbledon. . . Und es kommt hinzu, daß die Zeitungen voll davon sind, daß auf den Tennisplätzen überall im Land Blancmangers auftauchen – und trainieren! Das kann nur eins bedeuten!

Ein Zwischentitel blinkt schnell auf:

Off-Sprecher und ZWISCHENTITEL: »SIE WOLLEN IN WIMBLEDON GEWINNEN«.

Charles Sie wollen in Wimbledon gewinnen!

Kreischender Akkord.

Schnitt zum Sportkommentator in seiner Sprecherbox.

Kommentator (ERIC) Die erste Woche hier in Wimbledon ist bislang eine höchst ungewöhnliche Tennis-Woche gewesen. Die Blancmangers haben hier wirklich abgeräumt und ein Match nach dem anderen gewonnen. Ich gebe Ihnen ein paar Resultate als Kostprobe durch: Billie-Jean King wurde zu null verspeist, Rod Laver gewann seinen ersten Satz und wurde dann am Stück vernichtet, und Pablo Gonzales, der so gut aufschlug, wie ich es bei ihm noch nie erlebt habe, und etliche phantastische Volleys hatte und entscheidende Punkte mit seinen Rückhand-Returns machte, wurde beim Matchball innerhalb von zwei Minuten durchs Netz gezogen und verschluckt. Und somit scheint hier am Finaltag kein Spieler mehr übrig zu sein, der sich den Blancmangers stellen könnte. Und das könnte zugleich ihr

Untergang sein, Dan, denn die Regeln von Wimbledon legen eindeutig fest, daß wenigstens *ein* menschliches Wesen am Finale teilnehmen muß. *(Man sieht ein metergroßes Blancmanger, das von einem Schotten auf einen Tennisplatz bugsiert wird.)* Ja, ich sehe das Blancmanger jetzt den Platz betreten, und *(plötzlich aufgeregt)* neben ihm geht ein Mensch! Es ist Angus Podgorny! Der tapfere kleine schottische Schneider... von dem nun alles abhängt. Damit heißt das erste intergalaktische Wimbledon-Finale: Podgorny gegen Blancmanger!

Schnitt auf den Centre Court von Wimbledon; wenn wir den nicht kriegen, reicht auch Platz Nummer eins. Blancmanger und Podgorny jeder auf seiner Seite vom Netz. Auf dem Schiedsrichterstuhl sitzt auch ein Blancmanger. Das Blancmanger schlägt auf: ein wirklich zischendes As. Podgorny, der vor Angst bibbert, bekommt es gar nicht mit.

Stimme des Kommentators Das Blancmanger hat Aufschlag, und, ja, der hat gepaßt.

Blancmanger-Schiedsrichter Blörb, blörbel, blörb.

Stimme im Off Fünfzehn – Null.

Das Blancmanger schlägt wieder auf, und wieder verpaßt Podgorny mitleiderregend hilflos den Ball. Zeitraffer-Collage von Aufschlägen des Blancmanger und Patzern von Podgorny. Schnitt zur Anzeigentafel:

BLANCMANGER : 40
PODGORNY : 0

Schnitt zurück auf den Platz. Podgorny schlägt auf, und jedesmal schlägt er am Ball vorbei.

Stimme des Kommentators Und Podgorny schafft es nicht, den Ball auch nur zu treffen... doch das ist weiter nicht überraschend, da er den Ball im ganzen Spiel bisher überhaupt noch nicht getroffen hat. Damit hat das Blancmanger jetzt 72 Matchbälle... Podgorny bereitet sich jetzt auf seinen nächsten Aufschlag vor.

Podgorny schlägt vorbei, und wir sehen die Anzeigentafel:

BLANCMANGER : 6 6 30
PODGORNY : 0 0 0

Stimme des Kommentators Das ist wahrhaftig ein schwarzer Tag in der Geschichte der menschlichen Rasse, Dan.

Gerade als Podgorny wieder aufschlagen will, springen Mr. und Mrs. Brainsample auf den Platz. Sie haben Servietten um den Hals gebunden und fuchteln mit Messer und Gabel.

Stimme des Kommentators Aber was ist das? Zwei Zuschauer mit Messern und Gabeln sind auf den Platz gelaufen... Was haben die denn vor?

Schnitt ins Labor.

Charles Sie haben die Absicht, das Blancmanger zu essen.

Das Mädchen rappelt sich dort auf, wo sie über dem Mikroskop zu Boden gegangen war. Er schlägt sie wieder mit der sandgefüllten Socke bewußtlos.

Schnitt zurück nach Wimbledon. Mr. und Mrs. Brainsample jagen das Blancmanger und essen es.

Stimme des Kommentators Und sie essen das Blancmanger... Ja! Das Blancmanger verläßt den Platz... es gibt das Spiel auf! Das ist ja phantastisch!

Schnitt auf Mr. und Mrs. Brainsample, die voller Blancmanger-Stücke sind und sich die Finger lecken.

Amerikanische Stimme Ja, es waren Mr. und Mrs. Samuel Brainsample, die nach ihrem kurzen und verpatzten Auftritt an einer früheren Stelle dieses Films zurückkehrten, um die Erde zu retten... doch *warum*?

Mr. Brainsample (GRAHAM) Ach, wissen Sie, wir lieben Blancmangers. Meine Frau macht sie.

Amerikanische Stimme Sie macht Blancmangers von *der* Größe?

Mr. Brainsample O ja. Schaun Sie, wir stammen vom Planeten Skyron in der Andromeda-Galaxis, und da macht man sie so groß. Wir wollten Ihnen das schon zu Anfang des Films sagen, aber Sie haben einfach von uns weggeschwenkt.

Schnitt zurück zu Podgorny auf dem Platz, der immer noch versucht aufzuschlagen. Schließlich trifft er den Ball und rennt hin und her, um seine eigenen Aufschläge zurückzuspielen. Bald hat er herausgefunden, daß er nur hoch genug spielen muß, um seinen Ball bequem annehmen zu können. Er spielt immer höher – der Ball bleibt ewig in der Luft. Podgorny macht es sich auf einem Stuhl gemütlich, beginnt, Zeitung zu lesen, ab und an pariert er einen Ball.

Amerikanische Stimme So wurde die Welt gerettet! Und Angus Podgorny wurde der erste Schotte, der Wimbledon gewann... fünfzehn Jahre später.

ROLL-TITEL: »›ICH FIND DAS ÜBERHAUPT NICHT MEHR WITZIG.‹ (ABSPANN)«

Acht – Nackte Tatsachen

Wir sehen den »Jetzt«-Mann in einem Liegestuhl in ländlicher Umgebung. Eine heiße junge Braut im Bikini reicht ihm ein Glas Wein, hilft ihm sanft auf und führt ihn in Richtung Kamera. Sehr selbstzufrieden dreinschauend, schlürft der Mann seinen Wein, während die junge Dame ihn liebkost. Dann reicht sie ihm eine runde, rauchende Anarchisten-Bombe (mit der Aufschrift BOMBE*). Um was es sich handelt, erkennt er erst, als er sagt:*

Mann (MICHAEL) Und jetzt...

Off-Sprecher (JOHN) Monty Python's Flying Circus.

Trickfilm-Vorspann.

EINGEBLENDETER TITEL: »FOLGE 12 B. NACKTE TATSACHEN«

Schnitt zu »Stimmen des Volkes«.

Schreckschraube (MICHAEL) Ich als Volksbefragung muß sagen, ich hab genug von der freizügigen Gesellschaft.

Mann im schmutzigen Regenmantel (TERRY J.) Ich hab nicht genug von der freizügigen Gesellschaft.

TITEL: »DIE ROLLE DES DAVID HEMMINGS WIRD IN DIESER AUFFÜHRUNG VON EINEM STÜCK HOLZ GESPIELT«

Schnitt zu Polizist.

Polizist (GRAHAM) Ich würd nicht in einer Nacktszene mitspielen, außer es wäre wertvoll.

Militär-Archivfilm. Panzer fahren, Truppen marschieren etc. Aufwühlende Militärmusik.

Off-Sprecher (JOHN) 1943 gelangten britische Offiziere weit hinter die feindlichen Linien und führten eines der gefährlichsten und heldenhaftesten Stoßtruppunternehmen in der Geschichte der Kriegsführung durch. Aber sei's drum. Und nun...

EINGEBLENDETER ZWISCHENTITEL: »UND NUN... DAS UNBESETZTE BRITANNIEN 1970«

Schnitt zum Büro des Oberst. Der Oberst sitzt am Schreibtisch.

Oberst (GRAHAM) Herein, was gibt's?

Soldat Watkins kommt herein, grüßt vorschriftsmäßig.

Watkins (ERIC) Ich möchte aus der Armee austreten, bitte, Sir.

Oberst Großer Gott, Mann, warum?

Watkins Sie ist gefährlich.

Oberst Wie bitte?

Watkins Es gibt da Leute mit Gewehren, Sir.

Oberst Wie bitte?

Watkins Echte Gewehre, Sir. Keine Plastikdinger, Sir. Richtige, Sir. Alle haben sie, alle, Sir. Und ein paar von denen haben Panzer.

Oberst Watkins, die sind auf *unserer* Seite.

Watkins Und Granaten, Sir. Und Maschinengewehre, Sir. Und deshalb würd ich gern gehen, Sir, bevor ich umgebracht werde.

Oberst Watkins, Sie sind erst einen Tag in der Armee.

Watkins Ich weiß, Sir, aber man wird umgebracht, ganz echt, Sir, Hand aufs Herz und nicht gelogen, Sir. Ein Kumpel hat mir gesagt, wenn man in der Armee ist, gibt es bestimmt Krieg, und man muß hin.

Oberst Allerdings.

Watkins Na ja, verdammt, ich mein, wenn es ein großer Krieg ist, könnt sich jemand verletzen.

Oberst Watkins, warum sind Sie zur Armee gegangen?

Watkins Wegen dem Wasserski, und wegen dem Reisen, Sir. Und nicht wegen dem Umbringen, Sir. Ich hab gebeten, daß man das in meine Unterlagen aufnimmt: Kein Umbringen!

Oberst Watkins, sind Sie Pazifist?

Watkins Nein, Sir, ich bin kein Pazifist, Sir. Ich bin ein Feigling.

Oberst Das ist ein sehr alberner Text. Setzen Sie sich.

Watkins Ja, Sir. Albern, Sir. *(Setzt sich in die Ecke.)*

Oberst Furchtbar schlecht.

Es klopft an der Tür, ein Feldwebel kommt rein, grüßt.

Feldwebel (JOHN) Zwei Zivilisten wollen Sie sprechen. . . Sir!

Oberst Führen Sie sie rein.

Feldwebel Mr. Dino Vercotti und Mr. Luigi Vercotti.

Die Brüder Vercotti treten ein. Sie tragen Mafia-Kleidung und Sonnenbrillen.

Dino (TERRY J.) Guten Morgen, Oberst.

Oberst Guten Morgen, meine Herren. Was kann ich für Sie tun?

Luigi (MICHAEL) *(schaut sich mit kurzem Blick im Büro um)* Sie. . . Sie haben da 'nen hübschen militärischen Stützpunkt, Oberst.

Oberst Ja.

Luigi Wir möchten nicht, daß ihm was zustößt.

Oberst Wie bitte?

Dino Nein, was mein Bruder sagen will, ist, daß es ein Jammer wäre, wenn. . . *(Er stößt was vom Kaminsims runter.)*

Oberst Oh.

Dino Oh, entschuldigen Sie, Oberst.

Oberst Ach, macht nichts. Aber setzen Sie sich doch.

Luigi Nein, wir stehen lieber, vielen Dank, Oberst.

Oberst Okay, okay. Aber was wollen Sie?

Dino Was wir wollen, ha, ha, ha.

Luigi Ha, ha, ha, sehr gut, Oberst.

Dino Der Herr Oberst macht Witze, Luigi.

Luigi Erklär's dem Oberst, Dino.

Dino Wie viele Panzer haben Sie, Oberst?

Oberst Ungefähr fünfhundert alles in allem.

Luigi Fünfhundert! Hey!

Dino Sie sollten vorsichtig sein, Oberst.

Oberst Wir sind vorsichtig, äußerst vorsichtig.

Dino Weil, Sachen geh'n kaputt, nich' wahr?

Oberst Gehen kaputt?

Luigi Na, alles geht mal kaputt, nich' wahr, Oberst. *(Macht was auf dem Schreibtisch kaputt.)*

Oberst Du liebe Güte.

Dino Ach, sehen Sie nur, wie ungeschickt mein Bruder ist, Oberst, aber wenn ihn was traurig macht, fängt er an, Sachen kaputtzumachen, Oberst, von wegen, wenn er findet, die Armee ist nicht nett zu ihm...

Oberst Was soll das?

Luigi Wie viele Männer haben Sie hier, Oberst?

Oberst Oh, äh... siebentausend Infanterie, sechshundert Artillerie und, ähm, zwei Divisionen Fallschirmjäger...

Luigi Fallschirmjäger, Dino.

Dino Ein Jammer, wenn irgendwer *die* in Brand setzen täte.

Oberst In Brand setzen?

Luigi Brände, die gibt's immer wieder, Oberst.

Dino Sachen brennen.

Oberst Hören Sie, was soll das?

Dino Mein Bruder und ich haben da einen kleinen Vorschlag, Oberst.

Luigi Tät Ihnen 'ne Menge Ärger ersparen, Oberst.

Dino Ich mein, es geht Ihnen doch bestens hier, Oberst, oder?

Luigi Jetzt stellen Sie sich mal vor, ein paar von Ihren Panzern geh'n kaputt und ein Trupp Soldaten würde auf mal verschwinden, öh, Kämpfe gehen los, gerade während der Generalinspektion, oder so was.

Dino Wär gar nicht gut für's Geschäft, nich' wahr, Oberst?

Oberst Drohen Sie mir etwa?

Dino Aber nicht doch.

Luigi Wie kommen Sie denn darauf, Oberst?

Dino Der Oberst mag uns wohl nicht besonders, Luigi.

Luigi Wir sind Ihre Kumpels, Oberst.

Dino Wir wollen auf Sie aufpassen.

Oberst Auf mich aufpassen?

Luigi Fünfzehn Mäuse die Woche und wir garantieren, nicht eine einzige Panzerdivision geht flöten.

Oberst Nein, nein, nein.

Luigi Zwölf fünfzig.

Oberst Nein, nein, nein.

Luigi *Acht* fünfzig! Fünf Schilling!

Oberst Nein, nein, das ist albern.

Dino Was ist albern?

Oberst Das ganze Konzept ist albern, und es ist sehr schlecht geschrieben. Ich bin hier der Vorgesetzte, und ich hab noch nicht eine komische Zeile gehabt. Und deswegen beende ich das hier.

Dino Das können Sie nicht tun!

Oberst Ich hab's schon getan. Der Sketch ist zu Ende.

Watkins Ich möcht bitte aus der Armee austreten, Sir, sie ist gefährlich.

Oberst Hören Sie, Ihren Sketch hab ich vor fünf Minuten beendet. Also raus aus dem Bild. Regie! Nahaufnahme. Zoom auf mich. *(Kamera fährt ran.)* Schon besser.

Dino *(im Off)* Bloß weil Ihnen keine Pointe eingefallen ist.

Oberst Gar nicht wahr, gar nicht wahr. Es ist Zeit für den Trickfilm. Film ab, zehn, neun, acht. . .

Dino *(im Off)* Das wird das Publikum nicht verstehen, oder?

Oberst *(im Off)* Halt's Maul, Spaghettifresser!

Trickfilm-Kuddelmuddel betitelt »Nackte Tatsachen«: geschrieben, gemacht und zur Welt gebracht auf der Ladefläche eines Lastwagens von einem verstörten Amerikaner.

Schnitt zu zwei Nackten.

Mann (GRAHAM) In einer Nacktszene – niemals. Was denkst du, Barbara?

Barbara (TERRY J.) Oh, nei-nei-nen. . . außer wenn es künstlerisch wertvoll wäre, natürlich.

Schnitt zum Börsenmakler

Börsenmakler (MICHAEL) Vollkommen nackt? Ja, ich würd's tun, in harten Zeiten. Und wenn in harter Währung bezahlt wird. Und wenn es eine Nebenrolle wäre.

Schnitt zum Kunstkritiker.
ZWISCHENTITEL: »EIN KUNSTKRITIKER«
Er sieht die Kamera und zuckt ertappt zusammen.

Kunstkritiker (MICHAEL) Guten Abend. Ich möchte heute abend zu Ihnen sprechen über die Bedeutung der Nackten in meinem Bett. . . ähm. . . in meiner Bettgeschichte. . . Kunstgeschichte, *Kunst*. . . entschuldigen Sie. Die Bedeutung der Nackten in der Brunstgeschichte. . . Kunstgewerbe. . . Ich bitte um Entschuldigung. Ich fang noch mal an. . . Gunstgewerbe. . . ach, wie unangenehm. Die Bedeutung des Nackts in der Kunst. *(Eine verführerisch gekleidete Frau tritt aufreizend ins Bild.)* Oh, grüß Sie Hochwürden, ähm, ehrwürdiger Vater, lieber Beichtvater, Hohes Gericht, graue Eminenz. . .

Frau (KATYA) *(kokett)* Was nennst du mich graue Emmi, ich bin's doch: deine Elsie.

Kunstkritiker Was ist das für ein grauenhafter Kalauer!

Frau *(weinend)* Aber das ist mein einziger Text!

Schnitt zu einer idyllischen Landschaft. Vögel singen etc. Die Kamera macht einen poetischen Schwenk über die Wiesen und Felder.

Off-Sprecher (MICHAEL) und EINGEBLENDETER ZWISCHENTITEL: »LASSEN WIR NUN DEN KUNSTKRITIKER IN RUHE SEINE FRAU WÜRGEN UND MACHEN UNS AUF ZU NEUEN UFERN«

Es folgen etwa zehn Sekunden stimmungsvolle Bilder, bis die Kamera plötzlich auf den Kunstkritiker stößt, der (im mittleren Vordergrund) seine Frau würgt. Als er die Kamera sieht, räuspert er sich nervös und möchte den Eindruck vermitteln, daß er niemanden würgt. Die Kamera hält aber nicht inne; sie schwenkt weiter, und wir sehen noch, wie der Kunstkritiker sich wieder seiner Frau widmet.

Der Schwenk geht weiter und erreicht einen Bräutigam, der seine Braut durch die Wiesen trägt, bis er schließlich atemlos und keuchend in einer belebten Straße ankommt; er trägt sie durch den Verkehr in ein großes Kaufhaus. Endlich: Schnitt in die Möbelabteilung des Kaufhauses. Bräutigam und Braut kommen herein, er setzt sie ab und wendet sich an einen der Verkäufer.

Bräutigam (TERRY J.) Wir hätten bitte gern ein Bett.

Lambert (GRAHAM) Ja, selbstverständlich, ich, ich hol Ihnen eine Bedienung. *(Ruft nach hinten)* Mr. Verity!

Verity (ERIC) Kann ich Ihnen helfen, Sir?

Bräutigam Äh, ja. Wir hätten gern ein Bett... ein Doppelbett... Preis so um die fünfzig Pfund.

Verity O nein, ich fürchte, da muß ich Sie enttäuschen, Sir. Unser günstigstes Bett kommt achthundert Pfund, Sir.

Bräutigam Achthundert Pfund!

Lambert Oh, äh, vielleicht hätte ich vorher erklären sollen: Mr. Verity neigt dazu zu übertreiben, das heißt, jeder Betrag, den er Ihnen nennt, ist zehnmal zu hoch. Aber ansonsten ist er vollkommen in Ordnung, vollkommen, ha, ha, ha.

Bräutigam Aha, ich verstehe, ich verstehe. *(Zu Verity)* Das heißt, Ihr günstigstes Bett kommt achtzig Pfund?

Verity Achthundert Pfund, genau, Sir.

Bräutigam Und wie breit ist es?

Verity Äh, die Breite, ähm... achtzehn Meter breit.

Bräutigam Oh... *(lacht höflich, raunt seiner Frau zu)* eins achtzig breit. Äh, und die Länge?

Verity Die Länge beträgt... äh... *(ruft beiseite)* Lambert! Wie lang war noch mal das Comfydown Majorette?

Lambert Äh, sechzig Zentimeter lang.

Bräutigam Sechzig Zentimeter lang?

Verity Ach ja, Sie dürfen natürlich, äh, nicht vergessen, alles, was Mr. Lambert sagt, mit drei zu multiplizieren. Tja, er kann nichts dafür, Sie verstehen. Davon abgesehen ist er völlig in Ordnung.

Bräutigam Ich verstehe, tut mir leid.

Verity Das heißt also, daß, wenn er sagt, ein Bett ist sechzig Zentimeter breit, es in Wirklichkeit achtzehn Meter breit ist.

Bräutigam Ah ja, ich verstehe...

Verity Und das ist noch ohne Matratze gerechnet.

Bräutigam Oh, wieviel macht das dann?

Verity Äh, Lambert wird Ihnen da weiterhelfen können. *(Ruft)* Lambert! Sind Sie bitte so nett und zeigen diesen zwanzig Herrschaften die, äh, Hundehütte?

Lambert Hm? Selbstverständlich.

Bräutigam Hundehütte? Nein, nein, nein, Matratzen, Matratzen.

Verity O nein, nein, Sie müssen Hundehütte zu Mr. Lambert sagen, weil, wenn Sie Matratzen sagen, stülpt er sich eine Tüte über den Kopf. Ich hätte es Ihnen vorher erklären sollen. Aber davon abgesehen ist er in Ordnung.

Bräutigam und Braut gehen zu Lambert.

Bräutigam Äh, ähm, äh, wir hätten gern die ... Hundehütten gesehen, bitte.

Lambert Hundehütten?

Bräutigam Ja, wir möchten die Hundehütten sehen.

Lambert Aha, ja, in der Haustierabteilung, bitte, zweiter Stock.

Bräutigam O nein, nein, wir möchten die *Hundehütten* sehen.

Lambert Ja, Haustierabteilung, zweiter Stock.

Bräutigam Nein, nein, nein, wir wollen nicht wirklich Hundehütten sehen, vielmehr Ihr Kollege sagte uns, wir sollten. . .

Lambert Du liebe Güte, was hat er Ihnen da bloß erzählt?

Bräutigam Na ja, er sagte, wir sollen Hundehütte sagen, statt Matratze.

Lambert stülpt sich Tüte über Kopf.

Bräutigam *(schaut herum)* Mein Gott. Hallo?

Verity Haben Sie Matratze gesagt?

Bräutigam Tja, ganz kurz, ja.

Verity Ich hab Sie doch gebeten, nicht Matratze zu sagen. Jetzt muß ich mich in die Tee-Kiste stellen. *(Stellt sich in Kiste und singt »Jerusalem«)* »And did those feet in ancient times, walk upon England's mountains green. . .«

Der Manager kommt hinzu.

Manager (JOHN) Hat irgendwer Matratze zu Mr. Lambert gesagt?

Manager und Verity singen. Lambert nimmt die Tüte vom Kopf. Manager ab, nicht ohne mit dem Zeigefinger noch Braut und Bräutigam ermahnt zu haben.

Verity *(steigt aus der Kiste)* Er dürfte jetzt wieder in Ordnung sein, aber sagen Sie nicht, bitte nicht. . . Auf keinen Fall. *(Ab.)*

Bräutigam Oh, nein, nein, äh, wir wollten bitte die Hundehütten sehen.

Lambert Ja, zweiter Stock.

Bräutigam Nein, nein, schauen Sie hier *(zeigt drauf)*, Hundehütten, verstehen Sie?

Lambert Matratzen?

Bräutigam *(macht einen Satz)*. . . Ja!

Lambert Tja, wenn Sie Matratzen gemeint haben, warum haben Sie dann nicht Matratzen gesagt. Ich mein, es ist schon ziemlich verwirrend, wenn Sie kommen und Hundehütten sagen, wenn Sie Matratzen meinen. Warum sagen Sie nicht einfach Matratzen?

Bräutigam Na ja, immerhin haben Sie sich eine Tüte übergestülpt, als ich das letzte Mal Matratzen gesagt hab.

Wieder die Tüte. Bräutigam schaut schuldbewußt herum. Verity kommt, seufzt mächtig, hüpft in die Kiste. Manager kommt und gesellt sich ihm bei, sie singen »And did those feet. . .«. Weitere Mitarbeiter kommen hinzu.

Mitarbeiter (MICHAEL) Hat irgendwer Matratze zu Mr. Lambert gesagt?

Verity Zweimal.

Mitarbeiter Hey, alle mal herhören, jemand hat Matratze zu Mr. Lambert gesagt! Zweimal!!

Mitarbeiter, Bräutigam und Braut beteiligen sich an der gesanglichen Therapie.

Mitarbeiter Es funktioniert nicht. Wir brauchen Verstärkung.

Schnitt zu einer Menge auf dem Petersplatz, die »Jerusalem« singt. Schnitt ins Kaufhaus. Lambert nimmt die Tasche vom Kopf und sieht Braut und Bräutigam an.

Lambert Nun, ähm, kann ich Ihnen helfen?

Braut (CAROL) Wir hätten gern eine Matratze.

Unverzüglich stülpt Lambert die Tüte über den Kopf.

Alle O warum nur haben Sie das gesagt? Warum haben Sie das gesagt?

Braut *(unter Tränen)* Das ist mein einziger Text!

Alle Sie hätten ihn doch nicht zu sagen brauchen.

Alle hüpfen davon. Sie jault.

Schnitt zu »Stimmen des Volkes«.

Afrikaner (TERRY J.) In einer Nacktszene? Nicht in diesem Teil von Esher.

Buchprüfer Ich würd nur in einer Szene mitwirken, in der es um nackte Tatsachen ginge.

Schnitt zum Oberst.

Oberst Also mir fällt auf, daß diese Sendung die Tendenz hat, ziemlich albern zu werden. Also ich tu wirklich mein Bestes, damit Sachen reibungslos über die Bühne gehen, aber ich seh nicht tatenlos zu, wie alles immer alberner wird. Diese zwei letzten Sketche mit mir sind wirklich sehr albern geworden, und der letzte hier mit dem Bett war sogar noch alberner. Also

Eins der ersten Gruppenfotos (v.l.n.r.): John Cleese, Graham Chapman, Terry Jones, Eric Idle; vorn: Michael Palin; nicht auf dem Bild: Terry Gilliam.

Der Kellner (Terry Jones), der Oberkellner (Michael Palin), …

… der Geschäftsführer (Eric Idle) und – die Gabel (»Restaurant-Sketch«, Folge drei).

»Knuff, knuff. Klick, klick. Grins, grins, winke, winke, ich weiß Bescheid...« (Terry Jones, li., und Eric Idle in Folge vier).

Mr. Praline (John Cleese mit Tierhandlungsbesitzer Michael Palin) in »Der tote Papagei« (Folge acht).

Eine neue Form der Gewalt: Oma-Banden machen Bolton unsicher (Folge acht).

»Dieser Sketch ist albern geworden!« Graham Chapman als der Oberst.

John Cleese als »Hell's Granny« im Oma-Banden-Film.

Ein Mann mit einem Tonbandgerät in der Nase (Michael Palin in Folge neun).

Ich bin ein Holzfäller und fühl mich stark,
Ich schlaf des Nachts und hack am Tag.

Mounties-Chor:
Er ist ein Holzfäller und fühlt sich stark,
Er schläft des Nachts und hackt am Tag.

Ich fälle Bäume, ich eß mein Brot,
Ich geh auf das WC.
Am Mittwoch geh ich shopping,
Kau Kekse zum Kaffee.

Ich fälle Bäume, ich hüpf und spring,
Steck Blumen in die Vas'.
Ich schlüpf in Frauenkleider
Und lümmel mich in Bars.

Ich fälle Bäume, trag Stöckelschuh'
Und Strümpf und Büstenhalter.
Wär gern ein kleines Mädchen
So wie mein Onkel Walter.

Mounties-Chor:
Er fällt die Bäume, trägt Stöckelschuh'
Und Strümpf'...? Und Büstenhalter...?
(Tumult)

Micheal Palin mit Connie Booth in Folge neun.)

An der frischen Luft ... mit einem Gewehr losziehen, ...

... das war das Leben (»Jagdfilm«, Folge neun).

niemand liebt einen kleinen Scherz mehr als ich. . . außer vielleicht meine Frau, und einige ihrer Freundinnen. . . Ach ja, und Captain Johnston. So gesehen: Die allermeisten lieben einen kleinen Scherz mehr als ich. Aber das tut nichts zur Sache. Also jetzt wollen wir doch mal einen guten, sauberen, gesunden Sketch im Freien sehen. Tief Luft geholt. Zehn, neun, acht und so weiter.

Schnitt zu den zwei Einsiedlern am Berghang.

Oberst *(im Off)* Ah ja, das ist besser. Also, wollen wir hoffen, daß das nicht albern wird.

Erster Einsiedler (MICHAEL) Hallo, sind Sie zufällig Einsiedler?

Zweiter Einsiedler (ERIC) Ja, allerdings. Sie auch?

Erster Einsiedler Aber genau.

Zweiter Einsiedler Ist nicht möglich. Wieso sind *Sie* ausgestiegen?

Erster Einsiedler Ach wissen Sie, das übliche – die Leute, das Gerede, der Klatsch, Sie verstehen mich.

Zweiter Einsiedler Voll und ganz – ging mir auch so. Ich mein, irgendwann kommt die Zeit, wo man erkennt, daß man sein Leben nicht so verplempern will mit Müßiggang und banalem Geschwätz. Wo ist Ihre Höhle?

Erster Einsiedler Ach, den Ziegenpfad rauf, die erste links.

Zweiter Einsiedler Oh, die sind sehr hübsch dort oben, nicht wahr?

Erster Einsiedler Sehr. Meine ist ein Schmuckstück.

Zweiter Einsiedler Ein bißchen zugig sind sie vielleicht, finden Sie nicht?

Erster Einsiedler Aber nein, wir haben unsere voll-isoliert.

Zweiter Einsiedler Ach was.

Erster Einsiedler Ja, wir haben Vogelnester verwendet, und Moos und Eichenlaub rundrum.

Zweiter Einsiedler Oh, das klingt wunderbar.

Erster Einsiedler Ach, es ist eine Wohltat, das kann ich Ihnen sagen, weil: diese Steinhöhlen können sonst wirklich lausig sein.

Zweiter Einsiedler O ja, da haben Sie recht, da haben Sie verdammt recht.

Erster Einsiedler Ja, ja.

Dritter Einsiedler geht vorbei.

Dritter Einsiedler (GRAHAM) Morgen, Frank.

Zweiter Einsiedler Morgen, Norman. Apropos Moos, äh, kennen Sie Mr. Robinson?

Erster Einsiedler Mit dem, äh, grünen Lendenschurz?

Zweiter Einsiedler Nein, nein, das ist Mr. Seagrave. Mr. Robinson ist der Einsiedler, der bei Mr. Seagrave zur Untermiete wohnt.

Erster Einsiedler Ach ja, genau.

Zweiter Einsiedler Na, er empfahl mir Flechtwerk.

Erster Einsiedler Ehrlich?

Zweiter Einsiedler Ja. Er schwört drauf. Tja.

Vierter Einsiedler geht vorbei.

Vierter Einsiedler (JOHN) Morgen, Frank.

Zweiter Einsiedler Morgen, Lionel. Na ja, er sagt, Moos neigt dazu, bei kaltem Wetter von den Wänden runterzufallen. Man stelle sich vor, eine Schlechtwetterperiode, die Hälfte von Ihrem Moos fällt runter, und Sie sitzen im Kalten.

Erster Einsiedler Tja, Mr. Robinsons Höhle war nie wirklich Nirwana, nicht?

Zweiter Einsiedler Eben, genau das wollte ich sagen. Na, wie auch immer, Mr. Rogers, das ist der, äh, Einsiedler. . .

Erster Einsiedler . . .ganz hinten.

Zweiter Einsiedler . . .ganz oben auf dem Hügel, genau. Er hat es mit Flechten probiert. Er hat Ausschlag bekommen.

Erster Einsiedler Was Sie nicht sagen!

Zweiter Einsiedler Ja, und nun steh ich da mit einer halb verflochtenen Wand. Ich frage Sie, was soll ich jetzt machen?

Erster Einsiedler Na, warum versuchen Sie es nicht mit Vogelnestern wie ich? Oder vielleicht noch besser mit Farn.

Fünfter Einsiedler (TERRY J.) *(ruft aus einiger Entfernung)* Frank!

Zweiter Einsiedler Ja, Han.

Fünfter Einsiedler Kann ich mir deine Ziege ausborgen?

Zweiter Einsiedler Äh, gut, in Ordnung. Ach, laß mir doch ein Glas fürs Frühstück da, ja? . . .*(Zum ersten Eremiten)* Sehen Sie, da ist doch das Problem, wenn man so auf halber Höhe am Berg wohnt – man fühlt sich so abgeschnitten. Nicht wahr, ich brauche jeden Morgen zwei Stunden, um raus zu kommen ins Moor, Beerensammeln, mich kasteien, und zwei Stunden am Abend für den Rückweg.

Erster Einsiedler Trotzdem, es hat was, das Einsiedler-Leben. Man trifft Leute.

Zweiter Einsiedler O ja. Ich würd nicht zurückgehen in die Werbung.

Erster Einsiedler Eben. Also, tschüß erstmal, ich muß mich sputen.

Oberst *(kommt hinzu)* So, ihr zwei Einsiedler da, Schluß mit dem Sketch. Ich finde ihn albern.

Zweiter Einsiedler Wie bitte?

Oberst Er ist albern.

Zweiter Einsiedler Was soll das heißen, Schluß mit dem Sketch – er ist auf dem Film!

Oberst Für den Zuschauer zu Hause macht das kaum einen Unterschied, oder? Also los, hinaus. Raus. Los raus, ihr alle zusammen. Haut ab, los, alle Mann. Los, Marsch, Marsch. Los, raus. Vorwärts, raus, Bewegung, Bewegung.

Er scheucht die Einsiedler und die Film-Crew den Berghang hinunter.

TRICKFILM *mit einer tanzenden Venus von Botticelli, die überleitet zur Tierhandlung: Mr. Praline betritt den Laden, in der Hand einen Vogelkäfig mit einem toten Papagei. Er geht zum Tresen, wo der Ladenbesitzer versucht, sich unter der Registrierkasse zu verstecken.*

Praline (JOHN) Hallo, ich möchte bitte eine Beschwerde vorbringen. . . . Hallo? Miss?

Ladenbesitzer (MICHAEL) Was meinen Sie mit Miss?

Praline Oh, Entschuldigung, ich bin erkältet. Ich möchte eine Beschwerde vorbringen.

Ladenbesitzer Tut mir leid, wir schließen über Mittag.

Praline Das vergessen wir mal ganz schnell, junger Freund, ich möchte mich beschweren wegen dieses Papageien, den ich vor keiner halben Stunde in diesem ganz hervorragenden Fachgeschäft erworben habe.

Ladenbesitzer Ach ja, der Norwegische Jako. Was stimmt denn nicht mit ihm?

Praline Ich sag Ihnen, was nicht mit ihm stimmt. Er ist tot, das stimmt nicht mit ihm.

Ladenbesitzer Nein, nein, er ruht, sehen Sie!

Praline Hören Sie, mein Freund, ich erkenne einen toten Papagei, wenn ich einen toten Papagei sehe – und in eben diesem Moment sehe ich einen.

Ladenbesitzer Nein, nein, Sir, er ist nicht tot, er ruht sich aus.

Praline Er ruht sich aus?

Ladenbesitzer Jaaa, außergewöhnliches Tierchen, der Norwegische Jako, hübsches Gefieder, nich'?

Praline Um das Gefieder geht's nicht – er ist mausetot.

Ladenbesitzer Nö, nö – er ruht bloß.

Praline Also gut, wenn er bloß ruht, weck ich ihn eben auf. *(Brüllt in den Käfig)* Hallo, Polly! Ich hab hier einen feinen Tintenfisch für dich, wenn du aufwachst, Pollylein!

Ladenbesitzer *(stupst den Käfig)* Da, er hat sich bewegt.

Praline Hat er nicht! Das waren Sie, Sie haben gegen den Käfig gestoßen.

Ladenbesitzer Hab ich nicht.

Praline Haben Sie wohl. *(Nimmt den Papagei aus dem Käfig, ruft)* Hallo, Polly, Polly *(knallt ihn auf den Tresen)*, Pollylein! Aufwachen, Polly. *(Wirft ihn in die Luft und läßt ihn auf den Boden fallen.)* . . . Also das nenn ich einen toten Papagei.

Ladenbesitzer Nein, nein, er ist bewußtlos.

Praline Hör mal, Freundchen, mir reicht's jetzt langsam. Dieser Papagei weilt definitiv nicht mehr unter den Lebenden. Und als ich ihn vor knapp einer halben Stunde gekauft habe, haben Sie mir versichert, seine Bewegungslosigkeit wäre darauf zurückzuführen, daß er vom vielen Plappern bloß noch ganz schlapp sei.

Ladenbesitzer Er hat wahrscheinlich Sehnsucht nach den Fjorden.

Praline Sehnsucht nach den Fjorden, was für ein Unsinn ist jetzt das? Was glauben Sie, warum hat er sich platt auf den Rücken gelegt, als ich nach Hause kam?

Ladenbesitzer Er ratzt am liebsten auf dem Rücken, der Norwegische Jako. Hübscher Vogel, wunderbares Gefieder.

Praline Hören Sie, ich habe mir erlaubt, diesen Papagei zu untersuchen, und ich habe herausgefunden, daß er vorher nur deshalb auf der Stange gesessen hat, weil er dort festgenagelt war.

Ladenbesitzer Aber selbstverständlich war er dort festgenagelt. Sonst würd er mit diesen Gitterstäben kurzen Prozeß machen, und – *husch!*

Praline Ich sag Ihnen was, Kamerad *(nimmt den Papagei)*, dieser Papagei würde nicht huschen, und wenn ich viertausend Volt durch ihn durchjagen würde. Er ist gottverdammtnochmal von uns gegangen.

Ladenbesitzer Ist er nicht, er hat Sehnsucht.

Praline Er hat keine Sehnsucht, er hat das Zeitliche gesegnet.

Dieser Papagei ist nicht mehr. Er hat aufgehört zu sein. Er ist abberufen worden und eingegangen zum Herrn. Das ist die seelenlose Hülle eines Papageien. Der Lebensodem ist aus ihm gewichen, er ruhet im ewigen Frieden. Wenn Sie ihn nicht festgenagelt hätten, würd er längst die Radieschen von unten besehen. Er hat den Schirm zugemacht und zwitschert jetzt Halleluja auf seiner himmlischen Wolke. Dies ist ein Ex-Papagei.

Ladenbesitzer Tja, dann tausch ich ihn wohl besser um. *(Ab.)*

Praline *(zur Kamera)* Wenn Sie in diesem Land irgendwas geregelt kriegen wollen, können Sie sich den Mund fusselig reden.

Ladenbesitzer *(kommt)* Tut mir leid, Papageien sind grad aus.

Praline Aha, aha. Ich verstehe.

Ladenbesitzer Ich hätte da eine Nacktschnecke.

Praline Spricht die?

Ladenbesitzer Nicht richtig, nö.

Praline Na, dann kann von Umtausch kaum eine Rede sein, oder?

Ladenbesitzer Also gut, ich schlag Ihnen was vor *(Gibt ihm eine Karte.)*, ich schlag Ihnen was vor. Gehen Sie zu der Tierhandlung von meinem Bruder in Bolton, der tauscht Ihnen Ihren Papagei um.

Praline Bolton, mh?!

Ladenbesitzer Jupp.

Praline In Ordnung.

Er geht, den Papagei in der Hand.

ZWISCHENTITEL: »EINE ÄHNLICHE TIERHANDLUNG IN BOLTON, LANCS«

Großaufnahme von dem Schild an der Tür mit der Aufschrift: »Ähnliche Tierhandlungen GmbH«. Die Kamera fährt zurück: man sieht dieselbe Tierhandlung. Der Ladenbesitzer trägt jetzt einen Schnauz. Praline betritt den Laden. Er schaut sich interessiert um; er bemerkt den leeren Papagei-Käfig, der noch immer auf dem Boden steht.

Praline Ähm, entschuldigen Sie. Das ist doch Bolton hier, oder?

Ladenbesitzer Nein, nein, das ist hier, ähm, Ipswich.

Praline *(zur Kamera)* Von wegen: »Bequem und sicher mit dem Inter-City«. . . ! *(Ab.)*

Mann in Gepäckträgeruniform steht hinter einem Schalter für Reklamationen die Eisenbahn betreffend. Praline nähert sich ihm.

Praline Ich möchte mich beschweren.

Gepäckträger (TERRY J.) Ich muß das hier nicht machen, wissen Sie.

Praline Verzeihung?

Gepäckträger Ich bin ausgebildeter Hirnchirurg. Ich mach dies nur, weil ich mein eigener Herr sein will.

Praline Äh, pardon, aber das gehört doch wohl nicht hierher, oder?

Gepäckträger Tja, Mann, es ist nicht einfach, das hier auf dreißig Minuten zu strecken.

Praline Nun, ich möchte mich beschweren, bitte. Ich bin in den Zug nach Bolton eingestiegen und stelle fest, daß es mich hier nach Ipswich verschlagen hat.

Gepäckträger Nein, hier ist Bolton.

Praline *(zur Kamera)* Der Tierhandlungsbesitzerbruder hat gelogen.

Gepäckträger Tja, da kann die Britische Bahn nichts dafür.

Praline Wenn das hier Bolton ist, muß ich zurück zu dieser Tierhandlung.

ZWISCHENTITEL: »KURZ DARAUF GMBH«

Praline betritt erneut den Laden.

Praline Man hat mir gesagt, daß das hier sehr wohl Bolton ist.

Ladenbesitzer Richtig.

Praline Na, und Sie sagten mir, hier sei Ipswich.

Ladenbesitzer Das war ein Kalauer.

Praline Ein Kalauer?

Ladenbesitzer Nein, nein, kein Kalauer, nein. Wie heißt dies andere Dings, was man vorwärts und rückwärts lesen kann?

Praline Ein Palindrom?

Ladenbesitzer Genau, ja.

Praline Es ist kein Palindrom. Das Palindrom von Bolton ergäbe Notlob. Es funktioniert nicht.

Ladenbesitzer Hören Sie, was wollen Sie?

Praline Nein, ich bitte um Vergebung, aber ich bin nicht bereit, diesen Beschwerde-Text auch nur eine Zeile weiterzusprechen, ich finde, das hier wird wirklich zu albern.

Oberst *(kommt herein)* Ganz Ihrer Meinung, ganz Ihrer Meinung. Albern, albern . . . albern. Nur weiter so, nur weiter so.

Schnitt zum Ansager; er löffelt einen Joghurt.

Ansager (ERIC) *(sieht die Kamera)* Oh. . . äh. . . oh. . . mh! Oh! Äh. . . *(Wühlt in seinen Papieren.)* Entschuldigen Sie. . . und jetzt: Nackte Tatsachen.

Schnitt: Kamerafahrt, evtl. mit Handkamera, die Straße hinunter, schritthaltend mit einem extrem schäbig aussehenden Mann in langem Mantel (Terry G.). Man sieht seinen Rücken. Er kommt an zwei Schreckschrauben und an einer jungen Frau vorbei. Bei jeder öffnet er im Vorbeigehen weit seinen Mantel. Sie reagieren äußerst geschockt. Nachdem er es dreimal getan hat, dreht er sich zur Kamera und öffnet weit seinen Mantel. Er hat ein großes Schild um den Hals hängen, drauf steht: »Buh«.

Schnitt zum Ansager, der Joghurt ißt. Der Oberst kommt herein und stößt ihn an.

Ansager Oh, oh, Entschuldigung. Ich dachte, der Film sei länger. *(Wühlt in den Papieren.)* Ah. Und jetzt: Notlob, äh, Bolton.

Der Oma-Banden-Film: er beginnt mit einem Schwenk über die Stadt Bolton. Dazu: Reporter im Off.

Off-Sprecher (ERIC) Das ist eine Stadt in Panik. Auf diesen Häusern, diesen Straßen lastet die Angst. Angst vor einer neuen Form von Gewalt: Banden alter Damen überfallen wehrlose, gesunde, junge Männer.

Film von alten Damen, die zwei junge Männer verprügeln; dann verschiedene Omas, die aggressiv die Straße herunterkommen und Vorbeikommende zur Seite stoßen.

Erster junger Mann (MICHAEL) *(vollkommen verschüchtert)* Na ja, die kommen auf einen zu, und so, und stoßen einen an – und schubsen einen vom Fußgängerweg, und so. Sie sind meist zu viert oder zu fünft.

Zweiter junger Mann (TERRY J.) Tja, das war hier mal eine nette Gegend, bis diese alten Damen hierherzogen. Heutzutage traut man sich ja nicht mal mehr bis zum Laden um die Ecke.

Dritter junger Mann (JOHN) Also Kevin, der Sohn von Mr. Johnson, der geht gar nicht mehr aus. Er kommt heim vom Catchen und schließt sich in seinem Zimmer ein.

Film mit Omas, die einem jungen Mädchen zusetzen.

Off-Sprecher Was geht in Ihnen vor, in diesen greisen Rowdies, diesen Chaoten im Spitzenhäubchen?

Erste Oma *(im Off)* Na ja, irgendwas muß man ja machen, näch?

Zweite Oma *(im Off)* Iss echt witzich.

Dritte Oma *(im Off)* Äj, dassiss wie, ähm, na ja, wa?

Off-Sprecher Beliebtes Angriffsziel der alten Damen sind Telefonzellen.

Film mit Omas, die eine Telefonzelle davonschleppen; dann, wie sie Graffitis an eine Wand malen.

Polizist (GRAHAM) *(geht auf sie zu)* Also jetzt reicht's, es reicht, ab mit euch. Verschwindet, los, macht, daß ihr fortkommt. *(Sie verschwinden; er dreht sich zur Kamera.)* Wir haben eine Menge Ärger mit den Alten. Wenn die Pension ausgezahlt wird, ist es am schlimmsten – die drehen durch. Sobald sie ihr Geld in Händen haben, hauen sie es auch schon auf den Kopf, für Milch, Brot, Tee, Dosen mit Katzenfutter.

Schnitt zu einem Kino.

Kinobetreiber (TERRY J.) Ja, sie kommen natürlich hierher, zur Nachmittagsvorstellung um zwei, die ganzen alten Schachteln da drinnen, vor allem wenn's irgendwas gibt wie »Meine Lieder, meine Träume«. Wir haben aufgeschlitzte Stühle, zerdepperte Hörgeräte, die ganze Richtung.

Ein Polizist scheucht zwei Omas aus dem Kino.

Schnitt zum Reporter, der die Straße entlanggeht.

Reporter Das entscheidende Problem bei diesen Senior-Straffälligen besteht in ihrer vollständigen Ablehnung grundlegender Werte unserer heutigen Gesellschaft. Sie haben ihre Kinder aufwachsen und Buchprüfer, Börsenmakler oder gar Soziologen werden sehen, und sie fangen an, sich zu fragen, ob das wirklich alles. . . *(Er verschwindet ganz plötzlich nach unten.)*

Schnitt zu zwei Omas, die einen Gulli wieder verschließen.

Schnitt zu einem jungen Paar.

Junger Mann (GRAHAM) Ach, manchmal denken wir wirklich, irgendwie sind wir Schuld daran, wie unsere Omi geworden ist. Ich mein, sie war hier wirklich glücklich, bis sie. . . bis sie mit diesem Häkeln anfing.

Reporter *(im Off)* Häkeln?

Junger Mann Genau. . . Jetzt kann sie nicht mehr ohne. Zwanzig Knäuel Wolle am Tag manchmal. Wenn sie die Wolle nicht kriegt, wird sie gewalttätig. Was sollen wir bloß tun?

Film mit Omas auf Motorrädern, sie donnern die Straße runter und geradewegs durch einen Laden. Eine hat »Hell's Grannies« auf der Jacke stehen.

Off-Sprecher Aber dies ist nicht nur die Stadt der alten Damen. Es gibt andere, ähnliche Banden – so zum Beispiel die Baby-Packer.

Film mit fünf Männern in Baby-Verkleidung, die einen jungen Mann vor dem Schaufenster eines Geschäfts packen und fortschleppen. Schnitt: erregte Frau.

Frau (RITA DAVIES) Ich hab meinen Mann nur kurz hier draußen stehengelassen, während ich einkaufen gegangen bin, und wie ich wieder zurückkomm, ist er weg. Er war erst siebenundvierzig.

Off-Sprecher Auch im Verkehr: gewalttätige Gangs von Linksabbieger-Schildern. . .

Film: zwei Linksabbieger-Schilder greifen einen Vikar an.

Oberst *(kommt herbei und hält sie auf)* Okay, okay, stopp. Dieser Film ist albern geworden. Fing an mit einer hübschen kleinen Idee von Omas, die junge Männer angreifen, aber jetzt ist alles albern geworden. Das Haar von diesem Mann ist auch viel zu lang für einen Vikar. Die Schilder sind ziemlich schlecht gemacht. Na gut, jetzt ein totaler Stimmungswechsel.

Schnitt zu dem Mann im schmutzigen Regenmantel.

Mann im schmutzigen Regenmantel (TERRY J.) Ich hab vom Unisex gehört, hab's aber noch nie gehabt.

Off-Sprecher (JOHN) David Hemmings erschien mit freundlicher Genehmigung der Nationalen Forstverwaltung.

EINGEBLENDETER ROLL-TITEL: »›NACKTE TATSACHEN‹ – ENTWORFEN, GESCHRIEBEN UND AUFGEFÜHRT VON. . . (ABSPANN)«

Der »Jetzt«-Mann begreift, daß er eine Bombe in der Hand hält und läuft weg, ohne sie fortzuwerfen. Am Ende des Abspanns geht sie in die Luft.

Neun – Die Ameise. Eine Einführung

Ein Wald. Der »Jetzt«-Mann rennt sehr schnell von einer Explosion in großer Entfernung zur Kamera und kündigt an:

Mann (MICHAEL) Und jetzt. . .

Trickfilm-Vorspann.

ZWISCHENTITEL: »TEIL 2«

ZWISCHENTITEL: »DAS LAMA«

Ein spanischer Gitarrist (Eric) und ein Tänzer (Terry J.) in traditioneller spanischer Tracht.

EINGEBLENDETER ZWISCHENTITEL: »LIVE AUS GOLDERS GREEN«

Ein Mann kommt herein und geht zu einem lebensgroßen Foto eines Lamas. Er hält den folgenden Vortrag auf spanisch, mit Unterstützung des Gitarristen, des Tänzers und eingeblendeter Untertitel.

Mann (JOHN) *(aber auf spanisch mit Untertiteln)* Das Lama ist ein Vierfüßer und bewohnt große Flüsse wie den Amazonas. Es hat zwei Ohren, ein Herz, eine Stirn und einen Schnabel, um Honig zu essen. Es ist aber mit Flossen ausgestattet, um zu schwimmen.

Gitarrist & Tänzer Lamas sind größer als Frösche.

Mann Lamas sind gefährlich, wenn man also eins sieht, dort, wo Leute schwimmen, dann ruft man:

Gitarrist & Tänzer Vorsicht, da sind Lamas!

Graham, der ein spanisches Damenkleid trägt, kommt auf einem Moped herein; er bläst eine Papiertüte auf und zerknallt sie. Sie verbeugen sich.

Schnitt: die Außenfront von Ada's Snack-Bar (ein kleines Café). Handkamera geht hinter das Café, wo ein Ansager an einem Tisch mit altmodischem BBC-Mikrophon sitzt.

Ansager Und nun zu etwas völlig anderem: Ein Mann mit einem Tonbandgerät in der Nase.

Wir sehen Michael, in Abendanzug, auf einer kleinen Bühne mit Topfpflanzen etc. Er steckt in auffallender Weise einen Finger in ein Nasloch. Wir hören die Marseillaise. Er nimmt den Finger weg; die Musik hört auf. Er steckt den Finger in das andere Nasenloch: wir hören Rückspulgeräusche. Er steckt noch einmal einen Finger in das erste Nasenloch; wieder hören wir die Marseillaise. Er verbeugt sich. Archivfilm von applaudierenden Teilnehmerinnen eines Frauenkongresses. Er steckt seinen Finger wieder in sein Nasenloch, und wir hören:

Off-Sprecher (MICHAEL) Und nun zu etwas völlig anderem. Das Büro von Sir George Head, Träger des Ordens des Englischen Königreiches.

Ein großes Arbeitszimmer, dessen Wände voll mit Karten und Fotografien sind, und ein großer Tisch, an dem Sir George Head sitzt.

Sir (JOHN) Der nächste, bitte!

Bob kommt in den Raum und an den Tisch.

Sir *(sieht auf)* Einer nach dem anderen, bitte.

Bob (ERIC) Da bin nur ich, Sir.

Sir *(hält sich die Hand vor ein Auge)* So ist es. Nehmen Sie...

Bob Platz?

Sir Platz! Nehmen Sie Platz. So! *(Sieht anderthalb Meter rechts an Bob vorbei.)* Sie wollen sich also meiner Bergsteigerexpedition anschließen.

Bob *(ziemlich unsicher)* Ich, Sir?

Sir Ja.

Bob Ja, das würde ich sehr gern tun, Sir.

Sir Prima, ganz prima. *(Macht einen Haken auf seiner Liste und schaut dann genau zu Bob)* Und was ist mit Ihnen?

Bob Da bin nur ich, Sir.

Sir *(hält sich die Hand vor ein Auge und sieht sowohl zu Bob als auch zu Bobs rechter Seite)* Tja, dann können wir seine Anmeldung wohl vergessen. *(Er zerreißt das Formular.)* Dann will ich Sie mal etwas ins Bild setzen. Ich leite diese Expedition, und wir werden beide Gipfel des Kilimandscharo besteigen.

Bob Ich dachte, da wär nur ein Gipfel, Sir.

Sir *(steht auf, hält wieder die Hand vor ein Auge, geht zu einer großen Karte von Afrika, die an der Wand hängt, und starrt aus kürzester Entfernung darauf.)* Tja, das wär dann eine gewisse Zeiteinsparung. Na, bravo. Nun, die Absicht dieser Expedition ist, zu sehen, ob wir irgendwelche Spuren der Expedition des letzten Jahres finden können.

Bob Der Expedition des letzten Jahres?

Sir Ja, mein Bruder hat sie geleitet, sie wollten eine Brücke zwischen den beiden Gipfeln bauen. *(Sieht auf die Karte, hält die Hand vors Auge.)* Meine Idee, wie ich zugeben muß... Nun, ich sollte Ihnen gleich sagen, daß ich praktisch alle zusammen habe, die ich für die Expedition brauche... also welche speziellen Qualifikationen haben Sie?

Bob Tja, Sir. . .

Sir Ja, Sie zuerst.

Bob Da bin nur ich, Sir.

Sir *(zu Bobs rechter Seite)* Ich habe nicht mit Ihnen geredet. . . *(zu Bob)*. . . fahren Sie fort.

Bob Also, ich bin voll ausgebildeter Bergsteiger.

Sir Bergsteiger? Bergsteiger! *(Schaut in ein Lexikon.)* Wo zum Teufel stehen die, Berg, Bergamasker. . .Bergman. . .Bergsteiger. . . *ein Bergsteiger*: »Zwei Männer, die Erfahrung im Bergsteigen haben«. Ganz prima, tja, Sie sind dabei. Glückwunsch an Sie beide. Und, äh, Ihre Namen?

Bob Arthur Wilson.

Sir Arthur Wilson, gut, mal sehen, ich werde Sie *(zu Bob)* Arthur Wilson eins, und Sie *(zu Bobs rechter Seite)* Arthur Wilson zwei nennen, nur um Verwechslungen zu vermeiden.

Bob Leiten Sie wirklich diese Expedition, Sir?

Sir Ja, wir leiten diese Expedition nach Afrika.

Bob *(beißend)* Und welche Routen werden Sie beide denn nehmen?

Sir Gute Fragen. . .soll ich? Tja, wir werden am 22. Januar aufbrechen und die folgenden Routen nehmen. *(Geht rüber zu einer großen Karte, auf der klar und deutlich »Surrey« steht.)* Die A23er durch die Purleys unten auf die Hauptstraßen in der Nähe der Purbrights, um die Leatherheads zu umgehen, und dann nehmen wir die A231er und fahren aus nördlicher Richtung in die Rottingdeans. Von den Rottingdeans fahren wir durch Afrika zu den Nairobis. Wir bleiben ungefähr 12 Kilometer lang auf den südlichen Hauptstraßen, die aus den Nairobis führen, und fragen uns dann durch.

Bob Spricht irgend jemand Suaheli, Sir?

Sir O ja, ich glaube, die meisten da unten sprechen es.

Bob Spricht irgend jemand in unserer Gruppe Suaheli, Sir?

Sir Aber ja. Matron kann es ein bißchen.

Bob *(sarkastisch)* Mal abgesehen von den beiden Matronen. . .

Sir Mein Gott, *sie* hatte ich völlig vergessen.

Bob Wer kommt, von den beiden abgesehen, noch mit auf die Expedition, Sir?

Sir Tja, wir haben die Arthur Brown Zwillinge, zwei Botaniker namens Machin, die William Johnston Brüder. . .

Bob Beide?

Sir Nein, alle vier, ein Paar eineiiger Zwillinge. . .und ein Paar des Ken Spinoza-Vierers – die anderen zwei sind ausgestiegen. Und natürlich Sie beide.

Bob Und keiner von denen ist Bergsteiger?

Sir Na, Sie beide sind es, und wir haben zwei Führer namens Jimmy Blenkinsop. . .weil, der Kilimandscharo, das ist'n ziemlich tückischer Aufstieg, müssen Sie wissen, es geht meist bergauf, bis man den allerallerhöchsten Gipfel erreicht, und danach hat er Tendenz, recht steil abzufallen. Aber Jimmy hat sich die Köpfe zerbrochen und einen Weg nach oben ausgearbeitet. *(Öffnet die Tür.)* Jimmy? *(James Blenkinsop tritt ein; er trägt Bergsteigerausrüstung.)* Ich glaube, Sie kennen sich noch nicht. Jimmy Blenkinsop – Arthur Wilson, Arthur Wilson – Jimmy Blenkinsop. . .Arthur Wilson zwei – James Blenkinsop eins, James Blenkinsop eins – Arthur Wilson zwei. Macht weiter, ihr Jimmys.

Jimmy (GRAHAM) *(zu Bob, beruhigend)* Machen Sie sich keine Sorgen wegen dem, äh. . . *(Hält sich eine Hand vors Auge.)* Wir kriegen ihn schon irgendwie nach oben.

Jimmy geht durch den Raum und klettert über jedes einzelne, erreichbare Möbelstück. Er hört nicht auf zu reden. Er verwüstet das Zimmer vollständig, klettert über den Tisch, auf ein Bücherregal und stößt die Möbel im Zimmer um. Währenddessen sagt er:

Nun, der Anmarsch zum Kilimandscharo geht ganz einfach über seine Ausläufer, und danach gehen wir dann weiter, um. . .oh. . .um ein Basislager aufzubauen, irgendwo in dem Gebiet am Fuße des Gletschers, wenn. . .

Jimmy stolpert blindlings durch die Tür nach draußen. Man hört laute krachende Geräusche.

Sir Er wird die erste Seilschaft führen.

Bob Tja, ich fürchte, ich werde nicht auf Ihre Expedition mitkommen, Sir, da ich zu überhaupt keinem, der daran teilnimmt, Vertrauen habe.

Er steht auf und geht, die Tür hinter sich zuschlagend, hinaus.

Sir Du meine Güte. *(Pause.)* Und, was ist mit Ihnen?

Bob *(sitzt noch immer im Stuhl am anderen Ende des Tisches)* Ich bin dabei, Sir.

Schnitt zurück: wir sehen zwei Sirs; doppeltes Bild, geteilte Leinwand.

Sirs Wir auch.

Schnitt zu zwei Ansagern (Johns), die an Tischen sitzen. Sie legen die Telefonhörer auf, wenden sich zur Kamera und sagen an:

Ansager (JOHNS) Und nun zu etwas völlig anderem. Ein Mann mit einem Tonbandgerät in der Nase seines Bruders.

Schnitt: Michael, der wie zuvor auf einer kleinen Bühne steht, diesmal ist Graham dabei. Michael steckt den Finger in Grahams Nasenloch: wir hören die Marseillaise. Er zieht ihn heraus: die Musik hört auf. Er steckt den Finger in Grahams anderes Nasenloch, wir hören Rückspulgeräusche.

Off-Sprecher (JOHN) und ZWISCHENTITEL: »UND NUN IN STEREO. . .«

Michael steckt zur gleichen Zeit einen Finger in sein eigenes Nasenloch und einen Finger (der anderen Hand) in Grahams; wir hören zwei Aufnahmen der Marseillaise zusammen (aber nicht genau synchron).

Eine Trickfilmsequenz führt uns zu einem Herrenfrisör-Salon in der Vorstadt. Ein Kunde kommt herein. Der Frisör im weißen Kittel steht da und wäscht sich die Hände in einem Becken.

Kunde (TERRY J.) Morgen.

Frisör (MICHAEL) *(zuckt leicht zusammen)* Ah. . .guten Morgen, Sir, guten Morgen. Ich bin gleich bei Ihnen.

Der Kunde setzt sich in den Frisierstuhl. Der Frisör wäscht sich weiter. Er scheint übergründlich seine Hände und Unterarme zu waschen und zu waschen. Der Frisör dreht sich um und lächelt den Kunden humorlos an. Schließlich hört er auf, sich zu waschen. Er trocknet gründlich seine Hände, dreht sich um und kommt zu dem Kunden herüber. Auf seinem Kittel sind sehr offensichtlich Blutflecken; sein Kragen ist abgerissen. Ein Fleck könnte von einer blutigen Hand stammen, die den Kittel von oben nach unten heruntergeglitten ist. Er nimmt ein Tuch und schüttelt es aus. Geräusche von eisernen und schweren Gegenständen, die auf den Boden fallen. Er wirft es dem Kunden um. Als er das Tuch hinten zuknotet, macht er Anstalten, als wollte er es zuziehen und den Kunden erwürgen. Ihm steht der Schweiß auf der Stirn, ein verrücktes Glitzern in den Augen. Unter größter Anstrengung beherrscht er sich. Der Kunde lächelt ihn beruhigend an.

Frisör Wie. . .wie möchten Sie es, Sir?

Kunde Nur hinten und an den Seiten kurz, bitte.

Frisör Und wie. . . wie. . .?

Kunde Tja, nur. . .einfach hinten und an den Seiten kurz.

Frisör Sie wollen es doch nicht mit dem. . . Messer geschnitten bekommen? *(Plötzlich)* Messer, Messer, Schnitt, Schnitt, Blut, Spritzen, Schlagader, Mord. . . *(Beherrscht sich.)* O Gott sei Dank, Gott sei Dank. *(Erleichtertes Seufzen.)* Nur mit der Schere. . .

Kunde Ja. . . *(Lacht, denkt, der Frisör habe wohl einen kleinen Scherz gemacht.)*

Frisör Möchten Sie es vielleicht lieber nur gekämmt haben, Sir?

Kunde Wie bitte?

Frisör Möchten Sie es nicht lieber sein lassen?

Kunde Nein, nein, nein, ich will einen Haarschnitt.

Bei dem Wort zuckt der Frisör zusammen.

Frisör Schnitt, Schnitt, Schnitt, Blut, Spritzen, Schlagader, Mord, Hitchcock, Psycho. . .in Ordnung, Sir. . .tja. . . *(Schluckt hart.)* Ich werde alles vorbereiten. In der Zwischenzeit könnten Sie vielleicht eins davon ausfüllen.

Er gibt ihm ein Stück Papier; der Frisör geht zu einem Schrank und öffnet ihn.

Kunde Sicher doch, aber ja.

Eine große medizinische Karte hängt an der Innenseite des Schranks mit der Überschrift: »Hauptschlagadern«. Seine zitternde Hand fährt die Schlagadern nach; gelegentlich schaut er zum Kunden.

Kunde Entschuldigung, äh. . .

Frisör Was?

Kunde Hier heißt es: »Nächster Verwandter«. Soll ich »Mutter« hinschreiben?

Frisör Ja. . .ja, ja.

Kunde So, hier, bitte! *(Gibt dem Frisör das Blatt.)*

Frisör Danke sehr.

Er macht die Schere und den Kamm fertig und stellt sich hinter den Kunden und breitet seine Arme aus, während er, wie ein Frisör vor dem Schneiden, die Schere auf und zu macht.

Frisör So!

Er kann sich nicht dazu bringen, mit dem Schneiden anzufangen; nach ein oder zwei Versuchen geht er wieder zu dem Schrank, holt eine Whiskyflasche heraus und nimmt einen kräftigen Schluck. Er stellt sich wieder hinter den Kunden.

Frisör Ha, ha, ha. . . so, ich bin fertig.

Kunde Was?

Frisör Ich bin fertig mit Ihrem Haa. . . Haa. . .Haar. . . Schnitt. Alles erledigt.

Kunde Sie haben noch gar nicht angefangen zu schneiden.

Frisör Habe ich doch! Es ging alles ganz schnell, Hohes Gericht – *Sir*. . . Sir. . .

Kunde *(wird ziemlich gereizt)* Nun mal langsam, alter Knabe, ich weiß, wann einer mir die Haare geschnitten hat und wann nicht. Also würden Sie bitte aufhören, herumzualbern, und weitermachen.

Der Frisör bückt sich und nimmt ein Tonbandgerät vom Boden. Während er spricht, stellt er es hinter den Frisierstuhl.

Frisör Ja, ja, werde ich, ich werde Ihnen die Haare schneiden, Sir. Ich werde anfangen, Ihnen die Haare zu schneiden, Sir, ich fange jetzt an!

Er stellt das Tonbandgerät an und kauert sich dann, so weit von dem Stuhl entfernt wie er kann, zitternd gegen eine Wand.

Tonbandgerät Schöner Tag, Sir.

Kunde Ja, obwohl, die Blumen könnten einen Tropfen Regen vertragen.

Tonbandgerät *(schnipp, schnipp)* Haben Sie das Spiel gestern abend gesehen, Sir?

Kunde Ja. Gutes Spiel. Fand ich.

Tonbandgerät *(schnipp, schnipp, schnipp; Geräusch eines laufenden Elektro-Rasierers)* Ich fand, Hurst hat gut gespielt, Sir.

Kunde *(bemüht sich, es zu verstehen)* Wie?

Tonbandgerät *(Rasierer wird ausgeschaltet)* Ich fand, Hurst hat gut gespielt.

Kunde Oh, ja, ja. . . obwohl, er war auch der einzige gute Spieler.

Tonbandgerät Können Sie sich ein bißchen nach vorne beugen, Sir.

Kunde O Entschuldigung, aber ja. *(Beugt sich vor.)*

Tonbandgerät Im Moment sehe ich mir lieber Palace an. *(Elektro-Rasierer wird wieder angeschaltet)* Oh! Tut mir leid! War das Ihr Ohr?

Kunde Nein, nein. . .ich habe gar nichts gespürt.

Der Kunde steht von seinem Stuhl auf, nimmt sich selbst das Tuch ab, schaut in den Spiegel und stöbert in den Taschen. Er dreht sich zum ersten Mal um und sieht den kauernden Frisör.

Kunde Sagen Sie mal, was ist hier eigentlich los?

Tonbandgerät Ja, ja, ein schönes Fleckchen Erde, nicht wahr?

Kunde Hören Sie, ich wollte mir hier die Haare schneiden lassen!

Frisör *(kläglich)* Es sieht sehr gut aus, Sir.

Kunde *(wütend)* Es ist genauso, wie es war, als ich hierhereingekommen bin.

Tonbandgerät So, das wärs.

Frisör Na gut. . .ich bekenne, daß ich Ihr Haar nicht geschnitten habe. . . ich hasse es, Haare zu schneiden. Wenn ich Haare sehe, spüre ich immer diese schreckliche, un-un-unkontrollierbare Angst. Schon als Kind haßte ich den Anblick von Haar, das geschnitten wird. Meine Mutter sagte, ich wär ein Spinner. Sie sagte, das einzige Mittel dagegen wäre, Frisör zu werden. Also verbrachte ich fünf gräßliche Jahre im Ausbildungszentrum für Frisöre in Totnes. Können Sie sich vorstellen, was es bedeutet, fünf Jahre lang denselben Kopf zu frisieren? Ich wollte sowieso nicht Frisör werden. Ich wollte Holzfäller werden. Von Stamm zu Stamm springen, während sie die mächtigen Ströme in British Columbia hinabtreiben. . . *(Er richtet sich auf mit einem visionären Blick in die Weite.)* Die riesige Rotbuche, die Lärche, die Fichte, die mächtige schottische Kiefer. *(Er reißt sich seinen Frisörkittel herunter, darunter trägt er ein Karo-Hemd und Holzfällerhosen; während er spricht, wird die Beleuchtung hinter ihm schwächer und man hört aus einiger Entfernung leise einen Mounties-Chor.)* Der Geruch von frisch geschlagenem Holz! Das Geräusch mächtiger stürzender Bäume! *(Geht und stellt sich vor einen Prospekt der kanadischen Berge und Wälder.)* Mit meinem liebsten Mädel an meiner Seite. . . *(Eine zarte, schmachtende Blondine, die Heldin manch eines Bergfilms, oder vielleicht das widerspenstige Mädel, stürzt an seine Seite und sieht ihm anbetend in die Augen.)* Und wir singen. . . singen. . . singen. . .

Der Chor ist jetzt laut, ebenso die Musik.

Frisör *(singt)* Ich bin ein Holzfäller und fühl mich stark,
Ich schlaf des Nachts und hack am Tag.

Das Licht geht an und zeigt den Chor echt-kanadischer Mounties in roten Uniformen, die links von ihm Stellung bezogen haben.

Mounties-Chor Er ist ein Holzfäller und fühlt sich stark,
Er schläft des Nachts und hackt am Tag.

Frisör Ich fälle Bäume, ich eß mein Brot,
Ich geh auf das WC.
Am Mittwoch geh ich shopping,
Kau Kekse zum Kaffee

Mounties-Chor Er fällt die Bäume, er ißt sein Brot,
Er geht auf das WC.

Am Mittwoch geht er shopping,
Kaut Kekse zum Kaffee.
Er ist Holzfäller und fühlt sich stark,
Er schläft des Nachts und hackt am Tag.

Frisör Ich fälle Bäume, ich hüpf und spring,
Steck Blumen in die Vas'.
Ich schlüpf in Frauenkleider
Und lümmel mich in Bars.

Mounties-Chor Er fällt Bäume, er hüpft und springt,
Steckt Blumen in die Vas'.
Er schlüpft in Frauenkleider
Und lümmelt sich in Bars...?
Während der letzten Strophe hat sich der Chor mit zunehmender Bestürzung angeschaut; die Mienen hellen sich aber wieder auf, als sie zum Refrain kommen.

Mounties-Chor Er ist ein Holzfäller und fühlt sich stark,
Er schläft des Nachts und hackt am Tag.

Frisör Ich fälle Bäume, trag Stöckelschuh'
und Strümpf' und Büstenhalter.
Wär gern ein kleines Mädchen,
So wie mein Onkel Walter.

Mounties-Chor *(beginnt mit gewohntem Schwung; als sie aber die dritte Zeile erreichen, fallen sie auseinander)* Er fällt die Bäume, trägt Stöckelschuh',
und Strümpf' und Büstenhalter...?
Alle schimpfen entrüstet vor sich hin. Die Musik wird runtergefahren. Das Mädchen macht ein entsetztes Gesicht und bricht in Tränen aus. Der Chor bewirft ihn mit faulem Obst.

Mädchen (CONNIE BOOTH) O Bevis! Und ich dachte, du wärst so rauh.
Schnitt: Aufnahme eines handgeschriebenen Briefes.

Off-Sprecher (JOHN) Sehr geehrter Herr, ich möchte mich in schärfster Weise über das Lied beschweren, das Sie soeben gesendet haben, das über den Holzfäller, der Frauenkleider trägt. Einige meiner besten Freunde sind Holzfäller und nur wenige sind Transvestiten. Mit freundlichen Grüßen, Sir Charles Arthur Strong (Mrs). PS: Ich habe noch nie den Herausgeber der »Radio Times« geküßt.

Schnitt zu einer Schreckschraube.

Schreckschraube (GRAHAM) Also, ich protestiere gegen so viel Sex auf dem Bildschirm. Ich fall immer runter, nich' wahr.

Einstellung einer demolierten Trophäe.

EINGEBLENDETER ZWISCHENTITEL: »DER WITZ WAR ENGLANDS BEITRAG FÜR DEN DIESJÄHRIGEN REGENMANTEL-VON-ZÜRICH-WETTBEWERB«

ROLL-TITEL: »ER WURDE LETZTER«

Schnitt zurück zum kanadischen Prospekt. Ein Mann mit einem verknoteten Taschentuch auf dem Kopf, einem wollnen Pullover und Hosenträgern steht davor.

EINBLENDUNG: »PROF. R.J. GUMBY«

Gumby (GRAHAM) Also, ich finde, das Fernsehen hat die wahre Unterhaltung getötet. Früher haben wir noch unsere eigenen Späßchen gemacht. Bei den Weihnachtsfeiern pflegte ich mir, während ich schmachtend gesungen habe, wiederholt mit stumpfen Gegenständen auf den Kopf zu schlagen. *(Singt)* »Nur ein Traum, daß ich Dich liebe«. . . *(schlägt sich selbst mit einem Ziegelstein auf den Kopf)*. . . »Nur ein Traum, daß Du mich liebst«. . . *(schlägt sich)*. . . »Doch wo finden die anderen ihr. . .«

Schnitt in einen todschicken Nachtclub. Der Conférencier kommt herein.

Conférencier (ERIC) Guten Abend, meine Damen und Herren, und willkommen hier im Bahnhofsbüfett in Bletchley. *(Applaus.)* Mein Name ist Kenny Lust, und ich bin heute abend Ihr Conférencier. Wissen Sie, ab und zu habe ich das Vergnügen, und die Ehre, einige der wirklich großen, internationalen Künstler unserer Zeit hier im Bahnhofsbüfett begrüßen zu dürfen. *(Applaus.)* Und heute abend ist solch ein Künstler bei uns. *(Kriecherisch)* Meine Damen und Herren, jemand, den ich schon immer persönlich äußerst bewundert habe, heute vielleicht noch tiefer, noch stärker, noch äußerster als jemals zuvor. *(Applaus.)* Ein Mensch, eigentlich mehr als ein Mensch, ein Gott *(Applaus)*, ein großer Gott, dessen Persönlichkeit so vollkommen und auf höchste Weise wunderbar ist, daß meine hilflosen Begrüßungsworte kläglich und in ihrer unzulänglichen Art anmaßend klingen müssen. *(Jetzt auf den Knien.)* Jemand, dessen Stiefel ich mit Wonne blanklecken würde, bis daß meine Zunge durchlöchert wäre, ein Mensch, der vollkommen und auf unerreichbare Weise wundervoll ist, daß ich lieber in einer Kuhle in meinem eigenen Dreck versinken wollte, als es zu wagen, mit ihm dieselbe Bühne zu betreten. Meine Damen und Herren, das unvergleichliche, übermenschliche Wesen, Harry Fink.

Stimme im Off Der kann nicht kommen.

Conférencier Macht nichts, so gut, wie alle immer sagen, ist er auch nicht. Meine Damen und Herren, wir zeigen Ihnen Ken Buddha und seine aufblasbaren Knie.

Schnitt in eine Szene mit Ken (Terry J.) im Abendanzug; seine Knie machen »peng«.

Conférencier Ken Buddha, ein Lächeln, zwei Knaller und eine Religion. Nun, meine Damen und Herren, zu Ihrer weiteren Unterhaltung, Brian Islam und Brucie.

In einem Trickfilm tanzen zwei Männer zu Jug-Band-Musik. Als sie fertig sind, schneiden wir zurück zum Frisör und dem Kunden.

Frisör Also jedenfalls wurde ich Frisör.

Kunde *(mitfühlend)* Armer Kerl.

Frisör Ja, wirklich schade, ich habe das Leben an der frischen Luft immer vorgezogen. Jagen, schießen, fischen. Mit einem Gewehr losziehen, und einige von Gottes Geschöpfen abschlachten – das war das Leben. Durch das Heidemoor stürmen und ihnen das Hirn aus dem Schädel blasen.

Schnitt: ein großes Landhaus, außen. Eine Anzahl sportlicher Gentlemen, die Jagdanzüge aus Tweed und Schrotflinten tragen, kommen aus dem Haus und feuern beiläufig die Gewehre aufs Geratewohl ab. Sie klettern in einen Landrover und fahren weg.

Schnitt auf ein Jagdgelände. Eine Reihe von Treibern bewegt sich auf die Kamera zu; während sie das tun, springt eine Reihe junger Pärchen aus dem Unterholz auf und rennt weg.

Einstellungen von Jägern, die sich an ihre Beute anpirschen und schießen. Einer zerbricht sein Gewehr in zwei Teile. Ein anderer feuert in die Luft. Ein Ei landet auf seinem Kopf.

Schnitt zu zwei Duellanten (mit Pistolen) und einem Schiedsrichter, der neben ihnen steht. Sie feuern; der Schiedsrichter fällt tot um.

Ein jagender Gentleman feuert in die Luft, fällt hintenüber; ein junges Pärchen steht nahe hinter ihm auf und rennt weg. Ein anderer jagender Gentleman diskutiert, sich verteidigend, mit einem Piloten, der gerade mit einem Fallschirm gelandet ist. Ein Jäger feuert ins Gebüsch; ein Indianer taucht auf und rennt in Panik weg.

Alle kehren zum Haus zurück, Beine und Arme entweder voller

Pflaster oder in Bandagen. Zwei von ihnen tragen einen Pfahl, an dem ein sehr kleiner Vogel hängt. Die Aufnahme der Außenseite des Hauses wird zum Standbild; die Kamera fährt zurück, wir sehen, daß es ein Foto in einem Bilderrahmen ist, bei dem der Ritter in seiner Rüstung steht und erwartungsvoll mit seinem rohen Hühnchen spielt. Der Aufnahmeleiter kommt zu ihm.

Aufnahmeleiter Tut mir leid, wir brauchen Sie diese Woche nicht.

Der Ritter sieht niedergeschlagen aus, läßt den Kopf hängen und schleicht sich fort, während er das Hühnchen hält. Er geht an einem Hühnerstall vorbei, aus dem wir eine Stimme hören.

Stimme (JOHN) Und nun zu etwas völlig anderem.

Schnitt in ein Wohnzimmer. Gedämpftes erotisches Licht – ha, ha – sanfte erotische Musik. Auf dem Sofa sitzen Victor und Iris, beide wollen gerade anfangen, zudringlicher zu werden.

Victor (GRAHAM) Würde es dir schrecklich viel ausmachen, wenn ich deine Hand halte?

Iris (CAROL) O nein, nein, ganz und gar nicht.

Victor O Iris, du bist so unglaublich schön.

Iris Oh, meinst du das wirklich?

Victor Jawohl, jawohl, jawohl. Ich glaube. . . ich fange an, mich in dich zu verlieben.

Iris O Victor.

Victor Das ist dumm, nicht wahr?

Iris Nein, nein, überhaupt nicht, lieber, süßer Victor.

Victor Nein, das meinte ich nicht. Nur, daß wir schon so viele Monate so nahe in der Stofftierabteilung zusammen sind und doch nie gewagt haben. . .

Iris Oh, o Victor.

Victor O Iris. *(Sie rücken näher zusammen, um sich zu küssen; gerade als sich ihre Lippen berühren wollen, klingelt es an der Tür.)* Wer kann das sein?

Iris Oje, geh und versuch, sie loszuwerden.

Victor Ja, mach ich, mach ich.

Victor öffnet die Haustür. Arthur Name steht draußen vor der Tür.

Arthur (ERIC) Hallo!

Victor Hallo.

Arthur Erinnerst du dich?

Victor Nein, ich bin. . .

Arthur In der Kneipe. Der große Dünne mit dem Schnurrbart, erinnerst du dich? Vor ungefähr drei Jahren?

Victor Nein, ich fürchte nicht.

Arthur O verdammt! Ist das dunkel hier *(knipst das Licht an)*, so ist es besser. Nur, weil du gesagt hast, wir müssen mal einen zusammen trinken gehen, also dachte ich, ich nehme dich beim Wort, weil, der Filmklub ist heute abgesagt worden.

Victor Hören Sie, um ehrlich zu sein, ist es heute abend ein bißchen ungünstig.

Arthur *(tritt ein; zu Iris)* Hallo, ich bin Arthur. Arthur Name. Ein Name dem Namen nach, nicht von Haus aus. Das sage ich doch immer, nicht wahr, Vicky, alter Junge?

Victor Wirklich. . .

Arthur *(zu Victor)* Ist das deine Frau?

Victor Äh, eigentlich, nein.

Arthur Oh, ich bin im Bilde. Wie? Mach dir meinetwegen keine Sorgen, Vicky, alter Junge. Ich kenn mich aus mit Geschichten für eine Nacht.

Victor Wie bitte?

Arthur Was dagegen, wenn ich die Platte wechsel? *(Nimmt die Schallplatte vom Plattenteller.)*

Victor Also, hören Sie mal, die haben wir aufgelegt.

Arthur Kennt ihr den? Hab ich in einer Kneipe gehört. Was ist männlich und klingt wie 'ne Glocke?

Victor Wie bitte?

Arthur Was ist männlich und klingt wie eine Glocke? Pimmel! Ha, ha, ha, das ist ein guter. Den mag ich, ich halte euch nicht lange auf. *(Der Plattenspieler spielt sehr laut den »Washington Post«-Marsch.)* Das ist besser, nun macht euch meinetwegen keine Gedanken. Ich warte hier, bis ihr fertig seid.

Es klingelt wieder an der Tür.

Victor Wer zum Teufel. . .

Arthur Ich geh schon. Das werden Freunde von mir sein. Ich habe mir die Freiheit genommen, sie auch einzuladen.

Victor Hören Sie mal, wir haben gehofft, einen ruhigen Abend ganz allein zu verbringen.

Arthur Oh, das wird sie nicht stören. Die sind sehr tolerant. Hallo!

Er öffnet die Tür; Mr. und Mrs. Equator kommen herein, gehen direkt auf Victor zu.

Mr. Equator (JOHN) Guten Abend. Mein Name ist Equator, Brian Equator. Wie die Mittellinie um die Erde, nur mit 'nem L. *(Keuchendes Lachen.)* Das hier ist meine Frau Audrey, sie riecht 'n bißchen, aber sie hat 'n Herz aus Gold.

Audrey (TERRY J.) Hallo, hahahahahahahahaha. . .

Victor Da muß irgendein Mißverständnis vorliegen, weil es hier nicht. . .

Mr. Equator Wer ist das denn?

Victor Was?

Mr. Equator Wer ist die Biene?

Victor Ich bin. . .

Mr. Equator Du hast da ein hübsches Pärchen, wa', Liebes? *(Legt die Hand auf Iris' Titten und gibt ihr einen feuchten Kuß; Iris schreit.)* Halt's Maul, du blöde Schlampe, war nur'n kleiner Spaß. . .

Victor Nun hören Sie mal. . .

Mr. Equator 'n großen Gin, bitte!

Arthur Ich hol ihn.

Victor *(hinter Arthur her)* Hören Sie mal, lassen Sie die Getränke in Ruhe.

Audrey Und drei Dosen Bohnen für mich, bitte.

Mr. Equator Ich habe dir gesagt, du sollst mit den Bohnen aufhören, du Nutte!

Audrey Ich will nur drei Dosen.

Mr. Equator Halt mal den Schnabel, du Rohrspatz. *(Lacht schallend.)*

Audrey *(stimmt ein)* Hahahaha. . .

Mr. Equator Das war ziemlich geistreich, wa'? Wo ist mein Gin?

Es klingelt.

Victor Wer zum Teufel ist das?

Mr. Equator Oh, ich habe mir die Freiheit genommen, einen alten Freund einzuladen. Da seine Frau gerade gestorben ist, ist er ein bißchen durcheinander, der arme Kerl. Ich hoffe, du hast nichts dagegen.

Arthur *(öffnet die Tür)* Komm herein.

Mr. Freight kommt herein. Er trägt Unterhosen, Pailetten, Augen-Make-up, weiße Gummistiefel und eine Halskette.

Mr. Freight (TERRY G.) Huch. Mein Gott, was für ein echt schrecklicher Ort.

Mr. Equator Nicht so doll, wa'? Ein Viertel Pfefferminzlikör für meinen Freund. Tja, wie geht's dir, du Superschwuchtel? *(Setzt* *sich hin.)* Bißchen huckelig... Ah, kein Wunder, ich hab auf der Katze gesessen. *(Schmeißt sie ins Feuer.)*

Iris Aaaaah! Buuhuuhuu...

Mr. Freight Ich habe einen echt wunderbaren, kleinen Mann, den ich vor dem Odeon aufgegabelt habe, gebeten mitzukommen.

Mr. Equator Ist der sexy?

Mr. Cook kommt herein. Freight küßt ihn.

Mr. Cook (MICHAEL) Ich mußte den Ziegenbock mitbringen, ihm gehts nicht gut. Ich hoffe nur, daß er nicht auf den Teppich macht.

Mr. Equator *(zu Iris)* Also, Schätzchen, leg los!

Iris Aaaaah! *(Rennt raus.)*

Mr. Equator Verdammt, die hält nicht viel aus, wa'?

Er setzt sich in einen Stuhl, der zusammenbricht.

Mrs. Equator Hahahahahaha, ooooh! Ganz naß geworden.

Mr. Cook Der Ziegenbock hat gerade einen Haufen gemacht.

Die ganzen Sänger rennen herein, verkleidet als walisische Bergarbeiter. Alle reden durcheinander.

Victor Hören Sie mal, verschwinden Sie alle. Los. Alle raus! Alle raus!

Mr. Equator Wie bitte?

Victor Ich werf Sie alle raus. Ich will mein Haus nicht voll dreckiger Perverser haben, hören Sie jetzt zu, ich gebe Ihnen eine halbe Minute, dann werde ich die Polizei holen, also alle raus.

Mr. Equator Dein Tonfall will mir gar nicht recht gefallen. *(Erschießt ihn.)* So und jetzt Bimbam machen...

Alle *(singen)* »Bimbam, fröhlich in der Höh', läutet die Glock' im Himmel etc....«

Schnitt zum »Jetzt«-Mann.

Spanische Stimmen *(auf spanisch)* Vorsicht, da sind Lamas!

Der »Jetzt«-Mann rennt in den Wald.

ROLL-TITEL: »›DIE AMEISE. EINE EINFÜHRUNG‹ – ERDACHT, GESCHRIEBEN UND GESPIELT VON... (ABSPANN)«

Zehn – Das Ende war ein bißchen vorhersehbar

Der alte »Jetzt«-Langweiler hängt an einem Fleischerhaken.

Mann (MICHAEL) Und jetzt...

Trickfilm-Vorspann wie üblich. Dann ein Geschäft für Damenunterwäsche. Verkäufer steht und wartet hinter der Ladentheke. An der Seite steht der Räuber; auch er wartet. Sie summen vor sich hin und schlagen die Zeit tot, ab und an schauen sie auf ihre Armbanduhren. Das geht ungefähr fünfzehn Sekunden.

Schnitt: Aufnahme eines Briefes auf BBC-Briefpapier. Die Kamera fährt zurück und zeigt einen häßlichen, kleinen Mann, der an einem Frühstückstisch in einer kleinen Küche sitzt und den Brief liest. Seine Ehefrau beschäftigt sich mit ehefraulichen Aktivitäten.

Mann (MICHAEL) Oha.

Frau (TERRY J.) Was ist denn, Schatz?

Mann Es ist von der BBC. Sie wollen wissen, ob ich in einem Sketch mitspielen will, im Fernsehen.

Frau Oooh. Das ist aber nett.

Mann Was? Das ist doch Schauspielern!?

Frau Ja.

Mann Aber ich bin Klempner. Ich kann nicht schauspielern.

Frau Oh, das weiß man nie, bevor man es versucht hat. Schau dir Mrs. Brandos Sohn von nebenan an. Er repariert gerade den Kühlschrank, da kommen sie und bitten ihn, den »Wilden« zu geben. Was sollst du denn machen?

Mann Tja, sie wollen nur, daß ich an einer Ladentheke stehe, und wenn der Sketch anfängt, gehe ich weg.

Frau Oh, das klingt nett. Das nennt man doch Komparse.

Mann Kommparse? Das ist ein Gehparse, *das* isses.

Schnitt in das Geschäft für Damenunterwäsche; Verkäufer und Räuber hängen rum und warten immer noch. Aufnahmeleiter kommt dazu.

Räuber (JOHN) *(leise)* Wo ist er denn, George?

Aufnahmeleiter Ich weiß es nicht, er hätte schon vor Stunden hier sein sollen.

Räuber Hätte, verdammt noch mal, hätte!

Schnitt in die häßliche (immer noch sehr kleine) Küche.

Frau Was steht denn noch drin?

Mann Es steht nur drin: »Wir würden Sie gerne in einem Sketch haben. Sie stehen an einer Ladentheke. Wenn der Sketch anfängt, gehen Sie ab. Mit freundlichen Grüßen Lord Hill.«

Frau Na ja, dann mal los.

Mann Ja. Hm. Was ist mit der Katze?

Frau Ach, ich seh schon nach der Katze, meine Güte, Mrs. Newmans Ältester hat sich nie Sorgen um die Katze gemacht, als er loszog, um »Süßer Vogel Jugend« zu drehen.

Mann Na gut, na gut. Also dann tschüß, Liebes.

Frau Ja, tschüß, und vergiß nicht, dich nicht verführen zu lassen.

Der Mann geht weg, die Frau steht einen Moment lang still, dann. . .

Frau Na, mal was anderes als Klempnern. – Vati! Frank hat eine Fernsehrolle.

Sie macht den Fernseher an. Das Bild des Verkäufers, des Räubers und des Aufnahmeleiters, die in dem Geschäft für Damenunterwäsche warten, erscheint auf dem Fernsehschirm. Nach ein, zwei Sekunden wird ein Mann hereingebracht und dem Aufnahmeleiter vorgestellt, der ihn auf die richtige Position bringt und ihm das Stichwort gibt. Der Mann geht ab.

Frau Du hast ihn verpaßt.

Schnitt in das Wäschegeschäft; der Räuber kommt herein und richtet die Pistole auf den Verkäufer.

Räuber (JOHN) Guten Morgen, ich bin ein Bankräuber. Äh, bitte keine Panik, geben Sie mir nur Ihr ganzes Geld.

Verkäufer (ERIC) Das ist hier ein Geschäft für Damenunterwäsche.

Räuber Gut, gut, gut. *(Etwas verdutzt.)* »Annehmen, anpassen und ausbauen.« Das Motto der Tafelrunde. Tja, hm. . .was führen Sie denn?

Verkäufer *(noch höflich)* Äh, wir führen Korsette, Strümpfe, Hüftgürtel, Strumpfhosen, Büstenhalter, Unterröcke, Petticoats, Schlüpfer, Söckchen und Hüfthalter, Sir.

Räuber Gut, gut, gut, gut. Keine großen Geldhaufen im Safe?

Verkäufer Nein, Sir.

Räuber Keine Termineinlagekonten?

Verkäufer Nein, Sir.

Räuber Keine Bargeldhaufen in leicht zu tragenden Taschen?

Verkäufer Nicht die geringsten, Sir.

Räuber Keine Essensmarken?

Verkäufer Nein, Sir.

Räuber Gut, gut. Tja, hm. . .Annehmen, anpassen und ausbauen. Dann nur ein Paar Schlüpfer, bitte.

Schnitt zu einem feminin wirkenden Ansager hinter einem Ansagertisch. Jegliche Ähnlichkeit mit Mel Oxley sollte rein zufällig sein. Sein Name ist David Unction.

Unction (GRAHAM) Tja, das war ein hübscher Spaß, nicht wahr? Ha, ha, ha. Und Ihnen einen besonders guten Abend. Nicht nur einen gewöhnlichen guten Abend, wie Sie ihn von den anderen Ansagern kriegen, sondern einen besonders guten Abend – wünsche ich *(hält ein Namensschild hoch, auf dem »David Unction« steht)* Ihnen. Tja, was haben wir als nächstes? Das macht Spaß, nicht wahr? Hören Sie, tut mir leid, falls ich bei irgend etwas störe, das irgend jemand von Ihnen vielleicht gerade zu Hause macht, aber ich möchte, daß Sie mich als Ihren warmen Onkel. . .*alten Kumpel* betrachten, ha, ha, ha. Tja, mal sehen, was wir als nächstes haben. In einigen Augenblicken kommt »Hier ist ein Baum«, und auf dem Stuhl sitzt wie immer Arthur Einbaum, und als Stars der Show treten eine Unmenge Stargäste als seine Stargäste auf. Und dann um 20 Uhr 30 haben wir wieder eine übermütige halbe Stunde mit einem urkomischen Dreckshaufen bei: »Hier sind die Kläranlagenberater«. In dieser Woche fällt Dan in einen Bottich mit menschlichen Exkrementen – daraus ergeben sich hübsche, kleine Verwicklungen. Ha, ha, ha. Aber jetzt kommt zu Ihnen die glitzernde Welt des Showbusiness mit Arthur Einbaum.

Musik.

ZWISCHENTITEL: »HIER IST EIN BAUM«

Archivfilm. Schnelle Schnitte. Ein Flugzeug kommt bei Nacht an. Lichter der Welt des Showgeschäfts. Filmpremieren. Das Publikum applaudiert. Schnitt in ein Studio: ein Baum sitzt auf einem Stuhl in der Mitte einer Interviewdekoration à la David Frost. Zoom auf den Baum, der einen Mund hat, der sich bewegt.

Einbaum Hallo. Hallo, Leute, und willkommen zu »Hier ist ein Baum«. Wir haben einige wirklich aufregende Gäste für Sie heute abend. Eine tolle Fichte, zurück von einer Tournee durch Holland, drei Gummibäume, die zum ersten Mal in diesem Land auftreten, die Schottische Kiefer mit den Nadelbäumen, und starke Ulmenstämme – da hätten wir's, gar nicht schlecht – eine aufregende amerikanische Holzplanke, ein Regenwald und ein Eimer Sägemehl erzählen uns, was sie denken über das Thema Gewalt bei Jugendlichen. Und ein weiterer – ungewöhnlicher – Gast in dieser Sendung: ein Stück Plastikfolie.

Einstellung eines Stücks Plastikfolie mit Mund.

Plastik Hallo, da draußen!

Einbaum Aber als erstes bitte ich um einen ganz, ganz herzlichen Applaus für – einen Holzklotz.

Einstellung eines großen Holzwürfels (1,20 m Seitenlänge) mit Mund, der auf dem Stuhl neben Einbaum sitzt.

Einstellung eines Waldes, dazu wird Applausgeräusch eingespielt.

Einbaum Ja, Klotz, schön, daß Sie wieder bei uns in der Show sind.

Klotz (JOHNS STIMME) Ja, äh, danke, Einbaum. Ich muß ja die Miete bezahlen.

Beide lachen. Einstellung eines lachenden Waldes.

Einbaum Ha, ha, ha, ha, super. Tja, was haben Sie denn so gemacht, Klotz?

Klotz Tja, ich habe gerade in mehreren großen, internationalen Multi-Millionen-Dollar-Filmen die Hauptrolle gespielt, und während der Drehpausen habe ich eine Kathedrale entworfen und wundervolle Wohltätigkeitsarbeit geleistet, von der die Öffentlichkeit nichts erfahren soll, äh, ich habe meine Geschichte der Welt fertig geschrieben, und natürlich Puppen abgeschleppt, äh, die königliche Familie auf dem Klo fotografiert, den Dritten Weltkrieg verhindert – gar nicht schlecht – und, äh, lesen gelernt.

Einbaum Wirklich das ganze Renaissance-Ding. . .super, super. Tja, ich fürchte, ich muß Sie hier stoppen, Klotz, weil wir jemand da haben, der Kabarett in den Vereinigten Wäldern macht. Ich bitte um einen Applaus für einen Chippendale Schreibtisch aus Amerika.

TRICKFILM: *ein Chippendale Schreibtisch.*

Chip Danke schön, Mr. Einbaum. Und ich möchte einige meiner Lieblingseuropäer imitieren. Zuerst. Long John Silver. *(Angemessene Imitation)* »Ouh, Jim, mein Junge. Ouh.« Und jetzt Edward Heath. »Hallo, Seemann!« Und jetzt eine kurze Szene aus einem Stück von Bertold Bricht. *(Ein riesiger Hammer drischt auf den Schreibtisch ein; der zerbricht.)*

Trickfilm-Conférencier:

Conférencier War das nicht ganz großartig, meine Damen und Herren, einen Augenblick, wir haben noch etwas anderes, von dem ich weiß, daß Sie es lieben werden. *(Fanfaren.)* Jawohl,

Sir, kommt sofort – der Berufsberater-Sketch. *(Noch mehr Fanfaren.)*

Trickfilm mündet in den Berufsberater-Sketch.

Gesangsstimmen Berufsberater... Berufsberater... Berufsberater... etc.

Studioaufbau eines Büros. Ein Mann sitzt hinter einem Tisch. Mr. Anchovy steht und wartet. Der Berater sieht auf seine Uhr und startet den Sketch.

Berater Ah, Mr. Anchovy. Setzen Sie sich doch.

Anchovy Danke sehr. Das Gewicht von den Füßen nehmen, wie?

Berater Ja, ja.

Anchovy Ich muß sagen, schönes Wetter für diese Jahreszeit.

Berater So, lassen wir die Scherze. Mr. Anchovy, Sie haben uns gebeten, Sie zu beraten, für welchen Beruf im Leben Sie am besten geeignet sind.

Anchovy Das ist korrekt, ja.

Berater Tja. Ich habe jetzt die Resultate der Interviews und der Eignungstests hier, die Sie letzte Woche gemacht haben, und daraus ergibt sich für uns ein ziemlich klares Bild, was für ein Mensch Sie sind. Und ich denke, ich kann – ohne Furcht vor Einwänden – sagen, daß der ideale Beruf für Sie der des beeidigten Buchprüfers ist.

Anchovy Aber ich bin Buchprüfer.

Berater Na bestens! Dann mal zurück ins Büro mit Ihnen.

Anchovy Nein! Nein! Nein! Sie verstehen nicht. Ich bin nun zwanzig Jahre Buchprüfer. Ich will einen neuen Job. Etwas Aufregendes, das mich neu aufleben läßt.

Berater Na, das Buchprüfen ist doch ziemlich aufregend.

Anchovy Aufregend? Nein, ist es nicht. Es ist öde. Öde. Öde. Mein Gott, ist das öde, es ist so zum Verzweifeln öde und fad und dumpf und langweilig... und zum Ver-zwei-feln Ö-DE..

Berater Tja, äh, ja, Mr. Anchovy, Ihre Akte hier sagt aber, Sie seien ein extrem öder Mensch. Sehen Sie, unsere Experten beschreiben Sie als einen schon ganz erschreckend öden Burschen, phantasielos, zaghaft, keine Eigeninitiative, kein Rückgrat, leicht zu dominieren, ohne Sinn für Humor, langweiliger Gesellschafter, eine unverwüstliche furchtbar graue Maus. Und während sich diese Eigenschaften in den meisten Berufen als enorme Nachteile erweisen, sind Sie beim Buchprüfen ein Segen.

Anchovy Aber verstehen Sie doch, ich bin hierher gekommen, um einen neuen Beruf zu finden, ein neues Leben, einen neuen Sinn für meine Existenz. Können Sie mir helfen?

Berater Tja, haben Sie irgendeine Idee, was Sie machen wollen?

Anchovy Ja, ja, habe ich.

Berater Was?

Anchovy *(mutig)* Löwenbändigen.

Berater Na ja. Also, das ist natürlich ein kleiner Sprung, nicht wahr? Ich meine, äh, vom Buchprüfer zum Löwenbändiger von heut auf morgen. Denken Sie nicht, es wäre vielleicht besser, wenn Sie sich an das Löwenbändigen heranarbeiten... sagen wir über das Bankwesen...

Anchovy Nein, nein, nein, nein. Ich will nicht warten. Morgen um neun Uhr will ich dabeisein und bändigen.

Berater Schön. Aber haben Sie irgendwelche Qualifikationen?

Anchovy Ja, ich habe einen Hut.

Berater Einen Hut?

Anchovy Ja, einen Hut. Einen Löwenbändigerhut. Einen Hut auf dem Löwenbändiger steht. Ich habe ihn im Kaufhaus Harrods gekriegt. Darauf steht in großen Neonbuchstaben »Löwenbändiger«. Man kann ihn anknipsen, damit man sie auch nach Einbruch der Dunkelheit bändigen kann, wenn sie nicht so widerspenstig sind.

Berater Ich verstehe, ich verstehe.

Anchovy Und man kann ihn während des Tages ausknipsen, und man kann eine Wertminderung durch Verschleiß im vernünftigen Rahmen angeben und unter Paragraph 335c absetzen...

Berater Gut, gut, gut, ich kann Ihnen durchaus folgen, Mr. Anchovy, aber sehen Sie, der Haken bei der Sache ist... wenn ich jetzt Mr. Chipperfield anrufe und ihm sage, »hören Sie, ich habe hier einen 45jährigen Buchprüfer bei mir, der Löwenbändiger werden will«, wird seine erste Frage nicht lauten: »Hat er einen eigenen Hut?« Er wird fragen, welche Art von Erfahrungen Sie mit Löwen haben.

Anchovy Tja, ich... ich habe sie im Zoo gesehen.

Berater Schön, schön.

Anchovy Kleine, braune, pelzige Dinger mit kurzen, gedrungenen Beinen und großen, langen Nasen. Ich weiß nicht, was das ganze Theater soll, ich könnte gut einen davon bändigen. Um es gleich zu sagen, sie sehen ziemlich zahm aus.

Berater Und diese, äh . . .Löwen, wie groß sind sie?

Anchovy *(zeigt eine Höhe von 30 cm)* Tja, ungefähr so groß, wissen Sie. Die machen mir überhaupt keine Angst.

Berater Wirklich. Und essen diese Löwen Ameisen?

Anchovy Ja, das stimmt.

Berater Tja, Mr. Anchovy . . . . . ich fürchte, was Sie da erwischt haben, ist ein Ameisenbär.

Anchovy Ein *was?*

Berater Ein Ameisenbär. Kein Löwe. Sehen Sie, ein Löwe ist eine gewaltige, wilde Bestie, ungefähr 1 Meter 50 groß, drei Meter lang, er wiegt ungefähr 200 Kilo, läuft 60 Stundenkilometer schnell, besitzt Massen von scharfen, spitzen Zähnen und gefährliche, lange, rasiermesserscharfe Klauen, die Ihren Bauch aufschlitzen, bevor Sie »Jack the Ripper« sagen können, und so sehen die Bestien aus.

Der Berater holt ein großes Bild eines Löwen hervor und zeigt es Mr. Anchovy, der schreit und wird ohnmächtig.

Berater Zeit genug für ein Stück Holz, denke ich.

ZWISCHENTITEL: »DIE LÄRCHE«

Bild eines Baumes

Off-Sprecher (TERRY J.) Die Lärche.

Schnitt zurück in das Büro: Mr. Anchovy richtet sich mit einem Ruck auf.

Berater Nun, soll ich Mr. Chipperfield anrufen?

Anchovy Äh, nein, nein, nein. Ich denke, daß Ihre Idee, den Übergang zum Löwenbändiger ganz gemächlich . . . stufenweise, sagen wir, übers Versicherungswesen. . .

Berater Oder das Bankwesen.

Anchovy Oder das Bankwesen, ja, ja, Bankwesen, das ist eine Angelegenheit für Männer, nicht wahr? Bankwesen, Reisen, Aufregung, Abenteuer, Nervenkitzel, Entscheidungen, die das Leben der Menschen betreffen.

Berater Sehr schön, tja, äh, soll ich Sie mit einer Bank in Verbindung setzen?

Anchovy Ja.

Berater Gut.

Anchovy Äh. . . . nein, nein, nein. Hören Sie, sehen Sie, äh, das ist eine große Entscheidung, ich würde gerne ein paar Wochen darüber nachdenken. . . ähm. . . wissen Sie, ich will nicht übereilt da hineinspringen. Vielleicht drei Wochen. Ich könnte es

Ihnen dann definitiv sagen. Ich will nur diese endgültige Entscheidung nicht treffen. Ich bin. . . .äh. . . *(murmelt weiter nervös vor sich hin)*.

Berater *(wendet sich zur Kamera)* Tja. Dies ist nur einer von den allzu vielen Buchprüfer-Fällen aus unseren Unterlagen. Wir können diese schreckliche, verweichlichende Gesellschaftskrankheit nur bekämpfen, indem wir die breite Öffentlichkeit über ihre Folgen informieren, indem wir jungen Leuten zeigen, daß es die Sache einfach nicht wert ist. Daher, daher bitte. . .spenden Sie großzügig. . . an diese Adresse:
Bund zur Bekämpfung konzessionierter Buchhaltung, 55 Lincoln House, Basil Street, London, SW3.
ZWISCHENTITEL: *Einblendung der Adresse.*
Schnitt zurück zu David Unction, der die Zeitschrift »Körperbau« liest. Er steckt sie in eine braune Papiertüte.

Unction Oha, das war ein Spaß, was?
Schnitt zu einem Wikinger, der einen Helm trägt.

Wikinger (TERRY J.) War es nicht, du Schwuchtel.
Schnitt zurück in die Szene mit Unction.

Unction *(sarkastisch)* Ach, hallo, Seemann.
Schnitt zum Wikinger.

Wikinger He, du wärst nicht auf eine unserer Reisen mitgenommen worden – die waren da alle total macho.
Schnitt zu Unction.

Unction *(tuntig)* Uh, da hab ich aber was anderes gehört.

Schnitt: das Meer. Ein Schwenk, und wir sehen, wie Ron Obvious den Strand entlangläuft.

Off-Sprecher (ERIC) Das Meer besitzt eine heroische Ausstrahlung, welche in der Vergangenheit die Herzen und den Geist von Engländern aller Nationalitäten aufwühlte. Sir Francis Drake, Captain Webb, Nelson bei Trafalgar und Scott in der Antarktis. Alle stellten sich der Herausforderung des gewaltigen Ozeans. Und heute wird vielleicht ein weiterer Engländer seinen Namen in die goldene Schriftrolle der Historie eintragen können: Mr. Ron Obvious aus Neaps End. Am heutigen Tag hofft Ron Obvious darauf, der erste Mann zu sein, der es schaffte, über den Kanal zu springen.
Ron läuft auf eine Gruppe jubelnder Bewunderer zu. Ein Interviewer spricht ihn an.

Interviewer (JOHN) Ron, nun lassen Sie uns das einmal ganz klar stellen. – Sie haben vor, über den Ärmelkanal zu springen?

Ron (TERRY J.) Genau, das ist richtig, ja.

Interviewer Und, äh, wie weit ist das genau?

Ron Ach, na ja, das sind 40 Kilometer von hier bis Calais.

Interviewer Äh, das heißt bis zum Strand von Calais?

Ron Äh, nein, nein, vorausgesetzt, ich habe einen guten Start und vielleicht eine steife Brise über der französischen Küste, dann spring ich ins Zentrum von Calais.

Kurze Einstellung einer Gruppe Franzosen mit Transparent: »Fin de Kanal-Sprung«.

Interviewer Ron, benutzen Sie irgendwelche speziellen Techniken, um über diese große Distanz zu springen?

Ron Äh, nein, nein. Ich mach einen normalen zweifüßigen Sprung, äh, gerade hoch in die Luft, und über den Kanal.

Interviewer Ich verstehe. Äh, Ron, was war die größte Distanz, die Sie, äh, bisher gesprungen sind?

Ron Äh, ähm, 3 Meter 37 im Motspur-Park am 22. Juli. Äh, aber im Training bin ich schon 3 Meter 60 gesprungen.

Ron bricht ab, um Lockerungsübungen zu machen.

Interviewer Ich verstehe. Äh, Ron, Ron, Ron, haben Sie. . . Ron, haben Sie keine Angst, 40 Kilometer über das Meer zu springen?

Ron Oh, äh. Nein, nein, nein, nein. Eigentlich ist es einfacher, übers Meer zu springen, als über Festland.

Interviewer Wie das?

Ron Äh, na ja, mein Manager hat es mir erklärt. Also, wenn man fünf Meilen da draußen über dem Ärmelkanal ist und nichts außer dem Meer unter sich hat, äh, da gibt es einem 'n ziemlichen Ansporn, in der Luft zu bleiben.

Interviewer Ich verstehe. Na dann. Ich danke Ihnen sehr und wünsche Ihnen sehr viel Glück.

Ron Danke, danke.

Interviewer *(zur Kamera)* Der Mann hinter Rons Kanal-Sprung ist sein Manager Mr. Vercotti. *(Dreht sich, um mit Vercotti zu sprechen, der einen Mafia-Anzug und Sonnenbrille trägt.)* Mr. Vercotti, äh, Mr. Vercotti. . . Mr. Vercotti. . .

Mr. Vercotti (MICHAEL) Was? *(Murmelt Unschuldsbeteuerungen.)* Ich weiß nicht, wovon Sie reden.

Interviewer Äh, nein, wir sind von der BBC, Mr. Vercotti.

Mr. Vercotti Wer?

Interviewer Die BBC.

Mr. Vercotti Aha, ich verstehe. Ich dachte, ich dachte, Sie wären die, äh... Ich mag die von der Polizei sehr, ich habe viel Zeit für die übrig.

Interviewer Mr., äh, Mr. Vercotti, was ist Ihre Hauptaufgabe als Manager von Ron?

Mr. Vercotti Tja, meine Hauptaufgabe ist, äh, einen Sponsor für den großen Sprung klarzumachen.

Interviewer Und wer ist der Sponsor?

Mr. Vercotti Die Chippenham Ziegelsteinfabrik. Hm, die, äh, zahlen alle Rechnungen, äh, als Gegenleistung dafür wird Ron 50 Kilo ihrer Steine tragen.

Wir sehen einen Zöllner, der Rons Personalausweis überprüft.

Interviewer Ich verstehe. Tja, äh, es sieht so aus, als ob Ron jetzt fertig wäre. Er hat die Steine. Sein Ausweis ist kontrolliert worden, und er ist bereit loszulegen. Und er läuft an für den ersten Kanal-Sprung aller Zeiten. *(Ron läuft den Strand herunter, springt – und landet nach ungefähr einem Meter zwanzig im Wasser.)* Wird Ron bald einen zweiten Versuch unternehmen?

Mr. Vercotti Nein, nein. Ich hol ihn vom Springen weg. Äh, weil, ich hab in der nächsten Woche etwas für Ron auf die Beine gestellt, das sehr viel mehr sein Fall sein wird.

Interviewer Und was ist das?

Mr. Vercotti Äh, Ron wird die Kathedrale von Chichester essen.

Schnitt: die Kathedrale von Chichester. Ron geht auf sie zu, während er sich die Zähne putzt.

Interviewer Tja, da sehen Sie ihn, Ron Obvious aus Neaps End, bei dem Versuch, der ihn zum ersten Menschen aller Zeiten machen könnte, der es schaffte, eine komplette anglikanische Kathedrale zu verspeisen.

Ron beißt herzhaft in einen Strebepfeiler, schreit und greift sich an den Mund. Schnitt in eine Landschaft: eine Karte und ein Transparent, auf dem »Tunnelbau nach Java« steht. Interviewer und Vercotti...

Mr. Vercotti Ja, äh, ich glaube, David, das ist etwas, von dem Ron und ich wirklich begeistert sind. Ron wird einen Tunnel von Godalming, hier, nach Java, hier, anlegen. *(Zeigt es falsch auf der Karte.)*

Interviewer Java.

Mr. Vercotti Ja, äh, ich, ich persönlich glaube, damit wird sich Ron über Nacht einen Namen machen.

Interviewer Und wie weit ist er gekommen?

Mr. Vercotti Nun, äh, er ist jetzt ziemlich weit, Dave, ein gutes Stück des Weges. Ein gutes Stück des Weges, ja, o ja.

Interviewer Wo ist er genau?

Mr. Vercotti Ja, ja.

Interviewer Wo?

Mr. Vercotti Also, äh, na ja, wissen Sie, es ist schwer, das genau zu sagen. Er ist, ähm, wissen Sie, in der Gegend von, äh, Ron, wie weit bist du gekommen?

Ron *(taucht aus einem Loch auf)* Ungefähr 'n Meter, Mr. Vercotti.

Mr. Vercotti Oha, tja, grab weiter, Junge. Grab weiter.

Ron Mr. Vercotti, sind Sie sicher, daß keine Schaufel da ist?

Schnitt: Interviewer und Vercotti neben Eisenbahnschienen.

Interviewer Äh, Mr. Vercotti, was sagen Sie zu Leuten, die Ihnen vorwerfen, Sie würden Ron für Ihre eigenen Zwecke ausbeuten?

Mr. Vercotti Also, das ist völlig falsch, David. Seitdem ich Sizilien verlassen habe, habe ich versucht, das Beste für Ron zu tun. Ich weiß, was Ron will. Ich glaube an ihn, und ich versuche nur, die Gelegenheiten für Ron zu schaffen, damit er die Dinge machen kann, die er machen will.

Interviewer Und was wird er heute machen?

Mr. Vercotti Er wird einen Eisenbahnwagen mit seiner Nase zerteilen. *(Schreie. Ab.)*

Schnitt auf eine Hügellandschaft; Vercotti, Interviewer und im Hintergrund ein Transparent: »Lauf zum Merkur«.

Mr. Vercotti Der einzig schwierige Teil für Ron ist, die Erdatmosphäre zu verlassen. Äh, wenn er einmal in der Umlaufbahn ist, kann er direkt zum Merkur laufen.

Ron, der stark bandagiert ist, springt von der Startplattform: Standbild. Schrei. Schnitt; ein Grabstein: »Ron Obvious 1941–1969 – sehr talentiert.« Die Kamera fährt zurück und zeigt Vercotti.

Mr. Vercotti Ich bin jetzt voller Hoffnung, daß Ron den Weltrekord im Unter-der-Erde-Bleiben brechen wird. Er ist ein wundervoller Junge, er hat wirklich ein enormes Talent, wirklich ein riesiges Talent.

Zur letzten Einstellung des Friedhofes, auf dem der Wind pfeift, hören wir die Stimmen zweier, alter Damen.

1. Dame Oh, das war ein bißchen traurig, nicht?

2. Dame Psst! Das ist Satire.

1. Dame Nein, ist es nicht. Das ist total verrücktes Geblödel.
2. Dame Ja, wirklich?

Schnitt in eine Tierhandlung.
Mann (JOHN) Guten Morgen. Ich hätte gern eine Katze.
Ladenbesitzer (MICHAEL) Sicher, Sir. Ich habe einen süßen Terrier. *(Zeigt in eine Schachtel auf der Theke.)*
Mann *(schaut in die Schachtel)* Nein, ich will wirklich eine Katze.
Ladenbesitzer *(nimmt die Schachtel von der Theke und stellt sie dann wieder zurück, als ob es eine andere Schachtel wäre)* Oh ja, wie wärs damit?
Mann *(schaut in die Schachtel)* Nein, das ist der Terrier.
Ladenbesitzer Schon. Mehr oder weniger.
Mann Was soll das heißen? Ich will eine Katze.
Ladenbesitzer Passen Sie auf, ich sag Ihnen was. Ich feil die Beine ein bißchen runter, nehm seine Schnauze raus, steck ein paar Drähte durch seine Backen, und fertig ist Ihre süße Mietzekatze.
Mann Das ist keine richtige Katze.
Ladenbesitzer Wie meinen Sie das?
Mann Na, sie würde nicht miauen.
Ladenbesitzer Tja, sie würde ein bißchen heulen.
Mann Nein, nein, nein, nein. Äh, haben Sie einen Papagei?
Ladenbesitzer Nein, Chef, nicht wirklich, fürchte ich. Papageien sind uns gerade ausgegangen. Ich werd Ihnen aber was sagen. . .Ich hack seine Hinterbeine ab, wird prima, zieh das Fell ab, steck ein paar Federn rein und hefte einen Schnabel ihrer Wahl an. *(Nimmt eine kleine Schachtel und schüttelt sie.)* Kein Problem. Süßer Papagei.
Mann Und wie lang würde das dauern?
Ladenbesitzer Tja, lassen Sie mich nachdenken. . .äh, das Fell abziehen, keine Beine. . .*(Ruft)* Harry. . .kannst du jetzt gleich eine Papageienumwandlung bei diesem Terrier machen?
Harry (GRAHAM) *(im Off)* Nein, ich näh gerade noch 'nen Saum an den Airedale, und dann muß ich noch die Frösche auslassen.
Ladenbesitzer Freitag?
Mann Nein, ich brauch ihn für morgen. Soll ein Geschenk sein.
Ladenbesitzer Ach, du meine Güte, das ist eine langwierige Arbeit. Wissen Sie, Papageienumwandlungen. . .Sag Ihnen aber was, ganz umsonst, aus Terriern kann man süße Fische machen.

Ich mein, ich könnte das jetzt gleich für Sie machen. Beine ab, Flossen dran, eine kleine Röhre durch seinen Nacken stecken, damit er atmen kann, bißchen Goldfarbe, wird prima. . .

Mann Man würde ein sehr großes Becken brauchen.

Ladenbesitzer . . .ist ein großartiges Gesprächsthema.

Mann Gut, in Ordnung, in Ordnung. . . aber, äh, nur wenn ich zusehen darf.

Schnitt zu »Stimmen des Volkes«.

Pearson (JOHN) Na, ich fand, das war ein bißchen vorhersehbar.

Mann (ERIC) Das gab es schon mal.

Römischer Zenturio (TERRY J.) O ja, das haben wir bei Cäsars Weihnachts-Show gespielt.

Cäsar (GRAHAM) Habt ihr nicht. Ihr habt »Hänsel und Gretel« gespielt.

Schnitt in ein Zimmer für Einstellungsgespräche in einem Rathaus: Vorsitzender, der wie ein Oberst aussieht und Tweed trägt; neben ihm ein Vikar und eine Dame mit einem Kneifer. Der Vorsitzende hält ein Bild von Cäsar in der Hand. Als die Kamera zurückfährt, wirft er es ziemlich auffällig beiseite.

Vikar (TERRY J.) Was war das da für ein Bild?

Vorsitzender (GRAHAM) Psst! Der nächste! *(Ein Gorilla kommt herein.)* Guten Morgen – Mr. Phipps?

Gorilla (ERIC) Das ist richtig.

Vorsitzender Ähm, setzen Sie sich doch.

Gorilla In Ordnung, Sir. *(Er setzt sich.)*

Vorsitzender Nun, könnten Sie uns in groben Zügen erklären, warum Sie Bibliothekar werden wollen?

Gorilla Äh, tja, ich hab eine gewisse Erfahrung in der Führung einer Schulbibliothek.

Vorsitzender Ja, ja. Was für Erfahrung?

Gorilla Na ja, ich hab die Wissenschaftsbibliothek geleitet.

Vorsitzender Ja, ja. Nun, Mr. Phipps, Sie sind sich doch im klaren, daß die Stellung eines Bibliothekars gewisse, sehr wichtige Verantwortlichkeiten mit sich bringt. Ich meine, da wäre die Auswahl der Bücher, die Schallplattensammlung und die Kunstgalerie. Mir will scheinen, daß ein großer Nachteil Ihr Mangel an beruflicher Erfahrung in diesem Bereich darstellt. . . verbunden mit der Tatsache, daß, ähm, weil Sie ein Gorilla sind, Sie dazu neigen würden, die Leute zu erschrecken.

Vikar *(beiseite)* Ist das nicht ein Gorilla?

Vorsitzender Ja doch.

Vikar Tja, warum hat er nicht auf dem Formular geschrieben, daß er ein Gorilla ist?

Vorsitzender Wissen Sie, von den Bewerbern wird nicht verlangt, die Spezies einzutragen.

Vikar Was war das für ein Bild?

Vorsitzender Psst! – Mr. Phipps, welche Einstellung haben Sie zur Zensur in einer öffentlichen Bibliothek?

Gorilla Wie meinen Sie das, Sir?

Vikar Tja, ich meine zum Beispiel, würden Sie zum Beispiel »Letzte Ausfahrt Brooklyn«. . .oder. . .»Groupie« aufnehmen?

Gorilla Ja, ich denke schon.

Vikar Gut!

Vorsitzender Nun ja, das scheint mir sehr vernünftig zu sein, Mr. Phipps. Ich kann nicht so tun, als ob diese Bibliothek keine Schwierigkeiten gehabt hätte. Letzte Woche fiel Mr. Robertson, Ihr Vorgänger, ein ausgezeichneter Bibliothekar, drei Leute an und mußte vernichtet werden.

Gorilla Das tut mir leid, Sir.

Vorsitzender O nein, das braucht Ihnen nicht leid zu tun. Wissen Sie, ich glaube nicht, daß Bibliotheken düstere Orte sein sollten, wo die Leute schweigend herumsitzen, und das ist der Hauptgrund unserer Politik gewesen, wilde Tiere als Bibliothekare einzustellen.

Vikar Und außerdem sind sie viel liberaler. Die Pumas stellen Hank Janson offen ins Regal. . .

Vorsitzender Ja, ja, ja. *(Ein irrer Ausdruck in den Augen.)* Ja, ja, Mr. Phipps. Ich liebe es, den Kunden zuzusehen, wenn Sie hereinkommen, um sich über ein beschädigtes Buch zu beschweren, und verlangen, den Leiter der Bibliothek zu sehen, und dann. . .sollten Sie ihre Gesichter sehen, wenn die stolze Bestie aus dem winzigen Büro springt, ihnen das Buch aus den Händen reißt und die Fänge in ihren weichen, äh. . . *(sammelt sich)* Mr. Phipps. . .Kong! Sie können unser nächster Bibliothekar werden – Sie sind stolz, majestätisch und grimmig genug. . . Wollen Sie?

Gorilla Ich. . .ich glaube, ich kann nicht, Sir.

Vikar Warum nicht?

Gorilla Ich, ich bin nicht wirklich ein Gorilla. . .

Vikar Häh?

Gorilla Ich bin ein Bibliothekar im Pelz. . .

Vorsitzender Warum diese Täuschung?

Gorilla Tja, man hat mir gesagt, das wäre der beste Weg, den Job zu kriegen.

Vorsitzender Raus mit Ihnen. Herr Bibliothekar Phipps, da Sie kein Gorilla sind, sondern sich nur als ein solcher verkleidet und versucht haben, uns zu täuschen, um Ihre Karriere zu fördern. . . *(Gorilla geht weg.)* Der nächste. *(Ein Hund kommt herein.)* Ah. Mr. Pattinson. . . Platz!

Schnitt auf einen wütenden Brief.

Off-Sprecher (ERIC) *(liest)* Sehr geehrter »Daily View«, ich möchte gerne fünf Pfund dafür bezahlt bekommen, daß ich etwas Dummes über eine Fernsehshow sage.
Mit freundlichen Grüßen Mrs. Sybil Agro.

Off-Sprecher (JOHN) Sehr geehrter David Jacobs, East Grinstead, Freitag. Warum sollte ich jedes Jahr 60 Pfund an Fernsehgebühren zahlen, wenn ich mir einen Apparat für 6 Pfund kaufen kann.
Mit freundlichen Grüßen Captain R.H. Pretty. PS: Unterstützt Rhodesien, senkt die Kfz-Steuern, Argyll bleibt unser, Baby on board.

Off-Sprecher (GRAHAM) Sehr geehrte alte Knaben, einige meiner Freunde und ich haben ein Konsortium gegründet, und da wir mit hochentwickelter Bohrausrüstung arbeiten, haben wir ausgedehnte Nickelablagerungen vor West Schottland entdeckt.
Die Cincinnatti Bergbau Gesellschaft.

Stimmen *(Off)* Schön für Sie, Gnädigste.

Off-Sprecher (MICHAEL) Sehr geehrte alte Knaben, ich bin Präsident der Vereinigten Staaten.
Hochachtungsvoll
R.M. Nixon.

Stimmen *(Off)* Puuh! Bestimmt'n Bombenjob, Gnädigste.

Off-Sprecher (TERRY J.) Sehr geehrter Herr, ich bin über 3000 Jahre alt und würde gerne eine Szene mit zwei Leuten im Bett sehen.

Stimmen *(Off)* Das ist bestimmt 'ne Überleitung, Gnädigste.

Schnitt in das Schlafzimmer eines wohlhabenden Pärchens mittleren

Alters aus der Mittelschicht. Es ist dunkel. Beide liegen auf dem Rücken und schlafen fest. Der Ehemann ist ein Oberst-Typ (ein Oberst-Typ mit Schnauzbart). Sie trägt Lockenwickler und eine Gesichtsmaske. Jemand klettert durch das Fenster herein und trottet zur Ehefrau. Es ist ein geschniegelter, kleiner Franzose mit Barett und Nylonmantel vom Kontinent. Er trägt ein Stangenbrot. Er küßt sie auf die Stirn. Sie erwacht.

Maurice (ERIC) Vera. . .Vera. . .Liebling! Wach auf, meine kleine Zitrone. Komm in meine Arme.

Vera (TERRY J.) Maurice! Was tust du hier?

Maurice Ich konnte mich nicht von dir fernhalten. Ich muß dich für immer haben.

Vera Oh, zu welch ungünstiger Stunde.

Maurice Sprich nicht über Stunden, die Liebe beherrscht mich mit maßlosem Verlangen. Ich rase vor Lust.

Er küßt sie wiederholt auf die Stirn. Plötzlich wacht der Ehemann auf und richtet sich mit einem Ruck auf und schaut starr geradeaus.

Ehemann (MICHAEL) Was ist das, Vera?

Vera Oh, nichts, Liebling. Nur ein Lichtschein.

Ehemann Alles klar! *(Er schläft sofort wieder ein.)*

Vera Puuh! Das war knapp.

Maurice Nun denn, meine kleine Banane, mein kleiner Obstsalat, ich kann nicht länger auf dich warten. Du mußt mir ganz gehören. . .

Vera O Maurice!

Plötzlich erscheint neben ihnen ein junger Absolvent einer Privatschule im karierten Anzug und mit Pfeife.

Roger (JOHN) Vera! Was fällt dir ein!

Vera Roger!

Roger Was hat das zu bedeuten?

Vera Oh, ich kann alles erklären, mein Liebling!

Roger Wer ist das?

Vera Das ist Maurice Zatapathique. . .Roger Thompson. . .Roger Thompson. . . Maurice Zatapathique.

Maurice Angenehm.

Roger Angenehm. *(Kniend)* Wie konntest du mir das antun, Vera. . . nach allem, was wir durchgemacht haben? Verdammt, ich liebe dich.

Maurice Vera! Verstehst du nicht? Ich bin es, der dich liebt.

Der Ehemann wacht wieder auf.

Ehemann Was ist los, Vera?

Vera Oh, nichts, Liebling. Nur ein Zweig, der gegen das Fenster schlägt.

Ehemann Alles klar. *(Schläft wieder ein.)*

Roger Komm zu mir, Vera!

Vera Oh. . . nicht jetzt, Roger.

Maurice Vera, mein kleiner Igel! Wende dich nicht von mir ab.

Vera Oh, es geht nicht, Maurice.

Herein kommt Biggles. Er trägt Fliegerstiefel, Jacke und Helm wie im Ersten Weltkrieg. Er trägt eine Karte um den Hals: »Biggles«.

Biggles (GRAHAM) Hände weg, du dreckiger, besch. . . eidener Froschfresser! *(Kniet an ihrem Bett.)*

Vera O Ken, Ken Biggles.

Biggles Ja, Algy ist auch hier.

Vera Algy Braithwaite?

Algy tritt ins Licht. Tränen laufen über sein Gesicht. Er trägt eine Karte um den Hals, die lautet: »Algy ist auch hier«.

Algy (IAN) Das stimmt. . .Vera. . . *(Er schluckt die Tränen herunter.)* O Gott, du weißt, wir beide sind noch echt besch. . . eiden in dich verliebt.

Vera O Biggles! Algy. Ach, wie wunderbar.

Sie fängt an zu weinen. Ehemann wacht wieder auf.

Ehemann Was ist los Vera?

Vera Oh, äh, nichts, Liebling. Der Klo-Kasten läuft nur wieder voll.

Ehemann Alles klar. *(Schläft wieder fest ein.)*

Alle Männer haben sich Stühle genommen und sitzen im Kreis um Veras Bett. Sie reden miteinander. Biggles hält ihre Hand. Maurice hat eine Flasche mit Landwein hervorgeholt. In diesem Augenblick tauchen vier mexikanische Musiker an der Seite des Ehemannes auf. Der Anführer der Gruppe stupst den Ehemann an.

Mexikaner *(liest von schmuddeligem Papier)* Verzeihen. . . Können mir sagen. . . wo ist. . . Mrs. Vera Jackson. . .bitte?

Ehemann Ja. . .rechts und noch mal rechts.

Mexikaner Muchas gracias. . .

Ehemann Alles klar.

Er schläft sofort wieder ein. Die Mexikaner marschieren um das Bett herum und schließen sich der Gruppe an. Der Anführer dirigiert sie, und sie beginnen mit einer kleinen Conga. . . als sie angefangen haben, dreht er sich um und kommt mit einem lüsternen Blick zu Vera herüber.

Mexikaner O Vera. . . Du erinnerst dich: Acapulco im Frühling?

Vera Oh, das Hermann-Rodriguez-Quartett!

Plötzlich wacht der Ehemann auf.

Ehemann Vera! *(Sofortige Stille.)* Ich habe deutlich eine mexikanische Rhythmusgruppe gehört.

Vera Nein, nein, Liebling. . . das war nur die elektrische Heizdecke, die sich abschaltet.

Ehemann Hm. Na, ich geh mal pinkeln.

Er steht aus dem Bett auf und verschwindet im Düsteren.

Vera O nein, das kannst du nicht machen. Wir haben den Sketch hier noch nicht beendet!

Algy Verflixt! Wir haben nur noch eine besch. . . eidene Seite.

Roger Also wirklich. Es ist niemand da, auf den man reagieren kann.

Maurice Red nicht in die Kamera.

Roger Oh, Entschuldigung.

Herein kommt ein riesiger Mann, der wie ein Aztekengott gekleidet ist (nämlich: Christopher Plummer wie in »Der Untergang des Sonnenreiches«). Er breitet beide Arme aus und will gerade anfangen zu sprechen, als ihm Vera wegen Geldmangels das Wort abschneidet.

Vera Sie können gleich draußenbleiben. . . er ist gegangen und hat den Sketch verlassen.

Biggles Ja, er ist pinkeln gegangen.

Schnitt: Großaufnahme des Ehemanns und einer scharfen Puppe. Die Klokette hängt zwischen ihnen. Sie will daran ziehen, als er sie zurückhält.

Ehemann Pst! Ich glaube, meine Frau schöpft langsam Verdacht.

Schnitt: Trickfilm verschiedener seltsamer und wunderbarer Kreaturen, die folgendes sagen:

Kuhantilope Ich fand, das Ende war ein bißchen vorhersehbar.

Krokodil *(frißt die Kuhantilope)* Ja, wirklich, es mangelte an Originalität.

Strauß *(frißt das Krokodil)* Jedenfalls ist man nicht notwendigerweise schon gut, wenn man nur anders ist.

Eine Dame *(taucht aus einer Luke im Strauß auf)* Nein, wirklich, der gleiche Humor steckt ebenso im Konventionellen.

Schwein *(frißt den Strauß)* Aber auf der anderen Seite: ist das auch das, was das Publikum will? Ich meine, was die neue Freizügigkeit angeht, ganz zu schweigen von der Zahlungsbilanz. Es ist eine unbestreitbare Tatsache, daß. . .

Walfisch *(frißt das Schwein)* Ich stimme dem völlig zu.

Nagetier Das wär's. . . laßt uns diese Show verlassen, bevor es zu spät ist. . . *(»Ende« fällt auf es.)* Zu spät!

Zwei Männer nehmen den »Jetzt«-Mann von seinem Fleischerhaken und tragen ihn weg.

ABSPANN

Elf – Das Royal Philharmonic Orchestra geht ins Badezimmer

Film: Die unglaubliche Welt des »Jetzt«-Mannes (er läuft durch Straßenverkehr, bevor er schließlich »Und jetzt« japsen kann).
Trickfilm-Vorspann.
ZWISCHENTITEL: »FOLGE ZWEI«
ZWISCHENTITEL: »DAS ROYAL PHILHARMONIC ORCHESTRA GEHT INS BADEZIMMER«
Schnitt auf Badezimmertür, von außen. Ein Mann klopft an die Tür.

Mann (MICHAEL) *Sind Sie jetzt fertig?*
Aus dem Zimmer hört man eine Klavierkonzert-Salve (Tschaikowskijs Nr. 1). Der Mann zuckt die Achseln.
Schnitt auf einen Brief.

Off-Sprecher (JOHN) Sehr geehrte Herren, ich protestiere in schärfster Form gegen die eindeutige Tendenz zur Toilette, die diese Show jetzt schon aufweist. Warum berichten Sie nie über die erfreulichen Dinge in England, z. B. Mary Bignalls wunderbaren Sprung im Jahre 1964?
Mit freundlichen etc., Ken Voyeur.
Archivfilm des Siegessprungs von Mary Bignall bei der Olympiade in Rom.
Brief und Off-Sprecher.

Off-Sprecher (ERIC) Sehr geehrte Herren, ich protestiere in schärfster Form gegen eindeutige Tendenz zur Athletik, die diese Show jetzt schon aufweist. Warum können wir nicht mehr über den menschlichen Körper erfahren? Es gibt nichts Unanständiges oder Schmutziges am menschlichen Körper, außer den Eingeweiden und einigen Teilen des Hinterns.
Brief und Off-Sprecher.

Off-Sprecher (MICHAEL) Sehr geehrte Herren, ich protestiere in schärfster Form gegen die Briefe in Ihrer Sendung. Sie sind zweifellos nicht von der breiten Öffentlichkeit geschrieben und lediglich dazu da, einen billigen Lacher zu kassieren. Mit freundlichen Grüßen etc., Wilhelm Schlüpfer.
Archivfilm eines großen Orchesters, das ein Orchesterstück beendet. Als sie aufhören zu spielen, hört man laut eine Klospülung.

TRICKFILM: *eine schöne, gar nicht alberne Einleitung, vielleicht mit Fotos von berühmten Gestalten der Geschichte; sie endet mit den Worten: »Die Welt der Geschichte«.*

Schnitt in einen Raum mit einem Mann hinter einem Tisch.

ZWISCHENTITEL: »PROF. R.J. CANNING«

Canning (GRAHAM) 1348. Der schwarze Tod, Typhus, Cholera, Schwindsucht, Beulenpest...

Schnitt auf eine Landstraße; am Straßenrand sitzen fünf Leichenbestatter auf einem Sarg.

Erster Leichenbestatter (ERIC) Ach, das waren noch Zeiten...

Zurück zu Canning hinter seinem Tisch.

Canning Äh... also, ich bin...ich bin... Also, ich bin nicht bereit, hier weiterzumachen, wenn diese Unterbrechungen nicht aufhören. In Ordnung? Gut. Die verheerenden Folgen dieser, ähm...

Schnitt zu einem Film eines Leichenwagenrennens. Ein lauter Unfall außerhalb des Bildes. Verkehrszeichen: »Unfallgefahrenstelle«, die Leichenbestatter machen dort ein Picknick.

Canning *(packt seine Papiere ein, zieht seinen Mantel an, geht; die Kamera schwenkt.)* Nein, bleiben Sie, wo Sie sind, und... *(Kamera zoomt auf ihn.)* Und zoomen Sie mich nicht ran, nein, ich bin weg, ich bin weg. Das wär's. Das ist alles. Ich bin weg.

Er geht aus dem Bild. Leeres Bild. Eine kurze Pause. Ein Leichenbestatter kommt ins Bild.

Zweiter Leichenbestatter (TERRY J.) Sind Sie nervös, gereizt, depressiv und lebensmüde? *(Zwinkert)* Machen Sie weiter so!

ZWISCHENTITEL: »WÄHRENDDESSEN IM HAUS«

Schnitt in den Salon eines großen englischen Landhauses. Darin sitzen verschiedene Standardcharaktere à la Agatha Christie. Colonel Pickering, Lady Amanda Velloper, Kirt, Anona Winn. Sie trinken Tee, lesen etc. Draußen donnert es. Inspektor Tiger betritt den Raum.

Inspektor Tiger (JOHN) Das Haus ist umstellt. Ich fürchte, ich muß irgend jemand nicht bitten, den Raum zu verlassen. Nein, ich muß niemand bitten...Nein, ich muß jeden in diesen Raum bitten...Ich muß irgendeinen nicht bitten, den Raum zu verlassen. Niemand muß von mir aufgefordert werden, den Raum zu verlassen. Nein, niemand muß den Raum bitten, sich zu verlassen. Ich...ich bitte den Raum, werden von jemand verlassen zu sein... *nicht*. Niemand bitten, den Raum jemand zu verlassen, werde ich. Werde ich den Raum verlassen? Alle müssen den Raum verlassen...wie er ist... mit Ihnen drinnen. Puh! Verstanden?

Oberst Pickering (GRAHAM) Sie möchten, daß niemand den Raum verläßt.

Inspektor Tiger *(schnippt mit den Fingern, um zu zeigen, daß Oberst Pickering den Nagel auf den Kopf getroffen hat.)* Nun vorstatten Sie mich, mir zu gestellen. Tut mir leid. Gemir mich zu stattenstellen vor Sie mir. Stalsen zutten mir stetsen vor mich. Milchsen vorzuten gelsen Siemirich statsen. Entschuldigen Sie mich einen Augenblick! *(Schlägt sich an den Kopf.)* Gestatten Sie mir, mich vorzustellen. Ich bin Inspektor Tiger.

Alle Tiger?

Inspektor Tiger *(springt hoch)* Wo? Wo? Was? Ach so. Ich Tiger. Du Jane. Grrr. Entschuldigung, gestatten Sie mir, mich vorzustellen, ich fürchte, ich muß darum bitten, daß niemand den Raum verläßt.

Lady Velloper (CAROL) Warum nicht?

Inspektor Tiger Elementar. Da der Leichnam in diesem Raum gefunden wurde und da niemand ihn verlassen hat. Daher. . . muß der Mörder jemand in diesem Raum sein.

Colonel Pickering Welcher Leichnam?

Inspektor Tiger Jenam. Leichmand. In diesem Raum. Muß der Mörder sein. Der Mörder des Leichnams ist jemand in diesem Raum, den niemand verlassen darf. . .lassen wir den Leichnam in dem Raum, den niemand verlassen darf. Niemand verläßt irgend jemand oder den Leichnam mit jemand. Jeder, der irgend jemand ist, wird den Leichnam in den Raum laichen. Deine Pillen, Tiger! Wer auch immer *(während er die Tabletten sucht)* einen Leichnam hat, aber kein Leichnam ist, bleibt, wo er ist. Niemand verläßt den Leichnam in dem. . . *(er nimmt die Tablette)* Geleichen Sie michnam mir vorzuleichen.

In diesem Augenblick kommt ein Chirurg mit zwei Schwestern herein und fängt an, seinen Kopf zu operieren. Man hört Sägegeräusche.

ZWISCHENTITEL: »DERSELBE SALON. EINE LOBOTOMIE SPÄTER«

Der Chirurg packt ein. Inspektor Tigers Kopf ist bandagiert.

Chirurg Nun zu Sir Gerald.

Inspektor Schon besser, also, ich bin Inspektor Tiger, und ich muß darum bitten, daß niemand den Raum verläßt. *(Er zeigt dem Chirurg, der an der Tür steht, den erhobenen Daumen.)* Jemand hat hier soeben einen Mord begangen, und dieser Mörder ist jemand in diesem Raum. Die Frage ist. . .wer?

Oberst Pickering Hören Sie, es gab keinen Mord.

Inspektor Tiger Keinen Mord.

Alle Nein.

Inspektor Tiger Oh. Das gefällt mir nicht. Es ist irgendwie... zu einfach, zu eindeutig. Ich warte besser noch. *(Er setzt sich auf ein Sofa.)* Nein, zu einfach, zu eindeutig.

Das Licht geht aus. Man hört einen Schrei, gefolgt von einem Schuß. Das Licht geht an. Inspektor Tiger ist tot. Er hat ein Einschußloch in seiner Stirn, einen Pfeil durch seinen Hals und eine Flasche mit dem Etikett »Gift« in seinem Schoß liegen.

Oberst Pickering Beim Zeus! Er hatte recht.

Hauptkommissar Warnung kommt mit einem Wachtmeister herein.

Warnung (ERIC) Das Haus ist umstellt. Ich muß darum bitten, daß niemand den Raum verläßt. Ich bin Hauptkommissar Warnung.

Lady Velloper Warnung?

Warnung *(springt hoch)* Was? Wo? Oh? Ich, Warnung. Warnung von Scotland Yard.

Lady Velloper Wieso, wovor sollen wir uns denn in acht nehmen?

Warnung Wie bitte?

Lady Velloper Worauf bezieht sich die Warnung von Scotland Yard?

Warnung Ich fürchte, ich kann Ihnen überhaupt nicht folgen. Aha. Der Leichnam. Also muß der Mörder jemand in diesem Raum sein. Wenn er nicht sehr lange Arme hat. Sagen wir zehn oder elf Meter lang, ha, ha, ha. *(Er fängt tatsächlich an, zu lachen.)* Warnung von Scotland Yard. Sehr gut. In Ordnung. Nun, wir werden das Verbrechen rekonstruieren. Ich werde mich hier hinsetzen. Wachtmeister, schalten Sie das Licht aus. *(Das Licht geht aus.)* Gut. Also dann hörte man einen Schrei *(Schrei)*, dann, gerade bevor das Licht wieder anging, hörte man einen Schuß.

Man hört einen Schuß. Das Licht geht an, Oberkommissar Warnung sitzt tot da, mit Einschußloch, Pfeil und allem. Herein kommt Hilfshauptwachtmeister Dastehtnmannhinterihn.

H.D. (TERRY J.) In Ordnung. . .in Ordnung, das Haus ist umstellt und niemand verläßt den Raum und der ganze Rest. Gestatten Sie, daß ich mich vorstelle. Ich bin Hilfshauptwachtmeister Dastehtnmannhinterihn.

Alle Dastehtnmannhinterihn?

H.D. Also mit so einem alten Trick werden Sie mich nicht reinlegen. Gut, lassen Sie uns das Verbrechen rekonstruieren. Wachtmeister, Sie sind Inspektor Tiger.

Wachtmeister (MICHAEL) In Ordnung, Sir. Niemand verlassen den Raum, bitten werde – jenam verlasse ich niemand im Raum wird Leichmand, deine Pillen, Tigermand. Mirstatten milch zulsten vorlellen leichläßt in Raumand.

H.D. Sehr gut. Setzen Sie sich nur dort hin. Jetzt werden wir so tun, als ob das Licht ausgegangen wäre. Wachtmeister, Sie schreien. *(Wachtmeister schreit.)* Jemand erschießt Sie *(zieht eine Pistole und schießt dem Wachtmeister durch den Kopf)*, und die Tür öffnet sich...

Die Tür fliegt auf. Ein Polizist kommt herein.

Feuer Keine Bewegung! Ich bin Polizeichef Feuer...

Alle Feuer! Wo?

Er springt hoch...

Harter Schnitt zum zweiten Leichenbestatter von vorher.

Zweiter Leichenbestatter (TERRY J.) Wir unterbrechen diesen Sketch, aber wir schalten uns sofort wieder dazu, wenn irgendwas Interessantes passiert. In der Zwischenzeit sehen Sie einige von meinen Freunden.

Film mit vier Leichenbestattern, die einen Sarg tragen. Sie kippen den Leichnam verstohlen aus dem Sarg und hüpfen erleichtert die Straße entlang.

Brief und Off-Sprecher.

Off-Sprecher (GRAHAM) Sehr geehrter Herr, es tut mir leid, daß dieser Brief spät dran ist, er hätte am Anfang der Sendung kommen sollen.

Ihr Ivor Großpopo, (Alter 2).

Zwei Stühle in einem Interviewstudio. Schlauer Interviewer und ein Fußballer (der nicht allzu helle ist) im Blazer.

Interviewer (ERIC) Von der bildenden Kunst kommen wir zum Fußball. Gestern abend im Stadion des Lichts, in Jarrow, wurden wir Zeugen der Wiederbelebung einer großen Fußballtradition, als Jarrow United, im europäischen Sinne, mündig wurde, mit einer nachgerade proustischen Prachtentfaltung modernen, existentialistischen Fußballs, recht besehen, indem sie die jetzt sicherlich veraltete, defensive Catennachio-Philosophie des Signore Alberto Fanfrino durch eine moralische Argumentation des Mittelfelds ad absurdum führte. Bologna wurde tatsächlich von der Mannschaft aus Jarrow, deren drängendes, geladenes Spiel vor aggressiv-kantischem Positivismus strotzte, schlicht hinwegargumentiert. Und aus dieser tollen Mannschaft aus Jarrow ragte ein Mann heraus – der Erzdenker, der frei Planende, der kaum je zu Zügelnde: Mittelfeld-Philosoph, Jimmy Buzzard.

Buzzard (JOHN) Guten Abend, Brian.

Interviewer Jimmy, gestern abend war zum mindesten ein alternder Fußballkommentator über den Anblick eines englischen Fußballers, der sich von den durchsichtigen Tentakeln der dichten, mediterranen Abwehr befreien konnte, erfreut.

Buzzard Guten Abend, Brian.

Interviewer Hat Sie die Art und Weise überrascht, in der die Italiener so früh im Spiel die Überlegenheit im Mittelfeld abgegeben haben?

Buzzard Ich eröffne gerade eine Boutique, Brian.

Interviewer Das ist natürlich symptomatisch für einen neuen Schlag von Fußballern, genauso wie es tatsächlich symptomatisch ist für Ihr ganzes Spielergenre, oder wie sehen Sie das?

Buzzard Guten Abend, Brian.

Interviewer Worauf ich hinaus will, Jimmy, ist, daß Sie ein neues Konzept entwickelt zu haben scheinen, eine Strategie, die es Ihnen erlaubt, die italienische Abwehr systematisch zu zerlegen.

Buzzard *(macht eine Denkpause)* Ich habe den Ball einmal getroffen, und schon war er drin im Netz. *(Lächelt und sieht sich um.)*

Interviewer Glauben Sie, daß Jarrow bei der Begegnung in der Türkei eine defensivere Haltung in der ersten Halbzeit einnehmen wird?

Buzzard *(selbstsicher)* Ich habe den Ball einmal getroffen, und schon war er drin im Netz.

Interviewer Ja, ja – aber haben Sie irgendwelche Pläne, wie Sie mit den frei-schießenden, türkischen Stürmern umgehen?

Buzzard Ich eröffne eine Boutique, Brian.

Schnitt zu einem Leichenbestatter.

Zweiter Leichenbestatter Und nun lassen Sie uns einen Blick auf den Spielstand im Detektiv-Sketch werfen.

Schnitt in den Salon. Auf und neben dem Sofa liegt ein riesiger Haufen toter Polizisten.

Wachtmeister Mirstatten milch zulsten vorleichen. . .
Inspektor schießt ihm in den Kopf.
ZWISCHENTITEL: »WACHTMEISTER – HAUPTKOMMISSARE 13 : 9«
Schnitt zu vier Leichenbestattern, die einen Sarg einen Hügel hochtragen. Einer von ihnen schwankt und fällt hin. Die anderen setzen den Sarg auf den Boden, nehmen einen frischen Leichenbestatter heraus, legen den gefallenen in den Sarg und gehen weiter.

Schnitt: eine Trickfilmsequenz, die zu großer, glitzernder und blinkender Schrift führt, die »Interessante Leute« lautet. Ein Conférencier sitzt an einem Tisch. Neben ihm stehen Stühle für die Gäste.

Conférencier (MICHAEL) Hallo, guten Abend und wieder einmal willkommen zu einer weiteren Ausgabe von »Interessante Leute«. Und heute abend ist meine erste interessante Persönlichkeit der hochinteressante Mr. Howard Stools aus Kendal in Westmorland.
Er legt eine Streichholzschachtel vor sich auf den Tisch. Er drückt einen Knopf auf dem Tisch, und man hört Applaus. Läßt den Knopf los; der Applaus endet abrupt. Er öffnet die Schachtel ein wenig und spricht in sie hinein.

Conférencier Guten Abend, Mr. Stools.

Stimme *(aus der Schachtel)* Hallo, David.

Conférencier Mr. Stools, was macht Sie so interessant?

Stimme Ja, also, ich bin nur anderthalb Zentimeter groß.

Conférencier Tja, das ist äußerst interessant. Ich danke Ihnen, daß Sie heute abend zu uns in unsere Show gekommen sind, Mr. Stools.

Mr. Stools Ich dachte mir, daß Sie das interessant finden würden, genauer gesagt. . .

Conférencier *(drückt die Streichholzschachtel zu; Applaus)* Mr. Alan Stools aus Kendal in Westmorland. . . anderthalb Zentimeter groß. *(Applaus.)* Unser nächster Gast heute abend ist den weiten Weg aus Ägypten gekommen, er ist erst heute extra nach London geflogen, er heißt Mr. Ali Bayan, er ist bei uns im Studio, und er ist total verrückt.
Applaus. Schnitt zu Ali Bayan (Terry J.), der auf sehr verrückte Weise in die Kamera sieht. Applaus.

Conférencier Mr. Ali Bayan, total verrückt. Jetzt ist es aber Zeit für unsere Musiknummer, und heute abend richten wir das Rampenlicht auf den »Rachel Toovey Fahrrad Chor«. *(Ap-*

plaus.) Sie haben für das Lied »Men of Harlech« ein fantastisches Arrangement nur für Fahrradklingeln geschrieben.

Schnitt zu sechs Männern in Ölzeug und Südwestern. Sie singen »Men of Harlech« und klingeln am Ende jedes Verses klagend mit den Klingeln. Am Ende Applaus.

Conférencier Der »Rachel Toovey Fahrrad Chor«. Wirklich interessant. Denken Sie daran, wenn Sie interessant sind und in dieser Sendung auftreten wollen, dann schreiben Sie Ihren Namen und Adresse und Ihre Telefonnummer auf eine Karte und schicken Sie sie an diese Adresse: *(liest den Zwischentitel)* BBC, c/o E.F. Lutt, 18 Rupee Buildings, West 12. *(Applaus.)* Danke schön, danke schön. Jetzt kommt eine interessante Persönlichkeit. Abgesehen davon, daß er eine Ganztagsstelle als Bürolocher hat, kann er auch eine Katze mit Grippe anstecken.

Schnitt zu einem fein-angezogenen Mann (John), der ausgiebig in ein Katzenkörbchen hustet. Man hört ein Miau und ein Katzenniеßen. Schnitt zurück zum Conférencier.

Conférencier Tja, viel interessanter kann man wohl kaum noch sein, oder können Sie es doch? Jetzt ist bei mir Mr. Thomas Walters aus West Hartlepool, der völlig unsichtbar ist. Guten Abend, Mr. Walters. *(Wendet sich einem leeren Stuhl zu.)*

Walters (ERIC) *(außerhalb des Bildes)* Hier drüben, Hughie.

Conférencier wendet sich einem langweilig gekleideten Mann zu, der neben ihm sitzt.

Conférencier Mr. Walters, äh, sind Sie sicher, daß Sie unsichtbar sind?

Walters O ja, ganz sicher.

Conférencier Also gut, Mr. Walters, wie ist das so, unsichtbar zu sein?

Walters *(langsam)* Also, um es gleich zu sagen, ich kann den ganzen Tag an meinem Tisch in dem Büro, in dem ich arbeite, sitzen, und die anderen ignorieren mich völlig. Zu Hause spricht meine Frau stundenlang nicht mit mir, obwohl wir im selben Raum sind, auf der Straße gehen die Leute an mir vorbei, ohne in meine Richtung zu schauen, und ich kann in einen Raum gehen, ohne. . .

Conférencier Ja. Bei unserer Suche nach interessanten Menschen, haben wir Mr. Oliver Cavendish getroffen, der. . .

Walters *(leiert weiter)*. . .selbst Sie, Sie bemerken mich fast nicht. . .

Conférencier . . .Mr. Oliver Cavendish aus Leicester, der behauptet, er könne die gesamte Bibel in einer Sekunde rezitieren, während ihm mit einer großen Axt auf den Kopf geschlagen wird. Ha, ha, wow. Wir haben inzwischen herausgefunden, daß er ein Schwindler war, ja, ein Schwindler – in Wirklichkeit hat er nicht die ganze Bibel rezitiert, er hat bloß die ersten beiden Worte »Am Anfang. . .« rezitiert vor seinem Tod.

Schnitt zu einem Film mit Sportausschnitten.

Conférencier *(im Off)* Und jetzt ist es Zeit für »Interessante Sportarten«. Diese Woche sehen Sie Freistil-Kricket, live aus dem Stadtbad in Croydon.

Boxring; zwei voll ausgestattete Kricketspieler; als die Glocke klingelt, nähern sie sich einander und fangen an, sich mit den Kricketschlägern zu schlagen. Applaus.

Conférencier Mr. Ken Dove, den man zweimal zum interessantesten Mann Dorkings gewählt hat, ist jetzt bei mir. Ken, ich glaube, Sie interessieren sich fürs Schreien.

Dove (JOHN) *(schreit)* Ja, ganz recht, ich interessiere mich fürs Schreien. Donnerwetter! Mit dieser speziellen Bemerkung von Ihnen da haben Sie den Nagel sicherlich auf den Kopf getroffen.

Conférencier Was denkt Ihre Frau darüber?

Frau *(im Off, vollblütig)* Ich bin derselben Meinung.

Dove Halt's Maul!

Walters . . .bei Parties zum Beispiel kommen die Leute nie zu mir rüber, ich sitze nur da und jeder. . .

Ein Mann, der eine Katze trägt, kommt herein.

Conférencier Ich glaube, das ist Tiddles?

Mann (GRAHAM) Ja, das ist. . . das ist Tiddles.

Conférencier Ja, und was kann sie?

Mann Sie fliegt durch das Studio und landet in einem Eimer mit Wasser.

Conférencier Von allein?

Mann Nein, ich schleuder sie.

Conférencier Tja, das ist extrem interessant. Ladies and Gentlemen – Don Savage und Tiddles.

Der Mann wirbelt die Katze herum und herum. Er läßt sie los und sie fliegt durch das Studio. Ein dumpfes Platschen und ein Miau. Kurze Einstellung einer richtigen Katze, die in einem Eimer sitzt.

Dove *(schreit)* Ich bin interessanter als eine nasse Mietzekatze.

Walters . . .vergeht Stunde um Stunde.

Conférencier Großartig, ja. »Interessante Leute« präsentiert

Ihnen zum ersten Mal im Fernsehen einen Mann, der Ziegelsteine durch Hypnose zum Einschlafen bringen kann. Mr. Keith Maniac aus Guatemala.

Maniac sitzt neben dem Conférencier. Er trägt einen Zylinder und einen schwarzen Umhang.

Maniac (TERRY J.) Guten Abend.

Conférencier Keith, Sie behaupten, Sie könnten Ziegelsteine zum Einschlafen bringen.

Maniac Ja, das ist richtig, ich kann. . .

Conférencier Ausschließlich durch Hypnose.

Maniac Ja. . . ich gebrauche keinerlei Hilfsmittel. *(Beugt sich vor und nimmt die Streichholzschachtel vom Tisch, um seine Pfeife anzuzünden, öffnet sie und reißt ein Streichholz an.)*

Stimme *(aus der Schachtel)* Aaah!

Dove Sie haben Mr. Stools verletzt!

Maniac *(nimmt eine andere Schachtel und zündet die Pfeife an)* Ich starre den Ziegelstein einfach an, und er schläft ein.

Conférencier Nun gut, wir haben hier einen Ziegelstein, Keith. *(Zeigt auf den Ziegelstein auf dem Tisch.)* Vielleicht können Sie ihn für uns zum Einschlafen bringen. . .

Maniac Oh. . . äh, also, ich fürchte, der schläft schon.

Conférencier Woher wissen Sie das?

Maniac Na, er bewegt sich nicht. . .

Conférencier Ah, ich verstehe – haben wir einen Ziegelstein, der sich bewegt? Ja, wir haben einen Ziegelstein, der sich bewegt, Keith, er kommt jetzt rüber.

Wir sehen einen Mann im weißen Kittel, der sich vorbereitet, einen Ziegelstein zu werfen. Er wirft ihn gefühlvoll. Der Stein landet vor Keith auf dem Tisch. Keith starrt ihn an, während er fällt.

Maniac Das hätten wir. Fest eingeschlafen.

Conférencier Sehr gut, wirklich sehr gut.

Maniac Alles mit den Augen gemacht.

Conférencier Ja, Mr. Keith Maniac aus Guatemala.

Dove *(besorgt, zu der Schachtel)* Mr. Stools, sagen Sie doch was! Howard!

Harter Schnitt zurück zum Freistil-Kricket.

Conférencier *(im Off)* Mr. Keith Maniac aus Guatemala. . . und nun: vier müde Leichenbestatter.

Schnitt: Film mit vier Leichenbestattern, die einen Sarg tragen und sich mühsam einen Berg hinaufkämpfen. Einer schwankt und fällt. Die anderen senken den Sarg, heben ihn auf und legen ihn hinein. Sie heben den Sarg wieder an und schwanken weiter den Hügel hinauf. Ein weiterer Leichenbestatter bricht zusammen; die übrigen zwei legen ihn in den Sarg. Erschöpft heben sie den Sarg auf, aber sie sind nur ein oder zwei Schritte gegangen, als einer von ihnen zusammenbricht. Der übriggebliebene zerrt ihn in den Sarg, drückt ihn mit einigem Widerstand hinein und preßt den Deckel zu. Er überlegt einen Moment hin und her, wie er den Sarg aufheben soll, dann wirft er angewidert seinen Hut weg, klettert in den Sarg und schließt den Deckel hinter sich. Der Sarg bewegt sich von allein fort.

Off-Sprecher (ERIC) Wir unterbrechen an dieser Stelle ganz schnell, um zurückzuschalten zu dem Interview mit Jimmy Buzzard, wo nach unseren Informationen etwas Aufregendes passiert ist.

Schnitt zurück in das Interview-Studio; Jimmy Buzzard sitzt auf dem Boden.

Buzzard Ich bin von meinem Stuhl gefallen, Brian.

Schnitt: auf einem Friedhof. Der Sarg, der sich noch aus eigenem Antrieb bewegt, kommt in den Friedhof hinein. Ein Vikar geht auf ihn zu und winkt den Totengräbern (die wir nicht sehen können), daß sie aus dem Grab kommen sollen. Aus dem Grab klettern zwei Totengräber. . .dann noch zwei. . .dann noch zwei. . .noch zwei weitere. . .zwei Bergarbeiter. . .zwei uniformierte Männer. . .ein Polizeihund mit Trainer. . .und schließlich ein australischer Surfer. Der Sarg findet seinen Weg ins Grab.

Dann kommt ein wunderbares Stück Trickfilm von unserem talentierten Trickfilmregisseur Terry Gilliam, dem Wunderknaben. Bestehend aus einer schnellen Collage aus äußerst sexy aussehenden Standbildern halbangezogener und nackter Mädchen.

Nach acht Sekunden unglaublich schnulziger Musik:

EINGEBLENDETER ZWISCHENTITEL: »DIE WELT DER GESCHICHTE«

ZWEITER ZWISCHENTITEL: »SOZIALGESETZGEBUNG IM ACHTZEHNTEN JAHRHUNDERT«

Schnitt in ein fantastisch verlockendes Boudoir: ein plüschiges Bett mit vier Pfosten, seidenen Vorhängen, seidenen Laken, einem Pelzkissen etc. Man sieht von oben auf das Bett herunter. Ausgestreckt auf dem Bett liegt ein Mädchen (Carol), das vor Sex strotzt, eine echte Professionelle, schwarze Netzstrümpfe, Strapse, BH und Höschen und was nicht

sonst noch alles. Sie bewegt sich, als ob sie mitten in einem Orgasmus wäre, während sie zu einer sehr maskulinen Off-Sprecher-Stimme mimt.
EINGEBLENDETER ZWISCHENTITEL: »A.J.P. TAYLOR«

Off-Sprecher (JOHN) *(sehr maskuline Stimme, zu der das Mädchen mimt)* Guten Abend. Ich will heute abend sämtliche Aspekte der Sozialgesetzgebung des achtzehnten Jahrhunderts untersuchen – ihre Relevanz für die hierarchische Struktur der späten Renaissance-Gesellschaft, und ihren Einfluß auf die Zukunft des parochialen Systems in einer expandierenden Agrargesellschaft. Aber zuerst ein wenig Unterhaltung.
Schnitt: ein Film mit acht Sekunden Striptease.
Sofort Schnitt zurück in die gleiche Kulisse.

Off-Sprecher Professor Gert van der Huups vom Rijksmuseum in Den Haag wird die Sozialgesetzgebung Englands in einen europäischen Kontext einordnen.
Schnitt in eine Szene mit einem weiteren Bett, ähnlich verführerisch. Ein kleiner, bebrillter Professor liegt darauf und wird von einer erotischen Sirene liebkost und ausgezogen.

Professor (MICHAEL) *(holländischer Akzent)* In der Frühzeit des fünfzehnten Jahrhunderts gab es drei wichtige Dinge für die Sozialgesetzgebung in Holland. Zum ersten. . .der Aufstieg der Handel treibenden Klassen. . .zum zweiten, die Verstädterung der Handwerksgilden. . .zum dritten, abnehmende moralische Werte im Zeitalter zunehmender sozialer Verbesserungen. Aber zuerst ein wenig Unterhaltung. . . *(Packt sich das Mädchen.)*

Schnitt: ein Vorhang und Topfpflanzen. Geräuscheffekte: Engelschöre. Ein Mann im Smoking mit Engelsflügeln wird von oben heruntergelassen. Als er den Boden berührt, verstummen die Engelschöre. Er nimmt ein zerknülltes Stück Papier aus seiner Tasche.

Mann (TERRY J.) Und nun Professor R.J. Canning.
Er faltet das Papier zusammen und steckt es weg. Der Engelschor fängt wieder an, und er steigt langsam hoch und verschwindet aus dem Bild. Schnitt zu Professor Canning in normaler Moderationskulisse. Hinter ihm ein Rückprojektions-Schirm.
EINBLENDUNG: »WIEDER PROFESSOR R.J. CANNING«

Canning (GRAHAM) Susi sag mal saure Sahne. Und nun zur Schlacht bei Trafalgar. . . *(Auf dem Schirm hinter ihm leuchtet ein zeitgenössisches Bild der Schlacht bei Trafalgar auf.)* Wir untersuchen heute abend verschiedene populäre Sichtweisen dieser großen Schlacht. Wurde die Schlacht bei Trafalgar im Atlantik vor der Küste Süd-Spaniens geschlagen? Oder wurde sie auf festem Land in der Nähe von Cudworth in Yorkshire geschlagen? Hier haben wir einen Mann, der glaubt, daß dem so war...

Schnitt zu einem Mann – einem Gumby – mit Gummistiefeln, hochgekrempelten Hosen und verknotetem Taschentuch etc. Er steht in der Mitte eines Feldes und schaut sehr dumpf aus der Wäsche.

Canning *(im Off)* Und hier ist sein Freund.

Die Kamera schwenkt leicht zur Seite, verliert Gumby aus dem Bild und entdeckt einen identisch angezogenen, identisch dumpfen Mann, der neben ihm steht. Die Kamera schwenkt zurück zum ersten Gumby.

EINBLENDUNG: »PROFESSOR R.J. GUMBY«

Canning *(im Off)* Warum denken Sie, daß die Schlacht von Trafalgar in der Nähe von Cudworth geschlagen wurde?

Eine lange Pause entsteht.

Gumby (MICHAEL) Weil...Drake...–...war...zu...schlau...für...die...deutsche...Flotte...

Canning *(im Off)* Wie bitte?

Gumby ...Ui, jetzt hab ich vergessen, was ich gesagt habe.

Canning *(im Off)* Mr. Gumbys bemerkenswerte Sichtweise hat unter seinen wissenschaftlichen Kollegen eine Welle von Kontroversen ausgelöst.

Schnitt in Studierzimmer voller Bücher. Ein identischer Gumby steht drin.

EINBLENDUNG: »F.H. GUMBY REGIUS, PROFESSOR FÜR GESCHICHTE, BEI SEINER MUTTER«

Zweiter Gumby (ERIC) Tja, ich tenke... wir... sollten... unsere Vorstellung von der... Schlacht bei Trafalgar... neu übertenken.

Schnitt zu einem weiteren Gumby, diesmal vor einer Universität.

EINBLENDUNG: »PROF. L.R. GUMBY«

Dritter Gumby (GRAHAM) Also... also... ich stimme mit allem überein, was Mr. Gumby sagt.

Schnitt zu einem weiteren Gumby, der in einem Schweinestall mit Schweinen steht.

EINGEBLENDETER ZWISCHENTITEL: »PROF. ENID GUMBY«

Vierter Gumby (JOHN) Ja, ich denke, Zement ist interessanter als die Leute denken.

Das sexy Mädchen im verführerischen Boudoir von vorher, das zu einer maskulinen Sprecher-Stimme mimt.

EINBLENDUNG WIE VORHER: »A.J.P. TAYLOR«

Off-Sprecher Ein Thema...vier verschiedene Sichtweisen... *(schwingt einen Schneebesen)* ...zwölf fünfzig... in einer schlichten Verpackung.

Schnitt zurück zu Canning.

Canning Der Stoff der Geschichte ist tatsächlich ein gewebtes Gewebe. – Pearl Harbour: Es gibt Seiten im Buch der Geschichte, die in gewaltigen Lettern geschrieben sind... Das sind Ereignisse, die Jahrzehnte in der Menschheitsgeschichte hinwegwischen. Ein solches Ereignis ist die Schlacht um Pearl Harbour, die für uns dramatisch aufbereitet wurde vom Stadtfrauenverband Batley.

Canning *(im Off)* Miss Rita Fairbanks – Sie haben diese... Rekonstruktion der Schlacht um Pearl Harbour organisiert – warum?

Rita (ERIC) Nun ja, wir haben uns schon immer besonders stark für das moderne Drama interessiert. . .wir waren natürlich der erste Frauenverband, der »Das Lager auf der Blutinsel« aufgeführt hat, und im letzten Jahr haben wir unsere äußerst populäre Adaption »Kriegsgreuel der Nazis« gegeben. Deswegen haben wir gedacht, wir würden dieses Jahr gern etwas in einer heitereren Tonart machen...

Canning Deswegen haben Sie sich die Schlacht um Pearl Harbour ausgesucht?

Rita Ja, das ist richtig, das haben wir.

Canning Tja, ich kann sehen, daß Sie alle bereit sind loszulegen. Bleibt mir nur noch, Ihnen viel Erfolg zu wünschen für Ihr neuestes Unterfangen.

Rita Ich danke Ihnen sehr, junger Mann.

Sie geht zurück und schließt sich den anderen Damen an, die sich inzwischen in zwei gegenüberliegende Lager geteilt haben.

Canning *(ehrfurchtsvolle Stimme im Off)* Meine Damen, meine Herren, »Die Welt der Geschichte« ist stolz, Ihnen die Premiere der »Schlacht um Pearl Harbour« in der Interpretation des Stadtfrauenverbands Batley präsentieren zu können...

Der Anpfiff ertönt, und die beiden Seiten fallen mit Handtaschen etc. übereinander her. Der Film läuft fünfzigprozentig »unterdreht«, damit er ein bißchen Schärfe kriegt.

Schnitt in das Studio mit Canning.

Canning Die Schlacht um Pearl Harbour. Es tut mir übrigens leid, daß ich am Anfang der Sendung ein kleines bißchen gereizt reagiert habe, als diese ganzen Filme und Dinger eingespielt wurden und mich unterbrochen haben, aber ich. . .

Schnitt auf einen Friedhof mit Vikar. Er streut Erde und bekommt Lehm ins Gesicht geworfen. Der Vikar feuert eine Waffe ab.

Schnitt auf einen Friedhof, den einige Totengräber verlassen. Sie steigen in einen Leichenwagen. Als sie abfahren, sieht man, daß die andere Seite mit psychedelischen Blumenmustern bemalt ist.

Schnitt zu Canning.

Canning Deswegen hab ich gesagt, wenn das wieder passiert. . . ich werd dann sehr zornig, ich rede mit Lord Hill und. . .

Schnitt zum »Jetzt«-Mann.

Canning . . .erzähl das Lord Hill. . .

ABSPANN

Zwölf – Die nackte Ameise

»Jetzt«-Mann (der durch einen Wald hetzt und schließlich »Und jetzt« japst).

Trickfilmvorspann.

ZWISCHENTITEL: »FOLGE 17–26«

ZWISCHENTITEL: »DIE NACKTE AMEISE«

ZWISCHENTITEL: »EIN STELLWERK IRGENDWO NAHE HOVE«

Stimme *(im Off)* Ich weiß, daß Sie da unten sind.

Das Innere eines Stellwerks. Ein Stellwärter (Terry J.) steht bei den Signalhebeln. Er wird von einem Bären angegriffen. 3,48 Sekunden lang kämpft er mit ihm.

ZWISCHENTITEL: »ABER IN EINEM BÜRO ABSEITS DER GOSWELL ROAD«

Zwei Leute sitzen sich an einem Tisch gegenüber; zwischen ihnen ein großes Fenster. Man erkennt, daß sie sich hoch oben im großen Bürohaus befinden müssen. Die beiden arbeiten fleißig. Nach einer Weile fällt ein Körper am Fenster vorbei.

Erster Mann (ERIC) Heh, haben Sie das gesehen?

Zweiter Mann (JOHN) Hmm?

Erster Mann Haben Sie jemanden am Fenster vorbeikommen sehen?

Zweiter Mann Was?

Erster Mann Jemand ist gerade am Fenster vorbeigekommen. Die Richtung. *(Zeigt nach unten.)*

Zweiter Mann Mm-mh. . .

Der zweite Mann kehrt zur Arbeit zurück. Der erste Mann schaut noch ein wenig aus dem Fenster. Als er wieder anfängt zu arbeiten, saust ein weiterer Körper am Fenster vorbei.

Erster Mann Noch einer.

Zweiter Mann Mmh?

Erster Mann Grad ist noch einer runtergekommen.

Zweiter Mann Was?

Erster Mann Zwei Leute sind gerade eben aus dem Fenster in ihren wohl ziemlich sicheren Tod gestürzt.

Zweiter Mann Ah ja, schön.

Erster Mann Verstehen Sie nicht? Zwei Leute *(noch einer fällt)* . . .drei Leute sind gerade hier an dem Fenster vorbeigekommen.

Zweiter Mann Muß 'ne Vorstandssitzung sein.

Erster Mann Tja. *(Noch einer fällt.)* Hey, das war Wilkins von den Finanzen.

Zweiter Mann Nein, nein, das war Robertson.

Erster Mann Wilkins.

Zweiter Mann Robertson.

Erster Mann Wilkins.

Zweiter Mann Robertson.

Noch einer fällt.

Erster Mann *Das* war Wilkins.

Zweiter Mann *Das* war Wilkins. War ein prima, äh, prima, Golfspieler, der Wilkins.

Erster Mann Sehr guter Golfspieler. Sehr guter Golfspieler. Miserabel bei Finanzen. Dann kommt als nächstes Parkinson.

Zweiter Mann Wetten, daß nicht.

Erster Mann Um wieviel.

Zweiter Mann Was?

Erster Mann Um wieviel wetten Sie, daß er nicht der nächste ist? Einen Fünfer?

Zweiter Mann In Ordnung.

Erster Mann Abgemacht.

Zweiter Mann Es gilt.

Erster Mann Schön. *(Schütteln sich die Hände und sehen dann aus dem Fenster.)* Mach schon, Parky.

Zweiter Mann Tu's nicht, Parky.

Erster Mann Mach schon, Parky. Spring, Parky. Spring.

Zweiter Mann Mensch, sei jetzt bloß vernünftig, Parky.

Schnitt auf einen Brief.

Off-Sprecher (GRAHAM) Sehr geehrter Herr, ich schreibe Ihnen, um mich über den Sketch zu beschweren, in dem Leute aus einem hohen Gebäude fallen. Ich habe mein ganzes Leben in so einem Gebäude gearbeitet und bin

noch

nie...

...

...

...

...

Schnitt: Film von einem Mann, der aus dem Fenster fällt.

Schnitt zurück ins Büro. Der erste Mann hält die Hände jubilierend hoch.

Erster Mann Parkinson!
Zweiter Mann Johnson!

TRICKFILM *(eventuell einschließlich fallender Sachen) leitet geschickt über zum: Moderator an einem Tisch. Aufdringliche Musik einer Nachrichtensendung.*

EINGEBLENDETER ZWISCHENTITEL: »SPEKTRUM«

Moderator (MICHAEL) Guten Abend. »Spektrum« widmet sich heute abend einem der Hauptprobleme der Welt von heute – die alte umstrittene Frage: »Was ist eigentlich los?« Haben wir überhaupt noch Gelegenheit, uns ihr zu stellen, geschweige denn sie zu beantworten, oder ist es bereits zu spät? Wie lauten die Zahlen, wie sind die Fakten, was meinen die Leute, wenn sie sich über die Dinge unterhalten? Alexander Hardacre von der Landwirtschaftsbehörde.

Schnitt zu einem ähnlich klugen Kopf von Experten. Er steht vor einem Schaubild mit drei verschiedenfarbigen Säulen, über denen Prozentzahlen zu sehen sind. Er spricht mit großer Autorität.

Hardacre (GRAHAM) In diesem Schaubild repräsentiert diese Säule 23 Prozent der Bevölkerung. Diese Säule repräsentiert 28 Prozent der Bevölkerung, und diese Kolumne repräsentiert 43 Prozent der Bevölkerung.

Schnitt zurück zum Moderator.

Moderator Wirklich aussagekräftige Zahlen, aber was bedeuten sie für Sie, was bedeuten sie für mich, was bedeuten sie für den durchschnittlichen Mann auf der Straße? Professor Tiddles von der Universität Leeds ist hier bei uns. . .

Die Kamera fährt zurück und zeigt einen bärtigen Professor, der neben dem Moderator sitzt.

Moderator . . .Professor, Sie haben viele Jahre damit verbracht, Dinge zu erforschen, was denken Sie?

Professor (JOHN) Ich denke, es ist noch zu früh, um etwas zu sagen.

Schnitt zum Moderator, der jetzt noch schneller redet.

Moderator »Zu früh, um etwas zu sagen«. . .»zu früh, darüber zu reden. . .« das bedeutet das gleiche. Das Wort »sagen« ist das gleiche wie das Wort »reden«. Sie werden nicht gleich geschrieben, aber sie bedeuten das gleiche. Das ist die identische Situation, die wir mit »Schiff« und »Boot« haben *(hält Schilder hoch, auf denen »Schiff« und »Boot« steht)*, aber nicht die gleiche, wie wir sie mit »Ehre« und »Ähre« haben *(hält Schilder hoch)*, sie werden unterschiedlich geschrieben, bedeuten verschiedene Dinge, klingen aber gleich. *(Er hält ein Schild hoch, auf dem »Da hätten wir's« steht.)* Die eigentliche Frage aber bleibt unbeantwortet. Wie ist, falls es denn eine gibt, die Lösung dieses Problems? Was können wir tun? Was rede ich hier? Warum sitze ich auf diesem Stuhl? Warum bin ich in dieser Sendung? Um uns all dies zu beantworten, haben wir nun einen Kricketprofi hier im Studio.

Schnitt zum Kricketprofi.

Kricketspieler (ERIC) Zu diesem Zeitpunkt möchte ich noch nicht darüber reden.

Schnitt zurück zum Moderator.

Moderator Haben Sie da also falsch gelegen. . . Herr Professor?

Die Kamera fährt zurück, wir sehen wieder den Professor neben ihm.

Professor Hallo.

Schnitt: Großaufnahme des Moderators.

Moderator Hallo. Also. . . wo stehen wir? Wo stehen wir? Wo sitzen wir? Wo kommen wir? Wo gehen wir? Was tun wir? Was sagen wir? Was essen wir? Was trinken wir? Was denken wir? Was tun wir?

Schnitt: Archivfilm einer Zug-Reise von London nach Brighton in zwei Minuten. Nach einigen Sekunden fährt der Zug in einen Tunnel. Schwärze. Unfallgeräusche. Schnitt auf das Stellwerk vom Anfang.

Stellwärter *(ruft aus dem Fenster)* Oh, Entschuldigung!

Er geht wieder zurück, um mit dem Bären zu kämpfen.

Schnitt in eine schäbige, enge, kleine Pension.

EINGEBLENDETER ZWISCHENTITEL: »EINE KLEINE PENSION IN MINEHEAD, SOMERSET«

Mr. und Mrs. Johnson, ein typisches bürgerliches Ehepaar in den Ferien, gehen zur Eingangstür und drücken auf die Klingel. Die Wirtin geht in der Pension zur Eingangstür und öffnet.

Wirtin (TERRY J.) Hallo? Mr. und Mrs. Johnson, nicht wahr?

Johnson Richtig, ja.

Wirtin Tja, kommen Sie herein, entschuldigen Sie, daß ich Ihnen nicht die Hand gebe, aber ich hab der Katze gerade ein bißchen Schweinefett aufs Furunkel geschmiert.

Johnson *(tritt ein)* Sehr hübsch.

Wirtin Sie müssen müde sein, ist eine lange Fahrt von Coventry, nicht wahr?

Johnson Ja, also, wir rechnen gewöhnlich mit fünfeinhalb Stunden, und jetzt haben wir sechs Stunden und dreiundfünfzig Minuten gebraucht, mit einer fünfundzwanzigminütigen Pause in Frampton Corttrell, um uns die Beine zu vertreten, nur, daß wir eine halbe Stunde warten mußten, um auf die M5 bei Droitwich zu kommen.

Wirtin Ist nicht wahr!

Johnson Ja, dann gab es diesen Viereinhalb-Kilometer-Stau auf der A38 kurz vor Bridgwater, nur, daß wir normalerweise, wissen Sie, auf der B3339 kurz vor Bridgwater vorbeifahren...

Wirtin Ist nicht wahr!

Johnson Ja, aber wir haben uns dieses Mal entschlossen, es zu riskieren, weil es ja immer heißt, sie soll da erweitert werden.

Wirtin Soll sie das?

Johnson Ja, also gerade beim Straßenkreuz, wo die A372 dazukommt, da gibt's viel Platz, um sie zu erweitern, da sind nur die Grasstreifen. Man könnte noch zwei Meter dazukriegen – und das Krankenhaus abreißen. Wir haben dann die Küstenstraße durch Williton genommen und sind in den Stoßverkehr von Taunton nach Crowcombe und Stogumber auf der A358 gekommen.

Wirtin Sie müssen ja umkommen vor Durst, ich bring Ihnen einen Tee.

Johnson Also, da sag ich nicht nein... nicht, wenn er warm und naß ist.

Wirtin Na, dann kommen Sie mal mit in den Gesellschaftsraum, ich servier gleich den Nachmittagstee.

Johnson *(folgt ihr in den Gesellschaftsraum)* Sehr hübsch.

Noch ein bürgerliches Ehepaar, Mr. und Mrs. Phillips, sitzt dort.

Wirtin Kommen Sie herein, Mr. und Mrs. Johnson, ja, und das sind Mr. und Mrs. Phillips.

Phillips (TERRY G.) Guten Tag.

Johnson Danke sehr.

Wirtin Sie sind schon das dritte Jahr bei uns, wir können sie einfach nicht loswerden, nicht wahr? Ha, ha, und da drüben sitzt Mr. Hilter.

Die Wirtin führt Mr. und Mrs. Johnson zu einem Tisch, an dem Adolf Hitler sitzt und über einer Landkarte brütet. Er trägt eine vollständige Nazi-Uniform. Mit ihm an dem Tisch sitzen Himmler und von Ribbentrop, Himmler in einer Nazi-Uniform, von Ribbentrop im Abendanzug mit Eisernem Kreuz.

Hitler (JOHN) Ah! Sieg Hei. . .Guten Tag.

Wirtin Oh, wir wollen wohl einen kleinen Ausflug machen, was, Mr. Hilter!?

Hitler Ja, ja! Wirrr machen kleinen . . . *(Zu den anderen)* Was ist rückweise bewegen?

Von Ribbentrop (GRAHAM) Geländemarsch.

Himmler (MICHAEL) Bergwanderung.

Hitler Wirrr machen einen kleinen Geländemarsch, nach Bideford.

Johnson *(beugt sich über die Karte)* Oh, da werden Sie bestimmt die A39 nehmen wollen. . . nein, nein, Sie haben da die falsche Karte, das ist Stalingrad, Sie brauchen den Ilfacombe-Barnstaple-Abschnitt.

Hitler Ach, Heinr. . . äh, Reginald, da hast du wohl die falsche Karte erwischt, du alter Kricket-Fanatiker von einem waschechten Briten, du.

Himmler Sorry, mein Führer, ich hab. . . *(Hitler haut ihn an)* äh. . . *Dickie, old chum. . .*

Wirtin Ein Glück, daß Mr. Johnson Sie noch drauf hingewiesen hat? Es wär bestimmt nicht sehr lustig gewesen in Stalingrad, was. . .? *(Sie kapieren den Witz nicht.)* Ich sagte: Es wär bestimmt nicht so lustig gewesen in Stalingrad, was? Ha, ha, ha.

Hitler *(mit zusammengebissenen Zähnen)* Nicht sehr lustig in Stalingrad, nein.

Wirtin Oh, Entschuldigen Sie, ich hab Sie gar nicht bekannt gemacht: Ron. . . Ron Vibbentrop.

Johnson Doch wohl nicht von Ribbentrop, was? Ha, ha, ha.

Von Ribbentrop *(erschrickt mächtig; kapiert dann)* Nein! Nein! Nein! Äh!!! Ha, ha, ha. *No, no*, ich bin born in Somerset. Von Ribbentrop ist born in Gotterammerstraße 46, Düsseldorf-West 8. . . ähm, glaub ich.

Wirtin Und da ist der stille Mr. Bimmler.

Johnson Hi, Mr. Bimmler.

Himmler How do you do, Sir. Ich auch nicht von Minehead, but in Peterborough, Lincolnshire, ich born, und ich stay in Peterborough Lincolnshire Haus ganzen Krieg, wegen böse Wunde ich nicht spielen in the street football mit andere Jungs, und nicht können gehen nach Nürnberg. I am Fensterputzer in Ruhestand and Pazifist, nix Kriegsverbrecher *(reißt sich zusammen)*, tz, tz, tz, und ich very glad, daß England gewinnt World

Cup – Bobby Charlton, Martin Peters –, ich immer eating chips and fish und Hole-in-se-toad, und Dundee-Kekse in der Piccadilly-Line. You know, old chap, ich zehn Jahre Chef von Gestapo, nein, fünf Jahre, nein, nein, äh, no, no, ich war kein Jahr Chef von Gestapo, nie. . . ich mach joke.

Wirtin Oooh, Mr. Bimmler, Sie erlauben sich einen Spaß mit uns, was? *(Telefon klingelt.)* Ach, entschuldigen Sie mich bitte, ich muß schnell mal ans Telefon. *(Geht aus dem Raum.)*

Johnson Und, äh, für wie lange sind Sie hier, Mr. Hilter? Nur vierzehn Tage?

Hitler *(brüllt)* Warrrrum frragen Sie? Sie sind ein Spion, wie? *(Zieht einen Revolver.)* Da, rrrüber an die Wand, Brrriten-Schwein, dein letztes Stündlein hat geschlagen.

Von Ribbentrop und Himmler schnappen sich Hitler und beruhigen ihn.

Himmler Take it easy, Dickie old chum.

Von Ribbentrop Sorry, Mr. Johnson, er ist ein bißchen gereizt. Er hat seit 1945 nicht mehr geschlafen.

Hitler Halt dein Kuchenloch, du Nazi.

Himmler Keep cool, Führer-Baby!

Von Ribbentrop Ha, ha, ha. *(Tut es lachend ab.)* Was wir immer für Spaß haben.

Johnson Kenne ich den nicht aus dem Fernsehen?

Von R. & Himmler Nein, nein, äh, *no, no.*

Johnson Irgendein Fernseharzt?

Von Ribbentrop Nein!!! Nein!

Die Wirtin kommt herein.

Wirtin Ein Anruf für Sie, Mr. Hilter, es ist der nette Mr. McGoring aus dem »Bell and Compass«. Er sagt, er hat eine Adresse gefunden, wo man Bomber stundenweise mieten kann.

Hitler Wenn der noch mal sein großes Maul aufreißt. . . dann machen wir Lampenschirme!

Von Ribbentrop *(bringt Hitler unter Kontrolle und drängt ihn zur Tür)* Schnauze! *(Hitler verläßt den Raum.)* Bomber stundenweise mieten, ha, ha, was für ein Witzbold dieser alte Schotte doch ist! Guter, alter Norman! *(Er verläßt den Raum.)*

Wirtin In letzter Zeit verbringt er den ganzen Tag am Telefon.

Johnson Ist schwer im Geschäft, was?

Himmler Schon recht bald, Baby.

Wirtin Sein großer Tag ist natürlich am Donnerstag. Ach ja, sie planen das schon seit Monaten.

Johnson Was soll da passieren?

Wirtin Na, da ist die Nachwahl für North Minehead. Mr. Hilter kandidiert für die nationalbolzialistische Partei. Er hat wundervolle Pläne für Minehead.

Johnson Zum Beispiel?

Wirtin Also, für den Anfang will er Polen annektieren.

Johnson Oh, in North Minehead sind doch die Konservativen dran, oder?

Wirtin Tja, zu ihren Aufmärschen kommen viele Leute.

Johnson Aufmärsche?

Wirtin Naa, ihre bolzialistischen Versammlungen, unten im Café Axis auf der Rosedale Road.

Schnitt auf ein schäbiges italienisches Café. Auf einem Schild über dem Café steht »Café Axis, Italienische Spezialitäten«. Eine Gestalt, in der man deutlich Mussolini wiedererkennt, nagelt ein Schild oder Poster an, auf dem steht: »Wählt Hitler«. Er sieht sich um und geht verstohlen in das Café. In diesem Augenblick kommen Hitler, von Ribbentrop und Himmler auf Fahrrädern an dem Café vorbei. Hitler fährt an der Spitze und schreit Nazi-Parolen in das Megaphon. Von Ribbentrop fährt hinten mit einer großen Fahne »Hitler für ein besseres Meinhäd«. Himmler fährt in der Mitte mit einem alten Grammophon, das »Deutschland, Deutschland über alles« spielt.

Schnitt zu Hitler, der auf einem Balkon geifert. Himmler steht an seiner Seite. Unter ihnen hängt eine Nazi-Flagge.

Hitler Ich bin kein Rassist. Aber – und dies ist ein großes Aber: wir in der Nationalbolzialistischen Partei glauben, daß. . . daß das Überleben muß gestammen sein mit der schniekie Armstrong-Jones. Historische Taunton ist Völkermeinung von Meinhäd.

Himmler *(macht einen Schritt nach vorn)* Mr. Hitler. . . *Hilter* sagt, daß Taunton geschichtlich gesehen schon ein Teil von North Minehead ist.

Einstellung eines Bauerntrampels, der ungläubig auf den Balkon schaut. Hinter ihm taucht von Ribbentrop auf.

Von Ribbentrop Er hat recht, wissen Sie das?

Wieder auf dem Balkon.

Hitler Und Bridgwater ist die letzte Fühlig, das wir haben in Somerset.

Dazu hört man starken Applaus und »Sieg Heil«-Rufe. Der Bauerntrampel, der nicht applaudiert, dreht sich ziemlich überrascht um, um zu sehen, von wannen wohl solcherlei Applaus komme. Er sieht von Ribbentrop, der ein Grammophon bearbeitet.

Schnitt zu Stimmen des Volkes.

Interviewer (JOHN) *(im Off)* Was halten Sie von Mr. Hilters Politik?

Bauerntrampel (GRAHAM) Ich mag den Klang von diesem Bolzentrationslaber nicht.

Schreckschraube (ERIC) Also, ich hab ihm mein Baby gegeben, damit er es küßt, und er hat es in den Kopf gebissen.

Börsenmakler (JOHN) Tja, ich denke, er würde viel Gutes für die Aktienbörse bewirken.

Schreckschraube (MICHAEL) Nein. . .nein. . .

Himmler *(schwach als Bauerntrampel verkleidet)* Oh, great. Very britisch and wonderbar. . .äh. . . ful.

Schreckschraube (TERRY J.) Ich denke, er hat recht mit den Bimbos, allerdings bin ich ein bißchen verrückt.

Gumby (TERRY J.) Ich finde, er hat schöne Beine.

Madd (GRAHAM) Also, da ich als Kandidat der Konservativen spreche, labere ich einfach nur weiter und weiter und weiter. . . lasse keinen anderen zu Wort kommen, bis ich Schaum vor dem Mund habe und hintenüberfalle. *(Er schäumt aus dem Mund und fällt hintenüber.)*

Schnitt in das »Spektrum«-Studio. Der gleiche Moderator wie vorher sitzt am Tisch.

Moderator (MICHAEL) Schaum vor dem Mund und hintenüber fallen. Hat er Schaum vor dem Mund, um hintenüberzufallen, oder fällt er hintenüber, um Schaum vor dem Mund zu haben? »Spektrum« untersucht heute abend die ganzen Fragen über Feimen und Fallen, Leiern und Lallen, Schreien und Schallen, Knallen und Hallen, Schnallen und Prallen, Ballen und Strahlen, Zahlen und Pfählen und Tahlen? Tahlen? Gibt es das Wort Tahlen? Wenn ja, was bedeutet es. . .wenn nicht, was bedeutet das. Vielleicht beides. Vielleicht keines von beiden. Was meine ich mit dem Wort meinen. Was meine ich mit dem Wort Wort, was meine ich mit was meine ich, was meine ich mit was, und was meine ich ohne was? Was meine ich mit meine ich mit meine ich mit, und warum meine ich, daß ich Ihre Zeit auf diese Weise verschwenden kann? Gute Nacht.

Schnitt in eine Polizeiwache.

Wachtmeister (JOHN) Gute Nacht.

Die Kamera fährt zurück: ein Mann steht vor dem Tresen.

Mann (TERRY J.) Guten Abend, ich möchte einen Einbruch melden.

Wachtmeister Sprechen Sie bitte lauter, Sir.

Mann Ich möchte einen Einbruch melden.

Wachtmeister Ich kann Sie nicht verstehen, Sir.

Mann *(brüllt)* Ich möchte einen Einbruch melden!!

Wachtmeister Das ist ein bißchen zu laut. Können Sie es nur ein bißchen weniger laut als jetzt sagen?

Mann *(ein wenig lauter als normal)* Ich möchte einen Einbruch melden.

Wachtmeister Nein. . . ich kriege immer noch nichts mit. . .Äh, könnten Sie es in einer höheren Stimmlage versuchen?

Mann Was meinen Sie mit höherer Stimmlage?

Wachtmeister Was?

Mann *(mit hoher Stimme)* Ich möchte einen Einbruch melden.

Wachtmeister Aha! Das ist es. Warten Sie einen Augenblick. *(Nimmt Bleistift und Papier.)* Jetzt ein bißchen lauter.

Mann *(lauter und höher)* Ich möchte einen Einbruch melden.

Wachtmeister Einen was melden?

Mann *(jetzt mit einem lächerlich hohen Quieken)* Einbruch!

Wachtmeister Das ist genau die richtige Frequenz. . . jetzt so lassen.

Ein weiterer Wachtmeister kommt herein und geht hinter den Tresen.

Zweiter Wachtmeister (GRAHAM) Hallo, Kollege!

Wachtmeister *(mit sehr tiefer Stimme)* Abend, Charlie.

Der zweite Wachtmeister zieht seinen Mantel aus, und der erste fängt an, seine Papiere einzupacken. Der Mann erzählt seine Leidensgeschichte weiter, aber immer noch in einem hohen, schrillen Kreischen.

Mann Ich saß mit einem Freund von mir aus Camber Sands zu Hause, als wir ein Geräusch aus dem Schlafzimmer hörten. Wir machten uns daran, es zu untersuchen, und bemerkten, daß 5000 Pfund gestohlen worden waren.

Wachtmeister Tja, ich fürchte, ich hab jetzt Dienstschluß, Sir. Ähm, könnten Sie das bitte Wachtmeister Foster erzählen.

Er verläßt den Tresen. Wachtmeister Foster kommt hilfsbereit lächelnd nach vorne.

Mann *(kreischt weiter schrill)* Ich saß mit einem Freund von mir zu Hause.

Zweiter Wachtmeister Entschuldigung, Sir, aber, äh, was soll die komische Stimme?

Mann *(normale Stimme)* Oh, tut mir schrecklich leid. Ich hab mich dran gewöhnt, mit dem anderen Wachtmeister so zu reden.

Zweiter Wachtmeister Es tut mir schrecklich leid. . . ich kann Sie nicht hören, Sir. Könnten Sie versuchen, in einer tieferen Stimmlage zu sprechen?

Mann Was? Oh! *(Mit sehr tiefer Stimme.)* Ich möchte den Verlust von 5000 Pfund anzeigen.

Zweiter Wachtmeister 5000 Pfund? Das ist etwas Ernstes, da sprechen Sie besser mit dem Kriminalinspektor.

Die Macht des Stichworts bewirkt, daß in eben diesem Augenblick der Kriminalinspektor aus seinem Büro kommt.

Inspektor (ERIC) *(mit sehr tiefer, langsamer Stimme)* Was ist los, Wachtmeister?

Zweiter Wachtmeister *(spricht mit fantastischer Geschwindigkeit)* Tja - dieser - Herr - Sir - kam - gerade - herein - um - zu - melden - daß - er - zu - Hause - mit - einem - Freund - gesessen - hat - Als - er - ein - Geräusch - aus - dem - Hinterzimmer - gehört - hat - ist - er - dorthin - gegangen - um - es - zu - untersuchen - und - hat - bemerkt - daß - Ersparnisse - von - 5000 - Pfund - gestohlen - worden - sind.

Inspektor *(tiefe Stimme)* Ich verstehe. *(Wendet sich zu dem Mann und spricht ihn mit normaler Stimme an.)* Wo wohnen Sie, Sir?

Mann *(normale Stimme)* 121, Halliwell Road, Dulwich, SE21.

Der Kriminalinspektor bemüht sich, es zu verstehen, schafft es aber nicht. Der zweite Wachtmeister mischt sich hilfreich ein.

Zweiter Wachtmeister *(schnell)* 121-Halliwell-Road-Dulwich-SE21.

Inspektor *(kreischt)* Noch ein Halliwell-Road-Ding, hm, Wachtmeister?

Erster Wachtmeister *(schnell)* Ja - ich - kann - es - gar - nicht - glauben - ich - dachte - der - Typ - der - das - gemacht - hat - ist - letztes - Jahr - eingesperrt - worden.

Zweiter Wachtmeister *(kreischt)* Ja, in Parkhurst.

Erster Wachtmeister *(tief)* Tja, es muß jemand anders gewesen sein.

Inspektor *(sehr tief)* Danke sehr, Wachtmeister. *(Normale Stimme zu dem Mann.)* Wir setzen die Sache sofort in Bewegung, Sir. *(Er hebt den Telefonhörer ab und wählt, während er mit hoher Stimme* *zu dem ersten Wachtmeister kreischt)* Übernehmen Sie hier, Wachtmeister. *(Sehr tiefe Stimme zu dem zweiten Wachtmeister)* Alarmieren Sie alle Streifenwagen in der Gegend. *(Mit lächerlicher Sing-Sang-Stimme ins Telefon)* Ha-allo Lieb-ling, ich fürch-Te, ich we-R-de h-EU-te a-BE-nd sp-Ä-ter n-A-ch H-AU-se KO-mmen.

Inzwischen hat der zweite Wachtmeister ein Sprechfunkgerät und singt mit einer schönen Operntenorstimme hinein.

Zweiter Wachtmeister *(singt)* An alle Streifenwagen in der Gegend. . .

Schnitt zu »Stimmen des Volkes«.

Schönes Mädchen *(mit tiefer männlicher Stimme, synchronisiert)* Ich fand, das war ziemlich niveaulos.

Schwein *(miaut)*

Giraffe *(bellt)*

Präsident Nixon *(eingespieltes Schafsgeblöke)*

Upperclass-Trottel (JOHN) Einige Leute sprechen doch auf äußerst ungewöhnliche Weise.

Schnitt zum Upperclass-Trottel-des-Jahres-Sketch. Die fünf Teilnehmer rennen auf das Spielfeld.

Kommentator (JOHN) Guten Tag und willkommen im Hurlington Park. Wir haben uns an diesem wunderschönen Winternachmittag rechtzeitig zugeschaltet, um noch zu erleben, wie die Teilnehmer auf das Spielfeld rennen, das Geläuf ist fest unter den Füßen, es besteht wenig Aussicht auf Regen. Ja, es sieht ganz so aus, als ob wir uns mit der 127. Upperclass-Trottel-des-Jahres-Schau auf einen prächtigen Sportnachmittag freuen dürfen. Und da die Teilnehmer gleich loslegen, will ich sie einmal für Sie identifizieren. *(Nahaufnahme der Teilnehmer.)* Vivian Smith-Smythe-Smith hat eine Vier minus in Hygiene-Chemie. Simon-Zinc-Trumpet-Harris ist mit einer sehr attraktiven Tischlampe verheiratet. Der beste Freund von Nigel Incubator-Jones ist ein Baum, und in seiner Freizeit arbeitet er als Börsenmakler. Gervaise Brook-Hampster ist in einem Garderegiment, und sein Vater benutzt ihn als Papierkorb. Und schließlich Oliver St. John-Mollusc, von der Privatschule Harrow und dem Garderegiment, den viele für den herausragenden Trottel dieses Jahr halten. Jetzt bewegen sie sich zur Startlinie, ein ganz prima Publikum haben wir hier. Jetzt warten sie auf den Startschuß. . .und sie laufen los! *(Kampfrichter feuert die Waffe ab; niemand bewegt sich.)* Ach nein, tun sie nicht. Nein, sie haben nicht begriffen, daß sie starten sollten. Macht nichts, wir werden das gleich zurechtrücken, der Schiedsrichter erklärt es ihnen jetzt. Ich glaube, Nigel und Gervaise haben es verstanden. Alles bereit zum Start. *(Kampfrichter feuert die Waffe ab; die Trottel laufen wirr umher.)* Oh, und sie laufen los, und dieses Jahr ist es ein schneller Start. Oliver St. John-Mollusc rennt da ein bißchen weit, und jetzt kommen sie zu der ersten Prüfung, der geraden Linie. *(Die Trottel gehen konfus fünf weiße Linien entlang.)* Sie müssen diese gerade Linie entlanggehen, ohne hinzufallen, und Oliver ist da drüben am Ende, äh, Simon kommt recht schnell auf der Außenseite voran, ich glaube, Simon und Nigel, beide kommen sehr schnell voran. Das da ist Nigel da. Nein, es ist Nummer drei, tut mir leid, und da auf der Außenseite – das kann die Kamera nicht sehen – kommt Gervaise, der auch nicht allzuviel zu sehen scheint. . . *(Die Trottel nähern sich einer Linie aus Streichholzschachteln. Je drei Schachteln sind aufeinandergestapelt.)* An der Spitze kommen Simon und Gervaise zum Streichholz-Sprung. . .sie müssen drei Lagen Schachteln klarmachen. . . und Simon ist drüber, und Vivian ist ausgezeichnet drübergekommen, oh, das war der Sprung seines Lebens – wenn nur sein Vater dafür Verständnis hätte. Hier kommt Nigel. . . und jetzt ist Gervaise drüber, er ist, äh, Nigel ist drüber, und hier kommt Gervaise. Gervaise wird drüberspringen, macht es, nein, er ist von der falschen Seite gesprungen, da kommt er, Nigel ist ausgezeichnet drübergekommen. Jetzt ist nur noch Oliver. Oliver. . .und Gervaise. . .oh, so ein Pech. Und jetzt kommt Tritt-den-Bettler. *(Die Trottel treten einen Bettler mit Bauchladen.)* Da ist Simon, und er tritt ihn zusammen, nicht übermäßig hart, aber er fällt hin, und Simon kann jetzt weitergehen. Jetzt kommt Vivian. Vivian kommt und wartet auf eine Chance. Hier kommt er, oh, ein Rammklotz, ein richtiger Rammklotz, und Simon ist jetzt an erster Stelle, Vivian zweiter, Nigel dritter, Gervaise an vierter, und Oliver bildet die Nachhut. Aha, da ist Oliver. *(Oliver versucht noch immer über die Streichholzschachteln zu springen.)* Da ist Oliver jetzt, er bildet das Schlußlicht. Ich glaube, er hat ein kleines Problem mit seiner alten Gehirnverletzung, er wird einen schnellen Versuch starten, nein, nein, so ein Pech, er ist draußen, er weiß einfach nicht, wann er geschlagen ist, dieser Junge, wann er gewinnt, weiß er aber auch nicht. Er hat überhaupt keine Sinnesorgane. Oh, da ist Gervaise *(tritt immer noch den Bettler)*, und er tritt ihn ganz schön zusammen, und er bringt den Bettler auf den Boden, und der Ordner gibt ihm einen kleinen Ratschlag, ja, er kann jetzt weitergehen, er kann zum Schnappschuß gehen. Er legt los, Gervaise ist da, und Oliver hat am Schluß immer noch Probleme mit den Streichholzschachteln. *(Die Trottel nähern sich einem Tisch mit zwei attraktiven Mädchen und einem Fotografen.)* Hier kommt jetzt der Scharfe Schnappschuß, und der erste hier ist Simon, er wird sich mit Lady Arabella Plunkett amüsieren. Sie möchte gern zum Film, und Vivian ist hier fertig, und, äh, da ist Nigel, der sich einen Spaß mit Lady Sarah Pencil Farthing Vivian Steamroller Adams Pie Biscuit Aftershave Gore Stringbottom Smith erlaubt. *(Einstellung eines Trottels, der rückwärts mit einem Sportwagen die Ausschneidefigur einer alten Frau umfährt.)* Und da ist, da ist jetzt Simon im Sportwagen, er ist im Rückwärtsgang in die alte Frau rein, er hat sie absolut ausgezeichnet erwischt. Er wird jetzt vorwärts beschleunigen, zum Nachbarnaufwecken. Ich glaube, da ist Vivian, nein, Vivian hat seine Schlüssel verloren, nein, da ist Vivian, er hat die alte Frau erwischt, langsam aber sicher genau in die Magengrube, und hier ist er. Hier ist er, um jetzt den Nachbarn aufzuwecken. *(Ein Mann im Bett mitten auf dem Spielfeld; die Trottel knallen wiederholt die Türen zu.)* Simon voll in Führung, locker in Führung, aber er kriegt seinen Nachbarn nicht wach. Er knallt gut was weg. Er kriegt absolut keine Reaktion. Da, er hat ihn aufgeweckt, und Simon ist fertig. Hier kommt Vivian, Vivian, um die Tür zu knallen, und hier sind wir wieder beim Schnappschuß, ich glaube, das da ist Gervaise, der gerade dabei ist, und hier kommt Oliver, tapferer Oliver. Wird er es bis zum Tisch schaffen, nein, ich glaube, er wird es nicht, doch, er hat es *(Oliver fällt über den Tisch)*, er schafft es, ohh. Und das Publikum feuert ihn an, und ich kann da, wer ist das da, ja, es ist Nigel, Nigel hat den Nachbarn aufgeweckt – mein Gott ist das aufregend. Nigel ist sehr aufgeregt, und hier kommt Gervaise. Gervaise, oh, nein, es ist, äh, ganz vorne draußen ist Simon, der den Kellner beleidigen soll, und er hat es vergessen. *(Simon rennt an einem Kellner vorbei, der ein Tablett trägt.)* Und Oliver hat sich selbst überfahren *(Oliver liegt vor einem Auto)*, welch ein großartiger Trottel! Und hier kommt jetzt Vivian, Vivian, um den Kellner zu beleidigen, und er überschüttet ihn mit Beschimpfungen, und er erniedrigt ihn, da, und er hat die Führung übernommen. Simon ist nicht bei ihm, nein, Vivian liegt vor ihm bei der Stange. *(Die Trottel unternehmen mehrere Versuche, unter einer Holzstange durchzugehen, die anderthalb Meter hoch liegt.)* Simon muß unter diese Stange, und das ist extrem schwierig, da man dafür eine absolut perfekte Koordination von Geist und Körper benötigt. Nein, Vivian kommt nicht weiter. Hier sind wir wieder, und Simon ist hintenübergefallen. Hier ist Nigel, er ist gestolpert, Simon ist gestolpert, und er ist drunter, und Simon fällt wieder, äh, hier ist Gervaise, und Simon ist durch Zufall durch. Hier ist Gervaise, der als letzter durch ist, da sind sie, hier ist Nigel ganz an der Spitze des Feldes. *(Die Trottel nähern sich fünf Hasen, die am Boden angepflockt sind; sie schießen auf sie mit Schrotflinten.)* Und jetzt wird er den Hasen schießen, und diese Hasen hat man am Boden festgebunden, weil, sie wären sonst ein bißchen lebhaft, und das hier ist nun mal nur eine Ein-Tages-Veranstaltung. Und da schießen sie drauflos. Sie kriegen nicht ganz die Ergebnisse, die sie haben könnten, Gervaise da draußen versucht ihn mit seinem Gewehrkolben zu erschlagen, und ich glaube, Nigel da draußen versucht es mit bloßen Händen, aber sie kriegen nicht die Ergebnisse, die sie haben könnten, aber es ist heute auch ein wenig neblig, und sie müssen aus einer Entfernung von wenigstens dreißig Zentimetern schießen. Aber ich glaube, sie haben da einige Erfolge gehabt, ja, sie haben einige Erfolge gehabt, und das ganze Feld ist wieder in Bewegung, und hier sind sie. *(Sie nähern sich einer Reihe Schaufensterpuppen, die alle nur BHs tragen.)* Sie kommen zu den Debütantinnen, zuerst Gervaise, Vivian als zweiter, Simon als dritter. Und sie müssen jetzt von vorne die Büstenhalter ausziehen, das ist wirklich schwierig, das ist wirklich das Härteste, der schwierigste Teil des ganzen Wettbewerbs, und ich glaube, sie haben da ein paar Schwierigkeiten, sie versuchen es jetzt wirklich, und das Publikum kommt in Fahrt, und ich glaube, einige der Trottel kommen auch ganz schön in Fahrt. *(Die Trottel verwüsten die Puppen.)* Vivian ist da, Vivian kommt vorbei, Simon liegt an zweiter Stelle, und, nein, da ist Oliver, er ist nicht unbedingt ausgeschieden. Da läuft Nigel, nein, er hat etwas verloren, und Gervaise rennt durch bis zum letzten Hindernis. *(Sie nähern sich einem*

Tisch, auf dem fünf Revolver liegen.) Alles, was sie hier jetzt tun müssen, um den Titel zu gewinnen, ist, sich selbst zu erschießen. Simon schießt. So ein Pech, er trifft daneben. Nigel trifft daneben. Da ist jetzt Gervaise, und Gervaise hat sich erschossen – Gervaise ist der Upperclass-Trottel des Jahres. Da ist Nigel, er erschießt Simon aus Versehen, Simon macht den zweiten Platz, und da ist Nigel, Nigel erschießt sich selbst, Nigel ist Dritter in dieser schönen und aufregendsten Upperclass-Trottel-des-Jahres-Schau, die ich je gesehen habe. Nigel hat sich selbst mit dem Kolben auf den vierten Platz geschlagen. *(Drei Särge auf der Tribüne mit Medaillen.)* Und so lautet das Endresultat: Der Upperclass-Trottel des Jahres – Gervaise Brook-Hampster aus Kensington und Weybridge; Zweiter – Vivian Smith-Smythe-Smith aus Kensington und Dritter – Nigel Incubator-Jones aus Henley. Tja, da werden heute abend sicher ein paar Türen in den Straßen von Kensington knallen.

Brief und Off-Sprecher.

Off-Sprecher (TERRY J.) Sehr geehrte Herren, wie herrlich ist es doch zu erleben, mit welchem Schneid, mit welcher Hartnäckigkeit die Zierde der britischen Männerwelt sich selbst auszulöschen versteht. Mit Führungskräften dieses Kalibers braucht sich England keine Sorgen zu machen. Wenn sich doch nur einige aus der sogenannten Arbeiterklasse mit diesem Sportsgeist vernichten würden. Ihr etc., Brigadekommandeur Mainwaring Smith Smith Smith etc. Verstorben etc.

PS etc. Los, ihr anderen Dienstgrade, zeigt, was ihr könnt.

TRICKFILM:

Soldat Ja, Sir, ich werde mein Bestes tun, Sir! *(Hustet.)*

Sprecher *(Off)* Nein, nicht genug.

Soldat *(hustet wieder, sein Bein fällt ab)*

Stimme *(Off)* Nein, noch immer nicht gut genug.

Soldat *(hustet wieder, er löst sich völlig auf)*

Erster Sprecher Ja, so ist schon besser.

Eine Hand hebt die Trickfiguren auf, und man sieht Terry J., der sie sich in die Pfeife steckt. Er legt die Pfeife nieder, und verschiedene, seltsame Biester klettern heraus.

Cartoon-Überleitung zu einem Standbild eines schönen Landhauses. Typische Musik für eine Soap opera. Die Kamera fährt in das Haus; es wird übergeblendet zu einer Nahaufnahme eines vornehmen, edlen

Vaters und einer unschuldig fröhlichen Tochter – eine zarte, schöne englische Rose.

Vater (GRAHAM) Wie ich höre, wollen Sie meine Tochter heiraten?

Die Kamera fährt zurück; wir sehen, daß er ein gräßliches Ding anspricht, ein schmuddeliger, übelriechender Trümmerhaufen: in braunem Mantel, unrasiert, ständig von stoßweisem Husten geschüttelt, lüstern grinsend. Dieser Mensch sitzt auf dem Sofa in dem schönen, eleganten Salon.

Shabby (MICHAEL) *(zieht die Nase hoch und hustet)* Stimmt. . .jou, jou.

Vater Ja, Sie sind sich natürlich darüber im klaren, daß Rosamunde noch recht jung ist?

Rosamunde (CONNIE) Daddy, du tust so, als ob ich noch ein Kind wäre. *(Sie blickt zärtlich zu Shabby.)*

Shabby *(geil)* Jou. . . wissen Se. . . man musse sich krallen, wenn se knackig sind, häh, häh! Ooooh! Verstehn wir uns, häh, oooh! *(Macht mit dem Ellbogen eine obszöne Geste.)*

Vater Tja, ich bin sicher, Sie wissen, was ich meine, Mr. . . .äh. . . Mr. . . .äh. . .mh?

Shabby Shabby. . .Ken Shabby. . .

Vater Mr. Shabby. . .ich will nur sichergehen, daß Sie in der Lage sind, für meine Tochter zu sorgen.

Shabby Oh, ja, ja. Ich werd für sie ganz richtig sorgen, Sportsfreund, in jeder Lage, häh, weißt, was ich mein, häh? Huuaaah!

Vater Und, äh, was für einer Arbeit gehen Sie nach?

Shabby Ich putz öffentliche Klos.

Vater Haben Sie Aussichten auf Beförderung?

Shabby Oh, ja, ja. *(Zückt ein Taschentuch und hustet sich auf schreckliche Weise frei.)* Nach fünf Jahren geben se eim'ne Bürste. . .huuaaaau, huuuah. . . Tut mir leid, Euer Ehren, ich hab 'n bißchen auf dein' Teppich gerotzt. . .

Vater Und, hm, wo werdet ihr wohnen?

Shabby Tja, um die Ecke bei meiner Omma. . .die dressiert Iltisse, aber den meisten davon ist die Puste ausgegangen, müßte jetzt'n bißchen Platz auf'm Speicher sein. Weißt, was ich mein. Oooh!

Vater Und wann werden Sie heiraten wollen?

Shabby Oh, sofort, Sportsfreund. Sofort. . . weißt. . . ich hab es seit Wochen nicht mehr gemacht. . .

Vater Tja, hören Sie, ich werde den Bischof anrufen und sehen, ob wir die Abbey bekommen können. . .

Shabby Oje, Dünnpfiff. *(Hustenanfall.)*

Schnitt zu einer seltsamen Foto-Sequenz (soll mit Terry »Einfaltspinsel« Gilliam ausgearbeitet werden (wenn er die Zeit dazu hat)). Dazu:

Off-Sprecher (JOHN) Was bisher geschah: Rosamundes Vater ist von Mr. Shabbys außergewöhnlich anziehendem Charakter bestrickt. Während eines Oxfam-Mittagessens haben Bob und Janet Mr. Farquars Goldfisch zu sich genommen; und Mrs. Elmores Heirat ist in Gefahr, weil Doug darauf beharrt, er habe eine andere Bewußtseinsebene erlangt. Louises Bruch wurde bestätigt, und Jim, der Bruder von Bob, hat auf dem Weg zu Jenny – einer freischaffenden Pagoden-Gestalterin –, den Herausgeber des »Lanzette« überfahren. Auf der anderen Seite des Kontinents brütet Napoleon immer noch über den schwelenden Resten einer Stadt, für deren Eroberung er die halbe Welt durchquerte. . .

Überblendung von der Foto-Sequenz in ein Zimmer.

ZWISCHENTITEL: »EINE ECKE IN EINEM EIN-ZIMMER-APARTMENT«

Ein Mädchen in BH und Höschen geht zum Fernseher und schaltet ihn an.

Off-Sprecher . . .während Mary, Rogers Halbschwester, es sich vor dem Fernseher bequem macht. . .

Auf dem Bildschirm fängt eine politische Wahlsendung an.

ZWISCHENTITEL: »EINE POLITISCHE WAHLSENDUNG ZUGUNSTEN DER HOLZPARTEI«

Off-Sprecher Nun folgt eine politische Wahlsendung zugunsten der Holzpartei.

Schnitt zu einem traditionell grau angezogenen Mann, der an einem Tisch sitzt und in die Kamera sieht.

EINGEBLENDETER ZWISCHENTITEL: »DER SEHR EHRENWERTE LAMBERT WARBECK«

Minister (GRAHAM) Guten Abend. Wir von der Holzpartei sind entschieden der Ansicht, daß die gegenwärtige, schwache Fassung des Kommunalverwaltungsgesetzes eine Menge zu wünschen übrig läßt, und wir beabsichtigen zu kämpfen.

Er pocht auf den Tisch und fällt durch den Boden. (Ja, Herr Regisseur, Sie haben richtig gelesen: er fällt durch den Boden und reißt ein Vermögen aus dem Budget mit sich.) Während er fällt, stößt er einen langen Schrei aus, der langsam leiser wird. Ein weiterer Mann kommt herbei und sieht in den Abgrund hinab.

Mann (ERIC) Hallo! Hallooooo! *(Zur Kamera)* Äh, ich, ich fürchte, der Minister ist durch die Erdkruste gefallen. Ähm . . .entschuldigen Sie mich einen Augenblick. *(Geht und schaut in den Abgrund.)* Halloooooo.

Minister *(außerhalb des Bildes, tief unten)* Hallooooooooo.

Mann Sind Sie in Ordnung, Herr Minister?

Minister Ich bin auf so einer Art vorspringendem Dings gelandet.

Mann Sollen wir eins von den BBC-Seilen herunterlassen?

Minister Wenn Sie so freundlich wären.

Mann Wie lang müßte das BBC-Seil sein, das wir voraussichtlich brauchen werden?

Minister Ich würde das längste BBC-Seil benutzen. Das wäre eine gute Idee, möchte ich meinen.

Mann Okey-dokey, Chef. Äh, Tex, hol das längste BBC-Seil, bring es her, pronto.

Minister *(immer noch tief unten)* Da ich auf allen Kanälen zu sehen bin, werde ich in der Zwischenzeit vielleicht besser mit dieser Wahlsendung weitermachen, indem ich von hier unten, so gut ich kann, etwas über unsere Wohnungsbaupläne schreie. Könnte mir jemand ein Skript herunterwerfen. *(Mann schmeißt ein Skript hinunter, und Tex taucht mit einem riesigen Seil auf.)* Das Skript scheint auf einem anderen Vorsprung irgendwie außerhalb meiner Reichweite gelandet zu sein, hören Sie mich?

Mann Äh, ja, wenn das Seil Sie erreicht, könnten Sie sich vielleicht zu dem Vorsprung herüberschwingen und es sich schnappen.

Minister Gute Idee.

Schnitt zum Minister, der am Seil schaukelt.

EINBLENDUNG: »DER SEHR EHRENWERTE LAMBERT WARBECK«

Minister Tja, ich werde weitermachen, wenn ich das Skript lesen kann.

Er schwingt zu dem Vorsprung gegenüber, auf dem das Skript liegt. Als er näher kommt, späht er darauf und beginnt zu lesen.

Minister Guten Abend. Wir von der Holzpartei *(er schaukelt weg und dann zurück)*, sind entschieden der Ansicht *(schaukelt weg und zurück)*, daß die gegenwärtige, schwache Fassung des Kommunalverwaltungsgesetzes und, nein, nein – das ist nicht gut, das funktioniert nicht. . .ich glaube, ich muß versuchen, danach zu schnappen. Aha. Da hätten wir's. *(Er schaukelt hinüber und schnappt das Skript mit einer Hand; er versucht, sich zur Kamera zu wenden und fährt fort.)* Guten Abend. Wir von der Holzpartei sind entschieden der Ansicht, daß die gegenwärtige *(er macht eine lebhafte Geste mit der Hand, läßt dabei das Seil los und fällt so, daß er jetzt kopfüber hängt.)* Aaaah, aaah! Du meine Güte. Hallo!

Mann *(im Off)* Hallooo.

Minister Hören Sie, hören Sie, ich sehe bestimmt ein bißchen wie ein Dummkopf aus, wenn ich so kopfüber hänge.

Mann *(im Off)* Keine Sorge, Herr Minister. *(Schnitt zum Mann; er schaut in Richtung Kulisse)* Ich glaube, Schatzi, dem Minister wäre sehr damit geholfen, wenn wir das Bild auf den Kopf stellen würden.

Schnitt zum Minister. Das Bild steht jetzt auf dem Kopf. Der Minister scheint jetzt richtig herum zu sein.

EINBLENDUNG SEINES NAMENS *(verkehrt herum)*

Minister Oh, gut. Hören Sie, äh, das tut mir leid, aber hier scheinen ein paar Kobolde ihr Unwesen zu treiben. . . ich glaube, ich fange besser von vorne an. Äh, guten Abend, wir von der Holzpartei sind ganz entschieden der Ansicht, daß, oh. . . *(Er läßt das Skript fallen.)* Gottverdammter Mist. . . – Ach, du liebe Zeit, äh, das tut mir schrecklich leid, daß ich gottverdammter Mist auf allen Kanälen gesagt habe, aber, äh. . .

Mann *(im Off)* Noch ein Skript kommt jetzt nach unten, Herr Minister.

Minister Oh, gut, gut. Tja. . .äh. . .äh. . .hmm. . .Guten Abend. Äh. . .also. . . äh. . . wie geht es Ihnen? Ähm. . . Oje, hören Sie, ich möchte nicht, daß Sie denken, die Holzpartei bestände nur aus alten Männern, die gerne an Seilen herumhängen, nur, ich. . . äh. . . oh. . . oh.

Ein Mann wird – ganz normal, Kopf nach oben – an einem Seil zu dem Minister nach unten gelassen. Als das Bild umgedreht wird, scheint er sich nach oben zu bewegen. Der Minister sieht ihn.

Minister Ah. Danke sehr. *(Nimmt das Skript; der Mann am Seil klettert wieder nach oben.)* Guten Abend, wir von der Holzpartei sind entschieden der Ansicht, daß die gegenwärtige, schwache Fassung. . . *(Mann fällt schreiend vorbei.)* Hören Sie, ich glaube, wir lassen es für heute bleiben.

Schnitt ins Studio zu zwei Männern in einer Diskussionsrunde.

Erster Robert (TERRY J.) War das die weiteste Distanz, die ein Minister je gefallen ist? Robert.

Schnitt zu Zweitem Robert.

Zweiter Robert (ERIC) Nun, überraschenderweise nicht. Der kanadische Außenminister fiel vor ungefähr sechs Jahren fast zehneinhalb Kilometer während einer Konferenz der Liberalen in Ottawa, und dann fiel der kenianische Landwirtschafts- und Fischminister, während einer Parlamentsdebatte in Nairobi, vor kurzem fast achtzehn Kilometer, obwohl das bisher noch nicht ratifiziert wurde.

Erster Robert Äh, und wie weit fiel das philipinische Kabinett letzten März?

Zweiter Robert Äh, tja, sie fielen fast siebenundfünfzig Kilometer, aber da es natürlich an ihrem Gesamtgewicht lag, ist das nicht wirklich bemerkenswert. Robert.

Erster Robert Danke sehr, Robert. Tja, wie lautet nun Ihre Stellungnahme zu dem Ganzen, Robert?

Schnitt zu drittem Robert, der verbissen in die Kamera starrt. Er trägt eine Perücke, der die Haare zu Berge stehen, und seine linke Augenbraue hängt zwölf Zentimeter über seiner rechten.

Dritter Robert (JOHN) Tja-tja, Robert, die Hauptsache ist, es ist schrecklich aufregend. Wissen Sie, der Minister steckt ziemlich offensichtlich zwischen Felsen, über die wir schrecklich wenig wissen. Schrecklich wenig. Die Hauptsache ist natürlich, daß wir Farbbilder in außergewöhnlich guter Qualität bekommen. Das Wichtige an der Sache ist, das wirklich Aufregende an der Sache ist, daß der Minister *(während er immer aufgeregter wird, fängt er an, Rauch auszustoßen)* Proben aus dem Erdkern mitbringen wird, die uns ungeheuere, wirklich ungeheuere, ungeheuere, ungeheuere Aufschlüsse geben werden, über die Entstehung der Erde und woraus Gott selbst besteht. *(Er fängt Feuer und jemand muß einen Eimer Wasser über ihn gießen.)* Oh, das tut gut.

Schnitt zurück in die Szene mit Erstem Robert.

Erster Robert Danke sehr. Tja, das scheint alles zu sein, wofür wir heute abend Zeit haben. Es sei denn, irgend jemand will noch irgend etwas sagen? Will irgend jemand noch irgend etwas sagen???

Verschiedene »Neins« und ein »Verdammte Schwuchtel« und noch mehr

»Nein«. Eine sehr schnelle Montage aller möglichen Figuren aus der Show dieser Woche. Der Letzte ist der Spektrum-Moderator. Er sagt mehr als nein.

Moderator (MICHAEL) Was meinen wir mit nein, was meinen wir mit ja, was meinen wir mit nein, nein, nein. Spektrum stellt heute abend die Frage danach, was nein ist.

Das Sechzehn-Tonnen-Gewicht fällt auf ihn.

Schnitt zum »Jetzt«-Mann, der wieder zurück durch den Wald läuft.

ABSPANN

Dreizehn – Sendepause

Vier Leichenbestatter tragen einen Sarg. Der Deckel öffnet sich, und der »Jetzt«-Mann schaut heraus.

Mann (MICHAEL) Und jetzt...

Schnitt auf ein großes, animiertes Schriftbild: »Pause«.

Off-Sprecher (TERRY J.) Wir machen jetzt eine kurze Pause.

Es folgen sieben Sekunden Mantovani-Musik in (leicht) erhöhter Geschwindigkeit. Zwei Trickfilm-Autos rasen ins Bild und krachen ineinander.

Schnitt: Trickfilm-Vorspann.

Schnitt: das vorige Schriftbild – »Pause«.

Off-Sprecher Wir machen jetzt eine mittellange Pause.

Dieselbe Musik in derselben Geschwindigkeit, diesmal etwas länger. Kurzer Trickfilm, dann Schnitt in den Eingangsbereich eines Restaurants. Er und sie sind gerade eingetreten. Sie schwatzt vor sich hin. Ein Kellner steht in Erwartung.

Sie (ERIC) Huch, *dies* mag ich nicht, huch, *das* mag ich nicht. Ach, das gefällt mir alles nicht sonderlich. Oje, wie kann man nur solche Tapeten nehmen? Wie kann man nur Senf nehmen? Huch, ist dies hier anständig? Huch, nicht im geringsten. Ach, ich finde, wenn sie einem keine Fingerschalen geben, ist es kein anständiges Restaurant. Huch, den mag ich nicht. Ich werde ein Baby bekommen in ein paar Jahren.

Er (JOHN) Äh, verzeihen Sie bitte meiner Frau. Sie mag etwas eklig erscheinen, aber im Grunde hat sie ein Herz aus Resopal. *(Ober verzieht das Gesicht.)* Tut mir leid.

Kellner (TERRY J.) Das geht schon in Ordnung, Sir. Wir sind hier einiges gewohnt. Der Oberkellner wird gleich bei Ihnen sein, um Sie zu beleidigen. Wenn Sie jetzt bitte entschuldigen, ich muß Sie allein lassen und Selbstmord begehen.

Er Oh, das tut mir leid.

Kellner Nicht doch. Es ist wegen nichts Ernstem.

Er tritt ab. Im Off ein Schuß und ein Schrei.

Sie Also ehrlich, ich hab was gegen Leute, die Selbstmord machen, ich mag diese Sorte Mensch überhaupt nicht. Ich bin ein einfacher Mensch und stolz darauf, meine Mutter ist das Salz der Erde, und ich nehme die Pille nicht, weil es sich nicht gehört.

Der Oberkellner kommt herein.

Er Haben Sie bitte Nachsicht mit meiner Frau. Sie ist vielleicht nicht gerade sehr schön, sie mag auch kein Geld haben und ziemlich unbegabt sein, langweilig und dröge. Aber dafür . . .*(lange Pause)*. . . tut mir leid, mir fällt nichts ein.

Oberkellner (MICHAEL) Schön. Ich bin der Oberkellner. Dies ist ein streng vegetarisches Restaurant, wir servieren keinerlei tierisches Fleisch. Wir sind nicht nur stolz darauf, wir bilden uns auch noch was darauf ein. Sollten Sie also gekommen sein, um von mir zu verlangen, daß ich ein kleines, wehrloses Huhn aufschlitze, damit Sie seine Haut kauen und seine Innereien essen können, dann, fürchte ich, muß ich Sie bitten, das Lokal zu verlassen.

Er Nein, nein, nein.

Oberkellner Ebenso, wenn Sie uns auffordern wollten, die Seitenstücke einer Kuh in Scheiben zu schneiden und sie mit kleinen Leberhappen zu servieren. . . *(er bekommt ein leichtes Zucken und läßt sich davontragen)* oder gar einem Schwein den roten Lebenssaft zu entziehen, um ihm sodann ein Bein abzuhacken. . . oder einem noch zuckenden Schaf das Gekröse auszuweiden und es mit frischem Hirn, Milz und Gedärm von kleinen Kaninchen zu servieren. . . WIR WÜRDEN ES NICHT TUN. *(Kommt zu sich.)* Jedenfalls nicht für's Essen.

Sie Ehrlich gesagt, ich hab was gegen Leute, die ihrer redseligen Natur in Form exorbitant schwülstiger Weitschweifigkeit die Zügel schießen lassen. *(Beide starren sie an; Pause.)* Oh, das gefällt mir nicht.

Er Ich finde, manchmal hast du fast was Menschliches, Shirley.

Oberkellner *(nachdenklich)* Sie müssen wissen, ich mach immer noch ins Bett.

Er Die Frau, die ich einst heiratete, war schön und jung und fröhlich und aufgeschlossen. Was ist bloß mit ihr geschehen?

Sie Du hast dich von ihr scheiden lassen und mich geheiratet.

Oberkellner Ich habe meine zweite Frau bei einer Zweitfrau-Tausch-Party kennengelernt. Ich war zu spät gekommen.

Auftritt Schulleiter.

Schulleiter (GRAHAM) Schon immer spät dran gewesen, was, Thompson?

Oberkellner Tag, Herr Schulleiter. Was machen Sie denn hier?

Schulleiter Danke, danke, großartig, danke schön. Keinen Sherry mehr für mich, Sie wissen schon. Warner House hat Badger House im Wettbewerb um die »Zweite Tasse« geschlagen, bemerkenswert. Wir mußten den Großteil der zweiten Klasse einschläfern lassen. Kein Geistlicher. Schlecht fürs Geschäft. Sie fingen schon an, an sich herumzuspielen. Trotzdem... Sie haben wohl nicht zufällig meine Frau hier irgendwo gesehen?

Oberkellner Nein.

Schulleiter Gottseidank.

Sie Ach, ich mag ihn nicht. Weißt du, was ich meine? *Weißt* du, was ich meine. Ich mein, weißt du, was ich meine. Weißt du, was ich meine. Weißt du, was ich meine. Ich mein, weißt du, was ich meine. Männer sind doch alle gleich.

Auftritt: Prologus, in langem griechischen Gewand, mit langem weißen Bart, einen großen Stab haltend.

Prologus Wähnet nicht, daß diese vier Wände umschlössen die mächtge Eule Thebens. Denn nur er, Ihr Edlen, wird Schönheit gewahr, der sie sich anverwandelt...

Oberkellner Nein, wird er nicht.

Prologus Entschuldigung. *(Ab.)*

Oberkellner Gut. Möchten Sie vielleicht ein Glas Blut? O wie konnte ich mich nur so verraten!

Sie Nein, wir hätten jetzt gern die Speisekarte, bitte. Ich finde, dies ist kein anständiges Restaurant, wenn sie keine anständige Speisekarte haben, und überhaupt, ich könnte schwanger sein.

Er Möchtest du vielleicht einen Drink?

Sie Seit du mich geheiratet hast, Douglas, behandelst du mich wie einen Albatros.

Ein Ober schiebt einen großen Servierwagen herein, auf dem unbekümmert der halbnackte Hopkins sitzt.

Hopkins ’n Abend.

Er Guten Abend.

Hopkins Ich hoffe, Sie werden sich heute abend für mich entscheiden. Ich bin die Spezialität des Hauses. Probieren Sie mich mit Reisbeilage.

Er Wie meinen?

Hopkins Ein Hopkins au Gratin à la chef.

Er Oh, äh, sehr erfreut... *(Setzt zum Händeschütteln an.)*

Hopkins *(kapriziös)* Man spielt doch mit seinem Essen nicht rum!

Sie *(mustert ihn)* Ich mag das nicht. Da ist *Staub* drauf. Für mich ist das keine anständige Mahlzeit so ohne Pudding. *Mein* Mann ist Architekt.

Hopkins Auf ein Wort noch, Sir, ein kleiner Tip zu Ihrer Warnung. *(Senkt die Stimme.)* Nehmen Sie bloß kein Stück von dem Vikar da drüben. *(Schnitt zum Vikar, der mager und freudlos in einem Topf sitzt.)* Der sitzt hier schon seit zwei Wochen, und niemand hat ihn angerührt. Verstehn Sie?

Er Ja, danke schön.

Hopkins So, jetzt muß ich aber los, sonst verderb ich. Janet – in die Küche!

Kellner Da ist ein toter Bischof im Vorraum, Sir.

Oberkellner Ich möchte mal wissen, wer die immer hierher bringt.

Sie Oh, ich mag das nicht. Ich glaub, das ist albern. Das ist kein richtiger Sketch, mit einer richtigen Pointe. Ich mein, ich verstehe nicht viel von irgendwas. Ich bin blöd. Eine dumme Nuß. Keiner will wissen, was ich denke. Immer bleibt alles an mir hängen. Keiner macht sich was aus mir. Na ja, ich werde einen Riesenhaufen Babys bekommen, und *die* können sich dann verdammt noch mal was aus mir machen. Die machen einen krank, diese ganzen Fernsehprogramme. Die hören nie auf zu reden, *er* wird *sie* ins Verderben stürzen, Knaus-Ogino-Methode!

Schnitt auf animiertes Schild: »Pause«

Off-Sprecher (TERRY J.) Wir machen nun eine riesengroße Pause, in der wir kleine Stücke Eiscreme in sehr großen Schachteln verkaufen werden. Eine andere Möglichkeit, die Leute aus den Kinos zu vertreiben, besteht darin, ihnen Werbung zu zeigen.

Das Pausenschild wird abgelöst durch animierte Werbetitel: »Perlen-Vor-Die-Säue präsentiert«. Einstellungen verschiedener Automobile, auf denen junge Mädchen posieren.

Off-Sprecher (ERIC) Wie gefällt Ihnen dieses? Oder wie wär es damit? Vielleicht bevorzugen Sie aber auch das neueste Modell? Dann kommen Sie doch zu uns. Wir führen nur die allerbesten Modelle. *(Eine Karte mit der Aufschrift »Soho Kraftfahrzeuge, zweite Etage« hängt an einem schwarzen Brett, inmitten von Reklamekarten für »Rita« u. ä.; Schnitt in ein Restaurant.)* Und nach dem Film empfehlen wir das Restaurant »La Gondola«, nur zwei Minuten von diesem Kino entfernt. Der Geschäftsführer, Mr. Luigi Vercotti, wird sich freuen, Sie zu empfangen und Sie mit der ganzen Vielfalt berühmter sizilianischer Delikatessen bekanntzumachen. *(Während Vercotti vor der Kamera posiert, führen*

Polizisten sein Personal und mehrere halbbekleidete Mädchen durch das Restaurant ab.) Hier können Sie es sich in freundlicher Atmosphäre bequem machen und so richtig entspannen, oder trinken und tanzen bis in den Morgen, wenn Sie mögen. Im »La Gondola« können Sie sämtliche pikanten Genüsse des Südens ausprobieren. Der Oberkellner würde sich glücklich schätzen, Ihnen seine Spezialitäten vorzuführen. Oder melden Sie sich beim Koch, wenn Sie es richtig scharf mögen! *(Die Polizei führt einen Koch ab, der einen 8mm Projektor inklusive Film trägt.)* Verbringen Sie einen unvergeßlichen Abend – im »La Gondola«, Chelsea, sowie in Parkhurst, Dartmoor und den Scrubs. *(Polizisten führen Vercotti ab.)*

»Perlen-Vor-Die-Säue«-Schlußtitel.

Schnitt in den Innenraum eines Kinos. Im Spotlight steht ein Mann in einer Eisverkäuferinnen-Uniform mit einem Eiscremebauchladen, auf dem ein Albatros liegt.

Mann (JOHN) Albatros! Albatros! Albatros!

Eine Person tritt auf ihn zu.

Person (TERRY J.) Zweimal Schoko-Eis, bitte.

Mann *(äußerst unwirsch)* Ich hab kein Schoko-Eis. Ich hab nur diesen Albatros. *(Wendet sich schon wieder ab.)* Albatros!

Person Welche Geschmacksrichtung ist das?

Mann Das ist ja wohl ein Vogel, nich' wahr, ein verdammter Seevogel ... der hat verdammtnochmal keinen Geschmack. Albatros!

Person Gibt es Waffeln dazu?

Mann Natürlich gibt es keine Waffeln dazu, darauf können Sie einen lassen, Mann. Albatros!

Person Was macht das?

Mann Neun Pence.

Person Dann nehme ich zwei Stück, bitte.

Mann Baßtölpel am Stiel!

Die Kamera zoomt auf die Leinwand. Dort erscheint wiederum eine »Pause«-Schrift.

Off-Sprecher Wir machen jetzt eine ganz kurze...

Das Schriftzeichen explodiert.

TRICKFILM-ZWISCHENTITEL:

»JETZT AUCH IN ANDEREN SCHMUDDELKINOS ANGELAUFEN«

»IM PORTNOY CINEMA PICCADILLY«

»Gewinner der goldenen Palme von Torremolinos«
»Regenzeug im Lauf der Zeiten«
»Demnächst«
»Im Jodrell Cinema, Cockfosters«

Off-Sprecher (terry g.) und Zwischentitel: »Die Geschäftsführung bedauert, heute abend keinen Hauptfilm zeigen zu können, da dies ihren Gewinn beschneiden würde.«

Schnitt zur Königin zu Pferde; die ersten paar Takte der Nationalhymne.

Schnitt zur oben eingeführten Person, die nun im Kinosessel sitzt und sich an ihrem Albatros festhält.

Person Davon haben wir jetzt genug gesehen. Und nun ein Polizist in der Nähe von Rottingdeans... Albatros!

Schnitt zu einem Polizisten, der an irgendeiner Straße die Stellung hält. Ein Mann tritt auf ihn zu.

Mann (michael) Wachtmeister! Hallo, Wachtmeister!

Wachtmeister (john) M-mh?

Mann Entschuldigen Sie bitte, aber ich habe eben auf einer Parkbank da drüben gesessen und meinen Mantel nur für einen Augenblick abgelegt, und dann ist meine Brieftasche gestohlen worden, jetzt sind 15 Pfund weg.

Wachtmeister Hm. Haben Sie denn, äh, haben Sie den Betreffenden gesehen oder sonst jemanden, der sich dort aufgehalten hat, oder...

Mann Nein, nein, da war kein Mensch. Das ist ja das Problem.

Wachtmeister Na, dann können wir wohl nicht viel machen, Sir.

Mann *(druckst lange herum; schaut verlegen um sich; schließlich murmelt er, ohne den Wachtmeister anzusehen)* Wollen Sie mit zu mir kommen?

Wachtmeister *(ebenfalls murmelnd und sich konspirativ umblickend)* Ja, ist gut.

Beifall von Teilnehmerinnen eines Frauenkongresses.

Schnitt zu einem Mann, der in einer Unfallstation auf einer Bank sitzt und wartet.

Mann (terry j.) Albatros!

Arzt und Schwester kommen auf ihn zu.

Arzt (eric) Mr. Burtenshaw?

Mann Ich, Doktor?

Arzt Nein, *ich* Doktor, *du* Mr. Burtenshaw.
Mann Und meine Frau, Doktor?
Arzt Nein, deine Frau *Patient*, *ich* Doktor.
Schwester (CAROL) Kommen Sie bitte hier lang.
Mann Ich, Schwester?
Arzt Nein. Sie Schwester. Ich Doktor. Du Mr. Burtenshaw.
Krankenpflegerin kommt hinzu.
Pflegerin (JOHN) Doktor Walters?
Arzt Ich, Krankenpflegerin. *(Zur Schwester)* Du Mr. Burtenshaw. *(Zum Mann)* Sie Schwester. *(Zur Pflegerin)* Du Doktor.
Pflegerin Nicht Doktor.
Arzt Nix Doktor? Krankenwagen rufen. Warm halten.
Schwester Doktor trinken?
Arzt Doktor trinken. Schwester essen. Mr. Burtenshaw kochen. Ich krank.
Pflegerin Sie, Doktor?
Arzt *Ich* Doktor. Du Mr. Burtenshaw. Sie Pflegerin.
Mann Aber meine Frau, Pflegerin.
Arzt Deine Frau nicht Pflegerin. Sie Pflegerin. Deine Frau Patient. Sehr patent. Sie Pflegerin. Deine Frau. Ich Doktor. Du Ell. Du Ett. Du Delsack. Du Bcek. Du Bios. Ich Doktor. *(Ritter kommt hereinspaziert und haut ihm mit einem Huhn auf den Kopf.)* Albatros!
Beifall vom Frauenkongreß.

Schnitt: Film mit Gumbys (»Stimmen des Volkes«).
Gumby (MICHAEL) Ich würde gerne jemanden von höherer Intelligenz kennenlernen.
Zweiter Gumby (TERRY J.) Ich würde gerne das Geräusch von zwei Ziegelsteinen hören, die gegeneinander geschlagen werden.
Gumby Ich würde gerne Johannes des Täufers Graham-Hill-Imitation sehen.
Schnitt: es folgt der Historische-Imitationen-Sketch. Kamerazoom auf den Moderator, der in glitzernder Studioszenerie sitzt. Showbiz-Musik und Applaus.
Off-Sprecher (JOHN) Und hier sind wir wieder mit: »Historische Imitationen«. Leute von heute machen Menschen von gestern zu Stars von morgen. Ja, und hier ist auch schon Ihr heutiger Gastgeber – Wally Wiggin.

ZWISCHENTITEL: »HISTORISCHE IMITATIONEN«

Applaus und Musik verebben.

Wiggin (MICHAEL) Hallo, guten Abend und willkommen zu »Historische Imitationen«. Wir legen sofort los mit Kardinal Richelieus Petula-Clark-Imitation.

Schnitt zu Kardinal Richelieu. Er mimt den Text zur Musik von der Platte.

Richelieu (MICHAEL) »Don't sleep in the subway darling and don't stand in the pouring rain«.

Riesenbeifall.

Wiggin Kardinal Richelieu – kerniges Hundert-Kilo-Mannsbild. Und hier kommt der allseits beliebte Römische Kaiser Julius Caesar als Eddie Waring.

Schnitt auf Caesar. Bühnennebel umgibt ihn.

Caesar (ERIC) *(im aufgekratzten Waring-Tonfall)* Tota gallia divisa est in partes tres: Wigan, Hunslett und Hull Kingston Rovers.

Schnitt zurück zu Wiggin.

Wiggin Eine großartige Leistung von Julius Caesar – ein Lächeln, eine Eroberung, und einen Dolch im Ärmel. Unser nächster Kandidat hat einen weiten Weg hinter sich: von der Krim kommt die reizende Florence Nightingale, heute als Brian London.

Florence Nightingale (Graham) steht geziert herum mit einer Lampe in ihren zarten Händen und lächelt ihr weiblichstes Lächeln. Ein Boxring-Gong ertönt, eine kurze Pause folgt, dann wird sie von einem Boxhandschuh im Gesicht getroffen und fällt hart zu Boden.

Schnitt zurück zu Wiggin.

Wiggin Kommen wir nun zu dem ehrgeizigsten Unternehmen des heutigen Abends. Angereist aus Moskau in der UdSSR ist – Iwan der Schreckliche, als Verkäufer bei Freeman, Hardy and Willis.

Eine Schuhabteilung. Drei Personen sitzen nebeneinander, die mittlere ist eine Attrappe. Iwan der Schreckliche tritt heran und spaltet die mittlere Person mit einem riesigen Schwert in zwei Teile: die Attrappe fällt auseinander.

Wiggin Und jetzt W.G. Grace als Musikbox.

TRICKFILM: *Standfoto von W.G. Grace. Sein Kopf fängt langsam an sich zu drehen, während eine Musikbox eine schweizerisch klingende Musik spielt.*

Schnitt zurück zu Wiggin.

Wiggin Und jetzt ist Frankreich an der Reihe. Einer ihrer führenden Staatsmänner, Napoleon, stellt das R101-Unglück dar.

Schnitt: ein Himmel ist im Hintergrund zu sehen. Napoleon kommt ins Bild. Er befindet sich in der Horizontalen und bewegt sich sehr langsam an einem Draht entlang. In jeder Hand hält er einen kleinen Propeller. Unter seinem Bauch hängt ein Schild mit der Aufschrift »R101«. Die Marseillaise erklingt. Sobald er aus dem Bild verschwindet, gibt es eine Explosion.

Wiggin Kommen wir nun zum Wunschprogramm.

Schnitt zu Gumby.

Gumby (MICHAEL) Ich möchte Johannes des Täufers Graham-Hill-Imitation sehen.

Ein Kopf auf einem Teller wird an einer Schnur über den Boden gezogen. Man hört »brrm, brrm, brrm«-Geräusche. Der Kopf Johannes des Täufers ist, deutlich sichtbar, mit einem angeklebten Graham-Hill-Schnauz verziert.

Applaus von den Frauenkongreß-Teilnehmerinnen.

Wiggin Es folgt jetzt eine kleine Pause, in der Marcel Marceau einen Mann darstellen wird, der gegen den Wind anläuft.

Marcel Marceau (Graham) läuft gegen den Wind an.

Wiggin Und jetzt wird uns Marcel eine Pantomime vorführen von einem Mann, dem ein Sechzehn-Tonnen-Gewicht auf den Kopf fällt.

Marcel setzt zu seiner Pantomime an. Sehr weit kommt er aber nicht, weil ihm ein Sechzehn-Tonnen-Gewicht auf den Kopf fällt.

Schnitt auf jubelnde Zuschauermassen im Wembley-Stadion.

Schnitt zu einem Fernsehinterviewer und zwei kleinen Jungen.

Interviewer (JOHN) *(sanft)* Wie heißt du denn?

Eric (ERIC) Eric.

Interviewer Würdest du gerne ein Sechzehn-Tonnen-Gewicht auf den Kopf bekommen, Eric?

Eric Weiß nicht.

Kurzer Archivfilm eines applaudierenden Theaterpublikums.

Interviewer Und wie ist es mit dir?

Michael (MICHAEL) Ich möchte gern...

Interviewer Was möchtest du gern?

Michael Ich möchte gern... ich möchte gern, daß Raquel Welch auf mich drauffällt.

Interviewer Auf dich drauf fällt.

Michael Ja klar, nicht klettern.

Eric Sie hat einen großen Hintern.

Archivfilm mit Beifall.

Schnitt zum Interviewer und zwei Geschäftsmännern (auf Knien).

Interviewer Und wie heißt du?

Trevor (GRAHAM) Trevor Atkinson.

Interviewer Wie alt bist du denn, Trevor?

Trevor Ich bin zweiundvierzig.

Archivfilm mit Beifall.

Interviewer *(zum anderen Herrn)* Bist du ein Freund von Trevor?

Anderer Herr (MICHAEL) Ja, wir sind Kollegen bei der Königlichen Allgemeinen Versicherungsgesellschaft.

Interviewer Und was machst du da?

Anderer Herr Also, ich habe hauptsächlich mit Hypotheken-Sicherungen zu tun, befasse mich aber auch mit bestimmten Arten von Lebensversicherungen.

Interviewer Wenn du und dein Freund, wenn ihr jetzt einen Wunsch frei hättet, Trevor, was würdet ihr dann gerne mal im Fernsehen sehen?

Trevor Ich würde gern noch mehr Märchengeschichten über die Polizei sehen.

Eine gute Fee tänzelt ins Bild.

Fee (ERIC) Dieser Wunsch sei dir gewährt.

Schnitt: wir befinden uns irgendwo in offener Landschaft. Ein Polizist radelt heran und stellt sein Fahrrad ab. Aus der Satteltasche holt er das typische Einbrecher-Outfit: gestreiften Pulli, Mütze und Hosen. Er legt alles auf dem Boden zurecht und pumpt die Sachen mit einer Fahrradpumpe auf. Der aufgepumpte Einbrecher läuft (im Zeitraffer) davon. Der Polizist bläst in seine Pfeife, daraufhin erscheinen drei weitere Polizisten aus dem Nichts. Er deutet nach vorne, und die vier setzen (in pixilierter Bewegung) dem Einbrecher nach. Der Einbrecher läuft durch eine Moorgegend, die Polizisten immer hinterdrein. Dick-Barton-Titelmelodie. Der Einbrecher lockt die Polizisten in eine große Verpackungskiste, schlägt den Deckel hinter ihnen zu und befestigt darauf ein Etikett mit der Aufschrift »Nicht vor Weihnachten öffnen«. Im Hintergrund erscheint plötzlich ein Polizist in einem Feen-Tüllröckchen. Er richtet seinen Zauberstab gegen den Einbrecher, und dieser verschwindet. Schnitt auf Polizisten mit Zauberstab, irgendwo auf einem Bürgersteig.

Polizist (MICHAEL) Ja, in unserer Spezialeinsatztruppe setzen wir jetzt seit fast einem Jahr Zauberstäbe ein. Diese haben sich als recht bequemes Hilfsmittel erwiesen, um sich unsichtbar zu machen. Man kann Zeit und Raum überwinden, und man kann Gewaltverbrecher in Frösche verwandeln. Das hat man mit den alten Schlagstöcken nie hingekriegt.

»Magazin«-Erkennungsmusik und Standbilder von Polizisten in Tüllröckchen.

ZWISCHENTITEL: »RUNDSCHAU-MAGAZIN«

Schnitt zum Interviewer am Schreibtisch in der typischen Politmagazin-Studioeinrichtung.

Interviewer (JOHN) Ja, heute beschäftigt sich das »Rundschau-Magazin« mit dem Verbrechen. . .

Ein Schuß ertönt, er sackt zusammen. Ein zweiter Interviewer kommt von hinter der Kamera ins Bild geeilt mit einer noch rauchenden Pistole.

Zweiter Interviewer (ERIC) Tut mir sehr leid, das hier. Aber *ich* sage diese Sendung immer an, nicht er. *(Mit dem Fuß stößt er den ersten Interviewer vom Stuhl und nimmt dessen Platz ein.)* Ja, heute beschäftigt sich das »Rundschau-Magazin« mit Verbrechen. Ist es wahr, daß die Polizei Dackel zum Einsatz bringt, um die neue Verbrechenswelle zu bekämpfen? Und kann der Leiter der Sittenpolizei sich tatsächlich in einen Albatros verwandeln, wann immer er will? Wie weit ist es eigentlich schon gekommen mit der Polizei?

Naheinstellung eines Wachtmeisters, der in einem großen Buch liest. Er ist sehr, sehr, sehr beschränkt.

Wachtmeister (TERRY J.) Oh, ich bin schon ziemlich weit gekommen, bis Seite neununddreißig, wo Peter Pan zum ersten Mal auftaucht.

Schnitt zurück zum Interviewer.

Zweiter Interviewer Zu uns ins Studio gekommen ist Inspektor Harry H. »Snapper« Organs vom H-Dezernat.

Schnitt in eine andere Ecke der Studioeinrichtung. Dort sitzt Kriminalinspektor Organs neben einem Wikinger.

Organs (MICHAEL) Guten Abend.

Schnitt zurück zum Interviewer. Im folgenden wird zwischen den beiden hin und her geschnitten.

Interviewer Äh, Inspektor, Sie haben sich, glaube ich, für den Einsatz von Magie bei den Polizeikräften ausgesprochen?

Organs Das ist richtig. *(Während er redet, sieht man ihn Nadeln in* *eine Einbrecherpuppe hineinstechen.)* Die Gedankenwelt des Kriminellen ist seltsam und verdreht. Guten Abend. Sein Gemüt ist schweren seelischen Belastungen ausgesetzt. Guten Abend. Ängste und Schuldgefühle in Hülle und Fülle, guten Abend. Mit einer anständigen Ausbildung in Schwarzer Kunst können unsere Jungs sein Unterbewußtsein so beeinflussen, daß er sich vor Schreck in die Hosen scheißt.

Interviewer Was genau bedeutet der Einsatz okkulter Methoden im Kampf der Polizei gegen das Ansteigen der Verbrechensrate? Ex-König Zog von Albanien berichtet... *(Telefon klingelt.)* Na, anscheinend ist uns der Ex-König da abgesprungen, aber was soll's. Welches sind also die magischen Methoden, die die Polizei zum Zwecke der Verbrechensverhütung eingeführt hat?

Schnitt zu vier Hauptwachtmeistern, die rund um ein sog. Ouijaboard gekauert sitzen. Sie halten ihre Finger auf ein Glas, das sich ziemlich schnell zwischen den Buchstaben hin und her bewegt.

Polizisten L-E-C-K M-I-C-H.

Polizist (JOHN) Leck mich? Das ist aber ein unhöfliches Ouijaboard!

Filmsequenzen von Polizisten mit Zauberstab: einer zeigt mit dem Zauberstab auf falschparkende Autos und läßt sie so verschwinden. Ein anderer hilft einer alten Dame, die Straße zu überqueren. Erst schaut er, ob die Straße frei ist, dann schwenkt er seinen Stab, und die Dame wird auf die andere Seite versetzt.

Eine andere Gegend: eine Polizeisirene ertönt, und fünf Polizisten auf Besenstielen kommen um die Ecke und jagen durchs Bild.

Schnitt zu einer Gruppe von Polizisten, die bei den Stonehenge-Steinen einen Tanz aufführen. Ein Einbrecher ist auf einem Steinaltar festgebunden. Überblendung zu einem Bild eben der Szene in einer Zeitung. Wir befinden uns jetzt im Büro eines Polizeipräsidenten, der gerade vorliest.

Polizeipräsident (TERRY J.) Das sind die Sachen, die die Polizei in Verruf bringen, Wachtmeister.

Kamerabewegung bringt den Polizeiwachtmeister ins Bild, er trägt ein langes, glänzendes und enganliegendes Abendkleid, eine glitzernde Handtasche und Helm.

Wachtmeister (GRAHAM) Ich weiß, Sir.

Gegensprechanlage auf dem Schreibtisch summt los.

Polizeipräsident *(drückt auf den Knopf)* Ja, Beryl?

Beryl *(männliche Stimme)* Attila der Hunne möchte Sie sprechen, Sir.

Polizeipräsident Wer?

Beryl Attila der Hunne, Sir.

Polizeipräsident Immer diese Störenfriede! Äh, Wachtmeister, kümmern Sie sich darum, ja?

Wachtmeister Was denn, in diesem Aufzug?

Polizeipräsident Ach, na gut, ich geh selber.

Wachtmeister Oh, ich hab ja noch die kleine grüne Schürze, die könnte ich doch umbinden.

Polizeipräsident Nein, lassen Sie nur, ich geh schon. Sie bleiben hier.

Wachtmeister Na fein, dann kann ich ja mit dem Bügeln weitermachen.

Der Polizeipräsident tritt durch die Tür zum Aufnahmeschalter der Polizeistation. Hinter dem Schalter steht ein Polizist, davor wartend ein kleiner unscheinbarer Mann.

Polizeipräsident *(zum Polizisten)* Also, wo ist er?

Beryl (JOHN) Da vorne, Sir.

Polizeipräsident Aha, äh, na gut, überlassen Sie mir das, Wachtmeister. Äh, also dann, Sir, Sie sind Attila der Hunne?

Attila der Hunne (MICHAEL) Ja, das stimmt. A. D. Hunne ist mein Name. Meine Eltern waren Mr. und Mrs. Norman Hunne, aber sie haben sich bei meiner Geburt einen kleinen Spaß erlaubt.

Polizeipräsident Ja, also, Mr. Hunne. . .

Attila Oh, nennen Sie mich doch »Der«, um Himmels willen!

Polizeipräsident Na schön, Der. Was kann ich also für Sie tun?

Attila Ich bin gekommen, um mich zu stellen.

Polizeipräsident Weswegen?

Attila Morden, Brandschatzen und Plünderung einer Großstadt.

Polizeipräsident Wie meinen Sie bitte?

Attila Morden, Brandschatzen, Plünderung einer Großstadt, und es gibt noch neuntausend weitere Anklagepunkte, die Sie in Erwägung ziehen sollten, bittschön.

Polizeipräsident Ich muß schon sagen, nichts für ungut, Mr. Hunne.

(Er nimmt seinen Hut ab, entfernt seinen Schnauzbart, steckt ihn in den Hut und setzt diesen wieder auf.) Haben Sie irgendwelche Einwände dagegen, ins Röhrchen zu pusten?

Attila Oh, keineswegs, nein, nein.

Polizeipräsident Sehr schön, äh, Wachtmeister, bringen Sie mir doch mal das Hunnentest-Röhrchen.

Wachtmeister holt einen Alcotest hervor.

Beryl Bitte sehr, Sir.

Übergibt es dem Polizeipräsidenten.

Polizeipräsident Äh, wie geht'n das?

Beryl Na ja, er pustet da hinein, Sir, und wenn sich die weißen Kristalle hellgrün verfärben, dann ist er Attila der Hunne.

Polizeipräsident Verstehe. Gut. Würden Sie dann bitte einmal da hinein blasen, Mr. Hunne?

Attila In Ordnung. *(Er pustet ins Röhrchen.)*

Polizeipräsident Und was ist, wenn nichts passiert, Wachtmeister?

Beryl Dann ist er Alexander der Große.

Polizeipräsident Ha, ha! Reingelegt, Herr A.D. Große!

Attila *(der jetzt Alexander der Große ist)* O verflucht! Verflucht! Und ich hatte mich so sicher gefühlt, in dieser Attila-der-Hunne-Verkleidung.

Polizeipräsident Tjaa, schon möglich. Sie haben aber einen entscheidenden Fehler begangen... sehen Sie, das hier war gar kein Hunnentest-Röhrchen... sondern ein Alexanderdergroße-test-Röhrchen... Abführen, Beryl.

Schnitt auf einen Brief (wie er für »Heiligabend mit den Stars« nach dem Tierfilm verwendet wird, oh, pardon... wie er in »Heiligabend mit den Stars« nicht *verwendet wird).*

Off-Sprecher (ERIC) Sehr geehrte Herren! Ich protestiere aufs schärfste gegen die letzte Szene und gegen den nächsten Brief.

Schnitt auf zweiten Brief.

Off-Sprecher (MICHAEL) Sehr geehrte Herren! Ich protestiere dagegen, daß der vorherige Brief gegen meinen Brief protestieren durfte, bevor mein Anliegen überhaupt deutlich werden konnte. Ich habe lange Jahre in Indien verbracht während des letzten Krieges, und zur Zeit arbeite ich halbtags als Schwarzes Brett in einer renommierten Privatschule.

Mit freundlichen usw., Brigadier Zoe La Rue (verstorben).

PS: Aaaah!

Schnitt auf dritten Brief.

Off-Sprecher (JOHN) Sehr geehrte Herren! Während meiner Schulzeit wurde ich regelmäßig alle halbe Stunde verprügelt,

und es hat mir nicht geschadet, wenn man von Verhaltens- und Sehstörungen absieht.
Ihr sehr ergebener Luftwaffenhauptmann
Ken Frankenstein (Mrs.).

Der überleitende Trickfilm führt uns in das Sprechzimmer eines Psychiaters. Schnitt auf ein Portraitbild an der Wand, das Dr. Larch zeigt. Dann sehen wir den leibhaftigen Dr. Larch. Er sitzt an seinem Schreibtisch. Die Tür wird geöffnet und eine Sprechstundenhilfe sieht herein.

Sprechstundenhilfe (CAROL) Dr. Larch... ein Mr. Phelps möchte Sie sprechen.

Psychiater (JOHN) Äh, Schwester!

Sprechstundenhilfe Ja bitte?

Psychiater *(flüsternd)* Ähm, finden Sie nicht, daß Sie deutlich machen müßten, daß ich Psychiater bin?

Sprechstundenhilfe Was?

Psychiater Na, ich könnte sonst irgendein Arzt sein.

Sprechstundenhilfe Aber ich kann doch nicht hier hereinkommen und sagen »Psychiater Larch« oder »Dr. Larch, der Sie Psychiater sind«. Ach, und überhaupt, es steht ja an der Tür.

Psychiater *(immer noch flüsternd)* Aber nur von außen.

Sprechstundenhilfe Das ist mir egal, da müssen Sie sich schon selber helfen. *(Sie geht weg.)*

Psychiater *(macht »ring, ring« und nimmt den Telefonhörer ab)* Hallo? Äh, nein, ich fürchte, Sie sind falsch verbunden, ich bin nämlich Psychiater. Der nächste, bitte! *(Klopfen an der Tür.)* Äh, herein!
Phelps tritt ein als Napoleon verkleidet, einen Papagei auf dem Kopf und mit einer Hundeleine ohne das zugehörige Tier.

Phelps (TERRY J.) Wau, wau, wau.

Psychiater Ah, Mr. Phelps. Treten Sie ein, nehmen Sie Platz. Nun, was fehlt uns denn?

Phelps Nein, nein, nein. Nein. Nein.

Psychiater Wie bitte?

Phelps Fällt Ihnen nichts Besseres ein? Ich mein, das ist alles so vorhersehbar, ich habe so was wohl schon tausendmal gesehen. Klopf, klopf, herein, ah, Mr. Phelps, nehmen Sie Platz. Es hängt einem zum Hals raus.

Psychiater Hören Sie. Würden Sie sich jetzt bitte hinsetzen und Ihren Text aufsagen?

Phelps Nein, mir reicht es. Mir reicht's endgültig. *(Ab.)*

Psychiater Ich komme hier einfach nicht zum Zuge.

Phelps *(aus dem Off)* Albatros!

Psychiater Halten Sie den Mund! Oh, das macht mich noch wahnsinnig!

Schnitt zu einem Mann im Nirgendwo: Mr. Notlob.

Notlob (MICHAEL) Ein wahnsinniger Psychiater. Mal was Neues.

Schnitt zurück zum Psychiater.

Psychiater Der nächste, bitte!

Klopfen an der Tür. Der Psychiater will gerade antworten, nimmt dann aber erst ein Synonymenwörterbuch zur Hand und blättert darin herum.

Psychiater Überschreiten Sie die Schwelle, vollziehen Sie Ihre Ankunft, eindringen Sie, schleusen Sie sich ein. *(Notlob tritt ein, er trägt einen einfachen Anzug.)* Ah, Mr. Notlob, deponieren Sie doch Ihre Hüften auf dieser Sitzvorrichtung, bittschön.

Notlob *(zur Kamera)* Tatsächlich, ein wahnsinniger Psychiater.

Psychiater Nein, nein, durchaus nicht. Treten Sie ein. Nehmen Sie Platz. Was . . . was fehlt Ihnen?

Schnitt zu Napoleon im Nirgendwo: er prustet verächtlich.

Psychiater Also, was ist Ihr Problem?

Notlob Ja also, ich höre immer Gitarrenmusik und Leute, die singen, obwohl niemand in der Nähe ist.

Psychiater Nun, das ist durchaus nichts Ungewöhnliches. In bestimmten geistigen Zuständen können akustische Sinnestäuschungen auftreten, die höchst. . . *(Er unterbricht sich plötzlich und lauscht: die Klänge von »We're all going to the zoo tomorrow« ertönen.)* Ist das nicht »We're all going to the zoo tomorrow«?

Notlob Ja. Ja.

Psychiater Kommt das immer?

Notlob Nein.

Psychiater Na, das ist 'n Ding.

Notlob Meistens sind es aber Volkslieder.

Psychiater *(besorgt)* O mein Gott!

Notlob Gestern abend kam »I'll never fall in love again«, sechs Stunden lang.

Psychiater Ja, wissen Sie, ich glaube, ich sollte in dieser Sache eine zweite Meinung einholen. Ich überweise Sie an einen Kollegen von mir, einen Spezialisten für diese Sorte Angelegenheit, der übrigens eine ganz ähnliche Praxis wie diese hier hat.

Schnitt: wir sehen dasselbe Portraitbild wie zu Beginn der Szene. Es ist dasselbe Sprechzimmer, das nunmehr von einem Chirurgen besetzt ist, der gerade das Portrait um Bart und Brille ergänzt.

Chirurg (GRAHAM) Ring, ring. *(Nimmt den Telefonhörer ab.)* Nein, nicht falsch verbunden, ich bin ein Kollege von ihm, Chirurg, der sich auf diese Sorte Angelegenheit spezialisiert hat. Ja, recht vielen Dank. *(Legt den Hörer wieder auf.)* Der nächste, bitte. *(Türklopfen.)* Herein. *(Notlob tritt ein; »Going to the zoo« ist leise zu hören.)* Ah, treten Sie ein, nehmen Sie bitte Platz. *(Ganz kurzer Schnitt zu Napoleon, dann wieder zurück.)* Mein Kollege, der ein ähnliches Sprechzimmer hat, hat mir Ihren Fall vorgetragen. *(Er erhebt sich aus seinem Sessel.)* Mr. Notlob, Ihnen ist bekannt, daß ich einer der angesagtesten Harley-Street-Chirurgen bin, wie man sie sonst nur aus dem Fernsehen kennt. *(Er stellt ein uraltes Grammophon ein; die Erkennungsmelodie von »Dr. Kildare« erklingt.)* Ich fürchte, ich werde operieren müssen. Kein Grund zur Besorgnis, aber es ist *äußerst* gefährlich. Ich werde Ihr Leben aufs Spiel setzen. Ich werde fürchterlich Schindluder treiben mit Ihrer nur allzu sterblichen Hülle. Ich werde Ihnen durch Mark und Bein spazieren. Jawohl! Diese Hände, diese Finger, diese hochentwikkelten Tastwerkzeuge, diese Fünferbande, diese Pranken deutscher Wertarbeit, sie haben schon so manch Todgeweihten zurückgerissen, der mit einem Fuße im Grabe des Lazarus – Nazareth? Na egal, jedenfalls haben diese Händchen schon reichlich Kohle eingefahren. Wenn Sie also bitte hier durchgehen wollen, werde ich Ihnen eine Spezialbehandlung verpassen.

Notlob Was?

Chirurg Mr. Notlob, es gibt kein Problem, das eine kostspielige Operation nicht verschärfen könnte.

Schnitt auf Operations-Bühne. Unterhaltung und Gitarre sind nach wie vor zu hören. Notlob liegt auf dem Tisch. Der Kopf ist echt, aber der restliche Körper eine Attrappe. Der Tisch ist ganz wirklichkeitsgetreu mit einem grünen Laken bedeckt. Der Chirurg desinfiziert den Bauch des Patienten. »Going to the zoo« leise im Hintergrund.

Chirurg Nun denn, ich bin bereit für den Schnitt. Schwester, Skalpell. *(Nimmt es entgegen.)* Was soll das denn sein? Geben Sie mir ein größeres. *(Er nimmt ein großes Skalpell und schärft es an einem Schleifstahl.)* Ach, das macht Spaß! Also. . . *(Er sticht in den Körper und zieht einen Schlitz, ungefähr einen Meter zwanzig lang.)* Oh, was für ein schöner Schlitz. Und jetzt, Gentlemen, werde ich den Schlitz öffnen.

Er zieht ihn auseinander. Das Lied wird lauter. Der Kopf eines Besetzers kommt zum Vorschein.

Besetzer (ERIC) Spitzenmäßig, ej, groovy, geile Szene. Geile Lightshow, Baby.

Chirurg Was machen Sie da drinnen?

Besetzer Wir ziehen hier unser Ding durch, Alter.

Chirurg Haben Sie die Erlaubnis von Mr. Notlob, sich da drinnen aufzuhalten?

Besetzer Alter, wir sind Hausbesetzer.

Chirurg Was? *(Zur Schwester, auf Notlob deutend)* Schwester, wekken Sie ihn auf. *(Sie klopft ihm auf die Wangen.)*

Besetzer Reg dich ab, Mann. Klink dich in die Szene ein und solche Sprüche: Geld ist nicht wirklich!

Chirurg Für mich schon, und ich fahr voll drauf ab, mein Junge. *(Er schaut in Notlob hinein.)* Du meine Güte! Ist das da eine nackte Frau?

Besetzer Die schreibt einen Artikel über uns im »Nova«-Magazin, Alter.

Mädchen (CAROL) *(ihr Kopf erscheint ebenfalls in der Öffnung)* Hallo da. Gehört ihr auch zur Szene?

Chirurg Dreht ihr euch da drinnen eure eigenen Gummibärchen?

Notlob *(wacht auf)* Was ist da los? Wer ist das?

Chirurg Das versuchen wir gerade herauszufinden.

Notlob Was machen die in meinem Bauch?

Chirurg Das wissen wir nicht. Zahlen sie Ihnen denn Miete?

Notlob Natürlich zahlen die mir keine Miete.

Besetzer Du bist ja auch nicht möbliert, du Faschist.

Notlob Werfen Sie sie raus!

Chirurg Das kann ich nicht.

Notlob Werfen Sie sie raus!

Chirurg Nein, das kann ich nicht. Nicht ohne einen gerichtlichen Räumungsbefehl.

Indianer *(taucht auch noch auf)* Ruhe da. Wir wollen schlafen.

ZWISCHENTITEL: »EINEN GERICHTSBESCHLUSS SPÄTER«

Mehrere Polizisten kommen hereinmarschiert.

Erster Polizist (JOHN) Hiermit wird angeordnet, daß Mr. Notlob unverzüglich zu räumen ist. Und oder.

Besetzer Verzieh dich, Bulle.

Polizist Gut. Das reicht. Wir stürmen. Die scharfen Hunde los! *(Er taucht in den Schlitz.)*

TRICKFILM:

Trickfilm-Figur Was für ein schreckliches Ende für eine Serie. Warum konnte es nicht mit etwas von dieser Art abschließen? *(Ein kurzes Stück verwirrenden Trickfilms später:)* Das ist doch mal ein schönes Ende. Romantik. Gelächter.

Schnitt zum »Jetzt«-Mann, der von den Leichenbestattern verfolgt wird; über diesem Film läuft der Abspann.

ZWISCHENTITEL: »PAUSE«

Off-Sprecher (JOHN) Künftige Ausgaben dieser Serie werden Montag morgens als Testbild zu sehen sein, in Ihrer Programmzeitschrift angekündigt als: Geschichte der irischen Landwirtschaft.

Vierzehn – Dinsdale

Ein Mann im Abendanzug sitzt in einem Zookäfig.

Mann (JOHN) Und nun zu etwas völlig anderem.

Schwenk zum »Jetzt«-Mann im Käfig daneben.

Jetzt-Mann (MICHAEL) Und jetzt. . .

Trickfilm-Vorspann.

Schnitt in ein Fernsehstudio; ein Interviewer sitzt in einem Sessel.

EINGEBLENDETER ZWISCHENTITEL: »AUF DEM PRÜFSTAND«

Interviewer (ERIC) Guten Abend. In unserer Sendung »Auf dem Prüfstand« stehen heute zwei unterschiedliche Auffassungen aktueller Themen zur Debatte. Zu meiner Linken begrüße ich den Innenminister *(Schnitt auf den Minister in Frauenkleidern, aber mit Schnurrbart)*, der ein auffallendes Organzakleid in rosa Tüll trägt, mit darauf abgestimmten Perlen und einem Talmi-Halsband. *(Im Hintergrund wird sanfte Modenschau-Musik eingespielt.)* Die Schuhe sind aus aufgerauhtem Schweinsleder gefertigt und mit goldenen Schnallen versehen, sie kommen von Maxwell in der Bond Street. Die Frisur ist von Roger, und das ganze Ensemble wird gekrönt durch ein außergewöhnliches Arrangement von Christorchideen. Und zu meiner Rechten begrüße ich – als Sprecher für die Opposition – eine kleine Menge brauner Flüssigkeit *(Schnitt auf Flüssigkeit auf dem Sessel)* . . .vermutlich ein Holzschutzmittel oder irgendein Extrakt, das für die Herstellung von Industrielacken verwendet wird. *(Schnitt zurück zum Interviewer.)* Guten Abend. Herr Minister, darf ich Ihnen gleich die erste Frage stellen? In Ihrem Regierungsprogramm »Für ein besseres Großbritannien« haben Sie den Bau von 88.000 Billiarden Häusern pro Jahr allein in London und Umgebung angekündigt. Tatsächlich haben Sie aber nur drei Häuser in den letzten fünfzehn Jahren gebaut. Finden Sie dieses Ergebnis nicht etwas unbefriedigend?

Minister (GRAHAM) Nein, keineswegs. Ich möchte, wenn Sie erlauben, diese Frage auf zweierlei Weise beantworten. Zunächst in meiner normalen Stimme und anschließend in einer Art albern hochgezogenem Jaulen. . . Sehen Sie, das Problem des Häuserbaus ist ja in Wirklichkeit. . .

Schnitt zurück zum Interviewer. Man hört das Gerede des Ministers im Hintergrund. Die sanfte Modenschau-Musik setzt wieder ein.

Interviewer Nun, während der Minister unsere Frage beantwortet, möchte ich noch darauf hinweisen, daß das Kleid des Ministers ganz und gar in Handarbeit aus über dreihundert Stücken eingeschossener arabischer Seide genäht wurde *(in diesem Moment hört man das hochgezogene Jaulen des Ministers)*, eine Spezialanfertigung für den Minister von Vargar in Paris. Es ist äußerst figurbetont und unterhalb der Schulter abgesetzt, um den feinen Knochenbau des Ministers noch besser zur Geltung zu bringen. Nun, mir scheint, der Minister nähert sich dem Ende seiner Antwort, wir wollen daher zurückgehen und uns wieder in die Diskussion einschalten. Recht vielen Dank, Herr Minister. Verkündet wurde heute die Ernennung eines neuen Oberkommandierenden. . .

Minister Sollte ich nicht noch weiterreden?

Interviewer Nichts da! Verkündet wurde heute die Ernennung eines neuen Oberkommandierenden des Vereinigten Bomberkommandos – Lufthauptmarschall Sir Vincent »Killt-die-Japse« Forster. Er befindet sich nun in unserem Studio in Birmingham. . .

Schnitt: wir blicken offenbar auf einen Monitor in Großaufnahme, auf dem Sir Vincent zu sehen ist – in greller Frauenaufmachung, inklusive dicker Lippenbemalung, ausladender Büste etc. Er ist hingelagert auf einer Chaiselongue. Ein kleiner schwarzer Junge fächelt ihm Luft zu.

Sir Vincent (JOHN) Hallo, Matrosen! Nu ratet mal, was passiert ist! Der Luftfahrtsminister hat mich zum Chef der Luftwaffenrasselbande ernannt.

Während er noch weiterredet, zoomt die Kamera schnell zurück, und wir sehen, daß wir nicht auf einen Monitor im Studio geschaut haben, sondern auf einen Fernsehapparat in einem modernen Wohnzimmer.

Eine Hausfrau (Mrs. Pinnet) sieht gerade fern. Sie trägt Schürze und Kopftuch und hat Lockenwickler im Haar. Es klingelt an der Tür. Sie schaltet den Fernseher aus und öffnet die Haustür, die direkt von draußen ins Wohnzimmer führt. Vor der Tür steht eine wahrhaft erstaunliche Witzfigur: ein Mann mit einer Melone, aus der eine Axt herausragt, mit einer großen roten Clownsnase, einer blinkenden und kreisenden Fliege, ausgestopften breiten Schultern, kariertem Clownsjackett, langen Unterhosen, Sockenhaltern und schweren Armeestiefeln. An der Leine führt er eine Ziege mit Hut. Großaufnahme.

Mann Hallo. Mrs. Rogers?

Mrs. Pinnet (TERRY J.) Nein. . .Oh! Ich bin wohl im verkehrten Haus.

Sie wirft ihm die Tür vor der Nase zu, und die Kamera folgt ihr nun durch das Zimmer hindurch. Sie klettert aus dem Fenster. Wir sind im Hinterhof des Reihenhauses. Sie kraxelt über die recht hohe Trennmauer zwischen den Grundstücken und klettert dann nebenan durchs Fenster ins Haus.

Innenaufnahme eines ziemlich vollgestellten Arbeiterwohnzimmers. Der Fernseher läuft und zeigt immer noch Sir Vincent, der eine wilde Nummer abzieht.

Sir Vincent Von jetzt an wird also alles nach *meinen* Vorstellungen ablaufen. Zuerst einmal wird David Hockney das Design der Bomben übernehmen. Und ich hab schon mal in die Pläne reingeschaut. . .

Es klingelt an der Tür.

Mrs. Pinnet Das ist bestimmt der neue Gasherd.

Sie schaltet den Fernseher aus. Sofort setzt bombastische sinfonische Musik ein.

EINGEBLENDETER ZWISCHENTITEL: *(in monumentalen Buchstaben, wie in »Ben Hur«)* »NEUER-HERD-SKETCH«

Schrift verschwindet, Musik bricht ab, sobald sie die Tür öffnet. Draußen stehen zwei Gasinstallateure mit einem neuen Herd.

Erster Gasmann (MICHAEL) Morgen. Mrs. G. Crump?

Mrs. Pinnet Nein, Mrs. G. Pinnet.

Erster Gasmann Das hier ist doch der Egernon Ring 46, oder?

Mrs. Pinnet Nein. . .Straße, die Egernon Straße.

Erster Gasmann *(sieht auf ein Stück Papier)* Straße, ja, steht hier ja. Genau. Könnte ich dann bitte mal Mrs. G. Crump sprechen?

Mrs. Pinnet Oh, so jemanden gibt es hier gar nicht. Es muß Mrs. G. Pinnet, Egernon Str. 46, heißen.

Erster Gasmann Also, hier steht »Crump«. Stimmt's, Harry?

Zweiter Gasmann (GRAHAM) Jupp, steht auf'm Lieferschein.

Erster Gasmann Genau. Eindeutig Crump.

Mrs. Pinnet Also, da muß ein Fehler passiert sein, weil, die Adresse stimmt ja, und das ist auch eindeutig der Herd, den ich bestellt habe – ein blauweißer PraktischKocher.

Erster Gasmann Also, den können Sie nicht kriegen, der ist für Crump.

Mrs. Pinnet Oje, was machen wir denn da?

Erster Gasmann Tja, weiß ich auch nicht. Was wir natürlich tun könnten, wir nehmen ihn wieder mit ins Lager, lassen ihn uns von Crump auf Pinnet überschreiben und zeichnen ihn als Sonderlieferung aus.

Zweiter Gasmann Genau, das ist das beste. Wir machen 'ne Sonderlieferung draus und bringen ihn heute noch raus, dann haben Sie ihn in zehn Wochen wieder.

Mrs. Pinnet In zehn Wochen! Herrje, können Sie ihn nicht einfach hier lassen?

Erster Gasmann Wie, den hier? Wie einfach hierlassen? *(Sie scheinen vom Donner gerührt.)*

Mrs. Pinnet Ja.

Erster Gasmann Tja, ich weiß nich'. Schätze, das ginge.

Zweiter Gasmann Dann müßte sie aber einen provisorischen Versandschein ausfüllen.

Erster Gasmann Genau, mit 'nem provisorischen Versandschein können wir ihn hierlassen.

Mrs. Pinnet Na, dann wäre das ja geklärt. Ganz schön kompliziert, was?

Erster Gasmann Ich weiß, es ist eigentlich lächerlich, aber so ist das nun mal. Bin aber froh, daß wir Ihnen helfen konnten. Würden Sie dann bitte hier unterschreiben, Mrs. Crump?

Mrs. Pinnet Pinnet.

Erster Gasmann Pinnet. Hören Sie – nur damit es bei der Abrechnung kein Durcheinander gibt –, könnten Sie mit Crump-Pinnet unterschreiben?

Mrs. Pinnet In Ordnung. *(Sie unterschreibt.)*

Erster Gasmann Schön. Recht vielen Dank, meine Liebe. Der Herd gehört Ihnen. Schön. Herzlichen Dank, Gnädigste. Okay. *(Sie stellen den Herd gleich hinter der Tür ab und gehen wieder.)* Tut mir leid wegen der Umstände. . . kann schon mal passieren. . . Sie wissen schon. . . Tachchen!

Zweiter Gasmann Tachchen, Mrs. Crump!

Mrs. Pinnet Heh, entschuldigen Sie! Huuhu! Äh, würden Sie ihn in die Küche stellen?

Erster Gasmann *(kommt zurück)* Was, wo?

Mrs. Pinnet Na, ich kann ja wohl nicht damit kochen, wenn er nicht angeschlossen ist.

Erster Gasmann Ach so, uns war nicht klar, daß Sie einen Installationsschein haben.

Zweiter Gasmann Einen MI.

Erster Gasmann Sehen Sie, ohne MI dürfen wir das Ding gar nicht anrühren, nich' wahr.

Zweiter Gasmann Oder einen R16.

Dritter Gasmann (JOHN) *(der plötzlich hinter den anderen beiden auftaucht)* Bei Sonderlieferungen.

Zweiter Gasmann Nee, nee – das ist keine Sonderlieferung. Die haben wir im Lager.

Erster Gasmann Nein, die Installationsscheine sind die gleichen.

Dritter Gasmann Dann ist es ein R16.

Mrs. Pinnet Was ist denn ein Installationsschein?

Erster Gasmann So ein rosa Formular, wird in Reading ausgestellt.

Mrs. Pinnet Ach so, und wir haben uns schon gewundert, wozu der ist. Also, hier sind die Formulare. *(Sie holt einen dicken Stapel Papiere hervor, kramt darin herum und zieht ein rosa Formular heraus, das sie ihnen übergibt.)*

Erster Gasmann Das ist es, Schätzchen. Genau, das müßte reichen. Moment mal. Das ist ja für Pinnet. Mrs. G. Pinnet.

Mrs. Pinnet Richtig, das bin ich, Mrs. G. Pinnet.

Erster Gasmann Tja, wir haben aber Crump-Pinnet auf dem Lieferschein stehen.

Mrs. Pinnet Na gut, soll ich dann wieder mit Crump-Pinnet unterschreiben?

Erster Gasmann Nein, nein, nein – nicht auf einem MI – nein.

Zweiter Gasmann Nein, das kommt ja vom zuständigen Kundendienst in Reading.

Vierter Gasmann (ERIC) *(taucht plötzlich auf)* Nein, in Cheltenham, oder?

Zweiter Gasmann Nein, nicht diese Straßenseite.

Mrs. Pinnet Hören Sie, ich will ihn nur angeschlossen haben. *Allgemeine Skepsis.*

Dritter Gasmann Was ist mit dem Londoner Büro?

Erster Gasmann Na, die haben nicht die richtigen Apparate.

Zweiter Gasmann Zur Zeit nicht.

Fünfter Gasmann (TERRY G.) *(taucht plötzlich auf)* Was denn? Das Lager in Hounslow?

Vierter Gasmann Nein, die sind noch auf Normaldruck eingestellt.

Sechster Gasmann *(taucht plötzlich auf)* Genau wie in Twickenham.

Mrs. Pinnet Aber die können doch sicherlich einen Gasherd anschließen?

Erster Gasmann Na klar, wir könnten ihn anschließen, Schätzchen, aber nicht, wenn es kein Notfall ist.

Mrs. Pinnet Aber dies *ist* ein Notfall.

Erster Gasmann Nein, ist es nicht. Notfall ist 290. . . »im Falle, daß tatsächlich oder offensichtlich brennbare Gassubstanz austritt«.

Zweiter Gasmann Jupp, wie bei 'nem Leck.

Der siebte Gasmann taucht auf.

Siebter Gasmann Jupp, oder einem 478er.

Dritter Gasmann Nein, das ist Ventileinstellung.

Mrs. Pinnet Aber es kann kein Leck geben, wenn er nicht angeschlossen ist.

Erster Gasmann Nein, ganz recht. Wir müßten ihn anstellen.

Mrs. Pinnet Aber können Sie ihn denn nicht anstellen *und* anschließen?

Erster Gasmann Nein. Was wir aber machen könnten, und das muß unter uns bleiben, ich dürfte Ihnen das eigentlich gar nicht erzählen –, wir schalten das Gas ein, machen ein Loch in Ihre Rohrleitung, Sie rufen den Notdienst in Hounslow an, und die sind dann in ein paar Tagen zur Stelle.

Mrs. Pinnet Was denn, und das Haus voller Gas? Bis dahin bin ich doch tot!

Erster Gasmann Oh, also, in dem Fall wäre der Südost-Gebietsleiter natürlich wie der Blitz hier.

Mrs. Pinnet Wirklich?

Erster Gasmann Oh ja. »Eine oder mehrere Personen von Dämpfen betäubt«, da hätten Sie sogar die aus dem Hauptbüro in Holborn hier auf der Matte.

Mrs. Pinnet Ach, wirklich?

Erster Gasmann Ja, sehen Sie, das ist dann Mord.

Zweiter Gasmann Oder Selbstmord.

Fünfter Gasmann Nein, das ist S42.

Zweiter Gasmann Oh.

Der achte Gasmann taucht auf.

Achter Gasmann Immer noch! Ich dachte, das wär Hainault.

Fünfter Gasmann Nein, nein – Mitte und Southall Marketing Abteilung, die sind jetzt beide auf dem S42.

Mrs. Pinnet Und die wären in der Lage, den Herd anzuschließen?

Erster Gasmann Klar, die würden das für Sie erledigen, Schätzchen.

Mrs. Pinnet Und die würden heute nachmittag noch kommen?

Erster Gasmann Nun, was haben wir jetzt... 11 Uhr 30... und Mord... die werden gegen zwei hier sein.

Mrs. Pinnet Na, das ist doch ganz wunderbar.

Erster Gasmann Alles klar, Schätzchen, wenn Sie sich dann mal hierher legen wollen.

Mrs. Pinnet In Ordnung. *(Sie tut es.)*

Erster Gasmann Okay, Harry.

Zweiter Gasmann Okay, Gas ist an.

Erster Gasmann *(hält ihr einen Leitungsschlauch an den Mund)* Na dann, tief einatmen, Schätzchen. Ruf doch mal das Hauptbüro an, Norman...

Vierter Gasmann Soll ich mich über die Wartungsabteilung verbinden lassen?

Fünfter Gasmann Nein, mach's lieber über die Deptford-Wartung.

Sechster Gasmann Peckham ist auf dem 207er...

Stimmen ... das ist Lewisham. Was ist mit Tottenham? Nein, das müßte ein 5,4er sein... was ist mit Lewisham? Das ist Mitte, oder? Oder Ruislip...

Die Kamera schwenkt die Reihe der Gasmänner entlang, die mit unverständlichen Fachausdrücken aufeinander einreden. Die Reihe führt bis zur Haustür und erstreckt sich draußen noch durch die ganze Straße.

Es schließt sich eine Trickfilmsequenz an, die uns schließlich zur Großaufnahme einer kleinen Anzeige führt, die neben vielen anderen an der Tür eines kleinen Zeitungsladens hängt. Ein schäbiger Typ läßt gerade äußerst lüsterne Blicke über die Anzeigen schweifen, er rätselt herum, sucht offenbar etwas Bestimmtes, geht schließlich zum Ladentisch. Er hat ein nervöses Zucken im Gesicht.

Kunde (ERIC) Guten Morgen.

Ladenbesitzer (TERRY J.) Morgen, Sir. Kann ich Ihnen behilflich sein?

Kunde Behilflich? Jou, das will ich meinen.

Ladenbesitzer Ja, bitte?

Kunde Ich komm wegen Ihrer Anzeige – »Kleine weiße Muschikatze zu verkaufen. In sehr gutem Zustand«.

Ladenbesitzer Ah ja. Möchten Sie sie kaufen?

Kunde Genau. Eben auf die schnelle. Aber ich rück nich' mehr als 'n Fünfer dafür raus, weil, das isses nich' wert.

Ladenbesitzer Nun, sie hatte ein sehr gutes Zuhause – sie ist stubenrein.

Kunde *(denkt lange nach; geht dann zur Tür und schaut wieder auf die Anzeigen)* Wäscheständer? Wäsche. Ständer. Ich möchte gern etwas Wäscheständer, bitte.

Ladenbesitzer Jawohl, Sir.

Kunde Geht das auch voll ab?

Ladenbesitzer Äh, er steht dort in der Ecke. *(Zeigt auf einen Wäscheständer.)*

Kunde *(enttäuscht)* Oh. *(Geht zur Tür, fährt mit dem Finger über die Reihe der Anzeigen.)* Puppenwagen zu verkaufen. Gegen Gebot. Geben Sie mir von dem Puppenwagen, bitte.

Ladenbesitzer Aber ja, der Herr. Der ist noch in gutem Zustand.

Kunde Sehr schön. Ich mag es, wenn sie in gutem Zustand sind, hä. Hä?!?

Ladenbesitzer Ja, schauen Sie, hier. *(Zeigt ihm den Puppenwagen.)*

Kunde *(sieht hin, hält inne; geht wieder zur Tür und sucht mit dem Finger)* Babysitter. Nein, das is' ja 'n Babysitter. Babysitter?

Ladenbesitzer Babysitter.

Kunde Babysitter – ich will keinen Babysitter. Werden Sie Blutspender! – Das isses. Ich will'n bißchen Blut spenden, uaah! *(Ladenbesitzer schüttelt den Kopf.)* Ou, Mist. Welche isses bloß? *(Der Ladenbesitzer nimmt eine Karte aus der Tasche und gibt sie ihm.)* Blondes Modell – für alle Sex-Spielarten zu haben – vier Pfund die Woche. Was soll denn das heißen???

Ein Gentleman mit Aktentasche betritt den Laden. Er hat einen äußerst albernen Gang. Er kauft eine Zeitung, anschließend folgen wir ihm nach draußen.

Gentleman (JOHN) Einmal die »Times«, bitte.

Ladenbesitzer Aber ja, Sir, bitte sehr.

Gentleman Danke sehr.

Ladenbesitzer Wiedersehen.

Als der Gentleman den Laden verläßt und in unbeschreiblich alberner Manier von dannen schreitet, sehen wir wieder die Schlange der Gasmänner, die sich die ganze Straße hinunter bis zu Mrs. Pinnets Haus erstreckt. In der nächsten Einstellung sieht man den Gentleman sich an Whitehall entlang vorwärtsbewegen und in ein Gebäude treten, das als

»Ministerium für Albernes Gehen« ausgeschildert ist. In den Fluren begegnen ihm drei weitere Männer, die sich jeweils in höchst exzentrischer Weise bewegen.

Schnitt in ein Büro: ein Mann sitzt dort und wartet. Der Gentleman – es ist der Minister – kommt in seiner ausgefallenen Art herein.

Minister Guten Morgen. Es tut mir leid, daß ich Sie habe warten lassen, aber mein Gang, fürchte ich, ist in letzter Zeit eher noch alberner geworden, so daß es mich noch mehr Zeit kostet, zur Arbeit zu gelangen. *(Setzt sich an den Schreibtisch.)* Nun denn, worum ging es noch mal?

Mann (MICHAEL) Ja also, ich habe einen albernen Gang, Sir, und ich möchte staatliche Zuschüsse beantragen, um ihn weiterentwickeln zu können.

Minister Aha. Kann ich Ihren albernen Gang einmal sehen?

Mann Ja, aber selbstverständlich.

Er erhebt sich und macht ein paar Schritte, wobei der untere Teil des linken Beins bei jedem zweiten Schritt abrupt nach oben fliegt. Er hält inne.

Minister War's das?

Mann Ja, das war alles, ja.

Minister Das ist nicht gerade *übermäßig* albern, oder? Ich meine, Ihr rechtes Bein ist überhaupt nicht albern, und Ihr linkes Bein vollführt lediglich eine halbe Drehung in der Luft bei jedem zweiten Schritt.

Mann Ja, aber ich glaube, mit staatlicher Unterstützung könnte ich etwas sehr Albernes daraus machen.

Minister *(erhebt sich)* Mr. Putey *(er geht auf sehr alberne Weise hinter dem Schreibtisch hin und her)*, das eigentliche Problem ist finanzieller Natur. Leider wird das Ministerium für Albernes Gehen nicht mehr in dem Ausmaße unterstützt, wie dies nötig wäre. Sehen Sie, da haben wir die Verteidigung, das Sozialwesen, Gesundheitswesen, Wohnungsbau, Bildungswesen, Albernes Gehen. . . alle Bereiche sollen eigentlich gleichermaßen bedacht werden. Trotzdem hat die Regierung im letzten Jahr dem Ministerium für Albernes Gehen weniger Mittel zur Verfügung gestellt als dem Verteidigungsministerium! Wir verfügen momentan über 348 Millionen Pfund im Jahr und müssen davon die Ausgaben für sämtliche unserer verfügbaren Produkte bestreiten. *(Setzt sich wieder.)* Kaffee?

Mann Ja, sehr gern.

Minister *(betätigt die Gegensprechanlage)* Hallo, Mrs. Two-Lumps, würden Sie uns bitte zwei Kaffees bringen?

Stimme der Sekretärin Sehr wohl, Mr. Teabag.

Minister . . .hat wohl den Verstand verloren. Jedenfalls, die Japaner haben einen Mann, der das Bein über den Kopf und dann wieder zurück biegen kann, bei jedem einzelnen Schritt! Während die Israelis. . . ah, der Kaffee!

Die Sekretärin kommt mit einem Tablett und zwei Tassen herein. Sie hat einen besonders ruckartigen albernen Gang. Als sie damit am Schreibtisch des Ministers angekommen ist, befindet sich daher kein Kaffee mehr in den Tassen. Der Minister wirft einen raschen Blick darauf und lächelt verständnisvoll.

Minister Danke sehr. Reizend. *(Sie tritt ab, mit Tablett und Tassen.)* Sie interessieren sich aber wirklich für albernes Gehen, nicht wahr?

Mann O ja, sehr.

Minister Na, dann schauen Sie sich dies hier mal an.

Er holt einen Projektor unter seinem Schreibtisch hervor, bereits angeschlossen und mit aufgespultem Film. Er betätigt einen Schalter, das Licht fällt auf die gegenüberliegende Wand. Der Film zeigt eine Folge von sechs altmodischen albernen Gehern. Es sieht nach altem Stummfilm aus, 8mm-Qualität mit Kratzern und Sprüngen. Alle Auftretenden tragen Kostüme im Stil der Jahrhundertwenden-Mode. Einer hat riesige Schuhe an mit 30 Zentimeter dicken Sohlen, einer ist eine Frau, ein anderer trägt sehr lange, schnabelartige Schuhe.

Schnitt zurück ins Büro. Der Minister schleudert den Projektor hinter sich, dabei werden auch Papiere und alles andere vom Schreibtisch gefegt. Er beugt sich vor.

Minister Also, Mr. Putey, ich will nicht um den heißen Brei herumreden. Ich biete Ihnen ein Forschungsstipendium für Anglo-Französisches Albernes Gehen an.

Mann La Marche Futile?

Schnitt zu zwei Franzosen mit gestreiften Pullis und Baskenmützen, die auf einer Wiese stehen neben einem dritten Mann, der vollständig von einem Laken verdeckt ist.

Erster Franzose (JOHN) Bonjour. . . et maintenant. . . comme d'habitude, au sujet du Le Marche Commun. Et maintenant, je vous presente, encore une fois, mon ami, le pouf celebre, Jean-Brian Zatapathique. *(Er nimmt seinen Schnurrbart ab und klebt ihn dem anderen Franzosen auf die Oberlippe.)*

Zweiter Franzose (MICHAEL) Merci, mon petit chou-chou Brian Trubshawe. Et maintenant avec les pieds à droite, et les pieds au gauche, et maintenant l'Anglais-Française Marche Futile, et voilà.

Sie enthüllen den dritten Mann und gehen ab. Dessen linke Seite ist der Kamera zugewandt, und aus dieser Sicht erscheint er wie ein englischer Gentleman; als er sich aber umdreht, sieht man, daß seine andere Seite nach französischer Art bekleidet ist. Er setzt sich in Bewegung, in Zeitraffer und ausgefallener Gehweise, und verschwindet in der Ferne.

Off-Sprecher (ERIC) Es folgt die BBC-Programmübersicht. *(Schnitt auf die BBC-Weltkugel.)* Soeben begann auf BBC 2 das Halbfinale der dritten Folge von »Kierkegaards Tagebüchern«, in den Hauptrollen sind zu sehen Richard Chamberlain, Peggy Mount und Billy Bremner; und auf BBC 1 sehen Sie: »Ethel, der Frosch«.

Aufpeitschende Fernsehmagazin-Musik.

ZWISCHENTITEL: »ETHEL, DER FROSCH«

Schnitt zum Moderator am Schreibtisch im üblichen grauen Anzug mit geblümter Krawatte.

Moderator (JOHN) Guten Abend. »Ethel, der Frosch« befaßt sich heute mit dem Thema Gewalt. Gewalt krimineller Banden in Großbritannien. Vorigen Dienstag fand eine Herrschaft des Schreckens ihr Ende, als die berüchtigten Piranha Brüder, Doug und Dinsdale *(Foto derselben)*, nach einem der außergewöhnlichsten Prozesse der britischen Rechtsgeschichte zu vierhundert Jahren Gefängnis wegen Gewaltverbrechen verurteilt wurden. Heute abend untersucht »Ethel, der Frosch« den unaufhaltsamen Aufstieg der Piranhas zur Macht, die Methoden, mit denen sie rivalisierende Gangs unterwarfen, sowie schließlich die Festnahme aufgrund der Ermittlungen des trefflichen Kriminalkommissars Harry »Snapper« Organs vom Q-Dezernat. *(Foto eines verkommenen Hauses im Eastend.)* Doug und Dinsdale Piranha wurden als die ältesten Söhne einer sechzehnköpfigen Familie in diesem Haus in der Kipling Road in Southwark auf Bewährung geboren. Ihr Vater *(abgenutztes Foto vom Vater)*, Arthur Piranha, von Beruf Schrotthändler und Quizmaster, war ein alter Bekannter der Polizei und ein frommer Katholik. Im Januar 1929 hatte er Kitty Malone geheiratet *(altes Hochzeitsfoto)*, eine aufstrebende Boxerin aus dem Eastend.

Doug wurde im Februar 1929 geboren, Dinsdale zwei Wochen später und noch einmal eine Woche danach. Tür an Tür mit der Familie wohnte Mrs. April Simnel.

Außen; Straße. Interviewer und Frau Simnel. Im Hintergrund stehen Gasmänner Schlange.

Mrs. Simnel (MICHAEL) Kipling Road war eine typische Eastend Straße. Man ging ständig bei den Nachbarn ein und aus und nahm die Wertgegenstände mit. Es war schon ein fröhlicher Haufen.

Interviewer (ERIC) War es eine sehr gewalttätige Gegend?

Mrs. Simnel *(lacht verächtlich)* Oh, ho. . . ja. Fröhlich und gewalttätig. Ich weiß noch, daß Doug sehr scharf aufs Boxen war – bis er laufen lernte. Danach fing er an, in die Weichteile zu treten. Oh, dafür hat er sich wirklich interessiert! Seine Mutter hatte immer solche Schwierigkeiten, ihn zum Tee nach Hause zu kriegen. Immer war er draußen und hatte irgendwo seine kleinen Treterchen drin, wissen Sie, so niedlich. Die Kinder waren ja damals noch ganz anders. Ihre Köpfe waren noch nicht mit diesem ganzen cartesianischen Dualismus vollgestopft.

Schnitt auf einen Schulhof.

Off-Sprecher (JOHN) Im Alter von fünfzehn Jahren kamen Doug und Dinsdale auf die Ernst-Pythagoras-Grundschule in Clerkenwell.

Schnitt zu Anthoney Viney und einem Interviewer mit einem Handmikrophon.

Interviewer (TERRY J.) Anthoney Viney, Sie waren der Englischlehrer der Piranha Brüder. Welches ist Ihre stärkste Erinnerung an sie?

Er vergißt, dem antwortenden Viney (Graham) das Mikrofon hinzuhalten. Während er jedoch seinerseits die nächste Frage stellt, richtet er das Mikro auf Viney. So geht es fort, das Mikrofon immer auf den gerichtet, der gerade nicht spricht, während Viney offenbar eine faszinierende Geschichte erzählt, die er mit ausladenden, fesselnden Gebärden begleitet.

Interviewer *(in die Kamera)* . . .Anthoney Viney.

Schnitt zum Moderator.

Moderator Nachdem sie die Schule verlassen hatten, wurden die Piranhas einberufen, bekamen jedoch von der Musterungskommission bescheinigt, daß sie selbst für den Militärdienst mental zu labil seien. Der Möglichkeit beraubt, ihre Fähigkeiten in den

Dienst ihres Vaterlandes zu stellen, begannen sie etwas zu entwerfen, das sie »Die Operation« nannten. Dazu suchten sie sich ein Opfer aus und drohten ihm Prügel für den Fall an, daß es ihnen das sogenannte Schutzgeld zahlen würde. Vier Monate später entwickelten sie eine andere Operation, die sie »Die andere Operation« nannten. Dieses Geschäft bestand darin, wiederum ein Opfer auszuwählen und ihm damit zu drohen, es *nicht* zu verprügeln, falls es *nicht* zahlen würde. Einen Monat danach setzten sie »Die ganz andere Operation« in Gang. In diesem Falle wurde dem Opfer angedroht, daß, wenn es nicht zahlte, sie es verprügeln würden. Das war die Wende für die Piranha Brüder.

Schnitt zu Kommissar Organs.

UNTERTITEL: »HARRY ›SNAPPER‹ ORGANS«

Organs (TERRY J.) Doug und Dinsdale Piranha gründeten nun eine Gang, die sie »Die Gang« nannten, und verbreiteten Angst und Schrecken, um Nachtklubs, Billardhallen, Spielkasinos und Rennbahnen unter ihre Kontrolle zu bekommen. Bei dem Versuch, den Britischen Kricketverband, MMC, zu übernehmen, holten sie sich, das einzige Mal in ihrem Leben, jedoch blutige Nasen. Als sich ihr Imperium immer mehr ausdehnte, faßten wir im Q-Dezernat ihre Unternehmungen aber verschärft ins Auge, indem wir die bunten Beilagen der Zeitungen studierten.

Moderator Ein Schmalspurunternehmer, der mit Dinsdale Piranha aneinandergeriet, war Vince Snetterton-Lewis.

Schnitt zu Vince, der, in einer üblen Wohnung auf einem Stuhl sitzt.

Vince (GRAHAM) Einmal sitz ich zu Hause so 'rum und erschreck die Kinder, und ich guck grad aus dem Loch in der Wand raus und seh, wie so'n Panzer vorfährt und einer von Dinsdales Jungs aussteigt und rüberkommt, irgendwie ganz locker und freundlich und so, und er sagt, daß Dinsdale mich mal sprechen will. Er kettet mich also ans Ende vom Panzer und nimmt mich mit auf 'ne Schleiftour hin zu Dinsdale. Und bei Dinsdale reden sie sich gerade die Köpfe heiß, also er und Doug und Charles Paisley, der Baby-Quetscher, und 'n paar Filmproduzenten und ein Typ, den sie »Kierkegaard« nennen, der hat da nur rumgesessen und so kleinen Hunden die Köpfe abgebissen, und Dinsdale sagt zu mir: »Ich hab gehört, du warst ein ganz ungezogener Junge, Clement«, und er schlitzt mir die Nase auf und sägt mir ein Bein ab und reißt mir die Leber raus, und ich sag, ich heiß gar nicht Clement, da verliert er die Beherrschung und nagelt meinen Kopf auf den Fußboden.

Interviewer *(im Off)* Er hat Ihren Kopf auf den Fußboden genagelt?

Vince Zuerst, jou.

Schnitt zum Moderator.

Moderator Ein weiterer Mann, dessen Kopf auf den Fußboden genagelt wurde, war Stig O'Tracey.

Schnitt zu einem jüngeren und fröhlicheren Mann auf einem Sofa.

Interviewer Stig, man hat mir erzählt, daß Dinsdale Piranha Ihren Kopf auf den Fußboden genagelt hat.

Stig (ERIC) Nein, nein, aber wo, niemals. Er ist ein Klassetyp gewesen, hat seiner Mutter immer Blumen mitgebracht und so. Mich hat er immer wie einen Bruder behandelt.

Interviewer Aber die Polizei verfügt über Filmmaterial, auf dem Dinsdale tatsächlich Ihren Kopf auf den Fußboden nagelt.

Stig Äh, na ja, das hat er gemacht, ja.

Interviewer Warum?

Stig Na, er mußte doch, oder? Ich mein, seien Sie mal ehrlich, er hatte keine andere Wahl. Ich mein, ich hatte schließlich das ungeschriebene Gesetz übertreten.

Interviewer Was hatten Sie denn getan?

Stig Äh. . . na ja, das hat er mir nie gesagt. Aber er hat mir sein Wort gegeben, daß es so war, und bei dem alten Dinsy reicht mir das. Ich mein, er wollte mir gar nicht den Kopf auf den Fußboden nageln. Ich mußte drauf bestehen. Er wollte mich davonkommen lassen. Es gibt nichts, was Dinsdale nicht für einen tun würde.

Interviewer Und Sie tragen ihm nichts nach?

Stig Nachtragen! Dem alten Dinsy? Er war ein ganz Lieber!

Interviewer Wie ich hörte, soll er auch den Kopf Ihrer Frau gegen einen Kaffeetisch genagelt haben. Stimmt das, Mrs. O'Tracey?

Kamera schwenkt auf Frau, auf deren Kopf ein Kaffeetisch genagelt ist.

Mrs. O'Tracey (GRAHAM) Aber nein. Nein, nein.

Stig Ja schon, das hat er getan. Doch, doch. Er war grausam, aber gerecht!

Schnitt zurück zu Vince.

Interviewer Vince, haben Sie ihn je wiedergesehen, nachdem er Ihnen den Kopf auf den Fußboden genagelt hatte?

Vince Ja. . . danach bin ich immer zu seiner Wohnung gegangen, jeden Sonntag mittag, um mich zu entschuldigen, dann haben wir uns die Hände geschüttelt, und dann hat er meinen Kopf auf den Fußboden genagelt.

Interviewer Jeden Sonntag.

Vince Ja, aber er ließ auch mit sich reden. Ich mein, den einen Sonntag wollten meine Eltern zum Tee vorbeikommen, da hab ich ihn gefragt, ob es ihm viel ausmachen würde, mir diese Woche mal nicht den Kopf auf den Fußboden zu nageln, und er war einverstanden und hat mir nur das Becken an einen Teewagen geschraubt.

Schnitt zu einem Mann, der an einem Kaffeetisch und einer Stehlampe befestigt ist.

Mann (TERRY J.) Er war der einzige Freund, den ich je hatte.

Schnitt: wir sehen einen Zementblock, in dem kopfüber ein Mann steckt.

Block Ich will kein Wort gegen ihn hören.

Schnitt auf einen Grabstein mit der Inschrift »R.I.P. und viel Glück, Dein Dinsdale«.

Stimme Reizender Bursche.

Schnitt zum Moderator.

Moderator Es ist offensichtlich, daß das allgemeine Verhältnis zu Dinsdale gleichermaßen geprägt war von enormer Loyalität und schrecklicher Furcht ihm gegenüber. Aber was für ein Mensch war er eigentlich?

Schnitt in eine Bar.

Gloria (JOHN) Ich bin ziemlich häufig mit Dinsdale ausgegangen und hab ihn immer als einen äußerst charmanten und gebildeten Begleiter empfunden. Er pflegte einen mit vielen hochangesehenen Persönlichkeiten bekannt zu machen, gefeierten amerikanischen Sängern, Angehörigen der Aristokratie und anderen Bandenführern.

Interviewer (ERIC) *(im Off)* Wie hatte er die kennengelernt?

Gloria Durch seine Wohltätigkeitsarbeit. Er entwickelte ein lebhaftes Interesse an Jünglingsorganisationen, Seemannsheimen, Chorknabenvereinigungen, Pfadfindertreffen und natürlich an der Königlichen Leibgarde.

Interviewer War irgend etwas Ungewöhnliches an ihm?

Gloria Durchaus *nicht,* würde ich sagen. Dinsdale war in jeder Beziehung ein vollkommen normaler Mensch. Nur insofern nicht, als er davon überzeugt war, von einem riesigen Igel beobachtet zu werden, den er Spiny Norman nannte.

Interviewer Wie groß sollte Norman denn sein?

Gloria Normalerweise pflegte er knapp vier Meter von der Nase bis zum Schwanz zu messen, aber wenn Dinsdale sehr niedergeschlagen war, konnte Norman bis zu siebenhundertfünfundzwanzig Meter lang werden. Wenn Norman in der Nähe war, wurde Dinsdale immer ganz still, und seine Nase schwoll an, und seine Zähne fingen an zu klappern, und er wurde dann sehr gewalttätig und behauptete immer, er hätte Stanley Baldwin flachgelegt. Dinsdale war ein Gentleman. Und außerdem wußte er, wie man einen Frauenimitator zu behandeln hat.

Schnitt zu einem Deppen im dunklen Anzug, der in einem Sessel sitzt.

EINBLENDUNG: »EIN KRIMINOLOGE«

Kriminologe (GRAHAM) Wir machen es uns etwas einfach, wenn wir Dinsdale Piranha allzu schnell verurteilen. Letzten Endes hat er nur das getan, was die meisten von uns lediglich in ihren geheimsten Wünschen... *(Bekommt Zuckungen... beherrscht sich.)* Entschuldigung. Schließlich ist ein Mörder doch nichts anderes als ein extrovertierter Selbstmörder. Dinsdale war ein Depp, aber er war ein zufriedener Depp. Glücklicher Spinner!

Schnitt zum Moderator.

Moderator Die meisten dieser merkwürdigen Geschichten betreffen Dinsdale. Was aber war mit Doug? Einer, der ihn kennengelernt hat, war Luigi Vercotti.

Schnitt: ein schäbiges Büro mit Schreibtisch und Telefon. Vercotti sitzt am Schreibtisch.

Vercotti (MICHAEL) Ich hatte einen sehr gefragten Begleit-Service am Laufen – Spitzenklasse, nein wirklich, nur Luxusmädchen... was anderes gab's bei uns überhaupt nicht, das kam gar nicht in Frage. Dann beschloß ich... *(Telefon auf dem Schreibtisch läutet.)* Entschuldigung. *(Nimmt ab.)* Hallo... nein, nicht jetzt... schum... schum... genau... ja, die Uhr ist für Sie um Mitternacht bereit... die *Uhr*... die *chinesische Uhr*...ja, sowieso, Wiedersehen, äh, Mutter. *(Legt auf.)* Jedenfalls entschloß ich mich, einen erstklassigen Nachtklub für die oberen Zehntausend in Biggleswade aufzumachen, mit internationaler Cuisine, guter Küche, spitzenmäßiger Show, und keinen billigen Neppladen, wo man irgendwelche Nutten auflesen kann, das stand überhaupt nicht zur Debatte, das bestreite ich entschieden, und eines Abends kommt also Dinsdale mit ein paar schweren Jungs reinmarschiert, von denen der eine einen atomaren Marschflugkörper dabei hatte. Sie sagten, ich hätte doch einen Obstautomaten bei ihnen gekauft und ob ich ihn nicht bezahlen wollte.

Interviewer (TERRY J.) Wieviel wollten sie denn haben?

Vercotti Eine Dreiviertelmillion Pfund. Dann gingen sie wieder.

Interviewer Warum haben Sie nicht die Polizei gerufen?

Vercotti Na ja, mir war aufgefallen, daß der Typ mit dem thermonuklearen Gerät der Polizeipräsident dieser Gegend war. Jedenfalls kamen sie nach einer Woche wieder und sagten, daß der Scheck geplatzt wäre und daß ich zu Doug kommen müßte.

Interviewer Doug?

Vercotti Doug. *(Trinkt einen Schluck.)* Ich hatte schreckliche Angst vor ihm. Alle hatten schreckliche Angst vor Doug. Ich habe gestandene Männer gesehen, die sich lieber den Kopf abgerissen haben, als zu Doug zu gehen. Sogar Dinsdale hatte Angst vor Doug.

Interviewer Was hat er denn gemacht?

Vercotti Er sprühte – vor Sarkasmus. Er hatte alle Tricks drauf: Scherz, Ironie, Metapher, Antiklimax, Wortspiel, Parodie, Litotes und – Satire.

Schnitt auf eine Landkarte.

Moderator *(Off-Stimme)* Mit dieser Kombination von Gewalt und Sarkasmus hatten die Piranha Brüder im Februar 1966 die Kontrolle über London und den Südosten erlangt. In diesem Februar aber beging Dinsdale einen schweren Fehler.

Schnitt zur Bar und zu Gloria.

Gloria In der letzten Zeit hatte Dinsdale sich zunehmend Sorgen gemacht wegen Spiny Norman. Er war zu der Überzeugung gelangt, daß Norman in einer Flugzeughalle auf dem Flughafen von Luton übernachtete.

Schnitt zum Moderator.

Moderator Und tatsächlich: am 22. Februar 1966 auf dem Flughafen von Luton... *(Archivfilm einer Wasserstoffbombenexplosion.)* Sogar die Polizei sah sich nunmehr veranlaßt, die Angelegenheit zur Kenntnis zu nehmen.

Schnitt zu »Snapper« Organs.

Organs Die Piranhas erkannten, daß sie etwas zu weit gegangen waren und daß nun die Jagd eröffnet war. Sie tauchten unter. Ich beschloß, die Suche mit einer gewissen Finesse anzugehen,

mit anderen Worten: verschiedene Formen der Verkleidung zu verwenden, weil die guten alten Helme und Stiefel doch ein bißchen auffällig waren. Zum Glück kam mir meine Zeit beim Theater in Bristol dabei sehr zugute, so daß ich eine stupende Vielfalt von Verkleidungen zustande brachte. Ich verfolgte sie bis nach Cardiff in der Rolle des Reverend Grinser Egret. Als ich erfuhr, daß sie nach London zurückgekehrt waren, nahm ich die Identität eines Schweinemetzgers namens Brian Stoats an. *(Foto von Organs in Schlachterverkleidung.)* Bei meiner Ankunft in London entdeckte ich, daß sie wieder nach Cardiff verschwunden waren. Ich folgte ihnen als Gloucester aus »König Lear«. *(Foto von Organs als Gloucester.)* Einer Intuition folgend, verbrachte ich einige Monate in Buenos Aires als der blinde Pew aus der »Schatzinsel«, während ich den Rückweg durch den Panamakanal als »Ratty«, die Ratte aus »Der Wind in den Weiden« bestritt. *(Foto von »Ratty«.)* Wieder in Cardiff angelangt, wiederholte ich meinen Triumph als Sancho Panza in »Don Quichote«, den die »Evening Post« als »eine funkelnde Darstellung von seltener Auffassungskraft« beschrieb, während der »Bath Chronicle« keine rechte Begeisterung zeigte. Tatsächlich bescherte er mir einen glatten Verriß. Ich zitiere:
Schnitt: Zeitungsausschnitt.

Off-Sprecher (ERIC) »Was die Darstellung des Sancho Panza durch Kommissar Harry ›Snapper‹ Organs betrifft, so zeigte sich das Publikum von seinem überdrehten walisischen Akzent verwirrt und von seinen anstößigen Improvisationen eingeschüchtert.«
Schnitt: Zeitungskopf – »The Western Daily News«.

Organs *(im Off)* Die »Western Daily News« meinte. . .

Off-Sprecher (JOHN) »Sancho Pansa (Mr. Organs) verdarb eine ansonsten makellos choreographierte Vergewaltigungsszene durch einen nicht vorgesehenen Auftritt und beharrliches ›Also, was ist hier los?‹-Rufen.«
Schnitt in einen typischen Backstage-Umkleideraum mit Schminkspiegeln.

Polizist (GRAHAM) Mach dir nichts draus, Snapper, Liebes, man kann's nicht allen recht machen.

Organs Wohl wahr, Wachtmeister. Gibst du mir mal meinen Lidschatten?

Zweiter Polizist Ein Telegramm für dich, Liebes.

Organs Oh, wie schön. Wetten, daß es von Binkie ist?

Zweiter Polizist Die Blumen da sind für Inspektor Lauderdale – von dem Herrn, der draußen wartet.

Organs Na fein.

Klopf, klopf. Ein Kopf schaut zur Tür herein.

Kopf Dreißig Sekunden noch, Herr Kommissar.

Organs Ach Mensch, ich bin dran. Sitzt mein Hut richtig, Wachtmeister?

Polizist Sitzt prima.

Organs Na denn, auf geht's, Hawkins.

Polizist O merde, Kommissar.

Organs Viel Glück also.

Schnitt nach draußen, vor das Polizeirevier. Sie kommen die Stufen herunter und gehen auf dem Bürgersteig weg. Der Gentleman mit dem albernen Gang begegnet ihnen. Schnitt zu einem kleinen Zeitungsjungen.

Zeitungsverkäufer Lesen Sie selbst! Piranha Brüder ausgebrochen!

Schnitt auf Vorortstraße: sie leert sich in Sekundenschnelle. Der Film wird angehalten: Bild der leeren Straße. Ein gewaltiger Igel, größer als die Häuser, kommt ins Bild und ruft: »Dinsdale?«

Roll-Titel; darunter sieht man den gewaltigen Igel an verschiedenen wohlbekannten Orten in London auftauchen.

Igel Dinsdale? Dinsdale? Dinsdale?

Schnitt zu John, der im selben Käfig sitzt wie in der allerersten Einstellung.

John Nun, das war's dann für heute, bis nächste Woche also. . . *(Brüllt wie ein Löwe.)*

Schwenk zum Käfig daneben, in dem man das Skelett des »Jetzt«-Manns sieht. Abblende.

Fünfzehn – Die spanische Inquisition

Ein Mann mit großen, mechanischen Flügeln, Flaschenzügen und einem komischen, ziemlich komplizierten Antriebsmechanismus läuft über eine Wiese und versucht zu fliegen. Schnitt: er läuft schneller. Schnitt: er läuft noch schneller. Schnitt: er läuft noch etwas schneller und scheint plötzlich von einem Hügelchen aus abzuheben. Schnitt: wir sehen ihn in Zeitlupe über eine unbewachsene Ebene schweben. Er prallt gegen etwas, das wie eine Felswand aussieht. Die Kamera wird um neunzig Grad gedreht, so, daß sie aufrecht steht; wir sehen, daß der Flieger eine Klippe hinab auf ein steiniges Ufer gestürzt ist. Die Kamera schwenkt von dem verunglückten Flieger weg: weitere Möchtegern-Flieger stecken zwischen den Trümmern ihrer Flugmaschinen kopfüber zwischen den Steinen und strampeln mit den Füßen in der Luft. Die Kamera schwenkt weiter bis zu einem Schreibtisch, an dem ein Ansager im Smoking sitzt.

Ansager (JOHN) Und nun zu etwas völlig anderem.

Jetzt-Mann (MICHAEL) Und jetzt. . .

Off-Sprecher (JOHN) Monty Python's Flying Circus.

Trickfilm-Vorspann.

Danach Musik: Die »Black Dyke Mills Band« spielt ein Klagelied.

Archivaufnahme einer Industriestadt zur Zeit der Jahrhundertwende; es ist Nacht.

EINBLENDUNG: »JARROW – Silvesterabend 1911«

EINBLENDUNG: »JARROW 1912«

Überblendung ins opulent ausgestattete Wohnzimmer eines Fabrikbesitzers (um die Jahrhundertwende). Lady Mountback sitzt mit Stickzeug auf dem Sofa. Es klopft.

Lady Mountback (CAROL) Herein.

Reg tritt ein, die Mütze in der Hand.

Reg (GRAHAM) Probleme im Werk.

Lady Mountback O nein. Was denn für Probleme?

Reg Ein' vonne Träger hetne Spindel inne Blockschere geboung.

Lady Mountback Bitte?

Reg Ein' vonne Träger hetne Spindel inne Blockschere geboung.

Lady Mountback Ich verstehe wirklich nicht, was Sie da sagen.

Reg *(leicht irritiert und mit betont deutlicher Aussprache)* Einer von den Trägern hat eine Spindel in die Blockschere gebogen.

Lady Mountback Aber was in aller Welt bedeutet denn das?

Reg Weiß *ich* doch nicht. Mr. Wentworth hat mich nur gebeten, herzugehen und Ihnen zu sagen, daß es im Werk Probleme gibt. Ich hatte nicht gleich mit der spanischen Inquisition gerechnet.

Schriller Tusch. Die Tür fliegt auf, und Kardinal Ximinez von Spanien tritt in Begleitung zweier Nachwuchskardinäle ein. Kardinal Biggles trägt eine auf die Stirn hochgeschobene Fliegerbrille. Kardinal Fang ist bloß Kardinal Fang.

Ximinez (MICHAEL) Niemand rechnet mit der spanischen Inquisition! Unsere Hauptwaffe ist die Überraschung... Überraschung und Furcht... Furcht und Überraschung. Unsere beiden Waffen sind Furcht und Überraschung... und erbarmungslose Effizienz. Unsere *drei* Waffen sind Furcht und Überraschung und erbarmungslose Effizienz und eine fast fanatische Hingabe an den Papst... Unsere *vier*... nein... *zu* unseren Waffen... zu unserer Bewaffnung zählen Elemente wie Furcht, Überraschung... – Ich komm noch mal rein. *(Exeunt.)*

Reg Ich hatte nicht gleich mit der spanischen Inquisition gerechnet.

Schriller Tusch. Sie stürmen erneut herein.

Ximinez Niemand rechnet mit der spanischen Inquisition! Zu unserer Bewaffnung zählen unter anderem Elemente wie Furcht, Überraschung, unbarmherzige Effizienz und eine fast fanatische Hingabe an den Papst... und hübsche rote Uniformen – o verflucht! *(Zu Biggles)* Ich... ich kann das nicht sagen, sagt Ihr es.

Biggles (TERRY J.) Wie?

Ximinez Sagt Ihr das, dieses Zeug von wegen »Unsere Hauptwaffen sind...«

Biggles Ich kann das nicht...

Ximinez schiebt die Kardinäle eilig nach draußen.

Reg Ich hatte nicht gleich mit der spanischen Inquisition gerechnet.

Schriller Tusch. Alle drei wieder rein.

Biggles Ähm... Äh... Niemand...

Ximinez Rechnet.

Biggles Rechnet... Niemand rechnet mit der... ähm... äh... spanischen... ähm...

Ximinez Inquisition.

Biggles Ja, ich weiß... ich weiß. Niemand rechnet mit der spanischen Inquisition. Und falls mal jemand mit ihr rechnet...

Ximinez Unsere Hauptwaffen sind...

Biggles Unsere Hauptwaffen sind... äh... äh...

Ximinez Überraschung.

Biggles Überraschung und...

Ximinez Schluß! Schluß jetzt! Schluß jetzt. Puh! Unsere Hauptwaffe ist die Überraschung, bla, bla, bla, bla. Kardinal, verlest die Anklage.

Fang (TERRY G.) Ihr werdet hiermit beschuldigt, Euch wiederholt der Ketzerei schuldig gemacht zu haben. Schon mein alter Herr hat immer gesagt...

Ximinez Das genügt! *(Zu Lady Mountback)* Nun, wie bekennt Ihr Euch?

Lady Mountback Wir sind unschuldig.

Ximinez Ha! Ha! Ha!

EINBLENDUNG: »TEUFLISCHES LACHEN«

Ximinez Wir werden Euch schon bald eines Besseren belehren!

EINBLENDUNG: »TEUFLISCHES TREIBEN«

Ximinez Furcht, Überraschung und fast unbarmherzige Effizienz... *(Reißt sich mit allergrößter Mühe zusammen.)* Ooooh! Nun denn, Kardinal, legt ihr das... Geständnisgeschirr an!!!

Biggles zieht einen modernen Geschirrständer heraus. Ximinez starrt ihn an und beißt die Zähne zusammen, um nicht die Beherrschung zu verlieren. Er summt energisch, um seine Wut zu verbergen.

Ximinez Du... Fein! Legt es ihr an! *(Fang und Biggles versuchen heldenhaft, sie an den Geschirrständer zu fesseln.)* Na schön! Wie bekennt Ihr Euch?

Lady Mountback Nicht schuldig.

Ximinez Ha! Wie Ihr wollt! Kardinal, zieht die Schrauben... o Gott... Zieht die Schrauben an.

Kardinal Biggles steht linkisch da und zuckt die Achseln.

Biggles Ich...

Ximinez *(zähneknischernd)* Ich *weiß*. Ich weiß, daß Ihr das nicht könnt. Ich wollte nur nichts sagen, sondern versuchen, Euren krassen Fehler einfach zu ignorieren.

Biggles Ich...

Ximinez So sieht das doch alles völlig albern aus.

Biggles Soll ich, ähm...

Ximinez Ja, macht weiter, tut einfach so, um Gottes willen.

Biggles dreht an einer nicht vorhandenen Kurbel an der Seite des Geschirrständers.

Die Türklingel ertönt. Reg zieht sich zurück und öffnet. Vor der Tür steht ein adretter, kinnbärtiger BBC-Mensch. Er wirkt irgendwie künstlerisch.

BBC-Mensch (JOHN) Ah, guten Tag, wir kennen uns zwar nicht, aber ich komme von der BBC. Ob Sie wohl so nett wären, in einem Sketch die Tür zu öffnen. . . dort drüben, ungefähr da lang. . . Weiter müßten Sie nichts machen – nur die Tür aufmachen, das wäre schon alles.

Reg Oh, meinetwegen, ja. Doch.

BBC-Mensch Na prima. Dann kommen Sie mal.

Schnitt: Wir sehen sie aus dem Haus kommen und auf einen BBC-Bus zugehen. Dabei hören wir ihr Gespräch (leicht gedämpft).

BBC-Mensch Ja, wir drehen nämlich gerade.

Reg Eine von diesen Überleitungen, was?

BBC-Mensch Ja, stimmt, so was in der Art, ja. Alles ein bißchen durchgedreht – dieser schwachsinnige Blödel-Quatsch halt. . . Ehrlich gesagt, ich versteh das Zeug selbst nicht so ganz. . . die jungen Leute mögen es offenbar. . . Ich persönlich mag ja solche Sachen wie die von Des O'Connor lieber. . . Rolf Harris. . . Tom Jones. . . die Art.

Sie steigen in den Bus und fahren los; an einem Wegweiser mit der Aufschrift »Zum Sketch« vorbei. Kamera schwenkt mit; wir sehen die beiden im Gespräch und hören. . .

Reg Machen Sie öfter solche Sachen?

BBC-Mensch Ziemlich oft, ja, ziemlich oft. Vor allem Komödie. Leichte Unterhaltung. Ich wäre eigentlich lieber bei der Programmplanung, aber leider habe ich studiert.

Der Bus hält vor einem gewöhnlichen Vorstadthaus, vor dessen Haustür bereits Mr. Johnson wartet, ein Neuheiten-Vertreter. Der BBC-Mensch deutet auf ihn und gibt Reg einige Anweisungen. Reg geht an Mr. Johnson vorbei ins Haus und schließt die Tür. Johnson klingelt, Reg öffnet.

Johnson (ERIC) Scherzartikel, Sir? Gute Stimmung garantiert. Von den gekrönten Häuptern Europas getestet. Adlige in aller Welt haben Tränen gelacht. *(Hält einen Zeitungsausschnitt hoch.)* »Dänemark hat sich nie so amüsiert« – »The Stage«. Oder diese schöne kleine Neuheit – »Ein schlimmes Kerlchen« – zieht garantiert bei jeder Party. Einfach auf den Tisch stellen. Den Knopf drücken. Und es kotzt. Mit Garantie. Und Nachfüllpatronen. »Schwarze Seife« – einfach im Badezimmer liegenlassen.

Händewaschen – und schon wachsen echte Geschwülste an den Fingern. Kriegt man stundenlang nicht wieder ab. Zieht garantiert bei jeder Party. Erschrecken Sie die älteren Semester – echte Schlangen. Der lustige Leistenbruch-Bausatz. Knetbare Fleischwunden aus Plastik – damit erleben alle Gäste ihre blauen Wunden. Zieht garantiert bei jeder Party. Lachen Sie bis zum Geht-nicht-mehr mit »Fröhliche Flitterwochen« – einfach in die Betten kippen – Körpersäfte von echten Stinktieren. Wenn *das* keine unvergeßliche Hochzeitsnacht wird. Klebt an der Haut, absolut wasserfest, zieht garantiert bei jeder Party. Unterhalten Sie Ihre Freunde – mit CS-Gas-Spraydosen – riechen, schmekken und wirken wie echt – machen blind, verkrüppeln, töten. Und für die Drinks einen »Schlimmen Schniepel« mit herausziehbarem Lümmel in Lebensgröße – serviert lauwarmes Bier. Macht steife Drinks. Lachen bis zum Geht-nicht-mehr. Wie wär's mit diesem neuen Blähsebalg – Peinlichkeiten ohne Ende – durch täuschend lebensechten Klang. Oder dieses neue Nachthemd »Nackte Nächte« – schmilzt, wenn man es anzieht – da staunt man bis zum Geht-nicht-mehr. Zieht garantiert bei jeder schlimmen Party. . . Na los, na los.

Reg Was?

Johnson Die Pointe.

Reg Welche Pointe?

Johnson Die Pointe der Nummer.

Reg Die kenne ich nicht. Von einer Pointe hat mir niemand was gesagt.

Johnson Oh. Na schön, Sir, in diesem Fall muß ich mich verabschieden. . . Also dann. Wiedersehen.

Er dreht sich um und geht weg. Reg sieht sich verzweifelt um. Dann rennt er aus dem Haus. Während Johnson aus dem Bild verschwindet, rennt er zum BBC-Bus. Schnitt in den Fahrerraum des Busses, in dem der BBC-Mensch sitzt.

Reg Wie geht die Pointe?

BBC-Mensch Pointe? Ist denn für heute eine Pointe vorgesehen? Was haben wir denn. . .? Ah, Neununddreißigste Woche, vierter Tag. . . nein, heute ist ja Freitag, stimmt – Neununddreißig, Sieben. Oh. . . da haben wir's ja. *(Liest.)* Oh. Ha, ha, ha, ausgezeichnet. Ha, ha, ha, ausgezeichnet. Wirklich eine gute Pointe. Schade, daß wir die nicht mitgenommen haben. Na, egal, das können wir ja später immer noch. Da machen wir doch glatt eine ganze Serie draus. Wenn Sie jetzt bitte hier unterschreiben wollen; ich gebe das direkt an unsere Vertragsabteilung weiter, und Sie hören dann in ein, zwei Jahren von uns.

Reg Könnten Sie mich wohl mit zurücknehmen?

BBC-Mensch Äh – könnte ich. Mach ich aber nicht. Wir wollten Sie nämlich gerade bitten, uns Ihren Kopf für einen kleinen Trickfilm zur Verfügung zu stellen.

Reg Was?

BBC-Mensch Na, prima. Haben Sie vielen Dank. Die Auslagen werden Ihnen erstattet.

BBC-Mitarbeiter stürzen sich auf Reg und sägen ihm den Kopf ab.

TRICKFILM: *Regs Kopf wird von einem Kinderwagen ins Bild gefahren. Nachdem einige seltsame Dinge geschehen sind, endet die Animation in einem eichefurnierten Behörden-Konferenzzimmer. Ein Politiker spricht zu drei Beamten.*

Politiker (JOHN) Meine Herren, unsere MP haben sich heute morgen mit dem PM getroffen, und der PM wünscht bis morgen AM oder spätestens PM eine neue Lieferung LSD vom PIB. Ich habe dem PPS des PM mitgeteilt, AM sei NBG, also ist morgen PM für den PM nem.con. Sofort 'ne Kippe, sonst platzt mir der Kopf. So – zum Haushaltsdefizit unter Berücksichtigung der Außenhandelsbilanz, sprich des zurückliegenden Geschäftsjahresabschlusses exklusive verdeckter Exporte, selbstverständlich bereinigt um die saisonalen Schwankungen und die statistischen Zuwächse aufgrund von Anlage- und Kapitalrenditevereinbarungen betreffend den im April vorzulegenden Haushaltsplan für das bevorstehende Geschäftsquartal.

Erster Beamter (GRAHAM) Ich glaube, er redet über Steuern.

Politiker Bravo, Madge. Gut erkannt. Steuern sind der springende Punkt meiner zentralen Kernaussage. Meine Herren, wir müssen etwas Neues zum Besteuern finden.

Zweiter Beamter (ERIC) Das hab ich verstanden.

Dritter Beamter (TERRY J.) Wenn ich meinen Kopf auf das Hackklötzchen legen dürfte, damit Sie ihn ein bißchen durch die Gegend schießen können, Sir. . . ?

Politiker Ja?

Dritter Beamter Also, die meisten Dinge, die wir heutzutage zu unserem Vergnügen machen, sind besteuert – bis auf eins.

Politiker Was meinen Sie?

Dritter Beamter Na ja, ähm, Rauchen ist besteuert, Trinken ist besteuert, nur nicht... Dingens.

Politiker Du lieber Himmel, wollen Sie etwa vorschlagen, wir sollten... Dingens besteuern?

Erster Beamter Pupse?

Dritter Beamter Nein.

Erster Beamter Gott sei Dank. Entschuldigen Sie mich mal eben. *(Ab.)*

Dritter Beamter Nein, nein, nein – Dingens.

Zweiter Beamter Einen selbst?

Dritter Beamter Nein, Dingens.

Politiker Dingens!

Zweiter Beamter Ach, Dingens! Na, damit würde das Buchprüfen jedenfalls wesentlich reizvoller werden.

Schnitt zu »Stimmen des Volkes«.

Gumby (JOHN) *(im Wasser stehend)* Ich würd Steuern von allen Leuten nehmen, die im Wasser stehen... *(Sieht sich um.)* Ooh!

Mann mit Melone (TERRY J.) Um die britische Wirtschaft anzukurbeln, würde ich alle Ausländer besteuern, die im Ausland leben.

Mann im Anzug (ERIC) Ich würde die Nackte in meinem Bett besteuern... Nein – nicht besteuern. Wie heißt das noch...? Oh – nichts zu danken.

Jetzt-Mann (MICHAEL) Steuern? Würde ich bei scharfen Kurven empfehlen... Zum Beispiel bei Raquel Welch.

Geschäftsmann (JOHN) Führt den Galgen wieder ein und investiert in Stricke.

Zweiter Geschäftsmann (MICHAEL) Ich würde alle anstößigen Körperteile abschneiden und den Platz für Sportplätze nutzen.

Mann mit Mütze (MICHAEL) Ich würde Urlaubsschnappschüsse besteuern.

Standbild der Szene, dazu das Auslösergeräusch eines Fotoapparats. Die Kamera fährt zurück und zeigt, daß der Schnappschuß von einer netten alten Dame hochgehalten wird. Sie sitzt mit einem großen Fotoalbum auf dem Schoß auf dem Sofa, nimmt liebevoll Fotos von einem Stapel auf dem Album und reicht sie an eine neben ihr sitzende junge Frau weiter. Die junge Frau zerreißt die ihr überreichten Fotos sofort und läßt sie in den Mülleimer fallen. Die nette alte Dame ist völlig versunken und bemerkt davon überhaupt nichts.

Nette alte Dame (MARJORIE WILDE) Das ist Onkel Ted vor dem Haus. *(Sie reicht das Foto weiter; die junge Frau zerreißt es.)* Das ist Onkel Ted hinter dem Haus. *(Sie reicht das Foto weiter; die junge Frau zerreißt es.)* Und das ist Onkel Ted neben dem Haus. *(Sie reicht das Foto weiter; die junge Frau zerreißt es.)* Das hier ist Onkel Ted wieder vor dem Haus, aber man kann auch die Seite des Hauses sehen. *(Sie reicht das Foto weiter; die junge Frau zerreißt es.)* Und das hier ist Onkel Ted etwas dichter an der Hausseite, aber man kann trotzdem die Vorderseite des Hauses erkennen. *(Sie reicht das Foto weiter; die junge Frau zerreißt es.)* Das ist die Rückseite des Hauses, und Onkel Ted kommt gerade von der Vorderseite aus an der Seite vorbei nach hinten. *(Sie reicht das Foto weiter; die junge Frau zerreißt es.)* Und das hier ist die spanische Inquisition, die sich hinter einem Kohlenschuppen versteckt.

Ihre Freundin nimmt das Bild mit ersten Anzeichen echten Interesses entgegen.

Junge Frau (CAROL) Oh! Mit der spanischen Inquisition hatte ich nicht gerechnet.

Schriller Tusch. Die Tür wird aufgestoßen und Ximinez, Biggles und Fang treten ein.

Ximinez Niemand rechnet mit der spanischen Inquisition!

Schnitt: die Kamera fährt über ein Breugelsches Marter-Gemälde; dramatische Musik.

Off-Sprecher (JOHN) und EINBLENDUNG: »UM DIE ANSCHWELLENDE FLUT VON KETZEREI UND HÄRESIE ZU BEKÄMPFEN, STATTETE DER PAPST KARDINAL XIMINEZ VON SPANIEN ZU BEGINN DES SECHZEHNTEN JAHRHUNDERTS MIT DEM RECHT AUS, DAS GESAMTE LAND UNEINGESCHRÄNKT UND UNGEHINDERT EINER HERRSCHAFT DER GEWALT, DES SCHRECKENS UND DER FOLTER ZU UNTERWERFEN, AUS DER MAN EINEN SPITZENFILM MACHEN KÖNNTE. ES WAR DIE ZEIT DER SPANISCHEN INQUISITION. . .«

Ein von Fackeln beleuchtetes Verlies. Wir hören laut widerhallende Schritte. Ein Schatten fällt auf das Gitter. Schlüssel klimpern. Das Tor wird geöffnet. Ximinez tritt ein und sieht sich anerkennend um. Ihm folgen Fang und Biggles, die die nette alte Dame hereinstoßen. Sie ketten sie an eine der Wände.

Ximinez So, alte Frau! Ihr seid der Ketzerei in drei Punkten angeklagt. Ketzerei in Gedanken, Ketzerei in Worten, Ketzerei in Taten und Anstiftung zur Ketzerei. In *vier* Punkten. Gesteht Ihr?

Nette alte Dame Ich begreife gar nicht, was man mir vorwirft.

Ximinez Ha! Wir werden schon dafür *sorgen*, daß du begreifst... Biggles! Reicht mir... die Kissen!

Schriller Tusch. Biggles hält zwei normale, moderne, weiche Sofakissen hoch.

Biggles Hier sind sie, Herr.

Ximinez So, alte Frau, dies ist Eure letzte und einzige Gelegenheit. Gesteht die abscheuliche Sünde der Ketzerei, wendet Euch ab von allen schändlichen, gottlosen Werken – *zwei* letzte Gelegenheiten. Und befreit Euch... *drei* letzte Gelegenheiten. Ihr habt drei letzte Gelegenheiten, deren Wesen ich Euch durch meine eben getätigten Aussagen preisgegeben habe.

Nette alte Dame Ich weiß überhaupt nicht, wovon Sie reden.

Ximinez Na schön! Ihr habt es so gewollt – Kardinal! Stoßt sie mit den Weichen Kissen! *(Biggles unternimmt einen erbärmlichen Folterversuch.)* Gesteht! Gesteht! Gesteht!

Biggles Es scheint ihr gar nicht weh zu tun, Herr.

Ximinez Habt Ihr die ganze Füllung ans eine Ende gestopft?

Biggles Ja, Herr.

Ximinez *(die Kissen wütend wegwerfend)* Hm! Sie ist aus härterem Holz geschnitzt! Kardinal Fang – bringt mir den... Bequemen Ohrensessel!

Erneuter lauter, schriller Tusch. Zoom auf Fangs entsetztes Gesicht.

Fang Den Bequemen Ohrensessel?

Er verschwindet um eine Ecke und kehrt mit dem Ohrensessel zurück. Er sieht wirklich sehr bequem aus.

Ximinez Ja-ha. Ihr haltet Euch für stark, weil Ihr die Weichen Kissen überlebt habt. Nun, wir werden schon sehen. Biggles, setzt sie in den Bequemen Ohrensessel. *(Biggles drückt sie grob in den Sessel.)* So! Ihr werdet bis zum Mittag im Ohrensessel sitzen bleiben, und man wird Euch lediglich eine Tasse Kaffee bringen, so gegen elf Uhr... *(Zu Biggles.)* Ist das wirklich alles?

Fang Wieso? Ja, Herr.

Ximinez Aha. Ich schlage vor, daß wir das Ganze durch lautes Brüllen noch ein bißchen verschlimmern. Beichte, Weib! Bekenne dich schuldig! Gestehe! *Gestehe! Gestehe!*

Biggles Ich gestehe!

Ximinez Ihr doch nicht!

Schnitt: wir sehen einen von Herrn Gilliams Polizisten aus dem folgenden Trickfilm.

Polizist Ich gestehe.

Schnitt zurück in das Verlies.

Ximinez Wer war das?

TRICKFILM: *»Ich gestehe« (mit diversen Polizisten, der Nationalhymne und ziemlich vielen Stühlen).*

Off-Sprecher (MICHAEL) Demnächst zum erstenmal auf der Leinwand zu sehen – die Verfilmung zweier Bücher, die einst eine ganze Generation schockten: Emily Brontës »Die Sturmhöhe« und: »Das Große Buch der internationalen Signalflaggenzeichen«. 20th Century Vole präsentiert: »Die Signalflaggenversion der Sturmhöhe«.

ZWISCHENTITEL: »DIE SIGNALFLAGGENVERSION DER STURMHÖHE«

Film: während der folgenden Einstellungen läuft durchgehend passende Filmmusik. Wir sehen Heathcliff (Terry J.) in einer Naheinstellung im Profil. Sein Haar weht im Wind, er wirkt aufgewühlt. Schnitt zu einer Naheinstellung von Catherine (Carol), ebenfalls im Profil; auch ihre Haare flattern im Wind. Es scheint, als stünden sie direkt voreinander und sähen sich an. Die Kamera fährt sehr, sehr weit zurück, und wir sehen, daß die beiden inmitten einer hügeligen Landschaft auf der Spitze zweier weit voneinander entfernter Hügel stehen. Heathcliff zieht zwei Signalflaggen hinter seinem Rücken hervor und schwenkt sie.

UNTERTITEL: »OH, CATHERINE«

Schwenk zu Catherine, die ebenfalls zwei Flaggen hervorholt und sie schwenkt.

UNTERTITEL: »OH, HEATHCLIFF«

Erneut schwenkt Heathcliff seine Flaggen.

UNTERTITEL: »OH! OH! CATHERINE«

Mit jedem Schnitt entfernen sie sich weiter voneinander.

Catherine schwenkt wieder ihre Flaggen.

UNTERTITEL: »OH! OH! HEATHCLIFF«

Schnitt zu ihrem Mann, der zornig aus einem frühviktorianischen Landhaus tritt. Er schwenkt zwei Flaggen.

UNTERTITEL: »CATHERINE!«

Schnitt zurück zu Catherine auf dem Hügel.

UNTERTITEL: »STILL! ICH HÖRE MEINEN MANN«

Schnitt zurück zum Ehemann, der zwei gigantische Flaggen schwenkt.
UNTERTITEL: »CATHERINE!«
Schnitt ins Innere des Landhauses. Naheinstellung einer Wiege. Plötzlich schießen zwei kleine Signalflaggen aus dem Inneren der Wiege und werden geschwenkt.
UNTERTITEL: »BUUÄÄÄÄH! BUÄÄÄÄH!«
Kamera fährt zurück. Ein Kindermädchen geht auf die Wiege zu und wedelt sehr kurz mit einer Flagge.
UNTERTITEL: »PSSSCHT!«
Das Kindermädchen deutet in die andere Hälfte des Zimmers. Schnitt zu einem alten Mann, der mit auf die Brust gesacktem Kopf in einem Schaukelstuhl schläft. Er schwenkt zwei Flaggen.
UNTERTITEL: »TZZZ. . . TZZZ. . .«
Schnitt zur Haustür. Außen. Der Ehemann wartet. Catherine läuft auf ihn zu. Während sie näherkommt, schwenkt er seine Flaggen.
UNTERTITEL: »DU HAST DICH MIT HEATHCLIFF GETROFFEN«
Catherine winkt wie von Sinnen zurück.
UNTERTITEL: »JA! JA! ICH HABE MICH MIT HEATHCLIFF GETROFFEN, NA UND? ER IST DER EINZIGE, DEN ICH JE GELIEBT HABE. ER IST EDEL. ER IST STARK. ER IST ALL DAS, WAS DU NIE SEIN WIRST, UND AUSSERDEM. . .«
Archivfilm von einem römischen Wagenrennen.
EINBLENDUNG: »AB MONTAG NÄCHSTER WOCHE«

Off-Sprecher (MICHAEL) Wir präsentieren Ihnen: ein historisches, erschütterndes Epos aus den dunklen und bewegten Tagen des alten Rom, eine Geschichte, die einst die Welt aus den Angeln hob! Ein Drama, das als zu ergreifend galt, um jemals verfilmt zu werden. Ein einmaliges Ereignis in der Geschichte des Films! Julius Cäsar auf Aldislampen!
ZWISCHENTITEL: »JULIUS CÄSAR AUF ALDISLAMPEN«
Naheinstellung von Cäsar, der durch eine römische Gasse schreitet. Ein Wahrsager boxt sich zu ihm durch, verdreht die Augen, holt eine Signallampe heraus und beginnt zu signalisieren:
UNTERTITEL: »HÜTE DICH VOR DEN IDEN DES MÄRZ«
Einige Treppenstufen vor einer Statue. Cäsar wird erstochen. Im Fallen zieht er eine besonders große Aldislampe heraus und blinkt die ihn umstehenden Attentäter an.
UNTERTITEL: »ET TU BRUTE«
Eine Straße in einer Wildweststadt. Zwei Cowboys stehen sich mit Morsegeräten gegenüber.

Off-Sprecher Von den Produzenten des Klassikers »Zwei rechnen ab im Morsealphabet«. . .

EINBLENDUNG: »ZWEI RECHNEN AB IM MORSEALPHABET«

Die beiden morsen ein bißchen.

UNTERTITEL: »AAAAHHH!«

Schnitt zu zwei Indianern, die Rauchzeichen machen.

Off-Sprecher . . .und der Rauchzeichenfassung von »Blondinen bevorzugt«!

EINBLENDUNG: »UND DER RAUCHZEICHENFASSUNG VON BLONDINEN BEVORZUGT«

Schnitt in einen Gerichtssaal: die übliche Kulisse mit Richter, Protokollführer und dem Ankläger, der dem Tisch des Richters gegenübersitzt. Der Angeklagte steht im Zeugenstand.

EINBLENDUNG: »OBERSTER STRAFGERICHTSHOF«

Richter (GRAHAM) Meine Damen und Herren Geschworenen, sind Sie zu einem Urteil gekommen?

Geschworenensprecher (MICHAEL) Das sind wir, Euer Ehren.

Richter Und wie befinden Sie den Angeklagten? *(Der Geschworenensprecher hebt seine Hand und streckt drei Finger aus.)* Drei Wörter. *(Der Sprecher hält einen Finger hoch.)* Erstes Wort. *(Sprecher zeigt vier Finger.)* Vier? *(Sprecher hebt die Rechte und drückt sich Zeige- und Mittelfinger auf die Oberlippe.)* Igitt. Führer? Führ? Für? *(Der Sprecher nickt und hebt zwei Finger.)* Zweites Wort. *(Sprecher fährt mit der flachen Hand in Brusthöhe energisch durch die Luft.)* Flach? *(Der Sprecher schüttelt den Kopf und wiederholt die Geste.)* Eben? Platt?

Der Sprecher schüttelt energisch den Kopf.

Ankläger (JOHN) Nein?

Der Sprecher nickt und wiederholt die Geste.

Protokollführer (ERIC) Abgelehnt?

Richter Nichts zu machen?

Der Sprecher nickt und deutet auf seinen Kopf.

Ankläger Nickt?

Richter Nicht?

Der Sprecher nickt begeistert Zustimmung.

Alle Nicht!

Der Sprecher hebt zuerst den Daumen, dann wieder drei Finger und deutet auf den dritten.

Richter Drittes Wort. *(Sprecher deutet »Zwei Silben« an.)* Zwei

Silben. *(Der Sprecher deutet auf seinen Zeigefinger.)* Erste Silbe. *(Der Sprecher geht leicht in die Knie und tut, als schreibe er etwas mit Kreide an eine Tafel.)* Malt?

Protokollführer Gemälde?

Richter Ein Künstler?

Ankläger Beethoven.

Richter Nein, nein, nein, der war doch Komponist.

Protokollführer Dann eben Picasso.

Richter Ach was, jetzt seien Sie doch nicht albern. Wie wollen Sie denn jemanden »für nicht Picasso« befinden?

Ankläger Schreib. Tafel. *(Der Sprecher nickt und bedeutet ihnen mit weit ausholenden Handbewegungen »das Ganze«.)* Tafel... runde. Tafelrunde?

Richter Tafelmalerei?

Protokollführer Schultafel. Schulklasse.

Richter Schulklasse? Schule? Schul? *(Der Sprecher hebt den Daumen; der gesamte Gerichtssaal applaudiert begeistert.)* Für nicht schul. *(Der Sprecher deutet auf seinen Mittelfinger.)* Zweite Silbe. Für nicht schul.

Der Sprecher deutet mit beiden Händen einen dicken Bauch an und bläst die Wangen auf.

Ankläger Schwanger.

Protokollführer Rund? Fett?

Der Sprecher deutet auf seinen Bauch.

Richter Für nicht schul... wanst? Nicht schulwanst! *(Der Sprecher sieht ihn enttäuscht an.)* Sie sind von den Geschworenen für nicht schulwanst in allen Anklagepunkten befunden worden und werden somit von diesem Gericht freigesprochen. Schön. Jetzt bin ich dran. *(Der Angeklagte verläßt den Saal.)*

Der Richter hält vier Finger hoch.

Ankläger Vier Wörter.

Der Richter tut so, als riefe er das erste Wort.

Sprecher Erstes Wort... Schrei?

Protokollführer Kreisch?

Ankläger Ruf? Ruft?

Alle Ruft!

Der Richter biegt die Finger seiner linken Hand mit denen der rechten weit zurück.

Ankläger Finger?

Sprecher Bruch?

Ankläger Bieg?
Protokollführer Dehnen?
Sprecher Dehn?
Der Richter hebt den Daumen.
Alle Den!
Protokollführer Ruft den, drittes Wort.
Der Richter deutet »Zwei Silben« an, deutet dann auf seinen Ellenbogen, hebt den Stoff an, und beginnt mit einer imaginären Nadel zu nähen.
Ankläger Arme?
Eine der Geschworenen Schule?
Protokollführer Flicken? *(Der Richter schüttelt den Kopf.)* Nähen? *(Richter bedeutet ihm »Klingt so ähnlich«.)* Klingt wie Nähen?
Verteidigerin (CAROL) Nächsten.
Sprecher Ruft den. . . nächsten!
Der Richter hebt den Daumen und zeigt, daß das letzte Wort aus vier Silben besteht. Er zeigt, daß die erste Silbe sehr kurz ist.
Protokollführer Viertes Wort, vier Silben. Die erste Silbe ist sehr kurz.
Der Richter greift unter den Tisch. Das Licht geht aus.
Ankläger Dunkel? Licht aus?
Er schaltet es wieder ein und deutet auf die Lampe.
Protokollführer Lampe? An? An!
Der Richter hebt den Daumen, steht auf und macht ein paar Schritte.
Ankläger Weg? Lauf?
Sprecher Gehen? Geh?
Der Richter hebt den Daumen.
Protokollführer Ruft den nächsten Angeh.
Der Richter deutet »Dritte und vierte Silbe« an.
Protokollführer Dritte und vierte Silbe.
Der Richter verschwindet kurz unter dem Tisch. Als er wiederauftaucht, trägt er einen schwarzen Schleier und Kopftuch. Er stellt drei Aktenordner neben sich und beugt sich weinend zu ihnen.
Sprecher Klage. . .
Ankläger Akten?
Alle Klakten!
Protokollführer Ruft den nächsten Angeklakten. *(Alles applaudiert dem Richter, der sich kurz verbeugt und dann wieder Platz nimmt. Die gesamte Atmosphäre ändert sich schlagartig.)* Ruft den nächsten Angeklagten herein. Der ehrenwerte Richter Kilbraken. *(Ein bereits ziemlich angegrauter Richter in kompletter Amtstracht betritt*

die Anklagebank.) Wenn Sie erlauben, daß ich die Anklage verlese, Euer Ehren; Euer Ehren sind angeklagt, durch Euer Verhalten am vierzehnten Juni des Jahres 1970 im obersten Strafgerichtshof einer öffentlichen Ruhestörung Vorschub geleistet zu haben. Euer Ehren bekennen sich schuldig oder nicht schuldig?

Richter Kilbraken (TERRY J.) Nicht schuldig. Verfahren wegen mangelnder Beweise eingestellt. Die Sitzung ist geschlossen.
Er schlägt mit einem Hammer auf die Anklagebank. Alle anderen stehen auf und machen sich plaudernd auf den Weg nach draußen.

Richter Nein, nein, nein, nein, nein, nein, nein. *(Alle bleiben stehen, kehren um und setzen sich wieder hin.)* Nein, nein, Euer Ehren stehen unter Anklage.

Richter Kilbraken Ich bin Richter, Euer Ehren.

Richter Das bin ich auch, Euer Ehren, also passen Sie bloß auf.

Richter Kilbraken Ha! So was schimpft sich Gericht!

Alle So was schimpft sich Gericht. . . So was schimpft sich Gericht. . . So was schimpft sich Gericht. . .

Richter Ruhe jetzt!. . . Also, lassen Sie hören!

Ankläger Euer Ehren – und Euer andere Ehren –, die Verteidigung wird den Beweis zu erbringen versuchen, daß Euer Ehren – äh, nicht *Sie*, Euer Ehren –, daß Euer Ehren, Euer Ehren, sich während einer Verhandlung vor dem obersten Strafgerichtshof als Schandfleck für die gesamte Zunft erwiesen haben. Beweisstück Q, bitte.

Richter Q?

Ankläger Verzeihung, sagte ich »Q«? Ich meinte »A«. Verzeihung. Beweisstück A, bitte.

Protokollführer Beweisstück A, bitte.
Zwei Gerichtsdiener rollen einen zugedeckten Gegenstand auf einem Wagen herein. Sie ziehen das Laken ab und enthüllen eine sehr sexy aussehende junge Dame, die aufreizend zu posieren beginnt. Die Zuschauer applaudieren.

Ankläger Beweisstück A, Euer Ehren. Miss Rita Thang, Mannequin, schwedische Akkordeon-Lehrerin und Vertreterin für Peddigrohrstühle, wurde vor dem Gericht des Angeklagten eines eklatanten Verstoßes gegen die guten Sitten für schuldig befunden. Der Angeklagte, Euer Ehren, verurteilte sie daraufhin dazu »aus dem Gericht geschafft und zu ihm nach Hause gebracht zu werden«.

Verteidiger Einspruch, Euer Ehren.

Richter Kilbraken Einspruch stattgegeben.

Richter Sie halten den Mund! Einspruch abgelehnt.

Ankläger Anschließend äußerte sich der Beschuldigte über Miss Thangs körperliche Vorzüge, ließ sich zu einer Reihe von ganz und gar unzulässigen Bemerkungen zum Thema »Spaß« hinreißen, zog sich dann seine Amtsrobe über den Kopf und brach in heftiges Keuchen aus.

Richter Haben Sie irgend etwas zu Ihrer Verteidigung vorzubringen?

Richter Kilbraken Ich hab schon seit Wochen nichts mehr angestellt.

Richter Ach nein? Und was ist mit dem kleinen Beschiß, den Sie sich in Belsize Park erlaubt haben?

Richter Kilbraken Ich doch nicht!

Richter Ach nee. Ho! Ho! Ho!

Richter Kilbraken Na gut, und was ist mit Woodford Square 8a?

Richter Noch ein Wort und ich verurteile Sie wegen Verrats.

Verteidiger Euer Ehren, wenn ich fortfahren...

Richter Kilbraken ... 'ne ganz heiße Sache hat der da am Laufen.

Richter Das ist Mißachtung des Gerichts.

Richter Kilbraken War doch nur Spaß.

Richter Mißachtung des Gerichts! Aber wie dem auch sei, ich werde Sie nicht bestrafen, weil wir momentan sowieso knapp an Richtern sind, wo die alle nach Südafrika auswandern. Ich reise morgen ab; mein Ticket hab ich schon. Mal runterfahren und ein bißchen gepflegt verurteilen. Ooh, England kotzt mich an. Was man hier bestenfalls durchkriegt, ist lebenslänglich. Dafür lohnt es sich kaum, jeden Morgen herzukommen. Aber Südafrika! Da hat man seine neunschwänzige Katze, seine vier Todesurteile pro Woche, billige Drinks, Sklaverei und einen boomenden Aktienmarkt. Also, ich hau jedenfalls ab. Mir stehen all diese Bewährungen und psychologischen Gutachten bis *hier*. Mir reicht's, ich hau ab. Es reicht. Schluß. Aber bevor ich die Kurve kratze, will ich noch mal richtig auf den Putz hauen und verurteile Sie hiermit zum Tode auf dem Scheiterhaufen!

Richter Kilbraken Meine Fresse! Ich hatte nicht gleich mit der spanischen Inquisition gerechnet.

Alle Beteiligten wenden sich erwartungsvoll der Tür zu.

Schnitt zu einem gewöhnlichen Vorort-Reihenhaus. Die drei spanischen Inquisiteure stürmen plötzlich aus der Tür und auf die Gartenpforte zu. Dick-Barton-Musik. Schnitt: Die drei springen in einen Bus.

Ximinez Zweimal. . . äh, *dreimal* zum Old Bailey, bitte.

Beginn des von unten nach oben durchrollenden Abspanns.

Biggles He, die haben schon mit dem Abspann angefangen.

Ximinez Beeilung, Beeilung, Beeilung!

Biggles Na los, Beeilung! Beeilung!

Wir sehen sie durch London fahren.

Ximinez *(auf den Abspann deutend)* Da ist schon der Beleuchter! Bleiben nur noch fünf! *(Weitere Aufnahmen des durch London fahrenden Busses; der Name des Produzenten rollt durch.)* Verflucht, das ist der Regisseur – schnell!

Sie springen vor dem Old Bailey aus dem Bus. Schnitt zum Gerichtssaal. Die drei stürmen herein.

Ximinez Niemand rechnet mit der spanischen. . .

Es erscheint: »ENDE«

Ximinez *(im Off)* Ach, Kacke!

Sechzehn – Déjà-vu

Totale eines großen Hochhauskomplexes. Die Kamera scheint irgend etwas zu suchen. Plötzlich zoomt sie auf ein Fenster. Es handelt sich um ein Schlafzimmer. . . eine vollbusige junge Frau schaut aus dem Fenster. Sie reckt sich träge und bewegt die Lippen:

Frau (CAROL) *(schlecht synchronisiert)* Meine Güte, ist das heiß hier.

Sie entkleidet sich. Bald steht sie in BH und Schlüpfer. Sie löst den Verschluß vom BH und ist gerade im Begriff, ihn abzustreifen und ihre schweren Brüste freizulegen, als. . . der Ansager vor dem Fenster auf einem Fensterputzeraufzug emporgefahren kommt.

Ansager (JOHN) Und nun zu etwas völlig anderem.

Schnitt: ein Gartengelände oder eine Waldlichtung, wo eine Anzahl ausgestopfter Tiere zu sehen ist: ein Löwe, ein Tiger, eine Kuh, ein Elch, ein Leopard, zwei kleine Frettchen und eine Eule auf einem herabhängenden Ast. Vogelzwitschern erklingt.

Der Elch explodiert.

Schnitt zurück zu John, der immer noch vor dem Fenster sitzt. Hinter ihm im Schlafzimmer können wir so gerade noch Carol sehen, wie sie ihren Schlüpfer zur Seite wirft – das heißt, wir sehen nur noch ihren Arm.

Ansager Und nun zu etwas noch mehr völlig anderem. . .

Schnitt zum »Jetzt«-Mann.

Mann (MICHAEL) Und jetzt. . .

Trickfilm-Vorspann

Schnitt zurück zur Tiergruppe minus Elch. Vogelgezwitscher usw. Die Überreste des Elchs schwelen noch. Die Eule explodiert. Die Kamera schwenkt von der Waldlichtung weg auf offenes Feld, wo man in der Ferne einen Bischof in vollem Ornat einschließlich Mitra erblickt, der mit einem Skript in der Hand auf und ab geht. Mr. Chigger, der einen Anzug trägt, tritt auf den Bischof zu, und wir zoomen heran, damit wir ihre Unterhaltung hören können.

Bischof (MICHAEL) »O Mr. Belpit, Ihre Beine sind so geschwollen«. . . *geschwollen*. . . »O Mr. Belpit – o Mr. Belpit, Ihre Beine sind so geschwollen«. *(Er probiert es mit veränderter Stimme)* »O Mr. Belpit. . .«

Mr. Chigger (TERRY J.) Entschuldigen Sie, entschuldigen Sie. Ich habe Ihre Anzeige für den Flugunterricht gesehen und möchte mich bewerben.

Bischof Hab ich nichts mit zu tun. Ich bin nicht in dieser Folge.

Mr. Chigger Aha. Wissen... Wissen Sie... Wissen Sie Bescheid über den Flugunterricht?

Bischof Hab ich nichts mit zu tun. Ich bin nicht in dieser Folge. Dies ist die fünfte Folge – ich bin erst in der achten dran.

Mr. Chigger Aha.

Bischof Ich lerne hier nur meinen Text, wissen Sie. »O Mr. Belpit, Ihre Beine...«

Mr. Chigger Ziemlich unangenehm, ich weiß nicht recht weiter.

Bischof Also gut. Versuchen Sie's da drüben.

Er deutet auf eine Sekretärin, die an einem Schreibtisch einige Meter entfernt die Schreibmaschine bearbeitet. Sie trägt eine Brille und stellt überhaupt eine äußerst typische Sekretärin dar.

Mr. Chigger Ah ja, danke, recht vielen Dank.

Bischof »O Mr. Belpit« – keine Ursache – »Ihre Beine sind so geschwollen.« *(Er übt weiter, während Mr. Chigger sich zu der Sekretärin begibt.)*

Mr. Chigger Entschuldigen Sie, ich habe Ihre Anzeige für den Flugunterricht gesehen und möchte mich bewerben.

Sekretärin (CAROL) Anmelden?

Mr. Chigger Ja, genau.

Sekretärin Selbstverständlich. Kommen Sie bitte hier entlang.

Sie erhebt sich, schnappt sich eine Akte und trippelt los, mit dem typischen zackigen Sekretärinnenschritt. Mr. Chigger folgt ihr. Schnitt zu einem Fluß. Sie marschiert geradewegs hinein, ohne nach links und rechts zu sehen, als sei dies eine selbstverständliche Gewohnheit. Mr. Chigger marschiert hinterdrein. Unterwegs treffen sie auf ein paar leitende Angestellte, die in die entgegengesetzte Richtung eilen.

Sekretärin Morgen, Mr. Jones. Mr. Barnes.

Schnitt in einen Wald. Sie gehen auf die Kamera zu, vorbei an einem Teeausschank, um dessen Bedienung sich einige Männer geschart haben.

Sekretärin Morgen, Mrs. Willis.

Mrs. Willis (MICHAEL) Morgen, Schätzchen.

Abend. Künstlerisch wertvolle Einstellung: die Silhouette eines kleinen, steilen Hügels – wie in Ingmar Bergmans »Das siebte Siegel«. Sie kommen von rechts ins Bild, dann geht es hinauf und drüberweg, an zwei Männern vorbei, unter Austausch von Grüßen. Schnitt zu einem Meeresstrand. Auf ihrem Weg kommt ihnen ein weiterer leitender Angestellter entgegen.

Leitender Würden Sie das bitte zur Marketing bringen?

Sie verschwinden in einer Höhle. Wir hören Schritte und das Öffnen einer schweren Tür.

Stimme der Sekretärin Bleiben Sie nur hinter mir.

Stimme von Mr. Chigger Ja, danke.

Schnitt in eine Einkaufsstraße. Die Kamera schwenkt in Nahaufnahme über den Asphalt.

Stimme der Sekretärin Oh, Vorsicht!

Stimme von Mr. Chigger Ja, bin beinahe gestolpert.

Stimme der Sekretärin Sind gleich da.

Stimme von Mr. Chigger Ein Glück. Ganz schön weit, nicht wahr?

Stimme der Sekretärin Huch, halten Sie sich da fest – aufpassen.

Stimme Morgen.

Stimme der Sekretärin Morgen. Nach oben. Seien Sie vorsichtig, es ist sehr steil. Sind fast da.

Die Kamera verharrt auf einem Straßenbauzelt mitten auf der Straße.

Stimme Morgen.

Sekretärin Morgen. *(Sie treten aus dem Zelt.)* Kommen Sie bitte hier entlang. *(Schnitt in ein Büro; eine völlig identische Sekretärin sitzt am Schreibtisch.)* Hier herein, bitte.

Mr. Chigger Danke schön. *(Er tritt ein, und die erste Sekretärin trippelt ab; er wendet sich an die zweite.)* Tag, ich habe Ihre Anzeige für den Flugunterricht gesehen und möchte mich anmelden.

Zweite Sekretärin Also, Mr. Anemone telefoniert gerade, aber er hat sicherlich nichts dagegen, wenn Sie schon mal hineingehen. Hier hindurch, bitte.

Mr. Chigger Danke sehr.

Er geht durch die Tür. Mr. Anemone hängt, an einem Draht befestigt, ungefähr zweieinhalb Meter über dem Boden. Er telefoniert.

Mr. Anemone (GRAHAM) Ah, einen Moment noch. Machen Sie es sich bequem. *(Ins Telefon)* Nein, nein, also sehen Sie, Sie können ja Mr. Maudling mal fragen, aber er wird niemals zustimmen, da bin ich sicher. Nicht für fünfzig Schilling... nein... nein... Wiederhören, Gordon. Wiederhören. Oje! Wiederhören. *(Er wirft den Hörer nach dem Telefonapparat, verfehlt ihn aber.)* Daneben. Also, Mr. äh...

Mr. Chigger Chigger.

Mr. Anemone Mr. Chigger. Sie möchten also fliegen lernen.

Mr. Chigger Jawohl.

Mr. Anemone Also dann, rauf auf den Tisch, Arme auseinander, Finger zusammen, Knie gebeugt. . .

Mr. Chigger Nein, nein, nein.

Mr. Anemone *(sehr laut)* Rauf auf den Tisch! *(Mr. Chigger steigt auf den Tisch.)* Arme auseinander, Finger zusammen, Knie gebeugt, und jetzt, den Kopf schön nach vorne. Und jetzt, schlagen Sie mit den Armen. Na los, flattern, schneller. . . schneller. . . schneller, schneller, schneller, schneller – und jetzt, springen! *(Mr. Chigger springt und landet auf dem Fußboden.)* Schlecht, ganz ganz schlecht. Sie sind verdammtnochmal überhaupt nicht zu gebrauchen, Sie sind ein totaler Blindfisch. Sie machen mich krank, Sie erbärmliches Würstchen!

Mr. Chigger Also, hören Sie mal. . .

Mr. Anemone Schon gut, schon gut. Ich gebe Ihnen noch eine Chance, rauf auf den Tisch. . .

Mr. Chigger Hören Sie, ich wollte hier lernen, wie man ein Flugzeug fliegt.

Mr. Anemone Ein was?

Mr. Chigger Ich bin hierher gekommen, um zu lernen, wie man ein Flugzeug fliegt.

Mr. Anemone *(sarkastisch)* Oh, »ein Flugzeug«. Oh, ich muß schon sagen, wir sind aber vornehm, wie? »Oh, ach nicht doch, kein Buttergebäck mehr für mich, Frau Mutter, ich will noch ein wenig auf dem Klaviere klimpern«. »Sie entschuldigen mich, ich werde ein wenig mit meinem Flugzeug fliegen«. Also, kommen Sie, rauf auf den Tisch!

Mr. Chigger Hören Sie. Niemals in der gesamten Menschheitsgeschichte war irgend jemand in der Lage, so zu fliegen.

Mr. Anemone Ach, ich nehme an, das hat Ihnen Ihre Frau Mutter während eines kleinen Ausritts erzählt? Na, wenn Menschen nicht fliegen können, was mache *ich* dann hier oben?

Mr. Chigger Sie hängen an einem Draht.

Mr. Anemone Ach, ein Draht. Ich hänge also am Draht, wie?

Mr. Chigger Natürlich, Sie hängen an einem dämlichen Draht.

Mr. Anemone Ich hänge *nicht* am Draht. Ich fliege.

Mr. Chigger Sie hängen am Draht.

Mr. Anemone Ich fliege.

Mr. Chigger Sie hängen am Draht.

Mr. Anemone Ich werd Ihnen zeigen, ob ich am Draht hänge oder nicht. Geben Sie mir den Hula-Hoop-Reifen.

Mr. Chigger Was?

Mr. Anemone Oh, ich schätze, wir wissen gar nicht, was das für'n Reifen ist. Schätze, der Herr Vater fand so'ne Reifen ein bißchen primitiv, ausgenommen die natürlich, auf denen sein scheiß Daimler gerollt ist.

Mr. Chigger Ach so, *den* Reifen. *(Holt ihn.)*

Mr. Anemone »Ach so, *deeen* Reifen«. *(Nimmt den Reifen.)* Danke schön, Hoheit. So. Gucken Sie her. *(Er führt den Reifen einmal über den Kopf und einmal über die Füße.)*

Mr. Chigger Ja, weiter. Ganz runter.

Mr. Anemone Schon gut, schon gut, schon gut. *(Er führt den Reifen von oben bis unten an seinem Körper entlang, der bleibt nicht an dem Draht hängen, weil er ganz offensichtlich eine Lücke in seinem Ring aufweist.)* Na, wo ist jetzt Ihr dämlicher Draht?

Mr. Chigger Der Reifen hat ein Loch.

Mr. Anemone Ja, um Etons und Magdalenes willen. Der Reifen hat ein Loch. Natürlich hat er ein Loch, sonst wär's ja wohl auch kein Reifen, nicht wahr, Meister?

Mr. Chigger Nein, er hat eine Lücke am Rand, da.

Mr. Anemone Ach, eine Lüüke. »Eine Lüüke im Reifen. Entschuldigen Sie mich, ich wünsche, ein wenig auf dem Klaviere zu klimpern«.

Mr. Chigger Hören Sie, ich kann genau sehen, daß Sie am Draht hängen. Da – sehen Sie –, da ist er.

Mr. Anemone Passen Sie auf, Sie Scheißkerl, ich hab's schon mal gesagt, ich hänge nicht am Draht.

Mr. Chigger Tun Sie doch. Da ist er.

Mr. Anemone Ist er nicht.

Mr. Chigger Ist er wohl.

Mr. Anemone Ist er gar nicht!

Mr. Chigger Wohl!

Mr. Anemone Gar nicht!

Mr. Chigger Wohl!

Mr. Anemone Gar nicht!

Mr. Chigger Wohl!

Mr. Anemone Gar nicht!

Mr. Chigger Wohl!

Off-Sprecher (JOHN) Na, jedenfalls ging dieses reichlich sinnlose Gezänke noch eine ganze Weile weiter, bis. . .

ZWISCHENTITEL: »ZWEI JAHRE SPÄTER«

Im Cockpit eines Verkehrsflugzeugs. Mr. Chigger (als Pilot) und ein zweiter Pilot sitzen am Steuer.

Pilot Gott, bin ich froh, daß ich ein vollqualifizierter Flugzeugpilot bin.

Schnitt zum BPV-Sprecher, der am Schreibtisch sitzt. Er trägt eine Hauptmannsuniform, und auf dem Namensschild vor ihm auf dem Schreibtisch steht »BPV-Sprecher«.

BPV-Sprecher (ERIC) Die Britische Piloten Vereinigung legt Wert auf die Feststellung, daß es sechs Jahre dauert, bis man ein vollqualifizierter Flugzeugpilot ist, und nicht zwei.

ZWISCHENTITEL: »VIER JAHRE SPÄTER ALS DER LETZTE ZWISCHENTITEL«

Im Cockpit. Drei Sekunden lang. Dann Schnitt zurück zum BPV-Sprecher.

BPV-Sprecher Danke sehr. Ich wollte eben gar nicht wie ein alter Nörgelkopf erscheinen, aber man kann diese Dinge doch genausogut richtig erzählen, zumal man das alles leicht im BPV-Handbuch nachschlagen kann. Ach, eins noch: in der letzten Sherlock-Holmes-Sendung hat Tommy Cooper einen Witz über einen Charterflug erzählt, dabei aber versäumt, darauf hinzuweisen, daß man mindestens sechs Monate schon Mitglied irgendeiner Organisation, die Flüge chartert, gewesen sein muß, bevor man Nutzen daraus ziehen kann. Hat mir die Pointe einigermaßen verdorben, fürchte ich. *(Telefon klingelt.)* Ja, ach ja – ja. *(Legt den Hörer auf.)* Meine Frau hat mich gerade daran erinnert, daß in »High Chapparal« kürzlich Kathy Kirby gedankenlos so etwas gesungen hat wie »Flieg mit mir zu den Sternen«, obwohl natürlich für die allgemeine Öffentlichkeit zur Zeit keine Linienflüge dieser Art, und noch nicht einmal Charterflüge, zugänglich sind, obwohl, wenn es dann soweit ist, wird die BPV ganz vorne mitmischen. Oder auch ganz oben. Kleiner Scherz für die Kameraden drüben im BPV-Gebäude. Und noch eine andere kleine Sache. Wie kommt es, daß diese neuen Lurex-Trikothosen beim Tanzen immer schon nach wenigen Abenden voller Spaß an den Knien ausleiern? Gebt uns die guten alten Leinwandsachen wieder, sag ich. Es ist doch unglaublich, nicht wahr, daß in der heutigen Zeit, wo die Menschen auf dem Mond spazieren und die kompliziertesten Ratenzahlungsarrangements aushecken können, ich immer noch diese fürchterlichen Kopfschmerzen kriege. Na ja... ich bin anscheinend etwas vom Thema abgekommen, aber was soll's, ist ja nichts passiert. Dann noch alles Gute!

Zurück im Cockpit des Verkehrsflugzeugs. Die beiden Piloten sitzen so da. Fluggeräusch wie von einer großen Maschine sorgt für die richtige Stimmung. Plötzlich ein Poltern hinten an der Tür zum Cockpit.

Scherzkeks (GRAHAM) *(im Off)* Wollen Sie da den ganzen Tag drin bleiben? *(Die beiden Piloten wechseln einen befremdeten Blick, zucken dann mit den Achseln und wenden sich wieder dem Fliegen zu; plötzlich gibt es eine neuerliche Folge von Schlägen gegen die Tür.)* Andere Leute wollen auch mal, wissen Sie! *(Sie wechseln einen weiteren Blick; Pause; ein heftigerer Schlag gegen die Tür.)* Die Tür klemmt, wenn du mich fragst. *(Krachen, als er versucht, sie mit Gewalt zu öffnen; ein weiteres Krachen, und die Tür fliegt auf; Herr Scherzkeks tritt ein.)* Na also. *(Plötzlich geht ihm auf, wo er ist.)* O Gottogott. O das tut mir aber leid. Ich dachte, dies wäre die verdammte Toilette.

Zweiter Pilot (JOHN) Dies ist die Flugkanzel.

Scherzkeks Ja ich weiß. Ich bin selber aus der Fliegerbranche, wissen Sie. . . o ja. . . Verdammt blöder Irrtum. . .

Pause. Scherzkeks bleibt hinten im Cockpit stehen. Die Piloten machen weiter, als sei er gar nicht da.

Zweiter Pilot Wolken schwer. . . Was sagt die Anzeige?

Pilot 4,8. . . Stetig.

Scherzkeks Wenn man all diese Meßgeräte in der Toilette hätte. . . da wäre gar kein Platz mehr für irgendwas anderes, nicht wahr? *(Ein weiteres nervöses Lachen; nicht die geringste Reaktion von seiten der Piloten.)*

Pilot *(ins Funksprechgerät)* Hallo, Genf, hier ist Roger Fünf-Null. . . Wie sind Ihre Wolkenwerte? Hallo, Genf. . .

Scherzkeks Ich würde nicht gerne eins von diesen Dingern von der Toilette aus fliegen mögen. . . Ich mein, wo bliebe da der Glanz des Pilotenberufes, nicht wahr, ha, ha, auf der Toilette um die Welt zu fliegen.

Radiostimme Hier Genf. 4,9. . . Stürmisch. . .Over.

Pilot Bedrohlich?

Zweiter Pilot Nein, nicht wenn es in diesem Bereich bleibt.

Scherzkeks Aber bedenken Sie, wenn Sie von der Toilette aus fliegen würden, wäre hier viel mehr Platz, nicht wahr. *(Endlich sieht er ein, daß seine Bemühungen um ein bißchen Smalltalk nichts fruchten.)* Na ja, ich geh dann wohl am besten zurück in die

Kabine. Entschuldigen Sie den albernen Überfall. Verdammt blöd. *(Er drückt den Griff der Tür, die direkt aus dem Flugzeug heraus führt.)* Die Tür klemmt. *(Er stößt sie mit der Schulter auf und stürzt in die Tiefe.)*

Aaaaaaaaaaahhh!

Schnitt: Flugzeuggeräusch von oben. Fortgesetzter Schrei. Vor einem Herren-WC liegt ein großer Strohhaufen. Pause; dann plumpst Scherzkeks auf das Stroh. Er bemerkt das Toilettenschild.

Scherzkeks Schwein muß man haben...

Er klopft sich ab und verschwindet im WC.

Schnitt zurück ins Cockpit. Eine Stewardess kommt herein.

Zweiter Pilot Hallo. Alles in Ordnung hinten?

Stewardess (CAROL) Ja, die sind so ruhig wie Haselmäuse.

Zweiter Pilot Haselmäuse?

Die Tür geht auf, und ein Mann in feinem Anzug tritt ein. Aus seiner Jacke zieht er einen Revolver und richtet ihn auf die Piloten.

Bewaffneter (MICHAEL) Also gut, keine Bewegung... außer, um das Flugzeug zu lenken... was das Fliegen anlangt, können Sie sich ein bißchen bewegen.

Stewardess Darf ich mich bewegen?

Bewaffneter Ja. Ja, ja. Sie können sich ein bißchen bewegen. Ja, Entschuldigung, ich wollte gar nicht so dogmatisch sein. Es ist klar, daß Sie sich alle in vernünftigem Rahmen bewegen dürfen. Es gibt ja gewisse unwillkürliche Muskelbewegungen, die man auch bei größter Selbstbeherrschung nicht unterdrücken kann. Aber ich muß natürlich mit gewissen Gesten meine Autorität zur Geltung bringen, das muß man auch berücksichtigen.

Die folgende Unterhaltung verläuft völlig ruhig und freundlich.

Zweiter Pilot Genau. Ich meine, man könnte zum Beispiel seine inneren Organe nicht davon abhalten, sich zu rühren.

Bewaffneter Nein, nein. Ganz recht. Gutes Beispiel.

Zweiter Pilot Und die bloße Tatsache, daß das Flugzeug ständig vibriert, führt dazu, daß wir alle uns in gewissem Maße bewegen.

Bewaffneter Und wir bewegen auch alle unsere Lippen, nicht wahr?

Piloten Ja, ja.

Zweiter Pilot. Unbestreitbar.

Bewaffneter Nein, der Kern meines Anliegens war der, daß plötzliche... äh...

Stewardess Übertriebene Bewegungen...

Bewaffneter Übertriebene, *heftige* Bewegungen... nicht... nicht in Frage kommen.

Zweiter Pilot Nun, das ist ja das Großartige an diesen modernen Verkehrsflugzeugen. Ich meine, ich kann dieses Flugzeug mit kleinstem Bewegungsaufwand in Gang halten, und Pancho hier braucht sich überhaupt nicht zu bewegen.

Bewaffneter Das ist ja wunderbar.

Stewardess *(leistet ihren Beitrag zur allgemeinen Bonhomie)* Und ich muß mich eigentlich auch nicht bewegen... es sei denn, ich muß mich mal kratzen oder so...

Allgemeines Gelächter.

Bewaffneter Na, das ist ja großartig... Alle Klarheiten beseitigt, wie? *(Erneutes Gelächter.)* Wie auch immer, dies alles vorausgesetzt: Fliegen Sie das Flugzeug nach Luton, bitte?

Zweiter Pilot Also, das hier ist ein Linienflug nach Kuba.

Bewaffneter Ich weiß, ich weiß, deswegen bin ich doch hier reingekommen mit der ganzen Sache, daß sich niemand bewegen soll.

Pilot In vernünftigem Rahmen.

Bewaffneter In vernünftigem Rahmen – ja. Ich, äh, ähm, Sie wissen schon, ich will, daß Sie dieses Flugzeug nach Luton fliegen, bitte.

Zweiter Pilot Ja gut, dann wenden wir die Maschine am besten. Notsysteme bereithalten!

Bewaffneter Hören Sie, ich möchte Ihnen keinen Ärger machen.

Zweiter Pilot Nein, nein, das kriegen wir schon hin.

Bewaffneter Ich meine, in die *Nähe* von Luton, das würde reichen, wissen Sie. Harpenden, kommen Sie in die Nähe von Harpenden?

Pilot Das liegt auf der Fluglinie.

Bewaffneter Okay, gut, lassen Sie mich da aussteigen. Ich nehme den Bus nach Luton. Dauert nur fünfundzwanzig Minuten.

Stewardess Da können Sie bis Mittag in Luton sein.

Bewaffneter O ja, das ist toll.

Pilot Moment mal! Harpenden hat gar keinen Flughafen.

Bewaffneter Ach je, also, hören Sie, vergessen wir's. Vergessen wir's. Ich komme mit nach Kuba und nehme einen Flug zurück nach Luton.

Zweiter Pilot Nun, wir könnten Ihnen auch einen Fallschirm leihen.

Die Upperclass-Trottel…

…bei der Arbeit (Folge zwölf).

Ken Shabby (Michael Palin) mit Rosamunde (Connie Booth) und ihrem Vater (Graham Chapman) (Folge zwölf).

Michael Palin als Mr. Anchovy im »Berufsberater-Sketch« (Folge zehn).

Der Minister für Albernes Gehen (John Cleese)…

… auf dem Weg …

… ins Ministerium (Folge vierzehn).

Mrs. Pinnet erfährt, daß sie sich im falschen Haus befindet …

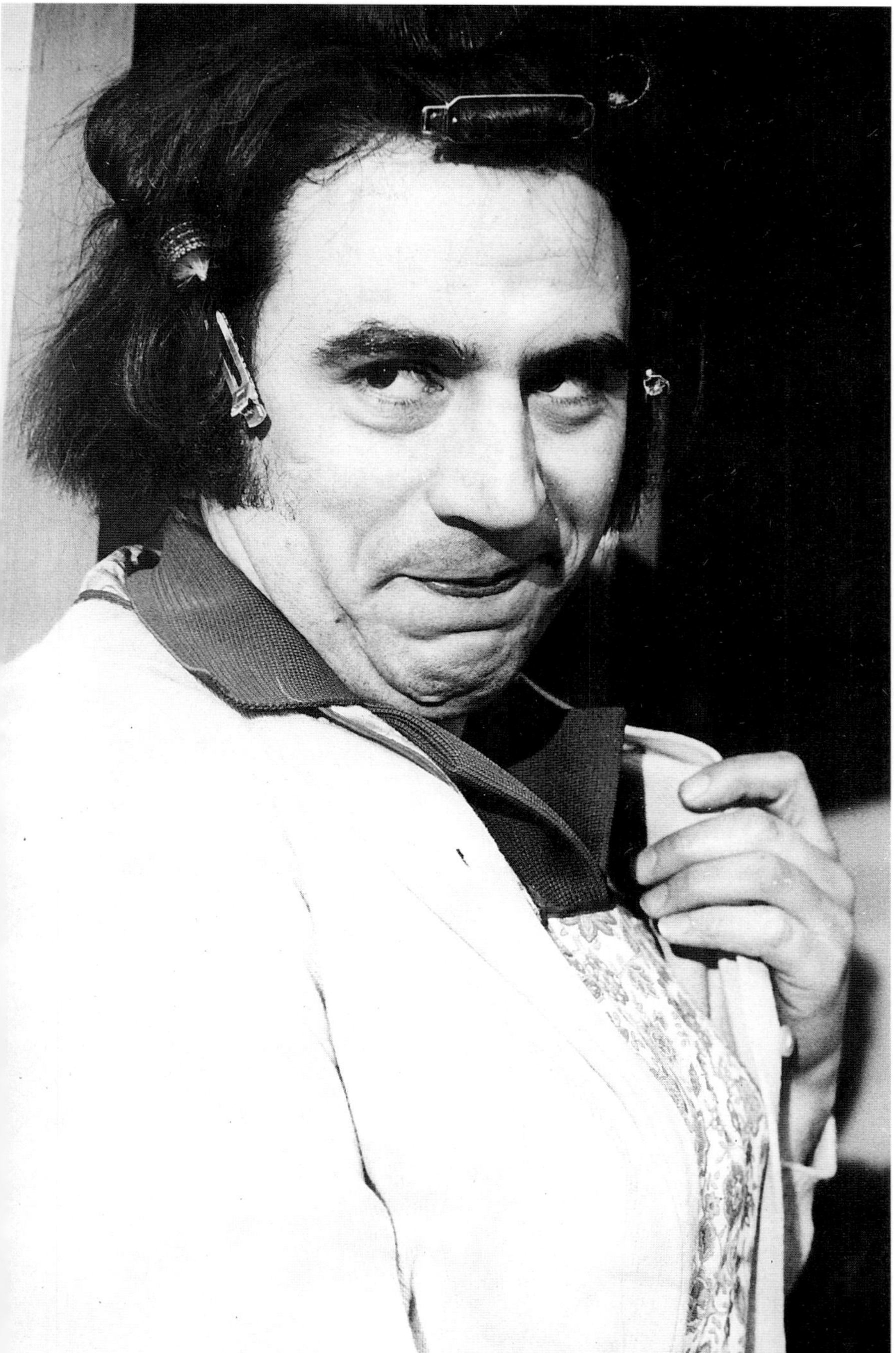

… – Terry Jones in »Der neue Herd« (Folge vierzehn).

John Cleese und Carol Cleveland als Mr. und Mrs. Attila (Folge zwanzig).

Bewaffneter Nein, nein, nein, nein, nein. Fällt mir im Traum nicht ein. . . nicht mal im Traum. . . einen schönen, sauberen Fallschirm dreckig machen.

Pilot Ich hab's – ich hab's. Es gibt da einen Heuhaufen kurz vor Basingstoke. Da könnten wir Sie rauswerfen.

Bewaffneter Nun, wenn das in Ordnung geht.

Alle Sicher, ja.

Bewaffneter Kein Problem?

Piloten Überhaupt nicht.

Bewaffneter Na wunderbar. Haben Sie recht vielen Dank. Tut mir leid, daß ich so reingeplatzt bin.

Stewardess Bye-bye.

Bewaffneter Danke. Bye.

Piloten Bye.

Sie öffnen die Tür und werfen ihn hinaus.

Bewaffneter *(im Fallen)* Vielen Dank!

Schnitt zu einem Heuschober auf einem Feld (nicht derselbe Heuballen, auf dem zuvor gelandet wurde). Flugzeuggeräusch. Der bewaffnete Mann fällt plötzlich in den Heuschober. Er steht auf, klopft sich ab, hüpft über einen Zaun und trifft auf eine Straße. Er streckt den Arm raus, ein Bus mit dem Schild »Direkt nach Luton« hält an. Er steigt ein. Der Schaffner will gerade sein Fahrgeld kassieren, als ein böse aussehender Mann mit einem Gewehr aufspringt und dieses auf den Schaffner richtet.

Mann (JOHN) Fahren Sie diesen Bus nach Kuba.

Der Bus fährt von der Kamera weg. Das Richtungsschild wird ausgetauscht und lautet nun »Direkt nach Kuba«. Der Bus vollführt eine 180-Grad-Wende in Zeitraffer und verschwindet aus dem Bild.

Die Kamera schwenkt nun seitwärts auf eine recht felsige Hochlandgegend. Wir hören beseelte schottische Musik.

Off-Sprecher (JOHN) Selten verstummt in den Tälern, auf den Höhen die Stimme des Bläßhuhns und des Fasans. Die Natur regiert als strenge Majestät über diese Felsen und Klüfte. Das Rauschen des Bergbaches, das Blöken der Schafe und der weite, klare Hochlandhimmel, der sich spiegelt in Teichen und Seen. . . *(In diesem Augenblick erfassen wir einen Hochlandgentleman in Kilt und Tam-o'-Shanter, der mit der einen Hand einen Wanderstab umklammert und mit der anderen einen Brief.)* . . .bilden einen atemberaubenden Hintergrund, vor dem Ewan McTeagle solche Gedichte schafft wie »Leih mir 'n Pfund bis zum Wochenend'«.

Schnitt auf eine alleinstehende Kate. McTeagle sitzt am Fenster und schreibt. Die Kamera zoomt sehr langsam heran.

Off-Sprecher Freilich erblühte McTeagles einzigartiger Stil zunächst in eher einfachen und schlichten Versen.

McTeagle (TERRY J.) *(im Off)* Wenn Sie sich doch dazu entschließen könnten, mir einen Sixpence zu leihen. Dann könnt ich mir wenigstens eine Zeitung kaufen. Das ist doch nicht zuviel verlangt.

Off-Sprecher Eine Frau, die mit McTeagle befreundet war, erinnert sich – Lassie O'Shea.

Schnitt zu Lassie O'Shea – ein süßes, unschuldiges junges Schottenmädel. Tapfer versucht sie, sich der sexuellen Zudringlichkeiten des Toningenieurs zu erwehren. Zwei andere Mitglieder der Crew zerren ihn aus dem Bild.

Lassie (ERIC) Mr. McTeagle hat mir zwei Gedichte geschrieben, in der Zeit zwischen Januar und April 1969. . .

Interviewer Könnten Sie uns eins vorlesen?

Lassie Och, möcht ich einklich nich'. . . die warn ja irnkwie persönlich, näch. . . aber ich mach's. *(Sofort hat sie ein Stück Papier zur Hand, von dem sie abliest)* »Meiner Einzig geliebten Lassie. Ein Gedicht zu ihrem 17. Geburtstag. Leih mir ein paar Kröten bis Donnerstag. Ich bin völlig blank. Aber ich erwarte jederzeit eine Postanweisung, und ich kann Dir alles zurückgeben, sobald sie da ist. In Liebe, Ewan.«

Pause. Sie blickt auf.

Toningenieur *(im Off)* Wunderschön.

Erneute Pause. Der Toningenieur springt sie an und zerrt sie zu Boden. Schnitt in einen absolut trendgerechten Kultursendungs-Studioset. Ein angespannter Kritiker sitzt auf einem mächtigen aufblasbaren und durchsichtigen Sitzpolster.

EINBLENDUNG: »ST. JOHN LIMBO – LYRIK-EXPERTE«

Limbo (JOHN) *(mit großem Einsatz)* Seit jener Zeit hat McTeagle sich fortentwickelt und seine dichterische Bandbreite erweitert. Vor drei Jahren noch hat er sich mit recht unbedeutenden Summen beschäftigt – handlichen Mengen von Bargeld: Sixpences, Schillingen, aber in jüngerer Zeit hat er seine außergewöhnliche dichterische Wahrnehmung viel größeren Summen zugewandt – fünfzehn Schillinge, vier Pfund und zwölfeinhalb Schillinge. . . sogar neun Guineen. . . Aber es gibt nichts, was der ungeheuren Parforcetour gleichkäme, der erhabenen Gewalt dessen, was wir als sein größtes Werk anzusehen haben: »Krieg ich fünfzig Pfund, die Laube auszubessern?«

Schwenk auf eine nackte Vorsprechbühne. Ein einzelnes Licht fällt auf den Bühnenschauspieler Ian McKellan, der ein schwarzes Trikot trägt und dramatisch ins Leere starrt. Die Kamera kommt praktisch zu seinen Füßen zum Stehen. Er spricht die Verse mit großer Intensität.

Ian (ERIC) Krieg ich fünfzig Pfund, die Laube auszubessern?
Ich bin völlig pleite.
Ich kann's Dir zurückzahlen
Wenn die Postanweisung aus Australien kommt.
Ehrlich.
Hoffe, der Blase geht's wieder besser.
Alles Liebe, Ewan.

Schnitt in eine abgelegene schottische Gegend – zerklüftet, windzerzaust und gottverlassen. In scharfem Hell-Dunkel-Kontrast zum Himmel sehen wir McTeagle vor einem einsamen Briefkasten stehen und Postkarten schreiben. Hinter ihm geht die Sonne unter.

Kritiker *(im Off)* Der schöpferischen Einbildungskraft McTeagles scheinen keine Grenzen gesetzt. Auf »Mein neues Scheckbuch ist noch nicht angekommen« folgt das genial allegorische »Was sind schon zwanzig Eier für die verdammte Midland Bank?« und vor kurzem dann sein preisgekröntes Gedicht an den Kunstausschuß: »Können Sie mir tausend Eier leihen?«

Schnitt zum Autor David Mercer in seinem Arbeitszimmer.

EINBLENDUNG: »EIN SEHR GUTER STÜCKESCHREIBER«

David (MICHAEL) Was McTeagles Likör. . .äh. . .Lörik, *Lyrik* meiner Meinung nach leistet, das ist die Abweisung aller herkömmlichen Klischees über moderne Liköre. Nicht länger haben wir uns zu begnügen mit Keats' »Du Zeit voll Dunst und mürber Fruchtbarkeit«, Wordsworths »Ich zog allein, der Wolke gleich« und Miltons »Kannst Du mir zwei Mäuse leihen bis Dienstag«. . .

In der Totalen sieht man McTeagle durch die Landschaft ziehen.

McTeagle Ach, gebt mir doch'n Schilling für'n paar Lullen; ich geb's Euch Donnerstag zurück. Wenn Ihr aber bis Sonnahmd wartet, kommt die Gewinnausschüttung von der Harpenden Baugesellschaft. . . *(Man hört weiteres undeutliches Gemurmel.)*

Er marschiert aus dem Bild, vorbei an einer Niederung, in der einige ausgestopfte Tiere herumstehen, von denen eines explodiert. Ein Hochland-Sprecher erhebt sich ins Bild.

EINBLENDUNG: »EIN HOCHLAND-SPRECHER«

Hochländer (JOHN) In meiner Eigenschaft als Hochländer möchte ich auf einige Ungenauigkeiten in dem vorangegangenen Film über den Dichter Ewan McTeagle hinweisen. Obwohl sein Name ganz deutlich McTeagle lautete, trug er die ganze Zeit über den Cameron-Rock. Ebenfalls hinweisen möchte ich darauf, daß der BPV-Sprecher, der sich vorhin über aeronautische Ungenauigkeiten beklagte, seinerseits eine Kapitänsmütze trug, während er lediglich Leutnantsstreifen an den Jackenärmeln hatte. Ferner wurde bei der Märchenaufführung in Inverness letzte Weihnachten die Rolle der Stiefel-Pussi von einer Eingeborenen aus Neuguinea mit einer Platte in der Lippe gespielt, so daß jedesmal, wenn Dick Whittington ihr einen Zungenkuß geben wollte, er gehörig die Mandeln gekratzt bekam.

Der Kopf eines Arztes kommt unter dem Kilt hervor.

Arzt (MICHAEL) Hören Sie, würden Sie bitte weggehen, ich versuche gerade, diesen Mann zu untersuchen. *(Er verschwindet wieder unter dem Kilt; kurze Pause; dann erscheint er wieder.)* Das ist – äh – das ist schon in Ordnung – ich *bin* Arzt. Also, eigentlich bin ich Gynäkologe. . . aber ich habe gerade Mittagspause.

TRICKFILM:

Trickfilmstimme Ich habe das böse Gefühl, daß *ich* die Mittagspause von jemandem bin.

Der Trickfilm führt uns in ein Wohnzimmer. Es klingelt. Eine Dame öffnet die Tür, davor steht ein Milchmann.

Milchmann (ERIC) Backe, backe Kuchen, der Bäcker hat gerufen. Guten Morgen, Madam, ich bin Psychiater.

Dame (GRAHAM) Ich finde, Sie sehen wie ein Milchmann aus.

Milchmann Gut. *(Klopft auf ein Blatt auf seinem Klemmbrett.)* Ich bin tatsächlich wie ein Milchmann *gekleidet*. . . das haben Sie gemerkt – gut gemacht.

Dame Gehen Sie weg.

Milchmann Nun denn, Madam. Ich werde Ihnen drei Zahlen zeigen, und ich möchte, daß Sie mir sagen, ob Sie irgendeine Ähnlichkeit zwischen ihnen erkennen können. *(Er hält dreimal eine Karte mit der Nummer »3« hoch.)*

Dame Das sind alles Dreien.

Milchmann Nein. Versuchen Sie's noch mal.

Dame Es sind *alles* Dreien?

Milchmann Nein. Es sind *alles* Dreien. *(Klopft wieder auf sein Brett.)* Schön. Ich nenne Ihnen jetzt ein Wort, und Sie sagen mir, was Ihnen dazu als erstes einfällt. Wieviel Liter möchten Sie?

Dame *(verengt die Augen, eine Falle vermutend)* Äh, drei?

Milchmann Joghurt?

Dame Äh. . . nein.

Milchmann Sahne?

Dame Nein.

Milchmann Eier?

Dame Nein.

Milchmann *(notiert und addiert irgendwas und läßt einen Pfiff hören)* Okay. Also, Sie leiden ziemlich deutlich an einem repressiven Libidokomplex, wahrscheinlich infolge einer unglücklichen Kindheit, verstärkt durch starke Verunsicherung während der Pubertät, was dann zur Abschwächung der Libido geführt hat.

Dame Und Sie sind doch ein Milchmann, verdammt noch mal!

Milchmann Schreien Sie mich nicht an, Madame, nicht in diesem Ton, bitte. Nun denn, ich muß Sie bitten, mich zur Molkerei zu begleiten und sich einigen Eignungstests zu unterziehen.

Dame Ich hab was Besseres zu tun, als zur Molkerei zu fahren.

Milchmann Mrs. Ratbag, Sie haben, wenn ich das so sagen darf, eine kostspielige psychiatrische Behandlung dringendst nötig. Nun, ich will nicht behaupten, daß eine Fahrt zu unserer Molkerei Sie heilen wird, aber sie wird Hunderten von schlechtbezahlten Arbeitern einen schönen Spaß bescheren.

Dame Na schön. . . aber wie komme ich wieder nach Hause?

Milchmann Ich werde Sie in meinem Psychiaterlieferwagen hin- und zurückbringen.

Dame Na gut.

Der Milchmann und die Dame gehen durch den Garten zur Straße. Als sie das Eingangstor passieren, sitzt da eine Katze auf der Gartenmauer.
EINBLENDUNG *und Pfeil:* »EINE KATZE«
Die Katze explodiert. Der Milchmann führt die Dame zu seinem Milchwagen, an dem ein großes Schild verkündet: »Psychiater-Molkerei GmbH«. Beim Einsteigen deutet sie auf die zahlreichen Ordner, die hinten auf der Ladefläche in Milchkästen versammelt stehen.

Dame Wozu sind die denn?

Milchmann Das sind Fallgeschichten. *(Er fährt los; ruft:)* Der Psychiater ist da! Der Psychiater ist da! *(Der Arzt aus dem Schottensketch vorhin winkt ihm.)* Ja bitte, Sir?

Arzt (MICHAEL) Ah, guten Morgen. Unser Stammpsychiater ist heute morgen leider nicht vorbeigekommen. . . und nun habe ich eine Ego-Blockade, was wiederum meine Frau sehr rechthaberisch werden läßt und uns beide in einen Zustand depressiver Neurose versetzt.

Milchmann Ah, verstehe, Sir. Welches ist Ihr Stammlieferant?

Arzt Die Jersey-Sahne-Psychiatrie.

Milchmann O ja, die kenne ich. *(Er stellt seine Kiste ab und zückt ein Notizheft.)* Also gut, was sind Sie von Beruf?

Arzt Ich bin Arzt.

Milchmann Habe ich Sie nicht gerade erst unter einem Schotten gesehen?

Arzt Ja, aber ich *bin* Arzt. Na, eigentlich bin ich Gynäkologe, aber ich hatte gerade Mittagspause.

Milchmann *(nimmt eine Karte aus der Kiste und zeigt sie dem Arzt)* Woran erinnert Sie dies hier?

Arzt Drei Liter Sahne.

Milchmann Gut. . . tja, ich kann mit Bestimmtheit sagen, daß Sie unter einer ernsten Persönlichkeitsstörung leiden, Sir, die sich in einer laktischen Obsession sublimiert, welche sich noch verstärken könnte, je nachdem, wieviel Geld Sie haben.

Arzt Ja, ja, verstehe. Und noch einen Becher Joghurt, bitte.

Schnitt zu einem Psychiater, der Dr. Cream heißt und in seinem Sprechzimmer sitzt.

Dr. Cream (TERRY J.) Ich möchte gern diese Gelegenheit ergreifen und mich über die Art und Weise beschweren, in der diese Sendungen ständig Psychiater vorführen, die Schnellschußdiagnosen der Probleme ihrer Patienten abgeben, ohne sich zuvor über die vollständige Krankheitsgeschichte zu informieren.

Schnitt zurück zu Milchmann und Arzt.

Milchmann *(überreicht den Joghurt)* Und denken Sie dran, dies ist lediglich eine Schnellschußdiagnose, die ich abgegeben habe, ohne mich zuvor über Ihre vollständige Krankheitsgeschichte zu informieren.

Schnitt zu einem Mann am Schreibtisch.

Mann (JOHN) Mir scheint, es ist an der Zeit, sich einmal über jene Leute zu beschweren, die übereilt Beschwerden vorbringen, ohne vorher sicherzustellen, daß diese Beschwerden auch berechtigt sind.

Schnitt zu Dr. Cream.

Dr. Cream Sprechen Sie von mir?

Schnitt zurück zum Mann.

Mann Nicht unbedingt, dennoch möchte ich darauf hinweisen, daß der BPV-Sprecher die Dinner-Tanz-Klub-Manschettenknöpfe der Britischen Psychiatrischen Vereinigung getragen hat.

Schnitt zu Dr. Cream.

Dr. Cream Stimmt, das habe ich auch bemerkt.

Schnitt zum BPV-Mann.

BPV-Mann (ERIC) Dies sind keine Dinner-Tanz-Klub-Manschettenknöpfe der Britischen Psychiatrischen Vereinigung.

Schnitt zum Mann.

Mann Entschuldigung.

Schnitt zum BPV-Mann.

BPV-Mann In Wirklichkeit sind es Gilbert-and-Sullivan-Gesellschaft-Manschettenknöpfe der Britischen Zucker Körperschaften. Das ist nämlich so eine Art Insider-Witz hier bei den BPV-Kameraden. Ich finde, der Sprecher von eben sollte erst seine Fakten nachprüfen, bevor er selbst übereilte Beschwerden vorbringt.

Schnitt zu Dr. Cream.

Dr. Cream Na, das wird ihm eine Lehre sein.

Schnitt zum BPV-Mann.

BPV-Mann Trotzdem möchte ich dem noch eine Beschwerde über solche Sendungen hinzufügen, die zu viele Beschwerden enthalten, denn dergleichen ist für den Durchschnittszuschauer äußerst langweilig.

Schnitt zu einem anderen Mann.

Anderer Mann (MICHAEL) Ich möchte mich über die Leute beschweren, die den ganzen Laden damit aufhalten, daß sie sich über die Leute beschweren, die sich beschweren. Es ist höchste Zeit, daß etwas dagegen unternommen wird.

Das Sechzehn-Tonnen-Gewicht begräbt ihn unter sich.

Schnitt auf eine Straße, wo der Milchmann und die Dame gerade mit dem Milchwagen vorfahren. Sie halten an und steigen aus. Der Milchmann winkt ein Milchmädchen mit Schultertrage und zwei Eimern heran.

Milchmann Schwester! Führen Sie bitte Mrs. Pim in die Praxis von Dr. Cream.

Milchmädchen (CAROL) Selbstverständlich, Herr Doktor. Folgen Sie mir, bitte.

Dame Oh, wenn ich Ihnen folgen könnte, bräucht ich. . .

Milchmann und Milchmädchen Pssst!

Das Milchmädchen führt Mrs. Pim in ein Gebäude, wo sich die Psychiaterpraxis befindet. Dr. Cream sitzt dort in einem Sessel.

Milchmädchen Mrs. Pim ist hier zur Untersuchung, Herr Doktor.

Dr. Cream Ah ja. Ich brauche nur noch fünf Minuten hier mit Audrey. Führen Sie doch Mrs. Pim solange ins Wartezimmer, bitte.

Milchmädchen Jawohl, Herr Doktor.

Als das Milchmädchen und Mrs. Pim den Raum verlassen, sehen wir, daß eine Kuh auf der Couch liegt.

Dr. Cream Also, Audrey. Wann bist du zum ersten Mal auf den Gedanken gekommen, daß du eine Kuh seist?

Das Milchmädchen und Mrs. Pim treten aus dem Gebäude und gehen durch eine Herde von Kühen. Jetzt folgt eine Montage von Einstellungen, in denen sie durch die Landschaft laufen, die wir vom Anfang der Sendung, aus der Flugunterrichtssequenz, kennen. Sie kommen an der Teewagenfrau vorbei, an dem Bischof, der seinen Text lernt. . .

Bischof *(mit australischem Akzent)* »Jeez, Mr. Belpit, Ihre Beine sind mächtig geschwollen«. . .

. . . an der Sekretärin an ihrem Schreibtisch, an einem ausgestopften Tier, das explodiert; dann geht's wieder an der Teefrau vorbei, dann wieder am Bischof, an der Sekretärin, und alles nach wie vor in derselben Richtung.

Bischof *(mit schottischem Akzent)* »Oi! Mr. Belpit – Ihre dollen Beine – und bannig geschwollen!« *(Dann noch einmal mit japanischem Akzent.)*

Schnitt: es folgt eine Montage von Bildern, die Teile eines Gehirns zeigen, einen Mann mit einem Ei auf dem Kopf, einen Mann, der durch ein Mikroskop schaut, sowie Hirndiagramme. Musik ist darübergelegt und:

EINBLENDUNG: »GEHEIMNISSE DES MENSCHLICHEN GEISTES – EIN PSYCHIATRISCHES WOCHENMAGAZIN«

Schnitt zu einem Mann, der an dem üblichen Schreibtisch sitzt. Es ist Mr. Bonifazius.

Bonifazius (MICHAEL) Guten Abend. In »Geheimnisse des menschlichen Geistes« wollen wir heute das Phänomen des

Déjà-vu untersuchen. Manchmal haben wir dieses seltsame Gefühl, daß wir etwas schon einmal durchlebt hätten, daß das, was gerade geschieht, früher schon einmal geschehen ist. In »Geheimnisse des menschlichen Geistes« wollen wir heute abend das Phänomen des Déjà-vu untersuchen. Manchmal haben wir dieses seltsame Gefühl, daß wir... *(Hält einen Moment lang verdutzt inne.)* Wie auch immer, in »Geheimnisse des menschlichen Geistes« wollen wir heute abend das Phänomen des Déjà-vu untersuchen. Manchmal haben...

Schnitt: Wiederholung der Eröffnungssequenz mit den psychiatrischen Bildern, den Einblendungen und der Musik. Schnitt zurück zu Mr. Bonifazius, der etwas mitgenommen am Schreibtisch sitzt.

EINBLENDUNG: »GEHEIMNISSE DES MENSCHLICHEN GEISTES«

Bonifazius Guten Abend. In »Geheimnisse des menschlichen Geistes« wollen wir heute abend das Phänomen des Déjà-vu untersuchen. Manchmal haben wir dieses selt...same Gefühl... daß... wir etwas schon einmal durchlebt...

Wiederum Schnitt zur Anfangsmontage. Dann zurück zu Bonifazius, der inzwischen völlig verunsichert ist.

EINBLENDUNG: »GEHEIMNISSE DES MENSCHLICHEN GEISTES«

Bonifazius Guten... guten Abend. In »Geheimnisse des menschlichen Geistes« wollen wir heute abend das Phänomen des Dddddéjà-vvvvvvvvvu untersuchen. Manchmal haben wir dieses außergewöhnliche Gefühl... ziemlich außergewöhnlich... *(Er bricht ab und verstummt, das Telefon klingelt, er nimmt ab.)* Nein, alles in Ordnung, danke. *(Er legt auf; ein Mann kommt von rechts, reicht ihm ein Glas Wasser und geht ab.)* Oh, danke. Manchmal haben wir dieses seltsame Gefühl, daß wir etwas schon einmal durchlebt hätten. *(Telefon klingelt erneut, er nimmt ab.)* Nein, alles in Ordnung, danke. *(Er legt auf; ein Mann kommt von rechts und reicht ihm ein Glas Wasser; er fährt zusammen.)* Danke... dieses seltsame Gefühl... *(Telefon klingelt; er nimmt ab.)* Nein, alles in Ordnung, danke. *(Legt auf; Mann kommt und gibt ihm ein Glas Wasser.)* Danke. *(Er schreit in panischer Angst)* Hören Sie, irgend etwas passiert hier mit mir. Ich – ich – ähm, ich glaube, ich sollte mich lieber untersuchen lassen. Gute Nacht.

Telefon klingelt erneut. Er springt vom Schreibtisch auf und läuft aus dem Bild. Er läuft aus dem Gebäude heraus auf die Straße, jagt hinter dem gerade vorbeifahrenden Milchwagen her und springt auf.

Milchmann Oho, hab ich Sie nicht schon mal irgendwo gesehen?

Bonifazius Nein, Herr Doktor, nein. . . Mir ist etwas sehr Komisches passiert.

EINBLENDUNG: »GEHEIMNISSE DES MENSCHLICHEN GEISTES – EIN PSYCHIATRISCHES WOCHENMAGAZIN«

Wiederholung der Montage von Bildern, Einblendungen und Musik. Schnitt zu Bonifazius am Schreibtisch. Bonifazius schreit auf und läuft aus dem Bild. Es läuft derselbe Film ab wie vorher: Er jagt hinter dem Milchwagen her, springt auf, und der Milchmann sagt:

Milchmann Oho, hab ich Sie nicht schon mal irgendwo gesehen?

Bonifazius Nein, Herr Doktor, nein. . . Mir ist etwas sehr Komisches passiert.

Der Milchwagen fährt im Hintergrund vorbei, der Milchmann und Bonifazius sitzen drin. Wir sehen den Wagen die Landstraße entlangfahren, an der Lichtung vorbei, am Bischof. . .

Bischof *(tuntenhaft)* »Huch, Mr. Belpit, Ihre Beine sind so geschwollen.«

. . . vorbei an der Sekretärin am Schreibtisch, vorbei an einem Schild mit der Aufschrift »Zum Zoo«, wo Explosionen zu hören sind. Der Wagen hält vor Dr. Creams Haus. . . Bonifazius läuft hinein und betritt Dr. Creams Sprechzimmer.

EINBLENDUNG: »DR. CREAMS SPRECHZIMMER«

Dr. Cream Ah, treten Sie näher. Nun, was fehlt Ihnen denn?

Bonifazius Ich habe schreckliche Déjà-vu-Erlebnisse.

Wiederholung desselben Stücks ab Bonifazius' Eintritt.

Dr. Cream Ah, treten Sie näher. Nun, was fehlt Ihnen denn?

Bonifazius Ich habe schreckliche Déjà-vu-Erlebnisse. . .

Erneute Wiederholung des Ausschnitts.

Abspann läuft über dem Film.

Dr. Cream Ah, treten Sie näher. Nun, was fehlt Ihnen denn?

Bonifazius Ich habe schreckliche Déjà-vu-Erlebnisse. . .

Gerade fängt der Ausschnitt von vorne an, da ist die Sendung zu Ende.

Siebzehn – Die Buzz-Aldrin-Show

Die Sendung beginnt mit einem Trickfilm (»Der Schmetterling«). Der Ansager fliegt mit einem Propellerschreibtisch ins Bild.

Ansager (JOHN) Und nun zu etwas völlig anderem.

Jetzt-Mann (MICHAEL) Und jetzt. . .

Trickfilm-Vorspann.

Ansager und ZWISCHENTITEL: »DIE BBC BITTET FÜR DIE FOLGENDE ANSAGE UM ENTSCHULDIGUNG«

Schnitt auf ein paar Gumbys mit hochgerollten Hosenbeinen, auf den Köpfen die Taschentücher etc.; sie versuchen, im Chor anzusagen – was ihnen nicht recht gelingen will.

Gumbys Hallo und willkommen bei unserer Show. Ohne viel Trara: Die erste Nummer ist ein Sketch über Architekten und heißt der Architekten-Sketch. . . der Architekten-Sketch. . . der Architekten-Sketch. . . *(Als der Sketch wider Erwarten nicht beginnt, zeigen sie auf ein nahes Haus)* Da oben! Da oben! Da oben!

Die Kamera schwenkt zu einem Fenster des Gebäudes. Schnitt nach innen: im Büro findet eine Ausschußsitzung statt; der Vorsitzende ist Mr. Tid.

Mr. Tid (GRAHAM) Meine Herren, wir haben hier zwei grundlegende Vorschläge für die Gestaltung dieser. . . *(Er wird von zwei immer noch grölenden Gumbys abgelenkt.)* . . .Meine Herren, wir haben hier zwei grundlegende Vorschläge für die Gestaltung dieser. . . *(er schreit aus dem Fenster)* Klappe! Meine Herren, wir haben hier zwei grundlegende Vorschläge. . . *(Die Gumbys brüllen immer noch »Architekten-Sketch«; er schüttet einen Eimer Wasser über ihnen aus; ihre Stimmen verebben.)* Meine Herren, wir haben hier zwei grundlegende Vorschläge für die Gestaltung dieser Wohnanlage. Und ich hab mir gedacht, das beste ist, wenn die Architekten selbst vorbeikommen, um die Vorteile ihrer Entwürfe zu erläutern. *(Es klopft.)* Das dürfte bereits der erste Architekt sein. *(Mr. Wiggin kommt herein.)* Ah, ja – das ist Mr. Wiggin vom Büro »Ironside and Malone«.

Wiggin geht zu dem Tisch, auf dem sein Modell steht.

Mr. Wiggin (JOHN) Guten Morgen, meine Herren. Wir haben hier einen zwölfgeschossigen Block, in dem neogeorgianische Elemente mit allen Annehmlichkeiten eines modernen Baustils kombiniert wurden. Die Mieter betreten das Gebäude durch die Eingangshalle – hier – und werden per Transportband sehr bequem durch den Korridor befördert, vorbei an Wandgemälden, die Mittelmeerlandschaften zeigen – hin zu den Rotiermessern. Die letzten Meter des Korridors verfügen über eine spezielle Lärmisolierung. Das Blut wird über diese Rinnen abfließen. Das kleingehackte Fleisch flutscht in diese. . .

Erster Geschäftsmann (MICHAEL) Entschuldigen Sie. . .

Mr. Wiggin Mmh?

Erster Geschäftsmann Sagten Sie Messer?

Mr. Wiggin Rotiermesser, ja.

Zweiter Geschäftsmann (TERRY J.) Sie schlagen vor, unsere Mieter zu schlachten?

Mr. Wiggin Ist das nicht in Ihrem Sinne?

Erster Geschäftsmann Nein, ist es nicht. Wir wollten einen einfachen Wohnblock bauen.

Mr. Wiggin Ach so. Ich hab wohl Ihre Einstellung zu den Mietern nicht richtig eingeschätzt. Ich baue nämlich hauptsächlich Schlachthäuser, nicht wahr. Tja, schade. Glauben Sie mir, das hier ist wirklich ein Juwel, nicht wahr. Keine blutverkrusteten Wände, kein Fleisch, das aus dem Fenster fliegt und die Passanten belästigt. Ich mein. . . das hier. . . ist mein Lebenswerk.

Zweiter Geschäftsmann Ja, sehr schön, doch, doch. Aber wir wollten einen Wohnblock.

Mr. Wiggin Wollen Sie sich's nicht vielleicht noch mal überlegen? Ich mein, Sie würden es nicht bereuen! Denken Sie an den Fremdenverkehr.

Erster Geschäftsmann Nein, nein, wir wollten nun mal einen Wohnblock und keinen Schlachthof.

Mr. Wiggin Ah ja! Natürlich!! Das ist genau die scheiß Scheuklappenmentalität von euch spießigen Ignoranten, die ich von einem unkreativen Sauhaufen wie diesem hier erwartet habe. Ihr sitzt auf euren Pickelärschen und drückt Mitesser aus, und der Künstler, der kämpfen muß, interessiert euch einen Dreck. *(Brüllt)* Ihr Exkremente! Lausige, heuchlerische, wimmernde Kriecher mit euren lausigen Farbfernsehern und euren Tony-Jacklin-Golf-Schlägern und eurem verfluchten Freimaurer-Händeschütteln! Nie laßt ihr mich mitmachen, ihr verschworenen Scheißer! Nein, ich würde kein Freimaurer werden, und wenn ihr mich auf euren lausigen, stinkigen, vereiterten Knien darum bittet.

Zweiter Geschäftsmann Nun, es tut uns leid, daß Sie das so sehen, aber wir, äh, wollten einen Wohnblock. Obwohl es natürlich ein schöner Schlachthof ist.

Mr. Wiggin Ach *(wischt die Bemerkung beiseite)*, der Schlachthof ist unwichtig. Aber falls einer von Ihnen ein gutes Wort für mich einlegen könnte – ich wär so gerne Freimaurer. Freimaurerei öffnet Türen. Ich mein, ich war eben. . .vielleicht ein wenig nervös, aber wenn ich ein Freimaurer wäre. . . ich würd ganz einfach hinten sitzen und niemandem im Wege sein.

Erster Geschäftsmann Danke schön.

Mr. Wiggin Ich habe auch einen gebrauchten Schurz.

Zweiter Geschäftsmann Danke schön.

Mr. Wiggin *(geht zur Tür, bleibt aber noch mal stehen)* In Hendon wär ich beinahe aufgenommen worden.

Erster Geschäftsmann Danke schön.

Mr. Wiggin geht, und der uns vertraute Mr. Tid tritt vor.

Mr. Tid Meine Herren, es tut mir sehr leid. . . Der zweite Architekt ist Mr. Leavey von »Wymis and Dibble«.

Mr. Leavey kommt herein und geht zu seinem Modell.

Mr. Leavey (ERIC) Guten Morgen, meine Herren. Dies ist ein maßstabsgetreues Modell des Wohnblocks: achtundzwanzig Geschosse mit zweihundertachtzig modernen Apartments. Das Gebäude verfügt über drei Hauptaufzüge und zwei Lastenaufzüge. Der Zugang ist von Dibbingley Road her geplant. *(Das Modell kippt und er richtet es schnell wieder auf.)* Die Konstruktion ist auf einem zentralen Säulen-System errichtet *(das Modell kippt wieder)*, mit *(er richtet es auf und hält es fest)* Einzelgeschoß-Auslegern aus Spannbeton und Stahl. Die Zwischenwände auf jedem Geschoß werden von angeflanschten Unterputz-Streben aus einer Magnesium-Aluminium-Legierung gehalten. *(Ein Teil des Modells fällt zusammen, die unteren zehn Stockwerke rutschen ab.)* Da Holz, Holz-Derivate und brennbare Stoffe nicht verwendet werden *(das Modell raucht, Flammen züngeln)*, besteht praktisch überhaupt keine Gefahr eines. . .

EINBLENDUNG: »SATIRE«

Mr. Leavey Um offen zu sein: ich denke, das zentrale Säulen-System müßte ein wenig verstärkt werden.

Zweiter Geschäftsmann Treibt das nicht die Kosten in die Höhe?

Mr. Leavey Eventuell.

Zweiter Geschäftsmann Nun, wegen der Verstärkung würd ich mir mal nicht *allzuviel* Sorgen machen. Schließlich soll es ja kein Luxusschuppen werden.

Erster Geschäftsmann Ganz Ihrer Meinung. Ich mein, mal vorausgesetzt, die Mieter sind nicht allzu schwer gebaut und sitzen relativ viel, und, äh, sagen wir mal, das Wetter hält sich – dann ist dies hier wohl der Favorit.

Mr. Leavey Oh, vielen Dank.

Das Modell explodiert.

Zweiter Geschäftsmann Ganz Ihrer Meinung. Ganz Ihrer Meinung.

Mr. Leavey Vielen herzlichen Dank, danke schön. *(Er schüttelt ihnen die Hände auf sehr seltsame Weise.)*

Mr. Wiggin *(an der Tür)* Es öffnet einem Türen. Ich hab's ja gesagt.

Off-Sprecher (ERIC) Diesen Händedruck wollen wir uns noch einmal in der Zeitlupe anschauen.

EINBLENDUNG: »BBC-TV-ZEITLUPE«

Keine Zeitlupe: sie schütteln sich lediglich noch mal die Hände, aber ganz langsam.

Off-Sprecher Welche anderen Möglichkeiten gibt es, einen Freimaurer zu erkennen?

Die Kamera ist in einem Auto versteckt, so daß die Reaktionen der Passanten mit aufgenommen werden. Eine Geschäftsstraße in der Innenstadt, z. B. Threadneedle Street. Mitten durch die Menge hüpfen vier Geschäftsleute mit Melone und im Nadelstreifenanzug, denen die Hosen bis auf die Knöchel heruntergerutscht sind. In einer anderen Straße oder einem anderen Stück derselben Straße gehen zwei Geschäftsleute, die Hosen bis zu den Knien hochgerollt, aufeinander zu und veranstalten ein äußerst merkwürdiges Händeschütteln, wobei sie auf dem Boden herumrollen usw.

Off-Sprecher (JOHN) Ist ein Freimaurer identifiziert, müssen sofort Schritte eingeleitet werden, ihn von der Öffentlichkeit zu isolieren, da es inzwischen möglich ist, ihn durch Verhaltenstherapie von seinen unseligen freimaurerischen Neigungen zu befreien. *(Wir sehen einen Trickfilm-Geschäftsmann, der in eine Zelle gesperrt wird.)* In der Behandlung wird der Patient für die richtige Antwort belohnt, für die falsche bestraft. Fangen wir also an. Möchten Sie aufhören, ein Freimaurer zu sein? Denken Sie genau nach. Denken Sie genau nach! Ganz genau!

Trickfilm-Geschäftsmann Nein.

Ein großer Hammer macht sich über den Geschäftsmann her.

Off-Sprecher Nein? Das ist falsch! Falsch! Falsch! Falsch! Nein! Nein! Nein! Schlecht! Schlecht.

ZWISCHENTITEL: »EINE ENTSCHULDIGUNG«

Ansager (JOHN) Die BBC bittet für die folgende Ansage um Entschuldigung.

Die Kamera entfernt sich von der Zwischentitel-Schrift, bis man sehen kann, daß es sich nicht um eine Einblendung, sondern um ein fünf mal fünf Meter großes Poster auf einer Plakatwand am Straßenrand handelt.

Nach der Kamerafahrt hören wir das Schlurfen von vielen Füßen und Grunzen. Eine Gruppe Gumbys schlurft in die äußerste linke Bildecke. Sie machen keinerlei Anstalten, zur Bildmitte vorzurücken. Nach einem bißchen Murmeln und Grummeln:

Gumbys Oh! Und die nächste Nummer ist ein Sketch über Versicherungen. Er heißt »Versicherungs-Sketch«. »Versicherungs-Sketch«. »Versicherungs-Sketch«. . .

Schnitt in die Versicherungs-Agentur von Mr. Devious. Dort sitzen Devious und ein Mann.

Devious (MICHAEL) Was wünschen Sie?

Schnitt auf den Mann.

EINBLENDUNG: »EHRLICHER KERL«

Mann (GRAHAM) Ich komme wegen Ihrem Vollkasko-Versicherungs-Super-Sonderangebot. . .

Devious Wie war das?

Mann Vollkasko-Versicherungs-Sonderangebot für ein Pfund acht Pence.

Devious Ach, ach ja. . . tja, Meister, unglücklicherweise gilt das Angebot nicht mehr. Sehen Sie, es hat sich irgendwie nicht rentiert, deshalb haben wir jetzt ein ganz neues Angebot. . .

Mann Was für eins?

Devious Eine nackte Frau.

Mann Eine nackte Frau?

Devious Ja. Sie bekommen eine nackte Frau zusammen mit der Vollkasko-Versicherung. Falls Sie nur eine Haftpflicht wollen, behält sie ihren BH an, und wenn es nur Diebstahl. . .

Mann Nein, nein, das will ich wirklich nicht, Mr. äh. . . Mr. . . .

Devious Devious.

Mann Mr. Devious... Ich möchte nur wissen, was mich eine Vollkasko-Versicherung für einen Aston Martin von 1970 kosten würde.

Devious Aston Martin?

Mann Ja.

Devious *(schnell)* Fünfhundert Piepen.

Mann Fünfhundert Piepen?

Devious Vierzig.

Mann Vierzig?

Devious Vierzig Mäuse und eine nackte Frau.

Mann Nein, nein, ich habe kein Interesse an einer nackten Frau.

Devious Schmutzige Heftchen?

Mann Nein, nein, ich sag Ihnen doch, ich habe kein Interesse an all dem Zeug. *(Noch einmal wird »Ehrlicher Kerl« eingeblendet.)* Ich möchte nur wissen, was mich eine Vollkasko-Versicherung für einen Aston Martin von 1970 kosten würde. Können Sie mir bitte Ihren Preis nennen?

Schnitt: vor der Bürotür steht ein Vikar.

Vikar (ERIC) Klopf, klopf.

Schnitt in das Büro.

Devious Wer ist da?

Schnitt vor die Tür.

Vikar Der Reverend...

Schnitt in das Büro.

Devious Reverend wer?

Vikar Reverend Morrison.

EINBLENDUNG: »NOCH EIN EHRLICHER KERL«

Schnitt in das Büro.

Devious Kommen Sie rein.

Der Vikar tritt ein.

Devious Also, Vik? Wo brennt's?

Vikar Na ja, es geht um den Brief, den Sie mir geschickt haben.

Mann Entschuldigung, spiele ich noch mit?

Devious Ich weiß nicht, Kumpel, ich seh mal im Drehbuch nach... *(Er holt das Skript aus der Schublade.)* Wo sind wir? Folge acht. Sind Sie »Mann«?

Mann Ja.

Devious Nein... nein, Sie sind fertig.

Mann Tja, dann gehe ich. *(Er geht.)*

Devious *(liest im Drehbuch)* »Der Vikar setzt sich«.

Der Vikar setzt sich.

Vikar Es geht um den Brief, den Sie mir geschickt haben, wegen meines Anspruchs auf Versicherungsleistung.

Devious Oh, ja, ja – na ja, sehen Sie, wir sind nicht... bis jetzt nicht... *völlig* von der Begründung Ihres Anspruches überzeugt.

Vikar Aber es steht da was drin, daß mein Mund mit Zement gestopft werden soll.

Devious Oh, das ist nur Versicherungsjargon, wissen Sie.

Vikar Aber mein Auto wurde von einem Lastwagen angefahren, als es in der Garage stand, und Sie weigern sich zu zahlen.

Devious *(steht auf und geht zu einem Aktenschrank)* Nun ja, Reverend Morrison... in Ihrer Police... in Ihrer Police... *(Er öffnet eine Schublade vom Schrank und zieht eine schäbige alte Freizeitjacke daraus hervor; er fühlt in den Taschen nach und zieht ein verknittertes Stück Papier mit Eselsohren heraus, legt dann die Jacke zurück und schließt den Aktenschrank.)*... da ist sie ja. Hier steht ziemlich klar, daß kein Anspruch, den Sie anmelden, bezahlt wird.

Vikar Meine Güte.

Devious Sehen Sie, unglücklicherweise haben Sie sich für unsere »Zahlenie«-Police entschieden, die, wie Sie wissen, sehr wertvoll ist, solange Sie keine Ansprüche anmelden... aber Sie mußten ja Ansprüche anmelden, und jetzt haben Sie den Salat.

Vikar Oje, oje.

Devious Na, machen Sie sich nichts draus – es könnte schlimmer sein. Wie geht's der nackten Frau?

Vikar Oh, es geht ihr gut. *(Er fängt an zu weinen.)*

Devious Ehrlich, Rev, ich kann einen Mann nicht weinen sehen, also mach, daß du rauskommst. Sei ein lieber Junge.

Der Vikar geht weinend hinaus.

Schnitt nach draußen. Der Vikar nimmt eine nackte Frau in einem Einkaufswagen mit und schiebt sie, untröstlich, davon. Schnitt zurück in das Büro.

Nahaufnahme von Devious. Er holt einige Akten hervor und beginnt zu schreiben. Plötzlich kracht ein Bischofs-Stab vor ihm auf den Schreibtisch. Er sieht auf – seine Augen sind in panischem Schrecken geweitet. Gegenschuß: die Kamera ist jetzt von unten her auf den Bischof in vollem Ornat gerichtet.

Bischof (TERRY J.) Okay, Devious... Keine Bewegung!

Devious Der Bischof!

Trickfilm-Vorspann wie bei Krimi-Serien und passende Musik:

»C.-von-E.-Film«

»präsentiert«

»Gemeinsam mit dem Sonntagsschulen-Elternbeirat«

»Der Bischof«

»mit Vikar E.P. Nesbitt in der Titelrolle«

»und F.B. Grimsby Urqhart-Wright als Stimme Gottes«

»Spezialeffekte vom ersten Kollegiums-Vorsitzenden der schottischen Kirche«

»Regie: Präbendar ›Garaus‹ Harris«

Vor einer schönen englischen Kirche. Vögel singen, ein Kirchenlied ertönt. Plötzlich das Geräusch eines Autos, das sich mit jaulendem Motor der Kirche nähert. Mit quietschenden Reifen bremst ein amerikanisches Cabrio vor der Kirche. Heraus springt der Bischof, dem (wie im ganzen Film) seine vier Kumpanen folgen, Vikare mit dunklen Brillen. Sie tragen Talar und hohe, steife Kragen. Sie springen aus dem Auto und rasen zur Kirche; das Kirchenlied endet, und man hört, daß sich die Gemeinde setzt.

Schnitt in die Kirche. Der Vikar erklimmt die Kanzel.

Schnitt nach außen. Der Bischof und seine Vikare rennen durch die Tür. In der Kirche hält die Kamera auf den Vikar in der Kanzel.

Vikar (GRAHAM) Der Text für die heutige Predigt...

Schnitt zum Bischof und seinen Vikaren am Eingang.

Bischof Die Stelle, Vik! Sag nicht die Stelle!

Schnitt zurück zum Vikar.

Vikar ...Leviticus 3,14.

Die Kanzel explodiert. Der Vikar fliegt in die Luft und verschwindet im Rauch. Schnitt: Nahaufnahme vom Bischof, hinter ihm Rauch und laufende Menschen; Geräuschkulisse von Menschen, die in Panik über Kirchenbänke klettern.

Bischof Wir sind zu spät gekommen. Reverend Grundy hat ins Dach gebissen.

Das Ende des Krummstabs fängt plötzlich an zu blinken. Der Bischof nimmt es ab, es hört auf. Er hält es wie einen Telefonhörer und spricht in den Stab.

Bischof Hallo?... Was?... Wir sind sofort da!

Standbild einer anderen Kirche. Schneller Zoom auf die Tür. Schnitt nach innen. Eine Taufgesellschaft steht rund um den Taufstein. Ein unschuldiger Vikar prüft gerade das Wasser. Schwenk zu den Eltern

– ein zwielichtiges Gauner-Paar – und zwei Paten-Tanten, offensichtlich Freistilringer (mit Blumenkohl-Ohren usw.) in Frauenkleidung. Als der Vikar das Baby nimmt, beginnt es laut zu ticken.

Vikar (JOHN) Und aus diesem Grunde erlegt die christliche Kirche Euch, den Paten, auf, Sorge zu tragen, daß dieses Kind im christlichen Glauben erzogen werde. Hiermit taufe ich dich auf den Namen...

Schnitt zur Kirchentür. Der Bischof mit seinen Vikaren eilt herein.

Bischof Sag nicht den Namen, Vik!

Vikar Francesco Luigi...

Explosion.

Schnitt: Nahaufnahme vom Bischof. Rauch und Panik wie zuvor.

Bischof Wir sind zu spät gekommen... Reverend Neuk ist das letzte Licht aufgegangen.

Reißschwenk in den Innenraum einer anderen Kirche. Eine Hochzeit. Das Brautpaar steht vor einem Vikar. Schnitt zur Kirchentür. Der Bischof und seine Vikare platzen herein.

Bischof Der Ring, Vik! Finger weg von dem Ring! Hej, Vik!

Schnitt zum Vikar, der den Ring aus der Bibel nimmt. Der Ring ist an einer Schnur befestigt. Ein Sechzehn-Tonnen-Gewicht fällt mit mächtigem Knirschen auf die Gruppe hernieder – die Kamera wackelt, als es aufschlägt.

Schnitt zu zwei Glöcknern. Einer zieht an seinem Seil, der andere hebt sich vom Boden – erhängt. Der Bischof kommt an, etwas zu spät.

Schnitt zu einem anderen Vikar am offenen Grab.

Vikar (GRAHAM) ... Staub zu Staub, Asche zu Asche.

Er streut Erde auf das Grab. Eine Kanone hebt sich aus der Erde, bis ihr mächtiger Lauf (30 Zentimeter Durchmesser) genau auf das Gesicht des Vikars zeigt. Er bemerkt es nicht. Geräusch eines Autos, das quietschend hält. Schwenk vom Grab zum Bischof, der aus dem Auto springt. Geräusch eines gewaltigen Kanonenschusses. Der Bischof springt zurück ins Auto und wendet.

Schnitt auf eine Straße. Vor einem Tabakladen lehnen die vier Geistlichen an der Mauer. Der Bischof kommt heraus und dreht sich eine Zigarette. Plötzlich hält er inne.

Nahaufnahme: Er sieht auf, als er einen schwächlichen Schrei hört. Die Kamera schwenkt herum und hoch – sehr schneller Zoom zu einem Fenster sehr weit oben in einem großen, düsteren Büroblock, aus dem Reverend Morrison herausschaut und schreit:

Vikar Hilfe...Hilfe...Hilfe...Hilfe...Hilfe...Hilfe...

Schnitt zurück zum Bischof, der die Zigarette in den Rinnstein wirft und losrennt. Peter-Gunn-Musik. Handkamera-Aufnahmen vom Bischof und seinen vier Vikaren, die durch belebte Straßen rennen. Der Bischof erreicht den Büroblock und stürzt hinein. Innen: eine Wendeltreppe. Ganz unten sehen wir den Bischof und seine Vikare. Nahaufnahme mit der Handkamera: Bischof, wie er die Treppen hochstürmt. Schatten stürmen die Wendeltreppe hinauf. Der Bischof erreicht den obersten Flur. Bürotür. Der Bischof will die Tür öffnen, die nicht nachgibt. Ein Vikar macht sich steif; die anderen fassen ihn, benutzen ihn als Rammbock und durchbrechen beim ersten Stoß die Tür aus weichem Balsaholz.

Bischof Okay, Devious. . . keine Bewegung!

Devious Der Bischof!

»Der Bischof«-Vorspann wird wieder gezeigt.

Schnitt in ein Kino. Ein händchenhaltendes Paar. »Der Bischof«-Vorspann läuft erneut, genau wie vorher.

Nach einigen Sekunden: Schnitt zu einem alten Paar in der letzten Reihe, das in die Kamera schaut. Der Soundtrack vom »Bischof«-Vorspann läuft weiter, das Licht vom Filmprojektor flackert über ihren Köpfen.

Mr. Potter (MICHAEL) An dieser Stelle sind wir ins Kino gekommen.

Mrs. Potter (GRAHAM) Ja.

Harter Schnitt vor das Kino. Ein Arbeiter-Wohnzimmer ist auf dem Bürgersteig aufgebaut. Es gibt keine Wände, nur die Möbel: Sofa, zwei Sessel, Anrichte, Tisch, Stehlampe, ein gekachelter, mit Ornamenten verzierter Kamin. Außerdem gibt es eine freistehende Zimmertür. Mr. und Mrs. Potter kommen aus dem Kino, gehen direkt zu ihren Sesseln und setzen sich. Passanten müssen dem Meublement ausweichen.

Mrs. Potter *(macht es sich im Sessel bequem)* Ach. Schön, zu Haus zu sein.

Mr. Potter *(sieht sich um)* Die Bauarbeiter waren noch nich' da.

Mrs. Potter Nee.

Ein schicker Interviewer mit Handmikrophon kommt ins Bild.

Interviewer (ERIC) Diese beiden alten Leute sind ein typisches Beispiel für das Wohnungsproblem, dem sich Großbritanniens Senioren gegenübersehen.

Mrs. Potter He! Sie wollen doch wohl keine Reportage über uns machen?

Interviewer Oh, bitte. . .

Mrs. Potter Nein, lassen Sie uns in Frieden!

Interviewer Nur eine klitzekleine über die entsetzlichen Bedingungen, unter denen Sie leben.

Mrs. Potter Nein! Raus aus unserer Wohnung! Los, raus!

Der Interviewer wendet sich ab, winkt dem Kamera- und dem Tonmann; sie machen sich betrübt davon.

Kameramann Ach komm, George, nimm's nicht so schwer.

Mrs. Potter Warum dreht ihr nicht 'ne Reportage über das Drogen-Problem in der Walton Street?

Schnitt zu den Fernsehleuten. Sie bleiben stehen, drehen sich um, murmeln aufgeregt: »ein Drogen-Problem!« und laufen los.

Mrs. Potter Tja, ich werd jetzt mal ein Bad nehmen.

Sie geht zur freistehenden Tür und öffnet sie. Dahinter ist eine Badezimmereinrichtung zu sehen.

In der Badewanne liegt, komplett angekleidet, Alfred Lord Tennyson. Während Mrs. Potter die Tür öffnet, hören wir ihn rezitieren.

Tennyson Es fällt der Glanz auf Schloß und Schanz',
auf Schnee-Gebirg' aus alten Sagen. . .

Sie wirft die Tür zu.

Mrs. Potter He, Alfred Lord Tennyson ist im Badezimmer.

Mr. Potter Na, dann haben sie ja wenigstens den Dichter installiert.

Schnitt zu einem offiziell aussehenden Herrn in einer Uniform, wie sie englische Gasableser tragen, und Schirmmütze.

EINBLENDUNG: »VERKAUFSLEITER DER ›POETEN-BEHÖRDE, EAST MIDLANDS‹«

Verkaufsleiter (JOHN) Ja, ein Dichter ist unverzichtbar für den perfekten häuslichen Komfort, und ganzjährig zuverlässig bei niedrigem Preis. Wir von der Poeten-Behörde East Midland hoffen, bis Ende nächsten Jahres einen Dichter in jedem Haushalt zu haben.

TRICKFILM: *Werbung.*

Stimmen *(singen)* Dichter sind sauber und wirklich solid,
Dichter – da merkt man den Unterschied.
Entschließen auch Sie sich, noch ist's nicht zu spät:
In jedes Heim, da gehört ein Poet.

Schnitt in den Flur eines Mittelklasse-Hauses. Es klingelt; die Hausfrau öffnet dem gasmannähnlichen Kontrolleur, der mit Fahrradklam-

mern, Regenmantel, Mütze und Notizbuch ausgerüstet ist. Im Hintergrund hören wir gedämpften Wordsworth.

Stimme (ERIC) Ich wandert' einsam, wie die Wolk'
Hoch über Tal . . .

Kontrolleur (MICHAEL) Morgen, Madam, ich komm Ihren Dichter ablesen.

Sie (TERRY J.) Ach ja, er ist in dem Schrank unter der Treppe.

Kontrolleur Was für einen haben Sie, einen Swinburne? Shelley?

Sie Nein, einen Wordsworth.

Inspektor Oh, verfluchte Narzissen.

Er öffnet die Schranktür. Drinnen kauert Wordsworth und rezitiert.

Wordsworth (ERIC) Von Goldnarzissen ein Gewog
Seitab vom See, wo Wald beginnt,
Schwanken und tanzen sie im Wind

Währenddessen leuchtet der Kontrolleur ihn mit einer Taschenlampe ab und macht sich Notizen.

Wordsworth So dicht an dicht wie Sterne stehn
Die Milchstraß' über, leicht wie Schaum
War endlos weit. . .

Der Kontrolleur schließt die Tür mittendrin, und wir hören Wordsworth gedämpft weiter rezitieren, bis der Sketch zu Ende ist.

Kontrolleur In Ordnung. Vielen Dank, Madam.

Er will gehen, aber sie möchte ihn aufhalten und versperrt ihm den Weg.

Sie Aber nicht doch. Ich habe zu danken. . . Schöner Tag heute, nicht wahr?

Kontrolleur Ja, die Wetterlage ist allgemein günstig. Ein Hochdruckkeil mit Zentrum über Irland zieht gleichmäßig nach Osten und bringt dabei wolkiges Wetter in die westlichen Teile des Landes, nach Wales und in das Gebiet westlich der Pennines. Die Wetterkarte von morgen . . . *(er greift nach oben und entrollt eine große Wetterkarte)* . . .zeigt ein ähnliches Bild. Dieses Frontensystem bringt trockeneres und wärmeres Wetter. Die Temperaturen entsprechen dem Durchschnitt für die Jahreszeit: 3° Celsius, 44° Fahrenheit – vergessen Sie also nicht, sich warm anzuziehen. Das war's von mir. Guten Abend.

Schnitt zur BBC-Weltkugel.

Ansager-Stimme (ERIC) Und jetzt auf BBC die Programmübersicht: Auf BBC 2: eine Diskussion über Zensur mit Derek Hart, mit dem Bischof von Woolwich und einem nackten Mann. Und auf BBC 1: ich, der ich Ihnen das hier erzähle. Und jetzt. . .

Geräusch von einem Fernseher, der ausgeschaltet wird. Das Bild schrumpft zum Punkt zusammen, und die Kamera fährt rückwärts, bis man sieht, daß alles in einem Fernseher stattfand, der von der Hausfrau ausgeschaltet wurde. Sie und der Kontrolleur sitzen nun im Wohnzimmer. Er hockt verlegen auf einer Sofa-Ecke und hält eine Tasse Tee mit einer Cocktailkirsche darin in der Hand.

Sie Das wollen wir nicht sehen, oder? Wollen Sie wirklich diese Kirsche in Ihrem Tee? Mögen Sie Ihre Arbeit?

Kontrolleur Na ja, man kann davon leben.

Sie Ich meine: langweilt es Sie nicht, jeden Tag anderer Leute Dichter abzulesen?

Kontrolleur Nun ja, wissen Sie, manchmal . . . schon. Na jedenfalls, ich sollte jetzt besser gehen.

Als er aufsteht, kommt sie schnell an seine Seite.

Sie *(verführerisch)* Sie haben eine schöne Taschenlampe, nicht wahr?

Kontrolleur *(sieht die Lampe verblüfft an)* Äh, ja, ja, sie äh. . . sie äh. . . sie geht an und aus.

Er macht es vor.

Sie *(kommt näher, haucht)* Wieviel Volt hat sie?

Kontrolleur Äh. . . hm. . . na, ich werde auf den Batterien nachschauen. *(Er schraubt das Ende ab.)*

Sie Oh ja, ja.

Kontrolleur Viereinhalb Volt.

Sie *(schmiegt sich an ihn)* Mmmmh. Das ist wunderbar. Möchtest du meinen Dichter noch mal sehen?

Kontrolleur Nein, nein, ich muß jetzt wirklich los.

Sie Ich hab Thomas Hardy im Schlafzimmer. Ich möchte gern, daß du ihn dir ansiehst.

Kontrolleur Mit dem kann ich nicht umgehen. Der ist Romancier.

Sie Aber er murmelt die ganze Nacht.

Kontrolleur Ach so! Romanschreiber tun das, wissen Sie.

Sie *(wirft ihn aufs Sofa)* Ach, vergiß ihn! Wie heißt du, Schätzchen?

Kontrolleur Harnisch.

Sie Nein, nein! Dein Vorname, Dummchen!

Kontrolleur Wombat.

Sie Oh, Wombat. Wombat Harnisch! Bring mich zum Ort, wo Ewigkeit die Grenzen sprengt, wo der Garten der Liebe sich um uns drängt. O Harnisch!

Kontrolleur Na gut, ich kuck mir noch schnell Ihren Thomas Hardy an.

Schnitt zur Studio-Diskussion.
ZWISCHENTITEL: »DEREK HART«

Derek (JOHN) Nackter Mann, was halten Sie davon?

Nackter Mann (GRAHAM) Nun, sehen Sie denn nicht, daß es sich genau um jene Form expliziter sexueller Anspielung handelt, die ich ablehne. Erregung um ihrer selbst willen. Ein bewußter Versuch billiger Effekthascherei. Es kümmert mich nicht, was die sogenannte Avantgarde, der linke Flügel, die intellektuellen Muttersöhnchen sagen... Es ist *Dreck!*

Derek Herr Bischof.
Schnitt auf den Bischofs-Stab, der vor Devious auf den Schreibtisch kracht.

Bischof Okay, keine Bewegung!
»Der Bischof«-Vorspann startet und stoppt abrupt.
ZWISCHENTITEL: »EINE ENTSCHULDIGUNG«

Off-Sprecher (ERIC) Die BBC bittet für die ständigen Wiederholungen in dieser Folge um Entschuldigung.
EIN ANDERER ZWISCHENTITEL: »EINE ENTSCHULDIGUNG«

Off-Sprecher Die BBC bittet für die ständigen Wiederholungen in dieser Folge um Entschuldigung.
TRICKFILM: Die »Fünf-Frösche-Plage«.
Schnitt auf die fünf Gumbys, die dicht beieinander stehen.

Gumbys Vielen Dank. Und jetzt ein Sketch über einen Drogisten. Er heißt der Drogisten-Sketch.

Ein paar Männer und Frauen sitzen wartend vor dem Ladentisch, über dem ein Schild »Medikamentenausgabe« hängt. Ein fröhlicher Drogist taucht dahinter auf.

Drogist (JOHN) So. Ich habe hier einige Ihrer Medikamente. Äh, wer hat den Tripper? *(Niemand reagiert.)* ... Na los, wer hat den Tripper? ... Los ... *(Ein Mann hebt schüchtern die Hand.)* Da haben wir ihn ja. *(Wirft die Medizinflasche zu ihm hin.)* Wer hat das Furunkel am Hintern... Furunkel am Popo. *(Wirft die Medizinflasche zum einzigen Mann, der steht.)* Wer hat den Brustausschlag? *(Eine Frau mit großem Busen meldet sich.)* Muß ich 'ne größere Flasche holen. Wer hat die Blähungen? *(Wirft die Flasche einem allein sitzenden Mann zu.)* Hopp!

ZWISCHENTITEL: »DER DROGISTEN-SKETCH – EINE ENTSCHULDIGUNG«

Off-Sprecher (ERIC) Die BBC bittet um Entschuldigung, daß dieser Sketch so schlecht geschrieben ist. Es ist nicht die Programmpolitik der BBC, mit Wörtern wie Popo, Schlüpfer, Hintern oder Pipi billige Lacher zu ernten. *(Lacher aus dem Off.)* Psst!

Schnitt zu einem Mann, der mit einer Fernbedienung vor einer Leinwand steht.

BBC-Mann (MICHAEL) Es folgen die Wörter, die in diesem Programm nicht wieder vorkommen werden.

Er drückt auf den Knopf. Auf der Leinwand erscheinen folgende Dias:

P*PO

H*NTERN

TR*PPER

SCHL*PFER

P*PI

SEMPRINI

Eine junge Frau kommt ins Bild.

Frau Semprini!?

BBC-Mann *(hinausweisend)* Raus!!

Schnitt zurück in die Drogerie. Der Drogist kommt wieder hervor.

Drogist So, und wer hat ein Furunkel auf seinem Semprini, na?

Ein Polizist erscheint und schafft ihn hinaus.

Schnitt in eine andere Drogerie mit einem anderen Drogisten hinter dem Ladentisch.

EINBLENDUNG: »EINE NICHT SO UNANSTÄNDIGE DROGERIE«

Ein Mann kommt herein.

Mann (ERIC) Guten Morgen.

Drogist (TERRY J.) Morgen, Sir.

Mann Guten Morgen. Ich hätt gern ein Aftershave, bitte.

Drogist Ja, natürlich. Folgen Sie mir, bitte.

Mann Wenn ich Ihnen folgen könnte, bräuchte ich kein Aftershave.

Der Polizist läuft in den Laden und befördert den Mann hinaus.

Schnitt auf einen weiteren Laden.

EINBLENDUNG: »EINE ÜBERHAUPT NICHT UNANSTÄNDIGE DROGERIE«

Ein anderer Drogist hält ein großes Schild, auf dem steht: »Ein überhaupt nicht unanständiger Drogist«. Kamera fährt rückwärts, bis man über der Ware ein weiteres Schild sieht: »Überhaupt nicht unanständige Drogisten GmbH«. Ein Mann kommt herein.

Mann (ERIC) Guten Morgen.

Drogist (MICHAEL) *(legt das Schild weg)* Morgen, Sir. Kann ich Ihnen helfen?

Mann Ja. Ich hätt gern ein Aftershave.

Drogist Ah. Ein Pflegeprodukt-t-t-t-t-t . . .! Wenn Sie vielleicht dieses hier einmal probieren wollen, Sir? Das ist das allerneueste, es heißt Meeresdunst.

Mann *(riecht daran)* Ich mag es. . . *beinahe.*

Drogist Wie wäre es etwas mehr in Richtung Moschus? Das hier heißt Mimmo.

Mann Nicht unbedingt, nein. Haben Sie nichts, was ein bißchen fischiger ist?

Drogist Fischiger?

Mann Fischiger.

Drogist Fisch, Fisch, Fisch. Ein fischiges Produkt-t-t-t-t. . .

Mann Wie Heilbutt oder Barsch.

Drogist Oder Brasse?

Mann Ja.

Drogist Nein, so etwas führen wir nicht. . . ah, hier habe ich Makrele. . . oder Kabeljau. . . oder Seehecht. . .

Mann Haben Sie nichts, was ein bißchen heilbuttiger ist?

Drogist Äh. . . Papagei? Wie kommt das denn hierher? Oder Rochen mit einem Hauch Garnele? Oder Krabbe mit Tiger und Mandeln, sehr ungewöhnlich.

Mann Ich habe wirklich mein Herz an den Heilbutt gehängt.

Drogist Nun, wir hatten heute morgen eine fischige Lieferung, Sir, ich könnte also eben in den Keller gehen und sehen, ob ich nicht doch noch Erfolg habe bei diesem speziellen Produkt-t-t-t-t. Es war also Heilbutt. . . oder. . .?

Mann Barsch.

Drogist Barsch. Es dauert nur einen Moment.

Der Mann wartet ein paar Sekunden, beginnt aber schnell, sich unwohl zu fühlen, sieht auf die Uhr, summt vor sich hin.

Mann *(in die Kamera)* Entschuldigen Sie das bitte. . . pom, pom, pom. . . Normalerweise versuchen wir diese kleinen. . . Pausen. . . solche Längen. . . zu vermeiden. Wissen Sie, er ist nur dramaturgisch in den Keller gegangen. Natürlich ist hier gar kein Keller, aber er geht ab, und wir tun so, als ob. . . Was tatsächlich passiert, ist, daß er ab geht, aus dem Bild, und dahinten wartet, so daß es *aussieht*, als ob er runtergegangen wäre. . . in den Keller. Ich finde, daß er ziemlich übertreibt. . .

Lange Einstellung mit dem Drogisten, der mit einem Karton neben der Szene wartet. Der Aufnahmeleiter gibt ihm ein Zeichen, und er kommt hinter den Ladentsich.

Drogist Entschuldigen Sie, Sir. *(Außer Atem.)* Die vielen Stufen. . . *(Mann zwinkert zur Kamera.)* Tja, ich fürchte, es ist heute morgen nicht mitgekommen, Sir. Aber wir haben noch welches in unserer Filiale in Kensington. Ich könnte also eben da hingehen und es für Sie holen.

Mann Wie lange wird das dauern?

Drogist Zwanzig Minuten.

Mann Zwanzig Minuten!

Während er in wachsender Verlegenheit herumsteht, kommt eine junge Frau zu ihm, die eher nachlässig als Verkäuferin verkleidet wurde. Sie reicht ihm eine Nachricht an einer langen Stange.

Mann Oh. . . Ich frage mich, was andere Leute für ein Aftershave benutzen???

Schnitt zu »Stimmen des Volkes«.

Gumby (MICHAEL) Ich nehme eine Körper-Lotion, die Mundgeruch heißt, damit mein Atem süß wird.

Zweiter Gumby (JOHN) Ich nehme ein Aftershave, das heißt Semprini.

Er wird von einem Polizisten weggeschleppt.

Drogist *(eilt vorbei)* Tschuldigung, tut mir leid – ich habe keine Zeit, ich muß nach Kensington.

Kardinal Ximinez (MICHAEL) Ich benutze zwei Sorten Aftershave – Weihrauch, Myrrhe – *drei* Sorten Aftershave, Weihrauch, Myrrhe, Sandelholz – *vier* Sorten Aftershave, Weihrauch, . . .

Mann (GRAHAM) Ich nehme jeden Morgen eine kalte Dusche, kurz bevor ich verrückt werde, und dann werde ich verrückt, fürs erste verrückt, zweitens verrückt, drittens verrückt, viertens. . .

Ken Shabby (MICHAEL) Ich nehm' Ranziger Iltis Nummer Zwei. Es hält meine Haut hübsch und schuppig.

Drogist *(eilt vorbei)* Noch einmal Entschuldigung. Keine Zeit – ich muß zurück.

Schnitt zurück zur Drogerie, wo der Mann den Minutenzeiger der Wanduhr zwanzig Minuten weiter dreht. Er sieht schuldbewußt in die Kamera und geht auf die richtige Seite des Ladentisches. Der Drogist kommt herein.

Drogist Nun, ich fürchte, sie haben auch keins in der Kensington-Filiale. Aber wir haben welches am Lager.

Mann Und wo ist das?

Drogist In Aberdeen.

Mann Aberdeen?!

Drogist Das geht in Ordnung. Warten Sie hier. . . Ich habe ein Auto.

Mann Nein, nein, nein. Ich nehme das andere, das Krabbe mit Tiger und. . .

Drogist Mandel-Produkt. . . t. . . t. . .?

Mann Das nehme ich.

Der Drogist wendet sich ab. Ein Ladendieb kommt herein. Er besteht aus zwei Männern unter einem großen Regenmantel. Er hält falsche Arme hinter dem Rücken verschränkt à la Herzog von Edinburgh. Der Mann beobachtet ihn. Der Dieb schlendert zum Ladentisch; zwei Arme kommen aus dem Mantel hervor und lassen Sachen vom Ladentisch unter dem Mantel verschwinden. Dann bekommen die beiden Arme von einem dritten schwarzen Arm Gesellschaft. All diese Arme stehlen Ware. Der Mann tippt den Drogisten an und zeigt auf den Ladendieb. Der Drogist sieht hin und bläst auf einer Trillerpfeife. Sie warten einen Augenblick, dann endlich stürzt ein Polizist herein.

Polizist (GRAHAM) Ja doch! Ja doch! Ja doch! Na, was denn! Na, was denn! Sie sind dran.

Drogist Müßten Sie nicht sagen »Also, was ist hier los«?

Polizist Oh! Na gut. Also! Was ist hier los?!?

Drogist Dieser Mann hat was gestohlen, Wachtmeister.

Polizist Hat er? Wirklich?

Drogist Ja.

Polizist Wollen Sie mir vielleicht erzählen, was ich zu tun habe?

Drogist Nein, aber er ist ein Ladendieb.

Polizist Passen Sie auf! Ich muß Sie darauf aufmerksam machen, daß alles, was Sie sagen, ignoriert wird und daß ich darüber hinaus bei der erstbesten Gelegenheit meine Faust zwischen Ihre Zähne schieben werde. *(Deutet Fausthiebe an.)* Wumm. Wumm.

Mann Aber, Wachtmeister, dieser Mann hier. . .

Polizist Ich habe genug von Ihnen. Sie sind verhaftet.

Er macht Geräusche wie ein Flugzeug, das fliegt und Geschosse abfeuert.

Drogist Wachtmeister, er war es nicht. *(Zeigt auf den Ladendieb.) Der* ist der Ladendieb.

Ladendieb (TERRY G.) Bin ich nicht.

Ladendieb-Komplize *(steckt seinen Kopf aus dem Mantel)* Ist er nicht. . . Ich bin Zeuge.

Polizist *(zum Drogisten)* Noch ein Piep von dir und ich krieg dich wegen Ketzerei.

Drogist Ketzerei. Verflucht. Ich hatte nicht gleich mit der spanischen Inquisition gerechnet.

Polizist Klappe! Wumm. Wumm. Oh, das ist hübsch. *(Er nimmt etwas vom Ladentisch und steckt es in die Tasche.)* Gut. Ich nehme Sie mit auf die Wache.

Mann Warum?

Polizist Ich beschuldige Sie des illegalen Besitzes von was immer wir da gerade so haben. Gut. . . *(macht wieder das Flugzeug-Geräusch)*. . . Mondkapsel ruft Buzz Aldrin. Melden Sie sich. *(Singt)* »Raindrops keep falling on my head. . . but that doesn't mean that my. . .«

ZWISCHENTITEL: »EINE ENTSCHULDIGUNG«

Off-Sprecher (JOHN) Die BBC bittet die Polizei für die Figur des Polizei-Wachtmeisters Pan-Am um Entschuldigung. Er soll keineswegs den durchschnittlichen Polizisten repräsentieren. Ebenso war die Erwähnung von Buzz Aldrin, dem Astronauten, lediglich das Produkt eines verwirrten Kopfes, ihr sollte keine weitere Bedeutung beigemessen werden.

Foto von Buzz Aldrin.

EINBLENDUNG: »›DIE BUZZ ALDRIN SHOW‹ MIT BUZZ ALDRIN UND«. . . (ABSPANN, in dem ständig der Name Buzz Aldrin auftaucht)

Schnitt zu den Gumbys wie am Anfang der Show.

Gumbys Und nun zu etwas völlig anderem. . . *(Harter Schnitt: sie haben sich in weibliche Gumbys verwandelt; dann zurück zur ursprünglichen Einstellung.)* Oh, das war lustig. Und nun. . .

EINBLENDUNG: »ENDE«

Gumbys Ende! Ende! Ende! Ende!

Achtzehn – Live aus der Grillomat Snack-Bar

BBC-Weltkugel.

Off-Stimme (MICHAEL) Monty Python's Flying Circus kommt heute abend live aus der Grillomat Snack-Bar in Paignton.

Innenansicht einer fiesen Snack-Bar mit Gästen, am besten von richtigen Leuten dargestellt. Ansager sitzt an einem der Plastiktische.

Moderator (JOHN) Hallo, ich begrüße Sie live aus der Grillomat Snack-Bar in Paignton. Kommen wir also ohne weitere Umstände zum Vorspann.

»Jetzt«-Mann *(im Off)* Und jetzt. . .

Trickfilm-Vorspann.

Zurück zur Snack-Bar.

Moderator *(mit ziemlich gezwungener Gutmütigkeit)* Also, das war der Vorspann. Und nun zum ersten Punkt auf der Speisekarte des heutigen Abends – ha, ha – das Team hat als kleine Vorspeise einen Programmbeitrag gewählt – und ich glaube, wir können sicher sein, daß es kein gewöhnlicher Beitrag sein wird – tatsächlich hat mir das Team unmittelbar vor der Show gesagt, alles mögliche könne passieren und wird es wahrscheinlich auch – also kommen wir zu dem. . . Beitrag.

Schnitt zu dem Wort »Erpressung« in meterhohen Buchstaben, gespickt mit schnell an- und ausgehenden Glühbirnen. Laute Show-Musik setzt ein. Kamera fährt zurück, prunkvolles Show-Bühnenbild erscheint. Ein Show-Master in glitzerndem Show-Jackett sitzt hinter einem glitzernden Schreibtisch, auf dem ein Telefon steht.

Show-Master (MICHAEL) Hallo, guten Abend und herzlich willkommen bei »Erpressung«! Zu Beginn des heutigen Programms machen wir uns auf nach Norden, nach Preston in Lancashire zu Mrs. Betty Teal!

Großaufnahme eines leicht verschwommenen Schwarzweiß-Fotos einer Hausfrau, deren Gesicht von einem schwarzen Rechteck verdeckt ist.

Show-Master-Stimme Hallo, Mrs. Teal!

Schnitt zurück zum Show-Master. Er nimmt einen Brief zur Hand und liest:

Show-Master Es kostet Sie 15 PFUND, uns daran zu hindern, den Namen Ihres Liebhabers in Bolton bekanntzugeben.

EINBLENDUNG: »15 PFUND« *(schnell blinkend)*

Show-Master Also, Mrs. Teal... wenn Sie uns bitte umgehend die 15 Pfund schicken würden – Ihr Ehemann Trevor und Ihre reizenden Kinder Diane, Janice und Juliet brauchen dann nie den Namen Ihres Liebhabers in Bolton zu erfahren.

Schnitt zu einem bis auf Kragen und Krawatte nackten Mann an einer Orgel. Er spielt ein paar aufwühlende Akkorde. Schnitt zurück zum Show-Master.

Show-Master *(hält, während er spricht, verschiedene Gegenstände hoch)* Und jetzt, ein Brief, ein Hotel-Gästebuch, und eine Reihe Fotografien. Alles zusammen könnte Scheidung, vorzeitigen Ruhestand und möglicherweise ein Strafverfahren für einen Firmenchef in Bromsgrove bedeuten. Er ist Freimaurer und Kandidat der Konservativen Partei für einen Abgeordneten-Platz im Unterhaus... das ist Mr. S. aus Bromsgrove! 3.000 Pfund...

EINBLENDUNG: 3.000 PFUND *(blinkend)*

Show-Master ...und wir nennen weder Ihren Namen noch die Namen der übrigen drei beteiligten Personen noch die Jugend-Organisation, der diese angehören, noch den Namen des Geschäftes, wo Sie die Ausrüstung gekauft haben.

Schnitt zum nackten Mann an der Orgel, wieder Akkorde. Schnitt auf Standfoto von zwei Paar Füßen und Unterschenkeln. Orgelmusik darüber. Schnitt zurück zum Show-Master.

Show-Master Mehr von dieser Fotografie zeigen wir Ihnen später im Laufe der Sendung, es sei denn, wir hören von Charles oder Michael. Und nun ist es Zeit für unseren »Stopp den Film«-Spot!

BLINKENDER ZWISCHENTITEL: »STOPP DEN FILM«

Show-Master Die Regeln sind sehr leicht. Wir haben einen Film aufgenommen, der kompromittierende Szenen und unerfreuliche Details enthält, die die Karriere eines Mannes zerstören könnten. Aber das Opfer kann mich jederzeit anrufen und den Film stoppen. Denken Sie jedoch daran: der Betrag steigt mit jedem Filmmeter. Je länger Sie den Film laufen lassen...desto mehr müssen Sie zahlen. Also dann: mit einem Stand von 300 Pfund ist »Stopp den Film« diese Woche zu Besuch in Thames Ditton...

Der folgende Film ist in trüber 8mm-Qualität aufgenommen. In einer Ecke befindet sich ein £-Zeichen mit dem Betrag, der sich im Lauf des Films erhöht. Aufnahme einer Wohnstraße in Thames Ditton (sic). Ein anderer Straßenabschnitt mit einer Gestalt in Robin-Hood-Hut

und Regenmantel – auf der anderen Seite der Straße, so daß wir ihn nicht richtig erkennen können.
Schnitt: etwas näherere Einstellung, wie er im Begriff ist, die Straße zu überqueren.
Schnitt: Vororthaus. Der Mann steht vor der Tür, drückt den Klingelknopf, sieht sich verstohlen um. Wieder Aufnahme aus einiger Entfernung und über eine Hecke.
Schnitt zurück ins Studio. Der Show-Master sieht zu einem Monitor und dann zum Telefon.
Zurück zum Film: eine Frau öffnet die Tür. Sie trägt einen Morgenrock über Damenunterwäsche. Ein zittriger Zoom, um ihre Kleidung zu zeigen. Totale vom Haus mit geschlossener Tür.
Harter Schnitt: zu einer offensichtlich vor einem Fenster des Hauses gemachten Aufnahme. Zittriger Zoom aufs Fenster. Wir können ins Fenster sehen. . .der Mann und die Frau betreten das Schlafzimmer. Er geht aus dem Bild, zieht seine Jacke aus. Schnitt zurück ins Studio.

Show-Master Mutig, mutig. . .
Schnitt zurück zum Film: vielleicht noch näher am Fenster. Eine Reihe kurzer, harter Schnitte. Sie entkleidet sich. Sie legt ihren Morgenmantel ab. Ein harter Schnitt, und sie zieht ihr Negligée aus. Darunter trägt sie ein schwarzes Korsett. Sie holt eine Peitsche hervor und scheint den Mann heranzuwinken. Das Telefon klingelt.
Schnitt zurück ins Studio. Der Show-Master hebt den Hörer ab.

Show-Master Hallo, Sir, hallo, ja. . . – Nein, Sir, nein, ich bin sicher, daß Sie das nicht getan haben. . . – Nein, schon gut, Sir, wir verurteilen Sie nicht in moralischer Hinsicht, wir wollen nur das Geld. Ja, und hier die Adresse, an die Sie es bitte schicken wollen:

Off-Sprecher (TERRY J.) und EINBLENDUNG: »›ERPRESSUNG‹
HINTER DEN HEISSWASSER-ROHREN
DRITTER WASCHRAUM VON HINTEN
VICTORIA STATION«

Show-Master Keine Ursache, Sir. . . *ich* habe zu danken. *(Er legt auf.)*

Schnitt: ein Gang, in dem ein Mann mittleren Alters im Abendanzug verstohlen den Hörer auflegt. Er verläßt die Zelle und geht durch eine Tür in einen großen Raum, wo ein Festessen im Gange ist. Tische stehen an drei Seiten einer quadratischen Fläche. Der Mann setzt sich an den Tisch am Kopfende, der also in Richtung Publikum steht. Neben ihm sitzen gleichaltrige, recht ältlich wirkende Männer vom Typ Londoner Ex-Internatsschüler. Sobald er sitzt, spricht der Toastmaster.

Mann (TERRY J.) Tut mir leid, Jungs, es war meine Mutter.

Toastmaster (ERIC) Meine Herren, ich bitte um Ruhe für den Präsidenten der Königlichen Gesellschaft zum Drauftun von Dingen auf andere Dinge.

Es gibt viel Oberschicht-Applaus und Auf-den-Tisch-Geklopfe, als Sir William sich erhebt.

Sir William (GRAHAM) Ich danke Ihnen, meine Herren. Dieses Jahr ist ein gutes Jahr gewesen für die Gesellschaft. *(Hört, hört.)* In diesem Jahr haben unsere Mitglieder mehr Dinge auf andere Dinge draufgetan als je zuvor. Aber ich muß Sie warnen: es besteht kein Anlaß zur Selbstzufriedenheit. Nein, es sind immer noch viele Dinge, und ich kann dies nicht stark genug betonen, *nicht* auf anderen Dingen drauf. Ich selbst habe heute abend auf dem Weg hierher ein Ding gesehen, das nicht in irgendeiner Weise auf einem anderen Ding drauf war. *(Schande!)* Eine Schande in der Tat, aber wir dürfen und dürfen nicht verzagen. Denn eines sollten wir stets vor Augen haben: Wenn es nicht ein Ding gäbe, das *nicht* auf einem anderen Ding drauf wäre, dann wäre diese unsere Gesellschaft nichts weiter als eine bedeutungslose Gruppe von Männern, die sich versammelt hätten ohne jeden Sinn und Verstand. Doch wir befinden uns im Aufschwung. In diesem Jahr haben unsere austral-asischen Mitglieder und die verschiedenen Zweig-Organisationen unserer austral-asischen Filialen nicht weniger als zweiundzwanzig Dinge auf andere Dinge draufgetan. *(Applaus.)* Gut so. Aber es gibt eine düstere Wolke am Horizont. Im letzten Jahr ist es unserer Filiale in Staffordshire nicht gelungen, auch nur *ein* Ding auf ein anderes draufzutun. *(Schande!)* Ich fordere daher unseren Delegierten aus Staffordshire auf, dieses unheimliche Verhalten zu erklären.

Während sich Sir William setzt, erhebt sich ein sanftmütiger Mann an einem der Seitentische.

Mr. Cutler (JOHN) Äh, Cutler, Staffordshire. Ähm. . .nun ja, Herr Vorsitzender, es liegt einfach daran, daß die meisten Mitglieder in Staffordshire das Gefühl haben. . . daß die ganze Sache. . . ein bißchen. . . albern ist.

Schreie der Empörung. Vorsitzender springt auf.

Sir William Albern! Albern!!!! *(Er macht eine Pause und überlegt.)*

Albern! Ich glaub, das ist es wohl, ein bißchen. Was haben wir nur getan, unser Leben mit diesem ganzen Quatsch zu verplempern! *(Hört, hört.)* In Ordnung, okay, die Sitzung wird für alle Zeiten vertagt.

Er steht auf und verläßt den Tisch, während Bekundungen der Billigung und Applaus zu hören sind. Er geht zu einer Tür an der Seite des Studioaufbaus und geht hindurch.

Außenaufnahme: eine Tür wird geöffnet, und Sir William tritt hinaus an die frische Luft. Plötzlich macht er halt.

Sir William Du lieber Gott, ich bin im Film. Wie ist das denn passiert?

Er dreht sich um und verschwindet wieder im Gebäude. Drinnen erscheint er wieder durch die Tür, durchquert das Bild und geht zu einer anderen Tür hinaus.

Außen: er kommt aus der Tür heraus ins Freie und bleibt stehen.

Sir William Schon wieder Film. Was geht hier vor?

Er macht kehrt und verschwindet wieder durch die Tür. Schnitt zu ihm im Gebäude. Er geht zu einem Fenster und sieht hinaus, dann dreht er sich um und sagt:

Sir William Gentlemen! Ich habe schlechte Neuigkeiten. Dieser Raum ist von Film umzingelt.

Mitglieder Was! Was!

Mehrere Mitglieder laufen zum Fenster und sehen hinaus. Schnitt zum Filmbild von ihnen, wie sie aus dem Fenster sehen. Schnitt zum Studio: die Gesellschaftsmitglieder laufen zu einer Tür und öffnen sie. Schnitt: Film, wie sie an der Tür zu sehen sind, zögern und die Tür dann wieder schließen. Schnitt: Studio; in wachsender Panik laufen sie zur zweiten Tür. Schnitt: Film; sie erscheinen, zögern und gehen wieder rein. Schnitt: Studio; sie laufen zu Sir William in der Mitte des Raums.

Ein Mitglied Wir sitzen in der Falle!

Sir William Keine Panik, da kommen wir schon raus.

Ein Mitglied Wie denn?

Sir William Wir legen einen Fluchttunnel an.

Barnes (MICHAEL) Hervorragender Gedanke, Sir. Ich hol das Pferd.

Sir William Okay, Hauptmann, kommandieren Sie drei Mann ab, beginnen Sie zu graben und beladen Sie sie mit dem Eßbesteck. Und dann machen wir einen Dienstplan: zwei Stunden graben, zwei Stunden übers Pferd springen und dann zwei Stunden schlafen, okay?

Barnes und andere tragen ein Pferd (Turngerät) ins Bild. Die Mitglieder beginnen darüberzuspringen. Zwei Gestapo-Offiziere gehen vorüber.

Mr. Cutler In Ordnung, Medwin, laß mal sehen, ob du über das Pferd kommst. Heb deine Füße, Medwin. Los, Junge!

Erster deutscher Offizier (IAN DAVIDSON) Die dummen Engländerr. Sind in Gefangenschaft und das einzige, worrran sie denken, ist Sporrrt.

Zweiter deutscher Offizier (TERRY G.) Eins macht mir Sorgen, Fritz.

Erster deutscher Offizier Ja?

Zweiter deutscher Offizier Wo ist der übliche dreiste, sympathische Echt-Londoner Wachtmeister?

Wachtmeister (TERRY J.) *(Blechhelm aufsetzend)* Kopf hoch, Fritz! Wird schon schiefgehen. *(Singt)* »Maybe it's because I'm a Londoner. . .«

Zweiter deutscher Offizier Gut. Alles scheint in Ordnung zu sein.

Die Gestapo-Offiziere gehen. Mr. Cutler läuft zu Sir William.

Mr. Cutler Oberst! Ich hab gerade noch einen Ausgang gefunden, Sir.

Sir William Okay, schnell, folgen Sie mir!

Alle Wenn wir Ihnen folgen könnten. . . *(Sir William bringt sie mit drohend erhobenem Zeigefinger zum Schweigen.)* Entschuldigung!

TRICKFILM: *eine öde Landschaft. Ein großer Fuß mit einer viktorianischen Lady obendrauf hüpft vorbei. Eine Tür in einem Gebäude öffnet sich, und die Gesellschaftsmitglieder (reale Personen, eingeblendet) laufen heraus, den gezeichneten Hintergrund entlang und verschwinden, fallen ins Nichts. Schnitt zum Querschnitt einer Speiseröhre. Die Mitglieder (jetzt Trickfilm mit ausgeschnittenen Figuren) fallen die Speiseröhre hinab und in einen Magen, wohin ihnen diverses riesiges Gemüse folgt. Kamerafahrt zurück, um zu zeigen, daß es sich um die Teilansicht eines Gentlemen aus der Zeit König Edwards VII. handelt. Er rülpst.*

Trickfilm-Stimme Oh, tut mir schrecklich leid, Entschuldigung.

Er bewegt sich durch eine Tür mit der Aufschrift »Herren«. Wir hören eine Wasserspülung.

Schnitt zum Imbiß: Moderator am Tisch wie gehabt.

Moderator (JOHN) Ah, hallo! Na, die sitzen wohl arg in der

Klemme, und wir klemmen uns gleich hinter. . .unseren nächsten Programmpunkt – also lassen Sie uns direkt weitermachen mit dem Spaß und übergehen zum nächsten Beitrag – oder Gang! Ha, ha!

Schnitt zu einem einfachen Szenenbild mit zwei Stühlen. Großaufnahme von Mr. Praline.

Praline (JOHN) Hallo. Wie geht's? Mir geht's gut. Willkommen zur neuen halbstündigen Plauder-Show, in der ich, das heißt der Mann, wo grad zu Ihnen spricht, und Brooky – also mein Wohnungsmitbewohner . . . weiter ist da nichts, das möchte ich betonen! – aktuelle Tagesereignis-Beiträge von brennender Wichtigkeit diskutieren.

Kamera fährt zurück: wir sehen Brooky.

Brooky (ERIC) Kennen Sie schon den von den drei Nonnen am FKK-Strand?

Praline Schnauze. Heute abend: Alles über die Bevölkerungsexplosion.

Brooky Da waren jedenfalls diese drei Nonnen. . .

Praline Schnauze. Im Jahre 1991 werden die Chinesen, die gegenwärtige Zuwachsrate der Weltbevölkerung vorausgesetzt, zu dritt übereinanderstehen. Aber noch was. . .

Aufnahmeleiter kommt herein.

Aufnahmeleiter (TERRY J.) Tut mir leid, meine Lieben, tut mir leid, die Sendung ist diese Woche zu lang; diese Szene muß rausgeschnitten werden.

Praline Da steckt Lord Hill dahinter.

Aufnahmeleiter Aber wenn ihr einen Klavierhocker auftreibt, dann könnt ihr später in der Show im Film auftreten.

Brooky Für wieviel?

Aufnahmeleiter Oh, so zehn Mäuse für jeden.

Praline Damit würd ich mir nicht mal die Nase wischen.

Brooky Kennen Se den mit den drei Nonnen. . .

Praline Pssst. Ich hör was. Bleib in der Nähe, wir können immer noch als Überleitung in diese Show kommen.

Praline kniet nieder und legt sein Ohr an den Boden. Im unteren Teil des Bildes sehen wir unterhalb des Fußbodens als Zeichentrick die unglücklichen Mitglieder der Gesellschaft zum Drauftun von Dingen auf andere Dinge, wie sie ein Rohr entlanggespült werden.

Brooky Das ist raffiniert. Wie machen die das?

Praline Farbtrennung, du Weichbirne.

TRICKFILM: *verschiedene Abenteuer der Gesellschafts-Mitglieder. Schnitt zurück zum Moderator. Hinter ihm im Imbiß wird laut gestritten.*

Moderator Nun, die scheinen schon wieder in der Klemme zu sitzen. . . *(Zum Streit)* Könnten Sie. . .könnten Sie, könnten Sie das bitte etwas einschränken. Danke sehr. Könnten Sie das bitte einschränken. . .danke. *(Zur Kamera)* So, und jetzt, jetzt fahren wir fort mit unserem, mit unserem Hauptgericht. Garnelen-Salat. . .Garnelen-Salat?

Eichengetäfelte Tür mit der Aufschrift »Garnelen-Salat GmbH«. Der Butler stößt sie auf und führt einen Mann in einen Wohnraum. Der Raum ist recht schön groß, an einem Ende gegenüber der Tür ist ein großes Fenster; man sieht, daß der Raum ziemlich hoch liegen muß. Es sollte eher prachtvoll als modern sein. Mitten an der Rückwand hängt über einem mit Gegenständen angefüllten Kaminsims ein großer, überladener Spiegel. Rechts von dieser Wand ist ein großes Regal voller Bücher; davor steht ein Servierwagen mit Drinks.

Butler (GRAHAM) So, wenn Sie bitte hier warten wollen, Sir. Ich bin sicher, Mr. Thompson wird Sie nicht lange warten lassen.

Mann (ERIC) Schön. Vielen Dank.

Er nimmt ein Magazin zur Hand. Der Spiegel hinter ihm fällt ohne Warnung von der Wand und kracht auf den Boden. Der Butler kommt zurück und sieht den Mann fragend an.

Mann Der Spiegel ist von der Wand gefallen.

Butler Sir?

Mann Der Spiegel ist runtergefallen. . .von der Wand. . .runtergefallen.

Butler *(höflich, aber ungläubig)* Ach so. Warten Sie lieber hier. Ich hole einen Lappen.

Der Butler schließt gerade die Tür hinter sich, da löst sich das Bücherregal von der Wand und stürzt herab, den Servierwagen mit den Drinks mit sich reißend. Der Butler öffnet die Tür.

Mann Äh, es. . es ist von der Wand abgegangen.

Butler Ja, Sir?

Mann Es ist direkt von der Wand abgegangen.

Butler Wirklich, Sir?

Mann Ja, ich. . ich hab's nicht berührt.

Butler *(mit höflicher Ironie)* Natürlich nicht. Es ist einfach von der Wand gefallen.

Mann Ja. Es ist einfach von der Wand gefallen.

Butler Bewegen Sie sich nicht. Ich hole Hilfe.

Er geht.

Mann Ja – äh, von der Wand gefallen.

Ein Dienstmädchen tritt ein.

Dienstmädchen (CAROL) Oh, mein Gott, was für ein Saustall. Haben Sie das gemacht?

Mann Nein, nein. Ich hab das alles *nicht* gemacht. Es. . . *es* hat alles selbst gemacht.

Dienstmädchen Ach ja? Na. . .hier, halten Sie das. Ich werd mal anfangen.

Sie überreicht ihm einen Dolch.

Mann Oh, das ist aber mächtig hübsch. Was ist das?

Dienstmädchen Das ist ein brasilianischer Dolch. Hoppla.

Sie stolpert, fällt in den Dolch, den er hält. Sie bricht vor seinen Füßen tot zusammen. Es ist Blut am Dolch und an seiner Hand. Er sieht zu ihr nieder, als er gewahr wird, daß an der Tür ein Mann in einer grünen Friesschürze steht, der ihn mit Entsetzen ansieht.

Mann Äh, sie ist genau ins. . .ins Messer gefallen.

Green (TERRY J.) *(besänftigend)* Ja, sicher ist sie das, Sir.

Mann Ja, hat mir nur das Messer gegeben und ist gestolpert und macht »Hoppla«.

Green geht rückwärts durch den Raum von ihm weg, redet ihm gut zu.

Green Ja, Sir, ich verstehe.

Mann Ich meine, ich hab nicht. . .äh. . .

Green O nein, nein, natürlich nicht, Sir, ich verstehe.

Mann Ich meine, sie. . .sie ist nur, äh. . .

Green Gefallen?

Mann Gefallen.

Green *(geht zu weit zurück und fällt rückwärts durch das Fenster)* Aaahh!

Mann *(zum Fenster)* Tut mir furchtbar leid.

Ein Polizist und der Butler erscheinen an der Tür.

Butler Das ist er.

Polizist (MICHAEL) In Ordnung, Sir.

Mann Hallo, Herr Wachtmeister. Wie es scheint, hat es einen Unfall gegeben. Also, eigentlich mehrere Unfälle.

Polizist Schon gut, Sir. Würden Sie bitte mitkommen. *(Geht auf ihn zu)* Aahh! *(Greift sich an die Brust)* Mein. . .mein Herz, Sir. *(Bricht zusammen.)*

Butler Du Schwein. Das wirst du büßen.

Er ist im Begriff, sich vorwärtszubewegen, als ein großes Stück der Zimmerdecke auf ihn herunterfällt. Er geht ebenfalls zu Boden.

Mann Äh, ich warte hier nicht. Ich ruf an!

Er verschwindet durch die Tür. Lautes Krachen. Treppab erreicht er einen Teil einer Halle, die zur Tür nach draußen führt. Ritterrüstungen brechen zusammen, Glas in Bücherschränken splittert, eine Standuhr kippt um und zerschellt, Bilder fallen von den Wänden. All das in schneller Folge, während er entsetzt vorübergeht. Er erreicht die Tür sichtbar erleichtert. Er schlägt die Haustür hinter sich zu: es ist der Eingang eines Landhauses.

Schnitt: Archiv-Aufnahme von einem Landhaus, das explodiert. Schnitt zurück zu dem verschreckten Mann, Staub und Schutt wirbeln umher. Er hält die Überreste der Tür in der Hand.

Mann Tut mir leid.

Zoom zurück: er steht auf einer Schutthalde.

Die Mitglieder der Gesellschaft zum Drauftun von Dingen auf andere Dinge gehen in Abendkleidung vorbei.

Mitglieder Ich glaube, diesmal sind wir wirklich draußen.

Ja. Prima.

Wo ist denn jetzt die Aula?

Ich glaube, die ist da drüben.

Los, kommt! Verzeihung. Prima.

Sie gehen an dem Bischof im Feld vorüber.

Bischof (MICHAEL) *(singt)* O Mr. Belpit. Ihre Beine sind so geschwollen.

Sir William Entschuldigung, ist das die Aula?

Bischof Öh, tut mir leid, weiß ich nicht. Ich bin nicht in dieser Folge – ich bin in der von nächster Woche, glaub ich.

Sir William Ach, los.

Bischof O Mr. Belpit. . .!

Sie kommen zu einer Schul-Aula. Auf einem Schild steht »Sieben Bräute für sieben Brüder, dargestellt vom Lehrkörper und den Schülern der Dibley-Knabenschule«.

Sir William Also, da wären wir. *(Sie gehen hinein.)*

Schnitt zum Moderator in der Snack-Bar.

Moderator Ah, gut, die scheinen die Überleitung ja selbst hingekriegt zu haben, also brauche ich überhaupt nicht zu unterbrechen. Also, ähm, zurück zur Aula.

Eine Aula mit einer Bühne. Mr. Praline und Brooky treten ein. Praline setzt sich ans Klavier und spielt irgend etwas sehr schlecht; Brooky blättert die Noten für ihn um. Die Musik endet. Unsichtbarer Lehrer macht Ansage:

Lehrer »Sieben Bräute für sieben Brüder«. *(Dürftiger Applaus.)*

Der Vorhang teilt sich. Auftritt Rektor mit quadratischem Barett und Talar.

Rektor (GRAHAM) 's ist Zeit, daß die sieben Smith-Brüder Bräute bekommen. Holt mir Smith den Älteren.

Auftritt Smith der Ältere in kurzer Hose.

Erster Smith Sir.

Rektor 's ist Zeit, daß du und deine sechs Brüder verheiratet werden.

Erster Smith Danke, Herr Rektor.

Rektor Hol mir deine sechs Brüder, auf daß die sieben Brüder beisammen seien.

Smith der Ältere läutet die Tischglocke. Drei Jungen treten auf und stehen neben ihm.

Jungen Siehe da, die sieben Brüder.

Rektor In Ordnung, ich erwarte Watson, Wilkins und Spratt nachher in meinem Arbeitszimmer.

Erster Smith *(ihm muß vorgesagt werden, er deklamiert schlecht)* Aber wo sollen wir sieben Bräute für sieben Brüder finden?

Zweiter Smith (TERRY J.) In der Sabine-Mädchenschule.

Dritter Smith (ERIC) Ja, und es ist das alljährliche Tanzfest.

Rektor Holt hierher die sieben Bräute für sieben Brüder.

Auftritt zwei Schulmädchen.

Zwei Mädchen Siehe da, die sieben Bräute.

Rektor Holt hierher den Padre, auf daß die sieben Bräute die sieben Brüder heiraten mögen. *(Nichts geschieht.)* Holt hierher den diensthabenden Lehrer, auf daß die sieben Bräute die sieben Brüder heiraten mögen.

Padre (MICHAEL) Tut mir leid, daß ich mich verspäte, Herr Direktor – ich hab noch mit Plato gerungen.

Rektor Was Sie in Ihrer Freizeit tun, Padre, hat jemand in der Sakristei an die Wand gekritzelt.

Padre Schön, nehmt ihr vier Jungs diese zwei Mädchen als eure sieben Bräute?

Jungen Ja, Sir.

Padre In Ordnung, geht und macht eure Hausaufgaben.

Der Vorhang schließt sich schnell.

Trickfilm-Sketch leitet über zu einer Metzgerei. Harmlos aussehender feiner Herr tritt ein.

Herr (MICHAEL) Guten Morgen, ich möchte bitte ein Hühnchen erstehen.

Metzger (ERIC) Komm mir nicht so geschwollen, du eingebildeter, dämlicher Widerling.

Herr Wie bitte?

Metzger Ein Hühnchen, Sir. Gewiß.

Herr Danke. Und auf wieviel beläuft sich der Preis pro Pfund, guter Mann?

Metzger Wir meinen wohl pro Nümmerchen, du schleimiger Schlamper, hä?

Herr Verzeihung?

Metzger 4 Schilling 6 Pence das Pfund, Sir, tadellos bratfertig.

Herr Ah ja, und ich möchte außerdem bitte etwas Füllung erwerben.

Metzger Nimm deine eigene, du warmer Pißpott-Reiter.

Herr Was?

Metzger Ah, aber natürlich, etwas Füllung.

Herr Oh, vielen Dank.

Metzger »Oh, viiielen Dank«, sagte die Diva auf dem Tunten-Ball.

Herr Wie bitte?

Metzger Geht in Ordnung, Sir, beehren Sie uns bald wieder.

Herr Erlauben Sie mal. . .

Metzger Was denn jetzt noch, du Kotzkübel?

Herr Also, ich komme nicht umhin zu bemerken, daß Sie mich abwechselnd beleidigen und höflich behandeln.

Metzger Tut mir furchtbar leid, das zu hören, Sir.

Herr Schon gut. Ich nehm es Ihnen nicht eigentlich krumm.

Metzger Wär ja wohl auch noch bekackter, du stinkiger Schmiergockel.

Schnitt zur Grillomat Snack-Bar in Paignton. Der Moderator gibt gerade der Kellnerin seine Tasse zurück.

Moderator Tut mir leid, ich wollte Tee haben. *(Sie nimmt sie grollend.)* Vielen Dank. *(Zur Kamera)* So, wir hatten den Nachtisch und dann, und jetzt ist der erste Programmpunkt . . .ist der *letzte* Programmpunkt auf unserer Speisekarte des Spaßes der

Kaffee. *(Kellnerin reicht ihm seine Tasse zurück.)* Nein, ich habe Tee bestellt.

Kellnerin (GRAHAM) Aber Sie haben gerade Kaffee gesagt.

Moderator Nein, nein, das war doch meine Ansage, nur eine Metapher.

Sie geht achselzuckend weg. Am Tisch gleich hinter ihm beschwert sie sich geräuschvoll.

Moderator Wir kommen nun. . .hören Sie, wären Sie so freundlich, das bitte etwas einzuschränken. . .kommen wir also, wie – wie ich gerade sagte, zum Kaffee.

Kellnerin Da, er hat's wieder gesagt!

Moderator Halten Sie die Klappe!

Film über einen Boxer (John) beim Training, wie er eine Landstraße lang läuft. Alles im Stil von »Man Alive« gefilmt: »Handkameraaufnahmen-von-vor-der-Haustür«. Geräusche der Füße des Boxers auf dem Laub und schweres Atmen.

Off-Sprecher (MICHAEL) Das ist Ken Clean-air Systems, die große weiße Hoffnung der britischen Boxwelt. Nach drei Kämpfen – und nur zwei Verurteilungen – glaubt sein Manager, daß Ken bereit ist, es mit dem amerikanischen Riesen, Satellite Five, aufzunehmen.

Schnitt zum Manager, der im Rolls chauffiert wird.

EINBLENDUNG: »MR. ENGELBERT HUMPERDINCK – MANAGER«

Manager (GRAHAM) Das Großartige an Ken ist, daß er beinahe völlig verblödet ist.

Schnitt zurück zu Ken beim Joggen, die frühe Morgensonne sickert durch die Bäume.

Off-Sprecher Jeden Morgen joggt er die siebenundvierzig Meilen von seinem Zwei-Schlafzimmer-, Acht-Bäder-, Sechs oben-, Zwei unten-, Drei-kommen-noch-Haus in Reigate zum Regierungs-Pestizid-Forschungszentrum in Shoreham. Niemand weiß warum.

Schnitt zu Kens Ehefrau (eine Jungverheiratete mit Lockenwicklern und Tuch auf dem Kopf) beim Wäscheaufhängen in einer städtischen Siedlung.

ZWISCHENTITEL: »MRS. CLEAN-AIR SYSTEMS«

Mrs. CAS (ERIC) Im Grunde ist Ken eine sehr gutmütige, häusliche Person. Ich weiß noch, wie eine seiner Gespenstheuschrecken eine Knie-Infektion hatte. Er blieb die ganze

Nacht auf, rieb sie mit Wundsalbe ein und knallte seinen Kopf auf den Tisch.

Schnitt zu Kens Mutter – eine alte Dame in einem Rollstuhl. Ohne Stativ gemachte Nahaufnahme gegen den Himmel.

ZWISCHENTITEL: »MRS. NELLIE AIR-VENT, MUTTER«

Mutter (TERRY J.) Ach, er war so ein hübsches Baby, immer so nett und freundlich. Er war wirklich aufmerksam gegenüber seiner Mutter und überhaupt nicht die Sorte Mensch, von der man erwarten würde, daß sie ihren Gegner zu einer widerlichen Masse aus Fleisch und Knochen pulverisiert, die Zähne und Zahnfleischbrocken in einen Ring spuckt, der für den einen die Hölle und für Ken den Ruhm bedeutete.

Der Rollstuhl entfernt sich, und wir sehen, daß er auf dem Dach eines Autos steht. Schnitt zur Außenansicht eines alleinstehenden Doppelhauses. Nacht.

Off-Sprecher In seiner kleinen 3-Zimmer-Doppelhaus-Hälfte bei Reading steht Ken jeden Morgen um drei Uhr auf *(Licht geht an)* und geht wieder ins Bett, weil es noch viel zu früh ist.

Licht geht aus. Nahaufnahme von Wecker: 7 Uhr 05. Totale vom Zimmer, Ken kommt aus dem Bad, zieht seinen Trainingsanzug an.

Off-Sprecher Um sieben Uhr steht Ken auf, duscht kurz, frottiert sich ab, steigt in seinen Trainingsanzug und geht wieder zu Bett. *(Aufnahme vom Trainer, wie er läuft.)* Jeden Morgen um 7 Uhr 50 kommt Kens Trainer die 13.000 Meilen von seinem 2-Zimmer-Anbau in Bangkok herbeigelaufen und holt ihn aus dem Bett.

Totale vom Zimmer: man sieht den Trainer, der über dem schlafenden Ken steht. Er hält einen großen Holzhammer und einen Stahlpflock.

Trainer (MICHAEL) Ich pflegte Ken mit einem Stemmeisen auf den Hinterkopf zu wecken. Aber ich habe kürzlich herausgefunden, daß das zu weit von seinem Gehirn entfernt war und daß ich nicht mehr zu ihm durchkam. Daher wecke ich ihn jetzt mit einem Stahlpflock, den ich mit einem Holzhammer in seinen Schädel treibe.

Schnitt zur leeren Küche, vom Fußboden aus gesehen. Kameraschwenk, um einen Teller mit Essen unter einem hohen Stuhl zu zeigen, dann Schwenk durch den Raum zum Küchenschrank. Mrs. Clean-air Systems an der Spüle.

Off-Sprecher Zum Frühstück stellt Ken jeden Tag einen Teller mit Leber und Schinken unter seinen Stuhl und schließt sich im Schrank ein.

Schnitt zur Sporthalle. Manager steht für ein Interview neben den Seilen des Boxrings. Wieder aus der Hand gefilmt, man hört Kamerageräusch und all so was.

Manager Tja, er hat eine Menge geistiger Schwierigkeiten mit dem Frühstück, aber das ist Temperament, es wird von einem kleinen Stückchen Gehirn in seinem Schädel verursacht. Wenn wir das erst mal entfernt haben, wird er vollkommen in Ordnung sein.

Nahaufnahme vom Wecker: 8 Uhr 30.

Off-Sprecher Um 8 Uhr 30 beginnt das richtige Training. *(Totale vom Zimmer. Ken schlafend im Bett.)* Ken geht zurück ins Bett, und sein Trainer weckt ihn.

Die Tür springt auf, aber wir bleiben nicht da, um zu sehen, was passiert. Unmittelbarer Schnitt zur Außenansicht des Hauses. Sein Trainer stößt Ken hinaus. Trainer geht zurück ins Haus (offensichtlich zu Kens Ehefrau). Schnitt zu Ken, wie er durch die Stadt joggt. Mit Handkamera gefilmt. Ken findet seinen Weg von einem parkenden Auto versperrt. Er bleibt stehen und sieht sehr verwirrt aus, dann, anstatt darum herumzugehen, dreht er um und läuft den Weg zurück, den er gekommen ist.

Off-Sprecher Jeden Morgen um 10 Uhr 30 erreicht Ken das, was er für die Sporthalle hält. Manchmal ist es ein Süßigkeitenladen, manchmal ist es ein Privathaus. Heute ist es ein Krankenhaus.

Ken passiert die Tore oder Türen eines Krankenhauses. Es entsteht eine kleine Pause. Ein Arzt im weißen Kittel erscheint an der Tür und weist mit dem Zeigefinger die Straße hinauf.

Arzt Ähm, gleich da unten, gleich da unten.

Ken folgt seinem Finger und schaut fest in diese Richtung. Als er überzeugt ist, daß Ken verstanden hat, wohin er gezeigt hat, zieht sich der Arzt nach drinnen zurück. Ken dreht sich um und beobachtet ihn dabei, dann macht er kehrt und läuft in die entgegengesetzte Richtung. Schnitt zu einer Imbißbude am Straßenrand.

Off-Sprecher Zu Mittag kauert Ken auf der Straße nieder und reibt sich Kies ins Haar. *(Schwenk zum Straßenrand, um Ken zu zeigen, der gerade damit fertig ist, sich Kies ins Haar zu reiben. Er steht auf und hüpft über ein Geländer ans Flußufer, wo ein Bett steht.)* Aber das Mittagessen dauert nicht lange. Ken ist bald wieder auf den Beinen und zurück im Bett. *(Ken hüpft ins Bett.)* Und sein Trainer muß die 49.000 Meilen von seinem Zwei-Schlaf-, Sechs-Wohnzimmer-Baumhaus in Kyoto herbeilaufen, um ihn aufzuwecken. *(Trainer läuft ins Bild, hält am Bett inne und wendet sich der Kamera zu. Er hat eine große Klempnertasche dabei.)*

Trainer Hallo. Wenn Ken richtig tief schläft, so wie jetzt, kann man ihn nur aufwecken, indem man ihm den Kopf absägt.

Schnitt zu Archivfilm: Nahaufnahme von Punching-Ball und Boxhandschuh, der auf ersteren einschlägt. Andauerndes Gehaue und die ganze Zeit über Aufprall-Bumm-Bumm-Bumm-Bumm.

Off-Sprecher Wie ist er im Ring, dieser menschliche Dynamo, dieser 115-Kilo-Bantamsgewicht-Rammbock? Wir fragten seine Sparringspartnerin und ehemalige Kindheitsliebe, Maureen Spencer.

Schnitt zu Halbnahaufnahme von Maureen, mit großer Oberweite in Boxausrüstung und Sparringhelm.

Maureen (CAROL) Also, ich glaube, wenn Ken seine Rechte oben behält, mit dem linken Jab reinkommt, und wenn er sein Bestes gibt, nun, dann holt er sich eine aufgeplatzte Augenbraue in der dritten und schickt Wilcox in sechs Runden zu Boden.

Sie geht zurück zum Sparring, und wir sehen, daß sie es ist, die den Punching-Ball schlägt. Während die Kamera bei ihr verweilt, hören wir den Off-Sprecher.

Off-Sprecher Kens Gegner im Kampf am Dienstag ist Petula Wilcox, das Mädchen aus Birmingham, das Stenotypistin war, bevor es 1968 Boxprofi wurde. *(Schnitt zu typischem Wohnschlafraum eines weiblichen Teenagers. Fotos von Popstars an den Wänden. Teddybären und Stofftiere auf dem Bett. Petula Wilcox sitzt auf dem Bett und strickt.)* Sie hat Freude am Stricken und mag Cliff-Richard-Platten. Wie schätzt sie ihre Chancen gegen Ken ein?

Petula (CONNIE) Nun, ich bin Linkshänderin, und ich denke, das wird ihn verwirren, besonders bei seinem Hirnproblem.

Schnitt zum Ring. Flutlicht. Die Nacht des großen Kampfes. Das Gemurmel einer riesigen Menge. Spannung. Zigarrenqualm steigt vor der Kamera auf. Geschäftiges Treiben ringsum. In Halbnahaufnahme tritt der Conférencier in die Mitte des Rings und nimmt das Mikrophon.

Conférencier My Lords, Ladies and Gedderbong. . .Zu meiner Rechten, aus der Stadt Reigate in der Grafschaft Kent, das Schwergewicht. . .*(unverständlich:)* Mr. Ken Clean-air Systems! *(Applaus, Schnitt zu Kens Ecke. Ken hebt die Arme hoch)*. . . und zu meiner Linken! Miss Petula Wilcox.

ZWISCHENTITEL: »RUNDE I«

Erstmals sehen wir Connie als Petula in die Mitte des Rings hinaustan-

zen, zerbrechlich und lieblich in einem weißen Musselinkleid, mit einer Schleife im Haar und Boxhandschuhen. Der Ringrichter bringt die Gegner zusammen, dann trennen sie sich. Die Glocke ertönt. In größtmöglichem Zeitraffer und mit denselben, ganz enormen Soundeffekten wie beim Freistil-Kricket prügelt Ken Petula höllisch durch. Währenddessen hören wir ein paar Stimmen aus dem Off.

Typischer Oberst (JOHN) Ich find, Boxen is'n prächtiger Sport – bringt einem Selbstverteidigung bei.

Kritiker (TERRY J.) Klar muß es beim Boxen Grenzen geben, aber wenn beide Gegner vollkommen fit sind, kann ich nicht einsehen, was falsch daran sein soll, wenn ein kerngesunder Mann einem kleinen Schulmädchen die Seele aus dem Leib prügelt. Es geht schnell, und es ist lustig.

Der Boxkampf ist noch immer in vollem Gange, wenn wir einen Schnitt zurück zur Grillomat Snack-Bar machen. Gedämpftes Licht, der Moderator ist weg. Es ist nur noch eine Kellnerin da, die Stühle auf die Tische stellt und aufwischt. Sie blickt auf, als sie ins Bild kommt.

Kellnerin Ach, nein, der ist gegangen. Aber er hat eine Nachricht hinterlassen. Jack! Wo ist der Zettel, den der Bursche dagelassen hat?

Jack (ERIC) Ähm, hier.

Kellnerin Da steht: Bedaure, mußte den letzten Bus kriegen. Bin im 49b nach Babbacombe.

Schnitt aufs offene Oberdeck eines fahrenden Doppeldeckerbusses.

Moderator Oh, äh, da sind Sie ja. Hallo. Sie haben die Nachricht bekommen, prima. Nun, ähm, das waren alle Programmpunkte, die wir diese Woche für Sie haben, und äh, *was* für eine riesig nette Menge Programmpunkte auch, was? Ähm. . .tja, dasselbe Team wird nächste Woche wieder bei Ihnen sein mit einer weiteren Speisekarte voller Programmpunkte. Äh, ich weiß nicht, ob ich die Show nächste Woche moderieren werde. Wie ich höre, sind meine Teile in dieser Show nicht so gut angekommen, wie sie sollten *(Abspann beginnt durchzulaufen)*, aber, öh, machen wir uns nichts draus, der Schaden ist nun einmal angerichtet, es nützt nichts, über vergossene Milch zu weinen. *(Elend)* Ich hatte meine Chance, und ich hab's verpatzt. Na ja, das Leben geht weiter. Ich bin halt nicht so furchtbar gut im Umgang mit Worten. Sie müssen wissen, ich bin mehr ein visueller Darsteller. Ich habe einen sehr komischen – obwohl ich das selbst sage –, sehr komischen. . .komischen Gang. Ich wollte, ich hätte bei der Show mitgemacht. Ich hätte das recht gut gemacht. Aber na ja, was soll's – die Show ist vorüber. Und... wir alle werden – die *anderen* alle werden nächste Woche wieder bei Ihnen sein... *(Fängt an zu weinen.)* Tut mir leid. Ich bitte Sie vielmals um Entschuldigung. Ich mag dieses... Zurschaustellen von Gefühlen nicht... Ich wollte... da stünde »Ende«

»Ende« *steht da.*

Neunzehn – Keine Experimente!

Eine Quizshow-Kulisse. In der Mitte des Aufbaus der Quizmaster, zu seinen Seiten je ein Kandidat. Auf der Wand hinter ihnen steht in großen Buchstaben »So lässt sich's leben!« Heitere Musik erklingt. Schnelle Kamerafahrt auf den Quizmaster, der – während die Kandidaten aus dem Bild verschwinden – seinen Eröffnungs-Sermon herunterrattert.

EINBLENDUNG: »SO LÄSST SICH'S LEBEN!«

Quizmaster (ERIC) Hallo, guten Abend und herzlich willkommen zu »So läßt sich's leben!« Die Regeln sind ganz einfach: Wir kriegen jeden Montag eine dicke Gage, zum Wochenende gibt's noch einmal einen Extrascheck obendrauf, und wenn bis zum Jahresende alles glattgeht, bekommen wir sogar noch ein Wiederholungshonorar, das aus steuerlichen Gründen dem vorigen oder dem kommenden Jahr zugerechnet werden kann, falls da nicht schon wieder neue Folgen laufen. Zusätzlich zu seiner fetten Entlohnung hat jeder Kandidat Anspruch auf drei kostenlose Drinks von der BBC, oder – *nach* der Show – sieben, es sei denn, er ist Regierungsmitglied, dann bekommt er sieben Drinks *vor* der Show, oder ist er Bischof, dann nur drei Getränke in toto. Die Sieger erhalten einen Extra-Gewinn, irgendwas, das sie gleich weiterverscherbeln können, und als Sonderbonus noch einen Gastauftritt in der »Mitternachts-Runde«. Tja, das sind die Spielregeln, so läuft der Hase bei uns, wir sehn uns wieder nächste Woche zur selben Zeit. Bis dann. Tschau.

Schnitt: BBC-Weltkugel.

Off-Sprecher (MICHAEL) So, es ist einundzwanzig Uhr fünf und Zeit für einundzwanzig Uhr sechs. Auf BBC 2 wird es in Kürze einundzwanzig Uhr und sechseinhalb Minuten sein. Später am heutigen Abend wird es zweiundzwanzig Uhr sein und um zweiundzwanzig Uhr dreißig schalten wir uns rechtzeitig hinüber zu BBC 2 für zweiundzwanzig Uhr dreiunddreißig, und versäumen Sie auf keinen Fall morgen einundzwanzig Uhr zwanzig. Diejenigen, die zwanzig Uhr fünfundvierzig am vergangenen Freitag verpaßt haben, haben noch einmal die Gelegenheit, diesen Freitag um Viertel vor neun dabeizusein. Und hier die genaue Uhrzeit: Das große Zeigerchen steht jetzt auf sechseinhalb!

Zweiter Off-Sprecher (TERRY J.) Du bist ein Spinner.

Erster Off-Sprecher Mir ist so langweilig. Mir ist so wahnsinnig langweilig!

TRICKFILM: *für ein oder zwei Minuten passieren seltsame Dinge, bis wir uns plötzlich im Vorspann befinden.*

Schnitt zum Ansager in einer seltsamen Umgebung, wie üblich ungerührt hinter seinem Schreibtisch sitzend.

Ansager (JOHN) Vielleicht ist Ihnen aufgefallen, daß ich bis jetzt noch gar nicht »Und nun zu etwas völlig anderem« gesagt habe. Das liegt einfach daran, daß ich diese Woche verhindert bin und in der Show überhaupt nicht mitmache. *(Blickt noch einmal genauer auf sein Textblatt; verwirrt)* Entschuldigen Sie die Unterbrechung.

Schnitt zu einem Mann, der seinen aufgerissenen Mund in die Kamera hält, um seine Zähne zu zeigen.

Mann (TERRY J.) Entschuldigen Sie bitte vielmals die Unterbrechung, aber, aber ich hab solche Zahnschmerzen, hier in *der* Gegend . . .

Stimme Hau ab!

Mann Oh, 'tschuldigung.

Schnitt zu einem Börsenmakler-Typ mit pompösem Schnurrbart.

Nabarro (GRAHAM) Ist mir völlig wurscht, wenn ich unterbreche – ich unterbrech alles und überall, Hauptsache, die Leute kucken. Wie an meiner alten Schule, wo rein zufällig genau in diesem Moment die alljährliche Preisverleihung über die Aulabühne geht.

Das Bild wird wellig, und eine gedämpfte Trompete bläst ein kitschiges Thema. Überblendung zu dem Trompeter auf einer Schulpreis-Verleihung. Hinter einer langen Festtafel auf der Aulabühne sitzen mehrere vornehme Gestalten. Ein Bischof in grauem Gewand und violetter Halsbinde erhebt sich.

Bischof (MICHAEL) Sehr geehrter Herr Bürgermeister, verehrte Frau Gemahlin, es bereitet mir eine unsagbare Freude, wieder meine alte Schule besuchen und anläßlich dieser Hundertjahrfeier die Preise überreichen zu dürfen. Diese Schule ist zu Recht stolz auf ihre beträchtlichen Errungenschaften auf den Gebieten der . . . Aaaaah!

Eine Hand zieht ihn unter den Tisch. Schläge, Gerumpel, Gerangel und

Gestöhne. In der vornehmen Gästerunde keinerlei Reaktion. Für einen Moment erscheint der Kopf des Bischofs.

Bischof . . . humanistischen Bildung und der Leibesertüchtigung in allen . . . Aaaah!

Er verschwindet erneut. Noch mehr Radau. Ein anderer Bischof, ebenso gekleidet, taucht auf.

Zweiter Bischof (ERIC) Ich . . . ich fürchte, hier hat eine Verwechslung stattgefunden. Der Mann, der eben zu Ihnen gesprochen hat, ist ein Betrüger! Er ist natürlich *nicht* der Bischof von East Anglia, sondern ein polizeilich gesuchter Mann. *Ich* bin der Bischof von East Anglia, und wer's nicht glaubt, kann ja ins Telefonbuch kucken. Nun denn, der erste Preis ist dieser herrliche Silberpokal, den hab ich gewonnen. *(Packt den Silberpokal in einen Sack.)* Kommen wir als nächstes zur Fairfax-Atkinson-Trophäe für herausragende Leistungen auf dem Gebiet der Angewandten Mathematik. Tja, dieses Jahr erreichte niemand die erforderlichen Ansprüche, da geht sie in meinen Sack. Und gemäß einer uralten Tradition an dieser Schule gehen auch alle anderen Silbertrophäen in meinen Saaaaah!

Er wird von einer unsichtbaren Hand unsanft heruntergerissen. Erneute Kampfgeräusche, lauter noch als zuvor. Ein Chinese in Mao-Anzug, mit Kappe erscheint.

Chinese Tut mil leid fül Untelblechung . . . jetzt kein Ploplem mehl . . . Bischof von East Anglia nun pläsentielen Pleise! Augen zu fül den elsten Pleis: Del Fuffe-Chulmleigh-Löffel fül Lateinische Elegien el geht an die Volkslepublik China! Aaaaah!

Der Chinese wird zu den anderen unter die Tafel gezogen. Wieder Kampf- und Schlaggeräusche usw. Ein Zivilpolizist in Trenchcoat und Hut erhebt sich.

Detektiv (TERRY J.) 'n Abend allerseits. Mein Name ist Bradshaw . . . Inspektor Elisabeth Bradshaw vom Jahresfeiern- und Preisverleihungs-Sondereinsatzkommando, aber wär' nett, wenn Sie mich einfach für den Bischof von East Anglia halten würden, und nun möchte ich den ersten Preis überreichen, die Grimwade-Gynn-Trophäe, an . . .

Ein Schuß. Er fällt getroffen hintenüber. Maschinengewehr-Stakkato und Handgranaten-Explosionen. Die vornehmen Gäste sitzen unbewegt in Rauchwolken. Zwei Männer in Armee-Uniform (sollten das etwa Soldaten sein?) mit Tarnbüschen auf ihren Helmen hasten vor zur Festtafel und eröffnen vor ihr kniend das Gegenfeuer.

Soldat (JOHN) *(taucht hinter der Tafel auf und überschreit den Gefechtslärm)* Bürgermeister, Bürgermeisterin, Damen, Herren und Jungs! Bitte bewahren Sie Ruhe! Bleiben Sie bitte in Dekkung, und ihr auf den billigeren Plätzen dahinten zieht bitte auch die Köpfe ein! Keine Panik, nicht umsehen – das Gebäude ist umstellt! Es besteht keinerlei Grund zur Beunruhigung! *Ich* bin der Bischof von East Anglia! Der erste Preis nun ist der Granville-Cup für unvorbereitete Übersetzungen aus dem Französischen ... *(Explosionen und Qualm, Trümmer fallen auf die Bühne)* und er geht an ... *(schaut kurz auf eine Liste vor sich)* Forbes Minor ... Forbes Minor! ... Gut so, gebt ihm Feuerschutz! ... *(Explosion.)* Komm, Forbes! Komm her, Junge! Komm und hol ihn dir! Bleib unten! *(Ein schäbiger Schuljunge erscheint auf der Empore, den Kopf tief zwischen die Schultern gezogen.)* Gut gemacht!. .. *(Forbes schafft es, den Pokal anzunehmen, aber als er sich zum Händeschütteln aufrichtet, erwischt ihn ein Schuß.)* Oh – Pech! Der nächste Preis ...

Überblendung auf den Bildschirm eines Fernsehers; Rückwärtsfahrt vom Fernsehschirm, auf dem immer noch geschossen und gekämpft wird, auf eine Studiokulisse, die für eine nächtliche Zwei-Mann-Talkshow eingerichtet ist.

Interviewer (GRAHAM) Mr. L.F. Dibleys neuester Film »If«! *(Wendet sich an Dibley.)* Mr. Dibley, einige Leute haben Vergleiche gezogen zwischen *Ihrem* Film »If«, der mit einer Schießerei an einer Schule endet, und Mr. Lindsay *Andersons* Film »If«, der mit einer Schießerei an einer Schule endet.

Dibley (TERRY J.) Oh, ja ... na ja, ich mein, es gab ein paar Leute, die gesagt haben, mein Film »2001 – Odyssee im Weltraum« wär genauso wie der von Stanley Kubrick. Ich mein, das ist genau das kleinkarierte, kritische Genörgel, das meine Karriere von Anfang an verfolgt. Davon wird mir übel! Ich mein, gerade als ich »Asphalt Cowboy« mit dem Pfarrer als Ratso Rizzo abgekurbelt hab, hat John Schlesinger schnell seine Version auf den Markt geworfen und hatte schon Premiere, als mein Film noch zum Entwickeln in der Drogerie war!

Interviewer Nun, wir haben heute abend einen Ihrer Filme hier, »Das Fenster zum Hof«, der ein paar Wochen später für Alfred Hitchcock so ein Riesenerfolg werden sollte. Nun ist Ihrer ein Stummfilm, wenn Sie also vielleicht ein paar erklärende Worte ...

Schnitt zu einer unscharfen, wackligen Super-8-Film-Aufnahme eines Fensters. Es steht offen. Nach ein paar Sekunden erscheint ein Mann am Fenster und schaut heraus. Er spielt plötzlich übertriebenes Entsetzen, schlägt die Hand vor den Mund und zeigt aufgeregt auf etwas, wobei er voll in die Kamera kuckt. Er verschwindet; kurz darauf erscheint er wieder.

Dibley Ja, also, mal sehn ... da ist das Hof-Fenster. Da kuckt der Mann aus dem Fenster. Er sieht den Mord. Der Mörder ist in das Zimmer gekommen und will ihn umbringen, aber er hat ihn überlistet und ist gerettet. Ende. Ich mein, Alfred Hitchcock, der ja angeblich so wahnsinnig gut sein soll, hat das Ganze in eineinhalb Stunden breitgewalzt! Total die Spannung verschenkt! Bloß, weil er die verdammte Grace Kelly hatte, hat er drei Millionen mehr als ich gemacht. Klar, ist nicht so, daß sie gar nichts kann, ich hätt sie für »Der goldene Regenbogen« haben können ... der Mann vom Getränkemarkt war furchtbar ... 'ne totale Fehlbesetzung war das – zehn Sekunden bohrender Langeweile!

Schnitt: rauschendes Super-8-Filmmaterial. Zwei zittrige Schrifttafeln mit eierigen Klebebuchstaben: »Mr. Dibleys ›Der goldene Regenbogen‹« und »In der Hauptrolle: Der Mann vom Getränkemarkt«. Schnitt zum Mann vom Getränkemarkt, der neben einem Tennisplatz steht. Er trägt ein Sackkleid mit langer Perlenkette und scheint etwas sagen zu wollen – er hat seinen Text vergessen. Er läuft verlegen aus dem Bild, kommt kurz darauf (ganz offensichtlich geschubst) wieder hereingestolpert, lüpft linkisch den Saum seines Kleidchens und legt statt dessen, während die wackelige Handkamera resigniert niedersinkt und seinen Kopf abschneidet, ein ziemlich unüberzeugendes kleines Tänzchen hin.

EINBLENDUNG: »ENDE«

Dibley Grauenerregend schlecht.

Interviewer Mr. L.F. Dibleys »Der goldene Regenbogen«. Und nun hinüber zu mir! *(Blickt schnell nach links; Schnitt zu neuer, frontaler Großaufnahme seines Kopfes.)* Exklusiv in unserer heutigen Sendung der Außenminister, der soeben von den erbitterten Kämpfen im Golf von Amman zurückgekehrt ist. Er wird uns alles über das Kanufahren berichten.

Das Ufer eines Flüßchens, von der gegenüberliegenden Seite gefilmt. Ein Kanu liegt auf der Uferböschung. Daneben steht ein Mann in dunklem Anzug.

ZWISCHENTITEL: »DER AUSSENMINISTER«
Der Außenminister hüstelt kurz und steigt ins Kanu.

Außenminister (JOHN) Guten Abend.
Zwei Araber in Kaftan und Burnus kommen kreischend von beiden Seiten her ins Bild gerannt, heben das Kanu an, schaukeln es kurz und werfen es dann mitsamt dem Außenminister kopfüber ins Wasser. Gefeixe und Getanze, dann rennen sie wieder nach verschiedenen Seiten davon.
Schnitt zurück zum Interviewer.

Interviewer Das vermittelt uns vielleicht einen kleinen Eindruck davon, was da draußen los ist. Am heutigen Tag erschien der langerwartete Bericht des Portman-Komitees zur Reorganisation der Industrie. . .
EINBLENDUNG: »GLEICH PASSIERT ETWAS ALBERNES«

Interviewer Seine Abfassung hat fünf Jahre gedauert, und es wird damit gerechnet, daß der Bericht nachhaltige Auswirkungen auf die Zukunft der industriellen Landschaft des Landes haben wird. Heute abend bei uns im Studio: Lord Portman, der Vorsitzende des Komitees, Sir Charles Avery, Rat im Arbeitnehmer-Reorganisations-Bund, und Ray Millichope, Führer der Techniker-Gewerkschaft. Und sie werden für uns eine »Menschliche Pyramide« bilden.
Drei Männer in dunklen Anzügen treten zu Fanfarenklängen nebeneinander, der Mittlere wird auf die Schultern der beiden Außenstehenden gehoben und richtet sich breitbeinig wackelnd auf.
Schnitt: Archivfilm von Menschenmassen im Vatikan und Toneinblendung gewaltigen Beifalls.

Interviewer Bra-vo! Nun der Präsident der Handelskammer.
Schnitt zurück auf dasselbe Ufer, wiederum aufgenommen von gegenüber. Der Präsident der Handelskammer steht in einem dunklen Anzug neben einem großen Wäschekorb.

Präsident (JOHN) Guten Abend.
Er steigt in den Korb und läßt den Deckel zuklappen. Wieder kommen die Araber kreischend von beiden Seiten ins Bild gerannt und werfen ihn samt Korb in den Fluß. Alle diese Sequenzen laufen in leichtem Zeitraffer ab.

Interviewer Und nun der Vizepräsident von ICI.
Schnitt auf dieselbe Uferböschung. Ein Kopf lugt unter dem Wäschekorbdeckel hervor. Er verschwindet, als die zwei Araber angerannt kommen und ihn in den Fluß schmeißen.

Interviewer So, soviel zur Politik und den Reorganisationsproblemen der britischen Industrie. Wir wenden uns nun dem wesentlich heitereren Thema Sport zu, und Reg Harris, der ehemalige Rennrad-Sprintweltmeister, wird uns von den psychologischen Problemen bei der profesionellen Rennvorbereitung berichten. *(Reg und sein Fahrrad werden nacheinander von den beiden Arabern ins Wasser geworfen.)* Und nun zur Welt des Gesangs – Anne Zeigler und Webster Booth! *(Vier Araber werfen zwei Wäschekörbe ins Wasser.)* So, wenn's am schönsten ist, soll man ja bekanntlich aufhören, das war's für diese Woche! Aber zum Programmschluß wird uns Freifrau Irene Hermelin, die diesen Monat ihren fünfundachtzigsten Geburtstag begeht, noch eines ihrer berühmten Gedichte vortragen.

Schnitt ans Flußufer. An ihm steht eine alte Dame, doch diesmal auf der anderen Seite des Flußes, nah bei der Kamera. Im Hintergrund am anderen Ufer sehen wir die Araber ins Bild gerannt kommen, erkennen, daß sie gefoppt wurden, und wütend umherspringen.

Irene Hermelin (MICHAEL)

Wer nennte Böse dies und jenes Gut,
Wenn Gut und Bös' sich so verweben,
Doch unterworfen nur dem Leben
Des', der uns schuf und alles tut,
Wenn unser Sein verläuft im Sand,
(schaut sich kurz listig grinsend zu den herumwütenden Arabern am anderen Ufer um)
wenn irdisch Gut nur eitel Tand?
Doch was verloren, kehrt zurück
Zu ew'gem Ruhm und ew'gem Glück.

Die Araber rennen verzweifelt nach einer Furt suchend aus dem Bild. Plötzlich kommt mit mächtigem Satz und markerschütterndem Schrei ein Samurai-Krieger mit gezogenem Schwert von rechts auf die alte Dame eingesprungen und schubst sie rückwärts ins Wasser. Der Samurai nimmt eine wilde Siegerpose vor der Kamera ein.

EINBLENDUNG: »NEWHAVEN – LE HAVRE. DER FLUCHTWEG NACH EUROPA«

Schnitt auf eine schicke Dinnerparty. Zwei Ehepaare in Abendkleidung sitzen an einem vornehm gedeckten Tisch. Kerzen schimmern auf glän-

zendem Holz, ein Feuer brennt im Kamin. Gedämpfte Musik und dezente Beleuchtung.

Gastgeberin (RITA) Wir hatten ja wohl den allerherrlichsten Urlaub! Es war ab-so-lut phantastisch.

Gastgeber (MICHAEL) Einfach wun-der-bar.

Gastgeberin Michael, erzähl du's ihnen!

Gastgeber Nein, Liebling, du erzählst!

Gastgeberin Aber du kannst das doch viel besser!

Es klingelt an der Tür.

Gastgeber Entschuldigt mich einen Moment.

Der Gastgeber tupft sich den Mund ab, steht auf und öffnet eine Zimmertür, die direkt hinaus ins Treppenhaus führt. Im Türrahmen steht ein großer, schmuddeliger Mann, der eine Zinkwanne auf der Schulter trägt. Fliegen surren um ihn herum. Er kommt direkt ins Zimmer hereinmarschiert.

Mann (JOHN) Mist, Sir.

Gastgeber Wie?

Mann Wir haben Ihr'n Mist hier.

Gastgeber Welchen Mist?

Mann *Ihr'n* Mist. Drei Zentner hochwertiger Kot. Wo woll'n Sie'n hinhaben? *(Er schaut sich nach einem passenden Platz um.)*

Gastgeber Ich habe keinerlei Mist bestellt.

Mann Doch, haben Sie, Sir. Beim Buch-des-Monats-Klub haben Sie ihn bestellt.

Gastgeber Über den Buchklub?

Mann Genau, Sir. Sie haben »Vom Winde verweht« gekriegt, »Les Misérables« von Victor Hugo, »Die Frau des französischen Leutnants« ... und mit jedem dritten Buch kriegen Se Mist.

Gastgeber Da hab ich überhaupt nichts von gewußt, als ich das Beitrittsformular unterschrieb!

Mann Ja, klar – klar. Das steht auch nicht im Vertrag. .. haben sich gedacht, ist nicht gut fürs Geschäft. Egal, wir ham jedenfalls dreihundert Pfund Mist auf'm LKW. Wo woll'n Sie'n hinhaben?

Gastgeber Nun ja, am liebsten nirgendwo. Wir haben nicht mal einen Garten.

Mann Ach, das paßt alles hier hin. .. – sind Spitzen-Exkremente!

Gastgeber Sie können das hier nicht reinbringen, wir haben Gäste zum Essen!

Mann In Ordnung. Ich stell's auf den Fernseher.

Er trägt die Wanne ins Eßzimmer. Die Gäste nehmen nicht die geringste Notiz von ihm.

Gastgeber Liebling . . . da ist ein Mann mit unserem Buchklub-Mist!

Gastgeberin Wir haben keinen Platz, Schatz.

Mann Tja, wieviel Zimmer haben Sie denn?

Gastgeber Ja, eigentlich nur diesen Raum hier, dann das Schlafzimmer . . . und ein Gästezimmer.

Mann Na gut, ich geb Ihn' Tip: Sie stell'n alles ins Schlafzimmer, dann könn' Sie das Gästezimmer als Mistzimmer benutzen.

Es klingelt, erneut und in der immer noch offenstehenden Wohnungstür steht ein Mann in Gasmann-Uniform, der einen toten Indianer auf der Schulter trägt.

Gastgeber Ja?

Gasmann (GRAHAM) Toter Indianer.

Gastgeber Was?

Gasmann Sie haben neulich einen neuen Herd gekauft, Sir?

Gastgeber Ja.

Gasmann Ah, gut – hier ist Ihr kostenloser toter Indianer, wie in der Werbung versprochen . . .

Gastgeber Aber davon hab ich in der Anzeige gar nichts gesehen . . .

Gasmann Nö, ist ja auch in dieser Winzschrift, Sir, wissen Sie, um den Umsatz nicht zu beeinträchtigen.

Gastgeber Wir haben keinen Platz.

Mann Das geht schon klar – legen Sie doch den toten Indianer im Gästezimmer auf den Misthaufen rauf!

Indianer *(lallt)* Mich . . . viel übel.

Gastgeber Der ist ja gar nicht tot!

Gasmann Oh, na ja . . . dann ist wahrscheinlich der Herd kaputt.

Das Telefon klingelt. Die Gastgeberin steht auf, nimmt ab und meldet sich.

Mann *(zum Gastgeber)* Und . . . äh . . . und haben Sie »Die Frau des französischen Leutnants« denn nun gern gelesen?

Gastgeber Nein.

Mann Nicht. Na ja, den Mist war es ja wohl wert, oder?

Gastgeberin Liebling, da ist die Milch-Marketing-Gesellschaft! Für je zwei Packungen »Sahnecreme light« bekommen wir die Autobahn M4!

Schnitt: Mann und Frau, die völlig irritiert mitten auf einer Autobahn stehen. Zu ihren Füßen ein dampfender Haufen Mist und darauf ein toter Indianer. Wagen rasen hupend dicht an ihnen vorbei. Verwirrt schauen sie um sich. Ein Polizeiwagen kommt auf sie zugeröhrt und bremst hart; zwei Polizisten springen heraus.

Polizist (ERIC) Sind Sie Mr. und Mrs. P. Forbes, Bei den Studios 7, Elstree?

Mann Ja.

Polizist Gut, okay, steigen Sie ein. Wir haben Sie in einer Polizei-Tombola gewonnen.

Sie werden in das Auto verfrachtet. Schnitt zum Inspektor.

Inspektor (TERRY J.) Ja! Dieses Ehepaar ist nur einer der Preise in der diesjährigen Polizei-Tombola! Viele weitere Preise wie zwei Jahre lang Glas- und Einbruch, eine Kiste voller Durchsuchungsbefehle, ein »Also! Was ist hier los?«-T-Shirt sowie ein Wochenende zu zweit mit einem Neonazi Ihrer Wahl sind noch zu gewinnen.

EINBLENDUNG: »LETZTE MELDUNGEN!«

Off-Sprecher (MICHAEL) Und das ist *immer* noch nicht alles! Drei phantastische neue Preise sind soeben noch hinzugekommen: eine Viermonatsausstattung höchst interessanter Unterwäsche *(Abbildung: Korsett-Katalogseite aus der Jahrhundertwende)*, ein vollmotorisiertes Schwein *(Collage c/o Mr. Gilliam)* und eine handgemalte Szenerie arabischer Prächtigkeiten komplett mit albernem Gang! *(Ein Papiermann geht albern durch eine prächtige arabische Szenerie.)*

Ein Zeichentrickfilm (eines Samurais mit gezogenem Schwert, der erst den Mann mit albernem Gang, dann angreifende andere Samurai-Gegner und zum Schluß sich selbst in der Mitte durchhackt, deren Fleischhaufen von einer alten Dame zu einem leckeren Sandwich verarbeitet werden) leitet über zu einem Tisch in einem ziemlich italienisch und teuer aussehenden Café. Nigel sitzt schon da. Timmy Williams kommt herein. Er hat den Hauch einer flüchtigen Ähnlichkeit mit David Frost.

Timmy (ERIC) Nigel! Wunderbar dich zu sehen, super, super, super! Bin ich etwa eine Winzigkeit zu spät?

Nigel (TERRY J.) Ein bißchen. Eine Stunde.

Timmy Oh, super! Es ist nur, Snowdon hat gerade an meinem Charakterfoto herumretuschiert – und wir können doch unseren lieben Snowdon nicht so einfach vor den Kopf stoßen, oder?

Nigel Gottes willen, nein.

Ein Mann geht vorbei.

Timmy *(springt auf und umklammert dessen Hände)* . . . David Bloggs! Der Einzigartige! Super, Sie zu sehen! Für wen arbeiten Sie gerade? Kommen Sie, arbeiten Sie für mich, ich ruf Sie morgen an! *(Winkt, setzt sich wieder zu Nigel.)* Wirklich ein Genuß, mal wieder mit dir zu reden!

Nigel Tja, ich . . .

Timmy Wirklich, echt nett, mal wieder so ein bißchen über Gott und die Welt zu plaudern. Ich hab läuten hören, du wärst verheiratet?

Nigel Nun ja, nein . . . eher nicht. Meine Frau ist gerade gestorben, um's genau zu sagen.

Timmy O mein Guter! *(Sieht einen anderen Mann vorbeikommen.)* Brian! *(Breitet seine Arme aus.)* Wir müssen uns unbedingt bald mal zusammensetzen! Wir sehen uns! Tscha-hau! *(Zu Nigel)* Tja, vielleicht könnten wir in der Show einen Nachruf auf sie bringen?

Nigel Also, nein. Ich . . .

Timmy Ich hab Peter, William, Arthur, Alex, Joan, Ted, Scott, Wilf, John und Ray, die können das arrangieren. Mann, ist das schön, mal wieder so'n bißchen zu quatschen.

Nigel Ja, ich bin echt froh, dich endlich mal allein zu erwischen, Timmy . . .

Ein Reporter kommt an den Tisch.

Timmy Du hast doch nichts dagegen, wenn Tony sich kurz zu uns setzt, oder?

Nigel Na ja, eigentlich . . .

Timmy Nur, weil er einen Artikel über mich für die »Mail« schreibt. Er ist so ein lieber Kerl. . .

Reporter (GRAHAM) Hallo.

Timmy Tony, dies hier ist einer der liebenswertesten Menschen auf der ganzen Welt: Nigel Watt. *(Tony kritzelt es auf.)* W-A-doppel-T. So ist's richtig, genau!

Nigel Also eigentlich, Timmy, die Sache ist . . . es ist ein bißchen privat.

Ein Autor kommt an den Tisch.

Timmy Oh, macht dir doch nichts aus, wenn Peter sich kurz dazusetzt, nicht? Peter schreibt nämlich ein Buch über mich. Peter, Sie kennen doch Tony von der »Mail«, oder?

Peter (JOHN) Ja, wir haben uns gestern in der Dampfsauna getroffen.

Timmy Super, super! Ging's gestern voran mit dem Schreiben?

Peter Prima, prima, prima.

Timmy Die kleine Anspielung auf das Bäuchlein haben Sie wieder rausgenommen? *(Macht knapp angedeutete Dicker-Bauch-Handbewegung.)*

Peter Ja, hab ich.

Timmy Super, super! Nur um Sie auf dem Laufenden zu halten: Das ist Nigel Watt, und wir beiden Hübschen sprechen gerade über sehr private Dinge. Privat. Sehr gut! Sprich weiter, Nigel!

Der Journalist und der Autor beginnen umgehend mitzuschreiben.

Nigel Tja, also, die Sache ist so, Timmy, ich, äh. . .

Timmy lächelt plötzlich grell und macht sein Fotografiergesicht. Nigel hält inne und schaut hoch. Ein Fotograf tigert um ihren Tisch herum.

Timmy Nicht stören lassen, das ist die »TV Times«, die verkaufen die Fotos nach Amerika! Macht es dir was aus, wenn wir kurz – äh. . . *(Langt mit dem Arm über den Tisch um Nigels Schulter herum und zerrt ihn für ein »Alte Freunde«-Foto hoch.)* Super, super! Noch eins von da, was meinen Sie, Bob? *(Reißt Nigel zur anderen Seite herum.)* Bitte lächeln! Toll, toll, toll! Bewegen Sie sich ganz ungezwungen, Bob, ja? *(Zu Nigel)* Bitte erzähl weiter, das ist wahnsinnig interessant.

Nigel Also, also die Sache ist, Timmy, es ist mir ein wenig peinlich. . .

Kellner (MICHAEL) *(kommt auf den Tisch zu)* Oh, Mr. Williams, ist das schön, Sie zu sehen! *(Reicht Timmy die Speisekarte.)* Würden Sie mir hier drauf wohl ein Autogramm für meine kleine Tochter geben?

Timmy Hallo, Mario! Super, wunderbar! *(Seufzt.)* Bitte nur zwei schöne Kaffee, ja?

Aufnahmeleiter kommt ins Bild.

Aufnahmeleiter Tut mir leid, tut mir leid, Timmy. Können wir noch mal da anfangen, wo Mario hereinkommt? Wir hatten Tonprobleme, okay?

Timmy Deutsches Fernsehen. Ist das nicht aufregend, Nigel? Sie machen eine preisgekrönte Dokumentation über mich.

Eine Filmkamera und der gesamte Aufnahmestab sind zu sehen.

Junge mit Klappe »Der wunderbare Mr. Williams«, Szene zweihundertundneununddreißig, die Zweite!

Regisseur Action!

Timmy *(wie angeknipst den Faden wiederaufnehmend)* Mario, wie super, dich zu sehen! Wie geht's der lieben Familie? Hier, das ist für deine kleine Tochter! *(Reicht ihm eine Fünf-Pfund-Note.)* Danke dir! Und bitte zwei schöne kleine Kaffee, ja?

Mario Jawohl, Sir.

Timmy *(zu Nigel)* So ein reizender Kellner. So, bitte erzähl weiter, das ist höchst interessant!

Nigel Nun ja. . . äh. . . wie ich schon sagte, Timmy, meine Frau ist gestorben. . . tot. *(Kamera fährt nah an ihn ran.)* Ich hab drei Kinder, und ich bin am Ende mit meinem Latein. Keine Arbeit, keine Krankenversicherung, nicht einen Pfennig Geld mehr. Ich bin absolut pleite, ich weiß nicht mehr, an wen ich mich wenden soll. Ich. . . ich bin total am Ende! Du bist meine letzte Chance! Bitte, Timmy, kannst du mir helfen? . . .

Er schaut auf, Timmy ist nicht mehr da. Eine Sekunde später kommt er an den Tisch zurückgeeilt.

Timmy Tut mir leid, Anruf aus Amerika! War super, dieser kleine Schwatz mir dir. Das müssen wir unbedingt öfter mal machen! Äh – übernimmst du den Kaffee? Ich fürchte, ich muß losrasen, der israelische Botschafts-Empfang, schon eine Stunde drüber! *(Er wendet sich zum Ausgang, ein Schuß fällt, Nigel sackt vornüber auf die Tischplatte, einen Revolver in der Hand. Timmy, noch einmal zurückkehrend)* Äh. . . hat der Ton den Schuß sauber gekriegt?

Tonmann *(im Off)* Ja, tadellos.

Timmy *(zu Tony und Peter)* Das, das war doch jetzt nicht zu schräg, oder? Es wirkt doch nicht irgendwie gemein oder so?

Tony und Peter Nein, nein, nein. Das war große Klasse.

Timmy Na, super . . . also, äh. . . ich mein, es zeigt doch, daß ich Herz habe, findet ihr nicht?

Tony und Peter Ja, große Klasse.

Timmy Super, super! So, der Bus ist da-ha! Los, kommt, Leute! Tschühüs! *(Er winkt und geht ab.)*

Alle marschieren hinter ihm her. Die Erkennungsmelodie ertönt, wir fahren zurück und sehen den gesamten Kamera-Aufbau. Der Nachspann beginnt abzufahren:

Off-Sprecher (TERRY J.) »Timmy Williams' Kaffeeklatsch« wurde live übertragen aus dem »Woppi's« in Holborn.

Nachspann fährt weiter ab:

DREHBUCH: *(in gewaltigen Lettern)* TIMMY WILLIAMS
NACH EINER IDEE VON: *(gewaltige Buchstaben)* TIMMY WILLIAMS
UNTER MITARBEIT VON: *(dies rollt sehr schnell durch)*
PETER WRAY
LEN ASHLEY
GEOFFREY INGERSOLL
GEORGE HERBERT
HARRY LOWALL
RALPH EMERSON
HATTY STARR
FRANK PICKSLEY
JOHN STAMFORD
SHELLEY BUNHEUR
MALCOLM KERR
JAMES BEACH
ALAN BAILEY
BRIAN FELDMAN
STIRLING HARTLEY
ADRIAN BEAMISH
GUY WARING
MARK TOMKINS
SIDNEY SMITH
RICHARD HOVEY
EDMUND GOSSE
JONATHAN ASHMORE
BILL WRIGHT
ARTHUR FULLER
RICHARD SAVAGE
MICHAEL WHITEMORE
BUDGE RYAN
CEDRIC HAZLETT
TERRY JONES
MICHAEL PALIN
JOHN GAYNOR
GEORGE COLEMAN
SAMUEL SPURGEON
THOMAS MASSINGER
STEPHEN DAVIS
WALTER CHAPMAN
REGINALD MARWOOD

David Goschen
Peter Schulman
Dennis Frankel
David Robinson
Paul Raymond
John Wilder
Johnny Lynn
Joe Shaw
Simon Smith
Monty Python
Michael Lapin
Sydney Lotterby
Ian Matherson
Humphrey Barclay
Burt Ancaster
Kirk Ouglas
Ken Smith
Geoffrey Hughes
Brian Fitzjones
Michael Gowers
John Pennycate
Peter Baker
Neil Shand
Abblende.

Eine traditionelle Interview-Kulisse wird aufgeblendet. Vor einer weißstrahlenden Rückwand zwei schattenhafte, sitzende Umrisse im Profil; dann fährt die vordere Beleuchtung hoch. Neben dem Interviewer sitzt ein Mann mit einer gigantischen krummen Styropor-Nase.

Interviewer (MICHAEL) Guten Abend. Heute bei mir im Studio einer der führenden britischen Hautspezialisten – Raymond Luxus Jacht.

Raymond (GRAHAM) So heiß ich nicht!

Interviewer Entschuldigen Sie... Raymond Luxus Ja-ch-t.

Raymond Nein, nein, nein... es wird »Raymond Luxus Jacht« geschrieben, aber ausgesprochen wird es »Schwabbelhals Mangrovenbaum«.

Interviewer Sie sind ein ausgesprochen alberner Mensch und ich werde Sie nicht interviewen.

Raymond Aha! Antisemitismus!

Interviewer Ach was! . . . Die Nase ist ja noch nicht mal echt! *(Reißt sie ab.)* Das ist Styropor!

Raymond Geben Sie mir meine Nase wieder!

Interviewer Kannst du dir beim Pförtner wieder abholen. Und nun verzieh dich.

Raymond Ich möchte aber ins Fernsehen!

Interviewer Tja, is' aber nich. . .

TRICKFILM: *eine Lokomotive zieht als Rauch einen aufgeblähten Sexpuppen-Ballon hinter sich her. Ein Schild verkündet »Sexuelle Athleten willkommen«, ein kleiner dicker Artist springt fröhlich juchzend auf dem nackten Bauch der Dame Trampolin. Er hüpft vorbei an mehreren offenen Fenstern, aus denen ihm leichte Mädels eindeutige Angebote machen. Mona Lisa im letzten Fenster entblößt für ihn ihre Brüste. Er nimmt das Fenster am Rahmen und springt begeistert mit dem Bild davon. Dahinter erscheint ein breiter Treppenaufgang.*

Schnitt: Kamera fährt langsam steinerne Treppenstufen empor und endet vor einer schweren, hölzernen Doppeltür. Auf einem Schild steht »Standesamt«. Man hört hastige Füße die Treppe hinauflaufen. Schnitt: Ein Mann tritt eilig auf den Standesbeamten zu, der heiter und erwartungsvoll lächelnd hinter einem kleinen runden Tischchen mit einem Blumengesteck steht.

Mann (TERRY J.) Äh. . . entschuldigen Sie, ich möchte gern, daß Sie mich trauen.

Standesbeamter (ERIC) Oh, ich fürchte, ich bin schon verheiratet, Sir.

Mann Äh. . . nein, nein, ich möchte nur, daß Sie mich trauen.

Standesbeamter Ich könnte mich natürlich scheiden lassen, auch wenn es ein wenig schmerzlich wäre.

Mann Äh. . . nein, nein! Das ist doch überhaupt nicht nötig, weil. . .

Standesbeamter Sagen Sie, werden Sie dann zu mir oder soll ich lieber zu Ihnen ziehen? Weil ich da nämlich eine ziemlich hohe Hypothek laufen hab!

Mann Nein, nein, ich möchte *hier* getraut werden.

Standesbeamter Ach herrje! Und ich hatte so auf eine kirchliche Trauung gehofft!

Mann Hören Sie, ich möchte mich nur trauen lassen. . . von Ihnen . . . mit . . .

Standesbeamter Ich will Sie ja auch gern trauen, Sir, aber so einfach geht das nicht! Sind Sie denn auch sicher, daß Sie diesen Schritt wagen wollen?

Mann Ja. Ich möchte es auf der Stelle tun!

Standesbeamter Das paßt mir. Ja, paßt mir!

Mann Aber ich möchte nicht mit *Ihnen* getraut werden.

Standesbeamter Es gibt so etwas wie Bruch eines Eheversprechens, Sir!

Mann Sehen Sie, ich möchte doch nur, daß Sie, als Standesbeamter, mich trauen.

Standesbeamter *Ich* will Sie ja auch trauen, Sir, aber entscheiden *Sie* sich bitte, und spielen Sie nicht mit meinen Gefühlen!

Mann Tut mir leid, aber ...

Standesbeamter Schon in Ordnung, Sir. Vergessen und vergeben! Was sich liebt, das neckt sich! Aber glauben Sie bloß nicht, daß Sie der Erste sind, der heute um meine Hand anhält. Ich habe bereits mehrere Bewerber abgewiesen.

Mann Verstehen Sie doch: Ich *bin* schon verlobt!

Standesbeamter *(nachdenklich nickend)* Ja, und *ich* bin bereits verheiratet. Aber das kriegen wir schon irgendwie hin!

Zweiter Mann (MICHAEL) *(tritt hinzu)* Guten Morgen. Ich möchte gerne getraut werden, bitte.

Standesbeamter Tut mir leid, ich traue schon diesen Herrn hier, Sir.

Zweiter Mann Tja, könnte ich dann nicht nach ihm drankommen?

Standesbeamter Nun, so fix geht eine Scheidung nicht, Sir! Und wenn Sie noch so scharf drauf sind. *(Grinst.)*

Dritter Mann (GRAHAM) *(tritt hinzu)* Ich möchte gern getraut werden, bitte.

Standesbeamter Himmel, das ist ja wohl mein Glückstag heute, wie? Geht in Ordnung, aber Sie müssen so lange warten, bis ich erstmal diese beiden getraut habe.

Dritter Mann Was, die beiden wollen sich trauen? Nigel! Was soll das heißen, du heiratest *ihn*?

Standesbeamter Zuerst heiratet er mich, Sir!

Dritter Mann Er ist mit *mir* verlobt!

Vierter Mann (JOHN) *(groß und männlich)* Komm, Henry!

Standesbeamter Verdammt, meine Frau!

Zweiter Mann *(zur »Frau«)* Wollen *Sie* mich nicht trauen?

Vierter Mann Ich *bin* bereits verheiratet!

Schnitt auf ein Foto der Fünf, wie sie glücklich vereint und untergehakt vor einem Reihenhäuschen stehen.

Off-Sprecher Ja, so hat alles ein gutes Ende gefunden, aber fragen Sie bloß nicht wie, weil's nämlich unanständig ist. Sie sind allesamt verheiratet und leben recht angenehm in einer Sozialwohnung in der Nähe von Dulwich.

TRICKFILM: *eine Frauenhand greift ins Gruppenbild und zieht den mittleren der Fünf heraus. Sie bricht ihm den Kopf ab und malt sich summend mit seinem blutenden Hals die Lippen rot. Sie erzählt die Geschichte vom »Leberfleck«, der in die weite Welt hinaushüpft, eine Leberfleckin kennen- und lieben lernt, und wie die beiden in die Londoner City ziehen und dort »rammeln und ferkeln wie die Karnickel«. . . – bis das Bild sich schwarz färbt vor kleinen neuen Flecken.*

ZWISCHENTITEL: »WAHL-SPEZIAL« *und Fanfarenstöße.*
Schnitt zu einem Moderator an einem Tisch.

Moderator (JOHN) *(sehr aufgeregt)* Hallo und willkommen zu »Wahl-Spezial«! Hier herrscht große Spannung! Wir erwarten jede Minute das erste Ergebnis! Wir wissen noch nicht, von wo . . . vielleicht aus Leicester, vielleicht aus Luton! Die Wahlbeteiligung in beiden Bezirken jedenfalls war ziemlich rege . . . Oh, einen Augenblick! . . . *(Er preßt die Hand ans Ohr.)* Ich bekomme hier gerade . . . ich höre hier gerade ein lautes Stimmengesumme in meinem linken Ohr, einen Moment . . . *(Neigt den Kopf, schlägt auf das andere Ohr, und eine dicke Biene fällt summend auf die Schreibunterlage.)* Uäääh. . .! *(Er ist verwirrt. Toneinblendung: Jubelnde Menschenmassen.)* Wie dem auch sei, schnell hinüber zu James Gilbert in Leicester!

Schnitt zu einem Wahlleiter vor einer kleinen Gruppe; zur Hälfte aus grauen Anzugmännern, zur Hälfte aus verrückt gekleideten Kandidaten und Wahlkampfmanagern bestehend. Die »Verrückten« tragen ulkige Hüte, falsche Nasen usw.

Off-Sprecher Ja, es ist ein hartes Kopf-an-Kopf-Rennen hier in Leicester! Zur Linken des Wahlleiters *(Kamera schwenkt auf Anzugmann)* sehen Sie Arthur Smith, den Kandidaten der »Vernünftigen« und seinen Wahlkampfmanager . . . *(Kamera schwenkt hinüber zu den Verrückten)* und auf der anderen Seite der »Verrückten«-Kandidat Jethro Walroßtittchen mit seinem Wahlkampfmanager und seiner Frau.

Wahlleiter (TERRY J.) Das Ergebnis für Leicester. Arthur J. Smith. . .

Off-Sprecher Vernünftigen-Partei...

Leiter 30.162 ... Jethro Q. Walroßtittchen...

Off-Sprecher Verrückten-Partei...

Leiter 32.108.

Jubel aus der Menge. Schnitt zurück ins Studio.

Moderator *(noch aufgeregter)* So, das war das erste Ergebnis, und die Verrückten-Partei hat Leicester gehalten! Was schließen Sie daraus, Norman?

Schnitt zu Norman. Er ist sehr aufgeregt.

Norman (MICHAEL) Nun, das ist im großen und ganzen genau das, was ich vorhergesagt habe, außer, daß die Verrückten *gewinnen.* Ich denke, das liegt wohl in allererster Linie an der Stimmenverteilung. Gerald?

Schnitt auf Gerald, der am »Ruck-o-Meter« steht, einer einfachen Schautafel mit einem hängenden, drehbaren Zeiger

Gerald (ERIC) Nun, es hat eine Wählerwanderung, einen Meinungsumschwung zugunsten der Verrückten-Partei gegeben – aber wie groß der Ruck ist, verrat ich Ihnen nicht.

Schnitt zu George, der ebenfalls an einem Ruck-o-Meter steht und den Zeiger eifrig zwischen »Verrückten« und »Vernünftigen« hin und her schwingen läßt.

George (TERRY J.) Nun, wenn ich kurz erläutern darf... Ich glaube, das Interessanteste an diesem Fall ist der große Ruck hinüber zu der Verrückten-Partei... *(pendelt aus)* und dann natürlich der ebenso große Rückruck zu den Vernünftigen... *(pendelt in die Gegenrichtung)* und die Tendenz, unschlüssig irgendwo in der Mitte hin und her zu ruckeln, weil wahrscheinlich hier irgendwo 'ne Schraube locker ist...

Schnitt zu Alphonse.

Alphonse (GRAHAM) Nein, tut mir leid, ich kann momentan an nichts denken!

Schnitt zu Eric.

Eric (TERRY G.) Dem kann ich nichts hinzufügen! Colin?

Schnitt zu Colin.

Colin (IAN DAVIDSON) *(lächelnd)* Darf ich mich an diesem Punkt vielleicht kurz einmischen und darauf hinweisen, daß dies hier mein allererster Fernsehauftritt ist...?

Schnitt zum Moderator.

Moderator Nein, dafür haben wir keine Zeit, wir geben direkt hinüber nach Luton!

Schnitt zum Rathaus von Luton. Dort stehen »Vernünftige«, »Verrückte« und »Halbverrückte« Kandidaten.

Off-Sprecher Hier in Luton befinden wir uns in einem Dreikampf zwischen Alan Jones, Vernünftigen-Partei, in der Mitte... Tarquin Flosse-Gosse-Grosse-Bosse-Ginster-Linster-Binster-Bus-Hal-Te-Stel-Le-F'täng-F'täng-Olé-Keksdose, Verrückten-Partei... und Kevin Philipps-Bong, der Halbverrückte-Kandidat.

Wahlleiter (ERIC) Alan Jones...

Off-Sprecher Links, Vernünftigen-Partei...

Leiter ...9.112 ...Kevin Philipps-Bong...

Off-Sprecher Rechts, Halbverrückte...

Leiter ...null. *(Gelächter aus der Menge.)* ... Tarquin Flosse-Gosse-Grosse-Bosse-Ginster-Linster-Binster-Bus-Hal-Te-Stel-Le-F'täng-F'täng-Olé-Keksdose...

Off-Sprecher Verrückte...

Leiter ...12.441 *(Riesiger Jubel.)*

Off-Sprecher Und somit haben die Verrückten Luton übernommen.

Schneller Schnitt auf den Moderator.

Moderator Ein Durchbruch für die Verrückten-Partei in Luton! Der erste Durchbruch der Wahl, Norman?

Schnitt zu jedem einzelnen Kommentator, jeweils in Nahaufnahme.

Norman Nun, dies ist ein höchst vielsagendes Ergebnis! Luton, bislang ein absolut vernünftiger Wahlkreis mit hohem Anteil an Leuten, die kein Stück verrückt sind, ist komplett gaga geworden!

Moderator Haben wir die Ruck-o-Meter-Auswertung von Luton?

Gerald Ja, wir haben den Ruck errechnet, aber er ist geheim!

Moderator *(verwirrt)* Äh – ah ja, also... also nichts über den Ruck, wie sieht's denn aus mit dem Rack?

Norman Also, ich habe den Rack hier in dieser kleinen Schachtel, und es geht ihm gut! Durch die Luftlöcher kann ich erkennen, daß er gerade in Affentempo Erdnüsse einwirft!

Moderator Und wie sieht's mit dem Röck aus?

Alphonse Nun, er ist neunundzwanzig Prozent über zweihundert Meter gestiegen, doch er scheint ein bißchen weich um die Ecken... *(macht vage, rundende Handbewegung in der Luft)* ungefähr...

Moderator Und was halten Sie von der Nylonpünktchen-Strickjacke und den Plastikpantoffel-Resten?

Stimme *(im Off)* So was gibt's gar nicht!

Moderator Danke, Spike.

Norman Kann ich hier kurz unterbrechen und anfügen, daß der Rack sich soeben selbst erstickt hat?

George Ja, das Wahlfieber steigt nun wirklich rasant!

Eric Dem kann ich nichts hinzufügen!

Colin *(breit lächelnd)* Ich würde gern hinzufügen, daß dies sogar schon das zweite Mal in meinem Leben ist, daß ich im Fernsehen bin!

Moderator Tut mir leid, eitler Gockel, wir bekommen gerade ein neues Ergebnis herein!

Eine große Zahl Kandidaten im Rathaus von Harpenden.

Off-Sprecher (TERRY J.) Hallo, wir melden uns aus Harpenden! Harpenden ist ein Schlüssel-Wahlkreis, denn zusätzlich zu dem offiziellen Verrückten-Kandidaten hat sich noch ein unabhängiger »Totalverrückter« zur Wahl gestellt *(aus einer großen Styroporkiste neben der kleinen Gruppe ragen einzig zwei Füße gen Himmel)*, der die Stimmen der Verrückten spalten könnte.

Wahlleiter (JOHN) Mr. Elsie Sssssssssss. *(Ganz offensichtlich ein Mann in Frauenkleidung mit umgeschnallten Plastik-Busen.)*

Off-Sprecher Verrückte. . .

Leiter 26.317. . . James Walker. . .

Off-Sprecher Vernünftige. . .

Leiter 26.318.

Off-Sprecher Das war knapp!

Leiter Malcolm Peter Brian Teleskop Adrian Regen Schirm Ständer Jasper Mittwoch *(ploppt zweimal mit dem Mund)* Hermelinschlinger Johann Rohes Gemüse *(ahmt Pferdegewieher nach)* Arthur Norman Michael *(bläst Quiektröte)* Federhart Smith *(bläst Trillerpfeife)* Northgot Edwards Harris *(feuert Pistole ab, die »Huiii« macht)* Mason *(imitiert Eisenbahn)* Tschut-tschut Frampton Jones Fallobst Gilbert *(singt)* »Näher mein Gott zu Dir« *(drei Schüsse; hört auf mit Singen)* Williams Wenn-Ich-Ihnen-Folgen-Könnte Jenkin *(Sirenenflöte)* Tigertreiber Pratt Thompson *(singt)* »Regentropfen die an mein Fenster klopfen« Darcy Carter *(Ballhupe)* Muschikatz *(singt)* »Don't Sleep In The Subway, Darling« Barton Mannering *(Tröte, Heuler)* Smith. . .

Off-Sprecher Totalverrückte. . .

Leiter . . .zwei.

Off-Sprecher So, nun wissen wir's genau. Ein Vernünftigen-Erfolg also hier in Driffield.

Zurück ins Studio.

Moderator Norman!

Norman *(Telefonhörer in der Hand)* Ja, soeben habe ich aus Luton erfahren, daß mein Tantchen erkrankt ist . . . äh. . . wahrscheinlich, wahrscheinlich Magen-Darmgrippe. . . Gerald!

Gerald Äh. . . ja also, sollte sich so etwas im gesamten Land wiederholen, könnte das ziemlich unschöne Folgen haben! Colin!

Colin *(wehmütig lächelnd)* Wenn ich mich an dieser Stelle noch einmal einmischen und sagen dürfte, daß dies hier wahrscheinlich mein letzter Auftritt ist, den ich je im Fernsehen gehabt haben werde?

Moderator Nein, kannst du leider nicht, unsere Zeit ist vorbei! Schnell, um Sie auf dem laufenden zu halten, noch ein paar Ergebnisse, die Sie vielleicht verpaßt haben. Engelbert Humperdinck hat in Barrow-in-Furness gewonnen! Ein Sieg über Ann Hayden-Jones und ihren Gatten Pip! Arthur Negus hat Tittenham gehalten! Das ist kein offizielles Endergebnis, sondern ein Gerücht! Äh, Mary Whitehouse hat auch schon Anstoß daran genommen. Könnte ein bißchen Ärger geben da oben! Und auch nicht den allerkleinsten Ruck hat es anscheinend in Wales gegeben! Keine Überraschungen also. . . Und: Im Nachspann behauptet sich Monty Python!

Der Nachspann rollt durch. Dahinter weiterhin geschäftiges Treiben und Telefonieren der Experten.

BLINKENDE EINBLENDUNG: »KEINE EXPERIMENTE!«

Zwanzig – Attila der Hunne: Die Show

Archivfilm von Hunnen, die zu Pferd durch die Gegend sprengen.

Off-Sprecher (JOHN) Im fünften Jahrhundert, als das einst so mächtige Römische Reich zerfiel, lag das geschwächte Westeuropa einladend wehrlos vor den barbarischen Horden des Ostens da. Alarich der Westgote, Gaiserich der Vandale und Theoderich der Ostgote fielen nacheinander über den Westen her und verbreiteten Angst und Schrecken. Aber keiner von ihnen übertraf an Macht und Grausamkeit den Hunnenkönig Attila.

Off-Sprecher (MICHAEL) Meine Damen und Herren, sehen Sie nun »Attila der Hunne – Die Show«.

Schnitt zum Film: Musik spielt; Erkennungsmelodie der »Debbie Reynolds Show« – »With a little love, just a little love«. Wir sehen Attila den Hunnen in Zeitlupe auf Mrs. Attila zurennen, sie lachen, lächeln sich an.

ZWISCHENTITEL: »ATTILA DER HUNNE – DIE SHOW«

Attila und seine Frau kabbeln sich ausgelassen und gehen in Zeitlupe spielerisch zu Boden (wobei sie so genau wie möglich den Vorspann der »Debbie Reynolds Show« nachahmen).

ZWISCHENTITEL: »IN DER HAUPTROLLE: ATTILA DER HUNNE«

»UND KAY SLUDGE ALS MRS. ATTILA DIE HUNNIN«

»MIT TY GUDRUN UND NIK CON ALS JENNY UND ROBIN ATTILA DIE HUNNEN«

»MUSIK: DIE HUNNISTEN«

Schnitt: Archivfilm von herumjagenden Hunnen zu Pferd.

Off-Sprecher (JOHN) Im zweiten Viertel des fünften Jahrhunderts wurden die Hunnen zum Inbegriff gnadenloser Barbarei. Ihr Khan war der mächtige Krieger Attila. Mit seinen marodierenden Heerscharen fegte er über Mitteleuropa hinweg.

Schnitt: Bild von einem typisch amerikanischen Wohnzimmer. Eine Türglocke läutet. Attila der Hunne tritt ein.

Attila (JOHN) Liebling, ich bin wieder zu Hause.

Mrs. Attila (CAROL) Hallo, Liebling. Hattest du einen anstrengenden Tag im Büro?

Attila Kann nicht klagen. *(Eitel in die Kamera)* Wieder mal ein gnadenloser Generalangriff auf Mitteleuropa.

Konservengelächter.

Mrs. Attila Ich sag ja nicht, daß ich mich freue, dich zu sehen, aber, au Backe, wie freu ich mich, dich zu sehen.

Brüllendes Konservengelächter und Applaus. Zwei Kinder treten auf.

Jenny (GRAHAM) Hi, Daddy.

Robin (MICHAEL) Hi, Daddy.

Attila Hallo Jenny, hallo Robby. *(Kurzer Konservenbeifall.)* Seht mal her, Kinder, ich hab euch beiden ein Geschenk mitgebracht, in der Tüte da. *(Sie ziehen einen abgetrennten Schädel aus einer Plastiktüte.)* Ich will nicht, daß ihr Kinder kopflos durchs Leben geht.

Brüllendes Konservengelächter und Beifall. Auftritt: einer von uns, schwarz angemalt als Rochester, ein Tablett mit Drinks in der Hand.

Onkel Tom (ERIC) Bittäsähr, Mr. Hunne!

Dröhnendes Gelächter.

Attila Hallo, Onkel Tom.

Onkel Tom Da draußen is' 'ne ganze Horde von diesen brandschatzenden Westgoten, die Sie sprechen wollen.

Schnitt: weitere Archivaufnahmen von Hunnen, die auf ihren Pferden durch die Gegend jagen. Darüber eingeblendet: Bild eines Ansagers am Schreibtisch.

Ansager (JOHN) Und nun zu etwas völlig anderem.

Jetzt-Mann Und jetzt. . .

Donnernder Konservenbeifall.

Trickfilm-Vorspann.

Am Ende dieses Vorspanns: Schnitt auf eine Landstraße. Nach drei Sekunden erscheint in einiger Entfernung ein Motorrad, das mit hoher Geschwindigkeit auf die Kamera zuhält. Wir erkennen, daß eine verwegen aussehende Nonne darauf sitzt.

Off-Sprecher (JOHN) Ja, hier kommt Attila die Nonne.

Attila die Nonne schießt an der Kamera vorbei. Lautes Geschepper, als das Motorrad außerhalb der Kamera gegen ein Hindernis kracht.

Off-Sprecher (MICHAEL) Ein einfaches Mädchen vom Lande, das ihr Leben grausamer Barbarei geweiht hat.

Attila die Nonne auf einem Krankenhausbett, im wilden Kampf mit zwei Ärzten und einer Schwester, die versuchen, sie niederzudrücken. Sie sieht wahrhaftig furchterregend aus. Ein weiterer Arzt tritt ein und beordert die Schwester hinaus.

Doktor (GRAHAM) Schwester!

Die Kamera fährt weiter und bleibt vor einem anderen Bett stehen, auf dem ein schönes Mädchen sitzt, das mehr sehen läßt, als das Patientinnen normalerweise tun, und mit Carols. . . unübersehbaren Attributen aus-

gestattet ist. Sichtblenden werden um sie herum aufgebaut. Der Doktor und die Schwester treten durch die Vorhänge dazu.

Doktor Guten Tag, Miss Norris. Wie geht es Ihnen?

Miss Norris (CAROL) Gar nicht schlecht, danke, Doktor.

Doktor Ja, ich glaube, es ist das beste, wenn ich Sie jetzt untersuche.

Schnitt: ein halbes Dutzend abgerissener Typen, die Mützen und verdreckte, bis zu den Füßen reichende Regenmäntel tragen. Sie schlurfen durch die Vorhänge und bleiben lüstern glotzend am Fußende des Bettes stehen.

Miss Norris Was machen die denn hier?

Doktor Das ist schon in Ordnung, das sind Studenten. Ähm... Bitte Licht, Schwester. *(Ein einsamer roter Scheinwerfer fällt auf das Mädchen; Schnitt, Bild von lüstern glotzenden Männern.)* Oh... und... äh... Musik, bitte. *(Die Schwester bedient einen Schalter neben dem Bett; Striptease-Musik; sehr laut; Schnitt: Männerreihe, jetzt sehr erregt – Hände tief in den Taschen.)* Einatmen... ausatmen... ein... aus...

Nach ungefähr fünf Sekunden erreicht die Musik ihren Höhepunkt und bricht ab. Die Männer in den Regenmänteln klatschen Beifall.

Gegenschuß: wir sehen, daß wir nicht mehr im Krankenhaus, sondern in einem zwielichtigen Striptease-Lokal sind. Der Vorhang ist gerade schwungvoll zugegangen.

Conférencier (ERIC) Vielen Dank, vielen Dank. Das war Charles Crompton, der strippende Doktor. Und als nächstes, meine Herren und Damen, zum allerersten Mal bei uns im Guckloch-Klub – einen dicken Applaus bitte für den Minister für Commonwealth-Angelegenheiten.

Der Vorhang geht auf. Der Conférencier verläßt die Bühne. Ein gepflegt gekleideter Herr mit Anzug tritt ins Scheinwerferlicht.

Minister (TERRY J.) Guten Abend. Ich möchte Ihnen heute abend noch einmal unsere Haltung gegenüber den Agrarsubventionen darlegen *(sanfte, verschwommene Jazzmusik schleicht sich zwischen seine Worte, er fängt an, sich beim Sprechen auszuziehen)* und deren Wirkung auf unsere Commonwealth-Beziehungen erläutern. Obgleich wir der Meinung sind, jedenfalls theoretisch, daß die garantierten Landwirtschaftspreise aufgehoben werden müssen, glauben wir an die Notwendigkeit einer gleichzeitigen Importsteuer, um die Verbraucherpreise auf einem vernünftigen Niveau zu halten. Das würde aber bedeuten, daß wir unsere

Einnahmen aus dem vorangegangenen Geschäftsjahr konsolidieren, und zwar noch vor dem Beitritt. Ich kann Ihnen jedoch versichern, sollten wir den Schritt hin zur EWG machen – selbst unter Beibehaltung unserer derzeitigen Haltung gegenüber den Agrarsubventionen –, daß wir niemals unsere einzigartigen Beziehungen zu den Commonwealth-Ländern gefährden oder aufs Spiel setzen werden. Eine Preisstruktur, die sich aus einer eventuellen Importbelastung ergibt, wird systematisch an die speziellen Anforderungen unserer Commonwealthpartner angepaßt werden *(er hat jetzt seine gesamte Kleidung abgelegt, mit Ausnahme einer Troddel auf jeder Brustwarze und einer weiteren vorn auf einem hautengen Höschen; er bringt die Troddeln auf seinen Brustwarzen zum Kreisen)* – so daß wir gemeinsam eine positive und wechselseitig profitable Allianz im Welthandel *(er dreht sich um, woraufhin zwei Troddeln auf jeder Pobacke sichtbar werden, die er ebenfalls ankurbelt)* und für den Weltfrieden beibehalten können. Vielen Dank und gute Nacht.

Er entfernt mit Verve die Troddel von seiner letzten Hülle. Scheinwerfer geht aus, der Vorhang schließt sich schnell. Conférencier betritt wieder federnd die Bühne.

Conférencier War er nicht herrlich? Der Minister für Commonwealth-Angelegenheiten! Und jetzt, meine Herren und Damen, einen herzlichen Willkommensapplaus für den Minister für Renten und Soziales!

Wilde türkische Musik. Der Vorhang geht schwungvoll auf, ein weiterer Minister mit Melone und im Nadelstreifenanzug tritt auf und legt einen Bauchtanz hin.

Schnitt: Standbild vom Parlamentsgebäude. Die Kamera fährt langsam heran. Übergang zu bombastischer, patriotischer Musik.

Off-Sprecher (GRAHAM) Jawohl, man kann heute in Großbritannien ein neuerwachtes Interesse an der Politik und den Politikern feststellen.

Schnitt: »Stimmen des Volkes« vor dem Parlament.

EINBLENDUNG: »EIN GROUPIE«

Erstes Mädchen (ERIC) Also, wir sind im Grunde nur als Lobbyisten hier, nicht. Das macht uns einen Heidenspaß.

Zweites Mädchen (GRAHAM) Und die Debatten – wissen Sie, so eine gute Debatte. . ., die ist einfach. . . klasse.

Drittes Mädchen (MICHAEL) Also, ich gehe jetzt seit fünf Jahren mit Ministern, und, also ehrlich. . . ich finde die fabelhaft.

Viertes Mädchen (TERRY J.) O ja, ich mag Beamte.
Drittes Mädchen Ja, die sind wirklich nett.
Fünftes Mädchen (JOHN) Ich mag den Sprecher des Unterhauses.
Viertes Mädchen Oh, ja.
Zweites Mädchen Und ich mag Black Rod vom Oberhaus.
Off-Sprecher Und was sagen die Eltern dieser Kinder dazu?

Bild von einem Vorortshaus. Mr. Concrete steht vor der Tür eines Klohäuschens im Freien.

Mr. Concrete (TERRY J.) Also, sie hat uns das Herz gebrochen, das kleine Miststück. Sie macht uns nichts als Ärger, und wenn sie jemals wieder vorbeischaut, schlag ich ihr die Fresse ein. *Er wendet sich ab und geht hinein.*

Bild vom Inneren des Hauses: das Wohnzimmer der Concretes. Mrs. Concrete sitzt auf dem Sofa und strickt. Mr. Concrete tritt ein.

Mrs. Concrete (MICHAEL) Hast du wieder mit den Fernsehleuten gesprochen, Liebling?
Mr. Concrete Ja, ich hab denen die Meinung gegeigt.
Mrs. Concrete Worüber?
Mr. Concrete Weiß nich.
Mrs. Concrete War es Reginald Bosanquet?
Mr. Concrete Nein, nein, nein.
Mrs. Concrete War sein Kopf voller Bandagen?
Mr. Concrete Nein, überhaupt nicht. Sie hatten lauter Scheinwerfer und Kameras und Tonbandgeräte dabei und solches Zeugs.
Mrs. Concrete Oh, dann waren es wahrscheinlich Ray Baxter und die Jungs und Mädels von »Tomorrow's World«. Also ich finde ja Reginald Bosanquet besser, die rücken wenigstens nicht immer in Massen an. *(Es läutet an der Tür.)* Ach, das wird der Rattenfänger sein. *(Sie läßt den Rattenfänger herein.)*
Rattenfänger (GRAHAM) Hallo – Mr. und Mrs. Concrete?
Beide Ja.
Rattenfänger So, so, so, so, so, so, so, so, so, so, so, wie nett, wie nett. Darf ich mich vorstellen? Ich bin Leslie Ames, Vorsitzender des Länderspiels-Auswahlkomitees, und ich freue mich sehr, Ihnen mitteilen zu können, daß Ihre Wohnung als Austragungsort für das dritte Spiel gegen die West Indies ausgewählt wurde.

Mrs. Conrete Wirklich?

Rattenfänger Nein, das war nur ein kleiner Scherz. Eigentlich bin ich der Rattenfänger der Gemeinde.

Mrs. Concrete Ach ja, wir haben Sie schon erwartet.

Rattenfänger Also, ich nehme mal an, daß Sie ein kleines Nager-Problem haben.

Mrs. Concrete Ja, verdammt. Man könnte meinen, das Vieh wäre die ganze Nacht auf, so wie es da im Paneel herumscharrt.

Rattenfänger Hhm, ein interessantes Wort, finden Sie nicht?

Mrs. Concrete Welches?

Rattenfänger Paneel. . . Paneel. . . Paneel. . . klingt doch wie ein kleines Dorf in Dorset, oder? Paneel.

Schnitt: Bild vom Dorf namens Paneel. Eine Frau kommt aus einem Haus gerannt.

Frau Die haben uns im Fernseh erwähnt!

Wieder Bild vom Haus der Concretes.

Rattenfänger Also, wo ist es am schlimmsten?

Mrs. Concrete Na, da unten. Normalerweise kann man sie hören.

Zeigt auf den Sockel der Wand, wo sich ein Schild befindet, auf dem »Paneel« steht.

Rattenfänger Pssst!

Stimme Mäh. . . mäh. . . mäh. . . mäh. . . mäh. . .

Rattenfänger Nein, das sind Schafe, die Sie da drin haben.

Stimme Mäh. . . mäh.

Rattenfänger Nein, also das sind ganz bestimmt Schafe. Das macht die Sache natürlich ein bißchen kompliziert.

Mrs. Concrete Inwiefern?

Rattenfänger Nun ja, also, a) wird es nicht auf ein nettes Stückchen Käse reagieren und b) wird es nicht in eine Falle passen.

Mrs. Concrete Oje – was werden Sie tun?

Rattenfänger Na, erst mal müssen wir uns nach dem Loch umsehen.

Wir folgen ihnen, während sie das Paneel absuchen.

Mrs. Concrete Aha. Hier ist eins.

Sie zeigt auf ein kleines schwarzes Mauseloch.

Rattenfänger Nein, nein, das sind Mäuse.

Er zieht eine Kette von Mäusen heraus, die an einem Gummiband zusammengebunden sind. Dann läßt er los, so daß sie wieder zurückschnappen. Der Rattenfänger schaut sich weiter um. Er schiebt einen Sessel zur Seite, hinter dem sich ein meterhohes schwarzes Loch auftut.

Rattenfänger Aha, da haben wir ja, was wir suchen.

Das Mähmäh wird lauter. In diesem Augenblick kommen sechs Kricketspieler ins Zimmer.

Kricketspieler (JOHN) Verzeihung, findet hier das dritte Länderspiel statt?

Mr. Concrete Nein, das war ein Scherz – ein Scherz!

Kricketspieler Och, Mist. *(Ab.)*

Rattenfänger Gut. Ich begebe mich jetzt mal ins Paneel.

Schnitt wieder zur Frau aus Paneel, die erneut herausgelaufen kommt.

Frau Sie haben es schon wieder gesagt.

Wieder im Wohnzimmer.

Rattenfänger Ich werde jetzt etwas Schafsgift auslegen.

Er verschwindet durch das Loch. Wir hören:

Stimme Mäh, mäh, mäh. *(Ein Schuß fällt.)*

Rattenfänger Autsch. *(Hält sich die Schulter.)* Aua! Es hat ein Gewehr!

Mrs. Concrete Mist.

Rattenfänger Also normalerweise ist das Schaf ein sanftes, scheues Tier, aber Sie haben hier einen Killer im Haus.

Schnitt auf Steckbrief: »Gesucht wegen bewaffneten Raubüberfalls – Basil« mit dem Bild eines Schafes. Aufregende Krimi-Musik. Schnelle Folge von eingeblendeten Schlagzeilen: »Farmern im Pferch aufgelauert«, »Merinoschafbock entkommt mit Lohngeldern«.

Unheimliche Science-fiction-Musik; es wird in ein Labor übergeblendet. Ein Wissenschaftler, der in ein Mikroskop guckt, und seine geschäftige, attraktive Assistentin.

Professor (ERIC) Es handelt sich um eine völlig neue Schafsrasse, ein Killerschaf, das nicht nur in der Lage ist, ein Gewehr zu halten, sondern auch noch ein ausgezeichneter Schütze ist.

Assistentin Aber woher kommen sie, Professor?

Professor Das weiß ich nicht. Ich weiß es einfach nicht. Ich weiß es einfach tatsächlich nicht. Ich fürchte, das weiß sogar ich einfach nicht. Ich muß Ihnen leider sagen, daß ich fürchte, daß sogar ich es einfach tatsächlich nicht weiß. Ich fürchte, ich muß Ihnen sagen... *(sie reicht ihm ein Glas Wasser, das sie in dem Augenblick eilig holen ging, als er mit seiner Rede anfing)* ... danke ... *(verfällt wieder in seinen normalen flotten Tonfall)* ... ich weiß es nicht. Unsere einzige Spur ist dieser Fetzen Wolfspelz, den das Killerschaf...

Schnitt zu einem Wikinger.

Wikinger (TERRY G.) ... getragen hat...

Schnitt zurück zum Sketch.

Professor ... als es gestern bei Selfridges eingebrochen ist.

Assistentin Ich werde gleich die nötigen Tests damit durchführen, Professor.

Sie öffnet die Tür zu einem weiteren Laborraum, aber er ist voller Kricketspieler.

Kricketspieler (JOHN) Hallo, können Sie mir bitte sagen, ob hier das dritte Länderspiel stattfindet?

Sie knallt ihnen die Tür vor der Nase zu.

Assistentin Professor, im Labor sind Kricketspieler.

Professor Die Sache könnte noch ernster sein, als selbst ich mir das anfänglich noch vorgestellt habe... – Was für ein seltsamer... seltsamer Satz... Wir dürfen keine Zeit verlieren. Holen sie mir den Hauptkommissar der Polizei.

Assistentin Jawohl, Sir!

Sie öffnet einen Schrank und zieht den Hauptkommissar der Polizei aus einer Art Schublade heraus. Er grinst und winkt vergnügt. »This-is-Your-Life«-Musik und Applaus.

Professor Nein, nicht doch. Holen Sie ihn mir an die Strippe.

Assistentin Oh... *(Sie schiebt ihn wieder hinein.)*

Professor Anblick des Grauens! *(Er starrt gebannt auf etwas im Türeingang.)* Noch so ein komischer Satz... Vorsicht, Fräulein Strizzinußöl!

Assistentin Professor! Was ist los? Was haben Sie gesehen?

Professor Schauen Sie – da drüben in der Tür.

Schnitt zum Türeingang; darüber ein Trickfilm eines riesigen Schafs mit einer Augenbinde.

Assistentin O Schreck! Arthur X! Anführer der Gatterknackerbande!

TRICKFILM: *vielleicht sogar mit Einblendungen von Archivfilmen – wie es Herrn Gilliams fieberndem Gemüt in den Sinn kommt –: Schaf bis an die Zähne bewaffnet, Schaf, das gefährliche Überfälle durchführt, Basil Cassidy und das Sundance Schaf, Schaf mit Maschinengewehr, das aus seinem Hintern rausguckt etc.*

Nachdem der Trickfilm geendet hat, Schnitt zum Studio. Ein Ansager sitzt in einem Nachrichtenstudio an einem Pult.

Ansager (MICHAEL) Aber bald gelang es dem Killerschaf, auch andere Tiere mit seiner erstaunlichen Intelligenz anzustecken.

Miezekatzen fingen an, Hypotheken festzusetzen, Kockerspaniel entwarfen Supermärkte...

Wieder Trickfilm: Ein Papagei.

Papagei Und Papageien fingen an, Fernsehprogramme anzusagen. Es ist jetzt zwanzig Uhr und Zeit für die Nachrichten.

Schnitt zurück zum Ansager.

Ansager Guten Abend. Wir bringen Ihnen die Nachrichten für Papageien. Keine Papageien wurden heute in einen Unfall auf der A1 verwickelt, als ein Lastkraftwagen, in eine Leitplanke hineinsauste... Der Fahrer wurde verletzt. Ich wiederhole: der *Fahrer,* nicht ein *Ara.* Ein Sprecher für Papageien erklärte, er sei froh, daß keine Papageien in den Unfall verwickelt seien. Der Minister für Wissenschaft und Technik *(Foto des Ministers mit Papagei auf der Schulter)* traf heute mit drei russischen Führern zusammen *(Foto der versammelten Herren Breschnew, Podgorny und Kossigin, jeder mit einem Papagei auf der Schulter),* um über ein 4 Millionen Pfund schweres Abkommen über Verkehrsflugzeuge zu verhandeln... *(Schnitt zum Ansager.)* Keiner der Anwesenden begab sich in den Vogelbauer oder schaukelte auf dem kleinen Holztrapez oder naschte von den schönen Hirsekörnern, lecker, lecker. Hiermit sind die Nachrichten beendet. Wir setzen unser Programm für Papageien mit Teil drei von »Die Geschichte zweier Städte« fort, speziell für Papageien adaptiert von Polly Kräcker. Und das geschah bisher... Dr. Manette ist inzwischen in England, nachdem er achtzehn Jahre in der Bastille *(während er spricht, mischt sich anschwellende Französische-Revolutions-Musik unter seine Worte)* gefangengehalten wurde. *(Schnitt auf einen Cruikshank-Stich von London.)* Seine Tochter Lucie erwartet ihren Geliebten Charles Darnay, über den wir eben erfahren haben, daß er in Wirklichkeit der Neffe des Marquis de St. Evrémonde ist, dessen Grausamkeit seinerzeit bewirkte, daß Manette in die Bastille kam. Darnay trifft Lucie, die ihren alten Vater pflegt...

ZWISCHENTITEL: »LONDON 1793«

Musik erreicht ihren Höhepunkt, wir blenden langsam über in ein Wohnzimmer des achtzehnten Jahrhunderts. Lucie beugt sich fürsorglich über ihren Vater. Musik im Off spielt leise weiter. Plötzlich wird die Tür aufgerissen, und Charles Darnay tritt ein.

Darnay (GRAHAM) *(mit Papageienstimme)* Hallo, hallo.

Lucie (CAROL) Hallo, hallo, hallo.

Alter Mann (TERRY J.) Hallo, hallo, hallo.
Darnay Ja, wo ist denn mein kleiner Hansi?
Lucie Hallo, hallo, hallo.
Und dergleichen mehr.
Schnitt zurück zum Ansager.
Ansager Und während das so weitergeht, melden wir uns mit den Nachrichten für Gibbons. Keine Gibbons wurden heute in einen Unfall auf der A1 verwickelt. . .
Die Stimme des Ansagers wird ausgeblendet.
Off-Sprecher (ERIC) Und während das so weitergeht, bringen wir Ihnen aus Westminster den Parlamentsbericht für Menschen.
Mann hinter einem Nachrichtenpult; auf der Kulisse hinter ihm steht »Heute im Parlament«.
Cyril (ERIC) Während der Debatte bezichtigte ein Oppositionssprecher die Regierung der Albernheit, und Dinge zu tun, die ziemlich schlimm seien. Ein Abgeordneter akzeptierte diesen Vorwurf in einer Atmosphäre konstruktiver Kritik, bestritt jedoch, sich jemals an einem Chorknaben vergangen zu haben. Wütende Zwischenrufe »Und was war damals mit der Wassermelone?« befahl der Sprecher aus dem Protokoll zu streichen und in einer braunen Papiertüte im Klo zu deponieren. Er drohte, jede weitere Unterbrechung zu konfiszieren und unter die Armen zu verteilen. Für die Regierung erklärte ein Sprecher der Front Bench, daß die Agrarzölle erhöht werden *müßten*, und zwar *ziemlich*, wie der Sprecher mutmaßte. Darüber hinaus, argumentierte er, würde das für die Farmer ein großer Ansporn sein, sowie ihm selbst, seinem Freund und Fräulein Feucht aus Knightsbridge eine Menge Freude bereiten. Von den Hinterbänken wurden Oppositionsrufe wie »Postkarten zu verkaufen« laut, ebenfalls der gesunde Aufschrei »also gut, wer möchte lieber einen Matrosen?«, der aus der Richtung des Ministers ohne Geschäftsbereich kam. Darauf Bezug nehmend sagte der Schattenminister, daß er die Gerüchte nun nicht länger dementieren könne, und daß er und der Dackel sehr, sehr glücklich seien; und sowieso, gab er zu bedenken, sei Rhabarber billig und ein Saunabad an und für sich nichts Unanständiges.
Schnitt zurück zum ursprünglichen Ansager.
ZWISCHENTITEL: »SIEBEN STUNDEN SPÄTER«
Ansager . . . waren nicht verwickelt. Der Minister für Wissen-

schaft und Technik *(Foto des Ministers mit einem Plumpbeutler auf der Schulter)* traf heute mit den drei russischen Führern zusammen *(wieder die drei russischen Politiker, alle mit Plumpbeutlern auf der Schulter),* um über ein Vier-Millionen-Pfund-Abkommen über Verkehrsflugzeuge zu verhandeln. Keiner von ihnen ist in Australien zu Hause, keiner trug seine Babies in einem Beutel oder aß von den leckeren Eukalyptusblättern, lecker, lecker. Das waren die Nachrichten für Plumpbeutler. Und nun: Attila, der Hund!

TRICKFILM: *ein gefährlicher, tollwütiger Hund...*

Off-Sprecher (JOHN) Das war Attila der Hund, und nun präsentieren wir Ihnen: Idioten!

Ein Dorftrottel in Kittelschürze und Strohhut, mit roten Wangen, Strohhalm im Mundwinkel, sitzt auf einer Mauer; er macht komische Geräusche und verdreht die Augen.

Off-Sprecher (ERIC) Arthur Figgis ist ein Idiot. Ein Dorftrottel. Heute abend befassen wir uns mit dem Idioten in der Gesellschaft.

Großaufnahme von Figgis, der in die Kamera spricht. Sehr nahe Großaufnahme, so daß der oberste und unterste Teil seines Gesichts abgeschnitten sind.

Figgis (JOHN) *(sehr elaboriert)* Nun, ich bin der festen Meinung, daß der Idiot *durchaus* ein Bestandteil des alten Dorfsystems ist und als solcher eine lebensnotwendige Rolle in der modernen ländlichen Gesellschaft spielt, da er nämlich... *(wechselt plötzlich Tonfall und spricht im Bauerndialekt)*... hou, äh, chrrn, wenn däi Hahn bellt uppn Mist, ändert sich, äh, chrrn *(Vikar geht vorbei und gibt ihm Sixpence),* chrrr, äh, Gott vergelt's, Herrrrr Vikar... *(Gebildete Stimme)* In unserer Gesellschaft besteht ein sehr realer Bedarf an Menschen, die von nahezu allen anderen verachtet und ausgelacht werden können. Und diese Rolle haben... hou, hä, chrrn, schnupsi, tapsi, kacki, klingeling, wau, wau... *(Vorbeigehende Dame gibt ihm Sixpence.)* Vielen Dank, Mrs. Thompson... Und diese Rolle hat meine Familie während der letzten vierhundert Jahre in diesem Dorf wahrgenommen... Guten Morgen, Mr. Jenkins, ICI hat die Halbjahres-Dividende heraufgesetzt, wie ich höre.

Wir sehen Mr. Jenkins vorbeigehen; er ist ebenfalls ein Idiot und trägt die gleiche Kleidung.

Mr. Jenkins (MICHAEL) Ja, ganz hervorragend.

Figgis Das war Mr. Jenkins – auch ein Idiot. Wie Sie sehen, leistet der Idiot einen elementaren psycho-sozialen Service an seiner Gemeinschaft. Oh, entschuldigen Sie mich bitte, aber dort ist soeben ein Reisebus angekommen. Ich fürchte, ich muß jetzt von der Mauer fallen.

Er fällt rückwärts von der Mauer.

Schnitt zu Figgis in Dorftrottel-Kleidung, der aus einem Vorortshaus herauskommt. Auf dem Rasen stehen mehrere Turngeräte, an denen er sich zu schaffen macht. Nimmt Anlauf und rennt mit voller Wucht gegen ein Gymnastikpferd (Zeitraffer); prallt ab und geht betäubt zu Boden.

Off-Sprecher (ERIC) Arthur nimmt das Idiotentum sehr ernst. Morgens um sechs ist er schon auf den Beinen und arbeitet mit einer Spezialausrüstung, um sich in einem regelmäßigen Schwachsinnstraining fit zu halten. Und natürlich legt er großen Wert auf seine äußere Erscheinung.

Figgis, der einen hübschen sauberen Kittel trägt, springt in einen Teich. Er klettert sofort wieder heraus, zieht einen Handspiegel aus der Tasche und klatscht sich kritisch Schlamm ins Gesicht, als würde er Make-up auftragen.

Off-Sprecher Genauso wie der Doktor, der Schmied und der Zimmermann stellt Mr. Figgis eine bedeutende Persönlichkeit in diesem Dorf dar, – und genau wie sie – benutzt auch er die Bank der Gemeinde.

Dorfplatz. Eine Bank. Figgis geht auf sie zu. Leute, die kichern und auf ihn zeigen. Er zieht seine alberne Nummer ab. Figgis betritt die Bank. Schnitt; Bankdirektor, der vor der Bank steht.

EINBLENDUNG: »M. BRANDO – BANKDIREKTOR«

Bankdirektor (GRAHAM) Ja, es gibt hier eine ganze Reihe von Idioten, die bei uns ein Konto haben.

Off-Sprecher (MICHAEL) Wieviel Geld ist Ihrer Meinung nach mit Idiotie zu holen?

Bankdirektor Also ich würde sagen, heutzutage kann ein richtiger Vollidiot bis zu zehntausend Pfund im Jahr verdienen – vorausgesetzt, er ist der Kopf irgendeines großen Industriekonzerns. Aber natürlich weigert sich der eher altmodische Idiot immer noch, Geld anzunehmen.

Wir sehen, wie Figgis der Kassiererin einen Scheck gibt; Kassiererin schiebt ihm einen Haufen Moos, Kieselsteine, Holzstückchen und Bucheckern über den Schalter.

Bankdirektor *(im Off)* Er nimmt kleine Schnüre und Stöckchen, tote Wellensittiche, Spatzen, einfach alles, was allerdings die Arbeit des Kassierers erschwert; aber am Ende sind sie selbst ja die Dummen, da der Zinssatz auf ein Stück Moos oder eine tote Wühlmaus über eine Laufzeit von zehn Jahren selbstverständlich schwindend gering ist.

Ein Bankangestellter erscheint an der Eingangstür.

Bankangestellter (TERRY J.) Mr. Brando!

Bankdirektor Ja?

Bankangestellter Hollywood am Telefon.

Bankdirektor Stellen Sie in mein Büro durch.

Schnitt auf eine Waldlichtung.

Off-Sprecher (ERIC) Aber Mr. Figgis ist kein gewöhnlicher Idiot. Er unterrichtet Irrsinn an der Universität von East Anglia. Hier sehen wir ihn mit einer Klasse im dritten Studienjahr.

Ein halbes Dutzend Knallköpfe, die von Figgis angeführt werden, tanzen durch die Lichtung und singen unmelodisch. Sie tragen lange Uni-Schals.

Off-Sprecher Nach einem dreijährigen Studium erhalten diese Eleven des Irrsinns ein Idiotendiplom, eine Handvoll Dreck und einen Tritt ins Gesicht.

Ein Vizedirektor steht in einer universitären Räumlichkeit; vor ihm ein paar junge Idioten. Sie sind in Idiotentracht gekleidet und haben Doktorhüte auf. Einer von ihnen tritt vor den Rektor, bekommt ein Diplom, eine Handvoll Dreck ins Gesicht und kniet nieder, um seinen Tritt entgegenzunehmen.

Schnitt: man sieht Eltern, die glücklich und stolz lächeln.

Off-Sprecher Unter den Idioten der alten Schule befinden sich aber nicht wenige, die den akademischen Idioten ablehnen.

Alter Idiot (ERIC) Ich bin ein rundum autodidaktischer Idiot. Ich meine, ouh, äh, chrrn, uh, ähm, chrrrrn, kommen Sie mir doch heute nicht mehr damit. Bei uns hier würde sich einer, der es noch mit der Masche probiert, total lächerlich machen, der könnte glatt einpacken. Nein, die Leute verlangen heutzutage etwas Subtileres.

Ehefrau kippt ihm den Frühstücksbrei über den Kopf.

Schnitt: Film von einem Idioten, der mehrmals hintereinander von einer Mauer fällt.

Off-Sprecher Kevin O'Nassis arbeitet größtenteils mit Mauern.

Kevin (JOHN) *(im Off)* Man muß genau wissen, was man macht.

Ich meine, manche Leute glauben, ich bin verrückt. Die Dorfbewohner sagen, ich bin verrückt, die Touristen sagen, ich bin verrückt; also ich werde Ihnen was sagen, ich *bin* verrückt, aber von *Natur aus* verrückt. Ich verwende keinerlei chemische Zusatzstoffe.

Off-Sprecher Aber wie steht es mit dem Privatleben des Idioten? Wie ist sein Verhältnis zu Frauen?

Idiot im Bett. Kamera geht zurück, man sieht jetzt, daß er das Lager mit zwei sehr jungen, schlanken nackten Mädchen teilt.

Idiot (JOHN) Also, ich bin ja vielleicht verrückt, aber blöd bin ich noch lange nicht.

Off-Sprecher Den Dorftrottel mit der schmuddeligen Kittelschürze und seiner plumpen Mauer-Akrobatik trennen jedoch noch Welten von dem modernen Ambiente des urbanen Idioten. *(Archivfilm: Massenszene mit normal gekleideten städtischen Gentlemen, die aus Zügen strömen.)* Was für einen Hintergrund haben diese Stadtidioten?

»Stimmen des Volkes«-Film von städtischen Gentlemen. Untertitel erhellen ihren geschraubten und nahezu unverständlichen Akzent.

Erster Stadtidiot (JOHN) Eton, Sandhurst, und das Gardekorps, ha, ha, ha, ha.

Zweiter Stadtidiot (MICHAEL) Es fällt mir gerade nicht ein, aber ich hab's irgendwo aufgeschrieben.

Dritter Stadtidiot (GRAHAM) Papi ist Bankier, und da brauchte er einen Papierkorb.

Vierter Stadtidiot (TERRY J.) Vater war Innenminister, und Mutter hat das Derby gewonnen.

Schnitt: Kommentator mit Mikrophon in Großaufnahme. Die Kamera fährt zurück, während er spricht, man sieht jetzt, daß er vor dem Haupttor von Lord's Kricketplatz steht.

Interviewer (GRAHAM) Das Hauptquartier dieser urbanen Idioten befindet sich hier in St. John's Wood. Dort drinnen können sie die Gesellschaft anderer Idioten genießen und sich besondere Darbietungen rituellen Irrsinns anschauen.

Kurze Einstellung: Totale eines Kricketmatchs im Lord's.

Dann Schnitt zu fünf entsetzlich alten Idioten, die sich das Spiel ansehen.

Erster Idiot (MICHAEL) Gut in Ruhe gelassen.

Zweiter Idiot (GRAHAM) Gut gespielt.

Dritter Idiot (ERIC) Gut, gut.
Vierter Idiot (JOHN) Gut erzogen.
Fünfter Idiot (TERRY J.) *(stirbt)* Ah!

Wieder eine kurze Totale vom Lord's. Es passiert absolut gar nichts, und wir können niemanden erkennen.

Schnitt: drei Fernseh-Sportreporter in einer modernen Kabine, mit geöffnetem Schiebefenster. Sie sind von Flaschen umgeben.

Jim (JOHN) Guten Tag und herzlich willkommen am zweiten Tag des ersten Länderspiels in Lord's. Während der letzten fünf Stunden war England am Schlag und hat bereits keinen einzigen Punkt erzielt. Cowdrey ist im Spiel und hat keinen Schlag gelandet. Naughton ist nicht im Spiel. Knott ist im Spiel und hat null Punkte erzielt. Naughton aus Northamptonshire bekam gestern abend beim Training einen Bombenball gegen die Birne, hat es aber überlebt. Nächster im Spiel ist Nat Newton aus Nottinghamshire. Nicht Nutting – Nutting steht auf neun, ähm, Nutting hat fabelhaft abgeschlagen, klatsch, peng, schwirr. . . *(redet wirres Zeug; ein anderer Reporter stupst ihn an)* . . . jedenfalls hat England erstaunlich gut für nichts und wieder nichts gespielt und keinen müden Punkt gemacht, in Erwiderung auf das erste Inning von Island, das gestern in einer blamablen Vorstellung insgesamt 722 Punkte erzielte und zwei Spieler in die Kabine schickte und nach einundzwanzig enttäuschenden Runden vorzeitig den Wechsel anbot, wobei es einen Haufen erbärmliches Schläger-Gefuchtel und wilde Bälle zum besten gab, an die niemand rankam, und lauter Mist von der Sorte. Aber die Hauptsache ist ja, daß England bisher einen absolut hervorragenden Start gehabt hat, oder, Peter?

Peter (GRAHAM) Ganz fantastisch. Hör dir nur das Krachen dieser Schenkel an. Und jetzt ist die Nordkurve mit ihrem Samba dran. Brian, bitte.

Brian (ERIC) *(er hat eine gewaltige Nase)* Ganz genau. *(Öffnet ein Buch.)* Das erinnert mich an eine Geschichte über Gubby Allen aus dem Jahre 1932. . .

Jim Halt die Klappe, Mensch, sonst schließen wir die Bar. Und jetzt nimmt Bo Wildeburg Anlauf, um den Ball auf Cowdrey zu werfen, er nimmt Anlauf, er wirft auf Cowdrey. . .

Schnitt: ein kräftiger, wuchtiger Werfer. Er wirft den Ball, aber der Schlagmann rührt sich nicht. Der Ball saust am Außenstab des Wicket vorbei.

Jim . . . und überhaupt kein Schlag. Glänzend den Wurf ignoriert.

Peter Ja, herrlich links liegengelassen.

Brian Ein Klasseschlag, in keinster Weise ausgeführt. Ich erinnere mich noch gut, wie Plum Warner einen ähnlichen Ball im Jahre 1732 in Ruhe ließ.

Jim Ach halt die Fresse, Langnase.

Peter fällt vom Stuhl.

Jim Und da nimmt Bo Wildeburg erneut Anlauf, um auf Cowdrey zu werfen, er rennt los. *(Werfer wirft wie beim erstenmal; Ball fliegt wie vorher vorbei.)* Er wirft auf Cowdrey – und es erfolgt überhaupt kein Schlag, eine sagenhafte Zurschaustellung von Körperstarre. . . Und jetzt: der Wechsel, und Drinks.

Peter Für mich einen Gin Tonic.

Jim Nein, die *Spieler* bekommen Drinks. Und was passiert da unten? Ich glaube fast, daß Cowdrey herausgenommen wird.

Zwei Männer in weißen Kitteln wie Möbelpacker, daher vielleicht besser in braunen Kitteln, tragen den Schlagmann vom Feld. Zwei Männer gehen mit einem grünen Polstersofa an ihnen vorbei und auf den Dreistab zu.

Jim Ja, Cowdrey wird herausgenommen. Ein starkes Stück. Schauen wir mal, wer als nächster dran ist, es sollte die Nummer drei sein, Natt Newton aus Nottinghamshire. . . nimm deine Hand von meinem Schenkel, West . . . nein, ich glaube, er ist es doch nicht. . . ich glaube, es ist, äh, es ist das Sofa. . . nein, es ist das *Polster*sofa! Das grüne Polstersofa kommt als die Nummer drei und bezieht jetzt Position.

Brian Ich erinnere mich lebhaft an einen ähnlichen Diwan, der in Headingley im Jahre 9 v. Chr. im Spiel gegen die Kaffer eingewechselt wurde.

Jim Ach halt's Maul, du Rüssel. Und jetzt hat das grüne Polstersofa Stellung bezogen, und Island setzt die Wäscheschleuder als Werfer ein.

Aufstellung der Möbel. Das ganze Spielfeld wird mit Möbelstücken in der richtigen Anordnung besetzt. Drei Stühle, ein Sessel, ein Bidet, ein Fernsehgerät, ein Bücherregal, ein Rollschreibtisch, ein Heizkörper usw. verteilen sich auf die Spielpositionen. Die Wäscheschleuder nimmt Anlauf und schleudert mit dem Schlauch einen echten Ball gegen einen Tisch, der vor dem Wicket steht und Schutzpolster trägt. Die Wäscheschleuder trifft den Tisch am Kniepolster. »Du-bist-raus«-Rufe.

Jim Die Wäscheschleuder bewegt sich wieder zur Wurfmarke zurück, nimmt Anlauf auf den Dreistab, wirft zum Tisch. . . ein bißchen knapp, aber der Ball kommt noch, trifft ihn am Knieschutz. . . und der Tisch ist draußen, Bein vor Dreistab. Damit heißt es null zu eins für England.

Anderer Off-Sprecher (MICHAEL) Und nun verlassen wir Lord's und schalten um nach Epsom.

Sportreporter (ERIC) Hier in Epsom wurde soeben das Dreiuhrrennen gestartet, fünfzig Yards dieser Meile, somit die Hälfte, sind schon zurückgelegt, Waschbecken liegt an der Spitze, gefolgt von Kloschüssel. Sofa legt sich mächtig ins Zeug und teilt sich mit Joanna Southcotts Hutschachtel, die ein gutes Rennen macht, den dritten Platz, vor Hutständer an der Innenseite, Stehlampe fällt zurück, aber jetzt geht Waschbecken eindeutig nach vorn, stark bedrängt von. . . Und an der Zielmarke gehen Waschbecken vor Kloschüssel vor Sofa durch, dann kommen Hutständer, Stehlampe und als letzte Joanna Southcotts Schachtel.

Schnitt ins Studio; im echten Publikum sitzen drei schreiende Bischöfe.

Bischöfe Mach die Schachtel auf! Mach die Schachtel auf! Mach die Schachtel auf! Mach die Schachtel auf! Mach die Schachtel auf!

Eine einfache Kulisse wie für die Quiz-Sendung »Wählen-Sie-selbst« mit einem wie Michael Miles grinsenden Monster von einem Moderator.

Michael Miles (JOHN) Und könnten wir jetzt bitte den nächsten Kandidaten haben? *(Eine Schreckschraube läuft nach vorn auf Michael Miles zu.)* Ha, ha, ha . . . Guten Abend, meine Dame, und Ihr Name lautet?

Frau (TERRY J.) Ja, ja.

Michael Miles Und wie heißen Sie?

Frau Ich gehe regelmäßig in die Kirche.

Michael Miles Wunderbar, verstehe, verstehe, und auf welchen Preis haben Sie heute abend Ihr spezielles Auge geworfen?

Frau Ich hätte gern den Schlag auf den Kopf.

Michael Miles Den Schlag auf den Kopf.

Frau Genau dorthin.

Michael Miles Wunderbar. Nun also, unsere erste Frage heute abend für den Schlag auf den Kopf lautet: Welcher große Kritiker des Descarteschen Dualismus sträubte sich gegen die

Reduzierung psychologischer Phänomene auf physikalische Zustände?

Frau Das weiß ich nicht!

Michael Miles Raten Sie einfach.

Frau Henri Bergson.

Michael Miles Und das ist die korrekte Antwort!

Frau Huch, na so ein Glück. Ich hab noch nie was von ihm gehört.

Michael Miles Wunderbar.

Frau Ich mag nämlich keine Neger.

Michael Miles Ha, ha, ha. Na wer tut das schon! Und nun kommt Ihre zweite Frage für den Schlag auf den Kopf: Wovon ernähren sich Pinguine hauptsächlich?

Frau Schweinebraten-Sandwich.

Michael Miles Nein.

Frau Schinkenstückchen in der Dose?

Michael Miles Nein, nein, nein. Was fressen Pinguine? Pinguine.

Frau Pinguine?

Michael Miles Ja.

Frau Ich hasse Pinguine.

Michael Miles Nein, nein, nein.

Frau Sie fressen sich selbst.

Michael Miles Nein, nein, was fressen *Pinguine*?

Frau Pferde! . . . Lehnstühle!

Michael Miles Nein, nein, nein. Was fressen Pinguine?

Frau Ach so, Pinguine!

Michael Miles Pinguine.

Frau Cannelloni.

Michael Miles Nein.

Frau Lasagne, Moussaka, Hummer Thermidor, Escalopes de veau à l'estragon avec endives gratinées mit Käse.

Michael Miles Nein, nein, nein, nein. Ich geb Ihnen einen Hinweis. *(Mimt einen schwimmenden Fisch.)*

Frau Ah! Brian Close.

Michael Miles Nein, nein.

Frau Brian Inglis, Brian Johnson, Bryan Forbes.

Michael Miles Nein, nein!

Frau Nanette Newman.

Michael Miles Nein. Was schwimmt im Meer und wird mit Netzen gefangen?

Frau Henri Bergson.

Michael Miles Nein.

Frau Ziegen. Unterwasserziegen mit Schnorcheln und Schwimmflossen.

Michael Miles Nein, nein.

Frau Ein Büffel mit Sauerstoffgerät.

Michael Miles Nein, nein.

Frau Reginald Maudling.

Michael Miles Ja, das ist nah genug dran. Ich geb Ihnen den Punkt. Also schön, Mrs. Abschaum, Sie haben Ihren Preis gewonnen, möchten Sie immer noch den Schlag auf den Kopf?

Frau Ja, ja.

Michael Miles Ich biete Ihnen an. . . eine Faust aufs Auge.

Frau Nein! Ich will den Schlag auf den Kopf!

Michael Miles Einen rechten Haken zwischen die Kiemen.

Frau Nein.

Michael Miles Also gut, dann einen Tritt vors Schienbein.

Frau Nein.

Michael Miles Mrs. Abschaum, ich biete Ihnen einen Schlagring ins Eßbesteck und dazu: ein Stilett die Stützkorsage aufwärts.

Frau Äh. . . .

Stimmen Schlag auf den Kopf! Nimm den Schlag auf den Kopf!

Frau Nein, ich nehme den Schlag auf den Kopf.

Michael Miles Na schön. Mrs. Abschaum, Sie haben den Superpreis des heutigen Abends gewonnen, den Schlag auf den Kopf.
Er haut ihr einen riesigen Holzhammer über den Schädel, sie geht ohnmächtig zu Boden. Ein sexy gekleidetes Mädchen im Hintergrund (Graham) schlägt einen kleinen Gong an. Die drei Bischöfe kommen hereingerannt und stürzen sich gierig auf sie.
Schnitt auf Schild:
RUNDFUNK- UND FERNSEHGEBÜHREN AB DEM 1. JANUAR 1969
FARBFERNSEHEN UND RADIO 11 £
FERNSEHEN UND RADIO 6 £
NUR RADIO 1 £ 50
Darüber Abspann (Rolltitel) und:
ENDE

Einundzwanzig – Archäologie heute

BBC-1-Weltkugel.

Off-Sprecher (ERIC) Hier nun die Vorschau auf einige Sendungen, die das BBC-Fernsehen in Kürze ausstrahlen wird. Los geht's mit bunter Vielfalt... *(Standfoto von Peter West und Brian Johnston)* ...Peter West und Brian Johnston spielen die Hauptrollen in »Regen führte zu Spielabbruch«, einer verrückten neuen *Comedy*-Serie über die lustigen Heldentaten zweier Kricketsport-Fernsehmoderatoren *(Foto von E.W. Swanton)*, mit E.W. Swanton als Aggie, dem schrulligen schottischen Dienstmädchen. Denjenigen unter Ihnen, die bunte Vielfalt nicht mögen, bieten wir bunte Vielfalt, und zwar mit Brian Close im »Talk of the Town«. *(Brian Close in weißer Kricketkleidung auf einer Bühne.)* Und natürlich bringen wir Sport. Unsere Klassiker Serie *(Stich von London mit Überschrift: »Die Klassiker«)* auf BBC 2 sendet weitere sechsundzwanzig Folgen von John Galsworthys »Snooker auf meine Art« *(Fotomontage von Nyree Dawn Porter, die ein Snooker-Queue hält)*, mit Nyree Dawn Porter, die ihren sensationellen Erfolg als Joe Davis wiederaufleben läßt. Und natürlich bringen wir Sport. *Comedy* kommt auch nicht zu kurz *(Zwischentitel: »Comedy«)*, wir zeigen Jim Laker *(Foto von Laker)* in »Ballwurf mit Effet – in dreizehn leicht verständlichen Lektionen«. Jim spielt in der neuen Serie »Du-bist-raus« den verschrobenen ledigen Kricketspieler, mit Annely Brummond-Haye auf Mr. Softee *(Foto von Annely zu Pferd)* als seine Frau. Und natürlich bringen wir Sport. »Panorama« kehrt zurück, wie immer *(»Panorama«-Überschrift mit Foto von Tony Jacklin)* von Tony Jacklin moderiert, und Lulu *(Foto von Lulu)* wird es mit dem »Old Man of Hoy« aufnehmen *(Foto des charakteristischen Felsens gleichen Namens)*. Und für diejenigen unter Ihnen, die Drama bevorzugen, gibt es – Sport. In der »Show der Woche« singt Kenneth Wostenholme. *(Standfoto von ihm, eingeblendet über Flick-Colby-Trachtengruppe, Pans-People-Tänzer, ono.)* Und für diejenigen unter Ihnen, die kein Fernsehen mögen, gibt es – David Coleman. *(Bild von ihm, lächelnd.)* Und natürlich bringen wir Sport. Aber nun zu etwas völlig anderem – Sport.

Trailermusik der Sportsendung »Grandstand« setzt ein und bricht dann jäh ab.

Schnitt: der übliche Trickfilm-Vorspann.

TRICKFILM, *ein Sketch über einen archäologischen Fund führt uns zu:*
ZWISCHENTITEL: »ARCHÄOLOGIE HEUTE«
Interview-Studio; Kulisse für Archäologie-Programm. Moderator und zwei Gäste sitzen vor einem vergrößerten Foto eines gesprungenen alten Tontopfs im Studio.

Interviewer (MICHAEL) Ich begrüße jetzt bei uns zu »Archäologie heute« Professor Lucien Kastner von der Universität Oslo.

Kastner (TERRY J.) Guten Abend.

Interviewer Wie groß sind Sie, Professor?

Kastner . . . Wie bitte?

Interviewer Wie groß sind Sie?

Kastner Ich bin ungefähr eins siebenundsiebzig.

Interviewer . . . und Experte für ägyptische Grabmalerei. Sir Robert. . . *(Wendet sich noch einmal Kastner zu.)* Sind Sie wirklich eins siebenundsiebzig?

Kastner Ja.

Interviewer Komisch, Sie wirken viel kleiner auf mich. Lümmeln Sie sich vielleicht in Ihrem Stuhl?

Kastner Nein, ich, äh. . .

Interviewer Unglaublich. Sir Robert Eversly, Sie sind soeben von den Ausgrabungen in El Ara zurückgekehrt, und Sie müssen ein gutes Stück über eins fünfundachtzig sein. Stimmt das, Sir Robert?

Sir Robert (JOHN) *(verwirrt)* Ja.

Interviewer Sie sind sogar eher eins fünfundneunzig, schätze ich mal, nicht wahr?

Sir Robert Ja.

Applaus im Off. Sir Robert blickt sich erstaunt um.

Interviewer Oh, fantastisch. Ich meine, Sie sind ja aus einem ganz anderen Holz geschnitzt als Professor Kastner. Sitzen aufrecht in Ihrem Stuhl, gerade, sattelfest. . .

Sir Robert Ja. . . Ich dachte, wir wollen uns hier über Archäologie unterhalten.

Interviewer Ja, ja, natürlich, absolut, da haben Sie absolut recht! Da haben Sie uns ein schönes Beispiel positiven Denkens geliefert. *(Zu Kastner)* So etwas hätten Sie nie zu sagen gewagt, stimmt's? Sie Eins-siebenundsiebzig-Mickerling. *(Dreht Kastner ostentativ den Rücken zu.)* Sir Robert Eversly, der Sie ein äußerst interessanter Mann sind – was haben Sie bei Ihren Ausgrabungen in El Ara gefunden?

Sir Robert *(nimmt eine schöne antike Vase in die Hand)* Also im wesentlichen haben wir eine Grabanlage entdeckt. . .

Interviewer Sehr gute Sprechstimme.

Sir Robert . . . die den sensationellen Beweis von polynesischem Einfluß im Ägypten zur Zeit der dritten Dynastie liefert, was ausgesprochen bemerkenswert ist.

Interviewer Wie groß waren die Polynesier?

Kastner Sie waren. . .

Interviewer Pscht!

Sir Robert Nun ja, sie waren ziemlich kleine, seefahrende. . .

Interviewer . . . kurze Männer, was? Ganz gedrungen und geduckt?

Sir Robert Also, darüber kann ich leider nichts Genaues sagen. . .

Interviewer Wer waren die großen Menschen?

Sir Robert Tut mir leid, ich weiß es nicht.

Interviewer Wie heißt noch dieser sehr große Stamm in Afrika?

Sir Robert Also mit Archäologie hat das herzlich wenig zu tun.

Interviewer Die Watussi! Jetzt hab ich's – die Watussi! Genau, das ist der Stamm, also die werden zum Teil fast zwei Meter vierzig. Stellen Sie sich das mal vor. Zwei Meter vierzig ein einziger Watussi. Nicht einer auf den Schultern des anderen, o nein – ganze zwei Meter vierzig ein einziger, kompakter Watussi. *Das* nenne ich groß.

Sir Robert Ja, aber das hat nichts mit Archäologie zu tun.

Interviewer *(schlägt Sir Robert die Vase aus der Hand)* Hören Sie doch endlich mit Ihrer scheiß Archäologie auf, Mann!

Kastner Darf ich bitte auch etwas sagen! Ich habe die weite Reise von Oslo hierher gemacht, um an dieser Sendung teilzunehmen! Ich bin Professor für Archäologie. Ich bin Experte für Zivilisationen des Altertums. Na schön, ich bin nur eins siebenundsiebzig. Na schön, ich habe eine schlechte Haltung, na schön, ich lümmle mich in meinem Stuhl. Aber ich hab mehr Frauen gehabt als Sie beide zusammen! Ich hab das halbe verdammte Norwegen gehabt, so sieht's aus! Darum können Sie sich Ihren Robert Eversly an den Hut schmieren! Und Ihre blöden Watussi auch! Ich weiß, was ich an meinem kleinen Körper hab. . . meinem kleinen Eins-siebenundsiebzig-Körper . . . *(Bricht schluchzend zusammen.)*

Sir Robert Sie blöder Idiot. Da, sehen Sie, was Sie angerichtet haben.

Interviewer Nennen Sie mich nicht einen blöden Idioten.

Sir Robert Ich mach, was mir gefällt, ich bin eins fünfundneunzig, und Würstchen wie Sie verspeise ich zum Frühstück.

Sir Robert streckt den Interviewer mit einem gewaltigen Hieb nieder. Interviewer schaut auf und reibt sich das Kinn.

Interviewer Das zahl ich dir heim, Eversly! Das zahl ich dir heim, und wenn ich alle vier Himmelsrichtungen nach dir absuchen muß!

Wilder Akkord und Übergang zu Filmmusik und Vorspann wie bei einem Western.

ÜBERSCHRIFT: »FLAMMENDER STERN – DIE GESCHICHTE EINES MANNES, DER IN DER RAUHEN UND UNBARMHERZIGEN WELT DER INTERNATIONALEN ARCHÄOLOGIE AUF RACHE SINNT«

Schnitt: Archivfilm von den Pyramiden (circa 1920).

EINGEBLENDETER ZWISCHENTITEL: »ÄGYPTEN – 1920«

Eine archäologische Ausgrabungsstätte in einer flachen Sandlandschaft. Alle Schauspieler sind im Stil der 20er Jahre gekleidet. Schwenk über die Anlage mit Gängen und Gräben.

Danielle (CAROL) *(im Off)* Die Ausgrabungen liefen gut dieses Jahr. Wir hatten einige hethitische Backteller aus der fünften Dynastie entdeckt, und Sir Robert war glücklicher, als ich ihn je zuvor erlebt hatte. . .

Kamera bleibt auf Sir Robert Eversly stehen; er gräbt eifrig; die Kamera holt den Archäologen nah ran, der jetzt, zur Begleitung von einer Hammondorgel, zu singen beginnt:

Sir Robert Heut hör ich die Lerche singen
Seh Adler durch die Lüfte schwingen
Was wird der heut'ge Tag mir bringen
Heute. . .

Er hält inne und hebt einen Gegenstand auf, pustet den Staub darauf weg und sieht das Ding erstaunt an.

Sir Robert Nanu, ein sumerisches Trinkgefäß aus der vierten Dynastie. *(Singt)* Heute!!!! *(Spricht)* Katalogisieren Sie dieses Behältnis, Danielle, es ist aus der vierten Dynastie.

Danielle Oh, ist es etwa. . .?

Sir Robert Ja, es ist. . . sumerisch.

Danielle Oh, wie wunderbar! Oh, wie sehr ich mich für Sie freue.

Sir Robert Ich freue mich auch, denn jetzt wissen wir endlich, daß es hier in Abu Simnel während der frühen prädynastischen Periode einen sumerischen Einfluß gegeben hat, zweitausend

Jahre vor der Regierungszeit Tut-Ench-Amons. *(Schmettert wieder los)* Heut hör ich die Lerche singen
Seh Adler durch die Lüfte schwingen
(Danielle stimmt mit ein) Was wird der heut'ge Tag mir bringen.
Sie sind drauf und dran, sich zu umarmen, als ein jäher Mißklang und ein langes Krachen ertönt. Der Interviewer steht, in der Kleidung, die er schon vorhin trug, am Rande der Ausgrabungsstätte.

Interviewer Das Spiel ist aus, Eversly, komm aus dem Graben.

Sir Robert Vergessen Sie nicht... ich bin einsfünfundneunzig.

Interviewer Damit kannst du mir keine Angst machen, Kastner!
Er schnippst mit den Fingern. Professor Kastner tritt scharwenzelnd hinter ihm auf.

Kastner Hier, mein Gebieter.

Interviewer Hopp!
Er schnipst mit den Fingern, Kastner springt ihm auf die Schultern.

Sir Robert Drei Meter sechzig!

Kastner Ich bin ja so groß! Ich bin ja so groß!

Sir Robert Danielle!
Danielle springt ihm auf die Schultern.

Interviewer Drei Meter fünfundsechzig! Du mieses Schwein! Abdul!
Ein Diener erscheint auf Kastners Schultern.

Sir Robert Fünf Meter zwanzig! Mustafa!
Ein Diener erscheint auf Danielles Schultern.

Interviewer Fünf Meter vierzig... Du mieses Schwein!
Die sechs gehen aufeinander los. Sie kämpfen zwischen den aufgebockten Tischen, auf denen seltene Töpfe stehen, die dabei zu Bruch gehen. Als der Kampf vorbei ist, liegen sie alle tot übereinander in einem Haufen zerschlagener Töpferware. Der Interviewer kriecht auf die Kamera zu und zieht ein Mikrophon aus der Tasche. Er ist blutüberströmt und haucht seinen letzten Atem aus.

Interviewer Und damit beenden wir diese Ausgabe von »Archäologie heute«. Nächste Woche präsentieren wir Ihnen die Silbury-Ausgrabung von Cole Porter, mit Pearl Bailey und Arthur Negus. *(Er stirbt.)*

Off-Sprecher (MICHAEL) Und jetzt ein Wort zur geistigen Gesundheit von Pastor Arthur Belling.
Schnitt: ein Vikar sitzt im Studio und blickt in die Kamera. Er hat eine Axt im Kopf.

Reverend Belling (GRAHAM) Wissen Sie, es gibt heute und hierzulande viele Menschen, die ohne eigenes Verschulden geistig gesund sind. Einige von ihnen wurden so geboren. Andere unter ihnen wurden erst später, als sie heranwuchsen, oder im Erwachsenenalter geistig gesund. Es sollte die Aufgabe von Menschen wie Ihnen und mir sein, die wir nicht mehr alle Tassen im Schrank haben, diesen Leuten dabei zu helfen, ihre geistige Gesundheit zu überwinden. Man kann schon im kleinen damit anfangen, mit Pingpong-Bällen in den Augen und einer komischen Stimme, und dann kann man sich die eine Körperhälfte rot und die andere grün anmalen und in einer Schüssel Sirup herumspringen und dabei »quietsch, quietsch, quietsch« machen... Und dann »Gnnn! Gnnn!« und sich auf dem Boden wälzen und dabei »pling, pling, pling« machen... *(Wälzt sich auf dem Boden.)*

Off-Sprecher Pastor Arthur Belling ist Seelsorger bei St. Oberstübchen in Vogelheim an der Macke.

ZWISCHENTITEL: »EIN APPELL ZUGUNSTEN DER NATIONALEN ANSTIFTUNG«

Schnitt: elegant gekleidete Frau.

Frau (ERIC) Guten Abend. Mein Name ist Leapy Lee. Nein, Entschuldigung. So heißt ja meine Lieblingssängerin. Ich heiße Mrs. Fred Stolle. Nein, nein, so heißt die Frau meines Lieblings-Tennisspielers. Ich heiße Spinne. Nein, nein, nein, so heißt mein Lieblings-Insekt. Ich bin Mrs. Netter-Abend-im-Kino-dann-vielleicht-ein-kleiner-Schwoof-im-Klub-und-hinterher-zu-ihm-auf-eine-schnelle-Tasse-Kaffee-und-eine-schnelle – nein! Nein, 'tschuldigung, das ist ja meine Lieblingsart, einen Abend zu verbringen. Vielleicht bin ich ja *doch* Leapy Lee? Natürlich! Ich muß Leapy Lee sein! Hallo Fans! Hier ist Leapy Lee! *(Singt.)* Kleine Pfeile, die dich... *(Telefon klingelt, sie geht ran.)* Hallo? – Offenbar bin ich *nicht* Leapy Lee... Hab ich mir schon fast gedacht... – Danke, ich sag's ihnen... *(Legt den Hörer auf.)* Hallo. Hallo, hier ist Dennis Compton. Nein, nein... ich hätte es mir aufschreiben sollen. Wo hab ich bloß die Nummer? *(Führt Selbstgespräche, während sie in ihrer Handtasche kramt.)* Ich bin Mao Tsetung... Ich bin P.P. Arnold... Ich bin Margaret Thatcher... Ich bin Sir Gerald Nabarro... *(Sie wählt.)* Hallo? Hier spricht Sir Len Hutton. Könnten Sie mir bitte sagen...

ach, tatsächlich? Oh, vielen Dank. *(Sie legt den Hörer auf.)* Guten Abend. Ich bin Mrs. Welche-Nummer-haben-Sie-gewählt-bitte?
Ein Boxer (Terry G.) kommt hereingestürmt und streckt sie mit einem Fausthieb nieder. Applaus vom Frauenkongreß, und dann –

Schnitt: ein Mann tritt durch eine Tür ein, in seiner Begleitung eine schnuckelige kleine Braut im Hochzeitskleid. Der Mann geht auf den Standesbeamten zu, der hinter seinem Schreibtisch sitzt, auf dem ein Schild »Standesbeamter« steht.

Standesbeamter (ERIC) Guten Morgen.

Mann (TERRY J.) Guten Morgen. Sind Sie der Standesbeamte?

Standesbeamter Das ist in der Tat meine amtliche Aufgabe.

Mann Ich war letzten Sonnabend hier und hab ein blondes Mädchen geheiratet, und ich möchte bitte tauschen. Ich hätte statt dessen gern diese hier.

Standesbeamter Wie soll ich das verstehen?

Mann Ähm, ja, die andere hat nichts getaugt, darum möchte ich sie gern gegen die hier umtauschen. Äh, bezahlt hab ich schon. Ich hab am Sonnabend bezahlt. Hier ist die Quittung.
Gibt ihm die Heiratsurkunde.

Standesbeamter Ach so, ja, nein. Das war, als Sie geheiratet haben.

Mann Ähm, ja. Das war, als ich die falsche geheiratet habe. Mir hat die Farbe nicht gefallen. Das hier ist die, die ich haben möchte, wenn Sie also nur die Formulare ändern könnten, damit ich diese hier gleich mitnehmen kann.

Standesbeamter Das kann ich nicht machen.

Mann Gut, ich will Ihnen keinen Ärger machen, ich zahl noch mal.

Standesbeamter Nein, es *geht* nicht.

Mann Hören Sie, Sie brauchen nur die Frau umzutauschen, Ihren Spruch zu sagen, bla, bla, bla und so weiter, wir ab zu mir nach Hause, und fertig ist die Kiste.

Standesbeamter Es tut mir leid, Sir, aber wir dürfen nicht umtauschen.

Mann Bei Harrod's kann man's aber.

Standesbeamter Kann man nicht.

Mann Kann man doch. Sie haben mir meinen Plattenspieler ohne mit der Wimper zu zucken umgetauscht.

Standesbeamter Das ist etwas anderes.

Mann Und meine Hausschlange und meinen Robin-Day-Schlips haben sie mir auch umgetauscht.

Standesbeamter Aber eine Ehefrau können Sie verdammt noch mal nicht umtauschen!

Mann Na schön! Also gut, kann ich mir eine übers Wochenende borgen?

Standesbeamter Nein!

Mann So ein Mist, ich wollte ja bloß einen netten kleinen...

Eine Pfeife schrillt. Ein Schiedsrichter stürzt herein, zückt ein Buch:

Schiedsrichter (JOHN) Schluß jetzt, auseinander. Ihre Nummer, bitte! *(Der Mann dreht ihm den Rücken zu; man sieht eine große 8.)* Gut. Name?

Mann Cook.

Schnitt zu zwei Männern, die im nächsten Sketch auf ihren Einsatz warten.

Schnitt zurück zum Schiedsrichter, der jetzt den Mann im Notizbuch eingetragen hat und wieder die Pfeife bläst. Die Show geht weiter.

Schnitt zu den beiden Wartenden. Als der Pfiff ertönt, fangen sie an.

Doktor (MICHAEL) Der nächste, bitte. Name?

Watson (GRAHAM) Äh, Watson.

Doktor *(notiert sich den Namen)* Mr. Watson.

Watson Äh, nein, *Doktor.*

Doktor Ach so, Mr. Doktor.

Watson Nein, nicht *Mister,* Doktor.

Doktor Ach so, *Doktor* Doktor.

Watson Nein, Doktor *Watson.*

Doktor Oh, Doktor *Watson* Doktor.

Watson O Mann, nennen Sie mich einfach Schätzchen.

Doktor Hallo, Mr. Schätzchen.

Watson Nein, *Doktor.*

Doktor Hallo, Doktor Schätzchen.

Schrillen einer Pfeife, sofort Schnitt:

ZWISCHENTITEL: »DIESER SKETCH WURDE VERWORFEN«

Trickfilm-Sketch führt uns auf eine Party in Dulwich. Gedämpfte Partymusik. Stimmengebrodel.

Gastgeber (GRAHAM) Ah, John. Darf ich dir meinen Nachbarn vorstellen. John Stokes, das ist Sabberndes Kleines Rattengesicht Schleimscheißer. Ah! *(Wendet sich den anderen Gästen zu.)*

Schleimscheißer (TERRY J.) Guten Tag, ich habe schon bemerkt, daß Sie eben etwas betroffen dreingeschaut haben, aber machen Sie sich keine Gedanken – ich bin's gewöhnt. Das ist nun mal so, wenn man mit einem Nachnamen wie Schleimscheißer geschlagen ist.

John (MICHAEL) Oh. . . ja, ja.

Schleimscheißer Wir hatten uns schon mal überlegt, ob wir ihn nicht offiziell ändern lassen, wissen Sie – in Watson oder etwas in der Art. Aber Sabberndes Kleines Rattengesicht Watson klingt auch nicht viel besser, oder?

John Ja, ja, da haben Sie wahrscheinlich recht.

Mrs. Schleimscheißer nähert sich.

Schleimscheißer Oh, da ist ja meine Frau. Liebling! Komm her und laß dir Mr. . . . wie war der Name doch gleich?

John Stokes – John Stokes.

Schleimscheißer Ach genau. John Stokes, darf ich vorstellen, das ist meine Frau, Blöde Fette Alte Schlampe.

John Oh, äh, guten Tag.

Mrs. Schleimscheißer (JOHN) Einen *wunder*schönen guten Tag.

Mrs. Stokes tritt auf.

Mrs. Stokes (CAROL) Da bist du ja, Liebling!

John Ja, ja, hier bin ich, ja.

Schleimscheißer Oh, ist das Ihre Frau?

John Ja, ja, ja, das ist die kleine Ehefrau. Ja. Ähm, Liebling, das sind die Schleimscheißers.

Mrs. Stokes *(leicht schockiert)* Wie bitte?

John Die Schleimscheißers.

Schleimscheißer Ach kommt doch, Kinder, was sollen die Formalitäten. Müssen wir denn beim Nachnamen bleiben?

John Aber nein, nein. Ganz und gar nicht. Nein. Ähm, nein, das. . . das. . . das ist meine Frau Norah, äh, Norah Jane, Norah Jane Stokes. Das ist Sabberndes Kleines Rattengesicht Schleimscheißer. Und das ist seine Frau, Blöde Fette Alte Schlampe Schleimscheißer.

Schleimscheißer Ich habe gerade Ihrem Mann erklärt, daß einem ein Nachname wie Schleimscheißer ganz schön auf die Nerven gehen kann.

Mrs. Stokes *(begreift jetzt endlich)* Oh! Na ja, so schlimm ist es auch wieder nicht.

Schleimscheißer Ach, Sie haben ja keine Ahnung, wie die Kinder gehänselt werden. Zum Beispiel gerade letzte Woche, da kam Mieser Kleiner Hinterfotziger Lügenbold aus der Schule nach Hause gerannt und heulte sich die Seele aus dem Leibe, und unsere Jüngste, Fiese Pickelgesichtige Kleine Pißnelke ist gerade in dem empfindlichen Alter, wo Sticheleien wie »Sie ist ein Schleimscheißer« wirklich wehtun. Jawohl.

Mrs. Schleimscheißer kotzt grell in ihre Handtasche.

John Wohnen Sie... wohnen Sie hier in der Nähe?

Schleimscheißer Ja, wir wohnen gleich die Straße rauf in Nummer 49 – gar nicht zu verfehlen. Wir haben das Haus erst kürzlich mit warmem Eiter anstreichen lassen.

John *(zunehmend peinlich berührt)* Oh.

Schleimscheißer Ja. Es ist eigentlich recht hübsch geworden. Und paßt so nett zu dem Gemisch aus Erbrochenem und Auswurf, das wir über die Haustür geschmiert haben.

Mrs. Stokes Ich glaube, wir sollten jetzt gehen. Wir müssen noch unsere zwei Kinder abholen.

Schleimscheißer Oh, na dann, bringen Sie sie doch morgen zum Tee vorbei.

Mrs. Stokes Ja, also...

Schleimscheißer Unser Widerwärtiges Fleckengesicht Schielauge feiert nämlich Geburtstag, da haben wir ein paar Freunde zu einer kleinen Ausweidungs-Party eingeladen. Die Ekligs werden da sein, und Doug und Janice Schleimig, und die Mastdarms aus Swanage.

Off-Sprecher (MICHAEL) und ZWISCHENTITEL: »UND JETZT EINE NETTE VERSION DESSELBEN SKETCHES«

Schnitt. Dieselbe Szenerie wie zu Beginn.

Gastgeber John! Darf ich dir unseren Nachbarn vorstellen. John, das ist Mr. Watson. Ah! *(Ab.)*

Watson Guten Tag. Ich habe schon bemerkt, daß Sie eben etwas betroffen dreingeschaut haben, aber machen Sie sich keine Gedanken.

Schnitt zu einer Nonne.

Nonne (CAROL) Mir hat die dreckige Version besser gefallen.

Sie wird von einem Boxer k.o. geschlagen.

Schnitt: Film von applaudierenden Teilnehmerinnen eines Frauenkongresses.

Großaufnahme von Hank Spim (nur Gesicht). Er läuft offensichtlich einen Weg entlang, eine Handkamera hält Schritt.

Hank (GRAHAM) Also, ich bin mein Leben lang Jäger gewesen. Ich liebe Tiere. Darum töte ich sie gern. Ich würde nie ein Tier töten, das ich nicht mag. Sei gegrüßt, Roy.

Kamera fährt zurück, man erkennt jetzt, daß er mit seinem Bruder in einem für Außenaufnahmen ziemlich unwirtlichen Ort unterwegs ist. Sie ziehen einen kleinen Anhänger hinter sich her, auf dessen Seite die Aufschrift »Gefährliche Sprengstoffe« in Großbuchstaben prangt. Auf dem Anhänger sind Bomben gestapelt. Hank nimmt eine Bazooka herunter.

Off-Sprecher (JOHN) Hank und Roy Spim sind rauhe, furchtlose Hinterwäldler, die sich für ein Leben in einer gnadenlosen Welt der Geschöpfe der Natur entschieden haben, wo nur die Tüchtigsten überleben. Heute sind sie losgezogen, um Moskitos zu jagen.

Ganz große Großaufnahme von Roy Spim. Er sieht sich suchend um.

Roy (ERIC) *(im Off)* Der Moskito ist ein gerissener kleiner Schurke. Man muß ihm tagelang nachstellen, bis man ihn in- und auswendig kennt, wie einen Freund. Er weiß, daß du da bist, und du weißt, daß er da ist. Es ist ein Nervenkrieg. Erst haßt du ihn, dann respektierst du ihn, und dann tötest du ihn.

Schnitt: Hank Spim, der den Horizont absucht. Plötzlich zeigt er auf etwas.

Off-Sprecher Plötzlich erspäht Hank den Moskito, hinter dem sie her sind.

Dramatische Musik. Crash Zoom folgt Hanks Blickrichtung zu einer größtmöglichen Großaufnahme einer völlig normalen Feldparzelle.

Schnitt: Aufnahme von Hank und Roy, die jetzt auf ein paar Büsche zukriechen.

Off-Sprecher In diesem heiklen Augenblick müssen sich die beiden mehr denn je auf die Erfahrung verlassen, die sie sich im Laufe eines lebenslangen Jägerdaseins angeeignet haben. *(Spannungsgeladene Musik, während sie weiter vorwärts schleichen.)* Hank prüft die Windrichtung. *(Aufnahme von Hank, der eine umständliche Windprüf-Show abzieht.)* Roy untersucht die Fährte des Moskitos. *(Aufnahme von Roy, der konzentriert den Boden nach Spuren absucht.)* Dann. . . *(Roy feuert eine Bazooka ab. Hank gibt eine Maschinengewehrsalve dazu; es folgt eine Reihe von gewaltigen Explosionen in dem kleinen Feldstück; das Gewehrfeuer hört auf, und der Rauch verzieht sich langsam.)* Sie haben gesiegt. Der Moskito ist tot. *(Hank und Roy nähern sich dem verkokelten und geschwärzten*

Feldstück.) Aber Roy muß sichergehen. *(Roy zielt mit dem Maschinengewehr auf den Kopf des Moskitos und feuert noch ein paar Salven ab.)*

Roy Nichts ist so gefährlich wie ein verwundeter Moskito.

Sprecher Aber die Jagd ist noch nicht zu Ende. Mit lang geübter Geschicklichkeit zieht Hank dem Moskito die Haut ab. *(Hank holt ein riesiges Krumm-Messer hervor und macht sich daran, dem Moskito die Haut abzuziehen.)* Die Flügel eines ausgewachsenen männlichen Moskitos können nämlich bis zu Null Komma acht Pfennig auf dem freien Markt bringen. *(Aufnahme von beiden, die laufen und ihre Waffen tragen.)* Ein langer Tag ist vorüber, jetzt heißt es zurück ins Hauptlager, um sich zur wohlverdienten Nachtruhe zu begeben. *(In der Villa; Hank reinigt seine Bazooka.)* Hier, von ihren Trophäen umgeben, bereiten sich Roy und Hank auf eine viel härtere Prüfung vor – die Mottenjagd.

Hank Also ich folge der Motte erst mal im Hubschrauber, um sie von den Blumen wegzulocken, und dann stößt Roy im Lockheed Starfighter dazu und greift sie mit Luftkampfraketen an.

Roy Eine Menge Leute haben uns schon gefragt, warum wir kein Fliegenspray verwenden. Jetzt frage ich Sie: Wo ist da der Sportsgeist?

Aufnahme, wie sie in einem von Waffen überquellenden Landrover davonfahren.

Sprecher *(im Off)* Für Roy ist der Sport alles. Seit dem Tag, als er seinen rechten Arm im Kampf mit einer Ameise lassen mußte, riskiert Roy im Gefecht mit den kleinen Kreaturen unermüdlich sein Leben. *(Ein friedvolles Flußufer; Nahaufnahme: Roy und Hank sind beim Angeln.)* Aber das Leben besteht nicht nur aus Arbeit, und die Brüder tun nichts lieber, als sich einen Tag lang beim Angeln zu entspannen. *(Hank drückt auf einen Knopf, woraufhin es eine fürchterliche Explosion im Wasser gibt.)* Wo immer sich ihnen die Herausforderung stellt, werden Hank und Roy Spim bereit sein, den Urkampf um Leben und Tod zwischen Mensch und harmlosen, kleinen Insekten fortzuführen.

Die Kamera fährt zurück: wir sehen die Brüder auf einem Panzer stehen. Heldenmusik steigert sich zum Höhepunkt.

Ohne Überleitung – Schnitt: eichengetäfelter Ankleideraum im Old Bailey. Zwei Richter in langen Perücken und roten Roben treten ein.

Erster Richter (ERIC) *(sehr tuntig)* Oje, das war vielleicht ein

Vormittag im Hohen Gerichtshof. Ich könnte vor Wut rasend werden, diese Kronanwälte machen einen einfach wahnsinnig.

Zweiter Richter (MICHAEL) *(genauso tuntig)* Wem sagst du das, mein Schatz.

Erster Richter Einspruch hier, Einspruch dort! Und dieser nette Polizist, der so eine fabelhafte Aussage gemacht hat – fantastische Sprechstimme. . . also nach einer Weile konnte ich nur noch mit meinem Hämmerchen klopfen.

Zweiter Richter Du hast was getan, Schatz?

Erster Richter Mit meinem Hämmerchen geklopft. Meine »Ruhe-im-Gerichtssaal«-Nummer. Hach! Wenn Blicke töten könnten, müßte sich der Staatsanwalt glatt auf dreißig Jährchen gefaßt machen. Wie ist dein Resümee gelaufen?

Zweiter Richter Also ich war ziemlich zufrieden, muß ich sagen. Ich hab meine Mackerstimme aufgesetzt, weißt du, »worüber sich die Geschworenen im klaren sein müssen«, und sie waren begeistert, weißt du. Ich hab gesehen, wie der Obmann zu mir rübergeschielt hat.

Erster Richter Ach wirklich?

Zweiter Richter Ja, der kleine Frechdachs.

Erster Richter Der gutgebaute Mann mit dem sehr großen. . .

Zweiter Richter Also jetzt warte mal – laß mich bitte zu Ende erzählen, ja? Jedenfalls schloß ich dann mit »die Handlungen dieser bösen Männer stellen einen üblen Schandfleck für die Gemeinschaft dar, und das volle Strafmaß des Gesetzes reicht kaum aus, um ihre entsetzlichen Verbrechen zu ahnden«, und dann hab ich mit meiner Perücke gewackelt! Nur so ein klitzekleines bißchen, aber der Effekt war umwerfend.

Erster Richter Oh, das kann ich mir vorstellen. . . das kam bestimmt so scharf an wie damals, als ich die gestreifte Robe im Amtsgericht getragen habe.

Zweiter Richter Aber hallo!

Abblende.

Aufblende: eine Bank in einem öffentlichen Park, Garten oder auf einem begrünten Platz. Eine Schreckschraube sitzt auf der Bank. Eine weitere Schreckschraube setzt sich mit einer Einkaufstasche dazu.

Erste Schreckschraube (ERIC) Hallo, Mrs. Ding.

Zweite Schreckschraube (GRAHAM) Hallo, Mrs. Ansich.

Erste Schreckschraube Und wie geht's uns heute?

Zweite Schreckschraube Oje, ich hab vielleicht einen Morgen hinter mir.

Erste Schreckschraube Viel zu tun?

Zweite Schreckschraube Viel zu tun? Ha! Um fünf bin ich auf, hab mir eine Tasse Tee gemacht und dann aus dem Fenster geguckt. Ich sage Ihnen, bis dahin war ich so gerädert, daß ich einfach aus dem Haus mußte, um mich irgendwo auszuruhen. Ich sitze jetzt seit sieben Stunden hier.

Erste Schreckschraube Sie müssen völlig erschöpft sein.

Zweite Schreckschraube Hhm! Oh, waren Sie einkaufen?

Erste Schreckschraube Nein, ich war einkaufen.

Zweite Schreckschraube Komisch.

Erste Schreckschraube Ich bin total erledigt. Sechs Stunden war ich einkaufen.

Zweite Schreckschraube Und, was haben Sie gekauft?

Erste Schreckschraube Nichts. Gar nichts. Die reinste Zeitverschwendung.

Zweite Schreckschraube Das ist gemein, was?

Erste Schreckschraube Richtig gemein. Und wenn wir erst in der EWG sind, wird's noch schlimmer.

Zweite Schreckschraube Dieser nette Mr. Heath wird das nie zulassen.

Erste Schreckschraube Komisch, daß er nie geheiratet hat.

Zweite Schreckschraube Er ist Junggeselle.

Erste Schreckschraube Aaaah! Das erklärt das natürlich. Oje, oje, dieses Geplauder macht mich ganz schlapp.

Zweite Schreckschraube Ja. Ich wette, daß die Frau von Reginald Maudling sich nicht so schinden muß, um fünf Uhr morgens aufstehen, eine Tasse Tee machen, aus dem Fenster gucken, endlos plaudern.

Erste Schreckschraube Nein! Die nicht. Für die wird doch alles gemacht.

Zweite Schreckschraube Ja, wahrscheinlich hat sie den ganzen Tag frei zum Snookerspielen.

Erste Schreckschraube Vermutlich muß sie sich nicht mal schinden und selbst tagein, tagaus Snooker spielen.

Zweite Schreckschraube Nein, das wird doch alles für die erledigt. Die muß nicht mal das Queue heben.

Erste Schreckschraube Wahrscheinlich weiß sie nicht mal, wo der Billardraum ist.

Zweite Schreckschraube Ach was – trotzdem, es ist nicht mehr so schlimm wie in den alten Zeiten. Die Frau von Stanley Baldwin mußte immer um fünf Uhr morgens aufstehen und aus dem Haus gehen und mit bloßen Händen Rebhühner fangen.

Erste Schreckschraube Ja... und die Frau von William Pit dem Älteren mußte früh um drei aufstehen und mit ihrem Nasenrükken nach Trüffeln wühlen.

Zweite Schreckschraube Mrs. Beethoven mußte immer um Mitternacht aufstehen, um dem Mainastar Beine zu machen.

Erste Schreckschraube Faule Biester, diese Mainastare...

Zweite Schreckschraube Ja. Als Beethoven taub wurde, hat dieser Star nur noch so den Schnabel auf- und zugemacht.

Das Bild fängt an zu verschwimmen wie bei Rückblenden üblich; entsprechender Musikeffekt.

Erste Schreckschraube *(blickt in die Kamera)* Huch! Was ist denn hier los?

Zweite Schreckschraube Alles in Ordnung. Das ist nur eine Rückblende.

Schnitt in Beethovens Wohnzimmer. Ein unechter Mainastar öffnet und schließt seinen Schnabel. Beethoven sitzt am Klavier.

Beethoven (JOHN) Mir kannst du nichts vormachen, du blöder Mainastar. Noch bin ich nicht taub.

Mainastar Wart's ab... ha, ha, ha, ha! *(Beethoven zieht einen Revolver und erschießt den Vogel, der zu Boden fällt.)* Mist, verdammter.

Beethoven Schnauze!

Mainastar Genau in den Flügel.

Beethoven Halt den Schnabel. Himmelherrgottnochmal... hat man denn hier nie seine Ruhe.

Er spielt die ersten drei Noten der fünften Sinfonie und versucht vergebens, die letzte Note zu finden. Frau Beethoven kommt herein.

Frau Beethoven (GRAHAM) Ludwig!

Beethoven Was ist?

Frau Beethoven Hast du die Zuckerdose gesehen?

Beethoven Nein, ich hab die verdammte Zuckerdose nicht gesehen.

Frau Beethoven Du weißt doch, die *Zucker*dose.

Beethoven Scheiß auf die Zuckerdose... Ich versuche hier, diese Kackmelodie fertigzukriegen! Es ist zum Verzweifeln... also halt's Maul! *(Sie geht; er spielt die ersten Takte vom »Washington Post March«.)* Nein, nein, nein, nein.

Frau Beethoven kommt wieder herein.

Frau Beethoven Ludwig, hast du den Marmeladenlöffel gesehen?

Beethoven Schieb ihn dir in den Arsch!

Frau Beethoven Er war in der Zuckerdose.

Beethoven Los, hau ab, alte Schlampe. Verpiß dich und halt die Fresse.

Frau Beethoven Ich verstehe einfach nicht, was du an diesem Klavier so toll findest. *(Ab.)*

Beethoven Laß mich in Ruhe! . . . *(Bekommt jetzt endlich die ersten acht Noten richtig hin.)* . . . Ha! Ha! Ha! Ich hab es, ich hab es!

Frau Beethoven kommt wieder herein.

Frau Beethoven Möchtest du Erdnußbutter oder Sandwichcreme zum Tee?

Beethoven Was!?!

Frau Beethoven Erdnußbutter. . .

Beethoven Ich hab's vergessen. *(Spielt ein paar falsche Töne.)* Ich hatte es! Ich hatte es!

Frau Beethoven Möchtest du nun Erdnußbutter oder Sandwichcreme?

Beethoven Ist mir egal!

Frau Beethoven Herrje. Was soll ich nur machen. *(Ab.)*

Beethoven Ich *hatte* es. Ich *hatte* es, du alte Kuh. *(Im selben Augenblick, als er die Tonfolge wieder richtig hinbekommt, schiebt Frau Beethoven energisch einen sehr lauten Staubsauger ins Zimmer.)* Herrgottnochmal! Was machst du da? *(Aus der Wand dringt schreckliches Geschepper und Gehämmer.)* Was ist das? Was ist das?

Frau Beethoven *(immer noch laut staubsaugend)* Das ist der Klempner!

Das Schrillen der Türglocke mischt sich zusätzlich in die Lärmkulisse.

Beethoven Herrgottnocheins, ich gehe.

Frau Beethoven Wenn du schon ausgehst, vergiß nicht, daß die Mendelssohns zum Tee kommen, also bestell bitte noch das Teegebäck.

Beethoven Teegebäck, Teegebäck. Shakespeare mußte sich nicht mit so einem Mist abgeben.

Shakespeare steht am Spülbecken und wäscht ab (heutige Zeit).

Shakespeare (ERIC) Wer sagt das, häh? Übrigens, es ging: Ta-ta-ta-taah, ta-ta-ta-taaah. . .

Schnitt zurück zu Beethoven.

Beethoven Richtig!!! Ach, übrigens, warum nennen Sie ihn nicht Hamlet?

Schnitt zurück zu Shakespeare.

Shakespeare Hamlet! Das ist gut, *viel* besser als David. *(Schreit durchs offene Fenster neben der Spüle)* Michelangelo! Sie können David *doch* verwenden. Ich verklag Sie nicht.

Schnitt in Michelangelos Atelier. Michelangelo ist von mindestens sechs brüllenden kleinen Babys umgeben, die er schaukelt und füttert. Seine David-Statue steht im Vordergrund.

Michelangelo (TERRY J.) Vielen Dank, aber ich hab schon eine bessere Idee.

Kamera schwenkt nach unten und zeigt die in den Sockel der Statue eingemeißelte Aufschrift »Michelangelos Fünfte Sinfonie«.

Ehefrau *(im Off)* Michelangelo!

Michelangelo Ja, Liebling!

Ehefrau Ich hab noch einen Sohn bekommen.

Michelangelo Auch das noch.

Schnitt zu Mozart. Er schrubbt den Fußboden.

ZWISCHENTITEL: »W.A. MOZART«

Mozart (MICHAEL) *(jüdischer Akzent)* Komponist? Nebbich! Nicht mal meinem Sohn würd ich den Beruf an den Hals wünschen. Er ist so ein sensibles Jingelchen. Soll er lieber Kloakenwärter werden oder Rattenfänger.

Schnitt auf eine Straße mit altmodischen Läden. Kamera bleibt bei einem Geschäft stehen, über dem ein großes Ladenschild hängt: »Nagervernichtungsboutique – Colin ›Garaus‹ Mozart, Sohn des Komponisten, Rattenfänger der feinen Gesellschaft und auch des gewöhnlichen Volkes – Ici on parle Portugaise«. Im Eingang steht Colin Mozart. Ein Junge kommt mit einem langen, gespaltenen Stock angerannt. Mozart nimmt eine Nachricht aus der Kerbe und liest.

Colin Mozart (MICHAEL) Aha! Ratten in der Kartoffelstraße 42a. Hey, Mitzi! Ich muß los zur Kartoffelstraße.

Mitzi *(im Off)* Zieh dir die Galoschen an.

Mozart springt mit zwei Garnelennetzen aufs Fahrrad und radelt los.

EINGEBLENDETER ZWISCHENTITEL: »MÜNCHEN 1821«

Colin Mozart *(ruft)* Von Ratten deprimiert? Ziehen Mäuse Sie runter? Warum besuchen Sie dann nicht Colin Mozarts Nagervernichtungsboutique? Rattenvertilgung, Mäuseexekution, Wühlmausfolter besorgt Colin Mozart, Münchens führender Pelztierausrotter.

Colin Mozart radelt auf Beethovens Haus zu. Außen ist ein Anschlag angebracht, auf dem steht:

HERR UND FRAU EMMANUEL KANT
FRAU MITZI HANDGEPÄCKAUFBEWAHRUNG
DICKIE WAGNER
K. TYNAN (KEINE VERWANDTSCHAFT)
HERR UND FRAU J.W. VON GOETHE UND HUND
MR. E.W. SWANTON
HERR UND FRAU P. ANKA
HERR UND FRAU LUDWIG VAN BEETHOVEN (1770–1827),
AKZEPTIEREN SIE KEINEN ERSATZ

ZWISCHENTITEL: »13,4 SEKUNDEN SPÄTER«

Beethovens Haustür wird von Frau Beethoven geöffnet.

Frau Beethoven Ja?

Colin Mozart Colin Mozart.

Frau Beethoven Oh, Gott sei Dank, daß Sie da sind. Die verdammten Ratten machen uns das Leben zur Hölle. Ich glaube, sie wohnen schon in seinem blöden Klavier.

Sie gehen hinein. Wir hören die ersten zwei Takte von Beethovens Fünfter, die von lautem Rattengequietsche begleitet wird.

Stimme von Beethoven Raus aus dem verdammten Klavier, ihr widerlichen haarigen Mistviecher! Raus! Herrgottnochmal, nimm deinen Stinkeschwanz aus meinem Gesicht.

Frau Beethoven öffnet die Tür zum Wohnzimmer, uns bietet sich ein merkwürdiges Bild: Ratten fliegen durch den Raum (von außerhalb der Einstellung geworfen), andere huschen über den Fußboden (von Strippen gezogen), andere die Wand hinauf. Eine sitzt auf Beethovens Kopf. Das Gequietsche ist ohrenbetäubend. Beethoven spielt gnadenlos weiter. Mozart und Frau Beethoven stürzen ins Zimmer und versuchen, die Ratten mit den Garnelennetzen einzufangen.

ZWISCHENTITEL: »13,4 MINUTEN SPÄTER«

Colin Mozart sitzt auf dem Klavier. Er feuert Maschinengewehrsalven durch das rattenstrotzende Zimmer.

Beethoven Ruhe!

Das Bild fängt an zu verschwimmen, und die zwei Schreckschrauben werden wieder eingeblendet.

Zweite Schreckschraube Jedenfalls war Beethoven ziemlich froh, als er dann taub wurde.

Überblendung zu Beethoven, der die Tasten der Klaviatur betätigt, das einzige, was vom Klavier übrig ist. Er lauscht vergebens. Der Maina-

star öffnet und schließt seinen Schnabel tonlos zur Musik: In einer Ecke spielt ein altes Trichtergrammophon. Wir hören Jimmy Durante »I'm the guy that found the last chord« singen.

Schnitt: wieder die Richter im Ankleideraum.

Erster Richter Also, ich war ja so unendlich erleichtert, als sie den Tod durch den Strang abgeschafft haben, weißt du, diese schwarze Kapuze stand mir überhaupt nicht.

Zweiter Richter Ja. Erinnerst du dich an den Hochverratsprozeß in Glasgow?

Erster Richter Aber sicher, ich hab doch während der ganzen Verhandlung einen Body Stocking getragen.

Zweiter Richter Nicht doch, Süßer, ich meine die Party hinterher.

Erster Richter Ach natürlich, stimmt. Du bist dann mit diesem tollen Macho von einem Gerichtsschreiber abgezogen.

Zweiter Richter So ist es. Herrje, für den wär ich zum Kronzeugen geworden.

Eingeblendeter Abspann. Leise Titelmusik, während die Richter weitermachen.

Erster Richter Oh, ich auch. Ein Resümee, und ich bin leichte Beute.

Zweiter Richter Jedenfalls – Bailie Anderson.

Erster Richter O Gott, die?

Zweiter Richter Ja. Die Strenge. Sie hatte es auf mich abgesehen, weil ich zu puppige Strafen verhänge, weißt du, besonders in diesem Brandstiftungsfall.

Erster Richter Und wie lautete das Urteil?

Zweiter Richter Der Jury hat die braune Perücke besser gefallen.

Erster Richter Hmm. Ich mag ja die schottischen Geschworenengerichte. Jetzt weiß ich erst, was man sich unter einer Jury vorzustellen hat, die das Herz auf der Zunge trägt.

Zweiter Richter O du Schlimmer! Ab in den Zeugenstand, du kleiner Teufelsbraten!

Erster Richter Paß auf, daß ich dir nicht deinen kleinen Popo versohle!

Zweiter Richter Huch! Und zurück!

Erster Richter Hast du schon das Massageöl ausprobiert, mit dem einen die Friedensrichter neuerdings bedienen?

Zweiter Richter Ich hab gestern einen in Bradford vernascht.

Erster Richter Seltsam, heute in der Mittagspause war mir auch nach einem. *(Ende des Abspanns.)* Aber was mich wirklich um den Verstand bringt, das sind die Off-Sprecher beim BBC, wenn das Programm zu Ende ist.

Zweiter Richter Oh, ja, aber die sind natürlich schwul wie sonst was.

Erster Richter Weiß ich, aber die haben doch göttliche Sprechstimmen, findest du nicht? »Wir bringen Ihnen jetzt eine Programmübersicht der kommenden BBC-Sendungen.«

Zweiter Richter »Und nun zu den Fußballergebnissen des heutigen Abends.«

Erster und Zweiter Richter Aaaahh.

Abblende.

Zweiundzwanzig – Wie man verschiedene Körperteile erkennt

Schnulzige Barmusik. Die Kamera fährt langsam an fünf hinreißenden Schönheiten in Bikinis an einem Flußufer vorbei, alle stehen in übertrieben aufreizenden Pin-up-Posen. Nummer sechs der Kamerafahrt ist der Ansager, der – ebenfalls nur mit einem Bikini bekleidet – auf seinem Schreibtisch hindrapiert liegt.

Ansager (JOHN) Und nun zu etwas völlig anderem.

»Jetzt«-Mann *(ebenfalls nur im Bikini)* Und jetzt...

Schnitt zum Trickfilm-Vorspann wie üblich, mit der Ausnahme, daß dem kleinen Hähnchen-Mann im letzten Bild ein Banner mit der Aufschrift »Wie man verschiedene Körperteile erkennt« hinterherflattert.

Off-Sprecher (JOHN) Wie man verschiedene Körperteile erkennt.

Das Bild steht lang genug, um diesen neuen Titel lesen zu können, bevor Cupidos Fuß herunterkommt, den Hähnchen-Mann und das Transparent zerstampft und ebenfalls lang genug stehenbleibt, um den Off-Sprecher sagen zu lassen:

Off-Sprecher Nummer eins. Der Fuß.

Gleichzeitig weist ein dicker weißer Pfeil auf den Fuß.

Schnitt zum Bild der Venus von Milo (obere Hälfte). Eingeblendeter Pfeil zeigt auf die Schulter.

Off-Sprecher Nummer zwei. Die Schulter.

Schnitt zum Bild eines Fußes, der oberhalb des Knöchels abgeschnitten, entbeint und zu einem Zigarettenspender umfunktioniert ist. Eingeblendeter Pfeil.

Off-Sprecher Und Nummer drei. Der andere Fuß.

Schnitt auf das Profilgemälde einer seltsamen Person (zur Verfügung gestellt von Terry Gilliam). Eingeblendeter Pfeil weist auf den Nasenrücken.

Off-Sprecher Nummer vier. Der Nasenrücken.

Schnitt zu Ganzkörper-Foto eines jungen Mannes, der weiße Bermuda-Shorts mit übergroßen roten Punkten trägt. Pfeileinblendung weist auf die Shorts.

Off-Sprecher Nummer fünf. Die unartigen Stellen.

Schnitt zu Ausschnittfoto eines angewinkelten, nackten Armes. Pfeil weist auf die Stelle knapp oberhalb des Ellenbogens.

Off-Sprecher Nummer sechs. Knapp oberhalb des Ellenbogens.

Schnitt: kleinerer Ausschnitt von Foto einer anderen Person in denselben Bermuda-Shorts. Eingeblendeter Pfeil weist auf die Leistengegend.

Off-Sprecher Nummer sieben. Fünf Zentimeter rechts von einer wirklich ziemlich unartigen Stelle.

Schnitt zu Filmaufnahme eines behaarten Männerbeins. Pfeileinblendung weist auf die Kniescheibe.

Off-Sprecher Nummer acht. Die Kniescheibe.

Die Kamerafahrt zurück enthüllt das auf einem groben Holztisch gelagerte Bein von Bruce Eins, sehr offensichtlich ein Australier, in khakifarbener Kolonial-Kleidung (Hut, Hemd, kurze Hose, lange Wollstrümpfe, festes Schuhwerk). Wir hören kurz ein paar Takte von »Waltzing Mathilda«. Bruce Eins faulenzt in einer brütendheißen, verstaubten Hütte mit einfachen Holzstühlen; auf dem Tisch stehen Blechtassen und -teller herum. Ein Deckenventilator, ein antiquierter Kühlschrank.

Zwei identisch gekleidete Burschen kommen hereingestampft.

Bruce Zwei (GRAHAM) 'n Tach, Bruce!

Bruce Eins (ERIC) Oh, hallo, Bruce!

Bruce Drei (MICHAEL) Geht's 'n so, Bruce?

Bruce Eins Bißchen schlapp, Bruce!

Bruce Zwei Wo's 'n Bruce?

Bruce Eins Nich' hier, Bruce!

Bruce Drei 'dammt, issas heiß hier, Bruce!

Bruce Eins Heiß genuch, um 'n Affenarsch zu kochen!

Bruce Zwei Das aber 'n komischer Ausdruck, Bruce!

Bruce Eins Tja, Bruce, habs den Premierminister sagen hören: »Heiß genuch hier drinn', um'n Affenarsch zu kochen, Eure Majestät!«, hat er gesagt, und sie schmunzelte still vor sich hin.

Bruce Drei Die Biene is' schon okay, wa', Bruce, und nicht die Bohne eingebildet!

Bruce Zwei He, da kommt endlich der Chef – wie geht's, Bruce?

Bruce Vier, ebenfalls in Safarikleidung, kommt in die Hütte und schiebt den Engländer Michael, einen kleinen dicken pomadigen, etwas verlegen wirkenden Mann, in korrektem, dunklem Anzug vor sich her.

Bruce Vier (JOHN) 'n Tach, Bruce, hallo, Bruce, wie geht's, Bruce! Gentlemen, ich möchte Sie gern mit einem Burschen aus Pommfritzland bekannt machen . . . er wird uns dieses Jahr hier an der Philosophischen Fakultät der Universität von Woolamaloo unterstützen!

Alle Tach!!!

Bruce Vier Michael Baldwin – das ist Bruce – Michael Baldwin – das ist Bruce – Michael Baldwin – das ist Bruce!

Bruce Eins Ach, du heißt also nicht Bruce?

Michael (TERRY J.) Nein . . . Michael.

Bruce Zwei Das wird 'n bißchen Verwirrung stiften!

Bruce Drei Genau! Was dagegen, wenn wir dich Bruce nennen – nur, daß wir nix durch'nander kriegen. . .

Bruce Vier Nun, Gentlemen, ich denke, wir sollten mit der Sitzung beginnen. Doch bevor wir anfangen, möchte ich den Pater um ein Gebet bitten.

Bruce Eins springt auf und klemmt sich provisorisch einen schwarzen Latz mit weißem Stehkragen um den Hals. Alle senken die Köpfe.

Bruce Eins *(schnell runterleiernd)* O Herr, wir flehen Dich an, laß Gnade walten über unserer Fakultät! Amen!

Alle Amen!

Bruce Eins reißt den Kragen ab und läßt sich wieder hinplumpsen.

Bruce Vier Laßt die Korken fliegen, genau! *(Bruce Drei beginnt, Bierdosen aufzureißen.)* Äh – Bruce, ich möchte Sie jetzt bitten, Mr. Baldwin in unser aller Namen an der Philosophischen Fakultät willkommen zu heißen.

Bruce Zwei Ich heiße hiermit den Scheißtommy auf Gottes eigener Erde willkommen, und ich weise ihn darauf hin, daß wir hochnäsige Klugscheißer hier nicht mögen!

Alle Bruces Hört, hört! Gut gesagt, Bruce!

Bruce Vier *(weist einzeln auf die Tischrunde)* So, Bruce lehrt klassische Philosophie, Bruce lehrt hegelianische Philosophie und Bruce hier lehrt logischen Positivismus und ist außerdem für die Desinfektion der Schafe zuständig.

Bruce Drei *(schon leicht lallend)* Was lehrt 'n der neue Bruce?

Bruce Vier Der neue Bruce wird politische Wissenschaften lehren – Machiavelli, Bentham, Locke, Hobbes, Sutcliffe, Bradman, Lindwall, Miller, Hasset und Benaud.

Bruce Zwei Das sind Kricketspieler, Bruce!

Bruce Vier Ach, Fresse!

Bruce Drei Wogen höhnischen Gelächters, Bruce.

Bruce Vier Darüber hinaus, weil er auch noch Politologie unterrichten wird, hab ich ihm gesagt, er kann ruhig alle großen sozialistischen Denker behandeln, vorausgesetzt, er macht klar, daß sie auf dem Holzweg waren.

Alle Bruces springen auf.

Alle *(brüllen)* Australien! Australien! Australien! Australien! Wir lieben Dich! Amen!

Sie lassen sich wieder auf die Stühle zurückfallen.

Bruce Vier Noch Fragen?

Bruce Zwei Neuer Bruce – bist du schwul?

Bruce Vier Ja, bis' de 'ne Tunte?

Michael *(überrascht)* N-nein . . .

Bruce Vier Nein – gut, okay. Gentlemen, ich erinnere nur noch mal an die Fakultäts-Regeln. Regel eins: Keine Schwulis. Regel zwei: Kein Mitglied der Fakultät darf, auf welche Art auch immer, die beknackten Eingeborenen mißhandeln, wenn jemand zukuckt. Regel drei: Keine Schwulis. Regel vier: Nachdem das Licht ausgemacht worden ist, möchte ich niemanden mehr auf seinem Zimmer beim Nicht-Trinken erwischen. Regel fünf: Keine Schwulis. Regel sechs: Es *gibt* keine Regel sechs. Regel sieben: Keine Schwulis. Damit wäre die Verlesung der Regeln abgeschlossen. Bruce!

Bruce Eins *(springt auf, hält emphatisch einen Zweig mit gelben Blüten hoch)* Das hier is' der Akazienzweig – Wahrzeichen von unserm Land! Steck ihn inne Flasche oder halt ihn inner Hand!

Alle Amen!

Bruce Eins läßt den Akazienzweig achtlos auf den Boden fallen und plumpst zurück auf seinen Stuhl.

Bruce Vier Gentlemen, ich erwarte, daß sich Punkt sechs Uhr jederbruce im »Sidney Harbour Bridge«-Zimmer einfindet und ein Gläschen Sherry mit Bruce, dem fliegenden Philosophen, nimmt! Und möchte nun Sie bitten, Pater, diese Sitzung mit einem Gebet zu schließen!

Bruce Eins *(steht gerade noch halb vom Stuhl auf, eilig)* O Herr, wir flehen Dich an, undsoweiterundsoweiter, Amen!

Alle Amen!

Bruce Eins läßt sich wieder auf den Stuhl zurückfallen. Alle lehnen sich gemütlich zurück.

Bruce Eins Okay, laßt uns'n paar Tanten aufreißen!

Bruce Vier Gebongt!

Ein halbnackter Aboriginal-Diener kommt mit einem enormen Tablett voll mächtiger Steaks hereingestapft.

Bruce Zwei Aah, das zweite Frühstück!

Bruce Drei Damit könnten wir uns bis Mittag rüberretten!

Bruce Zwei Schätz ich auch, Bruce!

Bruce Eins Heiliger Sidney Nolan! Was ist *das? (Zeigt quer über den Tisch.)*

Gegenschuß: eine dramatische Großaufnahme des Kopfes von Bruce Vier, der bereits schmatzend sein Stück Fleisch verschlingt – ein eingeblendeter Pfeil weist auf sein Ohr unter der Hutkrempe.

Off-Sprecher (JOHN) Nummer neun. Das Ohr.

Schnitt zu Bild von einem Großen Zeh. Eingeblendeter Pfeil.

Off-Sprecher Nummer zehn. Der Große Zeh.

Schnitt zu Foto eines weiteren Mannes in rotgepunkteten weißen Bermuda-Shorts. Eingeblendeter Pfeil zeigt auf die Shorts.

Off-Sprecher Nummer elf. Weitere unartige Stellen.

Schnitt zu einem Ganzkörperfoto einer Dame in dto. Bermuda-Shorts und Büstenhalter. Eingeblendete Pfeile zu beiden Seiten ihres Körpers, einer weist auf den BH, einer auf die Bermuda-Shorts.

Off-Sprecher Nummer zwölf. Die unartigen Stellen einer Dame.

Schnitt zu koloriertem Foto eines Rennpferdes von hinten, das eine nachträglich bepunktete Wärmedecke wie einen Bermuda-Short zu tragen scheint. Eingeblendeter Pfeil auf den mächtigen Arsch.

Off-Sprecher Nummer dreizehn. Die unartigen Stellen eines Pferdes.

Schnitt zu Bild einer Ameise. In der untersten Ecke eines blauen Quadrates. Sie ist wirklich ziemlich winzig. Eingeblendeter gigantischer Pfeil.

Off-Sprecher Nummer vierzehn. Die unartigen Stellen einer Ameise.

Schnitt zu Foto von Reginald Maudling mit den obligatorischen Bermuda-Shorts, über den obligatorischen Downing-Street-Anzug montiert von Terry Gilliam. Eingeblendeter Pfeil zeigt auf die Shorts.

Off-Sprecher Nummer fünfzehn. Die unartigen Stellen bei Reginald Maudling.

Schnitt: eine künstliche Hand, die aus einem Jackettärmel ragt. Eingeblendeter Pfeil.

Off-Sprecher Nummer sechzehn. Die Hand.

Kamerafahrt rückwärts. Dabei wird sichtbar, daß die Hand zu einem normalen Interviewer gehört, der in einem Zweipersonen-Studioaufbau einem Studiogast gegenüber sitzt. Der Interviewer zieht plötzlich die Hand aus dem Ärmel und enthüllt einen blinkenden Seeräuberhaken. Er wirft die künstliche Hand weg und beginnt das Interview.

Interviewer (MICHAEL) Guten Abend. Heute bei mir im Studio Mr. Norman St. John Polevaulter, der seit einigen Jahren Leuten widerspricht. . . Mr. Polevaulter, warum widersprechen Sie Leuten?

Polevaulter (TERRY J.) Tu ich *nicht!*

Interviewer Mir haben Sie gesagt, Sie tun's.

Polevaulter Hab ich garantiert *nicht* gesagt.

Interviewer *(schaut verwirrt in die Kamera, denkt kurz nach, dann, mit einem Zwinkern in die Kamera)* Oh – verstehe . . . Ich fang noch mal an.

Polevaulter Nein, tun Sie nicht. . .

Interviewer Pscht! . . . Mr. Polevaulter, ich habe gehört, Sie widersprechen Menschen nicht.

Polevaulter Tu ich *wohl.*

Interviewer Wann haben Sie *nicht* angefangen, allen Leuten zu widersprechen?

Polevaulter *Hab* ich wohl! 1952!

Interviewer 1952?

Polevaulter 1947.

Interviewer Vor dreiundzwanzig Jahren also.

Polevaulter Nein.

Schnitt zum Ansager am Schreibtisch auf einem Bauernhof vor einem Viehgatter. Zärtlich wiegt er ein Ferkel im Arm.

Ansager Na, undsoweiter undsoweiter undsoweiter. Und nun. . .

Schnitt zu einem Foto vom Papst. – Winzige Pause, daß man denken könnte, das folgende möchte etwas mit ihm zu tun haben. Dann erscheint über dem Papst ein Pfeil und zeigt auf sein weißes Käppi.

Off-Sprecher Nummer siebzehn. Die Schädeldecke.

Schnitt zu Seitenansicht-Foto eines Stückchen Männerbauches und des unvermeidlichen Bermuda-Hosenbundes. Eine kleine gekrümmte gelbe Daunenfeder lugt aus dem Bauchnabel. Eingeblendeter Pfeil zeigt auf das Federchen.

Off-Sprecher Nummer achtzehn. Die Feder. Selten.

Schnitt zum Profil von Mr. Raymond Luxus Jacht aus dem kommenden Sketch, der seine enorme falsche Nase aus Styropor an einem dünnen Bindfaden um den Kopf gebunden trägt. Eingeblendeter Pfeil weist auf die Nase.

Off-Sprecher Nummer neunzehn. Die Nase.

Ein Mann sitzt hinter einem edlen Schreibtisch in einem traditionell-

vornehmen Sprechzimmer. Nahaufnahme des Namensschildes auf der Schreibtischplatte vor ihm. Obwohl die Kamera es für den Moment noch nicht offenbart, läuft dieses etwa fünf Zentimeter hohe Namensschild über die gesamte Breite des Schreibtisches, über die Kante hinaus und in gleicher Höhe parallel zu den Zimmerwänden halb um den ganzen Raum. Die Kamera beginnt unter feierlicher Marschmusik langsam das Namensschild entlangzufahren, auf dem zu lesen steht: »Professor Sir Adrian Furrows F.R.S., F.R.C.S., F.R.C.P., M.D.M.S. (Oxon), M.A., Dr., M.Sc. (Cantab), Dr. (Syd), F.R.G.S., F.R.C.O.G., F.F.A.R.C.S., M.S. (Birm), M.S. (Liv), M.S. (Guadalahara), M.S. (Karach), M.S. (Edin), B.A. (Chic), B.Litt. (Phil), D.Litt. (Phil), D.Litt. (Arthur und Lucy), D.Litt (Ottawa), D.Litt. (Überall-sonst-in-Kanada-außer-Medizinhut). B.Sc.9 Brüssel, Liège, Antwerp, Asse (und Cromer)«
Es klopft an der Tür.

Spezialist (JOHN) Herein.

Die Tür an der gegenüberliegenden Zimmerwand öffnet sich, und Raymond Luxus Jacht tritt herein. Er kann nicht in gerader Linie auf den Schreibtisch zugehen, da der Weg durch den schmalen, schwebenden Holzstreifen blockiert ist, auf dem die Titel stehen. Doch als käme er täglich, entdeckt er ohne Mühe das speziell scharnierte Teil-Stückchen, das sich wie eine Tür aufschwingen und hinter ihm wieder schließen läßt. Mr. Luxus Jacht trägt seine enorme Styropornase. Sie ist circa dreißig Zentimeter lang.

Spezialist Ah, Mr. Luxus Jacht. Bitte, nehmen Sie Platz.

Mr. Luxus Jacht (GRAHAM) Äh – nein, nein. Mein Name wird zwar »Luxus Jacht« geschrieben, aber ausgesprochen wird er »Schwabbelhals Mangrovenbaum«.

Spezialist Gut, nehmen Sie doch bitte Platz, Mr. Schwabbelhals Mangrovenbaum.

Mr. Luxus Jacht Danke schön.

Spezialist So. Was haben wir denn für ein Problem?

Mr. Luxus Jacht Äh . . . ich möchte, daß Sie eine gewisse Schönheitsoperation an mir vornehmen.

Spezialist Verstehe. Und . . . äh . . . welcher spezielle Teil Ihrer Anatomie macht Ihnen . . . ähm. . . zu schaffen?

Mr. Luxus Jacht Nun, schon seit langer Zeit. . . um aufrichtig zu sein, schon als kleines Kind. . . ich hab. . . wissen Sie. . . wann immer, wenn ich aus dem Haus ging. . . zum Bus. . . o-o-oder zur B-b-bahn. . . sogar mein Tennisspiel leidet darunter. . .

Spezialist Ah ja. Um es also einmal ganz unverblümt zu sagen, Sie. . . äh. . . grämen sich wegen Ihrer gigantischen Gummel.

Mr. Luxus Jacht Nein!

Spezialist *(väterlich nachfragend)* Nein?

Mr. Luxus Jacht *(kopfsenkend)* Ja.

Spezialist Ja. Und Sie möchten nun gern, daß ich ein Stückchen abhacke.

Mr. Luxus Jacht Bitte.

Spezialist Schön. *(Er steht auf und kommt langsam um den Schreibtisch, die Nase fest im Blick.)* Das ist allerdings auch erschrekkend, nicht? Äh – würde es Ihnen etwas ausmachen, wenn ich. . . ähm. . .

Mr. Luxus Jacht *(erschrocken und erregt zugleich)* Was?

Spezialist Oh, nichts, gar nichts . . . Dann will ich mir mal Ihre Nase anschauen. . . *(Setzt sich vor dem Patienten auf die Schreibtischkante und untersucht die Nase vorsichtig; dann zieht er einmal kurz, der Bindfaden reißt, er hält die Nase in der Hand.)* Mr. Luxus Jacht, diese Ihre Nase ist *falsch*. Sie besteht aus Styropor *(schaut die jetzt freiliegende echte Nase kurz im Profil an)* . . . und Ihre wahre Gummel ist 'ne Schönheit. Kein Rumgeschnipsel nötig.

Mr. Luxus Jacht Ich möchte die Operation trotzdem, bitte.

Spezialist Na, das war schon die Operation, Sie komischer Vogel!

Mr. Luxus Jacht *(flehentlich)* Bitte nehmen Sie eine Operation an mir vor!

Spezialist *(seinen Patienten nachdenklich musternd)* Nun gut, nun gut – aber nur . . . wenn Sie mich auf einen kleinen Campingurlaub begleiten.

Mr. Luxus Jacht *(herumwirbelnd und direkt in die Kamera jubelnd)* Er hat mich gefragt! Er hat mich gefragt!

Schnitt: Zeitlupen-Aufnahme mit romantischer Geigenmusik, in der Mr. Luxus Jacht und der Spezialist händchenhaltend, an einem winzigen Zwei-Mann-Zelt vorbei, frohlockend durch den Wald hüpfen.

Schnitt zum Interviewer (der mit dem Haken) am Schreibtisch.

Interviewer Nächste Woche zeigen wir, wie man einen Architekten aufreißt, wie man einen Premierminister anbaggert und wie man sich mit einem Geflügelgroßhändler amüsiert. Doch nun die Soldaten der Leichten Infantrie Derbyshire, die uns mit einer Präzisionsdarstellung schlechter Laune unterhalten werden.

Off-Sprecher Ach-tung! . . .
Acht Soldaten, angetreten in zwei Reihen à vier. Sie nehmen Haltung an und beginnen dann mit einem präzisen Sprechgesang, zu dem sie zackig, aber ziemlich ungewöhnlich exerzieren.

Soldaten Mein Gott, nein, was hab ich wieder schlechte Laune, zwei, drei, verdammt, zwei, drei, bin sauer und genervt! *(Schütteln die Fäuste.)* Zwei, drei, könnt wütend mit dem Füßchen stampfen! *(Hüpfen aufstampfend in Hab-Acht-Stellung.)*
Schnitt zum Interviewer.

Interviewer Und als nächstes ergötzen uns die Männer der Zweiten Panzerdivision mit ihrem berühmten Herumschludern in geschlossener Formation.
Schnitt zum Feldwebel mit acht Soldaten wie eben.

Feldwebel Mannschaft: Aaa-chtung! . . . Beee-rührt Euch!

Soldaten *(Trippeln los wie ein Mann, dazu ultra-tuckiger Sprechgesang)* Uuuh! Sieh dir doch bloß *die* mal an! Huuuch! Ich habe deine Nummer, Süßer! Mich kannste dir gar nicht leisten, Schatz! Zwei, drei! Ich kratz dir gleich die Augen aus! Komm, spiel hier nicht den General, mein Herz, wir wissen alle, wo du warst, du kleine Fee in Uniform! Huuuch, Mädels, kuckt jetzt bloß nicht hin, der Oberst kommt grad reingetrippelt, mit seiner süßen Schützenmaus, zwei, drei, uuuuh!

Interviewer Und zum Abschluß. . .
TRICKFILM: *drei Generäle tanzen in Ballettröckchen zur Musik von »Schwanensee«. Ein Mann jagt sich vor Grauen darüber eine Kugel in den Kopf. Einer seiner Augäpfel fällt zu Boden, aus ihm wächst ein Bushalteschild an einer Landstraße. Eine alte Dame stellt dem dritten Bus, der ohne anzuhalten an ihr vorbeifahren will, ein langes Bein. Der Bus überschlägt sich. Die Dame steigt zufrieden summend ein. Schrifttafel: »Die Killer-Cars«. Autos überfallen Passanten und fressen sie auf. Die »Atom-Katze« verjagt die Killer-Cars aus der Stadt, frißt aber dafür Häuser. Die »Wandernde Hand« erledigt die Katze. Und erschlägt dann die dankbar zu ihr laufenden Menschen. Die übriggebliebenen flüchten aus der Stadt. Zu Wasser, zu Lande, per Flugzeug.*

Schnitt: Kamerafahrt entlang der Firmenschilder bekannter Luftfahrtgesellschaften: BEA, TWA, Air India, BOAC, Die Supperschnell-Fluggesellschaft . . . Die Kamera stoppt, neigt sich und gibt den Blick frei auf einen Abfertigungsschalter. Ein Mann mit zwei Koffern und einer Gepäckträgermütze kommt herein. Ihm folgen Mr. und Mrs.

Irrelevant. Der Träger stellt die Koffer vor dem Tresen ab, und lungert solange mit der offenen Hand wedelnd herum, bis er ein Trinkgeld bekommt. Er geht hinter den Schalter, wechselt die Gepäckträgerkappe mit einer Pilotenmütze und klebt sich einen Schnurrbart an. Neben ihm steht ein Vikar mit einer Augenklappe.

Mann (ERIC) Morgen, Sir, kann ich helfen?

Mr. Irrelevant (GRAHAM) Äh, ja, wir haben für Ihren Flug nach Amerika gebucht.

Mann Ach, wir fliegen doch gar nicht nach Amerika. . . *(Der Vikar stößt ihn an.)* Ach, der *Amerikaflug*. . . mit einem *Flugzeug*, ja. . . Oja, oh, das machen wir, klar! So sicher wie ein Safe! Kein Grund zur Panik!

Mrs. Irrelevant (CAROL) Kostet es wirklich nur siebenunddreißig Schilling sechs?

Mann Dreißig Schilling! Ich ruinier mich selbst damit.

Mr. Irrelevant Dreißig Eier!

Mann Fünfundzwanzig! Vierzig für sie beide zusammen! . . . Äh – ohne Versicherung, versteht sich!

Mr. Irrelevant Ach, und wieviel macht es mit Versicherung?

Mann Hundert und noch 'n Zwanziger obendrauf! Flug inklusive.

Mr. Irrelevant Braucht man diese Versicherung denn überhaupt?

Mann Nö. *(Vikar stößt ihn in die Seite.)* Ja, unbedingt!

Mr. Irrelevant Gut, wir nehmen ihn mit Versicherung, bitte.

Mann In Ordnung! . . . Wollen Sie es mit Leichenrückführung und *einer* Begleitperson . . . oder Sie können auch den Zwei-Leichen-Flugtarif *ohne* Angehörige nehmen oder *vier* Angehörige, *keine* Leiche, und die Asche wird dann in einem Briefumschlag mit der Post nachgeschickt.

Mr. Irrelevant Wie lang wird der Flug dauern?

Mann Tja, lassen Sie es mich so ausdrücken: Keine Ahnung.

Vikar (MICHAEL) Sechs Stunden.

Mr. Irrelevant Sechs?

Mann Fünf! Zehn für Sie beide zusammen!

Mrs. Irrelevant Oh, es ist ein Jet?

Mann Ja, nee. . . nicht so richtig ein Jet . . . es ist eher mehr ein. . . äh. . . ein VW-Motor mit Flügeln!

Mr. Irrelevant Und wann starten Sie?

Mann Dreiunddreißig Uhr.

Mr. Irrelevant Wie bitte?

Mann Sechsundzwanzig, für Sie beide zusammen.

Mrs. Irrelevant Wie bitte?

Mann Nehmen Sie die Injektionen, dann merken Sie nix!

Mr. Irrelevant Was für Injektionen?

Mann Gerstensaft-Injektionen! Beruhigt total. Äh – ist vorgeschrieben! Von der Handelskammer! Ehrlich! *(Hält gekreuzte Finger hoch.)*

Mrs. Irrelevant Oh, ich mag dies Quietschen nicht bei Injektionen.

Mann *(ahmt Telefonklingel nach)* Dring-dring. *(Nimmt Telefonhörer ab.)* Hallo? Ja, okay! *(Legt den Hörer wieder auf.)* Sie müssen sich jetzt sofort entscheiden, ob Sie mitwollen oder nicht.

Mr. und Mrs. Irrelevant Ja!

Mann Okay, versprochen ist versprochen! Ich informiere die Abflug-Lounge. *(Nimmt Telefonhörer.)* Hallo? Mrs. Turpin? Da kommen noch zwei!

Schnitt zu Mrs. Turpin, die in einem kleinbürgerlichen Wohnzimmer an einem Kaffeetisch sitzt. Ein großes Schild mit der Aufschrift »Ankunft International« hängt an der Wand. Mr. und Mrs. Irrelevant betreten das Zimmerchen und nehmen zögernd in zwei Cocktailsesseln am Tisch Mrs. Turpin gegenüber Platz.

Mrs. Turpin So, der Duty-Free-Teewagen steht da drüben. . . wir haben wunderbares Absturz-Buttergebäck, und da ist zollfreier Brokkoli, und das hier sind frische Oblaten. Jeder darf zweihundert davon mit ins Flugzeug nehmen. *(Sie nimmt eine Teetasse vom Tisch und spricht hinein wie in ein Mikrophon)* Die Supperschnell-Fluggesellschaft ruft auf zum Flug Nummer eins nach über die sieben Berge zu den sieben Zwergen. Passagiere für Flug eins werden zum Ausgang eins gebeten! Wir weisen unsere Passagiere darauf hin, daß immer noch genügend Zeit bleibt, um Oblaten einzukaufen!

Der Mann und der Vikar kommen herein und tragen einen Flugzeugflügel durchs Zimmer.

Mann Gleich fertig!

Sie verschwinden aus dem Bild. Man hört Hammerschläge.

Mrs. Turpin *(spricht in die Tasse)* Alle Passagiere bitte für die Gerstensaft-Spritze bereitmachen!

Ein japanischer Pilot in Zweiter-Weltkrieg-Fliegermontur kommt hereingestürzt.

Kamikaze Heute legen wir alle ein Gelübde ab! Heute vernichten wir die feindliche Flotte! Vernichten sie! Vernichten sie!

Mann und Vikar kommen hereingestürmt, ergreifen ihn und zerren ihn rückwärts wieder hinaus.

Mrs. Turpin Das ist Mr. Kamikaze, der Pilot. Er ist sehr nett, aber achten Sie bitte darauf, daß er keine Kriegsschiffe zu sehen bekommt.

Schnitt: Archivfilm eines Schlachtschiff-Konvois, der durch die Wogen stampft. Aufwühlende Musik ertönt.

Off-Sprecher (JOHN) Schon viele erregende Geschichten wurden von der See erzählt, und auch einige reichlich uninteressante, die nur ganz am Rande etwas mit dem Meer zu tun haben, so wie diese hier. ’tschuldigung, das ist keine besonders gute Ansage. Entschuldigung.

Schnitt zum Ansager an seinem Pult an einem Strand.

Ansager (JOHN) Und hier der Gewinner unseres »Wohin mit dem Edward-Heath-Denkmal?«-Wettbewerbs. Der Sieger ist ein Mr. Ivy North, der damit zehn Pfund und einen Besuch im »Leichten Matrosen« gewonnen hat.

Schnitt zu einem Filmausschnitt der »Schlacht von Pearl Habour« aus Folge elf. Eric als Mrs. Fairbanks bläst den Startpfiff, zwei Damengruppen rennen aufeinander zu, prügeln und wälzen sich im Schlamm. Schnitt zurück zum Ansager.

Ansager Das war die letztjährige Dramatisierung der Schlacht von Pearl Habour, aufgeführt vom Stadtfrauenverband Batley. Geschrieben, inszeniert und produziert von Mrs. Rita Fairbanks.

Schnitt zu Rita Fairbanks am Strand.

Rita (ERIC) Hallo, da bin ich wieder!

Off-Sprecher Und womit werden Ihre Damen uns dieses Jahr überraschen?

Rita Nun, dies Jahr haben wir uns entschlossen, etwas aufzuführen, das mehr dem modernen Geschmack entspricht. Wir dachten zuerst an eine Version von Michael Stewarts Rede über Nigeria, und es gab auch einige Stimmen im Komitee, die gern Willy Brandts berühmten Besuch in Ostdeutschland auf die Bühne gebracht hätten, aber wir haben uns statt dessen für eine Dramatisierung der ersten Herztransplantation entschieden. . . . Meine Schwester Madge wird übrigens diesen tapferen kleinen Burenburschen, den Pionier Christian Barnard spielen. *(Zupft verlegen an ihren Handschuhen herum.)*

Off-Sprecher Nun, dann also los: Die Inszenierung der ersten Herztransplantation, aufgeführt vom Stadtfrauenverband Batley!

Mrs. Fairbanks bläst zart in ihre Trillerpfeife. Zwei Gruppen von Hausfrauen kommen an der Wasserkante aufeinander zugerannt. Sie schubsen sich gegenseitig ins Meer, ringen plantschend in der Brandung und vermöbeln sich gegenseitig mit ihren Handtaschen.

Ansager *(mit seinem Schreibtisch jetzt bereits im Wasser)* Die erste Herzverpflanzung. Doch das ist nicht die einzige Open-Air-Aufführung, die das Meer miteinbezieht. Die Theatermanager der hiesigen Küstenregion brauchten nicht allzu lange, um zu erkennen, welch gewaltigen dramatischen Möglichkeiten das Meer in sich birgt. Und schon hat irgendwo dort draußen in der Bucht die erste Unterwasser-Inszenierung von »Maß für Maß« Premiere.

Die See. Nichts ist zu sehen. Murmelige, blubbrige Shakespeare-Verse sind zu hören. Wir zoomen heran. Zwei Shakespeare-Tragöden (Michael und Terry J.) tauchen auf. Sie holen tief Luft und tauchen wieder unter. Der Dialog blubbert weiter. Kamerafahrt zurück, ein Ruderboot wird sichtbar. Drei Shakespeare-Tragöden sitzen in ihm und warten auf ihr Stichwort. Einer der beiden Tragöden von vorher taucht wieder auf und ruft:

Schauspieler (TERRY J.) Heda, Diener!

Dann verschwindet er wieder unter Wasser. Der Diener steht auf, tritt über die Bordwand und versinkt.

Schnitt zum Ansager, nun schon bis über Hüfte und Tischplatte im Wasser sitzend.

Ansager Die Unterwasser-Version von »Maß für Maß«, und weiter draußen auf See sorgt »Hello Dolly« ebenfalls für volle Häuser ...

Wir sehen eine Boje mit einem stabilen Pappschild oben drauf, auf dem »Hello Dolly – Heute 19.30 Uhr« steht. Entfernt hört man einen blubbernden, verworrenen Fetzen der »Hello Dolly«-Titelmusik. Schwenk auf die offene See.

Ansager ... und dort drüben auf den Austernbänken ein Formel-Zwei-Rennen. *(Unterwassergeräusch von Formel-Zwei-Rennwagen.)*

TRICKFILM: *Ein Rennwagen kommt durch die Landschaft herbeigerast, fährt über die ausgestreckten Beine einer nackten, sitzenden Frau, bremst vor einem Warnschild »Kontrollieren Sie Ihre Achsenhöhe«, wendet, rast den Frauenkörper hoch und verschwindet in der Achselhöhle.*

Off-Sprecher Nummer zwanzig. Die Achselhöhle.
Schnitt zu Foto eines männlichen, gebeugten Kopfes von hinten. Eingeblendeter Pfeil weist auf den Nacken.
Off-Sprecher Nummer einundzwanzig. Die unteren Zweidrittel des Nackens des Genicks.

Schnitt: Filmaufnahme eines 60er-Jahre-Transistor-Radios auf einem Beistelltischchen. Pfeil weist auf den großen, rosafarbenen Skalendrehknopf.
Off-Sprecher Nummer zweiundzwanzig. Die Brustwarze.
Kamera zieht auf. Zwei Frauen sitzen auf einem Zweisitzer-Sofa und lauschen. Der Ansager ist jetzt aus dem Radio zu hören.
Stimme des Ansagers . . . und damit sind wir für diese Woche am Ende unserer Sendereihe »Wie man verschiedene Körperteile erkennt«, für das Radio bearbeitet von Ann Haydon-Jones und ihrem Gatten Pip. Und nun hören Sie die erste Folge eines neuen Funk-Dramas: »Der Tod der Maria Stuart von Schottland«. Teil eins: »Der Anfang«.
Titelmusik: »Coronation Scot«, wie jahrelang für die TV-Serie »Paul Temple« benutzt.
Männerstimme Sie sind Maria Stuart von Schottland?
Frauenstimme Das bin ich.
Es folgt eine wilde Mixtur von Geräuschen, die unschwer erkennen lassen, daß Maria Stuart soeben der Brägen aus dem Kopp gekloppt wird. Fausthiebe, Schläge, Knallen, Schlagbohrmaschine, Säge, Peitschenklatschen, Schüsse – und alles durchgehend gespickt mit Marias Schmerzensschreien. Die zwei Frauen lauschen schweigend. Nach einigen endlos scheinenden Sekunden endlich langsame Tonausblende, nachdem die Titelmusik wieder eingesetzt und damit das Ende des ersten Teils signalisiert hat.
Radioansager Die zweite Folge von »Der Tod der Maria Stuart von Schottland« können Sie direkt im Anschluß auf Kanal 4 hören.
Eine der Frauen geht ans Radio und wechselt den Sender. Während sie noch an ihren Platz zurückgeht, hören wir bereits erneut die Titelmusik verklingen und die Gewaltgeräusche und das Geschrei ertönen, wieder mit unverminderter Heftigkeit. Dann plötzlich Stille.
Männerstimme Ich glaub, sie's tot.
Frauenstimme Bin ich nicht!
Nach einer winzigen Überraschungspause beginnt das Gemetzel und

Geheule erneut und blendet unter der Melodie von »Coronation Scot« schnell wieder aus.

Stimme des Ansagers Sie hörten Folge zwei von »Der Tod der Maria Stuart von Schottland«, für den Funk bearbeitet von Bernard Hollowood und Brian London. Und nun wird Kanal 4 explodieren. *(Das Radio explodiert.)*

Erste Schreckschraube (GRAHAM) Dann müssen wir eben fernsehn.

Zweite Schreckschraube (JOHN) Genau.

Die beiden drehen das Sofa in die andere Richtung, um zum Fernsehgerät in der anderen Zimmerecke glotzen zu können.

Erste Schreckschraube Na? Und wat gibt's auf 'n Fernseh?

Zweite Schreckschraube Sieht aus wie 'n Pinguin.

Auf dem Fernsehgerät steht tatsächlich ein Pinguin. Er schaut die beiden so zufrieden an, als wäre er irgendwie ausgestopft. Auf dem Bildschirm tut sich nichts.

Erste Schreckschraube Nein, nein, nein, ich hab nich' gemeint, was gibt's auf'n Fernseher, ich hab gemeint, auf'n Fernseh*sender*.

Zweite Schreckschraube Oh!

Die zweite Schreckschraube geht zum Fernsehgerät, stellt es an und kehrt zurück auf ihren Sofaplatz. Das Gerät braucht endlos lange, bis es warm wird und ein Bild erscheint. Während dieser Pause findet das folgende Gespräch statt.

Zweite Schreckschraube Komisch, daß dieser Pinguin da steht, näch? Was macht'n der da?

Erste Schreckschraube Stehn!

Zweite Schreckschraube Das seh ich!

Erste Schreckschraube Wenn er'n Ei legt, fällt das nachher noch hinten in' Apparat rein.

Zweite Schreckschraube Müssen wir eben aufpassen. Sei denn, das ist 'n Männchen.

Erste Schreckschraube Oh, daran hätt ich ja nie gedacht!

Zweite Schreckschraube Tscha, sieht ziemlich kräftig aus.

Erste Schreckschraube Vielleicht kommt er von nebenan?

Zweite Schreckschraube Pinguine komm' nicht von nebenan, die kommen aus der Antarktis!

Erste Schreckschraube Burma . . .

Zweite Schreckschraube Wieso hast du denn eben »Burma« gesacht?

Erste Schreckschraube Kurz ausgerastet.

Zweite Schreckschraube Oh! – Vielleicht isser aus'm Zoo?

Erste Schreckschraube Welcher Zoo?

Zweite Schreckschraube Woher soll ich wissen, welcher Zoo? Ich bin nich' Dr. Verdammich Bronowski!

Erste Schreckschraube Und woher weiß Dr. Bronowski, aus welchen Zoo er is'?

Zweite Schreckschraube Der weiß alles!

Erste Schreckschraube Oh, das fänd ich nich' gut, das Leben hätte so gar keine Geheimnisse mehr! Trotzdem: Wenn er aus'm Zoo wär, wär »Eigentum vom Zoo« draufgestempelt!

Zweite Schreckschraube Wär's eben nich'! Die stempeln nich' »Eigentum vom Zoo« auf alle Tiere rauf! *(Denkt kurz nach, dann triumphierend.)* Du kannst ein' riesigen Löwen nich' einfach was draufstempeln!

Erste Schreckschraube *(denkt ebenfalls nach, dann wohl noch triumphierender)* Sie stempeln sie, wenn sie noch klein sind!

Zweite Schreckschraube *(nach längerem Schweigen)* Und was passiert, wenn sie sich mausern. . .?

Erste Schreckschraube Löwen komm' nich' in die Mauser!

Zweite Schreckschraube *(wohl am triumphierendsten)* Nä – aber Pinguins! So, hab' ich dich! Mit Mitteln der Logik umzingelt!

Erste Schreckschraube *(resigniert-verächtlich)* Ach, bumms doch den Pinguin!

Fernseh-Ansager (TERRY J.) Es ist genau acht Uhr und Zeit für den Pinguin, auf Ihrem Fernsehgerät zu explodieren.

Der Pinguin auf dem Fernseher explodiert.

Erste Schreckschraube Woher hat der gewußt, daß das passiert?

Fernseh-Ansager So 'ne Art Eingebung. . . Und nun . . .

Schnitt zum Foto eines Schienbeins. Eingeblendeter Pfeil.

Off-Sprecher (JOHN) Nummer dreiundzwanzig. Das Schienbein.

Schnitt zum Foto von Reginald Maudling. Pfeil am Bein.

Off-Sprecher Nummer vierundzwanzig. Das Schienbein von Reginald Maudling.

Schnitt zu typischer Gilliam-Collage: »Aufgeklappter Kopf« mit eingeblendetem Pfeil.

Off-Sprecher Nummer fünfundzwanzig. Das Gehirn.

Schnitt zu Foto von Margret Thatcher. Der Pfeil zeigt auf ihr Knie.

Off-Sprecher Nummer sechsundzwanzig. Das Gehirn von Margret Thatcher.

Schnitt zu Standbild eines Kricketspiels im fortgeschrittenen Stadium.

Spieler auf allen Positionen haben die sattsam bekannten gepunkteten Bermuda-Shorts über ihre Spielkleidung montiert. Kleine Pfeile weisen auf jede einzelne Pünktchen-Hose.

Off-Sprecher Nummer siebenundzwanzig. Noch mehr unanständige Stellen.

Schnitt auf Foto von britischen Regierungsmitgliedern rund um den Kabinettstisch. Pfeile weisen unter die Tischkante.

Off-Sprecher Nummer achtundzwanzig. Die unartigen Stellen der Regierung.

Schnitt zum Studioaufbau der nächsten Nummer. Das Innere eines Landhauses. Eingeblendeter Pfeil.

Off-Sprecher Nummer neunundzwanzig. Das Innere eines Landhauses.

Schnitt in den Raum mit Arzt, Mutter und Sohn.

Arzt (JOHN) Das ist aber kein Körperteil.

Mutter Nein, das war die Überleitung.

Sohn (GRAHAM) Besonders gut fand ich sie aber nicht.

Arzt Na ja, die Serie neigt sich dem Ende . . . und der Ideenvorrat anscheinend auch.

Inspektor »Maultier« Muffin in Trenchcoat und Hut kommt zur Tür hereingeplatzt, wichtig seine Pfeife aus dem Mund nehmend und damit herumfuchtelnd.

Muffin (MICHAEL) Okay! Keiner bewegt sich! Ein Mord ist geschehen!

Mutter Ein Mord?

Muffin Nein . . . nein . . . kein Mord . . . nein, was klingt noch so ähnlich wie »Ermordung«, aber fängt mit einem R an?

Sohn Regensburg?

Muffin Nee, nee, nee, nee . . .

Arzt Rüdesheim?

Muffin Rüdesheim. Genau! Rüdesheim am Rhein. Es hat sich ein Rüdesheim ereignet!

Sohn Raubüberfall.

Muffin Raubüberfall. Ja. Gut, der Mann! Raubüberfall, das war's, natürlich! Es war ein Raubüberfall.

Arzt Und wo?

Muffin In den Bauch, knapp unter die Rippen!

Arzt Nein – das ist Mord.

Muffin Oh! Äh, nein, im Bach . . . im Bad! Barclays Bad!

Sohn Barclays Bank?

Muffin Ja! Häßliche Sache das. Sind mit dreiundzwanzig Mille abgehauen.

Sohn Irgendwelche Indizien?

Muffin Irgendwelche *was*? . . .

Sohn Irgendwelche Anzeichen, wer es gewesen sein könnte?

Muffin *(sarkastisch)* Irgendwelche In-di-zi-en, wiiie? Oh, wir reden nicht zufällig 'n bißchen ge-ziiiert? Ich nehme an, wir flöten auch immer was von Brühf-om-schlog und Uhn-tär-wäschä und Brrröt-schen auf unserem Ka-na-pee, wie? Herrje, wir haben es mit einem Mordfall zu tun, junger Mann, und Mord ist eine verdammt ernste Angelegenheit!

Arzt Ich dachte, es handelte sich um einen Raubüberfall?

Muffin Raubüberfall ist fast so schlimm wie Mord! Manche Raubüberfälle sind sogar schlimmer als Mord! Ein Raubüberfall, bei dem jemand erstochen wird, ist ein Mord! Also, komm' Sie mir nicht mit diesen Haarspaltereien! Sie sind ja kleinlicher als ein Richter! So also: Das erste, was bei einer wie auch immer gearteten öffentlichen Ruhestörung zu tun ist. . . ist. . . *(er verstummt und lächelt eine Weile versonnen vor sich hin)* . . . und . . . oh, Entschuldigung, Entschuldigung, war mit meinen Gedanken ganz woanders!

Arzt Die Polizei anrufen?

Muffin Die Polizei anrufen! Ja, das ist 'ne gute Idee. Die sollen schnell herkommen, damit . . . nein, besser: die sollen langsam herkommen, damit sie unterwegs nichts fallenlassen.

Mutter Soll ich uns nicht allen eine schöne Tasse Tee machen?

Muffin *(scharf)* Mach, was du willst, Boskovitch – vor Gericht wird dir das nicht viel nützen!

Mutter Wie meinen?

Muffin Oh, tut mir leid, tut mir leid! Das kommt davon, wenn man zwei Fälle gleichzeitig an den Hacken hat! Ich hab grad gedacht, ich hätte Boskovitch in die Ecke getrieben . . . dabei untersuch ich ja einen Regensburg.

Sohn Raubüberfall.

Muffin Raubüberfall. Genau. Gut, der Mann!

Von draußen nähert sich Sirenengeheul und Verkehrslärm.

Arzt Wer ist Boskovitch?

Muffin Ha! Boskovitch ist . . . ein russischer Wissenschaftler, der Informationen an die Russen weitergibt.

Sohn Interna?

Muffin Oh, er nun wieder! In-teeer-na! Ja, hocken wir schon wieder auf dem Ka-na-pee mit unserem Tee-gö-böck und unseren In-teeer-na? . . .

Die Tür geht auf, und ein Wachtmeister, gefolgt von zehn einfachen Schutzleuten (den »Fred Tomlinson Singers«), betritt das Landhauszimmer.

Muffin Ah! Hallo, Duckie!

Duckie (TERRY J.) Hallo Sir. Wie geht's?

Muffin Danke, gut! Und selber?

Duckie Ach, Sir, bin ein bißchen bedrückt heut'.

Muffin Aber wieso denn das, mein Süßer?

Duckie Weil . . .

Eine unsichtbare Rhythmusgruppe hebt an, und Wachtmeister Duckie beginnt zu singen und tanzen, wobei er neckisch sein Trillerpfeifchen am Kettchen rotieren läßt.

EINGEBLENDETER TITEL: »WACHTMEISTER DUCKIES LIED«

Duckie Ja, ich fühl mich mies, ich fühl mich einsam
Denn mein Baby ist davonmarschiert . . .
Ja, ich bin so allein
Krieg mich nicht wieder ein
Oh, ich fühl mich völlig angeschmiert!

Chor Ja, er fühlt sich mies, er fühlt sich einsam
Denn sein Baby ist davonmarschiert . . .
Ja, er ist so allein
kriegt sich kaum wieder ein
fühlt sich wirklich völlig angeschmiert!

Duckie *(solo)* Wenn ich lach
strahlt die Sonne hell und schön!
Doch wenn ich wein
dann will sie mich nicht mehr verwöhn'!

Chor Ja, er fühlt sich mies, er fühlt sich einsam
denn sein Baby ist davonmarschiert
Ja, er ist so – . . . *(Sie brechen den Gesang abrupt ab und sprechen im Chor weiter)* et cetera et cetera et cetera! *(Applaus.)*

Muffin 'n süßes Lied, Duckie.

Eine Eurovisions-Ansagerin in silberglänzendem, engem Abendkleid betritt die Szene und geht ans bereitstehende Mikrophonstativ.

Ansagerin (ERIC) Und das war unsere letzte Neuvorstellung. La dernière entrée. Das final entry. And now, guten Abend. The

Punktestand. Der Stand. Le Stand. Il Stand. Oh! Stand. Ha! Stand! *(Schnitt zu einer Anzeigetafel mit asiatischen Schriftzeichen.)* Jawohl, Monaco ist der Sieger – hah! Monaco ist del Siegel – oh ja, Mann, Monnaggo gewinne das grrrossse Prrreisss, Bwana! ... Und hier ist er noch einmal: Chef-Inspektor Jean-Paul Zatapathique mit dem Siegertitel!

Ein Sänger summt leise ein kleines Intro, das Orchester setzt klagend ein. Schnitt zu einer glitzernden Eurovisions-Kulisse. Zatapathique in prächtiger Phantasie-Uniform und mit buntbefiedertem Silberhelm besteigt betont langsam und mit nachdenklich gesenktem Kopf in das Mikro summend ein glitzerndes Podest.

Off-Sprecher (MICHAEL) *(in andächtig-gedämpftem Tonfall)* So, und nun also singt Inspektor Zatapathique, der Spurensicherungsexperte der Mordkommission Monaco, noch einmal sein Lied »Ding-Dingel-Lingel-Dong« ...

Zatapathique (GRAHAM) *(erschüttert sprechend)* Quoi? ... Quoi? ... Tout le monde ... quoi? ... Mais, le monde ... d'habitude ... mais – je – pense...

(Und eins-*zwei-drei*-wal-*zer-takt:)*

Chor *(schwungvoll singend)* **und Zatapathique** *(schreiend)*

Ding dingel-lingel Ding!
Ding dingel-lingel Däng!
Ding dingel-lingel-lingel-lingel-lingel
Ding dingel-lingel DONG!

... *undsoweiter undsoweiter undsoweiter. Der Nachspann läuft ab. Kurz vor seinem Ende ist auch Zatapathique endlich fertig mit Schreien und Hüpfen und verbeugt sich unter gigantischem Applaus tief und erschöpft. Er verharrt regungslos in der Verbeugung. Ein dicker weißer Pfeil wird eingeblendet und zeigt auf sein rausgestrecktes Hinterteil.*

Off-Sprecher Nummer einunddreißig. Das Ende.

EINBLENDUNG: »ENDE«

Dreiundzwanzig – Scott in der Antarktis

Außenaufnahme: eine große Müllhalde. Handkamera stolpert auf Mädchen in einfachem weißen Kleid mit vier Meter langem roten Haar zu, das auf einem Stuhl sitzt und einen Kohlkopf in Händen hält. Nach einer Weile betritt Stig in weißen Jeans, Hemd und mit Halstuch die Einstellung und steht verlegen in der Gegend rum.

Stig (TERRY J.) Bonjour.

UNTERTITEL: »GUTEN MORGEN.«

Mädchen (CAROL) Bonjour.

UNTERTITEL: »GUTEN MORGEN.«

Pause. Stig sieht verlegen aus, schaut in die Kamera.

Stig Il fait beau ce matin.

UNTERTITEL: »SCHÖNER TAG HEUTE.«

Mädchen Oui, oui.

UNTERTITEL: »JA, JA.«

Stig D'accord. . .

UNTERTITEL: »HÖRT, HÖRT.«

Stig Venez-vous ici souvent?

UNTERTITEL: »KOMMEN SIE ÖFTER HIERHER?«

Mädchen Oui.

UNTERTITEL: »JA.«

Stig Ah. Bon. Bon.

UNTERTITEL: »GUT, GUT.«

Pause.

Stig Je vois que vous avez un chou.

UNTERTITEL: »WIE ICH SEHE, HABEN SIE DA EINEN KOHLKOPF.«

Mädchen Oui.

UNTERTITEL: »JA.«

Stig fängt an, gezwungen zu lachen, dann stimmt das Mädchen ein. Es ist ein kläglicher Versuch, Ausgelassenheit und fröhliches Beisammensein zu demonstrieren. Das Mädchen hört noch vor Stig zu lachen auf.

Stig Certainement il fait beau ce matin.

UNTERTITEL: »WIRKLICH EIN SCHÖNER TAG HEUTE.«

Stig schleicht sich aus der Einstellung, wird aber ganz offensichtlich wieder ins Bild geschubst.

Stig Je suis revolutionnaire.

UNTERTITEL: »ICH BIN EIN REVOLUTIONÄR.«

Mädchen Oh.

Stig Qu'est-ce vous-avez dit?

UNTERTITEL: »WAS HABEN SIE GESAGT?«

Mädchen J'ai dit »oh«.

UNTERTITEL: »ICH HABE ›OH‹ GESAGT.«

Stig Ah. Très intéressant.

UNTERTITEL: »AH. SEHR INTERESSANT.«

Schnitt zu einem pickligen jungen Mann im Studio.

Phil (ERIC) Brian Diestel und Brianette Zatapathique waren das eben in einer improvisierten Szene aus Jean Kenneth Longueurs neuem Film »Le Fromage Grand«. Brian und Brianette symbolisieren in diesem aufregenden neuen Streifen die Kommunikationsschwierigkeiten in unserer modernen Gesellschaft, und Longueur will uns, seinem Publikum, damit sagen »macht was, protestiert, verändert etwas, legt euch mit dem Geschäftsführer an, verlangt euer Geld zurück.« In einer späteren, brillant konstruierten Montage entlarvt Longueur gnadenlos die unterschwellige Gewalt dieser unserer Gesellschaft, wenn Brian und Brianette sich auf einer anderen Müllhalde erneut begegnen.

Ein anderer Teil der gleichen Müllhalde, aber nicht sehr anders. Das Mädchen sitzt immer noch auf dem Stuhl, hält aber diesmal einen Lattich. Stig betritt die Einstellung.

Stig Bonjour encore.

UNTERTITEL: »HALLO SCHON WIEDER.«

Mädchen Bonjour.

UNTERTITEL: »GUTEN MORGEN.«

Stig Je vois que aujourd'hui vous avez une co-laitue.

UNTERTITEL: »WIE ICH SEHE, HABEN SIE HEUTE EINEN SUPERLATTICH DABEI.«

Mädchen Oui.

UNTERTITEL: »JA.«

Stig Bon.

UNTERTITEL: »GUT.«

Schnitt: kurze Einstellung aus Kriegsfilm; Soldat mit Maschinengewehr in Flugzeug.

Stig Il fait beau encore.

UNTERTITEL: »HEUTE IST WIEDER EIN SCHÖNER TAG.«

Filmschnipsel von Studentenunruhen und Knüppeleinsatz in Paris.

Mädchen Oui.

UNTERTITEL: »JA.«

Stig Bon.

UNTERTITEL: »GUT.«

Schnitt zu Michael, dem John einen Knüppel über den Schädel zieht.

Stig Vous pouvez dire ça encore.

UNTERTITEL: »WIRKLICH EIN SCHÖNER TAG HEUTE.«

Aufnahme eines einstürzenden Gebäudes; dann ein Mann am Klavier (Graham) – der Deckel knallt ihm auf die Hände.

Stig Certainement il fait beau ce matin.

UNTERTITEL: »WIRKLICH EIN SCHÖNER TAG HEUTE.«

In schneller Schnittfolge: Bombenwerfende Flugzeuge; Koch, der einen Pfeil in die Brust bekommt; Mädchen, das einen großen Mann ans Schienbein tritt; Raketen, die von einem Flugzeug abgeschossen werden.

Mädchen Oui.

UNTERTITEL: »JA.«

Filmschnipsel: Wasserstoffbombe explodiert.

Stig Il fait beau hier. Ha, ha, ha.

UNTERTITEL: »GESTERN WAR AUCH EIN SCHÖNER TAG. HA, HA, HA.«

Schnelle Schnitte: Flakfeuer; Mann, der von einem Boxhandschuh einen Fausthieb ins Gesicht bekommt; Nonne, die einem Polizisten in die Weichteile tritt.

Mädchen Ha, ha.

UNTERTITEL: »HA, HA. HA, HA. HA, HA.«

Schnitte: eine Spitfire; koreanische Soldaten; ein Mann, der geköpft wird.

Stig Quel surprise de vous voir encore.

UNTERTITEL: »WAS FÜR EINE ÜBERRASCHUNG, SIE WIEDERZUSEHEN.«

Filmausschnitte in üblicher Weise: Studentenunruhen in Paris; Mann, den jemand auf den Fuß tritt; ein in Flammen stehendes Haus; Mann, dem ein Regenschirm ins Auge gestochen wird; ein Schlachtschiff, das volle Breitseite abfeuert; Mann in Unterhosen, dem ein Eimer Wasser über den Kopf gegossen wird; Fan-Schlachten in Fußballstadion; Mann, der von einem griechisch-orthodoxen Priester erdolcht wird.

Mädchen Je t'aime.

UNTERTITEL: »ICH LIEBE DICH.«

Stig Je t'aime.

UNTERTITEL: »ICH LIEBE DICH.«

Sie lächeln sich einen Moment lang glücklich an. Dann hören sie etwas ticken. Sie lauschen einen Augenblick lang angespannt und blicken dann beide langsam auf den Lattich. Nach einer Schreckenssekunde explodiert der Salat in Zeitlupe und reißt sie beide in Stücke. Während Leichenteile

und Salatblätter in Zeitlupe durch die Luft schweben, neigt sich die Kamera nach unten auf welkes Laub. Das Bild friert ein.
EINBLENDUNG: »FIN«

Schnitt zu Phil.

Phil Ziemlich starker Tobak von Freund Longueur, der damit natürlich sagen will, daß am Ende der Materialismus, in diesem Fall durch einen Superlattich von Sparkauf symbolisiert, uns alle vernichten wird. Das war für O. Simon, K. Simon, P. Simon und R. Sparrow aus Leicester. Später werfen wir dann einen kurzen Blick auf John Waynes letzten Film: »Kübel voller Blut, die aus den Köpfen strömen«, zunächst wollen wir uns aber mit kommenden Ereignissen befassen. Am Dienstag nämlich war Chris Conger mit einem BBC-Team am Drehort der 20th Century Vole, die gerade ihr neuestes Leinwand-Epos in Szene setzt: »Scott in der Antarktis«.
Chris Conger steht mit dem Rücken zum Pier, hinter ihm ein paar Urlauber.

Conger (GRAHAM) Meer, Strand und Sonnenschein haben Paignton zur Perle der englischen Riviera gemacht. Aber in den nächsten sechs Monaten wird sich dieser verschlafene Badeort von Devonshire in die Einöde des von Schneestürmen gepeitschten Südpols verwandeln. Denn heute beginnen hier die Dreharbeiten für den Monumentalfilm »Scott in der Antarktis«, das von Gerry Schlick produziert wird. *(Geht zu Schlick hinüber.)*

Schlick (ERIC) *(Amerikaner)* Hallo.

Conger Gerry, Sie haben Paignton als Drehort für Ihren Scott ausgewählt.

Schlick Richtig, richtig.

Conger Ist es nicht ein kleiner Wermutstropfen für Sie, daß es hier keinen Schnee gibt?

Schlick Nun, wir haben ja 9000 Kubikmeter Winterfix dabei, einen neuen weißen Schaumgummi, der auf der Leinwand sogar noch echter wirkt als Schnee...
Schnitt: Leute, die mit Klebstoff und Nägeln weißen Schaumgummi auf Gegenständen befestigen. Es sieht grauenhaft aus. Andere streichen den Sand mit weißer Farbe an.

Schlick ... und 320 000 Kubikmeter weiße Farbe, mit einem Spezial-Schneeglanz.

Conger Und wie ich gehört habe, spielt Kirk Vilb die Hauptrolle.

Schlick Das ist korrekt. Wir waren mächtig begeistert und stolz, als Kirk sich bereiterklärte, die Rolle des Leutnants Scott zu übernehmen *(Schnitt zu Kirk Vilb, der Felle trägt, die an der Brust auseinanderklaffen; man ist dabei, ihm ein Brusttoupet anzukleben und Zuckerwatte auf Nase und Augenbrauen zu drücken)*, weil ein Star von seinem Kaliber sich erlauben kann, wählerisch zu sein, aber er hat den Titel gelesen und ist einfach ausgeflippt. *(Schnitt zurück zu Gerry Schlick und Chris Conger.)* Und Regie führt ein sehr begabter junger britischer Regisseur, James McRettin, der auch am Drehbuch mitgearbeitet hat, und natürlich ist Jimmy...

McRettin stürzt in den Vordergrund. Er gleicht J. McGrath in keinster Weise.

McRettin (JOHN) Oh, da sind Sie ja. Hallo. Hallo. Kein Problem. Trinken Sie einen. Trinken Sie einen. Fantastisch. Hallo. Herrlich. Herrlich. Hallo. Umschreiben. Oh, das ist wirklich fantastisch. Ich meine, das Ganze hat doch echt 'ne Botschaft, finden Sie nicht?

Conger Haben Sie schon mit den Dreharbeiten angefangen?

McRettin Ja. Ja. Fantastisch. Tadellos. Nein, nein, wir haben noch nicht angefangen. Nein. Aber fantastisch – fantastisch.

Conger Mit welcher Szene werden Sie heute früh beginnen?

McRettin Fantastisch. Wahnsinn. O es ist fantastisch. Kein Problem. Das machen wir mit links. Mit links. Kein Problem. Dieser Film ist mehr oder weniger pro-Menschheit und anti-böse-Sachen, und er reißt der Gesellschaft die heuchlerische Gin-and-Tonic-Maske vom Gesicht und läßt einen ganzen Haufen heiliger Kühe hinter sich, die sich am Wegesrand in Todesqualen winden, trinken Sie einen, trinken Sie einen.

Conger Aber welche Szene wird denn *zuerst* gedreht, Jimmy?

McRettin Ja, fantastisch. Herrlich. *(Ruft)* Welche Szene drehen wir als erstes? Was? *(Zu Conger)* Es ist Szene eins. Szene eins. Spielt mitten im Film. Also, jedenfalls jetzt. Ich hab sie umgeschrieben. *(Ruft)* Ich dachte, die hätten wir rausgeschnitten? Haben wir die nicht rausgeschnitten?

Schlick Nein, haben wir nicht.

McRettin Nicht. Fantastisch. Das ist ja noch besser. Dann tu ich sie wieder rein. Umschreiben. *(Ruft)* Alle mal herhören – Szene eins ist wieder drin. Szene eins ist wieder drin. Fantastisch.

Fantastisch. *(Zu Conger)* Das ist die Szene – vor dem Zelt – das Ganze ein einziger Wahnsinn. Man möchte sofort kotzen.

Schnitt zu Schlick und Conger am Strand.

Schlick Also in dieser Szene kommt Leutnant Scott wieder ins Lager zurück, nachdem er die Huskies zu einem Brunch mit dem Rest seiner Mannschaft geführt hat. *(Schnitt zu einer Einstellung vom Zelt mit Bowers, einem Schwarzen, und Oates, die beide davor sitzen.)* Oates, der von keinem anderen als unserem heißgeliebten wunderbaren Terence Lemming dargestellt wird, einem waschechten Londoner Offizier, der zur US Navy abkommandiert wurde, und Bowers, gespielt von Seymour Fortescue, dem Olympischen Stabhochspringer.

Filmsequenz: Scott tritt auf sie zu. Unter seinen Füßen sind zwei große Kisten festgebunden, um ihn größer erscheinen zu lassen.

Oates (TERRY J.) Hallo, Leutnant.

Scott (MICHAEL) Hallo, Oatesy. Prima Tag heute, was?

McRettin *(stürzt dazu)* Fantastisch, fantastisch.

Scott Was? Was sagen Sie?

McRettin Ich habe nur fantastisch, fantastisch gesagt. Auftritt Evans!

Sexy Mädchen mit langem blondem Haar und kurzem rosa Pelzmantel betritt die Aufnahme. Sie geht auf Scott zu, der sie um anderthalb Meter überragt, weil sie in einem Graben läuft.

Schlick Und hier haben wir Vanilla Huree als Miss Evans.

Conger Miss Evans?

Schlick Korrekt.

Miss Evans befindet sich jetzt unterhalb Scott, etwa auf Kniehöhe.

Scott Guten Morgen, Miss Evans.

Evans (CAROL) Oh, ich habe meinen Satz vergessen.

McRettin Wie lautet ihr Satz? Wie lautet ihr Satz?

Scriptgirl kommt angerannt.

Scriptgirl Er lautet: »Guten Morgen, Kapitän Scott«.

Evans Ach ja, genau. »Guten Morgen, Kapitän Sc. . .« – also, irgendwie befriedigt mich der Satz nicht. Kann ich nicht einfach »Tach, Scottie« sagen?

McRettin Fantastisch. Fantastisch. Umschreiben. Einsatz.

Evans Tach, Scarrie! Oh, Pardon. Tach, Stocky! Oh – nochmals Pardon. Och, Jim. Irgendwie befriedigt mich der Satz einfach nicht. Hey, wie wär's, wenn ich es total crazy mache, so vielleicht. . . *(Flippt aus und fängt wild an zu winken.)* Tach, Scottie!

McRettin Fantastisch! So drehen wir's ab.

Scott Bist du sicher, daß es so richtig ist?

McRettin So ist es doch fantastisch.

Gerry Schlick läuft in die Einstellung.

Schlick Jim.

McRettin *(ruft)* Jim! Jim! ... Ach so, ich!

Schlick Jim, ich hab das Gefühl, daß wir im Höhenbereich ein paar Probleme kriegen werden.

McRettin Fantastisch! Wo liegen sie?

Schlick Wo liegt wer?

McRettin Ich weiß nicht. War gerade ein bißchen durcheinander.

Schlick Jim, ich hab hier das Gefühl, daß Scott im Höhenbereich vielleicht zu groß wirkt, in bezug auf Vanilla, die zu nah am Boden ist, im Bereich, daß sie im Moment zu klein wirkt.

McRettin Fantastisch... Ah, ich hab's. Ich heb eine Grube für Scott aus und stell eine Kiste in Vanillas Graben rein.

Scott Oder hört mal, Leute, warum nehm ich nicht meine Kisten ab, und Vanilla kommt aus dem Graben raus.

McRettin Das kann nicht funktionieren... Das ist ja noch besser! Fantastisch. Umschreiben!

Evans Was war das eben?

McRettin Du, alles ganz einfach. Ich weiß jetzt, wie's geht. Scott nimmt seine Kisten ab, und du stehst nicht im Graben.

Evans Ich soll meine Sätze *außerhalb* des Grabens sprechen?

McRettin Ja, noch besser. Fantastisch.

Evans Aber ich habe noch nie außerhalb eines Grabens gespielt. Ich könnte stürzen. Das ist zu gefährlich.

McRettin Na ja, könntest du es einfach mal versuchen?

Evans Jetzt hör mal gut zu, du lausiger Penner, ich bin ein Star. Star, Star, Star. Ich krieg nicht eine Million Dollar dafür, daß ich *außerhalb* eines Grabens spiele. Ich hab die Frau von Johannes dem Täufer in einem Graben gespielt *(sie läuft im Graben herum, und wir können sehen, daß zwei Kisten unter ihren Füßen festgebunden sind)*, und ich hab Madame Napoleon Bonaparte in einem Graben gespielt, ich hab Frau Alexander Flemming in einer Ackerfurche gespielt, wenn du also diese Szene außerhalb von einem Graben gespielt haben willst, dann hol dir einen gottverdammten Stuntman. *(Ab.)* Ich hab Signora Galileo in einer Rinne gespielt und Frau Jesus Christus in einer geologischen Mulde, also bild dir bloß nicht ein, daß...

McRettin Fantastisch. Alle mal herhören – fantastisch. Jetzt machen wir Mittag. Mittagessen. Haben wir alles im Kasten. Gute Arbeit für diesen Vormittag, Kinder.

Schlick Aber du hast nicht eine einzige Aufnahme gemacht.

McRettin Man muß die Leute bei Laune halten. *(Versucht, einen Schluck Schnaps aus seinem Bildsucher zu nehmen.)*

Schnitt: am Nachmittag.

Schlick Also heute nachmittag drehen wir die Szene, wo Scott vom Boot aus auf eine Eisscholle steigt und diesen Löwen sieht und mit ihm kämpft und ihn tötet, und das Blut wusch, wusch, wusch macht, in Zeitlupe.

Conger Aber in der Antarktis gibt es keine Löwen.

Schlick Wie?

Conger In der Antarktis gibt es keine Löwen.

Schlick Sie haben recht. In der Antarktis gibt es keine Löwen. Lächerlich! Hat man jemals schon von einem Löwen in der Antarktis gehört. Korrekt. Also weg mit dem Löwen.

McRettin Den Löwen drinlassen. Der ist fantastisch!

Schlick Der Löwe muß raus.

McRettin Fantastisch. Den Löwen rausschmeißen. Umschreiben. Alle mal herhören, wir schmeißen den Löwen raus. Fabelhaft.

Scott Wie, was heißt das, der Löwe soll rausfliegen?

Schlick Weißt du, Kirk, wir haben uns überlegt, daß wir den Kampf mit dem Löwen ein bißchen beiseite lassen, Kirk, mein Engelchen.

Scott *(laut)* Wieso?

Schlick Weißt du, Kirkie, mein Püppchen, es gibt einfach keine Löwen in der Antarktis, Baby.

Scott *(brüllt)* Ich kämpfe mit dem Löwen.

Schlick Das wäre ganz albern.

Scott Hör mal, ich muß mit dem Löwen kämpfen. Genau darum geht's bei einem Typen wie Scott. Ich weiß das. Ich hab mich nämlich in seine Psyche reinversetzt.

Schlick Warum kannst du nicht mit einem Pinguin kämpfen?

McRettin Fantastisch! *(Fällt flach aufs Gesicht.)*

Scott Mit einem mickrigen Pinguin?

Schlick Es braucht ja kein kleiner Pinguin zu sein. Es kann der größte Pinguin sein, den du je gesehen hast. Ein elektrischer Pinguin, sechs Meter hoch, mit langen grünen Tentakeln, die die Leute stechen, und du kannst ihm das Messer in die Flügel rammen, und dann kommt das Blut, wusch, aus ihm rausgesprudelt, in Zeitlupe.

Scott Der Löwe steht aber im Vertrag.

Schlick Und er kämpft mit dem Löwen.

McRettin Noch besser. Fantastisch. Trinken Sie einen. Der Pinguin wird rausgeschmissen. Alles fertig für die Aufnahme. *(Fällt flach aufs Gesicht.)*

Schlick Wo gibt's Löwen?

Conger In Afrika.

Schlick Genau. Scott ist in Afrika. So viele Löwen, wie wir haben wollen.

McRettin Fantastisch!

Schlick Er ist auf der Suche nach einem Pol, von dem niemand anderes was weiß. Das paßt auch zum Sand. Streicht den Sand wieder gelb. Okay Leute, in die Hände gespuckt: »Scott in der Sahara«.

Harter Schnitt: Himmel.

TITEL: »SCOTT IN DER SAHARA«

Off-Sprecher (MICHAEL) Aus den Seiten des Buchs, das die Geschichte schreibt, springt uns das Abenteuer von drei Männern und einer Frau entgegen, deren Mut eine ganze Generation in Atem hielt.

Blendende Sonne. Schwenk nach unten zurück auf den Strand von Paignton. Scott, Evans, Oates und Bowers in Fellkleidung, die in Schneeschuhen durch den Sand stapfen; mit einem Schlitten, der von einer bunten Auswahl von unzulänglich als Huskies verkleideten Promenadenmischungen gezogen wird.

Off-Sprecher Vom selben Team, das Ihnen auch... *(die Titel werden eingeblendet)* »Lawrence of Glamorgan«... »Bridge Over the River Trent«... »The Mad Woman of Biggleswade«... und »Krakatoa, East of Leamington«... präsentiert hat: nun die Geschichte von drei Leuten und einer Frau, die das Schicksal auf der Suche nach dem sagenumwobenen Pol der Sahara vereinte, und ... sich selbst fanden. Sehen Sie nun... Leutnant Scotts Todeskampf mit einem wild gewordenen Wüstenlöwen.

Die vier ziehen dahin. Plötzlich bleiben sie stehen und starren in panischer Angst nach vorn. Scott stellt sich beschützend vor die anderen. Zwischenschnitt, wenig passender Archivfilmschnipsel von einem Löwen, der aus Dschungel hervorprescht und auf Kamera zuspringt. Scott wartet in Lauerhaltung und wird von einem vollkommen steifen, ausge-

stopften Löwen angefallen. Einstellungen von ihm, wie er einen Ringkampf macht, zuerst mit dem ausgestopften Löwen, dann mit einem Schauspieler in billigem Löwenkostüm. Der Löwe schwingt einen Stuhl, wehrt Scott ab und zertrümmert den Stuhl auf Scotts Schädel. Schließlich tritt Scott den Löwen ans Schienbein. Der Löwe hüpft auf einem Bein herum und hebt ein Messer auf. Scott zeigt auf irgendwas, der Löwe guckt in die Richtung, und Scott schlägt dem Löwen das Messer aus der Tatze. Er tritt auf den Löwen zu und landet einen Kinnhaken. Der Löwe bricht in Zeitlupe zusammen. Nach einer Pause sprudelt falsches Blut aus ihm heraus.

Off-Sprecher Sehen Sie nun Fähnrich Oates' männlichen und beherzten Todeskampf mit dem haarsträubenden elektrischen Riesenpinguin. . .

Oates blickt mit schreckgeweiteten Augen nach oben, ein Schatten fällt über ihn. Gegenschuß: Aufnahme vom Stoffpinguin (ziemlich klein, ungefähr dreißig Zentimeter hoch), der aufleuchtet und elektrisch aussieht. Der Pinguin befindet sich nah bei der Kamera im Vordergrund und wirkt riesengroß. Oates sieht sich verzweifelt um und fängt an, sich auszuziehen. Einstellung vom Pinguin, der eine Tentakel schleudert. Halbnackter Oates kämpft mit ihm. Zwischenschnitte mit lauter unechten Gegenschüssen. Oates inzwischen nur noch in Unterwäsche, erblickt einen Stein. Er hebt den Stein auf, dann zoomt die Kamera in eine Über-den-Bauchnabel-Einstellung; er zieht sein Höschen aus, wickelt den Stein hinein, wirbelt es wie eine Schleuder und läßt den Stein losfliegen. Pinguin wird am Schnabel getroffen, kippt nach hinten um.

Off-Sprecher Sehen Sie jetzt, wie Miss Evans von einem menschenfressenden Rollpult verfolgt wird.

Miss Evans rennt schreiend durch die Gegend. Aufnahme eines Schreibtischs, der sie jagt (falscher Schreibtisch mit Mann drin). Die Rollade fährt rauf und runter, läßt Gebrüll los und stellt ein schreckliches weißes Gebiß zur Schau. Evans Kleider bleiben im Rennen an jedem der drei Kakteen hängen. Sie stehen so weit auseinander, daß es gar nicht einfach ist, sie alle zu streifen. Als sie praktisch nackt ist, läuft sie aus der Einstellung heraus und gibt den Blick auf den Ansager frei.

Ansager (JOHN) Und nun zu etwas völlig anderem.

Jetzt-Mann (MICHAEL) Und jetzt. . .

Trickfilm-Vorspann.

TRICKFILM: *tanzendes Gebiß. Dann ein Brief, der wiederversiegelt und aufgegeben wird – alles rückwärts – und in einem echten Postamt landet.*

Ein Angestellter der Post entfernt die Briefmarke vom Umschlag und gibt sie einem Mann.

Postangestellter Fünf Pence, bitte.

Der Mann läuft rückwärts heraus, an Mr. Praline vorbei, der gerade das Postamt betritt. Er sieht den Mann verwirrt an und geht zu dem ersten von zwei Sprechgittern, das die Aufschrift »Briefmarken und Lizenzen« trägt.

Praline (JOHN) Entschuldigen Sie bitte, ich hätte gern eine Fischlizenz. *(Der Schalterbeamte zeigt auf das Sprechgitter nebenan; Praline zur Kamera:)* Das Schild von diesem Mann ist offensichtlich falsch angebracht. Ich habe immer wieder eine ausgesprochene Diskrepanz zwischen den Schildern an den Postamt-Schaltern und den Aktivitäten, die sich dahinter abspielen, feststellen können. Aber gemach, schauen wir einmal, ob Madame Fortuna mir bei meinem nächsten postalischen Abenteuer gewogen ist! *(Begibt sich an den nächsten Schalter.)* Hallo, ich hätte gern eine Fischlizenz.

Mann (MICHAEL) Eine was?

Praline Eine Lizenz für meinen Hausfisch, Eric.

Mann Woher wissen Sie, daß ich Eric heiße?

Praline Nein, nein, nein. Mein *Fisch* heißt Eric. Eric der Fisch. Ersn Heilbutt.

Mann Erst was?

Praline Er-ist-ein-Heil-butt.

Mann Sie halten sich einen Heilbutt als Haustier?

Praline Ja, ich habe ihn unter Tausenden ausgewählt. Die anderen haben mir nicht gefallen. Sie waren mir alle zu flach.

Mann Sie sind ja bekloppt.

Praline Ich bin nicht bekloppt! Warum muß ich gleich mit dem Attribut »bekloppt« diffamiert werden, nur weil ich mir einen Heilbutt halte? Ich habe davon reden hören, daß Sir Gerald Nabarro eine Hausgarnele namens Simon hat, und Sie würden wohl Sir Gerald kaum einen Bekloppten nennen, oder? Darüber hinaus hielt sich Dawn Palethorpe, die Show-Akrobatin, eine Muschel, die sie Sir Stafford nannte, nach dem verstorbenen Finanzminister. Alan Bullock hat zwei Hechte, die er beide Norman nennt, und der verstorbene, große Marcel Proust besaß einen Schellfisch. Wenn Sie den Autor von »A la Recherche du Temps Perdu« einen Bekloppten nennen, muß ich Sie leider bitten, mit mir vor die Tür zu treten.

Mann Schon gut, schon gut, schon gut. Sie möchten eine Lizenz?
Praline Ja.
Mann Für einen Fisch?
Praline Ja.
Mann Sie *sind* bekloppt.
Praline Hören Sie! Er ist 'n Haustier, verflixt noch mal. Ich habe ja auch eine Lizenz für meinen Haushund, Eric, und meine Hauskatze, Eric.
Mann Für eine Katze brauchen Sie keine Lizenz.
Praline Braucht man doch, zum Kuckuck, und ich hab auch eine. Nein, nein, mein Lieber, mich legen Sie nicht rein.
Mann So eine bekloppte Katzenlizenz gibt's überhaupt nicht.
Praline Gibt es doch.
Mann Nein, gibt es nicht.
Praline Doch!
Mann Nein!
Praline Doch!
Mann Nein!
Praline Doch!
Mann Nein!
Praline Doch!
Mann Nein!
Praline Doch!
Mann Nein!
Praline Doch!
Mann Nein!
Praline Doch!
Mann Nein!
Praline Und was ist das hier? *(Zückt ein Formular.)*
Mann Das ist eine Hundelizenz, in der jemand das Wort »Hund« durchgestrichen und das Wort »Katze« mit Wachsbuntstift darübergeschrieben hat.
Praline Der Mann hatte nicht das richtige Formular.
Mann Welcher Mann?
Praline Der Mann vom Katzenspürwagen.
Mann Beklopptenspürwagen, meinen Sie wohl.
Praline Leute wie Sie provozieren soziale Unruhen.
Mann Schon gut, also was für ein Katzenspürwagen?
Praline Der Katzenspürwagen vom Ministerium für Wohnungsverwesung.

Mann Wohnungsverwesung???

Praline Ja, so stand's auf dem Wagen buchstabiert. Ich bin ein sehr genauer Beobachter. Ich hab in meinem Leben noch nie so viele Antennen gesehen. Der Mann hat mir erzählt, daß sie mit ihren Geräten ein Schnurren auf vierhundert Meter anpeilen können. . . und bei einem so glücklichen Kater wie Eric war das dann ein Kinderspiel.

Mann Wieviel haben Sie für die Lizenz bezahlt?

Praline Sechzig Pfund, und acht Guineen für den Flughund.

Mann Was für einen Flughund?

Praline Eric, den Flughund.

Mann Heißen alle Ihre Haustiere Eric?

Praline Das ist gar nicht so ungewöhnlich. Kemal Atatürk hatte eine ganze Menagerie, und alle hießen sie Abdul.

Mann Hatte er nicht.

Praline *(zieht ein Buch aus der Tasche)* Hatte er doch, hatte er doch, hatte er doch, hatte er doch. Bitte sehr. »Kemal Atatürk, der Mensch«, von E. W. Swanton, mit einem Vorwort von Paul Anka, Seite 91, hier steht's.

Mann *(liest in Seite 91)* Ich muß mich bei Ihnen entschuldigen, Sir.

Praline Gesprochen wie ein Gentleman. Kann ich jetzt also meine Fischlizenz bekommen?

Mann Ich versichere Ihnen, so etwas gibt es nicht. Sie brauchen keine.

Praline Dann hätte ich gern eine vom Oberbürgermeister unterschriebene Erklärung dieses Inhalts.

Trompetenfanfare. Prunkvoll gekleideter Bürgermeister erscheint mit Würdenträgern, flankiert von Trompetern.

Mann Sie haben Glück.

Totale: der Bürgermeister, der knapp drei Meter groß ist, und Würdenträger schreiten auf den verdutzten Praline zu. Orgelmusik, darüber weihevoller Off-Sprecher:

Off-Sprecher (JOHN) Und hier kommt der Bürgermeister. Zweifellos ist er der drittgrößte Bürgermeister in der Stadtgeschichte von Derby. Und bei ihm sind die Stadträte, herrlich anzusehen in ihren Kniebundhosen, und schauen Sie nur einmal, wieviel Kraft in diesen Schenkeln steckt. Die Neuseeländer werden es in der zweiten Halbzeit nicht leicht haben. . . Dawn Palethorpe führt also mit einer glatten Runde auf Sir Gerald. . . Und jetzt

hat der Bürgermeister den Kunden der Kunden, Mr. Eric Praline erreicht. *(Der Bürgermeister läßt sich vom Postbeamten ein Schriftstück reichen.)* Und in diesem Augenblick ergreift der bürgermeisterliche Mensch mit seiner bürgermeisterlichen Hand den bürgermeisterlichen Stift, wobei ihm Frau Bürgermeister zuschaut, die, wie Sie selbstverständlich wissen, den großartigen Treffer in der ersten Halbzeit erzielt hat, und unterschreibt in diesem Augenblick die fischige Ausnahmeregelung *(der Bürgermeister setzt seine Unterschrift unter das Schriftstück und überreicht es Praline)*, und der Kunde der Kunden, Mr. Eric Praline, der verständlicherweise gleichermaßen von der Größe und der Absurdität dieses erhabenen Ereignisses hier im Cardiff Arms Park von Ehrfurcht ergriffen ist *(Praline schaut sehr verwirrt)*, dreht jetzt jeden Moment durch, sehen Sie nur, wie dieser gewisse Durchdrehblick sich langsam auf seinem Gesicht breitmacht. Und nun essen die Stadträte ihre Apfelsinen auf und verlassen das Postamt, um den Anfang der zweiten Halbzeit nicht zu verpassen.
Sie treten alle durch die Tür ab und essen Apfelsinen, wobei ihnen Praline hinterherschaut.

Schnitt: ein Rugbyfeld. Die Menge applaudiert, als Stadträte, Bürgermeister, Frau Bürgermeister, Stadtsyndikus, Dawn Palethorpe (auf einem Pferd) und der Landvermesser auf das Spielfeld laufen und ihre Positionen einnehmen.

Kommentator (JOHN) Und hier kommt die Mannschaft des Stadtrats von Derby, die den All Blacks hinaus aufs Spielfeld folgt. In der Mitte des Bildes können Sie Dawn Palethorpe auf Sir Gerald sehen – mit Sicherheit eine der schnellsten Außenstürmerinnen, die wir in dieser Saison in England erlebt haben. In der linken Bildseite erkennen wir den Oberbürgermeister, der sich bei der Grundaufstellung mit seiner gekonnten Ballannahme als echter Gewinn für den Stadtrat von Derby entpuppt hat, Anstoß für die All Blacks. Wilson führt ihn aus. Oh, und da sehe ich auch schon den Vorsitzenden des Umgehungsstraßen- und Autobahnkomitees, der sich offensichtlich wieder von dem heimtückischen Schlag erholt hat, den ihm ein verirrter Ball in der ersten Halbzeit zugefügt hat. *(Gegenüber stoßen die All Blacks an.)* Und Wilson macht den Anstoß, und der Stadtsyndikus hat sich den Ball elegant geschnappt, die All Blacks rennen ihm nach, greifen an, und Abpfiff. Ich kann nicht genau feststellen, was sich da unten eigentlich abgespielt hat, aber auf jeden Fall haben wir jetzt ein schönes Handgemenge. Ich denke, daß der Ball an die All Blacks geht. Sie haben sich sehr schnell auf ihn gestürzt. Offensichtlich sind sie wild entschlossen, ihren Fünf-Punkte-Rückstand in dieser zweiten Halbzeit wieder wettzumachen. Und es heißt acht zu drei für den Stadtrat, und Derby hat Anstoß. Der Landvermesser tritt an, die Abwehr geht außerhalb. . . Moment, äh, der Vorsitzende des Umgehungsstraßen- und Autobahnkomitees im Abseits. Und die Mannschaften beziehen wieder Position, und wieder kommt der Bürgermeister in den Ballbesitz. Er wirft einen Paß zum Landvermesser, der Gesundheitsdezernent bietet sich an, wird aber ignoriert, Abgabe an Frau Bürgermeister, und sie muß sich durchkämpfen. Nummer zwei der All-Blacks-Abwehr hat sie verfehlt – der Verteidiger übernimmt – und sie muß nur noch am Verteidiger vorbei, und sie macht den Punkt! Frau Bürgermeister hat den Punkt gemacht, und somit steht es elf zu drei.

ZWISCHENTITEL: »NEUSEELAND – DERBY 3 : 11«

Schnitt zum Sportmoderator im Studio mit Cliff Morgan.

Moderator (MICHAEL) Cliff, das war sicherlich ein sehr enttäuschendes Ergebnis für die All Blacks.

Cliff (GRAHAM) *(Waliser Akzent)* Also ja, sie hatten auf ihrer Tour bisher ziemliches Pech. Sie haben vier extrem leichte Tormöglichkeiten gegen die Freunde der Oper aus Exeter vertan, was sie wahrscheinlich das Spiel gekostet hat, und dann natürlich diese lähmende Niederlage gegen die Spielzeugabteilung von »Derry and Toms«, so daß ich mir kaum vorstellen kann, daß sie sich gegen die Londoner Schwuchteln am Samstag noch große Chancen ausrechnen dürfen.

Moderator Und wie sieht's mit China aus?

Cliff Also, ganz gleich ob Mao Tse-tung noch lebt oder nicht, Lin Piao hat das Zentralkomitee fest im Würgegriff, gegen den Liu Shao-chi machtlos ist, man muß also noch abwarten, ob Chou En-lai ins Spiel genommen wird und sich in der zweiten Halbzeit ins Zeug legen kann.

Moderator Vielen Dank auch, Cliff. Das andere herausragende

Spiel des Abends war das Halbfinale zwischen dem Gynäkologenteam aus Bournemouth und den Long-John-Silver-Imitatoren aus Watford. Wir zeigen Ihnen einen Zusammenschnitt mit den Höhepunkten des Fußball-Matches.

Schnelle Montage von Toren, die von wendigen Gynäkologen in Chirurgenkitteln und mit Kappen gegen ein völlig inkompetentes und bewegungsloses LJSI-Team erzielt werden, das nur herumsteht und »Aaah! Jim, mein Junge« grunzt, während es in ihrer Hälfte Tore nur so hagelt. Der Ball wird aus der Einstellung geschossen.

Harter Schnitt ins Studio. Ein Ansager steht vor einem Vorhang; er fängt den Ball aus dem Off und lächelt.

Ansager (MICHAEL) Nun, das ist so ziemlich alles für heute, meine Damen und Herren, aber denken Sie immer daran, wenn Ihnen die Show nur halb soviel Spaß gemacht hat wie uns, als wir sie gedreht haben, dann hat sie uns doppelt soviel Spaß gemacht wie Ihnen. Ha, ha, ha. . .

Das Sechzehn-Tonnen-Gewicht begräbt ihn unter sich. Schnitt: Montage von Zerstörungsszenen, einstürzende Gebäude, Bomben etc. Darüber: Abspann.

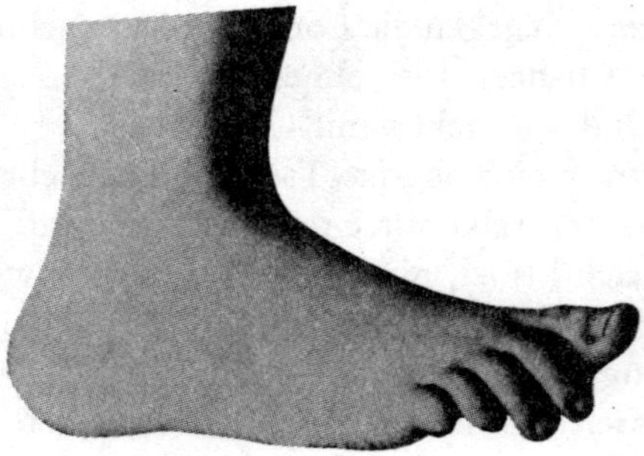

ANHANG

Nach- und Hinweise

DIE ERSTE SERIE

EINS – Kanada, was nun?
»Whither Canada?«; aufgenommen am 7.9.69, gesendet am 5.10.69.
Deutsch von Sven Böttcher.

Seite 11
Und jetzt ... – Im Original: »It's«; dazu Michael Palin: »Anstatt einen sanften Ansager sagen zu lassen ›Und jetzt: Monty Python's Flying Circus‹ *(›It's Monty Python's Flying Circus‹)* oder ›Willkommen zu unserer Show‹, begannen wir mit dem Gegenteil von Sanftheit. Das war diese verfolgte und gejagte zerlumpte, abgerissene Gestalt, ganz offensichtlich außer sich vor Angst und Erschöpfung, die sich Richtung Kamera bewegt – aber wir ließen den Mann nur ›Und jetzt‹ *(›It's‹)* sagen, weiter ist er nie gekommen.« (Zit. n.: Kim »Howard« Johnson, The First 200 years of Monty Python, St. Martins Press, New York 1989.)

Seite 11/12
Eddie Waring – Rugby-Kommentator und Gastgeber bei »It's a Knock-out«, der englischen Version von »Spiele ohne Grenzen«; ziemlich schräger Typ, daher häufig von britischen Komikern imitiert.

Seite 12
Hl. Stephanus – Der erste christliche Märtyrer (Erzmärtyrer); **Charlotte** – Charlotte Corday, die Marat in der Badewanne erstach; **Edward VII.** – König von England von 1901 – 10, führte alles in allem ein sehr undramatisches Leben (1841 – 1910), starb zudem im Bett. Verdienter letzter Platz; **Küßt mich, Hardy!** – Die überlieferten letzten Worte Lord Nelsons, die er, unter Deck des Kommandoschiffes in der Schlacht bei Trafalgar, von einer französischen Kugel tödlich verwundet, an seinen Stabskapitän Hardy richtet: »Kiss me, Hardy«.

Seite 14
Bitte, mein Herr ... – Im Original deutsch (dort allerdings sagt der Lehrer: »You want the german classes«, darauf der Deutsche: »Ah, das deutsche Klassenzimmer«).

Seite 14/15
Schreckschrauben – Im Original werden hier die »Pepperpots« *(Pfefferstreuer)* eingeführt, eine Bezeichnung von Graham Chapman für »middle-aged lower-middle-class women« (»da sie wie Pfefferstreuer gebaut sind«); wurden ausschließlich von den Pythons dargestellt.

Seite 17
Robin Day – Moderierte im Fernsehen politische Tagesereignisse; er war berühmt für ausgefallene Schlipse und ebensolche Interview-Techniken mit älteren Politikern; wurde gern parodiert und veralbert.

Seite 20
Raymond Baxter – Moderator anspruchsvoller Wissenschaftssendungen (»Tomorrow's World« u. a.).

Seite 24
Q-Dezernat – Eine »Q-Division«, so im Original, gibt es bei Scotland-Yard nicht.

Seite 25
Wenn ist das Nunstück git – Im Original so.

Seite 27
Warum hinkt die Nazi-Infanterie der englischen immer hinterher? – Im Original: »How do you make a Nazi cross? (›Wie macht man ein Hakenkreuz‹ bzw. eben: ›wie vergrault man einen Nazi?‹) Tread on his corns.«

Seite 28
Der wör zwei pienats ... – Im Original etwas anders notiert: »Der ver zwei peanuts, valking down der strasse, and von vas ... assaulted! peanut.« (Also, zwei Erdnüsse gingen hinunter die Straße, und eine wurde überfallen [assaulted] bzw.: war gesalzen [a salted]. Ho-ho-ho. Assaulted! peanut!)

Seite 29
Vicky Carr – Ziemlich kleines Pop-Sternchen aus den sechzigern.

ZWEI – Sex und Gewalt
»Sex and violence«; aufgenommen am 30.8.69, gesendet am 12.10.69.
Deutsch von Sven Böttcher.

Seite 30
Seltsame Bilder, die möglicherweise mit

dem Strecken von Eulen zu tun haben – Der Titel dieser Folge war ursprünglich »Owl-stretching time«; wurde dann zum Titel der vierten Folge.

Seite 39
Jimmy Greaves – Spitzenfußballer, berüchtigter Abstauber; Gladstone – William Edwart Gladstone (1809–1898), mehrmals britischer Premier; **Alfred Lord Tennyson** – Englischer Dichter und Romancier (1809–1892), von Königin Victoria zum »Poet laureate« gekührt.

Seite 46
Hillaire Belloc – Englischer Schriftsteller und Politiker englisch-französischer Herkunft (1870–1953).

DREI – Wie man verschiedene Baumarten von ziemlich weit weg erkennt
»How to recognize different types of tree from quite a long way away«; aufgenommen am 14.8.69, gesendet am 19.10.69. Deutsch von Sven Böttcher.

Seite 49
Mr. Larch – »Herr Lärche«.

Seite 53
Jetzt hat's mich erwischt – Im Original: »It's a fair cop«, stehende Redewendung.

Seite 54
Wenn ich nicht bei der Kripo wär ... – Zum Mitsingen hier der Originaltext:
If I were not in the CID
Something else I'd like to be
If I were not in the CID
A window-cleaner, me!
With a rub-a-dub-dub and a scrub-a-dub-dub
And a rub-a-dub all day long
With a rub-a-dub-dub and scrub-a-dub-dub
I'd sing this merry song!
Bzw.:
If I were not before the bar
Something else I'd like to be
If I were not a barr-is-ter
An engine driver me!
With a chuffchuffchuff
etc.

Seite 54
Bicycle-Repair-Man – Im Original »Bicycle repair man«; wurde nicht mit Fahrradrepariermann übersetzt, da »repairman« schlicht und profan »Mechaniker« bedeutet.

Seite 62
NEDC National Economic Development Council; **ODCN** – So was ähnliches, trifft sich ab und zu mit dem NEDC.

VIER – Eulenstrecksaison
»Owl-stretching time«; aufgenommen am 21.9.69, gesendet am 26.10.69.
Deutsch von Karsten Singelmann.

Seite 67
Melodie des Liedes »Jerusalem« – Von den Pythons häufig aufgegriffenes, in England sehr populäres, schwer pathetisches Lied (eine Vertonung von Versen aus William Blakes Gedicht »Milton« durch Hubert Parry), dessen erste Zeile freilich lautet: »And did those *feet* ...«; erscheint hier in der Übersetzung von Wolfgang Schlüter.

Seite 69
Etwas Hundertwasser – Im Original: »Watteau, dear?«

Seite 82
Der Große Käse – »The big cheese«: Slang auch für: »Der große Boß«.

FÜNF – Die Identitätskrise des Menschen in der zweiten Hälfte des 20. Jahrhunderts
»Man's crisis of identity in the latter half of the twentieth century«; aufgenommen am 3.10.69, gesendet am 16.11.69.
Deutsch von Arnd Kösling.

Seite 86
Pixilation – Technisches Verfahren, das die Bewegungen abgehackt erscheinen läßt.

Seite 91
Margaret Drabble – Sehr populäre Fernsehjournalistin und Kritikerin.

Seite 92
Alvar Liddel – Radiostar der 40er Jahre. Er war der »Man in Black« seiner gleichnamigen Hörspielreihe; **Ned Sherrin** – Fernseh- und Zeitungsjournalistin.

Seite 94
Joan Bakewell – Moderatorin des BBC.

Seite 96
David. Sicher? ... David Sichler – Im Original: »David. Sure? ... David Shaw.«

SECHS – Der BBC-Beitrag für den Zink-Hermelin von Budapest
Im Methuen-Original ohne Titel; aufgenommen am 5.11.69, gesendet am 23.11.69.
Deutsch von Arnd Kösling.

Seite 100
Strauß, Straps ... – Im Original: »Brahms, Panties«, ein Versprecher aufgrund der klanglichen Verwandtschaft von *Brahms* und engl. *Bras* (= Büstenhalter, *pl.*; »panties« = »Schlüpfer«).

Seite 107
Federzauber – Im Original: »Spring Surprise«.

Seite 109
Cicely Courtneidge ... Michael Denison ... Dulcie Gray – Schauspieler, vorwiegend Film.

Seite 112
20th Century Vole – »Vole« = »Wühlmaus« (eigtl.: 20th Century Fox).

Seite 115
Goldie Hawn... Goldie Hund – Im Original verwandelt sich Doris Day in Doris Dog.

Seite 116
David Hemmings – Bekannter Filmschauspieler; spielte u. a. in »Blow-Up« (1967) von Antonioni;
Nackte Tatsachen – Im Original: »Frontal nudity«; diese sechste Folge war ursprünglich geplant als Folge sieben; Folge acht knüpft hier wieder an.

SIEBEN – Ich find das überhaupt nicht mehr witzig!
»You're no fun any more«; aufgenommen am 10.10.69, gesendet am 30.11.69.
Deutsch von Arnd Kösling.

Seite 123
Blackpuddings – Berühmt berüchtigte schottische Spezialität, in der u. a. Innereien verarbeitet werden.

Seite 128
Blancmanger – Franz.; Mandelgelee-Süßspeise.

Seite 129
Fred Stolle ... Tony Roche ... Charlie Pasarell ... Cliff Drysdale ... Peaches Bartcowitz – Wenigstens die ersteren vier sind authentische Tenniscracks der 50er Jahre;
Ann Haydon-Jones und ihr Mann – Ann Jones war brit. Wimbledon-Siegerin; ihr Mann: »Pip« Haydon; begegnen uns als Dioskuren-Paar im folgenden noch häufiger.

Seite 134
Pelota – Spanisches Squash-Tennis-ähnliches Mannschaftsspiel.

ACHT – Nackte Tatsachen
»Full Frontal Nudity«; aufgenommen am 25.11.69, gesendet am 7.12.69.
Deutsch von (v. l. n. r.) Heiko Arntz, Gerd Haffmans, Ingrid Heinrich-Jost und Fritz Senn.

Seite 141
In harten Zeiten. Und wenn in harter Währung bezahlt wird – In den »Vox pops«, den »Stimmen des Volkes«-Mini-Szenen pflegten die Pythons nach eigenem Bekunden großenteils zu improvisieren. So nun auch die Übersetzer. Hier wie an anderen Stellen, antworten fast alle Befragten stereotyp: »No. Unless it was *valid*«.« Die Wertvorstellungen gehen dabei aber sehr auseinander. Wie hier beim Börsenmakler: »Or if the money was valid«;
Was nennst du mich graue Emmi ... – Im Original ist der Kalauer nicht gar so grauenhaft:

> **Kunstkritiker** Oh hello there father, er, confessor, professor, your honour (Euer Ehren), your grace (Eure Hoheit) ...
> **Girl** I'm not your Grace, I'm your Elsie ...

Seite 149
Dies ist ein Ex-Papagei – In England schon sprichwörtlich für stures Leugnen von Tatsachen. Die schöne Sequenz hier noch einmal im O-Ton:
»It's not pining, it's passed on. This parrot is no more. It has ceased to be. It's expired and gone to meet his maker. This is a late parrot. It's a stiff. Bereft of life, it rests in peace. If you hadn't nailed it to the perch, it would be pushing up the daisies. It's rung down the curtain and joined the choir invisible. This is an ex-parrot.«

Seite 152
Meine Lieder, meine Träume – Musicalfilm und Straßenfeger von 1965. Originaltitel: »The Sound of Music«.

NEUN – Die Ameise. Eine Einführung
»The Ant, an introduction«; aufgenommen am 7.12.69, gesendet am 14.12.69.
Deutsch von Christian Storms.

Seite 161
Ich bin ein Holzfäller ... – Im Jahre 1972 hatten die Pythons Gelegenheit, zwei fünfzigminütige Filme für den Bayrischen Rundfunk zu produzieren. Der erstere wurde gar in deutscher Sprache gedreht; aus ihm stammt die »Bavarian version« des berühmten »Lumberjack Song« (Übersetzer unbek.) (dort allerdings sang kein Mounties-Chor den Kehrvers, sondern ein Trupp österreichischer Grenzpolizisten). Zum Vergleich hier die Paradenummer im O-Ton:

I'm a lumberjack and I'm O.K.
I sleep all night and I work all day.
Chorus:
He's a lumberjack and he's O.K.
He sleeps all night and he works all day.
Solo:
I cut down trees, I eat my lunch,
I got to the lavatory.
On Wednesday I go shopping,
and have buttered scones for tea.
Mounties:
He cuts down trees, he eats his lunch,
He goes to the lavatory.
On Wednesday he goes shopping
and have buttered scones for tea.
Chorus:
He's a lumberjack ... etc.
Solo:
I cut down trees, I skip and jump,
I like to press wild flowers.
I put on women's clothing
And hang around in bars.
Mounties:
He cuts down trees, he skips and jumps,
He likes to press wild flowers.
He puts on women's clothing
And hangs around in bars ...?
Chorus:
He's a lumberjack ... etc.
Solo:
I cut down trees, I wear high heels,
suspendies and a bra.
I wish I'd been girlie
just like my dear papa.
Mounties:
He cuts down trees, he wear high heels?
Suspendies ... and a bra ...? *(Tumult)*

Seite 163
Gumby – Trägt Gummistiefel *(gumboot)*, Hosenträger, eine runde Stahlrahmenbrille, einen schmalen Schnurrbart sowie ein zur Mütze verknotetes Taschentuch auf dem Kopf. Von John Cleese erfunden, von Michael Palin perfektioniert.

Seite 166
Was ist männlich... – Im Original: »What's brown and sounds like a bell? Dung!«

ZEHN – Das Ende war ein bißchen vorhersehbar
Im Methuen-Original ohne Titel; aufgenommen am 30.11.69, gesendet am 14.12.69.
Deutsch von Christian Storms.

Seite 171
David Frost – Englischer TV-Star; moderierte u. a. »That Was The Week That Was« Anfang der 60er Jahre; in dem Gagschreiber-Team für seine Show »The Frost Report« Ende der 60er fanden die späteren Python-Mitglieder das erste Mal an einem Tisch zusammen.

Seite 172
Long John Silver – Der Piratenanführer aus Louis Stevensons »Schatzinsel«; **Edward Heath** – Britischer Politiker (Konservative Partei), Premier-Minister von 1970–1974; **»Hallo, Seemann«** – Im Orig. »Hello, Sailor« im Sinne von »Huhu, Süßer«; **Bertold Bricht** – Im Original: »Harold Splinter« statt »Harold Pinter«.

Seite 182
Hänsel und Gretel – Im Original: »Jack and the Beanstalk«.

Seite 185
Biggles – Captain Biggles ist der Flieger-Held zahlloser Jugendbuch-Abenteuer von W. E. Jones in den 30er Jahren.

ELF – Das Royal Philharmonic Orchestra geht ins Badezimmer
Im Methuen-Original ohne Titel; aufgenommen am 14.12.69, gesendet am 28.12.69.
Deutsch von Christian Storms.

Seite 190
Welcher Leichnam? ... Jenam. Leichmand – Im Original fragt Oberst Pickering: »What body?« (»Welche Leiche?«); Antwort des Inspektors: »Somebody ... The murderer of the body is somebody in this room, which nobody must leave ...« etc.

ZWÖLF – Die nackte Ameise
Im Methuen-Original ohne Titel; aufgenommen am 21.12.69, gesendet am 4.1.70.
Deutsch von Christian Storms.

Seite 208
Ja, ja ... Was ist rückweise bewegen? – So »deutsch« im Original.

Seite 210
Daß das Überleben ... Und Bridgewater ist die letzte Fühlig – So im Original.

DREIZEHN – Sendepause
Im Methuen-Original ohne Titel; aufgenommen am 4.1.70, gesendet am 11.1.70.
Deutsch von Karsten Singelmann.

Seite 226
Wettbewerb um die »Zweite Tasse« – Sehr eigenwilliger Pokal; im Original: »for the Second Cuppa«; *cuppa*: ugs. »Tasse Tee«.

Seite 229
In Parkhurst, Dartmoor und den Scrubs – Strafvollzugsanstalten.

Seite 231
Ich krank – Im Original: »Me nurse«, was vielmehr »Ich Krankenpflegerin« bedeutet, aber auch: »Pfleg mich« oder: »Gib mir die Brust«.

Seite 231
Graham-Hill-Imitation – Graham Hill: Berühmter Rennfahrer und Schnauzbartträger.

Seite 232
Petula Clark – Popsängerin; **Eddie Waring** – Siehe Anm. Folge eins, Seite 11/12;
Brian London – Vermutlich ein Boxer, der vermutlich viel zu schnell vermutlich K.O. ging; **W. G. Grace** – Berühmter Kricketspieler vom Anfang des Jahrhunderts.

Seite 233
R101-Unglück – Die Explosion des letzten Wasserstoff-Luftschiffs in den vierziger Jahren.

Seite 234
Dick-Barton-Titelmelodie – Dick Barton: Legendäre Radioserie in den vierziger Jahren um einen Geheimagenten.

Seite 236
Quíjaboard – Spiritistisches Gerät; besteht u. a. aus einer Tafel mit Buchstaben und anderen Zeichen.

Seite 241
Harley-Street-Chirurg – In der Harley Street sitzen die renommiertesten Ärzte Londons;
Dr. Kildare – Serie aus den sechziger Jahren mit Richard Chamberlain in der Titelrolle;
Lazarus, Nazareth? – Im Original: »These hands ... have pulled many a moribund unfortunate back from the very brink of Lazarus's *box* (hier: Sarg). No, it was Pandora's box (hier: Büchse) wasn't it?«

DIE ZWEITE SERIE

VIERZEHN – Dinsdale
Im Methuen-Original ohne Titel; aufgenommen am 9.7.70, gesendet am 15.9.70.
Deutsch von Karsten Singelmann.

Seite 251
Wäscheständer – Im Original: »Chest of Drawers«, also: »Kommode« wobei »chest« auch für »Brust« und »drawers« auch für »Schlüpfer« stehen kann.

Seite 253
Mrs. Two-Lumps – Fräulein Zwei-Stück;
Mr. Teabag – Herr Teebeutel.

Seite 254
Harry »Snapper« Organs and Q-Dezernat – Dazu Kim »Howard« Johnson: »Aufmerksame Beobachter können gewisse Inkonsequenzen unter den einzelnen Folgen ausmachen. Z. B. wechselt Kommissar Harry »Snapper« Organs vom Q-Dezernat im Laufe der Folgen bei seinen Auftritten Rang und Dezernat. Konsistenz galt nicht allzuviel bei den Pythons ...«

Seite 259
Stanley Baldwin – Gemeint ist am Ende der engl. konservative Staatsmann S. B., der 1923–29 und 1935–37 Premierminister war...

Seite 261
»Der Wind in den Weiden« – Kinderbuch von Kenneth Graham, von A. A. Milne dramatisiert; **»Also, was ist hier los«-Rufe** – Im Original: »What's all this then«, typischer Auftritt-des-Polizisten-am-Tatort-Satz; wird von den Pythons in den verschiedensten Varianten ausgespielt.

FÜNFZEHN – Die spanische Inquisition
Im Methuen-Original ohne Titel; aufgenommen am 2.7.70, gesendet am 22.9.70.
Deutsch von Sven Böttcher.

Seite 264
Kardinal Ximinez – Francisco Ximinez de Cisneros (1436–1517), spanischer Großinquisitor ab 1507.

Seite 265
Das Geständnisgeschirr – Frisch erfundenes, grausames Folterinstrument. Im Original: »Give the rack«, wobei *rack* nicht nur »Streckbank«, sondern auch »Geschirrständer« bedeutet.

Seite 266
Des O'Connor – Sänger und Entertainer, sang mit gräßlicher Stimme gräßliche Lieder, bevorzugt für ältere weibliche Fans; **Rolf Harris** – Australischer Moderator von Kindersendungen; war berühmt, weil er mit einem einfachen Malpinsel in Sekundenschnelle riesige Bilder malen konnte; **Tom Jones** – Ebender Tom Jones, schmetterte seinerzeit erfolgreich Schnulzen und moderierte Shows.

Seite 268
MP – Member of Parliament; **PM** – Prime Minister; **PPS** – Parliamentary Private Secretary; **NBG** – »no bloody good«; **nem. con.** – »nemine contradicente« = »einstimmig angenommen«.

Seite 273
Aldislampen – Signallampen in See- und Luftfahrt.

Seite 274
Meine Damen und Herren, sind Sie zu einem Urteil gekommen? – Die folgende Szene muß in der Übersetzung verständlicherweise auf andere Begriffe und Bilder zurückgreifen als das englische Original. Zum Vergleich hier nun die drei Originaldialoge, eingebettet in verdeutschte Regieanweisungen und behutsame Übersetzerhinweise:

Richter And how do you find the defendant? *(Der Sprecher hebt seine Hand und streckt zwei Finger hoch.)* First word. *(Der Sprecher tut so, als nehme er ein Seil und verknote es [»knot«; sprich: »not«].)* Rope? String?
Der Sprecher schüttelt den Kopf und deutet (»points«) auf den imaginären Knoten.
Ankläger Point?
Protokollführer Belt?
Richter Tie?
Der Sprecher nickt (»nods«) und deutet auf den Knoten.
Ankläger Cravat? Silk square?
Protokollführer Knot?
Der Sprecher hebt den Daumen und deutet auf seinen Mittelfinger.
Richter Second Word. *(Sprecher deutet »Zwei Silben» an.)* Two Syllables. *(Sprecher deutet auf seinen Zeigefinger.)* First syllable. *(Sprecher macht Schwimmbewegungen, öffnet und schließt den Mund wie ein Karpfen und deutet dabei auf seine Kehle [»Kieme« = »Gill«])* Bird?
Protokollführer Swimmer?
Richter Breast stroke *(»Bruststil«)*
Ankläger Brian Phelbs.
Richter No, no, no, he was a diver.
Protokollführer Esther Williams then.
Richter No, no, don't be silly. How can you find someone »Not Esther Williams«?
Ankläger Fish? *(Der Sprecher nickt und deutet auf seine Kehle.)* Fish wheeze? Fish wheeze?
Richter Fish breathe.
Protokollführer Fish breathe, throat.
Richter Fish breathe, throat? GILL! *(Der Sprecher hebt den Daumen. Alle Anwesenden applaudieren begeistert.)* Not gill. *(Der Sprecher deutet »Zweite Silbe» an.)* Second syllable. Not gill.
Der Sprecher tut so, als trinke er eine Tasse »tea«.
Ankläger Drink.
Protokollführer Sip? Imbibe?
Der Sprecher deutet auf die imaginäre Tasse (»cup«).

Richter Not gill ... cup? Not gillcup! *(Der Sprecher sieht ihn enttäuscht an.)* You have been found not gillcup of the charges made against you and may leave this court as a free man. Right. My turn. *(Er hält vier Finger hoch.)*

Ankläger Four Words.

Der Richter tut so, als riefe er das erste Wort.

Sprecher First word shout?

Protokollführer Bellow?

Ankläger Call?

Alle Call!

Der Richter hebt den Daumen und bedeutet den anderen, daß das zweite Wort sehr kurz ist.

Ankläger Second word is very small.

Sprecher A?

Ankläger An?

Protokollführer Up?

Sprecher The?

Der Richter hebt den Daumen.

Alle The!

Protokollführer Call the, third word.

Der Richter deutet auf seinen Nacken (»neck«).

Ankläger Gill?

Eine der Geschworenen Fish?

Protokollführer Adam's apple *(Der Richter schüttelt den Kopf.)* Neck. *(Richter bedeutet ihm »klingt so ähnlich«.)* Sounds like neck?

Verteidigerin Next.

Sprecher Call the ... next!

Der Richter hebt den Daumen und zeigt, daß das vierte Wort aus drei Silben besteht. Erste Silbe: Er tut so, als wäre er taub (»deaf«).

Protokollführer Fourth word, three syllables. First syllable ... ear?

Ankläger Hear. Can't hear.

Protokollführer Deaf!!! Call the next deaf ...

Der Richter erhebt sich und deutet auf seinen Hintern.

Ankläger Bottom?

Protokollführer Seat? Trouser? Cheek?

Sprecher End! Call the next defend ...

Der Richter setzt sich wieder hin, verschwindet unter dem Tisch und taucht mit einem riesigen, etwa ein Meter langen Ameisenmodell wieder auf.

Alle Ant!

Protokollführer Call the next defendant!

Seite 279
Dick Barton – Siehe Anm. Folge dreizehn, Seite 234.

SECHZEHN – Déjà-vu
Im Methuen-Original ohne Titel; aufgenommen am 16.7.70, gesendet am 29.9.70. Deutsch von Karsten Singelmann.

Seite 281
Dies ist die fünfte Folge – Die Sendung wurde tatsächlich gedreht als Folge fünf, gesendet dann als Folge *drei* der zweiten Serie.

Seite 282
Mr. Maudling – Reginald Maudling, beliebtes Spott-Objekt der Pythons; konservativer Politiker, zur Zeit der Erstausstrahlung Innenminister.

Seite 283
Geben Sie mir den Hula-Hoop-Reifen – Im Original: »Give me the 'oop ... Oh, I don't suppose we know what an 'oop is. I suppose pater thought they were a bit common, except on the bleedin' croquet lawn.« (Darauf Mr. Chigger: »Oh, a *hoop*«); »hoop« heißt auch das Tor bei dem als vornehm geltenden Krocket-Spiel.

Seite 284
Etons und Magdalene – Renommierte Colleges.

Seite 285
Tommy Cooper – Fernseh-komiker; **Oder auch ganz oben** – Im Original: »The British Airline Pilots Association will be in the vanguard. Or the Trident«; *vanguard* ist sowohl die »Vorhut« als auch ein Flugzeugname; »Trident«: ebenso Flugzeugname.

Seite 289
Kilt und Tam-o'-Shanter – Schottenrock und Tellermütze mit Pompon.

Seite 291
Ian McKellan – Theaterschauspieler aus den sechziger Jahren; **McTeagles Likör ... Lörik, Lyrik ...** – Im Original: »McTeagles pottery, er, poetry«

Seite 292
Stiefel-Puss ... Dick Whittington – Eines der populärsten englischen Weihnachtsmärchen handelt von den Abenteuern des jungen Dick mit seiner Katze; von Zungenküssen jedoch ist dort nicht die Rede.

Seite 296
Folgen Sie mir bitte ... Oh, wenn ich Ihnen folgen könnte – Siehe Anm. Folge siebzehn, Seite 313.

SIEBZEHN – Die Buzz-Aldrin-Show
Im Methuen-Original ohne Titel; aufgenommen am 18.9.70, gesendet am 20.10.70. Deutsch von Susanne Fischer.

Seite 301
Ich hab auch einen ... Schurz – Requisit der Freimaurer-Tracht (»masonic apron«).

Seite 303
Mr. Devious – Etwa: Herr Unredlich.

Seite 304
Wo sind wir? Folge acht – Die Sendung wurde tatsächlich gedreht als Folge acht, gesendet dann als Folge *vier* der zweiten Serie.

Seite 306
Reverend Grundy hat ins Dach gebissen – Im Original: »Bit the ceiling« (»hat in die Decke gebissen«) in Abwandlung von *bite the floor* (dem engl. Ins-Gras-Beißen).

Seite 308
Peter-Gunn-Musik – Peter Gunn: Eine Krimi-Parodie-TV-Serie der fünfziger Jahre.

Seite 309
Alfred Lord Tennyson – Der schon aus Folge zwei bekannte »Poet laureate«: »The Bugle Song« aus dem Gedichtzyklus »The Princess« hier sehr frei nach der Übertragung von Sophie von Harbou.

Seite 310
Gedämpfter Wordsworth – William Wordsworth (1770–1850): »I Wandered Lonely as a Cloud« (›Daffodils‹), eins der bekanntesten Gedichte der englischen Romantik, zitiert hier nach der Übertragung von Georg von der Vring; **Derek Hart** – Wohl Sir Derek William Hart Dyke (1924–87), Journalist.

Seite 312
Drogist – Der »chemist« ist in England sowohl der Drogist als auch der Apotheker.

Seite 313
Ich hätt gern ein After-shave ... Folgen Sie mir, bitte – Im Original: »Walk this way«; eine britische Kalauer-Nummer mit beachtlichem Bart, basierend auf der Doppelbedeutung »Hier entlang!« und »Laufen Sie *so* (auf diese Weise)!«, wobei derjenige, der dies sagt, dann bevorzugt humpelt oder auf eine andere Art ungewöhnlich geht; gibt hier keinen Sinn, weshalb auch sofort die Witzpolizei erscheint und einschreitet; vgl. auch Anm. Folge sechzehn, Seite 296 und Folge achtzehn, Seite 322, wo die Akteure brav und im letzten Moment gerade noch Selbstzensur (»Pssst!«) üben, bevor Schlimmeres passiert.

ACHTZEHN – Live aus der Grillomat Snack-Bar
Im Methuen-Original ohne Titel; aufgenommen am 10.9.70, gesendet am 27.10.70. Deutsch von Eugen Egner.

Seite 322
Ich hol das Pferd – Anspielung auf eine in England recht bekannte Geschichte, die davon berichtet, wie britische Kriegsgefangene mit Hilfe eines Turn-Sprungpferdes aus der Nazi-Haft geflohen sind. Die ganze turbulente Szene lebt von Verdrehungen und Verkürzungen britischer (Kriegs-)Komödien-Klischees; **Beladen Sie sie mit dem Eßbesteck ...** – Höchstwahrscheinlich eine solche Verdrehung, statt das Besteck zum Graben zu verwenden und das *Erdreich* jemandem aufzuladen; **Schnell, folgen Sie mir** – Im Original: »Quickly, run this way«; vgl. Anm. Folge siebzehn, Seite 313.

Seite 324
Farbtrennung – »Colour separation«, Terminus technicus aus der wunderbaren Welt der Fotografie; kompliziert zu erklären.

NEUNZEHN – Keine Experimente!
Im Methuen-Original ohne Titel; aufgenommen am 10.9.70, gesendet am 3.11.70. Deutsch von Richard Kähler.

Seite 340
Der goldene Regenbogen – Original-Titel: »Finian's Rainbow«, ein märchenhafter Musikfilm über ein irisches Mädchen, einen Tabakpflanzer und einen Kobold; Regie: Francis Ford Coppola (1967).

Seite 341
ICI – Imperial Chemical Industrie; größter brit. Chemiekonzern.

Seite 342
Newheaven – Le Havre. Der Fluchtweg nach Europa – So im Original (»getaway to the continent«); im Fernsehen ist allerdings zu lesen: »gateway (= Tor) to the continent«.

Seite 345
Snowdon – Lord Snowdon, angeheiratetes Mitglied des Königshauses, in der reichlich vorhandenen Freizeit tätig als Prominenten-Fotograf.

Seite 357
Arthur Negus – Fernsehbekannter britischer Antiquitäten-Experte; **Mary Whitehouse** – Selbsternannte Frau Saubermann für Sitte und Anstand im britischen TV.

ZWANZIG – Attila der Hunne: Die Show
Im Methuen-Original ohne Titel; aufgenommen am 2.10.70, gesendet am 10.11.70.
Deutsch von Ruth Keen.

Seite 362
Reginald Bosanquet – Nachrichtensprecher bei ITN (Independant Television News), z. B. in den »News at ten«.

Seite 363
Paneel – Im Original: »Wainscotting«.

Seite 368
Attila der Hund – Nach »Attila the Hun« und »Attila the Nun« wird im Original hier »Attila the *Bun*« präsentiert; entsprechend sehen wir im Trickfilm auch keinen gefährlichen Hund, sondern ein rabiates Brötchen.

Seite 372
Willkommen ... in Lord's – Das folgende ist vor allem eine Parodie der beiden führenden ehemaligen Kricket-Spieler und -Sportreporter, Peter West, Brian Johnston, sowie evtl. Jim Laker; **Cowdrey** – Berühmter Schlagmann;
Redet wirres Zeug – Die Verwirrung im Original aber klingt so: »... and already they are nought for nought. Cowdrey is not out nought. Naughton is not in. Knott is in an is nought for not out. Noughton of Northants got a nasty knock on the nut in the nets last night but it's nothing of note. Next is in Nat Newton of Notts. Not Nutting – Nutting's at nine, er, Nutting knocked neatie nighty knock, knock ...«; **Island** – Absolut keine Kricket-Nation; **... das vorzeitig den Wechsel anbot** – Gilt als Demütigung des Gegners.

Seite 374
Mach die Schachtel auf – Im Original: »Open the box!«; Anspielung auf Quizsendung, in der der siegreiche Kandidat am Ende wählen kann zwischen drei Schachteln (Inhalt: Superpreis, Trostpreis oder nix) und seinem gewonnenen Geld; das schadenerwartungsfrohe Publikum fordert in der Regel: *Open the box!*

Seite 375
Brian Close – Kricketspieler.

Seite 377
Rundfunk- und Fernsehgebühren – Im Original: »Licence fees«, wobei *licence* auch für *Zügellosigkeit* steht.

EINUNDZWANZIG – Archäologie heute
Im Methuen-Original ohne Titel; aufgenommen am 9.10.70, gesendet am 17.11.70.
Deutsch von Ruth Keen.

Seite 377
Peter West und Brian Johnston – Siehe Anm. Folge zwanzig, Seite 372; **E. W. Swanton** – Kricket-Kommentator einer früheren Generation, vorwiegend noch im Radio; **Brian Close** – Siehe Anm. Folge zwanzig, Seite 375; **John Galsworthys »Snooker auf meine Art«** – Entspricht etwa »Alle meine Tore« von Heinrich Heine; **Nyree Dawn Porter** – Schauspielerin; **Joe Davis** – Berühmter Snooker-Spieler; **Jim Laker** – Kricketspieler, bekannt für seine angeschnittenen Wurfbälle; **Tony Jacklin** – Berühmter Golfspieler; **Lulu** – Popsängerin der 60er und 70er Jahre; **Kenneth Wostenholm** – Schottischer Folk-Sänger; **David Coleman** – Berühmter Fernseh-Sportmoderator, etwa der brit. Dieter Kürten.

Seite 382
Nationale Anstiftung – Im Original: »National Truss«.

Seite 382
Leapy Lee – Transvestit und Showsänger(in).

Seite 384
Robin-Day-Schlips – Robin Day: siehe Anm. Folge eins, Seite 17.

Seite 389
Mrs. Ding ... Mrs. Ansich – Im Original: »Mrs Thing« und »Mrs Entity«.

Seite 390
Reginald Maudling – Siehe Anm. Folge sechzehn, Seite 282.

Seite 391
Stanley Baldwin – Siehe Anm. Folge vierzehn, Seite 259; **William Pit der Ältere** – Brit. Staatsmann im 18. Jht.

Seite 397
Eine Jury ... die das Herz auf der Zunge trägt – Im Original: »... a really well-hung jury«, wobei *well-hung* für *einstimmiges Urteil*, aber auch für etwa: *mächtiges Gemächt* stehen kann.

ZWEIUNDZWANZIG – Wie man verschiedene Körperteile erkennt
Im Methuen-Original ohne Titel; aufgenommen am 25.9.70, gesendet am 24.11.70. Deutsch von Richard Kähler.

Seite 397
Gemälde einer seltsamen Person – Höchstwahrscheinlich ein Bildnis Papst Leos X. alias Giovanni de' Medici (1475–1521).

Seite 398
Waltzing Mathilda – Inoffizielle Nationalhymne Australiens.

Seite 400
Der fliegende Philosoph – In Anlehnung an die »Flying Doctors«, die australischen Buschdoktoren, die mit einem kleinen Flugzeug unterwegs sind.

Seite 401
Sidney Nolan – Sidney Robert N. (1917–1992), einer der berühmtesten australischen Maler und Graphiker.

Seite 402
Foto vom Papst – Papst Paul VI.

Seite 403
Professor Sir Adrian Furrows F.R.S., ... – Professor Sir Adrian Furrows, Fellow *(Mitglied)* of the Royal Society; Fellow of the Royal College of Surgeons *(Chirurgen)*; Fellow of the Royal College of Physicians *(Ärzte)*; Doctor of Medicine *(Dr. med.)* and Master *(Magister)* of Surgery at Oxford; Master of Arts *(Geisteswissenschaften)*, Doctor and Master of Science *(Naturwissenschaften)* at Cambridge; Doctor at Sydney; Fellow of the Royal Geographical Society; Fellow of the Royal Society of Obstetricians *(Geburtshelfer)* and Gynaecologists; Fellow of Faculty of Anaesthetist of the Royal College of England; Master of Surgery at Birmingham; Master of Surgery at Liverpool; Master of Surgery at Guadalahara; Master of Surgery at Karachi; Master of Surgery at Edingburgh; Bachelor *(Bakkalaureus)* of Arts at Chicago; Bachelor of Letters *(Literaturwissenschaft)* at Philadelphia; Bachelor of Letters at Phil; Doctor of Letters *(Dr. phil.)* at Phil; Doctor of Letters at Arthur and Lucy; Doctor of Letters at Ottawa; Doctor of letters in all other places in Canada except Medicine Hat; Bachelor of Science 9 *(?)* at Brussels, Liège, Antwerp*(en)*, Asse*(n)* *(in Holland)*, and Cromer *(Kleinstadt in Norfolk)*.

Seite 408
Wohin mit dem Edward-Heath-Denkmal – Edward Heath: Siehe Anm. Folge zehn, Seite 172.

Seite 409
Kontrollieren Sie Ihre Achsenhöhe – Auf dem Schild steht eigentlich: »Pit Stop« (= »Garage mit Grube« oder: »Auspuff-Dienst«), worauf der Wagen zur Achselhöhle (engl.: *armpit*) düst.

Seite 411
Bearbeitet von Bernard Hollowood und Brian London – Brian London: Siehe Anm. Folge dreizehn, Seite 232.

DREIUNDZWANZIG – Scott in der Antarktis
Im Methuen-Original ohne Titel; aufgenommen am 2.7.70, gesendet am 1.12.70. Deutsch von Ruth Keen.

Seite 422
Seymour Fortescue, der Olympische Stabhochspringer – Im Original: »... the Olympic pole vaulter«.

Seite 429
E. W. Swanton – Siehe Anm. Folge einundzwanzig, Seite 377.

Seite 430
All Blacks – Neuseeländische Rugby-Nationalmannschaft; eine der stärksten Mannschaften überhaupt.

Register

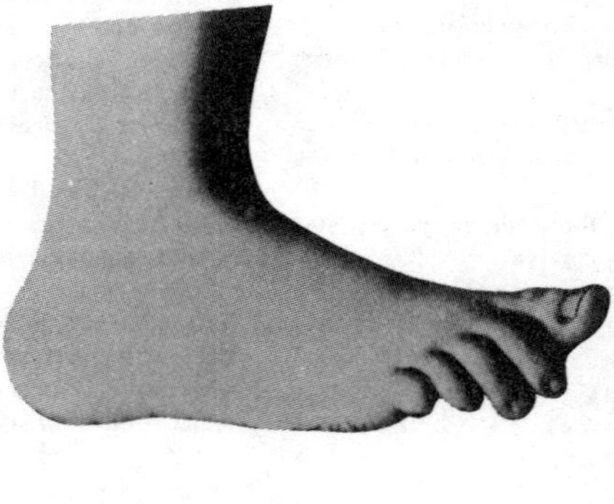